彬彬有礼

言念君子

有爱的青春陪伴者

我爱的人他站在雪山之巅，
无数次我仰望着他，
幻想着站在他身边的样子；
我恨的人却身藏火海之下，
无数次我点燃自己，
想象着化作利剑刺入深渊。
可我去不了雪山之巅，也到不了火海之下，
我的脚下还有很长的路要走，
我不知道我爱的人会不会在原地等我，
也不知道我恨的人会不会更加强大。
可我不会停下脚步。

——施念

时玖远
·
著
ShiJiu
Yuan
四川文艺出版社

图书在版编目（CIP）数据

一笙一念 / 时玖远著 . -- 成都 : 四川文艺出版社，2022.10

ISBN 978-7-5411-6457-6

Ⅰ . ①一… Ⅱ . ①时… Ⅲ . ①长篇小说 – 中国 – 当代 Ⅳ . ① I247.5

中国版本图书馆 CIP 数据核字 (2022) 第 182933 号

YISHENGYINIAN

一笙一念

时玖远 著

出 品 人　张庆宁
责任编辑　邓　敏
特约编辑　雪　人
装帧设计　刘　艳　孙欣瑞
责任校对　段　敏

出版发行　四川文艺出版社（成都市锦江区三色路 266 号）
网　　址　www.scwys.com
电　　话　0731-89743446（发行部）　028-86361781（编辑部）

排　　版　长沙大鱼文化传媒有限公司
印　　刷　长沙鸿发印务实业有限公司
成品尺寸　145mm×210mm　开　本　32 开
印　　张　11　字　数　400 千字
版　　次　2022 年 10 月第一版　印　次　2022 年 10 月第一次印刷
书　　号　ISBN 978-7-5411-6457-6
定　　价　45.80 元

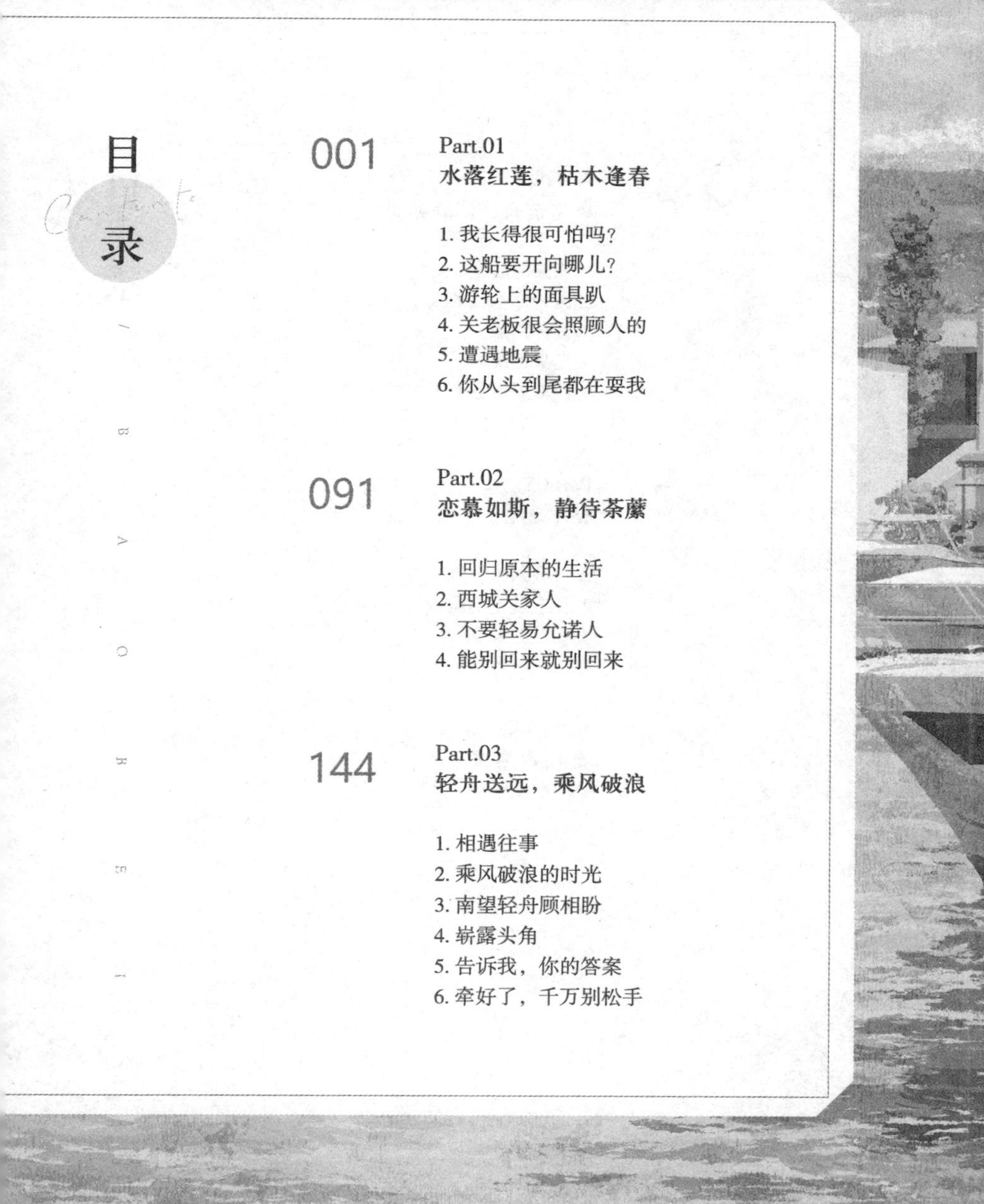

目录

Contents

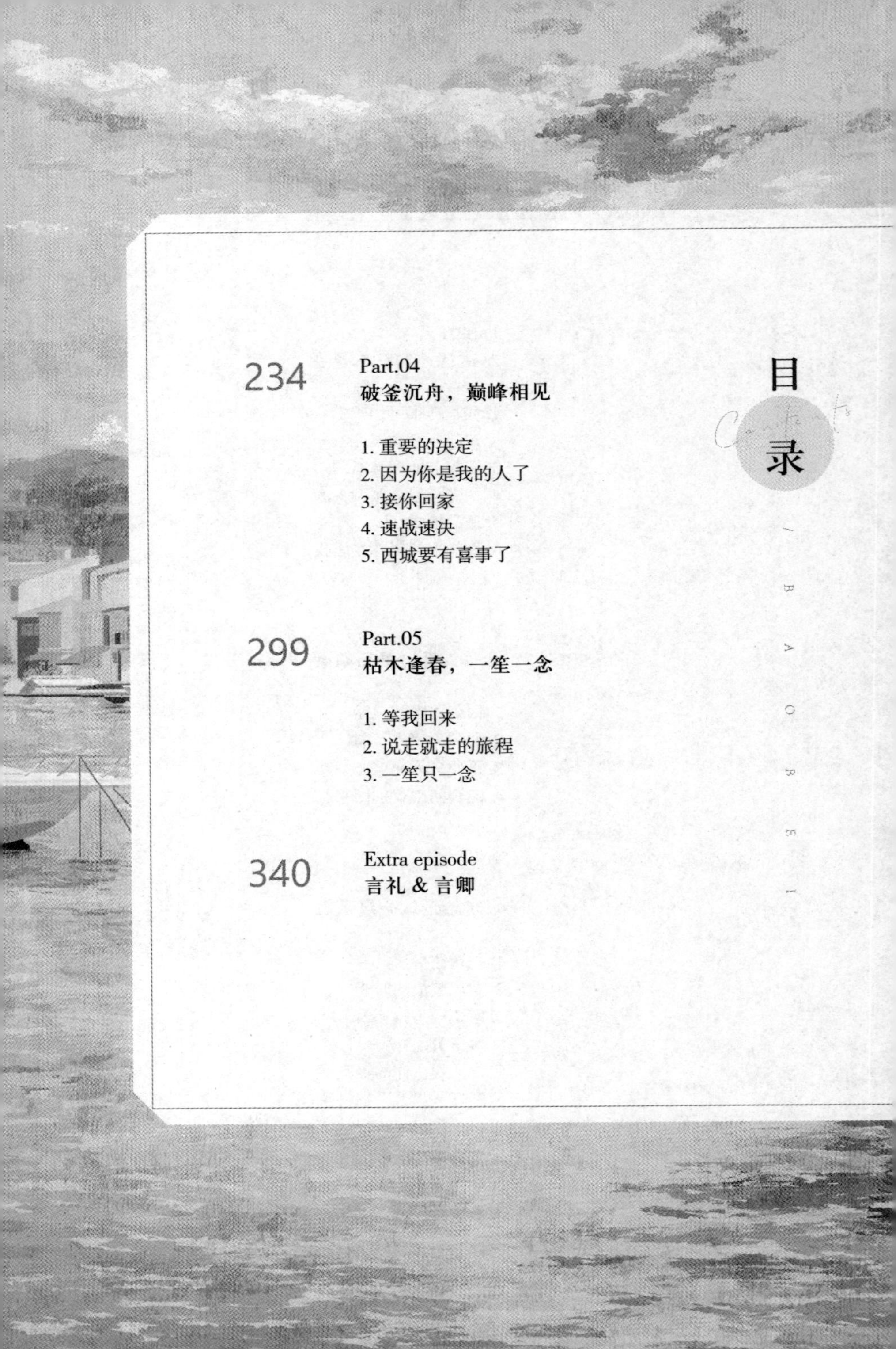

目录

Part.01 水落红莲，枯木逢春

1. 我长得很可怕吗？

京字公馆，由东城关家牵头举办的慈善晚宴正式拉开序幕，这会儿外厅反而清净了些。雕花红木桌前，施念端端正正地坐在紫檀圆凳上，身着半高领长袖黑色礼服，头发全部盘在脑后，一丝碎发也不剩，身上素净得找不到一丁点儿色彩，乍一看上去古板端庄，只有那双藏在睫毛后的眼睛闪烁着百无聊赖的光，和这身寡妇打扮有些不符。

此时，她手拿毛笔勾画着一幅松鹤图，这样的姿势她已经维持半个多小时了，松针如铁的轮廓逐渐清晰。站在一旁的人不禁叹道：“关太，晚宴结束前你要能画完，这幅画可以拿进去拍卖，保准有人愿意出高价，大太太会高兴的。”

说话的是丁玲，关家安排在施念身边的助理。说是助理，严格意义上来讲，她更像是个行走的监视器。

施念突然失了兴致，笔锋一转在仙鹤脚下画了两只王八，还是那种简笔抽象线条的王八，活像一只仙风道骨的鹤踩着两个风火轮，下一秒就要变哪吒的趋势。

丁玲脸色立马就变了。

专属通道有人出来，施念折了画扔到一边，她的叛逆暂时仅限于这幅画。

今天她的任务很简单，里面那些富商名流花了大价钱拍了东西，可以到她这儿讨一幅字，算是她以关家人的名义出面答谢这些人的善心。

另外一层目的，也算是个噱头，她久未露面，外面关于这位新妇的讨论早已铺天盖地。

当初施念以一个普通中产阶级家庭女儿的身份嫁入关家时，东城关家可没少安排通稿，什么灰姑娘嫁入豪门，什么真爱打破门第之差，反正都是些大众喜闻乐见的童话故事，传得有鼻子有眼。

这就导致在婚后第二个月她年轻的丈夫，关家长孙关远峥意外离世后，她瞬间被推到了风口浪尖上。

当初大嫁的话题炒得有多热，如今沦为寡妇的施念就有多受关注。

今天关家安排施念出来，无疑吸引了不少宾客前来。

拍品都是和关家有交情的显赫人士捐赠的，再由其他名流富贾拍走，这一来二去的款项会流入和关家合作的慈善基金会。

很多人慕名而来，就想看一眼这传了几个月的豪门灰姑娘如今的处境。施念写得一手好字，参加过国展，这一点上，让关家这个世代从商沾着铜臭味的家族感到面上有光，自然要她出来充当门面，也算是她的剩余价值之一。

这会儿来的是对中年夫妇，两人拍得了一对酒杯，琉璃做的，上面镶有红宝石。施念不知道他们多少钱拍的，看上去还挺精致。

施念抬眼对他们礼貌地点了下头，提笔落字：琉璃钟，琥珀浓，小槽酒滴真珠红。

字倒是挺应景，男人却一个劲地瞄着施念的脸，眼神里有着不太节制的贪婪。女人不停地夸赞施念字写得好，接过字时还顺带握住施念的手，对她说："要节哀，日子还长。"

施念一如既往地流露出哀伤的神情，要哭不哭的柔弱样，任谁看到都同情不已，她和这个女人寒暄了几句。

两人刚转身，施念脸上的哀伤荡然无存，又恢复成那副机械化的淡漠模样。她有时候甚至在想，这样下去，再熬个半年，估计有人来请她出演个什么小寡妇的角色，她都能直接杀进奥斯卡最佳女主角的角逐赛了。

当然关远峥刚离世的时候，她不是这个样子的，那时候她比谁都蒙，深更半夜关家上上下下方寸大乱，婆婆和公公夜里三点被司机接出门，所有用人三缄其口，家里灯火通明了整整一夜，她不知道发生了什么大事。

第二天关远峥被送进殡仪馆后，她才得知，自己的丈夫去世了。

至于怎么死的，关家对外宣称是急性心肌梗死，到底是不是，施念总觉得从关家人避而不谈的态度来看似乎另有隐情。

起初的几天就是蒙，外加不知所措，她也难过了一阵子，还连着哭了几天，但很快，那些悲伤的情绪就被这暗无天日的折磨消耗殆尽了。

关远峥去世后，施念的所有行为都被严格约束着，出行、着装、说话，甚至连对男人笑都成了不可触碰的禁忌。

她以前听一个学姐说过，女人坐月子等同于坐牢，这个不能干，那个不能碰，大门不出二门不迈，不是人过的日子。

现在想想，她这半年来的日子连坐月子都不如，坐月子起码还能玩玩手机吧，还能和朋友打打电话，见见家里人吧。

她呢？连唯一和外界联系的手机都在丁玲身上，这个忠心不二的助理小姐只有在特定的时候会将手机给她，并且在助理小姐的监视下完成手机上的一系列操作，没有关家人授意下的所有社交活动和外界联系全被严格管控着。

丁玲是施念活了二十三年来见过的最忠心的助理，只不过丁玲的忠心不是对她。

那个中年女人的丈夫已经走远了，还不时回头瞧一眼施念，似乎从古至今，“寡妇”这个词对男性来说都有着无法抵挡的诱惑，特别是如此年轻娇美的小寡妇。

施念面无表情地嘀咕了一句:“你说,我要是现在跑进去大喊一声‘我还是处女’，明天早晨的头条会不会是关家涉嫌骗婚？”

丁玲在旁听见这句话，冷不丁地打了个寒战。她狠狠拽了施念一下，提着一颗心说道：“你在开什么国际玩笑？今天这里到处都是上亚的保安，你还没冲进去可能就被扣住了。你别动这些歪心思，几个月前你在网上闹的事你忘了？我劝你安分点，最起码关家没拿你怎么样，你听话点还能吃好住好，多少刚从大学毕业的姑娘连份工作都难找，你就知足吧，再出个什么事，保不齐关家会对你不客气的，想想你妈吧。”

最后一句话，让施念的眸子恢复一片死寂。

几个月前施念也不过发了一张自己的画到网上，然后便引起了轩然大波。那些网友一会儿说通过色彩运用和诡异的构图猜测她患上了抑郁症，一会儿说画中的鸟儿抬头望天是想轻生的表现，她有可能因为太过思念亡夫想去天上陪他。五花八门什么解读都有，热度不断攀升都爬到了热搜，一眨眼的工夫那张图包括她社交账号的内容全部荡然无存。

就连那些截图转发的营销号都搜索不到了，什么叫资本的力量，这件事让施念第一次体会到以卵击石是什么感受。

不过这些都抵不上丁玲的最后一句提点，施念的妈妈，现在还躺在医院里，每个月都需要高昂的医疗费。家人是她最大的软肋，让她不得不屈服于现状。

她抽出刚才那幅画漫不经心地抚平，淡淡地说："你知道我在开玩笑还紧张什么？"

说罢，她话锋一转，随口提了句："讲起来你妈在关家帮工，你爸在关家开车，按照过去人的说法你属于关家的家仆，我公婆对你这么信任，远峥的死因你多少应该清楚吧？"

丁玲的神经再次紧绷，压低声音匆匆说了句："我记得提醒过你，在关家，能让你知道的会让你知道，不该问的不要问。"

施念提笔，将那两只王八当真改成了蓄势待发的风火轮。明明立于松下闲散优雅令人羡慕的仙鹤，霎时间便像要飞入云端逃离这个世外桃源，几笔之差，意境却是不同了。

她眼里涌动着说不清道不明的情绪，自己的丈夫死了，她却连他怎么死的都不知道。从她踏入关家大门起，她的人生就成了一个笑话，一个关家人征伐商界的道具。

丁玲为施念的杯子里添了点热水，无论她心向着谁，在照顾施念方面她算得上是个称职的助理，或者说这也是对她主家忠心的一部分。就是在这时，门厅外有了不小的动静。

由于东城关家嫡长孙突然离世，半年来东城这边一直很低调，这算是近日来关家举办得最隆重的一次晚宴，但凡受邀的宾客顾及关家的面子没有人会迟到的，此时晚宴已然过半，居然有人姗姗来迟还闹出这么大的动静。

一群气势不凡的人走入正厅，施念的公公似乎已经收到消息亲自迎了出来，这阵仗让施念和丁玲同时停下手上的动作。

那些人止步在中厅，施念的公公关显峙上前，和一群人之中身着暗色格纹大衣的男人说着话，很热络的样子。

丁玲见施念的眼神一直落在那处，出声提醒道："那些是西城关家的人。"

施念对于西城关家的人不太熟悉，但嫁到关家大半年来也有些耳闻。这大概要追溯到清末民初，老四九城内，东城富西城贵，那时关家最出类拔萃的两位堂兄就分别居于东城和西城，经历百年变迁，两大家族在这片大地开枝散叶发展到现在，都是不可小觑的家族，延续至今，还会以东城关家和西城关家来区分。

虽然早出了五服三代，除了同姓关，没有什么血亲关系，但家亲三代，宗亲万代，老祖宗都是一个，所以两边关家依然会有来往，大事上面双方都会到场。

然而施念的目光却落在那个和公公说话的男人身上，距离太远看不清长相，约莫能感觉出来那人挺拔的身姿透着一种浑然天成的清贵之气。

施念小声嘀咕了句："那边来的都是年轻人啊？"

和施念想象中不太一样，这么重要的场合起码也得来个长辈吧，还迟到了这么久，于情于理都有些不合规矩。

丁玲明白施念话中的意思，对她说道："和我们先生说话的那位是西城少东家关铭，别看人年轻，但在家族里辈分高，如果少爷还在世看见他都得喊声叔。他生意做得大，如今在华北这一带他都是能叫得上号的人物，今天能亲自过来，不算失礼了。"

施念眼眸微动，等了一晚上的男人终于出现了，虽然和她想象中差距有点大，她还以为会是个中年油腻大叔之类的，却没想到看上去比她料想的要年轻，不过并不重要，是个能说得上话的人物就行。

丁玲见施念没吱声，特地凑过来对她叮嘱了一句："关铭是西城大房最小的儿子，那边大太太四十多岁老来得子生的他，外面人叫他关小爷，生意上的人会称他一声关老板。不管哪种称呼，今天关家人多，这两个称呼说的都是他，你知道就行。哦对了，你结婚时他来过。"

施念有些诧异地望向丁玲，一脸茫然。结婚那天百来桌的场面，她出生以来就没见过那么大的排场，还好心理素质过硬没出什么岔子，人是一个都记不得了。

丁玲继而对她说："你没印象正常，那天人家坐下送个礼就走了。不过待会儿你要是有机会跟他说话得注意点。"

此时那群西城关家的人已经随关显峙进入内场，施念倒是饶有兴致地试探了一句："那我能对他笑吗？"

毕竟这几个月身边这位称职的助理无论走到哪儿，都在提醒她"收起笑容"，原本那么爱笑的一个姑娘这半年来硬生生憋成了一张扑克脸。

丁玲从小在东城关家长大，几个家族之间的关系自然了如指掌。她权衡利弊过后，想到施念在那边少东家面前属于晚辈，对长辈板着脸不成体统。

于是，她点点头："可以。"

施念笔锋一收，眼里闪过一抹不易察觉的激动和紧张，又转瞬即逝。

半个月前关家人要求施念签署一份协议，协议的内容大致是三十五岁前不得离开关家，不得和其他异性交往再婚，配合关家接下来开展的一系列商务战略部署。至于报酬，她没细看，因为她压根儿不想签。

十二年，要她继续忍受十二年这样的生活，等同于把她推进地狱。如果她是个有野心的女人，或者是个视财如命，攀附权贵之人，倒可以牺牲自己的大好年华在这风起云涌的大家族里博个好的前程，可惜她不是。

所以她淋了一小时冷水澡，成功地把自己弄病倒后暂时躲过了一劫。

躺了一个星期后，关家要准备慈善晚宴，协议的事便暂时搁置了。但施念很清楚，继续这样耗下去，那份协议她迟早要签的，关家压根儿没有给她选择的余地，如果他们想，可以用一千种方法逼她签字。

而今晚，是她闭关后第一次露面，也是唯一一次放手一搏的机会。一旦失手，她接下来将会彻底失去翻盘的机会，那意味着她往后的人生将会进入一种无休止的死循环。

塔西佗说过有冒险才有希望，所以她此时手心微微出汗，低垂着视线尽量掩饰自己不安的情绪。

按照之前设想的，她需要想办法和西城关家那边比较有分量的人说上话，才能实施接下来的计划。

目前来看西城关家那边，最有身份的人应该就是那位少东家关铭，自打他出现后，施念一直关注着内场的动静。

根据她的推断，西城关家那边既然有人到场，不管什么拍品，肯定都会拍一两样捧场，届时她便有机会以送字为由跟那边人搭上线。

但是很快计划便超出施念的想象，那位少东家的确刚坐下不到十分钟就举牌叫价了，不过他拍的并不是一样物品，而是豪掷五百万让在场的一位女明星上台唱两首歌。

这倒是一时间把施念弄得愣住了，她低喃了一句："还能这样啊？"

丁玲倒是颇为赞许地说："这位关小爷给我们铺台了。"

施念不解地望向丁玲。丁玲跟施念解释道，顾及关家之前的丧事，今天来参加活动的宾客也都比较克制，这就导致场子到现在都热不起来，拍卖会上彬彬有礼，互相谦让对于承办方来说可不是一件好事。

这位少东家刚坐下来没多久出口就是五百万，点了个明星上去唱两首歌，而他点的这位，恰恰是平时很低调的一位流量大花，叫秦桥，不接综艺不上活动的那种，今天能露面实属罕见，而且秦桥是个演员，大家没听她唱过歌，当然新鲜。

果不其然，施念一回头，瞥见内场突然就喧闹起来，气氛高涨之下那个叫秦桥的女明星走上了台。毕竟是做慈善，唱两首歌就能为慈善事业挣得五百万，这个好名声算是白捡的。

给佳人争了脸，人情到了，还顺水推舟帮东城关家这边把场子炒热了，这不费吹灰之力就一石三鸟的本事，怪不得刚才丁玲会说关铭给东城关家铺了台。

但施念就头大了。如果拍的是个物品，她还能题一幅字；这拍的是个人，她咋整？

场内传来了婉转的歌声，秦桥虽然是个演员，但嗓子还不错，唱的是一首《花好月圆夜》：

在这花好月圆夜有情人儿成双对
我说你呀你这世上还有谁
能与你鸳鸯戏水比翼双双飞
……

施念忽然灵光一闪，提笔蘸墨，飞速地在纸上画了一对鸳鸯戏水图。她已经顾不得那么多，脑中的弦紧紧绷着，手下发挥倒是比平时更加稳，草草几片荷叶半遮，透出些许意境，唯一美中不足的是，没上色，显得有些过于单调。不过意不在画，美丑她这会儿无暇顾及，有个东西就行。

她画完后都没有等墨完全干透就将画卷了起来，转身对丁玲说："不好等那位少东家亲自过来了，我给他送幅画去答谢人家。"

丁玲觉得的确有必要，那位关小爷大概也不会过来讨字画，但东城关家这边不能没有表示，毕竟他的身份有别于其他宾客。

丁玲跑进去和大太太知会了一声，大太太点了下头以示默许，而后丁玲又出来招呼施念："进去吧。"

施念在丁玲离开时已经将事先准备好的字条藏在了这幅画中，成败就在一念之间，她握着画的手都有些微微颤抖，是紧张，也是激动。

里面那位明星已经下场，台上在拍卖其他东西，但明显竞拍的人开始陆续多了起来，她们从后场进入，倒一时间没什么人注意到施念。

西城关家的人并没有坐在前面那几桌，被单独安排在了二楼观台，一个大圆桌边坐满了人。施念的目光落到圆桌时，脑袋嗡一声，她的公公和两个叔叔也在，此时正在招待西城关家那边的人喝酒。她握着画的手指突然紧了紧，心脏瞬间提到嗓子眼。

施念万万没料到会在自己公公的眼皮子底下作案。此时她只有两个选择：第一是将字条抽出来佯装什么事都没有，送完画走人；第二按照原计划将画和字条交给那位少东家。这赌的便是那位少东家的反应，万一对方并不买她的账，或者当场揭穿她，那么东城和西城关家人都在场，她就只有死路一条。

其实很久以后回忆起当时的那一幕，施念依然会心头发潮，但是她当下大脑一热压根儿就没有想过退路。

走到圆桌边的时候，施念并没有看到她要找的目标。公公投来目光，施念已经紧张得手心冒汗，幸好一旁的丁玲替她说道："关太亲自送幅画来感谢关小爷。"

公公没说什么，用眼神扫了眼后面：“人在里边。”然后又对着施念嘱咐了一句，“看到人叫小叔，客气点。”

施念垂着眸点头，目光根本不敢和自己的公公相视。而后她跟随丁玲拐过一道门，里面有个不大的包间，门口站着两个保镖堵得严严实实。

丁玲跟他们解释来意，一个手背上有文身的保镖扫了眼施念让开一个身位，很明显里面的人身份尊贵，闲杂人等不得入内。

丁玲有些尴尬地对施念说：“那我就在这儿等你吧，你送完画记得说几句漂亮话，懂吧？”

施念再次点点头，心里却是如释重负。她刚才一路都在想怎么才能躲过丁玲的双眼，现在倒是天时地利，就差人和了。

一踏进包间，里面几人便同时抬起头看向她。

施念双手放在身前，手中紧紧地握着画。她穿着一件及脚踝的长款黑色礼服，乍一看像哪里来的修女，由于太过紧张，一张脸显出几分苍白无力，头发倒是盘得一丝不苟，衬得鹅蛋脸娇小精致，一双眼睛警惕地扫视着包间内，最后落在关铭身上。

里面人不多，一共就四个，其中还有刚才上台唱歌的那位女明星，她就坐在关铭的右手边，刚递了一杯酒到他手中。

关铭接过酒后也抬起头看向突然冒出来的女人。

他的大衣已经脱掉了，这会儿穿着一件黑色衬衫，领口微微敞着，跷着腿半倚在沙发里，那风流慵懒之气从眉梢蔓延到眼底。

施念在看到关铭的一瞬身体仿佛漫过电流，毛孔微张，刚才距离远并没有看清他的容貌，此时隔着三米多的距离才发现这个人长了一张极具视觉冲击力的面容。更让她心惊的是，西城的这个少东家和关远峥的五官很相似，以至于她视线刚对上他的时候，被惊得说不出话来，整个人像被钉子钉在原地不得动弹。

可仔细辨认，这人和关远峥从气质到体型再到神态又截然不同，关远峥很清瘦，文雅内敛，看人的眼神也很温和。而面前的男人英俊的轮廓勾勒出一种难以靠近的倨傲，明明没有任何表情，却感觉他黑亮有神的眸子里藏着一种难驯的压迫感，让施念一时间分辨不出他的真实年龄。

然后施念就这么站着，和这几个人视线相对。她知道此时自己应该说些什么，或许应该先自我介绍一下，最起码告诉他们自己来干吗的。可就在这个当口，当几个明显浑身气场都强过她的人同时看向她时，她的心跳撞击着耳膜，居然瞬间就大脑空白了。

虽然在来之前她做过无数的心理建设，但箭真在弦上时她还是过度紧张，口干舌燥。

另外一边坐着两个男人，也没问她是谁，既然能一路走进这里，再看这身打扮其实已经能猜出她的身份，只是眼下没人点破，因为她看的人是关铭，显然是来找他的。

而关铭也没有开口，目光似有若无地打量着这个站姿僵直的姑娘，缓缓拿起手中的酒杯抿了一口酒，似乎也不着急的样子。

外面主持人高亢的声音不绝于耳，这个包间内却安静得出奇，这样的反差让施念更加无所适从。她忆起刚才公公交代她的话，僵持了片刻，开口便是一声："小叔。"

旁边两个男人都愣了一下，一时间还没反应过来这混乱的辈分，特别是关沧海，差点没忍住笑出声。

关铭倒是漫不经心地转动了下手中的酒杯，也没应施念这声称呼，而是拍了下身边的秦桥。

秦桥优雅地站起身说道："那我先过去了。"然后便往包间外走去，路过施念身边时对她笑了下。施念也礼貌地朝秦桥点了下头。

这下包间里就剩三个大男人在了，关铭独自坐在中间那张沙发上，那两个男人坐在另一边推杯换盏。施念知道这是绝佳的机会，比之前设想的种种情况对她更加有利。

关铭放下酒杯看向施念，她握紧手中的画迈开脚步，高跟鞋底踏在地砖上发出清脆的响声，每一下都像敲打在她的心脏上，就这样朝着关铭走去。直到走到他身边的时候，施念才停下脚步，将早已准备好的台词说了出来："我是施念，关远峥是我先生。我画了幅画，代表家里谢谢您刚才的捧场，希望您别见笑。"

旁边两个男人也投来好奇的目光。包间里仅有的交谈声消失了，施念半弯下腰将画递到关铭面前，他低眸看着她手中卷起的画，发现她用力过度，纸张被她握皱了些许，几乎是双手捏着那幅画。

施念此刻已经完全听不清外面的声音，只感觉心跳声大到仿若在耳膜上打鼓。

关铭没有立马接过，而是饶有兴致地抬眸掠了施念一眼，问道："我长得很可怕吗？"

此时这个男人的轮廓近在咫尺，眉骨很高，深邃的双眼呈现扇形，那是一双勾人的眼，面相并不凶，瞧人的时候有些漫不经心，偏偏整个人有种倨傲难攀的气质融在骨子里。

他的声音很近，落在施念耳中，让她下意识地摇了摇头，又由于摇头幅度过大显得不太诚恳。准确来说，现在这个包间里的一切都让她觉得可怕，每个细微的声音都能牵动她的神经。

关铭没料到自己随便一句话，施念的反应会这么大，不禁挑了下眉梢："你见到陌生人都这么紧张？"

施念的手举着，四肢有些僵硬。她抿了抿唇，忽然就抬起眸对着关铭露出一个腼腆的笑容。她半弯着腰背对着另外一边的两人，只有关铭能看见她的表情。她面颊圆润，线条柔和，笑起来的时候很讨喜。俗话说，伸手不打笑脸人。果然，关铭没有再为难她，敛了目光接过那幅画。

施念便直起背脊朝他又凑近一步，试图用身体挡住那边两人的视线。

关铭再次抬头掠了她一眼。她很紧张，双手死死地攥在一起，额上渗出了汗，仿佛感觉自己的命运此时都握在面前这个男人的手中，下一秒她是能乘风破浪，还是跌入深渊，全凭面前这人的一念之差。

关铭先是靠在沙发上神态寡淡地打开卷着的画，入目的是一对鸳鸯，画工还算可以，只是明显能看出来画得比较急，墨汁都洇染了，拿出手送人有些砢碜。不过，他面上并没有表现出什么情绪，直至拉到低部，他看见了画卷里夹着的一张字条：识众寡之用者胜，FMCG。

如果说施念活了二十三年有什么记忆犹新的紧张时刻，大概除了高考放榜时，就数此时此刻最为紧张了。她的目光牢牢锁住关铭，心脏跳动的频率已经无法估计。在她眼中，关铭只是扫了眼那张条子，面上无波，也完全分辨不出任何情绪。他手指一捻字条重新卷入画中，而后他一边不紧不慢地卷着画，一边抬起头用深色的瞳孔端量着杵在自己面前脸色煞白的姑娘。

施念不知道是不是自己产生了错觉，她竟然在这双眼睛里读出了几不可察的笑意，可再一看这个男人，分明没有笑。她的心弦被胡乱地拨动着，感觉自己都快被这诡异的沉寂折磨疯了。

施念不知道关铭的态度是什么，到底明不明白她的意思，她什么也做不了，只能身体僵硬地站在这个男人面前，把命运交给他，等待他的发落。

坐在一边的关沧海见关铭没怎么看这就卷了画，不免探过身子好奇道："给我看看。"

这句话让施念惊恐得浑身冒汗，双手贴在身边不自觉地握成了拳。眼见关沧海的手已经伸到了关铭面前，但关铭并没有松手，而是淡然地将画卷好握在右手，有一下没一下地敲打着左掌心，他似笑非笑地说："画是东城这边给我的谢礼，你想看自己拍东西去。"

一句话呛得关沧海收回手，要不是面前这个姑娘身份特殊，他真想调侃一句用得着搞得跟定情信物一样吗？

不过关沧海也并没有当回事，只当关铭突然来了兴致拿他打趣，谁料关铭突然对他说："差不多了，你去打声招呼，马上走。"

关沧海看了眼腕表，起身出去了。和他一起说话的男人同他一道出了包间，瞬间这个不大的空间就只剩下施念和关铭了。

刚才那张字条前半句出自《孙子兵法·谋攻篇》，大意为清楚敌我双方的兵力，因此知道采用何种对策方能取得胜利，后一个“FMCG”是快消品的代名词。

前段时间东城关家花了不少精力和西城关家这边促成了一项重要的战略合作，这也使得西城关家正式进军快消品行业，字条上的FMCG指的就是这次合作，再结合前半句话意思就很明显了。

施念手中握有重要信息，可以决定这次合作导向。

如果刚才施念还在猜测关铭有没有读懂字条中她所传达的意思，现在几乎可以肯定，面前这个男人在瞄到字条时已经明白了，所以他才没有将画递给关沧海，而是玩笑带过，又将他们支开。

施念紧张地舔了舔嘴唇，拘谨地盯着关铭。以为他会开门见山问她手上握有什么重要信息，她在心里组织语言，想尽量两句话说完，便等他开口。

然而面前的男人并没有出声，而是从茶几上拿起一个精致的金属烟盒，抽了根烟出来，然后抬了下眼皮望向她：“介意吗？”

施念机械地摇了摇头。

他轻勾了下嘴角将烟叼在唇上，但施念可以肯定他并不是在笑，只是给人的感觉散逸松弛，这就和她形成了鲜明的反差。

明明几步开外全是东城关家的人，她一个东城寡妇和一个西城少东家试图商量着铤而走险的事，她紧张得要命，他却一派自若，随手将画中那张字条又抽了出来。

施念看见那张字条后心跳又开始加剧，而关铭只是瞥了她一眼，火星子一闪，半暗的空间里她还没来得及看清，那张字条在关铭手中已经被点燃。他手臂一提用字条将烟点着，反手将字条立了起来，火一下子蹿高，她心头微滞，她甚至怀疑火是不是已经烧到他的手了。

但是这个男人面上毫无波澜，就这样看着字条完全烧为灰烬。他手掌一甩，将剩余的灰扔进烟灰缸里，一系列动作行云流水，透着沉稳老练。

随后，他吸了一口烟，吐出丝丝烟雾，然后抬眸定定地打量了一番施念，问出的第一句话却是：“方向能认得吗？”

“啊？”施念有些蒙地跟他对视，下意识地点了下头，“能。”

“这个公馆的东南面有个侧门，半个小时内你能摸到那儿我们再谈。”

关沧海和那个男人的声音由远及近来到施念身后，关铭不紧不慢地立起身，将衬衫最上面的那颗纽扣系上，然后拿起画目不斜视地掠过她走出包间，没再对她说一句话，仿佛他们之间什么事情都没有发生过。

施念出去的时候，丁玲一直紧张地徘徊在外面，见到她后迫不及待地迎了上来问道：“怎么样？顺利吧？那位叔有没有说什么？”

施念随口应付道：“没有，就随便聊了两句。”

丁玲放下心来：“我刚看到他们去饭桌那儿了，好像准备走了。”

为了避开人多热闹的场合，丁玲带着施念从另外一边的电梯下去。

施念的心神还没有缓过来，在电梯里不禁问了丁玲一句：“西城的人好像都挺听那人的话，是因为他是大太太的儿子吗？”

丁玲告诉她：“不全是。那边大太太不止关铭一个儿子，他上面还有个大哥，应该比他大将近二十岁，早年投资失败，亏损了家族不少钱，之后西城那边的日子就不太好过。”

“所以这个小儿子一毕业就回国了，回来后没有接手家族里的烂摊子，反而开始进军餐饮娱乐产业，现在华北这一带有名气的酒吧、会所，还有那些声色场所背后都有这位关小爷的身影。”

“他投资眼光好，什么赚钱做什么，短短六七年间积累的财富连那边老一辈的人也不得不对他另眼相看。”

“不过……”

电梯门打开了，丁玲止住声音左右看了看，施念皱眉侧头：“不过什么？”

丁玲确定没有人后，继续对施念说道：“不过他在外面的风评不大好，都说他是赚快钱的，投机者，下手狠，做起事来对家里亲兄弟都不手软，很多生意虽然赚钱，但不怎么体面。”

言罢，丁玲又加了句：“而且听说他百花丛中过就是不结婚，还有传言说他是不婚主义者，那边关家对他意见颇大。”

丁玲虽然很少谈论自己的东家，但对西城关家那边的事情她倒是没有保留，以后要有生意往来，让施念知道些那边的情况也能够在恰当的时机审时度势。

而施念想的却是，做生意能赚到钱不违法就是本事，还讲究什么体面不体面的。

不过，她转念一想，这大概就是富人家庭和名门望族之间的差别，普通有钱人利益至上，而像关家这种百年世家无论做什么事都要讲究个脸面，这点她在东城关家这边早就体会到了。

所以她都可以想象背地里议论那位少东家的人，大概就是一种看他不爽，又干不掉他，见了面还得赔着笑，这可能就是在大家族里最理想的生存境界了，可惜现在她的情况完全相反。

出了电梯正好回到正厅，通往内场的红毯边上是一个签到台，只不过此时晚宴都快结束了，签到台早已没了人，只是还没来得及拆掉。

施念的目光紧紧盯着签到台上的东西。一直到快走回外厅时，施念才停住脚步，面色平静地对丁玲说："我去趟洗手间。"

丁玲没有怀疑，只是问了句："需要我陪吗？"

"不用了，你去那边看下，万一有人找我你先招呼一下。"

丁玲让她快去快回。

施念转身再次走回门厅，路过签到台的时候，她拿起台面上的剪刀塞入袖口内，又顺手抓了一把别针匆匆往洗手间的方向走去。

十五分钟后，一个身着黑色抹胸紧身礼服的女人绕过内场径直往另一头的走廊而去。

她长发披散在肩上微微卷着，腰间的衣服做了大面积的放射状褶皱，露出笔直匀称的长腿，踩在高跟鞋上像个时髦火辣的摩登女郎，气质上完全变了一个人，只不过她脸上戴了一个黑色口罩。

今天有不少知名人士到场，此时有些人已经陆续离场，门口蹲守了很多记者，也有少许人戴着口罩从偏门离开，关家自己的保安基本上都在维持秩序，确保那些贵宾能安然离场，所以这会儿走廊站着的都是上亚的保安。这些人毕竟是外聘的，只能认得施念的丧服，但对施念本人的身型并不熟悉，她此举倒是没有引起多少人的怀疑。

一路上她尽量调整呼吸，走出淡然从容的步伐，好在别人看她衣着光鲜，料想是来参加晚宴的宾客，没有人上前询问。于是她就这样在众保安的眼皮子底下摸索到了东南面的那个侧门。

此时，侧门大开，正有运输车辆往外拖东西，大概是布置场地的工作人员，那里两扇院门都敞开着，站了不少保安。

施念自从见过那位少东家后心脏就一直紧绷着，她以为关铭最后那句话的意思是，楼上都是东城关家的人不方便详谈，所以把她喊到东南门，这里应该没什么人。

可实际情况跟她料想的截然不同，这里不仅人多还杂，绝对不是一个谈事情的好地方，并且她巡视了一圈都没有看到西城关家的人。

她当时只有一个想法，会不会自己被忽悠了？

施念紧张地往上拉了下衣料做的口罩，伸头朝外瞧了眼。门外倒是停了一排车子，她想唯一的可能就是那位关小爷先上了车，在车上等她。她觉得这个可能性极大，于是她迈开步子顺着小道边上往公馆外面走去。

十一月的天气，在公馆里不觉得，一出来就感受到夜晚的凉意了，施念抱着胳膊，被风吹得发寒。

晚宴刚开始的时候对进入的宾客还有严格的排查，但此时散场对于离开的宾客管控得就没那么严了。

十多步的距离，施念也认为自己能够顺利走出公馆，然而令她意想不到的是，侧门口指挥车辆停运的是一个东城关家的人。虽然施念并不知道他叫什么，但那人一米九的块头，每次关家有什么活动都会出现。施念还记得在关远峥的葬礼门口，她差点被记者围堵，当时也是这个男人帮她开道的。

所以在看见他的时候，施念的心便一提，低着头脚下的步子不禁就加快了些。也许是她的打扮引起了旁人的注意，突然有个中等身材的保安拦住了她，说道："你好，这里不能通行。"

这句话成功引起了旁边人的注意，包括那位一米九的大块头。施念余光看见他朝这里扫视而来，脑袋里嗡嗡作响，甚至在那一秒之间闪现出他识破自己身份后尴尬的境地。

然而，此时她只能硬着头皮解释："我车子停在外面，麻烦通融一下，省得绕一大圈。"

就在施念和这位保安交涉的过程中，大块头朝她这里走了过来。关远峥葬礼期间，这个人曾经多次跟她同乘一辆车，她能一眼认出他，对方保不齐也能一眼认出她，况且对方是专业的保镖出身，本就有异于常人的洞察力。

在大块头走向自己的时候，施念基本上已经心如死灰，甚至在想待会儿被他带回去后，自己到底如何跟公婆解释。

就在这紧张的片刻，大块头已经来到二人面前，简单地问了句："怎么回事？"

那个保安说："这女的想从这里出去，我跟她说了这边不能通行。"

随后大块头将目光落在施念脸上。施念低着头看着自己的脚尖，恨不得把头塞进水泥地里，旁边的人还在搬运东西，周围人声嘈杂，然而施念却感觉空气有几秒的静止。她料想面前的人应该已经认出自己了，不过顾及她的身份，他可能不会当着这么多人的面让她掀掉口罩，但大概率会亲自把她押回去。

大块头只是盯着她看了两秒，施念被人这么盯着，内心忐忑不安，却在下一秒突然听见一句："让她过吧。"

施念猛然抬起头不可置信地看着这个一米九的壮硕男人，对方已经收回视线不再看她，走到一边蹲下身搬起一个堵着门的箱子扔到货车上，算是给她挪了一个位置。

大块头是东城关家的人，这里干活的人都听他的指挥，旁边的保安见状也没有再为难施念。

施念已经不敢多想，匆匆说了声"谢谢"便大步穿过杂物堆走了出去，侧门外是一条空旷的马路，没什么人，但停了两排车子。

施念踏出公馆门的刹那，月光稀疏地洒落在她头顶。她轻轻抬眸，微风拂面，草木皆动，竟然一时间有些激动。

但很快她便收敛心神寻找目标，她无法判断关铭在哪辆车里，好在不需要她判断，她才走出去，正对面就有一个男的打开一辆轿车的后座车门等着她。

施念左右快速扫了眼，飞奔到马路对面。她有些印象，这个男人手背上有个很明显的文身，刚才出现在关铭所坐的包间外面，应该是他身边的人。

果不其然，施念刚走过去，男人便说了声："施小姐，请。"

施念以为关铭就在车上，谁料她上车后，后座空无一人，除了她就是前排的一名司机。司机也没跟她说话，坐得端直。

文身男替她关上车门后，坐进了副驾驶，很快车子便发动了。

施念有些诧异地问："请问，关铭关先生呢？"

文身男没什么表情地告诉她："关老板有事先走一步，现在带你过去。"

施念整个人蒙了，带她过去？带她去哪儿？

她临时改了礼服混出来，剪掉的半截礼服她还藏在洗手台下面。她没想过今天晚上能把事情说清楚，出来不过想了解下对方的想法，如果能达成共识再另找机会商议。

本来以为短短几句话的工夫，她还能混进去想办法把那半截礼服拼接回去，再随便编个理由糊弄丁玲。这下好了，人不知道要被带去哪儿，身上手机和钱什么都没有。施念的手握着门把，紧张得直冒汗，她算着时间，自己出来已经有二十多分钟了，丁玲估计要起疑了。要是东城那边的人发现她不在了，可能不会立马找她，还要顾及那么多重要宾客，顶多再过一两个小时，关家人就会开始大面积寻她了，到时候怎么办？

然而仅仅过了一小会儿，她就突然发现没有手机也有没有手机的好处，就像她此时坐在这辆陌生的宾利上，车子都开上高速了，谁想找她都困难。

她按捺不住，再次开口问了句："我们这是去哪儿？"

文身男依然例行公事地回道："关老板都安排好了，放心。"

安排好了？安排了什么？施念越琢磨这句话越感觉捉摸不透。

按照常理，那位少东家把自己接去这么远的地方，他不可能没有想到东城那边的人会找她，只要调取监控再进行排查，应该不难发现她离开公馆了，况且那个一米九的大块头与她打过照面。

施念想起刚才那一幕，越想越觉得古怪。那个大块头明显认出了她的身份，不仅没有揭穿她，反而推波助澜放了她一马，到底为什么？

很快，一个可怕的念头蹿到了施念的脑中——大块头是关铭的人。

这个想法让她出了一身冷汗，她已经不敢再细想下去。

现在她再回想这句“安排好了”，既然自己能想到的，那个少东家肯定也能想到，他敢把她接出来，那么她还怕什么不敢走一趟的？

思及此，施念一颗悬着的心反而彻底松懈下来，自己有多久没有离开婆家的视线了？

自从确定婚约起，她的一言一行都受到关家的约束，此时她靠在椅背上，头随意耷拉着看外面的残月竟然觉得风景如此美好，就像一个坐了一年牢的人被放出来的感觉。不管前路等着她的会是什么，起码在这一刻，她什么都不想去思考，只想短暂地逃避现实。

好在车子并没有开多长时间，一个小时不到就驶入了邻市的海港，文身男告诉她：“到了。”

施念下了车后跟随文身男往里走。现在还不算太晚，附近保税区灯火通明，人也挺多。进入大厅后，有个指向二楼免税店的牌子，施念什么证件也没带，但神奇的是一路跟着这个文身男居然畅通无阻，就这样走到了一个 VIP 休息室的门口。进去前，她还能看见排着长队等待上船的游客，那队伍竟然长得看不到尾。

文身男回头催促了她一下：“快点吧，待会儿人多。”

施念便匆匆收回视线不敢再多做停留，穿过 VIP 休息区直接走入专属通道，然后巨大的海洋皇洲号便映入眼帘。

施念的脚步停了下来，文身男回身对她说：“跟上。”

施念犹豫了一瞬，这是……要上船？

文身男见她不动，又对她说了句：“关老板在船上。”

施念回头看了眼，VIP 休息室里的人陆续站了起来往通道方向排队。没有退路了，她咬了咬牙跟了上去。

2. 这船要开向哪儿？

从上船开始就有层层工作人员核对信息，但施念跟着文身男，没人为难他们，甚至都没有人提船票和证件，这点让施念感到略微诧异。不过她待在关家的这一年里，也见识过不少匪夷所思的事，权贵的世界有些事情是无法想象的。

游轮内部很大，也很豪华，只是文身男走得极快，而且他似乎对游轮内部极其熟悉，走的都是人少的通道。施念踩着高跟鞋，光跟上他的脚步已经很困难了，当然也没有心情去打量其他地方。

电梯停在第七层，下来后施念特地留心了一下过道上写着 2A。此时乘客都没有登船，船舱内部比较安静，文身男带着施念穿过通道刷开了一道门，里面是一间干净的海景房。

而后他对施念交代了一句："关老板现在有事，过会儿忙好了会来找你。五分钟后就有人登船了，你尽量不要出来，房间里有食物和水，你自便。"

施念折腾了一路，直到听见那位少东家待会儿会来找她，才松懈下来，对文身男说了声谢谢。对方很规矩，门都没有踏进去半步，就从外面给她把门带上了。

施念回身扫视了一圈这间海景房，装潢得不错，有张大床，铺着干净整洁的床单，还有一扇窗户，不过此时到了夜晚，透过窗户倒也看不见什么海景。

窗边的茶几上有一盘精致的点心，旁边一个冰箱里放着酸奶、各种汽酒之类等饮料，房间里自带独立卫浴，给人感觉敞亮舒适。游轮吨位大，感觉不到晃动，就这么来看一点都不像登了船，反而有种入住豪华酒店的错觉。

施念想着要是自己是自由身，要是没有这么多破事，待在这里优哉游哉过个几天也挺舒坦的。

但很快，随着过道的动静越来越大，她开始担忧起了一个问题，乘客陆续登船后，是不是意味着这艘游轮即将起航了？起航去哪里？那她怎么办？难不成也跟着游轮出海？

这个问题让她的脸再次变得僵硬，但她没有手机，也不敢打开这扇门出去。一路而来她都戴着这个临时从礼服上剪下来的自制口罩，她结婚时排场太大，还一度在网上引起了不少关注，那些人从她的家世到样貌都给扒了个遍，贸然出去，她不敢保证会不会被路人认出来，现在网络这么发达，万一被拍张照发到网上，她会很麻烦。

所以除了刚才那个文身男，她甚至不知道找谁。而此时文身男离开了，她更不知道该问谁去。

不过几十分钟后，随着一道船的汽笛鸣声，她停止了思考。

这艘游轮起航了，无论即将开去哪儿，她都下不了船了。回想起今晚发生的一切，她觉得晕晕乎乎的，而更多的是忐忑和未知。

等待的过程尤为煎熬，除了煎熬就是冷，开了暖气她依然觉得房间冷，从骨头里散发出的寒意，多是焦虑引起的。

两个小时过去了，仍然没有等到人，她想着要不要去床上躺一会儿，可又怕那位少东家突然来找她，看到自己在睡觉不太妥。

就这样硬是撑到了十一点，门外有了动静，两声短促的敲门声。

施念谨慎地将先前取下的口罩重新戴上，走到门边打开房门。这是今晚她第二次见到西城少东家关铭，他身后站着刚才一路送她过来的文身男。

关铭没有穿外套，还是那件纯黑的衬衫，只不过此时最上面两颗扣子都松了，身上还有淡淡的酒气，但他的眼神不似醉态，立在她的房门口，居然还十分绅士地问了句："方便吗？"

方便吗？天知道施念已经等了他一晚上了，他居然还客气地问自己方便吗？这不是明知故问吗？

施念侧过身子把关铭让进屋。

关铭踏进房间，文身男依然没有进来，守在门口，替他们把房门关了。

房间里的光线有些偏暗，船起航后施念想看看外面特地调暗的，此时也没有再调回去。

关铭进屋后先是打量了一下房间，而后对她说了句："有个应酬不得不去，等久了吧？"

他似乎在解释自己晚到的原因，其实……他也不用向她解释什么，这样一说反倒搞得像她会因为他晚到生他气似的。

施念想到今天晚上的行程关铭应该都是事先安排好的，又要去慈善晚宴给东城关家捧场，坐了会儿再赶来邻市登船参加应酬，而她，也不过是个意料之外的插曲。

只不过经他这样一说，竟然让施念等了一晚上的怨念突然消失得无影无踪，怪不得丁玲说他是个人物，说话都透着艺术，让人很容易产生好感。

此时关铭的目光落到了施念身上，似乎在打量她的穿着，看似随意，然而施念依然能感觉出来他身上锤炼出的压迫感。

如果初见他时还惊讶于他的五官和关远峥很像，而现在施念才真真切切地感受到，两个人截然不同的气质，关远峥身上不会有这种压迫感，或者说面前的男人更像一本无法参透的古籍，他看着你的时候，你完全猜不透他在想什么，下一步会怎样。

在这么封闭的空间内，施念被一个身份如此特殊的男人打量着，这种感觉让她浑身不自在。她微微皱了下眉，开门见山地问道："我们现在谈吗？"

关铭的眼神依然落在她的身上，似乎在辨认什么。施念极其不自然地拢了下腰间，这时关铭才发现那个隐蔽的别针，应该不止这一个，但被她隐藏得很好。如果不是她刚才下意识的动作，他似乎都找不出任何破绽。

关铭的嘴角突然扯起一抹笑意，答非所问地说道：“你这衣服是临时改的？”

施念双手抱着胸感到一丝窘迫，刚才情况紧急，她穿着原本那条长裙太像丧服，也太容易引起注意，所以想着用现有的布料将款式改动大点，形成反差才不容易让人注意到她。

因此之前见这位少东家，她还手脚包裹严实，头发盘得一丝不苟，像个乖乖女的模样；此时她的肩膀、锁骨，还有双腿都露在外面，虽然乍一看还挺有设计感，但毕竟只有短短的一块布料，身材一览无遗，有些尴尬。

关铭朝她走近了一步，似乎对她脸上的口罩感兴趣，凑近看了眼问道：“口罩也是现做的？”

施念被他识破了，只能点点头。

关铭这才意识到面前这个姑娘身上的布料仅仅是用别针固定的，并不牢，他很快收回视线和她拉开距离随口说了句：“反应挺机灵。”

这句不知道是不是在夸奖的话让施念更加紧张了，她出声问道：“这船要开去哪儿？”

“福冈。”

“日本？”施念惊道。

“那我怎么办？我现在还能下船吗？家里那边应该在到处找我，我以为你约我出来就是说几句话，我要是不回去……我……”

施念已经开始语无伦次了，突如其来的消息如当头一棒，她无法想象东城关家那边现在到底是什么场景。如果今晚她能赶回去倒还好说，船一旦出了境内，她消失个几天还不得乱了套？

关铭走到房间中央，单手抄在西裤口袋里，回眸掠她一眼，嘴角微撇，神情散漫地“啧”了一声：“我要是你不如利用这几天好好放松一下，该吃吃，该玩玩，想那么多，事情也不会变得更好，还是你挺享受笼中鸟的生活？”

话音刚落，施念脸色变了变，她突然想起几个月前发到网上的那幅画，画中的雏鸟窝在鸟巢里仰望天空，当时很多人的解读是她有抑郁症想随关远峥归天。

然而画中真正隐藏的是那些纵横交错的树枝编成的鸟巢，仿若巨大的牢笼把雏鸟囚禁在巢穴内，雏鸟仰望天空向往自由，却没有坚实的羽翼。

施念不敢确定此刻这位少东家的话是不是在点破那幅画中的意思，可转念一想，人家多忙的人，怎么可能关注这种八卦。

于是施念又问了句：“字条里的事，我们现在聊聊吗？”

谁料关铭突然俯下身摸了下整洁的床单，感觉到指尖传来的凉意，随后略微皱了下眉对她说：“不急。”

而后他走到门口打开门，对着外面说了声：“进来。”

文身男走进屋内反手关上门站在门口，没有走入房间。施念拘谨地站着，听见关铭问了文身男一句：“怎么安排在这儿？”

文身男回：“时间紧，这间房是临时调的。”

这房间有窗户，虽然很小，但也算是海景房了，有独立卫浴，不用跟别人共享，比内舱强多了。

但很显然关铭不太满意，对文身男说：“这里湿气大，给施小姐换间舒服点的套间。”

文身男委婉地提醒他：“楼上满舱了，那些人的身份，都不太方便调整。”

这次的聚会，关铭算是东家，自然不好把贵客们往下层安排。他沉默了几秒，转身对施念说：“我的套房里有一间空房，上面有专属区域，不对外开放，你可以自由活动不用担心被打扰，也不用戴这个。”

他用眼神扫了眼她的自制口罩，问道：“愿意吗？”

施念的心跳漏了半拍，她一开始还没明白过来套房里有一间空房是什么意思。是跟他一起住的意思吗？

她知道现在的确太晚了，不适合谈正事，既然船已经起航了，也不可能为了她一个人停下，除非把她扔进大海。

其实住在这里没什么不好，但是想要出这间房门的确就困难了。虽然想到要和西城少东家住在一起，怎么想怎么奇怪，但自己一个人住在下面，他好像还很忙的样子，想要跟他谈正事不知道要等到什么时候了，总不能一直守株待兔。

而且他还在耐心等着她的回答，在东城关家的时候，没有人会询问她的意见，所有关于她的安排都会自动略过她，包括她没结婚前，在娘家从小到大也都这样，突然有人在征求她的同意，有那么一刹那，施念有些恍惚。

于是她仅仅思考了十来秒就决定道：“好。”

关铭听见施念的回答后，便带着她离开了这里。

进电梯前关铭和文身男走在前面，关铭对他低声交代了几句，而后文身男乘坐普通电梯离开了，并没有跟他们一道。

而施念则是跟着关铭进入专属电梯，走进电梯后，施念才发现这部电梯是直通第十二层的，需要身份认证，换言之，其他楼层的人无法进入。

电梯门关上后，关铭的手机响了，他低下头一直在和谁发信息。施念的眼神无处安放，最后落在他的手指上。她很少会关注男人的手，可身旁这个男人的手长得很养眼，骨节分明，修长有力。

关铭似乎注意到她的视线，收起手机回头看她的时候嘴角浮上淡淡的笑意：“在我面前，你不用这么拘谨，有什么想问我的可以直接问。”

他的坦荡反而让施念有些无所适从，她依然担心着东城关家那边的情况，出声问道：“我家里那边会不会正在找我？”

“不会。”关铭依然带着淡淡的笑意，似乎是想让她安心。

然而施念却完全无法安下心来，她的瞳孔骤然放大，试探地问：“什么意思？”

“他们知道你在这艘船上，考虑到外界影响不会大张旗鼓地找你，除了我，也没人知道你……离家出走。”

“我没有……”施念本想辩驳一句我压根儿没想离家出走。

但是电梯门已经打开了，关铭很绅士地侧身看她，让她先出电梯。施念心绪不宁，总觉得哪里古怪，例如东城关家的人是怎么知道她在船上的？

出了公馆她就被关铭的人接来这里，除非关铭透露了她的行踪。

她现在脑子一团乱麻，跟在关铭后面回到套间。进了这里的豪华套间后，施念才发现自己真是多虑了。

说是和关铭住在一起，但进门处就是宽敞的客厅，有私人健身房、海景餐厅、私家影院和观景台，地方大得让她瞠目结舌，而那间关铭口中所谓的空着的房间在另一头，离他的卧室十万八千里，根本没有共处一室的尴尬，亏她还顾虑了一路。

关铭给她指了一下房间的位置，对她说：“直走就是，你看看可还行？白天我一般都不在，这里的东西你可以随便用。”

施念点点头便先回房看了眼，竟然比刚才楼下那间海景房足足大两倍，床品被褥、洗漱用品都很高端，就连房间里的香薰都是似有若无的，淡淡的木质香调。卫浴里有圆形的按摩浴缸，旁边就是全景舷窗，可以边泡澡边欣赏海景，还连着舒适开阔的私人阳台，入眼的就是苍茫无际的大海。施念不知道现在游轮已经开到哪儿了，她只是就这样静静地站在阳台上吹了会儿海风，抬头是罕见的繁星闪烁，低头是朦胧的波光粼粼，四周静谧得仿佛这个世界只有她一个人。一年来难得让大脑放空，竟然一时间忘了寒冷，直到房门被敲响，施念才回过神来。

她匆匆走回房中打开门，关铭出现在她面前，他手里提着个袋子放在门口的地毯上对她说：“我让人给你拿了件衣服，现在太晚了，你将就一下，明天我再安排人带你去选。”

施念瞥了眼袋子，有些不好意思地说：“麻烦了。”

这时施念才发现关铭洗过澡了，头发半干，换上了一件清爽的米色针织衫和白色休闲裤，并不是睡衣。这么晚了，他似乎还要出去的样子。

关铭没有进她房间，而是看了眼她被海风吹乱的头发，对她说："晚上风大，阳台门关好，吹多了头疼，想看海明天太阳升起来了可以去私人甲板。"

"谢谢。"这句是真心的。

关铭勾了下嘴角准备离开了，临走时，他突然想起什么："哦，对了，你晚饭还没吃吧？"

施念点点头，刚才在等他的过程中，心力交瘁什么都吃不下，施念没想到他会留心这么细枝末节的事情。

关铭沉默了一瞬，对她说："你待会儿换完衣服要是不想跑，按房间里的铃，管家会把东西给你送来，要是睡不着可以来餐吧坐会儿。"

施念依然点点头，似乎上了船后她整个人就是蒙的，关铭说什么，她能做的也只有点头。这里不比陆地，四面是海她哪儿也去不了，谁也不认识，这种漂泊无依的感觉让她下意识去依赖面前这个唯一能算得上与她有些关系的人。

关铭见她这副乖顺拘束的模样，打趣了一句："送画给我的时候胆子倒不小，现在蔫了？"

他说完就转身离开了。

施念站在房门口愣了会儿神，送画给他的时候，她的确是想找关铭进行一场谈判，不管谈判的筹码是什么，她的最终目的都是想摆脱现在的生活，挣脱西城那边的约束，逃避那份卖身协议。只是她没想过今晚就能逃得这么彻底，直接连人都消失了。

施念突然追了出去，对着关铭即将出门的背影喊了声："那个……小叔。"

关铭愣了下，回头抬眸瞅着她，没有应声。

"你刚才说的餐吧怎么走？"

关铭指了下服务铃："按铃，会有管家带你去。"

施念退了一步："好，那你忙。"

关铭收回视线，这下是真走了。

关铭离开后，施念翻开刚才他送来的袋子，里面有件高档的针织裙，应该是他刚才看出自己的窘迫，交代手下临时去准备的。船上有购物中心，只是这会儿应该下班了，不过对他们这些人来说弄件衣服倒也不是什么难事。

施念洗了个澡，穿上那条收腰的浅色针织裙，面料很柔软，看款式她已经能猜到品牌了，在套上之前她翻了下标牌价，果不其然，贵到离谱。

她按了那个服务铃和管家说想去餐吧，很快就有个穿着衬衫马甲、戴着平整领结的褐发男人敲开了房门。管家叫凯恩，是个外国人，但会中文。

施念没有戴口罩，好在这位私人管家先生非常专业，没有询问她为什么深更半夜突然出现在关先生的房间，只是恭敬有礼地给她介绍着这层楼的一些设施。

凯恩将施念领到了餐吧，让她慢慢享用并告诉她，他们二十四小时提供服务，有什么需要可以随时找他。随后他叫来了服务生为施念递上菜单。这时施念才发现，餐吧的另一头有声音传来，不太清晰。她抬头望去，虽然被装饰栏杆隔开了，但依稀透过落地玻璃看见有人在那头。

凯恩顺着施念的眼神告诉她："是关先生，待会儿有外人上来，他让你随便吃，不用过去打招呼。"

施念点头道谢。凯恩走后，施念垂眸翻看菜单，菜单是全英文的，服务生询问她是否需要更换中文菜单，施念对他笑了下说："不用。"然后赶紧用纸巾捂住口鼻打了个喷嚏，果真十一月天夜里的海风不能吹。

施念翻看了几页，随意点了一份安格斯肋羊排还有橙汁，服务生收回菜单让她稍等。

施念看见这个服务生在路过关铭他们那里的时候，似乎被叫住了，然后拐了个弯走向关铭所坐的角落。

从施念这个角度正好可以看见落地窗上关铭的身影，他的对面还坐着一个男人，是晚上在公馆包间里差点拿她画看的人。

服务生半弯下腰，关铭和他说了几句话，施念便发现这个服务生又绕了回来。

她捧着水杯有些诧异地望着他。服务生靠近后对施念说："关先生建议您尝尝我们这里的 Noble，是一种甜酒，度数不算高，可以驱寒。"

施念的眼神下意识望向落地窗，关铭也正好偏头看着窗户，无法判断他也是在看玻璃倒映中的她，还是在看窗外？但他刚才应该留心到她打喷嚏了。

施念脸颊微微发烫，说了声"谢谢"，服务生便去安排了。

服务生刚离开，施念就听见远处有人来了。是三个很漂亮的女人，个高腿长，施念坐的地方她们看不见她，但她可以透过落地玻璃看见她们。

几个女人来了便自然而然地坐在关铭和那个男人身边，不一会儿就有服务生上前开了酒，那边一下子就热闹起来。

其实她应该猜到，都这个点了，这些阔少聚在一起能干吗，无非美酒、女人，亘古不变的道理。

关远峥私下的生活是不是也这样施念并不清楚，但她偶尔会听丁玲提起西城二叔家的那个儿子关远峻，端的是葡萄美酒夜光杯，耍的是明星、网红，换女人如换衣服这句话在这些男人身上体现得淋漓尽致，甭管结没结婚，心在哪里，反正身体永远在漂泊。

正当施念胡思乱想之际，服务生给她端了一碗热汤，她没有点，但服务生告诉她是餐前暖胃用的。施念端起来喝了口，乳白的汤汁应该加了少许的牛奶，丝滑入口。

整个用餐的过程，除了那个站在远处随时候命的服务生，没有第二个人，她待的这块区域寂静无声，便不时抬起头扫向另一边。

关铭靠在沙发上，一个性感妩媚的女人坐在他身边，离他挺近，其他两个女人坐在另一个男人的身边，他们不知道在谈论什么，施念听不见，但能依稀感觉有说有笑的，气氛挺好。

关铭身边的女人拿了酒杯，然后喂到他嘴边。关铭含笑接了过来，女人还在凑近他，整个人都贴到关铭的胳膊上了。他低眸看了美人一眼，半笑着抬起手臂搭在沙发靠背上，虽然没有碰面前的女人，但这个姿势更加暧昧了些。倒让施念想起丁玲对他的评价，百花丛中过的不婚主义者。

施念刚大学毕业就进入关家了，她经历简单，没有见过风月场上的男人，但从她这个角度望去，这位少东家的一举一动都透着漫不经心的从容，融在骨子里的清贵有种高不可攀的气场，端的是一派风流写意，也难怪会有这些莺莺燕燕贴上去。长得帅又多金的不少，但像关铭这样的出身背景，又绅士周到的男人，很难让人不动心思。

施念不禁想到如果自己没有进入关家，如果还是自由身，会不会也被这样的男人吸引呢？

答案是空白的，因为如果她没有嫁入关家，她这辈子大概率都不会碰上关铭这样的人物。

施念正胡思乱想之际，羊排已经下肚了。她喝了口甜酒，入口微甜，偏清香，竟然很好喝。她又喝了一大口，这下舌尖感到辣辣的，可回味起来还是满口清甜。她又仔细瞧了眼这淡绿的液体，凑到鼻尖闻了闻，有种好闻的果香味。她从没品过这么好喝的甜酒，这种味道轻易地留在了她的记忆里。

就在这时关铭的手机响了，他看了眼来电，拍了下身边的女人，又递给关沧海一个眼神，然后便起身绕到一边接起电话。

施念有些诧异地抬起头，就看见关铭朝她坐着的地方走来，不过不是走向她的，而是径直拉开离她不远的一扇透明门，走到外面阳台打电话。

而另一边的关沧海起身将三位美女送出了餐吧。

施念吃着餐后甜点，又侧过头看了眼外面的关铭，发现不知道什么时候他靠着围栏，看向餐吧内她坐着的方向。

施念旋即回了下头，她身后没有人，服务生也不在了，唯一的可能是，关铭在盯着她看。她再投去视线的时候，关铭的脸上突然出现了笑意，半弯的眼角勾勒出一道深邃的阴影，一手拿着手机，另一只手肘撑在围栏上，身姿修长。

他的笑容很有感染力，施念没有看过一个男人是这样的，不笑的时候五官冷峻倨傲，笑起来的时候眼神能融化冰雪。

虽然她知道关铭应该不是在对自己笑，而是在对着电话里的人笑，但她还是局促地收回了目光。

施念将小蛋糕吃完，又将最后一口酒喝尽，关铭的电话也打完了。

她起身的时候，关铭正好将手机收进裤兜里，缓缓抬起头看向她。

这时他脸上已经没有笑容了，稀松平常的表情，但这次施念确定他是在看自己。

她本来都准备直接回房了，既然眼神对上了还是决定走过去和他打声招呼。

施念推开那扇玻璃门的时候，关铭倚靠在围栏上，很随意的样子，身上的米色针织衫显得清爽俊逸，完全看不出来他的年纪。施念很想问问他到底多大，但终究没好意思问出口，只是说道："谢谢你的衣服。"

关铭淡淡地扫视了她一圈，评价道："挺合身。"随口又问了句，"你学服装设计的？"

"不是，学的书法专业。"

"我以为施小姐这手艺是专业学这个的。"

施念知道他在说她刚才短时间内将一件古板的丧服改成火辣小礼服的事。

她垂下睫毛回："我是挺想学的，家里不让，说那个专业没什么用。"

如果从就业的角度考虑，既然她有这方面天赋，设计专业市场前景更广，不过她家里人认为服装设计专业没什么用，换个角度理解，也许她家人根本没想过让她就业。

关铭抬眸掠着她。夜晚的阳台半封闭了，有些许海风撩起了施念的发丝，她才洗完澡，身上的沐浴香气夹杂着酒里的果香传到了关铭的鼻息间。

他这才好好打量起面前这个小姑娘，干净柔和的鹅蛋脸，两道弯弯的眉，没有经过任何修饰，瞳孔生得漂亮，水润润的，看人的时候温婉动人。

这张清透的脸比刚才那些浓妆艳抹的女人要入眼多了。

施念的长相不属于现在流行的锥子脸，反而长得很像古典美人，可就是这样一张特别的脸给人感觉舒服大气，也许这就是当初东城关家选择她的原因之一，她的面相生得好。

只不过此时她的一双眼睛闪着未知的光芒，牢牢盯着关铭。关铭被面前的小姑娘紧紧盯着似乎也没有感觉到任何不自然，反而慵懒地笑了起来："说说看吧，你想找我谈判的目的是什么？"

施念没想到他猝不及防地问起这件事，然而问的还不是她手上握有什么筹码，而是谈判的目的。

她考虑了几秒，回道："如果可以的话，我能提供给你这次合作项目的一些信息，交换条件是……"

关铭依然不动声色地望着施念，施念深吸一口气说道："把我妈转移到别处治疗。"

关铭扬起眉梢："治疗？"

"我妈一直患有冠心病，之前接受了冠状动脉搭桥术，说实话她术后我能见她的次数屈指可数。"

说到最后，施念垂下视线，因为她不想让关铭看见她眼中的屈辱。

半年前关远峥意外离世，虽然施念没有明说是什么原因让她见不到自己的母亲，但关铭也能猜到一二。

空气沉默了，关铭转过身半弯下腰，双手搭在围栏上忽然问道："既然你不喜欢这种生活，当初为什么要嫁进去？家里的原因？"

施念走到另一边，也将双手搭在围栏上和他并排站着，看着黑沉的海面："不全是，也有我自己的原因。"

关铭侧过头来注视着她，她搭在围栏上的手交叠在一起，长长的睫毛不经意地抖动着，声音不大："我初三跟随学校参加夏令营，在加州遇见过远峥。"

人生第一次远途旅行，冒险的旅程，未知的世界，青春期的懵懂，情窦初开的羞涩，似乎在那个特别的暑假齐齐绽放了。

她在说她曾经见过关远峥时，下意识地去摸了摸手腕。关铭垂下视线，看见原本藏在袖子里的手绳露了出来，他之前就看见了这条手绳，只是此时才注意到手绳上拴着的一颗褐色玳瑁珠。

他牢牢盯着那颗珠子，眼里的光像这夜晚的大海一样深沉，搅动着蛰伏的骇浪。

施念用余光瞄了眼关铭，发现他在盯着自己的手腕看，不自然地问了句："现在船开到哪儿了？还在境内吗？"

关铭才收回目光遥望着目不可及的远处，声音暗沉地说："进入渤海了，胶东半岛和辽东半岛之间。"

他有些心不在焉地回完，而后转过身对施念说："这里凉，早点回去。"

施念能感觉出来他突然缺了兴致，似乎整个人变得有些消沉。她只当他累了，便回道："那我先回房了。"

她想了想，虽然觉得有些难以启齿，但还是跟关铭先说一声："我晚上不会出来，你……那个自便。"

其实这件事说来有些尴尬，关铭要是带女人回去大概也不会事先跟她打招呼，但到底住在一个套间里，她不想碰见陌生人，还是先暗示他，人离开前她不会出房间，要是人走了，麻烦知会她一声。

关铭一开始还没明白过来施念这话是什么意思，侧头瞥了她一眼，看见她眼神瞟向刚才他们坐着的角落，突然回过味来，嘴角勾起一丝玩味的弧度："你以为我晚上要干吗？"

半暗的光线依然遮挡不住施念微红的脸颊，关铭不逗她了，反而很直白地说："我不会把其他女人带回去。"

虽然是一句打消她顾虑的话，可话说出来萦绕在两人之间似乎莫名其妙多了些其他味道。施念见关铭并没有任何反应，自己也不再多想，点了点头。

转身的时候，正好碰上刚才离开的那个男人推门出来。他看见施念后，对她笑了下："晚上好啊，小关太。"

对于突然出现的人，施念还是有些紧张和防备，摸不清对方的身份，一时间没有接话。倒是关沧海直接朝她伸出手，笑得轻松随意："来，正式认识一下，我是关沧海。"

施念听到这个姓已经知晓，面前这个男人也是西城关家那边的人，但具体是谁她还姑且搞不清楚，只是出于礼貌伸出手和他握了握："施念。"

关沧海又问道："怎么样？刚才的酒好喝吗？"

关铭回过身靠在围栏上没出声，只是眼神落向两人交握的手上。

施念笑了下："挺好的。"

她收回手对他们说了句"晚安"便推门离开了餐吧。

关沧海回头瞧了瞧施念的背影。

关铭斜了关沧海一眼，关沧海摸出烟递给关铭，随口问道："你们聊什么呢？"

关铭接过烟，低头点燃："没什么，了解一下她为什么答应这桩买卖。"

所谓的买卖，就是这场外人看来风光无比，关家人都清楚是怎么回事的婚姻。

关沧海轻嗤了一声："还能为什么，东城的人前几年和沈家老三玩资本游戏圈钱，沈老三被你那个兄弟沈致弄倒台后，东城那边的声誉也一落千丈。"

"大张旗鼓地娶个普通女孩，什么目的现在恐怕也显而易见了，这大半年来舆论和热度都有了，算是利用那个女孩成功洗白了一波。看那边的意思，关远峥既然死了，这个女孩才嫁到关家就成了寡妇，博得了大众的同情和关注，这次慈善晚宴只是试水，后面他们好像还想利用她建立基金会。"

"普通老百姓嫁入豪门，年纪轻轻死了丈夫独自挑起大梁，为夫家重振旗鼓，还热衷于慈善事业，瞧瞧这剧本，多励志，多感人。"

关沧海抽了口烟，嘴角划过一抹讽刺，关铭却微微蹙起眉。

关沧海话锋一转："上次我让海德打听了一下，她和关远峥可不像东城那边放出来的消息，什么学长学妹伉俪情深，一毕业就被东城下重聘迎娶回去，事实情况是两人压根儿没见几次面就确定下来。"

"关远峥那吊着半口气的身体，门当户对的哪个愿意把女儿往里送。要我说东城那边算盘打得妙，不如干脆找个没什么家世背景的女孩，还不任他们拿捏。"

"就算关家的目的不纯，这女的也是有野心的。"

这个话题早在关远峥和施念大婚当天两人就聊过，那天关沧海也是对这桩外人看来感动天地的结合嗤之以鼻。不过当时的关铭并没有反驳，出生在大家族里，都是一群从小对争权夺利耳濡目染的人，凡事会从利益的角度思考问题。

但今晚，关铭却意外地开了口："有时候我们想问题太复杂化了，刚才施小姐对我说了句话。"

关沧海难得感兴趣地停下抽烟的动作，等待他接下来要说的。

关铭停顿了一下，才接道："她说初中那年参加夏令营的时候在加州见过远峥，至今她手上仍戴着那条和远峥一样的手绳。"

"哈？"关沧海手一抖，烟灰落到外面被风吹散，他有些难以置信地说，"那海德调查的是什么玩意儿？难道他们还是真爱了？"

关铭抬起手狠狠嘬了口烟，突然冷不丁地冒了句："倒也未必。"

这一来一去的话把关沧海弄蒙了，关沧海干脆灭了烟，转过身问道："那你这话是什么意思？"

关铭声音沉了些："施小姐初三那年，我要没记错，远峥经历了一场大手术。"

关沧海突然就愣住了："对，是有这个事，那时候我还在国内，跟着我家老头子去看过他。他那会儿病危通知书都下来了，后面好不容易捡回一条命在家养了好几年，我看他连出趟门都费劲还出国？照这么说，那位关太刚才对你胡说八道了？"

关铭眉峰渐渐蹙了起来，不明所以地掠了眼关沧海。便是这个意味深长的眼神，仿佛一道惊雷在关沧海脑中炸裂。

"等等，你刚才说加州？那个小关太说初三时在加州见过关远峥？"

关沧海难以置信地说："我去，不会吧，你那时候不是在旧金山读大学吗？那她遇见的人……"

关沧海没有接着说下去，重新梳理时间后，他就发觉出来不对劲了。

东城关家和西城关家每年祭祖都会聚一次，从小关铭和关远峥只要碰到面总被长辈们拿来议论，两人虽然不是亲兄弟，但长相胜似亲兄弟。

一个是东城关家的长孙，一个是西城大房的小儿子，虽然差了一个辈分，但关铭仅仅比关远峥大两岁。

只不过关远峥身体不好，很少接触外界，一直都是那副样子，成年后越发清瘦。而关铭高中以后先是在国外待了五年，接触了形形色色的人，回来后又在商界摸爬滚打了六年，年轻时阳光热血的少年气早就给磨砺光了，取而代之的是在社会上沉浮过后的老练稳重，气质上早已发生了天翻地覆的变化。

关铭转过身对着玻璃窗摸了摸自己的下巴，看着倒映出的轮廓，将烟灭掉，而后对依然惊得合不拢嘴的关沧海说："累了，回去了。"

关铭回房没多久，关沧海又跑来敲门，他一进门就左右张望问道："小关太人呢？"

关铭莫名其妙地走回沙发边坐着："在她房里，你干吗？"

关沧海火烧眉毛似的走过去问道："不是，我越想越不明白了，人家初三跑去加州夏令营怎么能跟你碰上？你到底对她做了什么？搞得人家姑娘回了国这么多年还心心念念把关远峥当成你？你怎么下得去手的？"

"我又不是禽兽。"关铭跷着脚，斜睨着关沧海。

关沧海往他面前一坐，张口就道："这事我必须提醒你一句，你把东城的小寡妇带上船来做筹码我不反对，顶多你回去以后被你家老头子削一顿。"

“但那什么‘加州之恋’我劝你烂在肚子里，千万别提，小关太不是以为在加州遇见的是关远峥吗？反正死无对证，就让她那么认为下去，你不说我不说没第三个人知道。”

“等这次行程结束后就立马把她送回去，别忘了这个女人的身份，碰不得。”

关铭好笑地用眼神剜着关沧海，神色阴暗不明：“你在教我做事？”

关沧海当即哑口无言，虽然他比关铭小一辈，但两人年龄相仿一直像兄弟相处，不过关铭动起真格的，没有小辈不发怵。

关沧海虽然很清楚关铭在大局上不会犯糊涂，但就是不放心特地跑过来叮嘱他一句，谁料这时候施念突然走出了房间，两人的声音戛然而止，同时望向她。

施念见两人都莫名其妙地看着她，有些诧异地说：“没有打扰你们吧？”

关沧海冷着脸没说话，关铭倒依然是那副不咸不淡的样子：“沧海找我说两句话，说完了，正准备走。”

关沧海只能讪讪地站起身，顺着他的话说：“我先回去了。”

关沧海离开后，关铭侧眸看向施念，刚才他身上的那股消沉已经荡然无存，此时倒是语气舒缓地问：“睡不着？”

施念有些尴尬地说：“有点，我认床。”

关铭从沙发上起身对她说：“来。”

施念看见他往自己房间走，只得跟上去。进了房间后，关铭直接掀开门口的一个开关罩子，施念不知道他要干吗，就这样眼睁睁地看着他按了几下按钮，随后关上了门。

此时阳台门和窗帘都是拉上的，房门再一关，房间里顿时陷入漆黑一片，施念有些紧张地叫了声：“小叔？”

话音刚落，周围的场景突然就变了，好像她不是在船上的套间内，而是置身于森林里的小屋，窗外下着鹅毛大雪，落在松树上，勾勒出童话般的白色世界，还有微风吹过林间的沙沙声，大雪的场景总会让人产生一种倦懒的错觉。

施念回过头的时候，杏眼里闪着动人的光：“居然能这样？”

却正好撞上关铭的视线，他就站在她身后，靠门的地方，目光深邃地落在她脸上，在半暗的光线里黑沉有力。

有那么一刹，施念心跳漏了半拍，一种转瞬即逝的熟悉感扑面而来，但很快关铭开口道：“试试看这样能不能睡着。”

施念道了谢，关铭便离开了，没有多留一秒。他走后，施念又爬上床，或许是这四周似真似幻的场景，或许是那沙沙的风声，总之在这种影像下她不知不觉进入了混沌之中。

不过，她睡得并不沉，就在她意识模糊之际，门外突然传来一阵动静再次把她惊醒。

施念似乎听见有人说话的声音，这下她彻底清醒了，看了眼床头的显示器，红色的数字显示凌晨两点，这么晚了难道出了什么事？

施念心神不宁地下床打开门查看，发现外面灯光大亮，关沧海和那个文身男都站在客厅处。打开门后声音清晰多了，关沧海的声音火急火燎地传了过来："主要是这个点大家都睡了，没人懂西班牙语，这情况也不可能惊动其他人。"

"你试着跟他沟通过了？"问话的人是关铭。

关沧海回："他不懂英语，意大利语和法语我都尝试过了，没法沟通。我让海德去查了，这人是顶替其他人的身份混上来的。"

房间里顿时陷入寂静，施念的脚步声有些突兀，几个男人向她投去视线，没人吱声，却听见她突然说道："西班牙语吗？我或许可以帮上忙。"

关沧海和文身男同时看向关铭，显然他们并不确定这件事能不能让施念插手。

关铭倒是不假思索地说："那你得跟我们走一趟。"

施念看了眼脚上的拖鞋："我回房换个鞋。"

她匆匆转身回房将拖鞋换掉，再次出来的时候关沧海和文身男已经离开了，关铭靠在走廊的壁灯下等她。

进入电梯到了下层，路上关铭简单地对施念说协统商会的主席现在在这艘船上，随船前往日本，会和那边的代表团进行一轮重要谈判。

但是一个小时前，这位主席放在保险箱里的证件被盗，主席紧急联系关铭的人，而后关沧海带人排查出了一名嫌疑人，但是现在由于语言不通，盘问进入僵持状态。

其他的关铭没有再提，施念不禁问道："如果证件找不回来会怎样？"

关铭停在一扇门前，撇了下嘴角："会比较麻烦。"

他推开门的时候，施念突然反应过来，即使到了日本海域，这位主席没有证件也无法下船，那么盗窃者的目的并不是证件，而是阻止这场谈判。

施念跟在关铭后面往里走，那个嫌疑人已经被控制住，除了关沧海和文身男，房间里还站了两个健壮的男人，都是关铭的人。

进了屋后，关铭直接坐在旁边的沙发上，对施念说："你跟他聊聊。"

于是寂静的屋中，响起了轻快的西班牙语，其他人插不上嘴只能干看着。不知道那个黑瘦的男人说了句什么，施念突然皱起眉换了一种语调，这下连关沧海都不清楚他们在说哪国语言。

几句来回后，施念很平静地转身用中文告诉他们："我不敢确定这个人能不能听懂英文，但很显然他在跟你们打太极。我和他说西班牙语，他和我说印第安语，我用印第安语和他对话，他又跟我装傻充愣。然后我告诉他，如果他不配合就把他扔进大海，反正他的身份是假冒的，没人会发现船上少个来路不明的人。"

说完，施念看向文身男。文身男很快会意，上去就拽着这个男人的衣领直接把他提了起来，而后拉开阳台的门就将他往外拎。

顿时，海风灌了进来，施念冷得一哆嗦，那个男人的鬼叫声传了进来。

虽然施念暗示他们可以吓唬吓唬他，可真看着文身男把这人半个身子都扔了出去，她到底觉得心惊肉跳的。

关铭脱了身上的风衣扔给她："穿上。"

施念顾不得矫情，接过风衣披在肩上走了出去，继续用西班牙语和那人交流着。

几分钟后，她脸色突然变得很难看，对文身男摇了下头，转身进屋看着众人："这人说拿到证件就丢进大海了。"

"啪"的一声，关铭将手中的金属打火机拍在玻璃台面上，眼里浮上一层戾气："给他也尝尝海水的滋味。"

施念心头一惊，她刚才不过是随便说说，没想到关铭真要把人丢进海里，好歹是一条人命啊。

她心惊肉跳地转过身去，看见几个人全出去了，拖着那个男人就走到阳台的另一端。施念看不见外面的情况，也不敢去看。她张了张嘴想说些什么，却看见关铭真动了怒，眉骨耸起，眼眸冰冷，周身萦绕着骇人的气场。她从来没有见过关铭的这一面，那个样子让人不寒而栗。

就在她纠结之际，"咚"的一声，有什么落水的声音骤然响起划破寂静的夜，她身体一颤，猛地抬起眼，看见关铭不知道什么时候将视线落在她脸上，刚才的冷意已经消失不见了，眼里取而代之的是一抹好似藏在海雾里的微光，迷离，透亮。

施念已经顾不得关铭的眼神，她想自己此时此刻一定脸色惨白，她长这么大从来没有如此近距离地接触灭口这回事，心态已经完全崩了。

关铭却突然开口对她说："你去隔壁倒杯热茶喝，等我一起回去。"

施念几乎是机械地走到隔壁，倒水的时候还烫到手了，溅了几滴到关铭的风衣上。

施念一进去，关铭便起身去外面瞧了眼，那人喝了几口海水，现在挂在外面吹海风。

关沧海在旁打趣道："瞧你把小关太给吓的，我怎么没发现你也有这么恶趣味的时候？"

关铭没理他，和手下交代了几句。

关沧海又冒了句："这边要是还问不出个所以然来，我让海德查一下。"

"嗯。"

"对了，那个小关太会西班牙语也就算了，怎么还会印第安语？"

关铭回身斜了关沧海一眼，意味深长地落了句："你以为东城关家为什么偏偏选中她？"

关沧海突然噤了声，海德当初给他的资料中，只了解到这个小关太学生时期一直很优秀，明明家庭普通，但一直在贵族学校就读，每年都能拿到高额奖学金，当年拒绝保送还一度引起了不小的话题，其他的也没有深入探究。此时再看，关沧海突然就觉得关铭的话有道理，东城关家百里挑一选出来的姑娘不会只是长得漂亮这么简单。

关铭回屋对施念说："走吧。"

施念放下水杯匆匆走出来，一路上走廊一个人影都没有。夜里的船舱里虽然光线柔和，但也许是刚才的事情，施念始终感觉身体发寒。

她自己都没有意识到和关铭拉开了好几步的距离，直到进入电梯后，关铭回过头来看她，她颤了下，一双乌黑的杏眼像受惊的兔子。关铭轻笑了声，嘶哑的嗓音里透着懒懒的味道："怕？"

施念终于忍不住，问道："人……被扔进海了？"

关铭不否认地"嗯"了一声。

施念一个踉跄就感觉站不稳了，她扶住旁边的扶手。电梯门开了，关铭又不紧不慢地跟了句："没死。"然后便踏出电梯。

施念突然反应过来，急匆匆地跟了出去："没死？你不是说把人扔进海了吗？有人救他了？他没被淹死？刚才落海的声音是？"

"玩过溜溜球吗？我只是让他吃点苦头，凭他的本事是不可能混上船的。"

关铭的言下之意，这个人背后另有其人操控着这件事，而他显然想从那个人口中找到突破口。

到了套房门口，关铭随手刷开门，施念正低头琢磨着他的话，没想到他走得好好的会突然停住脚步，她一头就撞上了他的背。他身上冷杉混合雪松的味道覆盖而来，施念惊得又大步往后退，动作太突然，后脑勺快撞上门的时候，一双大手抵在了她脑后。她的脑袋落入了关铭的掌心，柔软的发丝纠缠在他指尖。

她以为他会很快放开她，但是他没有，就这样定在那儿半垂着眸。时间像是被突然调慢了很多倍，她慢慢缩成一团。

关铭歪了下头，有些懒散地说："我又不吃人，你动静这么大干吗？"

施念咽了咽口水，关铭这才看见风衣上的水渍，知道她是真被吓着了。他松开了她，声音正经了几分："我赚的不全是干净钱，所以我做事有分寸，我……虽然不是什么好人，但也没有外面传的那么混账。你在我这儿，不用顾虑那么多。"

施念望进他的眼底，她不知道他为什么要跟她说这些，也许是为了安抚她的情绪，也许是为了打消她的戒备，总而言之在他说完这番话后，她真的突然没那么提心吊胆了。

关铭退后了一步，十分绅士地对她说："晚安，施小姐。"

3. 游轮上的面具趴

施念将风衣还给关铭，走回房的时候一直在琢磨哪里奇怪。一直到躺在床上时，她才回过味来，是关铭叫她的称呼有些奇怪。

自从她嫁入关家后，所有人对她的称呼都是"关太"，甚至渐渐地已经不再有人叫她本名，就连那个关沧海看见她都叫她"小关太"，可偏偏关铭从第一眼见到她就称她为"施小姐"。

严格上来讲，这个称呼在她婚前或者离婚后叫都没什么不妥，可她现在的身份仍然是东城长孙媳，并没有脱离东城关家，所以礼节上外人还得称她一声关太。

她不知道关铭是不是叫错了，可转念一想关铭在西城关家长大，这些最基本的称呼他不可能不知道，可他依然称自己为"施小姐"。

但施念不得不承认，这个称呼让她向往。如果不是这大半年来的生活，她从来不知道可以做自己是件多么庆幸的事。

就这样胡思乱想着，等再睡着的时候已经凌晨四点多了，这一觉一直睡到了快中午，施念起床后就没有再看见关铭，中午她去了趟私人餐厅就回来了，然后便一直坐在窗边看着外面的大海，眼中一片茫然。

一直到了下午才有人来找施念，是昨晚那个文身男，叫吴法，关铭的手下。施念问管家要了口罩戴上，本来以为吴法带她去购物中心，却跟着他进入电梯直接到了楼下的赌场。

这会儿赌场里人很多，嘈杂万分，施念不禁拉了拉口罩。好在吴法并没有带她进公共区域，而是直接将她领到二楼的一个包间内。

推开门施念才发现这里是一个高档的私人会所，里面四五个男人正在打德州扑克消遣。施念进去的时候，一眼看见坐在里面的关铭，他嘴上叼着根烟，一手搭在椅背上，另一只手大拇指轻轻翻起底牌一角，抬起视线朝她看来。

吴法搬了张椅子放在关铭身边，施念靠近的时候，关铭灭了烟，偏头对她说："闷吗？"

施念如实地回答："有点。"

关铭笑了下，旁边的人提醒道："关老板，下注了。"

这时施念才发现关铭面前的筹码少得可怜，看来输得挺惨，不过他似乎毫不在意的样子。

他食指敲了两下纸牌对施念说："会这个吗？"

施念盯着桌面说："不太会。"

关铭轻皱了下眉："今天手气不好，家底都要输光了，你来帮我下注。"

"我？"施念指了指鼻尖，虽然被口罩挡着，但依然显得有些吃惊。

关铭彻底倚在靠背上，一副懒散的劲头。

施念根本不相信他所说的家底子输光的说辞，让她下注，她有些慌。

"下多少？"她试探地问。

"你看着办。"

"？"

国际游轮上的赌场都是美元交易，施念虽然没玩过德州扑克，但懂基本规则，这显然下的是盲注，她心里没谱随便扔了两个筹码上去。

关铭的眼神落在她的右手虎口上，那里有一小片红肿，昨晚之前应该还没有，他突然想到风衣上的水渍。

旁边人看关铭心不在焉的，一副放手的姿态，打趣道："关老板今天要做财神爷给大伙散财了啊。"

关铭一脸无所谓地说："那你也得有本事拿得走。"

然后又一轮发牌，施念每收到一张牌都回头去看关铭，关铭均没有表态。

第五张牌出来后，大家依次决定加注、下注或者放弃。

施念这下没底了，又一次去看关铭。关铭倒是笑得颇有深意："拿出你昨晚找我的胆量。"

一句话让施念有些恍惚，昨晚她还在东城关家的眼皮子底下如履薄冰，今天居然跟着西城关家的少东家出现在赌场了，这二十四小时内发生的事情太过魔幻。

等她反应过来的时候，面前的筹码已经全被她推了出去，然后她才意识到她还没有算清楚这一推会输掉关铭多少钱。

她紧张地去观察关铭的神色，发现他也在似笑非笑地看着自己。关铭见她如坐针毡的样子，侧了下身子对着她说了句：“勇士面前无险路。”

一比牌关铭这边居然成了大赢家，施念有些错愕地看着成牌，其实她手上的牌并不好，只是恰巧比旁边几人牌型大。

她有些激动地回头去看关铭，关铭的眼里毫无波澜。有那么一秒，她觉得他已经料到这牌稳了，才那样暗示她。

对面一个男人问道：“关老板不介绍一下吗？今晚的女伴啊？”

关铭只是淡淡地回了句：“不是。”

这句否定很明确地表示晚上他的女伴另有其人。旁边几人不知道施念的身份，也没把她当正经姑娘，只当是陪着关少玩的女人，便打趣道：“听说关老板这趟出行带了不少美女啊，什么时候攒个局玩玩？”

关铭用余光瞥了眼施念，漫不经心地回道：“找个时间。”

施念当没听见，反正跟她也没啥关系。

第二局，关铭依然让施念帮他下注，仿佛笃定了他今天手气臭，就是不碰筹码。

结果又赢了不少回来，旁边几人不依了，说道：“不带这样的啊，让这位美女也来帮我下下注，我就不信邪了。”

关铭笑着回道：“在我身边是福气，到了你那儿就说不定了。”

施念偷偷观察关铭。其实从昨天第一眼见到关铭时，她觉得关铭挺难接近的，看人时眼神特别犀利，后来上了船后又觉得他待人温和，为人挺正派，虽然他们俩的身份目前来说不尴不尬，但他该照顾的都照顾到了。而现在她发现关铭在应付这些人的时候，眉梢会攀上一些玩世不恭的味道，她不知道哪个才是最真实的他。

而关铭回了本似乎就不准备再玩了，起身对这些人说：“我还有事，你们继续。”

几人立刻不满了：“难得聚聚，有什么事不能过会儿再说。”

关铭笑了笑，扫了眼站在身后的吴法，他走过来将筹码收了起来。

他们看关铭真要走了，忍不住说道：“晚上的事关老板上点心啊，还要你做个搭桥人，帮我们引荐一下商会主席。”

关铭拿起西装外套扔给吴法，丢下句：“你们早点结束。”然后便转身走了。

施念不知道他们在说什么，但看来关铭晚上又有重要应酬。

下了楼便听见一阵欢呼声，施念转过目光看见一个轮盘，那里围的人最多，好多人凑上去下注，挺热闹的样子。

她便多看了几眼，本来走在前面的关铭停下脚步望着她：“感兴趣？”

“我没带钱。”

关铭晃了下手指，吴法将筹码递给施念。施念有些错愕地说：“我不是这个意思，你不是还有急事吗？”

“也不是很急，玩两把。”

说着他已经朝轮盘走去，施念只有跟了上去。她站在旁边看了一轮后，关铭坐在后面的吧台边要了杯酒对她说：“你今天手气好，随便押。”

话虽然这么说，但施念还是比较谨慎的，她看旁边那位大哥押得挺起劲，也跟着他押了两把，居然都赢了。

她从来没有来过这种场合，刚才还不能理解这些人喊什么。等真正自己押了注以后，那种刺激感让她也不自觉跟着气氛激动起来。

施念前面二十三年一直过得循规蹈矩，她是个听话的好孩子，从来不会忤逆妈妈的任何决定。如果换作以前她大概也不会进入这种地方，可关铭这个人像是有魔力一样，他让她试试的时候，她突然想体验另一种生活，一种和她前面二十三年截然不同的生活。

她回头去看关铭，不知道什么时候他手上多了杯鸡尾酒，穿着质地精良的深蓝色衬衫坐在高脚椅上，修长的腿随意放着，不紧不慢地喝着酒跟吴法闲聊。

施念在一瞬间有些忐忑，她自己在这儿玩得挺嗨，关铭没有参与也没有离开，这是在……陪她玩吗？

但很快施念又否定了这个想法，他应该没空陪她，只是不想继续打德州扑克出来透透气吧。

施念又赢了两把，果真如关铭所说，她今天手气很好，连带着旁边每次和她押一样的大哥也很兴奋，不停地用东北话夸她：“小妹儿真旺。”

关铭指尖敲打着玻璃杯，看着激动得双手举得老高的施念，不禁莞尔：“还是个孩子，是吧？”

这话落在吴法的耳中，他听着总感觉怪怪的：“嫁作人妇就不算孩子了。”

关铭抬起高脚杯喝了一大口，放在吧台上。

施念想着关铭他们在等她，也没多玩，赢了几把就收手了。然而她回过头的时候，关铭不在了，吴法倒还是立在那儿，一脸肃杀的表情。

她走过去将筹码递给吴法，问了句：“小叔呢？”

“关老板有事先离开了，让你结束后去购物中心置办一些衣服和生活用品。”

吴法将筹码兑换后，给了施念一张卡对她说：“这里面的钱是你刚才赢的。”

施念犹豫了一下，不太好意思拿，吴法又接了一句：“关老板让你留着，后面几天万一有用到钱的地方，他不在的话你会比较麻烦。”

施念没再拒绝，跟随吴法来到购物中心。她首先得买些内衣，她不知道吴法会不会跟着她进去，好在吴法看见她前往的方向就自觉止住了脚步，在较远的地方等她。

施念没有带行李，严格说来要买的东西不少，不过她尽量简化，最后只是去挑两件衣服，起码把这几天对付过去。

到了女装那里，吴法不知道从哪里又冒了出来，立在一边目不斜视。施念有选择困难症，挑了几件也不知道该拿哪件，左右也没有能问的人，就对吴法说了句：“你觉得哪件好看？”

吴法瞥了眼，没什么表情地说：“建议你全买。”

施念有些错愕，跟着关铭的人都是这么土豪的思维逻辑吗？

她不禁回道：“全买又穿不完，那你等我，我试试看。”

然后施念便进更衣间试衣服去了。

几分钟后，等她再出来时，却看见关铭坐在试衣间外面的沙发上和吴法说话，施念出来转过头就见关铭将视线扫了过来。

施念对他的突然出现还有些惊讶：“你忙完了吗？”

关铭靠在软皮沙发里，依然是那副清贵的姿态，半笑道：“差不多了。”

施念被他盯着感觉有些不自在，拉了拉身上比较保守的套装问：“这套可以吗？”

关铭手指无意识地敲打着膝盖：“颜色太暗了。”

施念选的几件都是黑、白、灰的，自从关远峥离世后，她的衣橱只剩下这三种颜色，东城关家那边不让她打扮得花枝招展的，所以久而久之她便自动略过那些颜色好看的衣服。

关铭环视了一圈，眼神落在某处，对她说：“去试试那件红色的。”

施念一进来就看中那件红色长裙了，只是她压根儿不会考虑试穿。她声音小了几分，对关铭说：“那种衣服，我没有场合能穿。”

关铭看着她沉默了一瞬，她眼中的闪躲落在他眼底，他突然出声问她：“晚上有个‘私人趴’，你想去吗？”

施念抿了抿唇，秀气的眉峰纠结在了一起：“恐怕不合适吧。”

她这个年纪当然拒绝不了派对的诱惑，只不过她怕被人认出来麻烦，而且戴着口罩去太奇怪了。

关铭随意地将手搭在沙发靠背上，一副悠然自得的表情，说：“想去就有办法去，试试那件。”

施念皮肤很白，其实很适合穿红色的裙子，可惜她最后一次穿红裙是结婚当天，在那之后这个颜色似乎彻底从她生活中淡去了，随之淡去的还有她这个年纪的女孩对爱情、对未来、对生活的全部向往。

新婚夜她是独自一个人在房间里度过的，关远峥从宴席结束就没有回来。第二天关家人告诉她，关远峥最近身体不好，需要分房，等身体调养好了再同房。

她没有交过男朋友，对那件事很懵懂，当然也不好意思多说什么。后来早餐时碰见关远峥，他就坐在她对面，对她笑，问她休息得怎么样。

那是个阳光明媚的早晨，他的笑容那么和煦，施念却感受不到任何温度，那是她第一次感觉自己的婚姻有可能是一个假象。

从更衣间出来，施念看着镜子中的自己，红色的衣裙露出精美的锁骨和圆润的肩膀，收腰的设计，裙摆是轻盈的巴里纱，有些复古。

“就它了，晚上穿这件。”

身后传来了关铭的声音，她从镜子中看他，即使戴着口罩，那双露在外面的眸子依然亮起了些许微光。

倒是没想到巧的是关沧海带着女伴也逛到这里，看见关铭在还有些诧异：“哟，我以为你在老高那里，这么忙你还有空出来溜达啊？我倒要看看哪个美人把你勾出来了？”

关沧海抬头之际，眼神正好落在施念身上，虽然看不见脸，但在这种地方还戴着口罩，他已经猜出她的身份。施念有些局促地对他点了下头就进更衣间了。

关沧海的笑容瞬间敛了下去，他支开女伴就压低声音对关铭说：“买衣服这种事你随便派个人跟着就是了，她和你有什么关系？用得着你丢下一众老总亲自过来？”

关铭只是淡淡地睨着他：“你激动什么？”

关沧海还真就激动了：“你说我激动什么！”

关铭云淡风轻地说：“她昨天夜里觉都没睡好也算帮了咱们忙，不然你今天还得劳师动众地满船找翻译。沧海啊，你老跟一个姑娘过不去干吗？”

关沧海被他偷换概念的话气得不轻，刚准备出声反驳，试衣间的门再次打开。

关铭面上波澜不惊，仿佛和关沧海之间压根儿没有争执一般，说了句：“既然碰上了，一起喝个下午茶。”

关沧海气得差点一口老血吐出来。

施念也不太情愿喝这个下午茶，她总感觉关沧海看自己的眼神有些不友善，虽然也不知道自己哪里得罪他了。

因为施念的身份比较敏感不宜暴露，关沧海只好暂时让女伴自己去耍。进了包间后，施念总算可以摘掉口罩了，本来以为只是喝茶，却上了很多点心。关铭和关沧海喝的龙井，给她点了水果花茶。坐下后关铭将刚上的法式蛋糕端到施念面前对她说：“先吃点，晚上不一定能吃饱了。”

关沧海一愣，这会儿连礼节都没顾，问了句：“什么意思？她晚上也去？”

这句话让包间里的气氛有些僵持，施念低着头不知道说什么。

倒是关铭接过话题：“怎么？”

关沧海顾及施念还在，话没说重，只是暗示了一句：“跟你一道？”话中的意思是“你不会还要她当你女伴吧”。

好在关铭否认了：“她自己去。”

关沧海突然沉默了。施念感觉到两人之间的气氛不太妙，她喝了口花茶看向关铭：“其实……我也不是非要去的。”

虽然她脸上挂着笑，但关铭看出来她眼里布上了一层委屈。他眉眼舒展，嘴角挑起一抹笑意：“晚上没人能认出你，去了好好放松一下，别听那些老家伙的言辞，二十出头的年纪不玩等到什么时候玩？”

关沧海张了张嘴，很想接一句“关你什么事”，想了想还是噤声喝茶。他家小爷这脾气从少年时期就属于八匹大马都拉不回来的状态，只要他打定主意的事情就油盐不进。

只不过随着时间的沉淀，他的外表虽然包上了一层世故圆滑的外壳，但骨子里还是那个张扬乖戾的性格，只有在关系近的人面前才会时不时冒出来，这些关沧海都清楚。

关铭见关沧海不说话，偏了下头故意将话头扔给他：“沧海，你说呢？”

关沧海还当真说了起来：“关于这点，你小叔还真没骗你，他像你这个年纪的时候就是脱缰的野马，没人能管得住，不是好人，离他远点。”

关沧海虽然是用玩笑的语气说，不过特地强调了“小叔”两个字。关铭岂会不知道他的用意，他也不说话，半低着头，眼神不明地盯着施念。

施念看看关铭，又看看关沧海，突然问了句：“小叔也叛逆过啊？”

“何止叛逆，他到现在叛逆的事也没少干，要不然怎么这个岁数了还不为家里留个一儿半女的。”

关沧海拐着弯在说关铭风流，关铭也不恼，任由他说，不反驳不表态。

反正是闲聊，施念便随口问道：“我听说小叔是不婚主义者？”

“你听谁说的？”问话的是关铭。

施念总不能说是身边助理八卦时说的，只能闭口不提。

关铭接道："传闻有误，我不是不婚，是暂时还没有必要。"

施念没明白过来其中的不同，关沧海见她没听懂，解释道："这位主要钱有钱，要人脉有人脉，别说两边关家，就是外面也没人能动得了他，干吗要结婚？"

这下施念听明白了，他们这种人的婚姻和普通人不一样，就像捏在手中的一张王牌，必要时可以变成巨帆，助力轮船驶向更远的彼岸。

如果关铭是一艘游轮，那他燃料充足，船帆结实，的确没必要被一段婚姻捆绑住。

他们并没有坐太久，也就一杯茶的工夫，关铭和关沧海就要先离开了。关铭让吴法将施念送回套房让她准备一下，晚上会再让吴法带她过去。

临走的时候，关铭落后几步对施念说："晚上我可能比较忙，顾及不到你，你玩累了去找吴法。"

施念对他点点头，说不激动是假的，难得可以放松一下，此刻她就像被关禁闭的人突然释放一样。关铭瞧着她那双眼晶亮的样子，眉梢漾开了淡淡的笑意："Enjoy yourself.（你自己好好享受。）"然后便离开了。

施念刚回去没几分钟，私人管家给她送来了烫伤膏，她有些诧异地问凯恩怎么知道她手被烫着了。

凯恩幽默地对她眨了下眼："某位先生说这是一个秘密。"

施念眼里顿时浮上了笑。

本来施念还在担心晚上的"趴"会不会被认出来，但是吴法来接她的时候给她带来了一个面具，她立马就明白过来关铭让她放心去的意思。

船上每晚都会组织大大小小的主题"趴"，今晚突然变成"面具趴"，她戴上面具也就不会引起什么注意。

施念拿到的是一副錾刻的金色面具，花丝镶嵌。施念不知道关铭是从哪儿临时找来这么精致的面具，可她戴上后，就连向来目不斜视的吴法都盯着她多看了一眼。

跟随吴法下到举办聚会的地方，是个中型聚会，从一进去施念就能感觉出来参加的人衣着不一般，有的人戴面具，有的人没戴，戴的大多数都是女的，这倒让施念感觉自然多了，起码自己没有太突兀。

她问了吴法一句："这些人都是什么身份？"

吴法回答她："都是关老板的贵客。"

今天关铭做东，怪不得他说晚上会很忙。

施念没有看见关铭和关沧海，但她刚到不久场子就热了起来，音乐躁动，灯光魅影，没一会儿就有不少人下场热舞。场子中间还有几个火辣的性感女郎带动气氛，不少单身男士也过去凑热闹，或者拉漂亮姑娘去玩。

施念拿了杯香槟在旁边看热闹，脚下不自觉地跟着音乐打拍子，虽然一个人干坐着，但觉得精神前所未有的放松。

没一会儿，她右边的角落一群穿着光鲜的年轻女人围在一起，传来的声响引起了她的注意。她侧过头看了一会儿，发现其中一个戴着蓝色面具的女人的礼服被钩破了，另一个穿着黄裙子的女人在对一个服务生发难。

施念围观了一会儿，那个礼服破掉的女人大概想息事宁人，一直拉着黄裙子女人说："算了算了，别说了，不要惹麻烦。"

黄裙子女人有些气急："就你好脾气，你家老秦都要过来了，你这样待会儿怎么见人？"

隔着面具施念都能感觉出来，那个戴蓝色面具的女人尴尬无措的神情。

她放下香槟走了过去，试探地说："如果情况紧急，你不介意的话，我可以帮你临时应付一下。"

几个女人同时看向施念。

施念对着那个戴蓝色面具的女人笑了笑："其实你的身材比例穿这件礼服有些过于长了，改一下或许更合适。"

眼下回房换衣服太耽误事了，反正衣服已经破了，回头也得扔，戴蓝色面具的女人朝施念点点头："那麻烦你了。"

于是施念让旁边几个女人帮忙挡一下，她蹲下身快速地提起这个女人的裙摆，折了几道往内一收又往外卷，如此反复。

戴蓝色面具的女人有些不好意思地对施念说："我叫莎莎。"

施念抬头对她笑了下："叫我小念吧。"

"你跟着哪位老总来的？"

"啊？"施念愣了下。

莎莎对她说："我这两天没见过你吗？"

施念只能回："我自己来的。"

莎莎明显怔了下，其实刚才施念蹲下身时，莎莎看她戴的面具和她们的都不太一样，她们是从工作人员那里领的，欧式风格，有猫女郎，有狐狸，都挺夸张的，但施念脸上的这副却精致细腻，有着中国传统技艺的手法。

莎莎当即说道："不好意思，我以为你也是……"

虽然她没说下去，但施念也猜出来了。这群女的都年轻貌美，和那些老总的年龄相差比较大，不太像原配，有可能是情人，不过那些男人出海游玩也很少带原配的，施念便没再多问。

施念回头扫视了一圈，视线落在那个黄衣服的女人身上。莎莎告诉她："她叫可心，岩华置业何总身边的人。"

施念便对可心说道："你能把身上的别针借给莎莎吗？"

可心二话不说便把礼服上的别针取了下来，施念接过后用别针将褶皱的地方固定住，然后站起身对莎莎说："你就是跑跳也掉不下来的。"

旁边几人全都回头，看见莎莎原本有些狼狈的礼服在施念的改造下，裙摆面料沿着莎莎的小腿线条层叠起伏，给她整个人覆上了一种浪漫的异国情调，不禁惊艳道："这样好像更好看！小念，你是怎么弄的？太厉害了。"

莎莎站起身，拉着施念对她说："真是谢谢了，不然我还得回去换衣服，我家老秦过来看我不在要不高兴的。"

"没事，举手之劳。"

"你有微信吗？我们留个联系方式，到了岸一起下去逛逛。"

施念有些尴尬地说："我……没带手机上船。"

当然她们也不会信，现在还有人出行不带手机的？只当她不想透露，她们都是会察言观色的，也没再追问。

可心突然说道："你家老秦来了。"

施念跟着她们一起转过视线，便看见一帮穿着体面的男人走了进来，关铭的身影猝不及防地落在施念眼中。

他穿着高级定制西装，戴着昂贵的袖扣和手表。

比起身旁上了岁数的中年男人，关铭的外貌让人一眼望过去便挪不开视线，身姿笔挺，眉眼俊朗，只不过此时他身边站着一位女伴。

可心问了句："关老板身边的女人是谁啊？"

莎莎告诉她："那个女人叫白雪，她的本名不叫这个，白雪这个名字还是关老板叫着玩的，后来她就对外宣称自己叫白雪。因为这个名字她还在模特圈子里身价翻了番，不少富二代想约她，毕竟是在关老板身边待过的人。"

可心轻嗤道："我以为是哪家千金呢。"

另一个女人插话道："关老板不碰千金和良家妇女世人皆知，这个女人能出现在关老板身边还不是靠长相。"

施念默默听着她们闲聊，望向那个叫白雪的女人。白雪和关铭那些人都没有戴面具，可以很直观地看清她的长相，说实话，这个名字还真适合她，肤白如雪，长得也挺惊艳的，属于那种很有攻击性的美。

莎莎忽然说了声："我过去了。"

然后她走到一个中年男人身边。

施念猜测那个儒雅的中年男人应该就是她们口中的老秦，莎莎不知道跟老秦说了什么，又指了指自己的裙子。关铭突然就转过了视线和施念对上，毫无征兆地，施念心头没来由地紧了一下。

但只是稍纵即逝的一眼，关铭便收回了视线，若无其事地跟那群人走到另一边。

那晚，施念见到了生意场上的关铭，在一群年岁稍长的人中间，他的气场丝毫不逊色，反而游刃有余，意气风发，即使舞会上人众多，但大家似乎都知道那个角落的人才是主角，不时有人去敬酒。

后来旁边几位美女陆陆续续都去找正主了，倒是可心一直没走，有一搭没一搭地跟施念闲聊："我家老何今天不舒服，让我自己来坐坐。其实哪是不舒服，他昨晚把我支走还不知道跟哪个女人鬼混去了。"

施念有些错愕："你不介意吗？"

可心像听到什么好笑的话一样，侧眸望着她："介意？我要介意还会进这个圈子？早找个老实巴交的男人嫁了，趁现在年轻，与其处个穷小子，不如找个有钱人，给自己以后留点底。"

施念盯着那头的莎莎看了眼，发现莎莎一直在喝酒，挺能玩得开的样子，和刚才那个唯唯诺诺的模样判若两人。

可心顺着施念的视线看过去："莎莎和我不一样，她大学时就跟了老秦，之前没处过其他男人。其实她自己也清楚不可能转正的，他们这种家世背景的男人，娶老婆都要权衡利弊，哪能自己说了算，还是关小爷那样的自在，不过也招蜂引蝶，多的是女人挤破头也想往他身边凑。"

施念喝着手中的香槟，有些苦涩，不太好喝，不如昨天晚上的那杯甜酒，倒是喝了一杯后大脑反而清楚了一些。

妈妈从小就给她灌输，找丈夫一定要找个有家世背景的，只有这样自己的后代才不会被人踩在脚下。

小时候家里的变故让妈妈一辈子都活在屈辱之中，从她的价值观还没有形成时，她的潜意识里已经有了未来丈夫的概念，无关长相、性格，但有很明确的家庭条件。

所以学生时期她一直很自律，无论多么令人心动的男同学跟她表白，她一律婉拒。

因为妈妈告诉过她，学校只是个"池塘"，真正的"大鱼"生活在"大海"里，只有不断铸造自己的"鱼鳞"，才能在大海中乘风破浪寻找到那条属于自己的"大鱼"。她没有怀疑过妈妈的话，爸爸出了意外后，叔伯们为了争夺房子大打出手，她是个女孩，不被重视。

那一晚，苏城大雪，妈妈领着她去火车站，仅有的两家旅馆爆满，积雪太厚无法行走，她和妈妈窝在街头。妈妈抱着年仅八岁的她说：“只要我们母女能挺过今晚，以后无论如何也要翻身，只有翻了身才能让那些想看我们笑话的人笑不出来。”

是的，施念没有怀疑过妈妈的话，直到今晚她看着这些“大鱼”的另一面才开始思考，身份地位能带来财富和权力，可除了这些又能带来什么？她真正想要的又是什么？

就在这时一个男人走到施念面前，那人戴着黑色面具，穿着英式西装，虽然看不见样子，不过从轮廓判断应该长得还不错。

男人先开了口：“我注意你好久了，你一个人来的吗？”

施念的眼神在灯光下显得有些迷离，看着这人怎么看怎么像夜礼服假面，于是突然笑了起来。对方见她笑，也半低着头露出笑容。

在可心看来，这两人什么话也没说，互相看着对方笑，突然就嗅到了一股暧昧的味道，她用手肘捣了捣施念，低声说道：“艳遇，我看这个行，把握。”

施念瞬间清醒了大半，收敛了笑意。

男人弯下腰对她说：“看你坐了一晚了，去里面玩玩？”

施念有些拘谨地抿着唇，看向可心，可心对她抬了抬眼：“去吧，愣着干吗。”

从关铭的角度正好可以看见有个男人弯着腰，像是贴在施念颊边低语，他晃了晃手中的酒突然递给旁边的白雪：“喝掉。”

白雪从坐下来已经喝了好几轮了，关铭今晚肯带她出来，她不想掉链子给他丢人，一直维持着气氛。

但关铭向来掌握分寸，不会让身边的人喝醉失态，况且他对待女人向来懂得怜香惜玉，现在白雪明显已经喝多了，关铭反而把自己的酒递给她，让白雪有些诧异。

关沧海接过酒杯对白雪说：“你不是说要去洗手间吗？还不快去？”

白雪顿了下当即反应过来，赶忙抽身，不敢继续留着碍眼。

关沧海倒是噙着笑坐到关铭身边调侃道：“我以前怎么没发觉你这么疯？为了让小关太出来放个风，居然让所有人陪着戴上面具，把你那个管家折腾得够呛，听说到处找面具，你够可以的啊。”

“怎么样？你自己要把她放到这儿，这么快就引起人注意，眼馋了？”

关铭斜睨着关沧海，突然觉得他嘴真欠，冷冷地说了句：“看来好日子过久了，你那些女伴是不想要了，正好，你也该过几天清心寡欲的日子醒醒脑。”

关沧海立马蔫了：“我错了，哥，别闹。”

音乐声越来越嗨，施念一开始还有些扭捏，那位夜礼服假面先生见她放不开，对她说："你把手给我，我们去舞池中间。"

施念听见他这么说，直接摇了摇头。

夜礼服假面先生笑了，告诉施念他叫靳博楠。

音乐声太大，他只能俯下身问她："你是不是很少出来玩？别拘束啊，跟着音乐动动。"

施念看看身边的男男女女，无论中国人还是外国人，年轻人还是上了岁数的，到了这个场合大家都玩得挺开，舞姿千奇百怪的，有人跳得特别滑稽但也在闹着玩。

没一会儿，施念也被这样的气氛感染了，也许是酒精发挥了作用，她渐渐放开了些。她头上戴了一根红色的发带，发带尾端垂了下来落在锁骨上，随着发丝飘逸，发型也是自己弄的，配合身上的裙子，特别复古，舞动起来褶裥裙摆飞舞摇曳，像一团流动的焰火。

她觉得面具真是个神奇的东西，如果现在脸上没有这副面具，她是万万不可能进舞池的，但是现在她突然有种无所畏惧的畅快感，仿佛把这大半年来的憋屈、隐忍、压抑、难受全部释放了出来。

她从来没有一刻像现在这样向往自由，哪怕什么都不做，只是跟着这些人一起跳，一起笑，一起疯狂，真真实实地感受着两个字——活着。

音乐几经变换，施念也跟随着众人玩疯了，靳博楠一直在她身边，很殷勤地问她："你学过舞蹈吧？有人跟你说过你身段很美吗？"

如此赤裸裸的调情施念不是听不出来，出来放纵跳跳舞可以，但让她跟个陌生人动真格的她做不出来。

就在这时音乐突然变得舒缓了，这是一首适合男女抱在一起的柔情歌曲。旁边几个年轻男人都在寻找共舞的对象，靳博楠抢先一步站在施念面前。他的身形笼罩而来，已经超过了安全距离，施念赶忙报歉地对他说："我去下洗手间。"

她出了一层薄汗，玩也玩了，知道该适可而止了，灰姑娘还要踩着十二点的钟声离开舞会，而她的发泄也该结束了。

施念离开舞池的时候，下意识地往关铭所坐的角落看去。那里早就没人了，可心也离开了，她匆匆几步推门而出，没有看到吴法。

游轮太大，晚上跟着吴法后面过来没记路，这会儿再摸回去连那部专用电梯的方向都找不到了。

她迈开脚走了几步想找个人问问，却冷不丁地看见一个熟悉的背影，西装外套随意地搭在旁边的栏杆上，深蓝色的衬衫勾勒出清晰的背部线条，手上夹着根烟，旁边一个人都没有。

施念有些奇怪地走了过去：“小叔！”

也许是高跟鞋的声音，也许是她叫他的声音，总之在关铭听见动静时已经转过头。

他的侧脸有些意兴阑珊，眼神迷离，看人的时候能把人瞬间吸进他眼中。

施念微微滞了下，她没有见过这样的关铭，性感中带着一股邪气，可这样的气质在他身上好像一点都不违和，她甚至在想好在平时的他够正经，如果他这副样子出去见人，那追在他身后的姑娘就更多了。

施念很快收敛心神左右看了看：“你怎么一个人在这儿？吴法呢？我没找到他。”

关铭没说话，眼里依然带着深邃的幽光。

施念朝他凑近了一步，问了句：“你还好吗？”随后看见他倚在栏杆上，不禁又追问，“是不是醉了啊？”

关铭低低地“嗯”了一声，似乎就不想动了。

施念有些诧异地说：“你那个女伴呢？你醉成这样她丢下你就跑了？”

关铭懒懒地斜着身子，嗓音沉沉地说：“嗯，跑了。”

施念张了张口，竟有些哑口无言，然而关铭的眼神却牢牢地锁在她的脸上，问：“你呢？也会跑吗？”

“我不跑，我跑去哪儿？我连电梯都找不到，他们也太夸张了。”

施念对关铭那些手下把老板独自丢下的行径十分不满，便指了指他的口袋：“你手机给我，我打电话给吴法，或者关沧海呢？”

却没有注意到在她说“我不跑”时，关铭眉梢浮起的笑意。

他随口说道：“没手机。”

“手机也丢了？”施念这会儿已经有些抓狂了，这得喝多醉啊？

她摊了摊手，有些无奈地问：“那我们怎么回去？”

关铭却懒懒散散地立了起来，而后转过身：“走回去。”

施念看着他不太稳当的脚步，赶紧帮他拿起西装外套跟了上去。虽然关铭走得不快，但好在没到要倒下的地步，居然还能七绕八拐地把她带回那部专用电梯。

进了电梯，关铭身子一晃，施念心头一惊，以为他要倒了，下意识去扶他胳膊，然而他只是侧身按楼层。

这一瞬间的动作，让关铭低眸看着抓住他的小手，青葱玉指，指甲修剪得也很漂亮。他没有抽回手臂，而是抬头问了句：“晚上玩尽兴了？”

施念发现自己弄错了，赶忙收回手退到了电梯最里面，无语望天，尴尬地回："嗯，好久没这么疯了。"

"上次这么玩是什么时候？"

"大学毕业典礼。"

关铭便没再多说什么。

回房后，关铭直接躺在了客厅的沙发上，长腿交叠着，双手枕在脑后，半合着眼。

施念有些不放心他，问道："你怎么样？我让管家给你拿醒酒的东西？"

施念刚准备转身，关铭却低声说道："不用，给外人看见我这样有些失态。口燥，你帮我泡杯茶来。"

施念平时见到的关铭的确都是仪表堂堂、丰神俊朗的模样，没有在人前流露出醉态，此时他衬衫领口的两颗纽扣松了，袖子也挽起几道，闭着眼应该是不想见人的。

于是她把面具摘下了，小心翼翼地放在一边，然后翻找出茶具，清洗过后又用开水烫了一遍，怕他错过最佳茶温，还特地将茶盘端到关铭面前，好泡完就让他喝上。

茶盘是砚石的，端起来死沉，施念干脆脱了高跟鞋，赤着脚搬着茶盘。关铭半睁开眼看着她使力过后微红的脸颊，显得面容更加柔润剔透，又将视线落在她踩在绒毯上的脚上端详了一会儿。他突然来了兴致，发现施念的脚很小，可能还没有他巴掌大，纤细白净，有点可爱。

施念似乎感觉到他的目光，不自然地将脚收进裙摆里，坐定后一道道泡茶工序有条不紊地进行着，手法娴熟。关铭松散地睨着她，没一会儿她递给关铭一小杯茶，叮嘱道："小叔，好了，烫。"

关铭单手接过喝了一口，问道："学过？"

施念低垂着视线应了声："嫁过去后那边安排人教过我。"

东城关家人不会告诉她生意上的事，也不会教她什么经商之道，但服侍人的本事她的确学会不少。

关铭一口喝了小杯中的茶，也没急着递还给她，而是拿在手中把玩着，视线落在杯中低喃地说了声："小念？"

施念随即反应过来："莎莎说的吗？她裙子坏了我帮她临时应付的，我也没想到她认识你。"

关铭抬起眼，将手中的茶杯递给她，半笑着说："再来一杯，小念儿。"

施念微微一愣，她第一次听见关铭说京腔，还是叫的她名字。平时关铭说话没有任何口音，这一声突如其来的京腔带着些随性的味道，突然就拉近了生疏的距离。

虽然她知道眼前的男人十有八九醉得不轻，叫着玩的，平时都很礼貌地称她一声施小姐，现在这个称呼过于亲昵，没人这样叫过她。可施念的脸颊忽然就烧到了耳根，匆忙接过杯子躲开关铭的视线。

再泡第二杯的时候，她明显慌乱许多，一样的工序，一样的茶具，她却感觉周遭的环境都不一样了。

关铭将脑袋靠在一边，声音慵懒地传了过去："别分神，小心再烫着手。"

施念抬头看了他一眼，从没感受过一个男人的眼神能在这么不经意间烫到她心底。她又匆匆收回视线稳住了动作，为了让自己放松些，她故作随意地问道："她们好像都认识你，为什么说你不碰千金和良家妇女？"

"麻烦。"关铭倒是坦荡荡地回了两个字。

施念猜测他应该是不想惹上难缠的女人，她突然想到下午关沧海的话，有些好奇像关铭这样肆意随性的男人，什么样的女人才能拴住他？

而后她不禁想到他晚上的女伴，于是在将第二杯茶递给他时，问道："你身边那女的怎么没管你了？"

关铭接过茶，心不在焉地"嗯"了一声，带着疑问。

"就是那个叫白雪的，小叔眼光挺好的。"

关铭这下没有喝，茶拿在手中，抬起视线在她脸上扫视了一圈，忽然问了句："你认为我为什么要带她在身边？"

施念想到那些女人的讨论，随意猜测道："漂亮？"

"漂亮不能当饭吃。"

关铭的回答让施念有些诧异。

他紧接着低头吹了下微烫的茶水，告诉她："这种场合，带来的人不仅要能喝酒还要会陪那些老总玩，气氛到位了，谈事情的效率自然会提高不少。"

关铭说完就低头喝茶了，倒是施念表情认真地盯着他。那些人说白雪漂亮入了关铭的眼，可她只是够资格被他当成生意场上的工具，却入不了他的心。

面前这个男人在对待女人方面太理智，所以才会不碰千金和良家妇女。外人都说他风流多情，施念却恰恰觉得这样的人最薄情。

可他却并不是负心汉，仿佛所有女人跟他之间都有一条明确的界限，他待她们不薄，但不会让任何女人超过那条界限。

所以在那些女人眼里，即使心里怨念再深，都没法说关铭半句不好，这种处世之道，分寸的拿捏反而是门学问。

施念低下头专心泡茶，那个教她泡茶的师傅对她说过茶随心境。关铭这样的富家子弟一定是很懂门道的，她不想让他品出她的心不在焉。

关铭看着她专注的样子，小巧的鹅蛋脸柔柔软软的，脸上没多少妆，却清透妩媚，是一种小女人的妩媚，透着水润，像是江南女子的长相。

红色的发带垂坠在锁骨处，脖颈延伸到锁骨的线条很优美，关铭禁不住伸出手，可就在快要碰到她时，手指一转直接拉了下她的发带，施念的头发随即散落下来。风韵流转间，她错愕地抬起头看着依在沙发里的男人，他手中拿着她的红色发带，迷醉的目光中透着股慵懒劲儿，他甚至不需要做任何事情，光那双桃花眼看着人的时候就能给人一种销魂之感。

施念的呼吸瞬间就乱了，她不得不承认这个男人的段位太高，他什么都没做，却把她的心搅得一团乱，还轻飘飘地甩了下手中的发带，说了两个字："碍眼。"

施念只能快速收回视线，抿着唇不跟他计较，并强行岔开话题："那莎莎也是秦老板身边的红颜知己吗？"

关铭看了她一眼："秦老板？"

"不是秦老板吗？"

关铭没有回答施念这个问题，而是转到了上一个问题："那个女人啊，不够聪明。"

这是关铭对莎莎的评价。施念转而一想，的确是，聪明的女人都知道敬而远之的道理，或者像可心那样明知前路未卜，守住自己的心做好随时抽身的准备。

关铭刚才说得都那么直白了，晚上带去的女人都是陪玩的，施念回想起莎莎卖力赔笑的样子莫名感觉心酸。

那些灰姑娘嫁入豪门的故事也只能出现在童话里，出身普通的姑娘即使再努力又怎样？想挤破头来到这些男人身边，终归被看低一等。

施念发着呆的时候，关铭将茶杯放到她掌心，提醒了一句："茶凉了。"

施念想着这位养尊处优的关小爷可能不喝反复冲泡的茶，于是倒了茶叶重新再泡一轮。

果然，关铭没有说话，耐心地等着。

施念在泡第二轮茶的时候，关铭说："晚上你也算帮我化解了一个小尴尬。那个女人跟的人身份特殊，要是穿着一条破裙子出现，就轮到我被调侃底下人办事不周了。"随即又说了句，"可惜了，你应该坚持自己的意愿。"

关铭的话能轻易牵扯起施念深埋在心底的渴望，也许是现在气氛很轻松，也许是她也有些微醺了，情不自禁地对他说着："你知道我为什么会喜欢改衣服吗？"

关铭饶有兴致地望着她，似乎想接着听下去。

施念自嘲地笑了笑："我以前在私立学校读书，学费很贵，里面都是有钱人家的小孩，除了周一，其他时间没有强制穿校服的规定。那些同学每天都穿得光鲜亮丽的，我冬天的时候一件棉服能穿上好几天。"

"本来我自己也没觉得有什么，后来总是被人嘲笑，我妈知道后，接了很多活，甚至夜里都熬到两三点，就为了给我买件牌子的衣服不被人看低了。"

"我觉得我妈太辛苦，后来干脆自己研究面料雕塑、打褶、收省、分割这些，就拿旧衣服改，夏天的裙子改完后同学基本上看不出是旧裙子。不是我吹牛，还挺时髦的，有不少女同学问我哪里买的。"

施念抬起双眼，眸色晶亮的，说起这个她瞳孔里闪着自豪的光，关铭也跟着笑了。

她接着说道："这样不费钱，我妈也不用那么累，后来研究多了就发展成了兴趣。读大学的时候，我经常会去服装设计专业蹭课，学了点专业知识，跟着做设计。"

"我现在还是会改自己的衣服，哪里不满意了就动手改一改，改成喜欢的样子。"

施念滔滔不绝地说了一堆，关铭没吱声，笑着看她眉飞色舞的表情。她说到这方面的事整个人都充满生机，连眉眼都生动了。

半晌过后，关铭突然说道："这个专业国内的创意课程设置有些局限，目前来说国内外资源差别比较大，从视野、思维、技术设备上来看，国外很多学校能提供给学生的空间更大，你没有考虑过？"

施念垂下了眼帘："不是没有考虑过，只是……我妈身体不好，出国不太现实，当时我一心想着能进北服或者东华，但是……"

但是妈妈想让她在书法绘画方面有所成就，通过一些含金量比较高的比赛获得一定知名度。对于她的成长，从小妈妈就为她量身打造了一条路，即使她背着妈妈拒绝了保送，也依然无法偏离既定的轨道。

关铭的眼神有些幽深，似在看施念，却又好似在想着自己的事情。

施念被他看得有些不好意思："你应该没这方面的烦恼，是不是挺不能理解的？"

关铭的确不太能理解的一点是："既然这么辛苦为什么不上个普通学校？"

施念怔了一下，低下头咬着唇。以前妈妈给她灌输的那些她认为理所当然的思维，在今天面对关铭的这一刻，她忽然觉得那么难堪，甚至难以启齿。

关铭只是沉默了一瞬，便再次开了口："你知道福图尼吧？20 世纪的一个西班牙人，他以职业画家自居，从没想过进军服装界，但最终还是在这行呼风唤雨。”

“他的很多设计灵感来源于他在威尼斯留下的画、雕刻和摄影作品。他父亲是个北非画家，北非的风土人情在他后来的人生中也一直影响着他的创作。他除了设计服装，还是个发明家、工程师、室内设计师。”

“我想说的是，人生所有的弯路、经历，包括沉淀都是值得的，这些东西会变成你独一无二的财富。你还年轻，以后有的是机会。”

最后的“机会”两个字落在施念的耳中，让她突然感觉四肢百骸都热血沸腾起来。她此时此刻觉得面前的男人拥有神奇的魔力，那已经熄灭的梦想火焰在关铭的三言两语中仿佛重新燃烧起来。

良久，关铭又问了施念一句：“要是有机会离开那边，你想做什么？”

施念瞬间回过神来，只想了那么几秒便回道：“先做个普通人。”

“哦？”关铭饶有兴致地笑了起来。

“我的意思是，彻底脱离这个圈子，有钱人的世界，做个走在大街上也没人认出我的普通人。”

“那可能比较难。”

施念的肩膀突然就塌了下来：“或者就去一个没人认识我的地方，天大地大总有我的容身之处。”

也许是因为关铭醉着，也许是自己也喝了点酒，她才会不管不顾地把内心这些想法说出来，说给一个西城关家的人听，虽然很荒唐。

说到这里，施念不禁想起找关铭合作这茬，她趁机问道：“为什么你一直不问我手上捏着什么牌跟你谈判？”

关铭却懒懒地看着她：“你就没想过把你知道的那点东西抖给我，自己会有什么下场？”

“最坏的打算，鱼死网破，只要我妈能安全转移，我没什么好怕的。”

关铭却皱了下眉：“小丫头，做任何事都不能把自己的后路堵死，这是生存的道理。”

空气静谧，茶香四溢，眼眸流转间施念望进关铭的眼底，心脏突兀地跳动了一下，二下，直到越来越快。

记忆“嗖”地就穿回了八年前的那个夏天，她膝盖流着血坐在街边，男孩的脸在她脑中早就模糊了，只是依稀记得他蹲下身，修长的身影遮住烈日对她说：“小丫头，幸亏我是个好人，要不然把你卖到唐人街去。”

施念紧了紧牙根，神色僵了几秒，低下头将新泡的茶递给关铭，声音很轻地问：“小叔，你很早就出国了吗？”

关铭没有接这杯茶，她的手僵持在半空，浑身发烫，脑子晕乎，瞬间感觉那个喝醉的人是自己，手中的茶杯微微晃动之间，一圈圈波纹在茶杯里漾开。

她深吸一口气抬起眼，正对上关铭懒倦深邃的眼神，心跳突然漏了半拍。

空气凝结，彼此的呼吸靠得很近，她能听见自己的心跳声，一下又一下地敲打在胸间。关铭的视线慢慢移到她手腕间那颗褐色玳瑁珠上，出了声："你想问什么？"

就这么转瞬即逝的沉默让施念收起了脱口而出的疑问，问出口又怎样？

关铭是西城关家现今最有威望的男人，她是东城关家长孙的遗孀，他们之间隔着最远的距离，任何联系都会成为遭人唾弃的丑闻。

施念垂下了眼帘，很轻地道了句："没什么想问的。"

关铭接过茶杯一饮而尽，随后直接扔在了茶盘上。小小的茶杯在茶盘上转了一个圈，歪歪斜斜的，直到静止关铭才对她说："你回房休息吧。"

刚才拉近距离的两人在瞬间又回到原位，关铭的神色再次变得稀松平常。施念这才发现并非是他天生长了一双桃花眼，而是要看他的心情，只有在他兴致好的时候眼里才会有光。

她收了茶盘，洗净后便回房了。

4. 关老板很会照顾人的

第二天施念醒来后用完早餐才知道船抵港了，停在长崎。旅客基本上都下船去附近景点或者免税店了，今天船上比较空，凯恩说如果她无聊的话可以去甲板冲浪或者去观景台溜达。

施念从早上起来就没有看见关铭，便问了句。凯恩告诉她关先生一早就下船了，他在日本有些事需要去处理。

施念想到昨晚他还一副喝大的样子，今天这么早就起来不知道头会不会疼。

一整天施念都心神不宁的。算算时间她出来已经三天了，东城那边什么情况她一无所知，关铭把她带上船后只字未提合作的打算，几次她主动问起，他也总是不紧不慢的态度。虽然好吃好喝安顿着她，但她总感觉心神不宁，更多的是对前路的未知。

晚上九点前旅客陆续回来了，游轮再次起航，施念却依然没见到关铭。

她回到屋中，窝在阳台边抱着膝盖看着船离灯火通明的港湾越来越远，另一边是黑暗无边的大海，一种被流放的孤独感油然而生。直到这一刻她才可笑地发现，那个和她完全沾不上边的小叔竟然是她在漂泊无边的海洋上唯一的依靠。一整天看不见他，她居然会有种惴惴不安的感觉。

这一晚她睡了醒，醒了睡，一直睡得不太沉，凌晨四点多时她干脆起身到外面客厅走了一圈，确定关铭的确没有回来后，她又窝在窗边发着呆。

她在想关铭会不会没有赶上开船，如果没有赶上她该怎么办？吴法一定也下船了吧？要是关铭真的没有上船应该会安排人通知她的吧？

施念不安的情绪越来越重，可后来又想，也许关铭回来了，只是没有回这间套房。

他说过不会带其他女人到这里过夜，可不代表他不会去其他房间过夜。出海几天他晚上都是一个人待着，今晚睡在其他地方也是很正常的事，她这样安慰着自己，也许关铭只是睡在别处了。

可这种想法刚滋生，她反而更睡不着了。她下意识搓着手腕上的褐色玳瑁珠，手腕的皮肤都被搓红了。

现在显然也做不了其他事，她干脆扔掉抱在怀里的抱枕，按了铃找管家送点吃的到房间来。

然而她刚交代完，房间的电话又响了，凯恩对她说："关先生在餐吧，听说你醒着，询问你要不要过去用餐？"

施念几乎是丢了电话就冲回房间整理换衣服，还特地把头发绾了起来，露出姣好的脖颈，在镜子中检查了一下自己的仪容，然后一路飞奔至餐吧。

她很难形容自己现在的心情，一个人在船上守了整整一天一夜，差点以为关铭没赶上船，现在突然得知他就在餐吧，有些激动，有些想见到他，想亲眼确认他回来了。

于是当她走进餐吧看见半倚在沙发上，身上盖着绒毯的关铭时，整个人反而有些愣愣的。

还是上次他坐的邻近落地窗的地方，只不过除了他，关沧海也在，还有一个施念从未见过的男人，穿着衬衫西裤，长相干净。

关铭见她脚步顿住了，将手从毯子里伸了出来，把最靠近他的一把椅子往他面前拉了拉对她说："施小姐，这是还没睡醒？"

施念这才重新迈开步子，有些微喘地绕到离他不远的椅子上落座。

其他两个人都在喝早茶，只有关铭懒懒地靠在沙发上，本来整个人都躺了下去，倒是施念过来后，大概觉得不妥，身子又立起来了些，变成靠在背后的靠枕上。

他的目光在她身上停留了两秒，声音落在她身边："走得这么急？肚子饿了？"

他的嗓音明显变哑了，像沙粒摩挲在耳边，透着磁性的味道，让施念耳郭发烫。她总不能说自己是想快点见到他，只能顺着他的话点点头。

关铭伸了下手，对服务生说：“给施小姐上早餐。”说完偏过头问她，“要点咖啡吗？”

“呃……嗯，好。”施念不禁盯着关铭看了眼，发现他今天对她的称呼又变回“施小姐”了。

前天晚上他喝醉后说的话不知道还能不能记得。

对面那个陌生男人自从施念坐下来就一直打量她，此时开口道：“师哥，不介绍下吗？”

关铭没有搭他的话，反而对施念说道：“这位是姜琨，算是我师弟，在日本做生意。”

施念朝姜琨点了下头：“你好，我叫……”

她刚准备说出自己的名字，又突然觉得不妥，转头看向关铭，见关铭朝她点了下头。

她才接着说道：“我叫施念。”

果不其然，对方可能是长期在日本发展的缘故并不认识她，还很友好地站起来和她握了握手。

没一会儿，凯恩端着热水和药过来，走到关铭面前，弯着腰对他说：“关先生，药拿来了。”

关铭瞥了眼桌角：“放着吧。”

凯恩放下药就离开了。施念看着黑色的小药瓶不禁问道：“你怎么了？”

这时施念才注意到关铭气色不大好，怪不得他一直半躺着。

她眉峰轻轻蹙了起来，关铭反而云淡风轻的样子，眼里带笑：“没事。”

施念嗅了嗅，闻到了淡淡的酒气，眉头皱得更深了：“你昨晚是不是又喝酒了？”

关铭也不否认：“嗯，喝了不少。”

施念嘀咕了一句：“你前天醉成那样还喝？”

这句声音很小，带着股责备的味道，关铭嘴角浅淡的弧度忽然就扯开了。他活了这么多年，还没哪个女人敢这样管着他。

施念也觉得自己说这句话有些不太适合，赶紧坐直了身子，却被关沧海听了去，饶有兴致地来了句：“你说关铭喝醉了？”

说到这里，施念就有些怨念：“他醉成那样在走廊站着你们也没人管他吗？”

关沧海挑起了眉梢，前天晚上大家搂着女伴去第二轮，关铭可是自己说累不去的。

关沧海虽然没有明着点破，但还是故意绕着弯子调侃道：“那你是不知道他的酒量，这么说吧，他十二三岁就开始偷喝他爸的藏酒，我还从没见他醉过。”

施念有些诧异，连姜琨都笑了，她顿时抿着唇，脸色僵硬，她还泡了老半天的茶帮他解酒？最后解了个寂寞？

施念回头瞅着关铭的时候，他懒懒地倚着，气色不好的缘故脸色有些冷白，倒是眼里也有笑意。她感觉被耍了，前天还以为他喝多了跟他胡说八道了一堆，现在想来有些后悔。

她不禁问了句：“那……我们说的话你都记得吗？”

关铭神态悠闲地问：“记得什么？”

施念能感觉出来关铭现在心情不错，故意逗她玩。她不说话了，总不能说你还记得你怎么喊我的？没喝醉干吗连京腔都冒出来了？

最后她的目光落在药瓶上：“你为什么要吃药？”

“师哥昨天下船就飞了趟东京，亲自去请代表团的人，来回折腾，路上又淋了雨，受凉了。”回答她的人是姜琨。

施念有些诧异：“东京？离这儿挺远的吧？”

姜琨：“一千多公里，在机场和天上就耽误了六个多小时，中间再谈判，一刻没歇过，把人接来船上又马不停蹄地安排会晤，折腾到凌晨，身体不舒服还不愿回房，把我们拖来这里。我当是为什么，原来是怕吵着施小姐啊。”

姜琨不知道施念的身份，刚才听说施念住在关铭房里，以为他们俩是那种关系，才说者无心。

可这句话一出，他明显能感觉出来桌上的气氛有些怪异，关沧海深深地看了他一眼端起茶没说话。

施念倒是无暇顾及姜琨对于他们关系的猜测，而是呆愣地回过头看着关铭，内心复杂无比。就在半个小时前，她还在房间里腹诽关铭是不是找女人去了，这会儿突然听说他奔波了一天还把自己病倒了，内心的情绪混乱地搅动着，眼里的光越发柔润。

关铭没有任何波动，垂着眸，浓密的睫毛让眼窝变得很深邃，察觉到施念看向他，他撩起眼帘看见她的杏眼像浸了水。关铭指尖摩挲了一下，偏过头看向刚上的早餐提醒道：“快吃吧，别凉了。”

施念面前摆满了精致的器皿，搭配着多样的食物，早餐很丰盛，看美女吃东西也能让人食欲大增，于是关沧海和姜琨也都叫了一份。

因为协统商会主席证件被盗那晚施念也在，所以对她也没什么好避讳的。其间施念听他们闲聊才知道那个西班牙小子偷了证件，导致商会主席无法按照原定的计划参与这次会面，所以关铭才会在长崎下船，临时飞一趟东京将代表团的人请上船来谈判。

姜琨说："这次幸亏师哥亲自出马才能将人请来，我游说了几个小时，代表团的人都不买我的账。"

施念回头看了眼关铭问道："你和日本人也有生意往来吗？"

"不多。"关铭笑着回答。

姜琨解释道："师哥在国内产业大，生意广路子多，那边想和师哥搭上线没有渠道，这次师哥亲自出马，对方肯定是要卖面子的。"

施念这下才想起来，证件被盗那晚她问过关铭，如果证件找不回来怎么办？他说会比较麻烦，现在想来他折腾了一圈是挺周折的。

姜琨说到这里，又开口问道："施小姐跟我师哥的时间不长吧？上次我回国没见过你。"

施念怔了下，忙解释道："不是的，你误会了，我跟关先生不是那种关系……"

关沧海悠然地靠在椅背上，一副看戏的姿态。关铭则没出声。

而姜琨就有些蒙了，看着施念面前的餐点不禁笑道："施小姐面前这十盎司的鱼子酱，一勺就是三千美金，师哥交代我弄上船，搞了半天我一勺都吃不到。"

"还有师哥最爱的 Esmeralda 咖啡，我要没猜错，这可不是船上的吧？施小姐能喝上师哥自带的高级咖啡，我和沧海兄也只能喝一口 Blue Bourbon，这明显的差别待遇啊。"

"就这样，师哥你连人都还没追上？"

施念看了看自己面前的东西，又扫了眼姜琨和关沧海面前的，她的东西更加精致些，除此之外她也看不出食材的产地，但显然逃不过这些吃惯山珍海味的公子哥们的眼。

施念顿时感觉拿着勺子的掌心都有些微微发烫。她不敢去看关铭，却听见他的声音从斜后方不疾不徐地传来："我可不像你，用些小吃小喝的东西哄女人，况且，施小姐岂是那么好追的？"

虽然关铭的话中不正经的玩笑居多，除了姜琨，他们三个人都知道这种玩笑是不可能成立的，可给不知就里的人听去，就像关铭默认要追她一样。让施念的心跳怦怦加快，拿着勺子的手都有些僵硬了。

关铭清了清嗓子，怕施念尴尬，缓和了一句："早上凉气大，Esmeralda 的咖啡暖胃，尝尝。"

施念顺着他的话端起咖啡喝了一口，香味独特，让人回味。这是一款十分有味觉记忆的咖啡，而这个记忆刻上了"关铭"两个字。

施念用完早餐就打算回房了。临走时，她又看了眼那个小药瓶。关铭依然没有动，她还是忍不住把小药瓶拧开递到他面前。

当时关铭正在和姜琨商量今天白天代表团在船上的招待安排，看见伸到面前的手，垂眸的一瞬嘴角牵起一丝不明的弧度，接过药瓶。施念看见他把药喝了才起身离开。

她走后，姜琨没忍住私下问了问关沧海："师哥和那施小姐？"

"没戏。"关沧海言简意赅地回道。

他和关铭从小一起长大，虽然他这位辈分上的叔叔一直我行我素，但他相信关铭在大事上不会犯糊涂，跟那个女人扯上关系等于走上众叛亲离的道路。那个女人看着也是有分寸的，知道利害关系。

虽然关沧海一开始担心过，不过这两天他也想明白了，关铭估计对施念有些内疚，年少无知时撩人不自知，让她把关远峥误当成他以身相许后又落得这个下场，在船上对她特殊照顾些也无可厚非，下了船终归是要桥归桥，路归路的。

后面一整个白天关铭都没有回去，施念猜他可能要陪着代表团那边，这几天也许都会很忙，所以施念也没怎么见到他。

有时候她甚至想，船要一直这样开下去也挺好，天涯海角地漂荡，除了不能见到妈妈，其他也没什么，回去以后自己要面对什么样的局面她想到就头大。

那天晚上施念睡觉前依然没见关铭回来，但是第二天早晨起床后，却意外地看见关铭穿着衬衫、马甲坐在客厅喝咖啡看电脑，精神比起前一天好多了。

见施念出来，他对她说的第一句话是："到福冈了。"

施念有些诧异地伸头望了望阳台外面，这才发现船居然已经停了，她不禁问道："什么时候到的？"

"早上七点靠的岸。"

随即施念便想到一个问题："那今天代表团要离开了吧？你待会儿也会下船吗？"

关铭盯着她看了几秒，没有说话。

就在施念以为他默认的时候，他突然问了句："你想下去转转吗？"

施念有些诧异地说："我没有护照。"

关铭将手边的一个黑色袋子放在茶几上，又往她面前推了下："我让凯恩把早餐送来房间，不急，你有四十分钟的时间，过会儿我让吴法来接你。"

说完，关铭将杯中最后一口咖啡喝尽，合上电脑起身对她笑了下："待会儿见。"

然后他便离开套间了。

施念几步走过去打开黑色袋子，眼睛睁大，里面是她的护照和证件。她甚至不知道关铭刚才是不是在等她醒来问她这一句，然而现在她觉得这个男人简直就是个神，似乎没有他办不到的事，只要他想。

凯恩给她送早餐的时候，依然不忘给她送一杯 Esmeralda 咖啡。她用完早餐又回房套上了驼色大衣，是那天在购物中心临时买的，船舱温度是恒温的，她还没机会穿。

刚换上衣服没一会儿，吴法就来房间找她了，依然站在门口没有迈进半步等着她。

施念将口罩戴好跟着吴法下了船。

在海上漂了几天，终于能下船了，风轻云淡，碧空如洗，完全陌生的国度，施念有些激动，心情像放飞的鸟儿。

她抬起视线，隔着口罩深吸一口气，然后看见了关铭。他和很多人站在一起，看穿着打扮都很体面，大概就是代表团那帮人了。

关沧海回头的时候看见了吴法，随后将视线落在了施念身上，然后眯起了眼。他不知道跟关铭低语了句什么，关铭跟他说了两句话后，关沧海朝施念走来，神情复杂地盯着她，对她说："去吧，跟着关铭，别乱跑，少说话，懂吧？"

施念点点头，关沧海将手中关铭的护照递给施念："我待会儿还有其他事，这个放你身上。"

施念接过护照本看见里面夹了张机票，票根正好露了出来，施念一眼看见上面的姓名是"关笙铭"，她有些错愕地问："小叔不是叫关铭吗？"

关沧海无奈地说："他是关家'笙'字辈的，跟他同辈的人最大的都七老八十了，还有入土为安的，最小的一批基本上也都比他大二三十岁，他说这是老头子们的字，不让别人这样叫他，所以关家之外大家都不提他的字辈，这是规矩。"

施念倒是想起来关铭的确辈分不小，要真算起来，和她公公是一个辈分的，她把证件收起来朝关铭走去。

从施念和关沧海说话时，莎莎就一直在观察施念，她戴着口罩有些难以辨认，现在她走过去，莎莎的目光一眨不眨地盯着她。施念也不太好跟莎莎打招呼。

这时施念才发现，这些男人身边都带着女人，连那个白雪也下了船，站在关铭的不远处和另一个漂亮姑娘说话。

施念没有靠近关铭，离他大概三四步的距离。

没一会儿他们要走了，白雪过来准备走在关铭身边，关铭正好回头去看施念，她一个人站在石墩边，海风吹起她的发丝，她双手放在大衣口袋里，似乎被风吹得有些冷的样子。

他逆着光，眼尾微弯，对施念说："过来，走了。"

关铭回头和施念说话时，白雪才注意到那个一直站在一边的女人，她刚才就看见施念走了过来，以为是船上其他乘客，不是跟他们一起的，没想到居然是关铭带下船的。

白雪的目光打量着施念，因为戴着口罩看不清她的容貌，但眉眼清澈，气质倒是和她们有着明显的不同。都说关小爷不碰良家妇女，身边出现这样一位打扮素雅保守的女人倒是不多见，关键是，这女人被藏在哪儿的？这几天也没见关铭带在身边。

关铭一直等到施念走到他面前才转身，白雪显然也不太好三人行，只得几步走在另一边，和其他女人一道。

施念想起护照便问道："我的证件你怎么弄到的？"

"开船那天，我的人正好要从国内飞去东京提前安排，顺便取上你的东西带来的。"

施念有些诧异："可是……他们怎么愿意给你？"

关铭玩味地勾着眼尾："不给我你下不了船，我就没法保证把你带回去了。"

施念蹙起眉："你威胁他们了？"

关铭纠正道："这不是威胁，是讲道理。"

"可这道理怎么能讲得通呢？我怎么会离开晚宴？怎么会出现在船上？怎么会和你勾结到一起？"

"勾结。"关铭单手抄在西裤口袋里，意味深长地重复了一遍这两个字。

施念紧紧抿了抿唇，撇开头，却听见他说："会滑雪吗？"

"不太会。"

"待会儿我们会先去滑雪场，你要感兴趣的话可以去试练场玩玩，我让吴法跟着你。"

"我没事。"

她转过头补充道："我一个人能行，你不用管我。"

关铭斜了她一眼，不明所以地笑了下，然后便没再说什么。

施念没有和关铭乘坐一辆车，而是和吴法单独坐车前往滑雪场。

所以下车的时候，她没有看见关铭，滑雪场建在一个度假村内。吴法去租装备的时候，施念一个人溜到了那条最长的雪道，目测这条雪道坡度最陡，旁边两个日本人在聊天，施念听到耳中望向他们议论的地方，极限雪沟连着一个接近 90 度的大弯道，怪不得这条雪道没什么人，难度系数太大。

大多数过来游玩的人都窝在练习场和平缓一些的雪道，施念刚准备绕回去，旁边那个日本人突然指着前方用日语说："看，那边有人下来了。"

施念回过头的时候，冰天雪地中一个身穿红色滑雪服的人像离弦的箭一样从山上俯冲下来，她的视野瞬间被打开，天地之间只有那团红色的火焰翻滚在一片苍茫的雪色中，完美地驾驭着自己的身躯，看得她心潮澎湃，仿佛那嗖嗖的风也从自己耳边掠过般惊险刺激。

那道红色身影快到雪沟的时候，不远处的另一边发出一阵欢呼声。施念侧头看去，发现那些和关铭随行的人都在山脚下，包括姜琨也在，那些人不时还冒出几声"关老板"。

施念再次朝那道矫捷的身影望去时，有些不可置信地猜测着那个身穿红色滑雪服的人是否是关铭。

有了这个猜测，她不禁为关铭捏了把汗，双眼死死地盯着那道身影，眼睁睁地看着他在跃过雪沟的时候，身体突然拱起腾空，雪雾飞扬，层峦叠嶂间，一切仿若调成了慢动作，群山被他抛在身后，那震撼的场景在施念的瞳孔中放大，再放大。她就这样看着那道红色身影在空中漂亮地回转稳稳落下，脑中瞬间浮现那句"湛湛长空，乱云飞度，正当年，鲜衣怒马时"。

耳边传来吴法的声音："关老板喜欢滑雪，以前上学时还在国外参加过比赛，他是黄石俱乐部会员，每年都会过去小住一段时间。"

施念听过这个俱乐部，只存在于传说中，一个会员制的豪华私人俱乐部，有盖茨夫妇这样的顶级富豪，也有 NBA 的球星，更有美国前副总统以及华尔街的精英，入会需要资产评估，因此全是身价不菲的人物。关铭的爱好再次刷新了她对西城少东家的声望和身家的认知。

她和关铭相处的这几天，他给她的感觉沉稳绅士。关沧海说他二十出头时就像脱缰的野马，她之前还有些想象不出来，可此时看着他在滑雪场上的身姿，她渐渐能联想到年少时的他，一定是那般意气风发，桀骜不驯。

关铭滑到山脚下，摘了头盔，发丝垂坠在颊边，肆意潇洒。那边瞬间发出此起彼伏的喝彩声，施念藏在口罩里的嘴角也勾起笑意。没一会儿关铭就被那些人围住了，白雪给他递上保温杯，施念便没再看了，转身对吴法说："走，我们也去玩玩。"

她当然不能跟关铭比，光站在滑雪板上来回走几次就滑倒了好几回，最后干脆蹲在地上扔了雪杖。吴法要比她好点，一直试图教她，奈何她摔疼了胳膊，不敢乱来了。

这时吴法接到一个电话，挂了电话对施念说：“要不我先带你去后面泡温泉，一会儿关老板他们也会去。”

施念想想还是去泡温泉吧。她换下滑雪服跟随吴法坐车到温泉屋，车子直接开进一处幽闭的院所，地方很宽敞，有好几座独栋的日式小屋。

施念下车的时候就看见白雪那群女的站在一座屋前，用英语在和这里的工作人员沟通，似乎由于发音的原因沟通起来有些困难。

施念和那些人不熟，没有上前，转身走向另一边单独的温泉屋。吴法没有跟进去，把施念送到就离开了。

白雪身旁一个眼尖的女人看见了吴法，出声问道：“那不是关老板的手下吗？”

几人都看向白雪，眼里多了些讽刺的意味，白雪转身进入屋内。

考虑到施念的身份不宜暴露，所以给她安排的是一个独立的池子，只有她一个人。

滑完雪过来泡汤，雾气缭绕，群山成景，不免让人浑身都放松下来，静谧间，她难得能享受这人世间的美景，因为那个人的安排，她得以在乱马而过的流年里，时光暂停片刻。

她不知道自己有多久没有如此放松过了，舒舒服服地泡了一会儿后，身体里的寒意驱散了，整个人都有些微微发烫。不太想回屋中，于是她从池中起身披上了白色的浴袍，踩着木屐沿石道绕到了后面，穿过一扇圆形的拱门才发现后面连通着院里的其他屋子，有条通幽曲径的竹林小道，空气清新，风景也很好，岔路很多。

施念没走几步便听见前面有人在说话，她甚至听见了关铭的声音，她几步过去探头看了眼，果不其然看见关铭和一个中年男人站在室外的抽烟区聊天。

她没有再往前走，准备原路返回，却不知道走上了哪条岔路，多绕了一圈，忽然听见石墙后面传来一个声音：“那个女人到底是谁啊？看见她跟关老板一起下船的，滑雪时又没看到人。”

施念身体一僵，停住脚步，最尴尬的事莫过于想绕路回去，却撞见别人在议论自己。她这是走过去也不好，不走过去就这么站着似乎也不太好。

然而她还没做出反应，前方那些女人的脚步声倒是越来越近，眼见就要绕过石墙，还在说着：“我看关老板还藏着掖着，把她单独安排在里间，那个女的一直戴着口罩，不会是什么大腕明星吧？”

这时施念才意识到自己没有戴口罩出来，她匆匆转过身就准备往另一头走去，却在回头的刹那看见一道身影立在她面前，她差点撞进这人的怀里。

“小……”

关铭立即做了个噤声的手势，就在那些女人快要拐过来时，他拍了下施念将她带到石亭柱子后。

施念紧张得睁大双眼听着身后的动静，那些女人已经走了过来，似乎也是刚泡完汤出来闲逛。

施念的身体往后缩了缩想贴着柱子，关铭却突然抬起左手放在柱子上，施念的背落入他的掌心，她的睫毛剧烈颤动了一下，虽然隔着厚厚的袍子，但依然觉得后背发烫。

她抬眸看向关铭，他此时已经换了身衣服，干净清爽的羊毛大衣，头发没有刻意打理，反而显出几分随性不羁的味道，和平时的他不大一样。

他垂下眸对她说：“凉。”

这时施念才意识到关铭在说柱子凉，她脸颊微红低着头。关铭的视线没有从她脸上移开，才泡完汤的她脸颊粉粉嫩嫩的，像刚剥了壳的鸡蛋，皮肤吹弹可破，大概由于紧张的缘故，鼻子上冒了些许细小的汗珠，身上散发着淡淡的香气，清透诱人。这张脸笑起来应该很甜，可惜她似乎并不怎么笑。

这时身后那群女人中，有人说了句：“这里风景不错，你帮我拍张照吧。”

然后她们一群人当真停下脚步拍起照来了，柱子勉强能遮挡住他们的身影，可是施念不敢动，关铭的手在她背后，如此强势的存在。

她听着不远处山上流下的泉水声，仿佛不是流入池中，而是汇聚在她的心间，漾起一圈圈涟漪。

几步之遥，那些女人嬉笑玩闹，而这里，她和关铭之间寂静得出奇，寂静到她仿佛能感受到他每一次的呼吸落在她的发丝间，带着温热的电流。

不知道谁问了句：“白雪，关老板对你怎么样？”

又有人笑着附和了一句：“是啊，你给我们说说。关老板选女人挑得很，都说上得了他的床的都很厉害，是不是这样啊？”

施念此时此刻悔得肠子都青了，她就不该出来瞎逛，就不该站在这儿听这些女人八卦，更窘迫的是，她们讨论的男人就在她面前。她死死地咬着唇，一张脸憋得通红，整个人都想原地蒸发了。

关铭微蹙了下眉，眸色冷了几分。

白雪的声音响了起来：“关老板很会照顾人的，能跟他是福气。”

白雪的回应几乎是无懈可击的，委婉地肯定了关铭的能力，话语中也透出几分关铭对她的宠爱，听得旁边几个女人羡慕不已。毕竟她们跟的男人都是些上了岁数的，虽然身份都不一般，但从年纪上来说，能跟关小爷这样正当年且大有作为的人物，自然是能够身心愉悦的。

施念低着头，身体默默站直离开了柱子，想和关铭拉开一定的距离。然而此时关铭另一只手也放在了柱子上，她退无可退，无论往哪儿挪都要贴上他的胳膊。他将她圈在逼仄的空间里，她浑身僵硬地抬起头，他的目光毫不闪躲地注视着她，里面燃着一簇火光。

施念脸色透红，那双无助的杏眼像浸在水里，呼吸完全乱掉了。

她没有被男人这样看过，关远峥也没有，从来没有哪个男人的气息可以让她毫无招架之力，他的呼吸很烫，喷在她的脸上，带有明显侵掠的意味。

施念差点以为关铭会对她怎么样，然而除了将她圈在方寸之间，他没有任何逾越，甚至连她的衣角都没有碰一下。

关铭很清楚自己不该这样，他扯着任何女人都无可厚非，唯独面前这个女人，于情于理都说不过去，但被她听去了那些不堪入耳的话，他无法确定她现在怎么想他的。

后面的那些女人走远了些，关铭眼帘微垂，声音低磁有力："我没有碰过她。"

短短六个字让施念的大脑嗡嗡作响，紧绷的心弦突然就断了。他在解释吗？向她解释？可为什么要向她解释这种事？

关铭口中那个"她"显然指的是白雪，施念有些无法理解，那刚才她们的对话？

可转念一想，白雪好像的确没有说什么，她只说关铭很会照顾人，能跟他是福气，但没有说跟他睡过，不过为什么别人都会认为白雪与关铭在一起了呢？

紧接着关铭便说道："在外面应付人，有时候身边会有一两个女人，说起来是我的人，有些男人就好这口，玩高兴了事情也就好谈了，但我自己不碰。"

"为什么？"施念几乎是脱口而出。

关铭嘴角抿出笑意："你刚才不是听到了吗？我选女人挑得很。"

他如此坦荡地盯着施念，倒把施念看得无所适从。他终是收回了手臂，对她说："从这里上去，我们去喝杯茶，你再这样看我，我要犯错了。"

他虽然眼里带笑，语气轻松，但话中直白的意思让施念的心头猛地颤了一下，再直起身子的时候腿都是软的。

施念跟在关铭后面绕到一处楼梯，从这里上去有一扇平淡无奇的木门，可是推开以后一整扇落地玻璃直面大海，度假村里的好景似乎都藏在了这里，窗边就是干净柔软的榻榻米和一方茶桌。

关铭让施念随便坐，然后自己跑到旁边亲自端了一个茶盘过来，之后坐在施念对面的榻榻米上，浅笑道："今天我来为你服务。"

"服务"两个字让施念有些受宠若惊，关铭这样的身份，应该从来都是别人服务他，怎么能劳烦他亲自泡茶。

施念忙说："不用麻烦。"

关铭倒是执意要为她泡上一杯，瞥了眼她的手臂："胳膊摔疼了吧？等着喝，待会儿我让人给你送点药，免得瘀青。"

施念跪坐在榻榻米上有些讶异地望向他："你看见我摔跤了？"

关铭抬起眼，笑而不语。

施念顿时感觉窘到了极点，却听见他说："下次有机会教你。"

"不要，我怕摔。"

"有我在不会摔着你。"

"其实……我也看到你滑雪了。"

关铭漫不经心地"嗯"了一声，似乎在等待她的评价。

施念中肯地说："很帅。"又补充道，"把山下站着的所有人都给迷到了。"

关铭手上的动作微顿，扬起视线："所有？"

施念眼神一紧，没有勇气接他这句话，目光默默飘向窗外。不知道什么时候天色暗了下来，像是要下雨似的。

关铭正式开始泡茶，施念看着茶盘中的绿色粉状，知道他要泡日式抹茶道，既入乡则随俗，施念也有些好奇。

他点炭、撒灰、煮水，所有动作看似烦琐，她却观察出了点门道，手法和方位似乎都是有讲究的，而这些精髓就连她的茶艺老师都没有教过她。

几缕发落在他额边，他专注的时候，五官立体，清逸中透着沉稳。

都说看人泡茶能观察出人的性子来，可看过关铭在滑雪场上潇洒肆意的身姿，很难将他和现在的雅人联系在一起。

他是多样的，每一面都像深邃的大海，无垠的原野，悠远的天际，让人无法触及，却又忍不住被他吸引。

关铭泡茶的力道轻缓柔匀，一看就不是生手。施念想到上次在他面前泡茶还真是献丑了，怪不得他能一眼看出她不走心。

她出声问他："是不是在你们这样的家族里，这是必修课？"

关铭似乎想起什么，笑了下："别人倒也未必，我算是特例，小时候性格野，浮躁得很，我家老头子逼我泡了五年天目，七浸七泡，有一层香气没出来我一个月的零花钱就要减半。”

施念忆起天目的叶像墨翠珠，青顶中的上品，给他练手的茶叶都这么讲究，关父这样从小磨砺他的性子，让他体会天目的每层香气，学会珍视茗品，怪不得会成就今天处事不惊，绰有余裕的他。

关铭将甜点推到施念面前：“先吃点东西，空腹喝茶伤胃。”

施念拿起一块小糕点，入口即化，甜而不腻，她挺喜欢的，又问了句：“你在这里跟我喝茶，代表团那边的人不用管吗？”

“不用，这次和商会主席谈完，主要是和国内那些制造商交流，我帮他们安排好了，在不在都一样。”

施念有些诧异，听上去这件事好似和关铭没什么关系似的，可看这几天的安排，他倒像是个牵头人。她不禁问：“小叔不是也在日本这边有生意吗？”

关铭一双眼从茶移到她的脸上，眼里有笑意：“探我家底啊？”

“没有，我不是这个意思。”施念赶忙否认。

关铭却直接告诉她：“前几年我是在这里做了些项目，包括你现在看到的这些，休闲度假酒店之类的，不在这里，在北海道和本州那边，这次时间紧，没法带你去看了。”

关铭话中的“这次”不禁让人联想到会不会有“下次”，但是短暂的期待被渐暗的天色浇灭了，再次上船他们就要回程了，这样的客气话还是不过心为好。

施念便转移了话题：“我以为你过来也是谈生意的，听吴法说船上很多人都是你请来的贵客。”

施念只是奇怪，关铭和代表团那里没有生意要谈，还亲自为商会主席跑了一趟，连船上那些有头有脸的人物都是关铭招待的，他不像是那么闲的人。

关铭却突然问施念：“EVFTA 听过吗？越南和欧盟的自由贸易协定。”

“听新闻里报道过，具体没有了解。”

关铭说：“这个开端有可能会让更多人认为我们的全球供应链可以拆解，我们不能等到那一步再来做反应，有些事情需要未雨绸缪。”

“其实对我们来说是挑战，也是转型的机遇。”

“举个例子吧，拿服装产业来说，EVFTA 生效后一部分服装产品关税会降为零，而人力成本方面东南亚比我们有优势，在国际市场上，我们的纺织品将面临巨大的竞争压力。”

“受脱钩论影响，总有很多言论说东南亚将会逐步取代中国制造成为新的世界工厂，不过目前来看越南那边很多核心材料都需要依附我们。”

“欧盟不可能将核心技术转移到东南亚，他们目前承接的只能是一些低端制造，等到他们的工业体系发展起来怎么也得过十几二十年，这给我们争取了宝贵的时间，无论是工业技术、设备制造各方面都有很大的空间。利用好这黄金二十年，下一个世界主场谁知道会花落谁家？”

施念的思想还停留在那些代表团身上，然而关铭的三言两语突然就打开了她的视野，特别是他的最后一句话，让她心里产生了一种微微战栗的感觉。

紧接着她便问出了口：“所以……你也做外贸吗？”

关铭笑了：“我不做外贸，但我也在这条船上。就像你，你没有买船票，也不是来日本旅游的，但你也上了那艘船。如果航行中遇到事故，谁也无法幸免于难，一个道理。”

施念听懂了，只是她没有吱声，她还需要消化一下。关铭跟她说的这些从来没有人和她讲过，在东城关家也许会听过一些商业上的事，但都很浅显，没到这么大的格局。

关铭见她挪了下身子，问：“腿酸了？”

施念暗自惊讶他的洞察力，有些抱歉地扯了个笑。

“放松坐吧，这里没有外人，正宗日本茶道里是不允许谈论政治和生意的，反正我们也没有按照规矩来。”

施念听他这么说反而放松下来，干脆将腿伸直，膝盖都跪红了。关铭垂眸见她还光着脚，脱下羊毛外套盖在她的小腿上。他身上的温度包裹着她的双脚，两人都没有说话，微妙的气息在空气中蔓延。

眼下的气氛很好，关铭不想打破，又不得不打破，只得回到刚才那个话题：“我们有很大的产业集群优势，这可以给我们指明很多条发展道路。”

“就算低廉的劳动力转移，但我们在高端领域，需要更先进的技术、管理，设备上必须要再往前推进，这可以体现在方方面面。”

“依然拿你感兴趣的服装产业为例，现在国内仍存在数不清的家族式工厂，技术落后，产品山寨，缺乏管理意识，一窝蜂地生产仿制品，这样的工厂没有产品开发能力，也达不到规模化生产。”

“是不是国内就没有优秀的设计师了？不是，有，很多，我相信你也知道，但并非一个设计师足够有灵性、功底扎实就能改变现状，设计出来的东西和商业运营模式能不能完美契合，能不能抓住消费者心理都是学问。”

“设计前景和制造生产如何能形成有效的一体化产业，这方面国内天花板还很高，无论是高端定制奢侈品，还是走快消路线，目前来说依然受到欧美市场环境的影响。”

“但已经很好了，国内起步晚，早期学设计的从学校出来参与的都是代加工，说白了还是制造业，现在国际舞台上已经有中国设计师的名字了，在你不知道的领域，很多人在为此努力。”

“就像我这次过来，是为了一项工业技术。这两年国际局势不好，受各方面影响，有些行业急需技术变革，很多人找到我从中牵线，本质上和我的生意没有关系，直到前阵子听说国外那边接下来可能会往前跨一大步。”

“市场先机很重要，如果我有能力来推动这件事，打通这个渠道，为什么不做？总有人要去做，或许我来做会更有把握，将谈判周期缩短，哪怕只是缩短几个月，对很多企业都会有长远的影响，鬼知道这些影响十几二十年后会不会改变历史进程。”

“我知道你想问的是，这件事对我没有任何好处，为什么还要劳师动众地组织这次行程。”

说到这里，关铭垂眸轻笑了下：“现在没有好处，不代表以后会没有好处，做事情不能光看眼前的利益，外面的人都说我是个唯利是图的投机者，我承认。但前提是，我是个中国人。”

窗外起了风，本来碧蓝如洗的天空这会儿像蒙上了一层黄沙，太阳躲进云层，室外的光线越来越暗，屋里人的轮廓却越来越清晰。

关铭的最后一句话说得很轻，分量却很重，水滴落在杯子里，仿佛滴在施念的心上。

没人能料想到这个天色昏暗的午后，关铭的这一席话会刻在施念的脑海里，潜移默化地改变着什么。

关铭不再说话了，到了日式茶道中的敬茶礼仪，这个过程讲究“清”和“寂”，他的动作优雅而节制。施念也不再开口，接过关铭的茶闻了闻茶香，然后端起品饮。

关铭见她眉头微微皱了下，状似随意地问：“喝不惯吧？”

其实施念能品出关铭的点茶技术已经很好了，抹茶中的苦涩味降低了些，只是那种腥味让她不大适应。可关铭为了她忙活了这么半天，她只喝一口似乎也不太给他面子，于是小口小口地喝着。

关铭笑着夺过她手中的杯子：“不喜欢就不要勉强，只是想给你体会下一期一会，没让你硬着头皮喝。”

他直接拿过她的茶杯饮了下去，施念有些惊讶，惊讶于他喝的是她的杯子，惊讶于他口中的“一期一会”。

这四个字本就由日本茶道发展而来，其中有“难得一面，世当珍惜”的意境，人一生只有一次的缘分。可出自关铭口中，仿佛赋予了这四个字不一样的生命，撞击着施念的心门。

她不愿多想，不该多想，不能多想，可是她指尖发烫，心也跟着发烫，连吸进去的空气都有些发烫。

两人突然安静下来，关铭边品茶边看着窗外苍茫的大海，这会儿视野越来越模糊，好似山雨欲来之势。

一室静谧，他品茶，她沉思，画面竟无比和谐。

半晌，关铭放下茶杯对施念说：“所有东西尝过了才知道喜不喜欢，有些苦不想吃就别吃，没人能逼你，人生不能重来，但可以拐弯，记着我今天的话。”

施念忽然感觉浑身的细胞都在沸腾、呐喊、翻滚，她仿佛悟到关铭在告诉她，不要往回看，现在的一切不喜欢就全部推翻重来，未来才能掌握在自己手中。

她的手指越握越紧，明明是下午时分，但外面已经完全暗了下来，如此诡异的天气也让施念心头蒙上一层未知而大胆的刺激感。

她侧头望向窗外，一双眼睛闪着炯亮的光：“你说……我要是消失在这里，会不会有人能找到我？”

关铭只是低着头笑道：“我不知道别人能不能找到你，只知道你会成为偷渡客。”

施念也讪讪地笑了。

关铭的手机响了，他拿出来看了眼对施念说：“那边可能结束了，我先过去。”

施念也站起身，将羊毛大衣还给他：“那我也回去换衣服了。”

“认得回去的路吗？”

“认得的。”

临走时关铭大概怕她嫌茶涩，嘴里苦味不散，从小食盒里拿了一颗抹茶糖随手递给施念，然后两人从不同的方向离开茶室。

5. 遭遇地震

施念回去后直接进了更衣间，脱下浴袍穿上半高领的打底衫和裤子，又套上袜子，然后弯下腰将脚踩进踝靴内。鞋子是在船上临时买的，晚宴那双高跟鞋被她放在了船上，想着今天下船会比较冷，所以穿了这双系带的靴子。

她弯腰系鞋带的时候，突然一阵天旋地转。事情刚发生的前半秒，施念以为自己低血糖产生了错觉，随着“啪”的一声置物架倒下的声音，她条件反射地立了起来，还没站稳身体就狠狠撞到了板凳角，受伤的手臂再次遭到撞击。房间剧烈晃动，她疼得整个人蜷缩在地上，当下意识到，是地震。

地震这件事在施念成长的这二十几年里从没亲身体验过，对她来说是无比陌生的。

当她刚意识到发生地震时，脑子里那些所谓的逃生知识全都消失了，人突然置于灾难中，更多的是大脑一片空白，下意识去抓身边所能抓到的东西来维持平衡。

但地震波导致她身体强烈不适，怎么都站不起来，就看见旁边一排衣柜在不停摇晃，她当时心里只有一个想法，千万别倒下来。如果倒下来，她根本就不可能躲得掉，混乱中她几乎是依着本能往椅子下面爬寻求遮蔽，更令人绝望的是，她的这间小屋是单独的，没有其他客人，她刚才从后门绕进来也没有告诉工作人员，换言之，外面的人很有可能根本不知道她在更衣间。

就那么一刹那的工夫，施念感觉到天旋地转，整个人被一种巨大的恐惧吞噬着，她甚至怀疑自己会不会交待在这异国他乡。

在这个想法诞生的时候，房间里灯光闪烁，然后毫无征兆地灭了，世界陷入无休止的黑暗，她的心脏顿时沉底，空了。

“轰”的撞击声在门上响起，然后一阵刺痛穿过她的耳膜，她突然就耳鸣了，所有声音顷刻消失。她看见有人把门撞开，看见有道身影冲了进来，但她什么也听不见，她的世界突然就变成了静音的，那种无限的惊恐从四面八方攻击着她。

她感觉有人握住了她的腰，将她从板凳下拖了出来，她看清是关铭，他在不停对她说话，她什么都听不清，只能一个劲地摇头。

关铭干脆一把将她打横抱起，她根本来不及反应身体已经腾空，她本能地拽着关铭的衣服不让自己从他身上掉下去，指着衣柜大喊：“东西，东西在那儿。”

关铭顺手一拽将东西塞进她怀里就往外冲，过程很混乱，就像在逃命，刚冲到外面差点因为晃动两人要摔出去，好在关铭始终没有松开她，她死死地攀着关铭的肩膀，从来没有一刻觉得一个男人可以如此坚实强大，让她依附。

等关铭把她抱出来后，施念才看见好多人都在外面，除了他们的院子，周围温泉屋不停有人往外跑，真正跑出来的时候，震动已经在减轻了，关铭在院中空旷的地方将她放了下来。

这时，那些模糊的声音在施念耳中突然放大，此起彼伏的尖叫声，日语、英语、中文掺杂着，情况无比混乱。

关铭快速脱下外套将她裹了个严实，问道：“哪条腿摔到了？”

施念终于能听清他说话了，回道：“什么？我没摔到腿。”

这个时候关铭居然还能笑出来：“那是被吓着了？我刚才问你能不能走，你摇头。”

“不是，我刚才耳鸣了，听不见你说话。”

施念这才反应过来关铭怎么会突然把她抱起来往外跑了，原来以为她腿摔着了。

关铭确定她的腿没问题后，抬头往她身后找了一圈，喊道：“姜琨。”

姜琨随即小跑过来：“都没事吧？你把我吓死了，我说你好好地往里跑干吗呢。”

关铭对他勾勾手：“围巾给我。”

姜琨将围巾从脖子上取下给关铭，关铭直接就把围巾在施念脖颈上绕了两圈，然后往上一拉遮住了她半张脸。

施念已经被这地震震蒙了，早已想不起来这茬，这会儿源源不断的人往外跑，幸亏关铭没乱，不然她就麻烦了。

几分钟后，震感完全消失，但是大家都站在外面，有发呆的，有不停询问情况的，更多的是不知所措，面面相觑。因为怕有余震没人再敢回去，天空飘起了雨，度假村的工作人员过来维持秩序，让大家暂时转移到停车场东面，那里有临时搭建的雨棚。

旁边不懂日语的中国人，还有些外国人在询问工作人员说了什么，关铭去另一边查看代表团和船上下来的人的情况，施念站在大队人中，干脆充当起了翻译，把工作人员的话转达给大家。

这些人陆续听明白后便集体往停车场的方向走，路上才发现度假村里好几路人马都在往同一个方向转移，大多数人都皱着眉，神色凝重，也有一部分人露出茫然的表情，只是机械地跟在众人后面。

雨势越来越大，天黑沉得吓人，因为他们这边的人身份特殊，被优先安排进了防震雨棚，大概可以容纳二三十号人，代表团和那些船上下来的老总，还有莎莎、白雪那些女人都聚在了一起。

男人们有的在交流，有的在打电话，女人大多都挺沉默。

刚才白雪她们跟随那些老总先跑了出来，亲眼看见远处的关铭抱着施念逃出来，此时施念一个人站在角落，裹着关铭的大衣低着头，而另一边的关铭却只穿了一件单薄的衬衫，所有人心里都有了一杆秤。

其间，关铭不停地打着电话，他深锁着眉，不知道是不是信号受到干扰的缘故，电话打不通。

施念除了眼睛整张脸都埋在围巾里，她能感觉到不少视线在默默打量她，但是她无法回应。

大概过了几分钟，大地又开始晃动，人群中顿时发出一阵惊呼，有老人在祷告，有女人在尖叫，有孩子在大哭。

关铭匆匆地挂了电话，走回雨棚内，施念看见他询问了几句日本代表团那边，不过那些人还比较淡定，可能经历地震多了。

反而是跟着下船的那些中国女人比较崩溃，基本都没有经历过，有人被吓得哭了起来。

刚才施念一个人在更衣间的时候也被吓得不轻，但是此时此刻看着这些女人的反应，她反而冷静下来，不是她不怕，就是觉得这么多国家的人在这儿，哭得有些丢人。

关铭走到那些女人面前安抚了几句，她们的情绪缓和了一些，他当即回过头扫视一圈，目光落在施念身上，他回过身朝她走来，停在她的面前，垂眸声音低了几分："怕吗？"

施念目光颤动地望着他，点点头，又摇了摇头。

关铭笑了，下意识地抬手想拍拍她的头，想想还是不妥，克制地收回手背到了身后，对她说："没想到会遇上这个事，早知道就不该把你带出来了。这个歉意你收着，以后补偿你。"

施念很想问他一句怎么补偿，可他似乎还有其他事，很快便收回视线去找另一边的负责人。从地震到现在，他几乎没有歇下来过，此时施念才发现他日语很好，声音磁性好听。

姜琨走过来告诉施念："刚才第一次地震有 6.5 级，震中在熊本那边，沧海现在人在那儿，师哥联系不上他。"

施念这才想起出了屋关铭就一直在打电话，关沧海下船的时候的确跟她说过他有事，然后就和他们分开了，没想到会这么巧。施念的一颗心也跟着沉重起来，看着关铭一边打听熊本那边的情况，一边联系游轮，还要安顿这里，唯一的外套脱给了她，他身上单薄的衬衫早已被雨水打湿。施念想到他前两天刚受凉心就发紧，刚准备将大衣还给他，吴法快她一步把外套搭在了关铭肩上。

关铭随手拉了一下又往一边走去，然后他的身影便被别人挡住了。

此时另一边小孩的哭声引起了施念的注意，雨棚有限，还有很多人挤不到棚子下只能站着淋雨，余震虽然停止了，但雨势却是越来越大。

正在哭泣的是个差不多三岁大的中国男孩，他的奶奶不停用中文跟她身边的日本人寻求帮助："我孙子还在发着烧，你们知不知道谁是工作人员？帮帮忙找找孩子他妈，这闹得不行……"

旁边的日本人和她鸡同鸭讲，施念看不下去了，关铭回来的时候看见她直接推开围栏冲进大雨中。

姜琨刚对着施念喊了声："喂，你去哪儿？"

关铭伸头看了下情况，拍了拍姜琨："同胞，让她去。"

姜琨不再说话。

这时雨棚里的其他人也都回过头去，施念整个人藏在大衣里，显得有些娇小，步伐却很坚定。

她匆匆几步跑上前询问那个奶奶，孩子妈妈叫什么名字，有什么特征。那位奶奶终于见到一个会说中国话的人，激动坏了，赶忙跟她沟通了一番，说是孩子爸妈去滑雪场了，小孩发烧她一个人带着他待在房间里，突然发生地震，现在跟孩子爸妈失去联系。

施念便拽住一个日本人询问了几句，又回身跑去找那人所指的工作人员，将奶奶的话转述给工作人员，让对方帮忙留心孩子的爸妈。如果找到先告诉孩子的爸妈，孩子和奶奶现在安全，工作人员立马在对讲机里通知其他同事。

她则再次走回老人和小孩面前，不知道低声说了几句什么，老人点点头，她蹲下身抱起小男孩就往雨棚这里走，还没到面前，关铭便打开围栏伸手从她怀里接过了小男孩。老人也跟着走了进来，对施念说着感激的话。

施念安抚道："不要客气，大家都是中国人。"

说完，她情不自禁地瞄了眼关铭，关铭也正好抬起视线看着她，他黑沉的眼眸里闪着光，落在她的眼里，无声地交汇着。

小男孩发着低烧身上又湿了不舒服，在关铭身上一个劲地哭，他很快收回视线哄了两声："小男子汉，勇敢点。"

施念看见小男孩身上只穿了秋衣秋裤，这个奶奶也没穿外套，大概都是急跑出来的，小男孩应该是冷的。

她赶忙走过去对关铭说："我来试试。"

施念把大衣敞开蹲下身，朝关铭抬起手，关铭把孩子递给她。她将孩子放在腿上，然后用大衣裹住他。突然想起什么，她从裤子口袋里摸出那颗抹茶糖。没一会儿，小男孩停止了哭声，靠在施念怀里，口里含着糖，一双小手紧紧勾着她的脖子。

关铭蹲下身失笑道："没想到这颗糖还发挥作用了。"

施念出声问他："有关沧海的消息了吗？"

关铭摇摇头："腿蹲着酸吗？"

"还好。"

两人虽然只是蹲着说话，但在旁人看来却有些亲近，此时再看施念大家都多了重考量。

单从刚才余震时那些跟着下船的女人乱成一团，施念还能冲出雨棚用流利的日语帮助这两个同胞的行为来看，她似乎的确值得关铭高看一眼。

旁边那些女人此时都陷入沉默，如果之前还在猜测施念的身份，现在已经没有人再会去想这个问题了。

关铭只跟施念说了几句话就又被人喊到了另一边，没一会儿施念的确蹲得腿酸了，莎莎走出人群来到她面前问道：“要不要帮忙？”

施念抬头看了莎莎一眼，莎莎已经蹲下身伸手将小男孩接了过去，对施念说：“不好意思啊，我不知道你是跟着关老板来的。”

施念怕莎莎误会什么，张了张口想解释，可莎莎似乎也没说错，她的确是跟着关铭来的，便也默不作声了。

几十分钟后有对男女找了过来，终于见到老人和孩子后，一家人抱做一团，劫后重生的喜悦看得施念很动容，眼眶也不禁湿润了些。

姜琨过来对施念说：“走吧，我先带你去安顿下来。师哥让我告诉你今晚恐怕走不了了，刚才接到码头那边的消息，今天要停航。”

“他人呢？”施念这才抬眼找了一圈，没看见关铭。

姜琨神色凝重地说：“沧海可能被困在熊本了，师哥去接他回来。”

“疯了吗？”施念停住脚步惊道。

姜琨有些无奈地说：“师哥向来只做自己认为对的事。别担心，他带了好几个手下走，出不了什么事。他让我顾好你的安全，你要是少根头发，师哥回来会找我算账的。”

施念不再说话，只能跟着姜琨到一处临时的歇脚点，房间离大门很近，大概是怕还有余震。

现在度假村乱成一锅粥，也没人能顾上他们，幸亏她跟着姜琨才能找到这处地方，至于其他的只能自己动手了。

施念烧了一壶热茶，姜琨从柜子里翻出一套和服递给她：“只有这个了，我出去，你先换上，免得穿着湿衣服受凉。”

施念点点头。

姜琨在外面抽了两根烟，再进去的时候，施念已经穿上了和服，淡雅的素色，衬得她的鹅蛋脸更加柔和清丽，走近了看才发现她拿了一根筷子把半湿的头发盘了起来，乍一看还真有些日式的味道。

姜琨不禁盯着她多看了几眼，发现这位施小姐虽然不属于惊艳型的，但是越看越耐看。

施念给姜琨倒了杯热茶，姜琨说了声“谢谢”便走到窗边开口道：“刚才地震，我们都往外跑，就师哥跟不要命一样往里跑，把我吓坏了，你跟他真不是……”

施念低垂的眼帘微微颤动着，她下意识地摸了摸手腕的褐色玳瑁珠说："不是。"

当事人都否认了，姜琨自然也不好再多问。施念便随意地跟他聊着："姜先生一直在日本发展吗？"

姜琨告诉她："说来话长了，当时我从学校出来一心想回国，就想跟着师哥后面做事，师哥说他家里出了点事，得专心搞几年钱，我学机械工程的跟着他出息不大，如果我不想去德国的话，让我来日本，我一开始还挺抵触的。"

"为什么？"

"你是不知道我和师哥是怎么认识的，我大一的时候，他大三，我们不是一个系的，那时候各个国家的留学生在一起很少谈论政治，各自立场不同一般会避免这种话题。"

"有天在学校里看见人打架，还是中国人，留学生就有这种心理，见不得同胞被欺负就上去围观，后来才知道一个欧洲留学生问一个日本学生靖国神社的由来，这位日本学生在解释的时候带了主观色彩，师哥在旁边听着一直没说话，后来可能忍不住了，也不知道怎么就气得把那个日本人揍了一顿。"

"那时候留学生都有自己的圈子，当时我就觉得这哥们儿是真性情，这朋友交定了。"

"其实后来毕业回国时，我找师哥喝酒，他让我去日本发展，我们聊起当年这事，我问师哥如果重来一次还会不会揍那个日本人，他说当时年轻冲动难免干些荒唐事，再来一次绝对不会揍人，但会把他带到南京给他上历史教育课。"

施念和姜琨都笑了。姜琨接着说道："在家乡待着的时候觉得自己挺牛，出了国门才知道，很多时候遇到不公平待遇你也没法跟老外讲理，有些事情讲不通。我们都属于性格刚烈的人，所以留学那些年没少得罪人，回来后，师哥让我来日本时跟我说了两句话，就把我说服了。"

"第一句我到现在还记得，国与国之间没有永远的朋友，也没有永远的敌人，更没有永恒不变的世界，如果觉得有些事情不公平，就让自己变得更强大，做个制定规则的人。"

"第二句他说的是精密加工技术是尖端科技，会影响到国防工业发展，让我去外面摸摸这条路子。幸亏我来了日本，这次才能帮到师哥。"

窗外雨势渐小，天色却完全黑了下来，施念看着玻璃中映出的姜琨的身影，有种毛孔微张的感觉。

这是她第一次从关铭的挚友口中了解那个年轻时的他，真实的他。

日本之行、商会主席证件突然被盗、关铭来回奔波于长崎和东京之间，将困难化解，她问过他如果证件找不到会怎么样，他只是云淡风轻地说有些麻烦。那十个小时里他做了多少努力没有人知道，外人只看见他养尊处优的一面，却不知他来回奔波淋了雨还生了病。

都说他赚的钱不干净，就连东城和西城关家的那些人都嗤之以鼻，背地里嫌他做的生意不体面，可是他能赚到钱，有钱有人脉才有能力做那些常人所不能及之事。

如果说她印象中的关铭是个唯利是图的商人，可通过这几天的短暂相处，她的脑海中零碎地拼凑出他的另一面，一个不为人知的一面。

直到这一刻，施念仿佛才开始重新认识这个男人，这个有血性的商人，这个特别的理想主义投机者。

可她随即望向窗外，眼里又浮上了一层担忧，不知道关铭现在怎么样了，路上顺不顺利？

姜琨出去取了些寿司回来，两人简单地填饱了肚子。姜琨让施念先休息会儿，反正今晚也上不了船，横竖都是要在这里过夜的，他就在外面，师哥回来了叫她。

姜琨出去后，施念从柜子里抱出被子，在榻榻米上眯了一会儿。其实她睡得一直不太沉，满脑子都是关铭下午对她说的话，什么 EVFTA，什么工业体系发展，什么竞争关系。

她心里有些朦胧的意识，关铭的确有很多生意，用那些道貌岸然的人的话来评判，便是不太体面，可这不是他真正在干的事业，或者说，这只是一种途径，一种渠道，而他真正在干的事情或许是她所无法想象的。

世界到底有多大，施念不知道，她去过的地方有限，可在关铭的脑中世界是一体的，他能想到很长远的事情，而这些事情是施念活了二十几年来从不会考虑的，是绝大多数人都不会考虑的。

正如关铭所说，谁也没法想象这些事十年二十年后会不会在世界舞台上发挥什么作用，可他只做自己认为对的事，很多人在为此努力，在她所不知道的领域。

朦胧中施念感觉心在发烫，在燃烧，有种死灰复燃的澎湃，对未来，对自己的人生有了新的审视。

躺下的这段时间里，她的大脑一直没有停止运转，她在一点点消化关铭告诉她的事情，在一点点思考自己今后的人生，潜意识里还在等着关铭和关沧海的消息。

人在很疲惫的时候往往会这样，明明感觉到屋里有动静，也反复告诉自己赶紧清醒，偏偏思想和身体无法同步，眼皮沉重得没法睁开。

就那种不知道是梦境还是现实，不知道是睡着还是醒着的状态不停地折磨着她，让她痛苦地挣扎了半天才猛地惊醒。

当她的意识重新回来时，看见关铭竟然坐在离她不远的窗边喝着茶，他的衣服换过了，穿了件咖啡色的高领羊毛衫。她一时间有些恍惚，眨巴了两下眼，一下子就从榻榻米上坐了起来说道："墨西哥曾经是西班牙的殖民地，大部分人说西班牙语，小部分人还会说印第安语，那个说西班牙语的小偷应该是墨西哥人，而不是西班牙人，你或许可以从这条线查。"

关铭的视线抬起，在施念脸上打量了一圈，拿着茶杯的手微顿，眼里突然浮上一层笑意："你这是……在说梦话？"

施念掀开被子，赤着脚从榻榻米上走下来："不是，我没睡着，这是我刚才闭着眼想到的。"

关铭又把她好好看了一遍，意味深长道："嗯，你没睡着，我进来半个小时了，你都一动不动的？"

施念脸颊微微泛红，不知道怎么解释大脑清醒着，身体在休眠这种诡异的状态。

关铭见施念不说话，给她倒了杯热茶放在她面前。于是施念跪坐着端起茶杯喝了口茶，是乌龙茶，对她来说，比下午的茶容易入口多了。

她又匆匆放下茶杯问："你什么时候回来的？关沧海呢？接到了吗？"

关铭彻底笑了，懒懒地用双手撑在身后："这下算是真醒了。"

施念知道他在笑自己，抿着唇干脆不说话了。

关铭却告诉她："接回来了，人没事，就是受了点情伤，拖着姜琨出去喝酒了，想借酒浇愁愁更愁。"

施念真看不出来关沧海还会受情伤。

关铭抬眸问她："你的语言怎么学的？"

"家里安排学的。妈妈是名翻译，小学的时候我就会说英语、日语、韩语了。上了初中后，她在语言方面对我有要求，要我必须一年掌握一门语言，教我西班牙语的老师会说印第安语，所以我跟着她学了些，简单的沟通还行，复杂的就不行了。"

语言方面，关铭包括关沧海他们随口说点英语、日语、法语也不成问题，但他们除了学生时期家族里的培养，更多的是后来在外面闯荡创造的语言环境，显然不是施念这种专门下了苦功的。半大点的小孩，要一年掌握一门语言，不用说也基本可以想象，这样的生活等同于要牺牲掉所有玩乐的时间。

"你不累吗？"关铭问道。

施念低下头："习惯了。"

她从小就是被这样培养的，家里搭上了所有物质条件，全部用来培养她了。不过她似乎不愿谈起那些，关铭也就没再问下去。

这时关铭的视线看向桌上放着的黑色小袋子，是下午地震时他们从更衣间逃出来施念要拿着的东西，他不禁问了句：“什么东西，这么宝贝？”

施念看了关铭一眼，把袋子拿过来，拉开拉链后将他的证件放在他面前：“关沧海交给我的，我怕弄丢了你会比较麻烦。”

关铭盯着自己的护照，突然勾起嘴角：“一根筋的姑娘。”

施念被他说得手心发烫，继而问道：“小叔，我们明天能上船吗？”

“不一定，看今晚的情况。”

说完，关铭又看了她一眼，半笑道：“我可没有你这么大的侄女，要被你叫老了，换个称呼。”

施念都叫了好几天了，突然被他这么说有些窘迫，可仔细回想起来好像每次叫他小叔，他没有一次应过的，似乎是不太喜欢她这样叫他。

她又觉得直呼其名有些不大合适，按照辈分来说，她的确应该叫小叔，不过按照年龄的话怎么也应该叫声哥。

她试探地说：“那……铭哥？”

关铭沉默了两秒，说道：“叫笙哥。”

施念下船的时候听关沧海说关铭不让别人叫他的字辈，在他这里这是规矩，所以她抬起头略微吃惊地盯着他。

关铭倚在那儿松散的样子十足的公子哥模样，懒倦中带着一丝玩味：“怎么，叫不出口？”

施念抿了抿唇，薄唇轻启：“笙哥。”

关铭嘴边的笑意逐渐漾开了，那双微弯的眼角藏着无尽的幽深，只要他想，他的每一个表情、每一个动作都能让人无法招架。

毫无征兆地，施念的心弦被他拨乱了，她低头刚想再端起茶杯，这下清晰地感受到手臂疼了。她手顿了下，关铭抬眸问她：“滑雪时摔得重？”

“倒没多重，主要下午地震的时候又摔了次。”

“啧。”

关铭起身大步走出去了，没一会儿，他找了个小药瓶回来：“袖子掀开我看看。”

施念将左手臂放在桌上，一点点往上挪袖子。当看到一片肿胀瘀青时，关铭的神色凝重，嗓音沉了下去：“这次跟我出来你吃苦了，是我没照顾好你。”

其实不是多大的事，而且天灾这种事情谁能料得到，只不过关铭这样说，施念的心瞬间软得一塌糊涂。她怎么可能怪他，要不是他，下午地震的时候谁会跑去把她从椅子下拽出来。

她摇了摇头："小伤而已，和你没关系。"

关铭已经打开了药瓶，对施念说："这药膏对跌打损伤很管用，但刚涂上去会有点疼，你忍一下。"

说完，他嘴角又扬了扬："要是忍不住，我手臂给你掐。"

施念知道他是在开玩笑，即便再疼她都不可能去掐他，只是他这样一说完全分了她的心神，等她再回过味来的时候，他已经搓热掌心把药膏按了上去，根本没有给她做心理准备的时间。

这倒让施念忽然想起小时候去医院打针，医生也会这样，先跟她说些无关痛痒的卡通人物，趁她不注意针头就扎进去了。

疼是真的疼，火辣辣的感觉，她鼻尖都酸了，关铭的手掌轻轻地揉搓着那处，静谧的空气中，他的每一个动作，每一次呼吸都牵动着施念的神经，她甚至能感觉到他指腹的温度。

明明还下着小雨，天气湿冷湿冷的，可施念的后背依然出了层薄汗。他离她很近，她不敢看他的眼睛，他倒是抬起眼睨了她一眼。她本就是古典美人的长相，轮廓柔润干净，脸却很小，穿上这身和服后气质恬静素雅，虽然包裹得严实，但领口的锁骨却是清晰精致的。只不过此时她脸颊微红，睫毛垂着，眼神有些闪躲。

关铭不再是毛头小子了，这个年纪的他在女人方面，很多事情只稍稍看一眼就能明白，如果施念是其他身份，她想跟他，他有的是办法把她留在身边。

但施念是东城关家的人，他没办法不顾及两个家族的利益关系，还有外面那些影响，现在这风口浪尖上，这牵一发而动全身的事情一旦干了，他背上骂名事小，很多跟着他做事的人会受到牵连和孤立，就连施念也会被置于尴尬的境地。

关铭的手突然紧了下，施念眉头微皱，转过视线，正好这时候门外响起了敲门声，关铭收回手开了口："进来。"

那转瞬即逝的冲动随着关沧海和姜琨进来后消失得无影无踪。

关沧海看见施念的手臂，吃惊道："怎么伤成这样？"

施念慢慢放下袖子："没遇过地震，一开始我都没反应过来，站不稳撞着了。"

姜琨将酒放下插话道："那你怎么不说啊？下午还抱着那个小男孩抱了半天。"

关沧海问什么小男孩，姜琨这才把下午遇见同胞的事情说了一遍。

关沧海也有些讶异，转头问施念："你不疼啊？"

“现在感觉疼了，下午那会儿不觉得。”施念如实告诉他。

关沧海摇了摇头：“这姑娘憨憨的。”

然后，他就开始倒酒。他喝得很猛，对面的两人刚拿起杯子举了下，嘴唇还没碰到酒杯，他一杯清酒就下肚了。这样喝了三四杯，他直喊：“破酒度数太低，不得劲。”

姜琨笑着说：“沧海兄啊，你这跑一趟熊本是受到什么刺激了？这会儿能说来给我们听听了吧？”

关沧海又喝了一杯：“所以说初恋这玩意儿放在心里是最美好的，不能见，我也没想怎么样，就单纯地想喊她吃个饭，结果她带个孩子过来。”

关铭倚在窗边，手指搭在酒杯边缘，眼里尽是笑意：“我赶过去的时候，不是看你把那个孩子护得挺好嘛。”

关沧海苦笑道：“那我能怎么办？咖啡屋门口的树倒了砸到车子，孩子吓得不轻。要我说我跟她就没缘分，难得有机会能见上一面，结果倒霉地遇见地震。”

姜琨：“那后来怎么样了？”

关铭不疾不徐地说：“后来我让人把庄静和她儿子送回去，庄静老公还握着沧海的手说谢谢小兄弟。”

姜琨彻底止不住大笑起来：“我说沧海兄啊，你这都是什么破事？不远千里来认识人家老公的？”

说到这个关沧海就一肚子窝火：“他要喊我小兄弟的，我看他那样都想喊他声糟老头，头发都快掉光了。”施念也跟着笑弯了眼角。

姜琨招呼道：“唉，喝酒喝酒。”

关铭嗓子不舒服，虽然倒了杯酒放在面前，但没怎么喝，倒是洗了手后就抓了把开心果放在面前，漫不经心地剥着，也没吃。他剥了一堆后抓了起来，手伸到桌下塞进了施念的右手里。

她微愣低下头接过，又抬起头瞧他。他神色自若，余光都没瞟向她，依然在跟姜琨他们闲聊。

施念没喝酒，关沧海他们拿了一堆坚果回来，她手疼也没法吃，一直干坐着，倒是此时手上终于有了打发时间的小零食。

她一边吃着开心果仁，一边听他们聊天，姜琨打趣道：“像我们这个年纪，都三十岁左右的人了，当年相好的还不是该结婚的结婚，该生娃的生娃，有什么好见的。师哥，你这几年去见过卓菲师姐吗？”

“啪”的一声，开心果壳裂开的声音在关铭手中响起，他扬眸眼神沉了几分，注视着姜琨：“没有。”

施念没抬头，垂着眸专心地抠着开心果仁的皮。

姜琨接着说道：“我都没跟你说，我去年倒是见到过一次，师姐现在在华尔街混得风生水起，也算得上是当代女强人了吧。”

“我当时跟她聊到你，她说你知道她每年十二月份会去 Pioneer Mountain 滑雪，所以故意二月份去跟她错开，就怕万一碰上对她旧情复燃。”

“呵！”关铭冷漠地哼了一声，将剩下的开心果仁放在施念面前，而后拍了拍手，往后墙一靠，压根儿就没搭理姜琨的话。

姜琨的眼神移向施念面前那堆剥好的开心果，突然噤了声。

刚才关铭只是私下将剥好的果仁给施念，这下明着摆在台面上，不用说任何话，姜琨也懂什么意思了。

当年卓菲师姐和关铭师哥的事情，具体的他也不是很清楚，只知道卓菲师姐在学校的时候就很出名，曾公开表示非关铭不嫁，女追男也追得十分高调。

不过那时的师哥年少气盛，走路都带风，在学校里最不缺的就是追求者，身边常年围着一群辣妹，也没怎么把卓菲师姐放在眼里。

有次大家一起玩桌球，他亲眼见过师哥提了一句想喝咖啡，卓菲师姐便顶着大雪跑出去买。还有次大家出去吃饭，师哥随口说这家中餐不地道，第二天卓菲师姐就找了个地方亲自烧了一桌菜喊大家去吃。

在姜琨的印象里，师哥对女人虽然彬彬有礼，但也止乎于礼，通常都是女人照顾他，要让他迁就哪个女人，特别是帮女人剥坚果这种事，是绝对不可能的。

但现在他的确见到师哥是如何照顾施小姐的，虽然他们都说两人没有关系，包括施小姐本人也否认了，但此时此刻姜琨再迟钝也知道该闭嘴了。

关沧海拍了拍姜琨：“喝酒。”

姜琨和他喝了一杯，岔开话题：“Alex 说明年找个时间召集我们这些从斯坦福出来的华人聚一聚，还特地点名让你一定要去，说你现在生意做大了，不要不赏脸。”

关沧海千算万算没算到姜琨会突然提到关铭的母校，斯坦福在加州旧金山，施念知道关铭曾经在加州上过大学，会不会联想到那件事？

所以姜琨话音刚落，关沧海下意识地去看施念，但是施念面上依然没有任何反应，低着头捏着面前的开心果仁塞进嘴里。

关铭的手指毫无规律地敲打着酒杯边缘，眼帘微垂没吱声。

空气突然安静了，姜琨也不知道自己到底说了什么，怎么这三个人突然都变得异常沉默。他虽然感觉到一丝诡异，但根本不知道是不是自己的错觉，所以也干愣着。

率先打破沉寂的是关铭，他对施念说：“隔壁房间干净的，我让人把躺的地方铺厚了点，他们还不知道要喝到什么时候，你要累了先去睡。”

施念微微松了口气，点点头起身，走到门口的时候想起什么，又回过头来。三人聊起了其他话题没再注意她，她刚准备喊小叔，话到嘴边改成了：“笙哥。”

这一声称呼让其余两个人都没有反应过来施念在叫谁。

关铭抬起视线看向她，她指了指桌角他的证件问道：“那个需要我帮你拿着吗？”

关铭要笑不笑地说：“我自己收着吧。”

“好。”施念应道便拉开木门出去了。

她走后，一室安静，姜琨和关沧海都有些难以置信地看着关铭。

虽然不知道关铭为什么那么讨厌别人喊他字辈，但跟关铭亲近的人都知道他的忌讳，从前卓菲故意当着外人面喊过他一次阿笙，关铭当场就板了脸，自那以后，没人会踩这雷。

今天施念的这一声称呼有着怎样的分量，关沧海和姜琨什么都不用再问，已经能察觉出来。

关沧海本就喝了不少酒，加上今天心情不佳，干脆一股脑地说了出来：“姜子，你不是想知道施小姐是谁吗？我来告诉你，她是东城关家的长孙媳。”

姜琨端着酒杯的手刹时间僵在半空，眼睛陡然睁得老大：“你开什么玩笑？”

“我像在开玩笑？”

姜琨立马放下酒杯去看关铭，关铭仍然倚在窗边，还是那副不咸不淡的样子。

姜琨缓了几秒，叹道：“师哥啊，你别乱来。”

关铭没说话，冷然的表情看不出情绪。姜琨担忧道：“现在多少人指望你做事，要是闹出这事就不是风评的问题了，那些老东西本来就看不惯你的作派，到时候给你安上个道德败坏伤风败俗的名头，传出去你的威信往哪儿搁。而且东城那边的生意链不能断，不然后期我们怎么往回输入资源？”

关铭端起面前的酒杯一口喝掉，重重地扔在桌子上：“我要乱来你们以为会有机会劝我？”

6. 你从头到尾都在耍我

另一边施念在隔壁房间躺下了，这一天的动荡不安到此时才停下来，她是有些认床的，所以傍晚的时候才会一直睡不沉，心里装着事，就怕万一再出个什么意外。

此时关铭他们安然无恙地回来了，她和他们仅一墙之隔，施念才终于安下心来。

说来她和关铭相处的时间很短，从上船到今天总共也不过一周的时间，可他在身边，施念会有种莫名的心安，她也不知道为什么。

所以她很快就睡着了，而且这一觉睡得很踏实，没有再醒来。

第二天一早她就发现周围的人都很忙碌，包括度假村的工作人员，虽然不至于乱哄哄的，但到处都是人。

雨停了，后面也没有再出现余震，不过到底经历了一场中强震，很多善后事宜需要处理。

这一天施念没有见到关铭，姜琨他们也都不在，似乎一早就出去了，但是吴法没有离开，应该是关铭交代过，所以吴法留下来守着她。她这才从吴法这里得知代表团的人早上离开了，关铭他们应该是去送人了。

一直到了晚上施念也没见他们回来，第三天是个大晴天，吴法告诉她码头那边通知可以登船了。

等吴法和施念登船的时候已经是中午了，施念发现很多人上午就已经登了船，下午这艘船就要启航回国了。

船离开码头时，关铭也没有回来，回去的航线不再停靠，正常情况后天就能到国内母港了，施念的心情变得越发沉重起来。之前暂时搁置的事情她越发感觉迫在眉睫，她急切地想见到关铭，把那件事说清楚。她不怕回去和东城关家的人撕破脸，但前提是妈妈一定要事先安顿好。

可到了夜幕低垂，关铭都没有回到套间。房间里的电话却突然响了，凯恩的声音出现在电话里对她说："关先生邀请了朋友来用晚餐，询问你现在有没有空过去一起用餐。哦对了，关先生还说是你认识的人，不用戴口罩。"

施念感觉有些奇怪，这船上除了关铭自己的人，她还有认识的人吗？

她稍微打理了一下着装便往专属餐厅走去。凯恩已经早早在那儿等她，把她带去了包间内。

门打开后，施念看见桌上除了关铭和关沧海外，还有莎莎和她跟的那位老秦。

施念愣了下，莎莎站了起来把她让到自己身边笑道："我总算见到你真容了，比想象中还要漂亮。"

施念也对莎莎笑了下，不明所以地看向关铭。关铭对她说："我来介绍下，协统商会的秦主席，这位是秦主席的女朋友，我想不用我多做介绍了。"

施念万万没想到莎莎跟的这个男人就是他们口中的商会主席，怪不得那天晚上从聚会出来她提到秦老板这个称呼，关铭还有些诧异。

施念坐下后，莎莎对她说：“我回来和老秦说了地震后你帮了中国同胞的事，当时我们很多人都看见那个小孩哭了，一来日文讲不好，二来当时那种情况我们自己都是蒙的，没想到你会冲出去。老秦又听说你就是那晚他的证件被盗后帮忙翻译的才女，非要与你见上一面。”

秦主席端起酒杯：“说来我和施小姐有些缘分，可能你不知道，我曾经在一个展览上有幸欣赏过你的字，都说字如其人，看见施小姐的字我就在想，写字之人该是巧笑倩兮，美目盼兮，当真是百闻不如一见。”

施念倒是宠辱不惊，嫣然一笑，双手端起酒杯：“秦主席过奖了，我敬您。”

她敬完秦主席，又和莎莎碰了杯。秦主席是北方人，喝酒豪爽。施念总不能抿着喝，也跟着干了杯中的白酒。

施念刚放下酒杯，看见关铭侧头对凯恩交代了句什么，不一会儿凯恩端了一杯酸奶放在她面前。

施念转头去看关铭，关铭只是和秦主席聊着事情，没有看她。

席间气氛比较轻松，能看得出来秦主席和关铭私下很熟悉，说话也比较随意。由于秦主席没法下船，所以也都是聊了聊下船后和代表团那边沟通的情况，姜琨没有再上船了，同代表团的人一起回了东京。

施念这两天都没怎么见到关铭，越想找他谈谈，越见不到，她其实心里是有些着急的。

其间莎莎起身去洗手间，喊施念一道。出了包间，莎莎才热情地拉着施念的手说：“我得跟你道歉，在度假村的时候我一度以为你是关老板的女人。”

施念尴尬地笑了笑：“没事，是我没说清楚。”

莎莎拍了拍她的手背：“我知道，我都知道了，这种事情是不太好说清楚，你有什么打算？”

“你是指？”

“我感觉关老板对你挺特别的，我瞎猜的啊，说错了你别怪我。”

对于这个话题，施念保持了沉默，似乎除了沉默她也实在不知道该说什么。

莎莎见施念没说话，赶忙打圆场道：“抱歉，是我不会说话，你当我从没说过。”

莎莎转身之际，施念突然问了句：“要是你会怎么做？”

莎莎愣了下，回过头来看着她：“如果是以前，我会劝你赌一把，但是现在……”

施念在莎莎的脸上看到了一丝苦涩的表情，而后听见她声音很轻地说："他们那些男人啊，都是做大事情的人，可以崇拜，也可以仰望，但不能指望他们心里只装着一个女人，这种事情不太现实，所以你得考虑清楚，算是我的一点人生经验吧。"

再回去的时候，她们仿佛没有聊过这个话题。

其实在这个时候有个明白人能掏心掏肺地跟自己说上一句话，反而让施念清醒了一些。

她坐下后谁也没敬她酒，她兀自端起酒杯喝了一大口，在酒精的作用下思路却越发清晰了。

她的确不止一次地提到当初字条的内容，可是这么多天过去了，关铭始终没有问过她手中的筹码是什么，关于那件事也总是一语带过，压根儿就没有正儿八经地跟她谈。

是她社会经验太少，没经历过什么男女情爱的事，猛然被关铭这样阅历丰富的男人照顾着，他的一句话、一个眼神、一个动作就能轻易让她乱了心，竟然忘了当初找他的目的，现在冷静下来才发现她都要回国了，而关铭始终没有给她任何答复。

这场小聚，施念喝了不少酒，后半程她像跟谁赌气一样，自己还灌了自己几杯，连关沧海都不禁多看了她一眼说道："别光喝酒啊，吃菜吃菜。"

关铭始终没说话，即使施念喝得明显有些上脸了，他依然没有劝她。

人真的是不能被宠着的，施念才不过跟他相处几天而已，已经有些依赖他的体贴，他现在不管她了，她反而有种自己跟自己较劲的感觉。

一顿饭吃得差不多时，秦主席和莎莎要告辞了，关沧海把人送出包间。

这时包间里终于只剩下他们俩，施念又想去拿酒，关铭的手先一步按在分酒器上，语气颇沉："没你这么个喝法的。"

施念的脸颊已经红透了，却带着迷醉的笑意，眼神隐着一丝淡淡的凄凉："怕我发酒疯吗？我的酒量比你想象中好，我十八岁时就开始锻炼酒量了，家里就是怕我以后跟着有钱人喝完酒会失态，所以这些事从小就开始训练了。"

关铭不乐意听见这些话，干脆直接拿起分酒器重重地放在一边："喝得差不多就回去睡觉。"

"不，我不回去，我今天要把话跟你说清楚。"

正好这时候关沧海推门而入，听见施念的话他的身形微顿，停在门边问了句："要我回避吗？"

关铭沉声说："不用，你过来坐着。"

他现在没法和施念单独待着，他见不得她红着眼睛，她要真跟他讨个说法，他无法保证不会出事情。

关沧海自然知道关铭的意思，说实在的眼看就要回国了，他也放心不下，就怕关铭冲动起来，为了个女人毁天灭地。

所以关沧海走回来沉寂地坐在另一边，三个人基本上以一个三角的对立姿态坐着。

关铭不给施念喝酒了，她干脆推开酒杯，借着身体里酒精的作用，开门见山道："我当初慈善宴上找你谈的事情，你到今天都没有给我个正面答复，现在能给了吗？"

关铭抬手解开了衬衫最上面的一颗纽扣，声音像被磁铁吸附在空气中悬着："这件事我没法答应你。"

一瞬间施念的心随着他的声音沉了下去，落到底。

她当场就急了眼，眼里覆上一层水色："那你为什么把我接上船？你从一开始就没打算答应我对吗？所以我每次跟你提，你都避而不谈。"

他黑沉的眼睛注视着她："我问你，你把东西给了我之后呢？你怎么去面对东城的人？"

施念下了狠心，咬了咬唇说："我做好最坏的打算了，只要他们动不了我妈，我不要什么好名声，哪怕被整得再惨，我也不怕站在他们的对立面。我活了二十几年都在过循规蹈矩的日子，人总要为自己豁出去一次。"

关铭的声音透着不容置辩的味道："所以唯独这件事我不能答应你，你手上就是握着东城的命脉我都不能答应你，没你想的那么简单——把事情闹大就能脱身，你会成为众矢之的。"

"都是生意人，生意人最讲究得失，在你身上投入多少，势必就要看到多少回报。反过来说，你让他们损失多少，他们也会在你身上讨要回来。"

"没有百分之百的把握，就不要去做破釜沉舟的事情。"

施念眼神凝住，似一汪温泉回视着他，声音微颤地问："这么说……你从头到尾都在耍我？"

她语意不明，不知道是在说关铭从一开始就没打算答应与她合作，还把她接上船的事，还是在说明明终究要把她送回东城关家，却又让她好像看见了希望。

她没有说明是哪件事，可似乎都有。关沧海一直保持沉默，此时也有些不忍再看，干脆拿出手机低头查看降低存在感。

施念声音哽着，关铭听不得她那强忍的声调，亲自起身倒了杯热水递给她。她没有接，他便放在她面前，再坐回椅子上的时候，语气缓了些许：“我可以向你保证的是，下了船后东城那边的人不会为难你，这次你出来的事情也不会责备你半句。回去以后，好好的，你还记得我在泡茶时说的话吗？”

人生不能重来，但可以拐弯，可施念不知道自己的下一个岔路口在哪里，又该往哪儿拐。

她喉间哽咽，收回放在桌上的手，低着头，眼里的泪水在溢出来之前被她硬生生地憋了回去。关铭的话说得如此清楚直白了，她没有必要在他面前哭，就是以后再也不会有交集，她也不想被他看轻了。

短短两分钟，施念已经调整好情绪，敛起所有表情站起身，淡淡地说：“那谢谢小叔为我着想了，不打扰你们了。”

自始至终她都没有碰那杯水，转身离开包间。

门关上的刹那，关沧海抬起头，周围气压很低，低到他都不知道该怎么开口。

那天他亲耳听见施念叫关铭“笙哥”，今天一声“小叔”把两人的关系打回初识那天。

这一刻关沧海才发现自己似乎一直错看了这个姑娘，他以为她嫁入东城关家带着勃勃的野心，直到刚才听见她有着怎样的决心想摆脱那边后，他才略感惊讶。

她是懂分寸的，比起她这个年纪绝大多数女孩来说都能沉得住气。她试探过后得到了答案便没再胡搅蛮缠，也不再为难关铭。

这样的施念，让关沧海讨厌不起来，反而有些同情她的境遇。

可同时，关沧海也很清楚她的那句“谢谢小叔为我着想了”对关铭来说具有多大的杀伤力。

果不其然，一晚上都没怎么喝酒的关铭，拿起分酒器，酒杯都没上，提起就灌了一大口，沉着嗓子开口道：“沧海啊，我没负过哪个姑娘，就是当年卓菲那事，也是她要走的。你说，我是不是让这丫头失望了？”

关沧海是有些震惊的，他认识关铭这么多年，关铭从来不会在兄弟面前谈论女人。他们这种人，心里装的东西多了，就没那么儿女情长了，况且关铭从小就很有人格魅力，加上人长得好，身边围着的姑娘多了去了，所以关铭对女人向来都是那副无所谓的态度。

这是关沧海第一次见关铭放低姿态在乎一个女人的感受，虽然稀奇，但也让关沧海揪心。

施念回到房间灯都没开就倒在了床上，她看着窗外稀薄的月光，忍了一晚上的情绪还是决了堤。

其实她不该有什么期待的，毕竟关铭从来没有对她承诺过什么，就是他们之间有些说不清道不明的情愫，但毕竟他没有逾矩，就连在温泉屋外，他们曾离得那么近，他都没有碰她一下，连她的衣角都没有碰。

现在想来她凭什么认为关铭会帮她？

在刚上船时关铭就告诉过她“我赚的不全是干净钱，所以我做事有分寸”，换而言之，盯着他的人多，他不会让自己行差踏错，凡事都会拿捏个度，这点她早就该从他的待人处事中察觉出来了。

他身边那么多诱惑都能独善其身，拥有那样阅历的男人，又怎么可能因为和她相处个几天就沦陷了？

反而是她自己，不过受了人家的照顾，不过听了几句体贴话，不过一个特殊的称呼便差点失了心，一头栽进去。

不知不觉，她哭湿了枕巾，除了这份无处安放的情绪，还有对未来的彷徨和抗拒。

那一晚，施念依然睡得不沉，虽然她很想忽视外面的动静，可又下意识去留心。关铭那晚没有回来，早晨起来他的房门都没有被打开过。

整整一天施念也没再见到过他，中午的时候施念去了趟餐吧，餐吧没有人，很安静，她坐在第一晚关铭坐的那个窗边，从玻璃里看着那晚她坐的位置发着呆。

忽然，她又想起了那杯甜酒的味道，叫来服务生询问可不可以给她上一杯那种浅绿色的甜酒，就是她刚上船时喝过的那种。

服务生有些为难地告诉施念，那是一种特调酒，调酒师不在无法提供，让她可以看看其他酒类。

施念突然缺了兴致不想喝了，其实她只是想在临下船前再喝上一杯，有始有终，也算为这趟她人生中意外的行程画上一个句号，仅此而已，没喝上还有些许失望来着。

没想到晚上的时候，服务生却为她上了一杯。她并没有点，不解地望向服务生。服务生解释，听说她想喝，特地为她安排了调酒师。

这倒让施念感觉有些意外，果真这酒度数不高，很好下口，她很快喝完了一杯又要了一杯来。

其实她还有些打算，明天太阳升起后她就要回到东城关家了，以后前路未卜，今晚是她最后一个可以放纵的夜晚，既然这样，她不想再清醒着了。

这一喝她就连着喝了好几杯，直到服务生对她说：“调酒师要下班了，这是最后一杯。”

施念拿起那个透明的高脚杯举到眼前，眯着眼睛看着杯中流光溢彩的酒液，突然好奇地叫来服务生问道：“这种酒有中文名字吗？”

服务生说去帮她问问。

几分钟后，他回来告诉施念：“调酒师让我转告你，这酒的中文名叫‘枯木逢春’。”

“枯木逢春……”施念喃喃地念了一遍，浅浅的弧度似月牙在她唇边漾开，“好名字。”

她一口喝干，有些微晃地站起身，从身上摸出那天自己赢来的钱，塞给服务生对他说：“这些小费你拿着，另外这些帮我给调酒师，顺便谢谢他的酒，晚安。”

说完，她便摸索着回了套间。晚上她没再醒来，再次睁开眼时，外面下起了雨，天空灰蒙蒙的，让她一时无法判断是早晨还是快天黑了。

她有些头疼地起身，拿起床头的电话询问凯恩船到哪儿了。

凯恩告诉她已经到了中国境内，两个小时后就能靠岸了，让她可以先用完餐然后准备下船。

施念的大脑这才彻底清醒了。她有些恍惚地打开房门，凯恩将餐点送进套间的时候才告诉她：“关先生上午就收拾好行李了，让我转告你，他需要去送送同行的客人们，下船的时候他会安排人来接你。”

施念这才知道关铭昨晚回来了，只是她喝了酒睡得太沉压根儿不知道。

用完餐她进了房间，发现昨晚拿衣服去洗了，一直忘了取，想来那些衣服回到东城关家以后也不可能再穿了，她也懒得再去取。

手边唯独那条关铭为她选的红色裙子是干净的。就要回归原来的生活了，也许是一种逆反的心理，她脱掉睡衣套上了那条正红色的鲜艳长裙，披上驼色大衣，踩上高跟鞋。

打理好一切后，她没有拿口罩，而是用丝巾系了个优雅的结，顺便遮住半张脸，最后体面地离开了这里。

来接她的人不是吴法，而是一个她从未见过的男人。

施念等了好长时间，从白天到日暮，船靠了岸后，几乎所有客人都下船后，那人才来带她离开。

走时和来时一样，寂静的船舱，空荡的走廊，几乎没什么人。

再次穿过专属通道到达VIP休息室，然后来到外面的大厅。在走出去的时候，那人为她撑起了一把黑伞。

外面雨势不算小，施念看见路边停着三辆黑色的轿车。

那人把她送到最后那辆轿车前，为她拉开后座的车门，她坐进去，那人绕到副驾驶，关上车门后，前面两辆车徐徐驶离街边。

三辆车穿梭在幽暗的雨天，施念迷茫地望着窗外，不再像来时一样那么多问题,也许对她来说从下了船的那一刻起,所有安排都变得不再重要了。

她以为车子会直接开回都城，但是并没有，只开了两条街道便在路边陆续停了下来。这时施念透过窗户才看见马路对面也停了两辆车，她一眼看见丁玲打着把伞站在其中一辆车边焦急地往这里瞧，便知道对面是东城关家的人，他们来接她回去了。

副驾驶座上的男人对施念说：“到了。”

他下车撑起黑伞，然后为施念拉开车门。施念走下车的那一瞬，丁玲激动地大步朝她而来。

身边的男人大概想送施念过去，施念停顿了一下说道：“谢谢你，不用麻烦了，伞能给我吗？我自己过去吧。”

男人将黑色雨伞交到施念手中，她大衣半敞，微风撩起了她的红色裙边。她是东城关家长孙的遗孀，也是世人皆知的小寡妇，但这一刻，她穿着一身红裙染了夜色，几叶霜枫，烟雨满帘。

丁玲在马路中间接到施念的那一刻，施念拿掉了遮住脸的丝巾，回归了原本的身份。

丁玲如释重负般地扶着施念，什么话也没说将她扶到东城关家的车子边，刚为她拉开车门，她忽然听见身后有人唤了声：“施小姐。”

施念停下脚步回过身，马路对面吴法从第一辆车的副驾位走下来，他一手拿了把伞，另一只手捧着一个锦盒大步朝她走来。

丁玲知道对方是西城少东家的人，没有阻拦，退到一边。

施念立在车边望着吴法，吴法走到她近前，先是对丁玲说了句：“施小姐的手臂在地震中受了伤，回去以后好好照顾。”

吴法的面相本就看起来不太好惹，人高马大的样子说话硬邦邦的，丁玲连忙点点头：“知道了，麻烦你们了。”

而后吴法将手中的锦盒递给施念。

施念看着精致的盒子抬头问道：“这是？”

“里面是你赠予关老板的画，关老板说画作得太急了，让你下次用心画一幅再给他。”

下次，施念恍惚了一下，不知道还有没有下次了。

她接过锦盒后目光投向街对面停着的第一辆车，车玻璃是黑色的，从外面看不清里面。

吴法看见她的眼神，压低声音留下句：“关老板在车里。”

短短六个字印证了施念的猜测，让她的心脏突兀地跳动着，虽然她看不见他，却能感受到他隔着车玻璃也在望着自己，到底他还是来送她了。

雨滴落在地上溅湿了她的裙边，阑珊烟雨中，水落红莲，黄粱一梦。

Part.02
恋慕如斯，静待荼蘼

1. 回归原本的生活

施念上了车后，让她感到奇怪的是，丁玲一句话都没问过她，包括那晚她为什么会突然消失、为什么会上了船去了日本、为什么会和西城那边的人在一起。

原本她料想的问题，丁玲提都没有提，反而待她小心翼翼的。

更让她感到奇怪的是，她回到家后，她的公婆也没有对她的突然消失多问一句，听说她这次在日本遭遇了地震，让她这几天好好休养，然后便让丁玲带她回房去了。

果真如关铭所说，东城关家这边没有一个人责备她，也没有一个人为难她。这似乎有些不太合乎常理，她擅自离开东城这么大的事，居然没人提。

不过既然没人问，她当然也不会主动往枪口上撞。

直到回房后，丁玲帮她放洗澡水时，她才看见丁玲卷起袖口后身上的伤。

她有些讶异地问："你这伤是怎么回事？"

丁玲低着头没说话，施念又问了句："我婆婆打你了？"

"不怪大太太，是我疏忽大意没跟紧你，得知你被西城那边的人带走，她在气头上难免会怪罪我。"

施念越听就越不明白了，明明是她自己溜出去的，听丁玲这么说反而像是西城关家的人绑架她似的。

她一步步地试探道："那晚……我不见后发生了什么？"

而后施念才从丁玲这儿听说，那天她刚离开半个小时西城关家那边的电话就来了，说是将小关太请去了即将起航的海洋皇洲号上，之后东城这里就乱了套了。

第二天关铭的人就发了一份计划书过来，列明了各项合同的附属条款，没有明说东城关家的人也知道他手中的筹码是什么。

船离开的几天里，东城关家的人不停地在和关铭那边进行洽谈，关铭没有任何让步，虽然说起来是邀请小关太去做客，但东城的人都明白他提的条件谈不拢，可能就不是做客那么简单了。

在这个节骨眼上，东城关家的人不得不考虑到施念的行踪一旦曝光所带来的不利影响，所以最终只能一再妥协。

就在施念下船前，东城这边才进行了最终拍板。

施念听完丁玲的话后，感觉整个身子轻飘飘的，对这些天来的所有事情产生了一种不真实感。

丁玲离开后，她脱了衣服走进浴缸里，身体沉下去的那一瞬，很多记忆涌进大脑。她刚上船的那晚，关铭在餐吧外面接了个电话，特地避开了所有人，也许那个电话的另一端便是东城关家的人，所以隔着玻璃门他一直看着自己。

她从离开时就在担心她的不告而别会引起东城关家的骚乱，可她万万没想到关铭会在她上车后就告知了东城关家的人她的去向，所以东城关家的人才没有排查监控大肆找她。

怪不得她火急火燎，他却很淡定地让她该吃吃，该喝喝，还说东城那边知道她在船上。他没骗她，从一开始就没骗她，只是她被他体贴周到的照顾蒙了双眼，压根儿就没想过自己会成为他手中的人质。

当真相以这种猝不及防的方式呈现在施念眼前时，这么多天来关铭所搭建的温柔塔瞬间土崩瓦解。

他接她走，从一开始的目的就不是为了她手上的东西，而是利用她逼东城关家妥协。

既然利用完了，自然是要送她回来的。

所以她几次三番提合作，他都不着痕迹地带过。

到这一刻，施念才不得不承认，在关铭面前，她是个一眼能看到底的女人，她的想法，她的心思，他能轻而易举地摸透。

而他的心却深似海，她以为看清了真实的他，可也许她所看到的只不过是冰山一角，一个而立之年的男人就能在这风起云涌的生意场上占有一席之地，其手腕又怎会是她一个从未在社会上蹚过的人所能摸透的？

施念闭上眼身体滑进了浴缸，泪融进水里，再消失不见。

“他们那些男人啊，都是做大事情的人，可以崇拜，也可以仰望，但不能指望他们心里只装着一个女人，这种事情不太现实。”

莎莎的话一遍又一遍地回响在她的脑中，直到她感觉空气越来越稀薄，猛地探出身子大口喘着气。水从她湿漉漉的头发滴落到了她的脸上，她呆愣地坐在浴缸里，又缓缓抬起手盯着那颗褐色的玳瑁珠，下一秒狠狠地扯下扔出好远。

洗完澡后，她披着睡袍走出浴室，看见那个吴法给她的锦盒还放在窗台边。她几步走过去，打开扣锁。果不其然，当初她临时找个由头画的那幅不怎么细致的画安然地放在锦盒内，她将画拿了出来，画的下面是那副錾刻的金色面具。

她轻轻地将面具从锦盒里取出，在灯光下仔细端详后，才发现这副面具的做工很不一般，虽然她看不出门道，但能感觉出来这工艺的珍贵。

她不知道关铭为什么把这副面具给她，她心里有气，不想留着他的东西，可真让她扔了，她又舍不得。

这种矛盾让施念心里像压着一团乌云，又闷又躁。

最终她还是将面具放入锦盒，又将锦盒塞进了衣帽间最里面不起眼的角落。

回来后的日子过得异常平静，自从出了上次那个事后，东城这里对施念的行踪管控更加严格了。

在家里，丁玲几乎是寸步不离，出了家门，那个一米九的大块头也是如影随形。

有一次施念问过这个大块头叫什么，那人告诉她叫成斌。她总是想起慈善晚宴那次成斌放她走的行径，好几次差点想问问他是不是关铭的人，可话到嘴边还是没有问出口，其实是不是跟她又有什么关系呢？

偶尔丁玲也会询问跟着西城关家的在船上的时候，那边人有没有为难她。

施念猜想很有可能是婆婆让丁玲打听的，她也只是轻描淡写地说没有，对她比较客气，没有招待不周的地方。

而后有次听丁玲提到关沧海的身份，施念才知道关沧海是西城三房那边在外面的私生子，生母身份低微也不可能进得了关家，所以母子一直养在外室，关沧海上了小学后那边老爷子才点头把他接回关家。

自然也就受尽了三房太太和儿女们的欺辱，直到稍微大了些后，西城大房的少东家罩着他，才慢慢好起来。

那会儿虽然都是差不多大的孩子，但在那些人中关铭的辈分比所有人都要长一辈，明明同岁甚至比他大个七八岁的都要喊他声“叔”，一来是大家族里讲究论资排辈，二来丁玲说起那位少东家，说也是不好惹的主儿，本身脾气就硬，加上身份摆在那儿，前有西城关家掌权人这个父亲，后有老太爷撑腰，母亲家里也是无法撼动的权贵家族，所以没人敢招惹他。

丁玲告诉施念外人看待名门望族的后代都认为是富二代、富三代，取之不尽的钱财和高不可攀的社会地位，其实并不是这样的，打个比方，像关沧海那种出身的孩子，可能这些家族里多的是，有些养在外面，运气好的被带回家，但本质上这种出身的人都不会得到家族的重视，更别提赞助和生意了，也就跟一般人一样到月领工资，可能比普通人阔绰一些，但绝对没有看上去那么光鲜。

说到这里，施念不禁想到一个人，他们叫她宁穗岁，虽然不是公公的私生女，却是与公公相好的女人跟前夫生的女儿，听说自从那个女人跟了公公后，公公认了那个女人的女儿为养女。

直到前两年婆婆才知道这事，施念倒是见过宁穗岁一次，是在关远峥的葬礼上。说来那个宁穗岁和关远峥没有血亲关系，竟然哭得比她还要伤心，抱着关远峥的墓碑几度要晕厥过去。后来婆婆让人强行把宁穗岁带走了，之后她再也没见到过这个宁穗岁。婆婆厌恶宁穗岁也是理所当然，所以不能听人在她面前提起这个名字。

关沧海算是比较幸运的，起码是关家正统的血脉，并且从小就被接回了关家当少爷养着，一开始不受人待见，这些年跟着关铭做事，如今在西城也有了说话的份儿。

回来后丁玲偶尔会和施念说一些西城关家那边的事，就这样她才对关铭的生长环境和他身边的人有了进一步的了解。

她本来以为自己可能没什么机会再见到关铭了，可没想到两个月后他们会在祭祖的时候再次碰见。

施念很早就听丁玲提过，往年西城关家和东城关家都会共同约个日子去祖坟祭奠，因为祖坟的位置离西城祖宅不算远，所以一般上午结束后两边人都会共同前往西城祖宅小聚。

那些儿子孙子们去祖坟祭奠，女人小孩们就聚在西城关家祖宅玩，人多的时候两边加起来能有百来号人，每年祭祖是两家最热闹的时候，场面堪比过年。

今年是施念嫁进关家后第一次参与祭祖，关远峥不在了，她作为长孙媳算是代表关远峥，一早就要跟随东城关家的那些叔叔堂哥堂弟前往祖坟。

前两天刚下了场雪，墓地主道的雪被清扫干净了，但两旁依然堆满了积雪，他们下车的时候，不巧天上又飘起了雪花，男人们没有打伞走在前面。

施念穿着一件稍长的白色大衣，丁玲为她撑起了一把伞。

他们这里大概有二十多号人，远远地就看见前方站了浩浩荡荡的人群，比他们这里人要多。

施念放在大衣口袋里的手渐渐握紧了，视线不停在人群中扫视，奈何大家都穿着清一色的黑色外套，乍一看上去很难分辨。

到底大家族的基因优良，西城关家的人往那儿一站，个个气宇不凡。

施念的公公和叔叔辈的人率先走了过去，西城那里也有长辈出来相迎。便在这时，施念瞧见了关铭，他跟在一个头发半白的人后面，身型挺拔，气质沉稳，脸上没有多余的表情。

在来之前施念就猜到今天会碰见他，她想了很多种再次看见他后的心情，可那一瞬，当他的身影猝不及防地走进她的视线时，纵使她面上没有任何反应，可她的眼睫依然毫无察觉地颤动了一下。

听丁玲说那个头发半白的男人是关铭的父亲，怪不得都说他父母老来得子，这样站在一起，他爸看上去岁数的确比较大了。

两方人马碰面后就转身往祖坟走去，施念跟在最后面。关铭应该是没有注意到她，施念仅仅看了他一眼便收回视线。她不再多看，这样的场合，有再多的情绪她都不能表现出来。

她跟着东城这里的人站在一边，先是按照祖制长辈们依次献花，然后是小辈们祭拜。

这时候就看出了辈分的差距，他们这些二三十岁的年轻人都等在后面，只有关铭上前跟那些叔伯辈的人站在一起。众多上了岁数的男人中突兀地出现一道清隽的身影，自然大家都不自觉地将目光落在关铭身上，特别是东城这里和他不熟的人。

传闻生意场上关小爷的名头可以当通行证使用，但凡和他攀上点关系，做事都能事半功倍，真见到人难免都对这个有着传奇色彩的人物多看几眼，只是碍于场合大家忍住议论罢了。

长辈们走完仪式退到了一旁，然后便是小辈们依次献花。东城这里关远峥为长孙，他既然不在了，施念便要代表大房同辈先行出列了。

这时所有人的目光都转向了施念，丁玲跟在施念后面替她打着伞。

她走出人群，白色的大衣显得人素净清幽，长发绾在脑后，往先祖的牌位走去，那淡雅的气质仿佛融进这雪色之中，让人很难忽视。

两旁站满了东城和西城关家的人，此时西城那些同辈的人也都朝施念投去打量的目光。

施念修长的脖颈裹在大衣衣领里，在路过西城人时，她侧了下眸瞧见了关沧海。关沧海还没有祭拜，按照顺序他还要在施念后面，见她瞧过来，关沧海对她不易察觉地点了下头。施念抿了抿唇收回视线，再抬起头的时候，她看见了关铭，就站在最前面的楼梯边，西城那些长辈中间。

他逆着光，眉眼深邃，也在看着她，两人的视线毫无防备地撞上了。施念捏紧手指，又赶忙低垂目光看着脚下的路。

越靠近那处心里越发忐忑，施念没再抬起视线，关铭的衣角却落入了她的余光之中，他离她仅仅一步之遥，可她得继续向前走，他也只能站在原地。

楼梯下面的雪被反复踩踏后结了薄薄的冰，也许是心绪不宁，施念在踏上台阶的时候滑了一下，丁玲很快将她扶稳，可她还是看见了关铭的手朝她虚晃了一下，最终收入自己的大衣口袋。

她抬起视线对上他浓如墨的眸子，心跳突突在胸腔之间，找不到出口。

施念匆匆收回视线踏上台阶，直到结束都没再朝关铭望去一眼，而后她坐上东城的车子前往西城的老宅子。

浩浩荡荡的车子分头从停车场出发，东城的人都是跟着导航开过去的，西城人比较熟悉路线，没走常规路，先东城人一步抵达老宅。

施念这是第一次来西城关家的老宅，车子开上一条山路，两旁都是树，有零星的几棵露了红色的花苞，在雪色中泛出透红的色彩，很是养眼。

老宅地势很好，依山傍水的大宅院，门前就是条溪流，不过太冷了，结了层冰。院前停满了车子，东城的车子一开过来直接将路堵死了，不过周围没有邻居，倒也不用担心这个问题。

施念刚下车就听见孩子们的玩闹声，老宅很宽敞，光前门就建有小桥流水仿江南庭院的设计，古色古香中处处彰显着大户人家的格调。

那些太太和小点的孩子一早就被接了过来，此时老宅里到处都是人，孩子们在用人的陪同下在偏院打起了雪仗，女人们聚在一起喝茶聊天。

想到这里就是关铭爷爷的家，施念的心情有些微妙，她没想到第一次来他家是在这种情况下。

走入宅内，施念总算见识到丁玲口中百来号人聚首的壮观场面，她连东城关家的人都认不全，更别说这里还有那么多西城的人，她完全不知道该怎么称呼这些人。

好在丁玲很快将施念带入二楼的一间房内，里面有张大圆桌，施念的婆婆在里面，她旁边还坐着一个挺富态的女人和她说着话。

见施念回来了，婆婆发了话对她说："这位是西城大太太，叫人。"

施念顿时反应过来，西城大太太，不就是关铭的妈妈吗？

在意识到面前女人的身份时，施念突然变得有些紧张，拘谨地叫了声：“大奶奶好。”

关铭的母亲立马和善地笑了起来：“按照辈分是没错的，不过远峥从前不叫我奶奶，都叫我大妈。来，孩子，坐我边上，让我好好瞧瞧你。”

施念瞥了眼自己的婆婆，见她点了点头。

丁玲将施念的大衣拿去一边挂上，施念里面穿着一件黑色连身裙，朝关铭妈妈走去，规矩地坐在她身边。

谁料她刚坐下，关铭的妈妈便拉起了她的手放在掌心拍了拍说道：“外面冷吧？瞧这手冻的。”

说着，她对自己带来的人说：“泡杯热乎的茶给小念。”

施念又一愣，这个称呼只有两个人这么叫过，一个是上次喝过酒的关铭，还有一个就是眼前关铭的妈妈。她心里顿生一种很微妙的感觉，加上被关铭的妈妈这样拉着，感觉极其不自然，便脸颊微红了些。

关铭的妈妈近距离瞧了瞧她说道：“果真看着舒心。我家老三要能找个这么本本分分的姑娘成家我也不用操心了，说到底还是没福气。”

这句话是对施念婆婆说的，似乎在安慰她关远峥的事情，家家有本难念的经。

可施念的心绪却因为她这句话变得越来越乱，她口中的老三应该是指关铭。施念听丁玲说过，关铭上面有个哥哥，还有个姐姐，说来他在这边大房应该排行老三。

就在施念这样想着的时候，包间门再次被推开了，自己的公公还有上午看见的那位头发半白的男人同时走了进来，施念知道那位正是关铭年迈的父亲，虽然上了岁数，但眉宇间仍然硬朗。

跟着他们后面进来的是一个中年男人和一个打扮入时的女人，而关铭慢悠悠地跟在最后晃了进来。

施念在看见关铭的身影出现在包间门口时，指尖微颤了下，原本握着她手的关铭的妈妈侧眸朝她笑了笑，说道：“别怕，待会儿我好好训训他，帮你出口气。”

关铭的妈妈这句话显然进来的人都听见了，关铭抬眸朝她们看来，目光落在自己妈握着施念的手上，嘴角微动，最终什么话也没说，兀自在对面落座。

这场饭局不是平白无故的，出席的都是两边大房的人，包括关铭的大哥和姐姐都到场了，其他关家亲戚并没有参与。

说来是两房人单独聚聚，实际上更像是关铭的批斗大会。

上次他擅作主张把东城长孙媳带去了游轮，还出境绕了几天，以此作为谈判筹码来达成合作目的这件事，虽然他得了利，但也伤了两家人的和气。

关铭的父亲得知这件事后大发雷霆，西城这边便打算利用这次祭祖的机会缓和一下两边的关系，顺便正式跟东城这边赔个不是。

所以自打关铭一坐下来，他爸就一口一个“逆子”“纨绔”“荒唐”丢了出来。

在老一辈的关家人眼里家族和睦比什么都重要，自己家里人之间的生意，不要太过计较，他们更看重两家人之间的情分。

但显然关铭这些年来的处事风格向来遵循他自己的那一套，生意场上腥风血雨、果敢决绝的手腕时常让关父感到头疼，虽然他又不得不承认这个小儿子的头脑和才能。

在关父就这次关铭擅作主张的事件跟东城这边表明态度时，关铭兀自给自己倒了杯茶，不疾不徐地喝着，仿佛自己父亲说的事情和他无关似的，反正合同都已经尘埃落定了，被自己父亲说几句也不会少一块肉，他左耳进右耳出。

本来这次东城那边拟定的合同条款他过目后就提出了很多问题，碍于两家人的情面委婉交涉过，结果东城没买账，事情便被他搁置下来，也是利用这次机会刻意推动一下。

要说占便宜，他自认为没有占东城什么便宜，只是将合同拟定得更加规范，不过这样一来倒是让东城无形中少了些利润。

但是关铭做事有他的规矩，对事不对人，不会因为两家关系特殊就甘愿吃哑巴亏，生意场上没有仁慈这套。

施念跟着关铭的那几天，就是再年长的老总都要给他一些面子，抬着他的，这是第一次听见他爸当着这么多人的面如此数落他，她去看他的反应，他倒是平平淡淡地喝着手中的茶，也不吱声。

关铭的母亲说起来要训训他，可真听着关父这毫不留情的指责，怕小儿子面子上过不去，还是出声打了圆场：“你们也知道我生养老三不容易，吃了大苦的。老三吧，从小就被我们惯坏了，有时候做事情太我行我素，也不跟家里商量，别因为他伤了两家人的和气。来，都奔波了一早上了，我们吃点菜。”

施念拿起了筷子，关铭手指微动，桌子转了起来，他又轻轻一点，桌面停住了，一盘蜜汁排骨停在了施念面前，她愣了下。

施念出生在江南，小学以后跟着妈妈来到都城，从小生活习惯的缘故，她口味有些偏甜的，但是她从未对关铭说过。他的这个举动看似随意，可施念毕竟和他相处过，他身上的仔细周到她是体会过的，她清楚这绝对不是一个随意的举动。

她不动声色地抬手碰了下桌面，原本转到她面前的蜜汁排骨就这样原封不动地滑走了。关铭唇边抿出个弧度，目光深似幽潭。

这时关铭的妈妈倒是开了口：“老三，你也表个态吧。”

这算是关铭的妈妈为两边找个台阶。关铭也不端着，倒了杯酒敬施念的公婆：“这次的事给你们添麻烦了。”

虽然关铭的岁数和关远峥差不了两岁，但他的辈分和施念的公婆是同辈的，所以在敬酒的时候没什么小辈对长辈的礼节。

也就说了这句话，他便一饮而尽，算是道了歉。

施念的公婆也不好再说什么，毕竟丑话都给关铭的父亲说尽了，后面还有合作，关系也不好弄僵。

关铭的妈妈又说道：“别急着落杯子，我听说这次你们还在日本遇上地震了？也不知道你好好地跑去日本干吗，尽搞出这些心惊肉跳的事，还让小念受了惊伤到了，你难道不应该向她赔个礼吗？”

关铭忽然挑起个不太明显的笑：“母亲大人教育得是，那是当然的。”

关铭又满上了一杯。长辈发了话，施念只好端起面前的酒杯，本想走个过场而已，没承想关铭突然拉开椅子站起了身。她举着酒杯有些僵硬地望着他，他居然就这样绕过桌子直直地朝自己走来。

施念的眼神紧紧盯着关铭，她觉得关铭疯了，一定是疯了，才会当着他父母家人和她公婆的面走到自己面前。她不敢做出任何反应，也不知道该做出什么反应，关铭走向她的那一刻，她脑袋是蒙的。

直到关铭的身影落在她身边，阴影将她完全罩住对她说：“这次的事是我考虑欠周，我带着诚意来跟你赔不是。”

他这样的一个人，高高在上，满身气节，何曾对人低声道过一句歉，就连刚才他朝她的公婆敬酒，也都没有起身，一句轻飘飘的“添麻烦了”带过。

此时关铭的这句话，所有在场的两家人都当是他擅作主张把施念请上船的事，可施念知道他在说什么，他在为了什么道歉，奈何这样的环境，这样的情况，她一个字都说不了。

纵使她心里对他有气，可理智告诉她应该起身，坐着不合适，这么多人看着，这个台阶她不想给他眼下也必须给，不是代表自己，而是代表整个东城关家。

关铭就是关铭，他能算到施念不会拒绝，无法拒绝，也不能拒绝，所以他一步步试探，靠近，再到走向她，直到她避无可避。

施念拿起酒杯，就在起身的刹那，关铭周到地替她拉了下椅子，就连这么细枝末节的动作他都不会忽视，施念握着酒杯的手紧了紧。

她转过身的时候对上了关铭的眼，他黑亮的瞳孔里映着小小的她，目光直接烫到了她的心底。他就在她面前，距离近到她能如此清晰地看见他根根睫毛的分布，两个月来两人头一次离得如此近。

无数复杂的情绪汇聚在施念的胸口，汹涌，搅动，碰撞，她就这样拿着酒杯，没伸手。

关铭半垂下头，主动往她酒杯磕了下，笑得迷人清浅："不用喝光，意思一下。"

施念只有顺着关铭的话抬起头喝了口酒，关铭深深地看了她一眼没有多留便转身走了回去。施念心绪翻滚，却只能佯装平静，坐下来后便低垂着视线。

关铭刚坐下来，关铭的父亲就发了话："老三做人有些特立独行，但做事还是靠谱的。跟老三合作过的人都知道，和他一起做事相对稳妥，不过后期要是有什么让你们不舒心的地方，你们也可以联系老大，我家老大比较老实。"

这几年关铭的路走得越顺，找他大哥的人就越少，不是关铭不想拉一把自家兄弟，只是这个大哥，那年生意失败后性情就有些变化。有年关铭喊他一起做个项目，他大概太急功近利，想在家族里证明些什么，最后不仅独吞项目成果还差点摆了关铭一道。

那次关铭虽然吃了点亏，不过自那以后他对这个自家大哥也就多留了个心眼，生意上的事情能不来往则不来往。

这就导致关铭的大哥这几年路越走越窄，关父的这番话就说得很有艺术了，无形中想借关铭这件事把大儿子的路给铺上。

话都转了过来，施念的公公自然要和关铭的大哥喝上两杯，为以后打个基础。关铭的大哥也很会给自己找台面，吹嘘着最近手头上的业务铺设得多广之类的。

和东城的合作内容一直是关铭这边在跟进和推动，看这架势，自家老头子反而准备让大哥接手，吃个现成的，关铭心里自然是不痛快的。

他的手指在酒杯上画了一道，似笑非笑地说："看来大哥上次那批工程做得不错嘛。"

其他人都不知就里，但是关铭大哥的脸色立马变了变。他工程出纰漏的事情瞒得滴水不漏，连关父都不知道，显然被关铭探到了风声。

关铭什么都没再说，这一句话就让他大哥收敛了许多。

施念虽然不明白这其中的弯弯绕绕，但是能感觉出来一种刀光剑影的味道。以她对关铭的了解，他虽然看似在笑，但眼里是毫无笑意的，似乎关铭并不怎么待见他大哥。

后来话题岔开，没多久绕了一圈又落到了关铭身上，无非是说他老大不小了，也不正儿八经处个对象之类的。

关铭的姐姐关品妍听得烦了，截了话头打趣道：“他啊，我看难了，尽跟些模特、明星不清不楚的，哪个正儿八经的女孩敢跟他？”

说到关铭的作风问题，几个长辈不禁都露出那副一言难尽的神色。

倒是关铭本人自若得很，接道：“模特、明星那些不是你安排给我的？让我帮你介绍资源，怎么就成了我不清不楚的了？”

“谁知道你啊？个个被你迷得五迷三道的。”

关品妍和关铭眉眼长得有些像，看上去挺强势的。她作为关家长女，负责西城关家旗下的影视传媒产业，造就过很多娱乐产业的神话，也打造过诸多一二线明星，听说在娱乐圈很有分量，不过施念是第一次见到她。

他们在说话的时候，施念一直低着头喝羹，没有参与他们的话题。

关铭的妈妈插了话，对关铭说：“你啊，收收心，注意点影响，该物色一个正经姑娘成家了，这事给我提上日程。”

关铭没出声，施念将羹吞咽下去，喉咙有些哽着，干脆放下了勺子。

这时候施念的婆婆突然问了句：“关铭啊，你喜欢什么样的？”

施念微微抬起头朝关铭望去。不知道是不是她的错觉，她似乎感觉有那么一秒关铭的眼尾朝她瞥了一下，可再定睛看，他脸上分明挂着那副无所谓甚至有些玩世不恭的姿态，应付着：“我喜欢天上的。”

众人只当他没个正经。

就在这时候包间门突然被推开了，有个穿着粉色大衣的小女孩跑了进来，先是奶声奶气地叫了一圈：“爷爷、奶奶、姑妈好。”

叫到施念的时候，叫了声姐姐，施念对她笑了笑。这个小女孩直接跑到了关铭面前亲昵地朝他伸手：“叔叔抱。”

关铭一只手把小女孩捞到腿上坐着，眉眼里全是宠溺的笑意，说话也轻了几分：“吃饱了没？”

小女孩扎着两个丸子头，粉扑扑的脸蛋，很是漂亮，勾着关铭的脖子说：“吃饱了，我吃了好多好多。”

关铭抬手捏了下她的小鼻子：“这么厉害啊！值得表扬。”

施念有些错愕，刚才她还在猜测关铭似乎跟自家大哥的关系不太融洽，不过看这样，他对小侄女倒是宠得很。

小女孩昂着小脑袋对关铭说：“荣叔叔喊你过去打牌。”

小女孩不过三岁不到的年纪，人分得很清，自家亲叔叔就叫叔叔，其他亲戚家的叔叔前面总会加个名字。

施念猜想这个小女孩大概就是过来解救关铭的，不过关铭面上依然表现得有些无奈似的，起身对着众人说道：“那我先下去了，你们慢用。”说完，抱起小女孩离开了包间。

施念一直提着的心才总算稍稍落定。

身旁关铭的妈妈说道：“我家老三啊，喜欢孩子，对一群侄子侄女都疼得很，就是自己不肯要。”

施念的婆婆接道：“这种事急不来。”

施念垂下眼帘，用勺子搅动着碗里的羹汤，仿佛也搅乱了自己的心。

吃完饭，施念的婆婆和西城那边几个差不多年纪的太太到楼上搓麻将了，施念的公公那些长一辈的人开车去附近度假村打高尔夫、钓鱼。听说那个度假村是关铭的产业，施念不知道他是不是也跟着去了，吃过饭就没瞧见他的身影。

她和东城这边三个堂姐妹坐在前院晒太阳，施念和她们不太熟，加上她没了丈夫，身份又比较特殊，几个富家女也不大知道怎么跟她相处，她坐在那儿看她们聊天喝茶，不尴不尬的，索性到院子里逛逛，丁玲依然寸步不离。

她第一次来西城老宅，庭院建得像公园，蜿蜿蜒蜒走不到头，偶尔碰到几个用人带孩子玩雪，她来了兴致也帮他们搓雪球。其实她也认不得这些孩子到底是东城的孩子还是西城的孩子，她自己家里亲戚少，自从她爸走后因为房子的事情，闹得基本都不来往了。她都不知道在这样的大家族里，这么多人是怎么能分清谁家对谁家的。

她玩了一会儿手虽然冻僵了，身子倒是热的，面前的小男孩过来帮她忙，说要和她一起把大雪球搬到雪人身子上。

两人正搬着，小男孩突然松了手喊道：“沧海哥哥。”

猛然失了一边力道的雪球掉在地上砸得施念一裤子一脚的雪。

关沧海走过来拍了拍小男孩的头：“看看你干的好事。”

小男孩歉疚地朝施念眨了下眼，施念蹲下身掸着雪：“没关系。”

关沧海把小男孩提起来转着圈甩着玩，小男孩咯咯直笑，这下施念基本确定这几个是西城关家的孩子了。

关沧海把小男孩放下后，转头对施念说：“找你一圈了。”

施念有些诧异：“找我？有事吗？”

关沧海瞄了眼不远处的丁玲，压低嗓子用只有他们能听见的声音说：“某人叫我来喊你去后楼玩。”

这个“某人”让施念的心没来由地紧了下，她瞥了眼不远处西城的用人，往前走去，关沧海也跟了上去。

一直走到没人的地方，施念才对一直跟着的丁玲说：“我跟他聊两句。”

丁玲一副欲言又止的表情，又碍于关沧海的身份不好开口，只能退了几步走到另一边，眼神倒是没有离开过他们两人。东城的人胆子再大也不会明目张胆做什么出格的事情，丁玲是怕了这些西城的少爷了，万万不敢再马虎大意的。

直到丁玲走开后，施念才对关沧海说：“你跟他讲我不去。”

关沧海眼神疑惑地在她脸上绕了一圈，问道：“干吗不去？跟小孩在外面挨冻啊？不无聊吗？”

“那也比做送上门的人质强。”施念心里到底是有气的，话也就脱口而出了。她不信关沧海不知道关铭当初的用意，两人等于合着伙隐瞒她。

关沧海摸了下鼻子，笑了笑：“搞了半天你在生他这个气啊？我还以为……”

“你以为什么？”

关沧海干咳了一声，他还以为施念知道“加州之恋”的男主角是关铭，气关铭是负心汉来着，没想到是这次谈判上的事。

关沧海语重心长地跟施念说：“你要是因为这个生气，那你还真生错了气。你站在关铭的角度看，他要真想主导这次合作，最便捷的方法难道不是拿到你手上握着的信息，摸清东城的底牌直接出手吗？还需要劳师动众地把你请上船？”

“但他没有这样做，为什么？你自己想想。”

“他要这样做了，他是省事了，你就倒霉了，东城人能饶过你吗？”

“现在说起来好像是拿你要挟东城了，你扪心自问，在船上的时候关铭对你差了吗？把你关起来当人质对待了吗？”

话是这样说，但关铭到底利用了她，这是无法争辩的事实。

关沧海瞥了眼远处的丁玲，悄声对施念说：“小叔这个人做任何事情都有他的考量，他要权衡利弊的东西多了去了，多少人指望他吃饭，多少生意因为他的一个决定就能被改变，你知道他脑子里成天得装多少东西吗？”

“他如今的成就连上面那些长辈都得向他低头，他能走到今天绝非靠什么君子之道，有些手腕虽然外面人颇有议论，可生意场上你跟人掏心掏肺，别人未必会拿真心对你，有些情况下只有这样才能成事。”

“但他不管做什么起码不会害你，相反，他还在尽可能地保全你，你心里很清楚。”

“在船上的时候，其实他完全可以把你的活动限制在套房内，但他为了给你解闷，不惜劳师动众地安排‘面具趴’，给你找来各种珍奇食材尝鲜，甚至还冒险把你带下了船。我说白了，他现在走上坡路，外面多少双眼睛盯着他，生怕找不到他的错处呢。”

“要只是考虑利益，他何必给自己找事？”

“这次回来，听说他老子气得不轻，直接家法伺候了。”

施念的心颤了下，神色僵住：“他爸对他动手了？”

“我怎么知道，他老子那脾气动手也正常。话说回来，就是真怎么样了关铭也不会说，还不是硬扛下了。反正我知道的是他老子借机跟他谈了个条件，至于是什么关铭不肯说。”

施念垂下目光，鼻尖泛红，说到底是她先找他的，最后她玩了几天安然无恙地回来了，他把所有罪责扛了下来。

纵使之前有再多怨念，再多委屈，再多难过，在这一刻，听说关铭回去挨了他爸的惩罚后，施念的心的确软了几分。

关沧海见施念低着头不说话，开口道：“现在你能去了吗？难得有机会见上，待会儿晚了老头子们又要回来了。”

施念抽了下鼻子：“后楼在哪儿？”

跟着关沧海后面绕了半天，施念才发现穿过宅子后院有个建造得挺复古的小楼，外观看上去有些民国时期建筑的味道。

丁玲不太放心地叫住关沧海：“沧海少爷，我们关太要不就不去了吧，走远了待会儿大太太找人找不到。”

关沧海回头睨着她，眼神里带着一丝轻蔑：“怎么，怕我们西城人绑架你家小关太啊？”

丁玲脸色一变：“我不是这个意思。”

关沧海步步紧逼：“那是什么意思？”

丁玲张了张口还没说话，关沧海直接抢先道：“这个楼里又不是光我们西城的人，你们东城不少人也在，我们还能堂而皇之地把你家小关太弄丢了？”

这话一出堵得丁玲半句话也说不出口，关沧海冷冷地瞥了丁玲一眼，带着施念进去了。丁玲只好跟在后面。

让施念讶异的是，楼里跟楼外完全是两个样子，里面是全现代化的设施，或者说完全年轻化的布置。

一楼放了好多台高端的游戏机、VR 体感设备，还有篮球机等；二楼是私家影院，还有露天的观景台、无边泳池、温泉假山，外面就是湖光山色。

怪不得施念吃过饭就没怎么见到同辈的人，敢情全都窝在这里玩了，这楼里的所有设施都太妙了，完全就是个成人游乐场。

关沧海悄声对施念说：“这边是我们的大本营，我和关铭从小就在这里长大的，上学那会儿一犯错了就逃到这里窝个几天。他爷爷，也就是我太爷爷会罩着我们。”

施念虽然没有参与过他们那段荒唐的青春，但也能想象一帮半大的少年风风火火的样子。

一直跟随关沧海走到三楼，人还没进房间就听见笑闹声一阵一阵的，真如丁玲所说，这热闹劲头堪比过年了。

施念刚进去就看见两张台球桌，都有人在打，屋里坐满了人，东城这里几个有头有脸的关少也在。见关沧海回来了，有人高吼一句：“去哪儿了沧海？找你半天。”

然后众人便看见关沧海身后的施念，气氛瞬间沉默了一秒。无论东城还是西城的这些少爷千金对施念都不太熟，只知道她是关远峥的遗孀，有的跟她点下头算是打了招呼，大多数瞥一眼又各干各的了。

此时，施念才看见关铭，坐在一堆西城关家人中间。施念进去的时候，正好有人在跟他说话，他脸上有笑，听见旁边人喊关沧海，视线也移到了门口，落在施念脸上，面上笑意未散，那副肆意随性的模样施念很少见。到底是在自己家，他身上没了对待外人时的彬彬有礼，反而整个人更加松弛。

然后她便发现一件十分尴尬的事，两张台球桌，东城和西城人各占了一个，自然两拨人各坐了一边，她虽然是跟着关沧海过来的，但作为东城长房的人，她跑去西城那边坐着显然不太合适。

可她侧头瞥了眼东城那里的人，个个脸上都挂着淡漠的神情，没有人招呼她过去，于是她该坐哪儿成了难题。

犹豫了一瞬，她还是抬脚往东城人坐着的方向走去。此时，关远峥的堂弟关远峻开了口，对丁玲说道：“你怎么把她带来了？”

2. 西城关家人

施念在关远峻说出这句话时，走向东城那边的脚步就停了下来。她和这个关远峻其实有过一些不愉快，是在关远峥去世后的第四个月，东城的一个女儿办酒，那天关远峻喝大了，对施念就有点出言不逊，但被后来赶到的关家长辈及时制止了。

施念也是私下听丁玲说，原先关远峥在世时，家里什么事情都以他为中心，自然是有些资源倾斜的，关远峻一直心存芥蒂，所以那天突然为难施念也不是平白无故，多少有些落井下石。

因此施念对关远峥的这个二弟印象并不好，此时关远峻虽然只是一句轻飘飘的话，但明眼人都能听出话中对丁玲的责备，和对施念的不欢迎。

尽管施念的身份是长房的人，但长房会让她进门的目的东城人心里都有杆秤，她背后没权没势，其他几个叔叔家的孩子都没把她放在眼里。这里都是关家自己人聚在这儿，施念在他们眼中始终像个外人，显然带施念过来让关远峻那帮东城人感觉不太舒服。

丁玲当然明白关远峻话中的意思，只不过她到底是大房的人，虽然对施念不见得忠心，但也是向着施念的，奈何自己只是个下人，无法出言顶撞二少。

倒是另一边，关铭脸上的笑意渐渐散了，抬眼看了过去。西城的人见小叔不说话了，也逐渐停止了哄闹，纷纷回头张望。

关铭黑沉的目光瞥向关沧海，关沧海立马会意，回过头就说道："我们这不才和东城谈成一项合作嘛，请小关太过来做客，一家人怎么还说起两家话来了？"

说完，关沧海直接将一个十几岁的半大男孩拎了起来，空出一个位置对施念说："小关太，请。"

施念刚才还在想坐哪儿合适，现在倒是不用想了，就是东城那边空位多，她也实在不想过去了。

倒是此时，西城人个个都睁着眼睛好奇地打量施念。

原本喧闹的气氛因为她走来突然安静下来，让施念觉得十分不自然。她过去后，有些尴尬地扯起个笑，让她没想到的是，下一秒，周围几个和她差不多大的女孩都凑了上来七嘴八舌地说：

"我看过你的照片，你真人比网上好看，我叫关瑾澜。"

"我是关瑾玥，呀！你袖子怎么潮了？"

施念都没注意，刚才玩雪把袖子弄湿了。

旁边又有人给她递纸巾，又有人问她喝点什么。

施念被这突如其来的热情弄蒙了。她下意识地抬头去看关铭，关铭坐在最里面，没穿大衣，就着了件黑色高领衫，眼里有笑，也不说话，就这样看着她，目光直截了当。

施念心头忽然一热，周围这些都是关铭的家人，和他连着血骨的亲人，他虽然没有说一句话，可他的家人都在对她嘘寒问暖，这种感觉让施念自从踏进这里就悬着的心一点点找到了落脚点。

她顺着他们的话坐在最边上，看见他们在玩诈金花，一圈人围着一个小桌子，上面有纸牌和筹码。

关瑾玥见施念的眼神落向小桌，回头问她："你玩吗？我让给你玩。"

施念摇摇头："没事，我看看。"

丁玲见这个小姑娘可能才十几岁，也坐在牌桌边上，旁边还有三十左右的男人，这要是放在东城早被长辈们训了。她有些诧异地问：“你也能上牌桌啊？”

关瑾玥笑弯了眼：“你们东城是不是规矩特多啊？在我小叔这里可没那么多规矩，我十岁过来玩小叔就教我们看牌了。我是小叔亲授的牌技，可不比他们差。”

她口中的小叔自然是坐在最里面一派悠然的关铭。丁玲有些诧异地瞧了眼那位西城少东家，都说他是西城关家这一代人中的翘楚，至今没有成为西城的接班人，无非就是因为行事乖张，不喜欢按套路出牌，让老一辈的关家人头疼。如今看来，小辈们倒是都和他亲厚，喜欢围着他转。

关瑾玥本来都转身准备上桌了，此时又一惊一乍地叫了声：“呀！你裤子怎么也潮了啊？”

这一叫，周围一圈人的目光都停留在施念的裤脚上，猛然被这么多人围观她当即就憋红了脸。关沧海插话道：“嗨，别提了，沧敬那小子本来和小关太一起堆雪人，看见我兴奋得一松手，把雪全砸在小关太身上了。”

旁边几人哄闹着要抓关沧敬过来教训教训他，施念以为他们真要找那小孩麻烦，赶忙说：“没事没事，一点雪而已。”

关铭目光微微斜了下，拍了拍身边的大侄子。大侄子反应很快，立马站起来对施念说：“那你赶紧过来坐这儿，这儿对着暖气。”

施念抬起视线，看见那个空出来的位置就在关铭身边，她愣在当场，不知道是该去还是不该去，东城人全都坐在对面，丁玲也在她身边，她这样堂而皇之地坐在关铭身边，总感觉心里发虚。可转念一想她发虚什么呢？她和关铭之间清清白白，她为什么要发虚？

旁边几个在打牌的人全都站了起来给施念让道，施念不好让他们久等，只能站起身走了过去。关铭在和另一边的小辈说话，看似根本没有在意她，可她坐下去的刹那，软皮沙发一陷，她的腿都感觉蹭到了关铭的裤子，她又刻意往边上挪了挪。

按理说，她一个东城孙媳辈的，在关铭面前属于小辈，坐过来于情于理也应该先和关铭打声招呼的，偏偏她从坐下来起目光就盯着牌桌，一眼都没有瞧他，就跟不认识的一样。关铭也不计较，对他的大侄子招了下手，不知道对他交代了句什么，大侄子很快走开了。

就那么顷刻之间，施念似乎感受到关铭身上似有若无的冷杉混合着雪松味，不似香水，很清淡却很好闻，在她坐下来时便萦绕着她，侵占着她的大脑，思维。

这时她才真真切切地感受到有的人真的不用对他看上一眼，说上一句话，就能感受到他的气场，压根儿无法忽视。

屋子里是恒温的，但是关铭的右手边果真多放了一台暖气，她刚坐下来温热的暖风便拂了过来，原本有些冷的脚顿时暖和起来。

关铭的大侄子又绕了回来递给施念一个杯子，熟悉的香气扑鼻而来，她还没喝就已经猜到是 Esmeralda 咖啡，不禁想到在船上时关铭曾对她说过的话“Esmeralda 咖啡暖胃”。

她捧着杯子焐了会儿手，真正坐在西城关家人中间才发现这里的氛围和在东城关家时很不一样。在东城时，她总是小心翼翼的，那里比较注重辈分礼仪，即使是家宴也都按照规矩来，特别像这种小辈和长辈混在一起玩乐的场面她在东城那里是没见过的。

大家族里人多，自然而然牵扯到的利益也比较复杂，即使是有着血缘关系的人相处起来都明显隔着层什么。

严格说来，西城这里的氛围倒更像家人，其乐融融的，没那么多讲究。

反观对面的东城关家人就比较安静了，一部分人喝着酒聊天，还有一部分人低头刷手机，大概都各怀心思，特别是关远峥离世后，这一年来东城内部各方势力都暗潮汹涌的，其中到底分了哪几派施念也搞不清楚。

自从施念坐过来后，对面东城的人都朝她看了过来，然后不知道低声在议论什么。

倒是她留意到和关铭说话的是个看上去挺稚嫩的少年，本以为关铭在教导他什么，仔细听了听，才发现关铭居然在对那个小辈说：“发展到哪步了？”

小辈本来还有些扭捏，关铭手搭在沙发上，漫不经心地敲打着，打趣道：“对着我还不好意思说啊？那下次这种事别来烦我。”

那个小辈立马苦了脸凑到关铭面前：“该发展的都发展了，她想跟我出国，但她家里条件不好，我爸妈也不同意我带她走。小叔，你帮我说说好话，我爸肯定听你的。”

施念有些诧异，没想到关家这边的小辈连这种事情都来找关铭。

关铭笑着摇了摇头：“毛都没长齐就想带女人出国，带出去家里不出钱你自己有本事养？”

少年愣了下，被堵得不知道说什么。关铭冷哼了一声：“自己的女人自己都没本事照顾好，尽指望家里帮你兜着，这事你要让我出面也不是不可以，我让你爸点头没问题，不过，那女孩的出国费用你自己想办法。”

少年一脸为难，低着头嘀咕：“我都答应她了。”

关铭说了他一句：“以后没本事做到的事情就不要轻易允诺人，你这是伤人伤己。”

施念听到这里端起咖啡喝了一口，她猜想关铭可能想帮这个男孩把把关，那女孩刚跟他在一起就要这男孩家里资助她出国，关铭应该是不放心的，奈何小男孩听不出关铭的用意，还一直沉浸在郁闷之中。

让施念没想到的是，这时关铭回过头来突然对她说了句：“你怎么看？”

施念拿着咖啡杯的手僵了下，有种偷听被抓包的感觉，整张脸都白了。

关铭见施念沉默不语的样子，眼里浮起不明显的笑意：“你说说看，给我这个六侄子解解惑。”

讲起来这是他们的家事，她一个东城人评头论足似乎不太妥当，可关铭却直截了当地问她意见，倒让她的心里溢出了一种别样的感觉，起码在东城，没人会问她的意见，也没人会听她的意见。

那个男孩也在盯着施念,似乎等她说话,她想了想委婉地说了句:“小情侣之间有困难好好商量吧，真想在一起没什么过不去的坎，对方在乎你的话，不会让你为难的。”

施念的话比较温和，关铭却接过话敲打着他：“这位姐姐在提醒你不要等摔了跟头才注意到路上的石头，凡事多留个心眼。”

施念和关铭这一来一回的话算是彻底点醒了这个六侄子，他愣愣地望着施念：“我明白了，我回去找她好好聊聊。”

关铭便没再理他了，随手抓了一把牛肉干递给施念。旁边人都围着牌桌，没人注意到关铭桌下的动作。施念忽然想到在日本度假村的那个夜晚，关铭也是这样，怕她无聊剥了一堆开心果仁给她打发时间。

她有时候会想，他在对待其他女人时是不是也这么细致入微，可这种事不能想，光想到她就感觉心口发闷。

她接过牛肉干的时候，指尖碰上他的掌心。她本就体寒，刚才玩了会儿雪到现在手都像冰块一样，而关铭的掌心却很温热，就这么不经意间的触碰，她的心紧了一下。

关铭收回手时目光瞥了眼她的手腕，又不动声色地移开。

施念低头剥开包装纸，将牛肉干放进嘴里，有些赌气地咀嚼着。虽然她知道船上的事关铭没必要对自己明说，可她总觉得关铭欠她一个解释，其实也不是在生他的气，就有种自己跟自己较劲的感觉。

她一边看着他们玩牌，一边将剥开的包装纸拧成条状整整齐齐地放在面前排成一排。

不一会儿，她感觉到关铭似乎朝她侧了下头，她转头去看他的时候，他倚在沙发另一边，垂目盯着那排包装纸扬唇一笑。施念的脸颊涨红，她不知道他在笑什么，笑她无聊吗，还是笑她有强迫症？

他根本就不知道他这样不经意的笑有多大的杀伤力，即便在如此热闹的环境中，即便身边围着这么多人在说话，施念都无法忽视身边男人那强势的存在感，她甚至觉得有些心慌意乱起来。

不过也就是在这时，对面东城那边一个小子突然走了过来叫了声：“小关太，峻少让你过去坐。”

施念抬起头朝对面东城的人看去，发现那些人也在瞧着这边，气氛突然变得有些僵持，颇有些剑拔弩张的味道。

施念抿了下唇，出声问道：“有什么事吗？”

那个被关远峻派过来的人先是看了看西城这里的人，还状似斟酌了一下，说道：“峻少让你想想自己的身份。”

自己的身份，东城的人？还是个寡妇？所以坐在西城这里给东城丢人了？

施念没有吱声，她清楚这些说辞都是关远峻的借口。打从她出现时，关远峻就针对她，或者把原来从远峥那里吃的瘪全都算在她头上。

不过她不打算在今天这个日子，当着西城人的面闹出什么事情。就在她刚准备起身时，身边突然有一只手横在了她面前的桌子上，直接拦住了她起身的动作，声音毫无波澜地落在空气中：“要论身份，他应该喊你一声嫂子，我还没见过弟弟请嫂子有这么个请法，让他自己过来请人。”

施念有些吃惊地去看关铭，关铭依然是那副长辈对小辈耐心教导的姿态，不过是人都能感觉出他语气中的冷漠。

西城这边逐渐安静下来，那个被派过来的小子一见关小爷都发话了，连连点着头跑了回去。

果不其然，这话传回去，关远峻当真就从椅子上站起身朝这里走来。

施念一见这情况心里有些慌，倒不是怕关远峻再说出什么羞辱她的话，而是不想在西城的地盘，当着关铭这么多家人的面闹出难堪的事。

关铭似乎看出了施念心里的不安，突然毫无征兆地凑近她说了句：“裤脚干了吗？”

一句平淡无奇的话，却瞬间拉回了施念的思绪，她几乎是下意识地顺着他的话摸了摸自己的裤脚：“好像差不多了。”

可回完话她才反应过来，关铭似乎并不是想问她这句话，而是让她回神。果不其然，她侧头去看他的时候，他压着嗓子对她说了句：“在我这儿，没人能让你吃得了亏。”

关铭就是有这种本事，一句轻飘飘的话就能让施念不安的心瞬间稳定下来。

说来关远峻虽然和关铭没有什么直接的接触，但是间接打过一次交道。

关远峻在邻市有两家高档会所，有次严打被封了两个月，亏损严重。这种生意东城长辈不愿出面帮他摆平，后来他还是托了一层关系找的关铭才摆平此事。关铭和他没有任何交情，愿意出手无非是看在两家人的面子上。

既然关铭点名要他过去，关远峻当然也不好端着，和弟弟关远峰两人几步走到西城人的面前，看都没有看施念，而是笑着跟关铭打了声招呼："小叔，好久不见。"

关铭没什么表情地"嗯"了一声，随口问道："场子重新运作起来了？"

关远峻直接拉开一个小孩挤到关铭面前坐着，说道："开是开了，客户全跑光了，还得重新整顿，小叔这里要是有好的资源我们可以合作啊。"

关铭不动声色地瞥了眼刚才被他拉开的小孩，小孩不满地杵在一边。关铭倚在沙发靠背上，视线微垂，嘴角浮起一丝寡淡的弧度："合作？我来经营你等着分钱不更省事？沧海你过来。"

关沧海本就站在一边，听见话几步走了过来。关铭抬头就说道："这是我自家兄弟，你问问他我有没有做过把肉送上门的生意。"

关沧海冷冷地勾了勾嘴角，接道："我们西城的兄弟，但凡能找小叔谈合作的，都是自己先在外面做出了名堂的。"

这句话的意思已经很明显了，关铭压根儿瞧不上关远峻手上那点东西，何谈合作？

关远峻当然也听出了话中的暗示，绷着脸情绪不上不下的，平时在外面自己好歹也是个东城关二少，到关铭面前拉下姿态跟他套套近乎却碰了一鼻子灰，自然是有气没地儿撒。他眼神一瞥，正好看见坐在一边的施念，气不打一处来，对着她说道："嫂子现在架子大了，都没把我们东城的人放在眼里，还要三请四邀的？大哥既然不在了，我们做弟弟的也有责任照顾嫂子，走吧。"

关远峻的话虽说得阴阳怪气的，但人到底是亲自来请了。就在施念犹豫要不要给他这个台阶下时，身旁的关铭不轻不重地落下两个字："坐着。"

话是对施念说的，也是说给东城的人听的。

虽然他声音不大，但足以让在场的每一个人都听得清楚。如果刚才其他人还在偷摸地竖起耳朵注意那边的情况，可在这两个字后，所有人都大气不敢喘一下，默默地停下了手中的动作。

西城小辈们很少能看见关铭发火，他待人向来和气，就是有看不过眼的事情，也都是笑着让人低头，可现在，大家都能感觉到关铭话中的不快。

熟悉他的西城人都知道这时候应该闭嘴了，可偏偏东城人摸不清他的脾性，后面站着的关远峰还不嫌事大地来了句："小叔你别想多了，难得聚聚咱们不谈生意，要么和我哥打局台球怎么样？"

关铭掀起眼皮盯着这个说话的男人，关远峰被他看得心里发毛，倒是一旁的关沧海打了个圆场："我刚才就说了小关太是我请来的客人，既然你们要把人请回去，那就一局黑八定胜负，你们赢了人跟你们走，输了小关太还是我们西城的客人。"

施念一直坐在旁边没出声，也不知道自己怎么就成了西城和东城的赌注了。

关远峻眼神一扬，颇为自信地问关铭："小叔肯赏这个脸吗？"

旁边的关瑾玥吐了下舌头特想说声"你脸大"。

以往过年也有小辈想找关铭打两局，关铭每次都随便摆几个球，让小辈打着玩，能打进了再来找他单挑，可是从来没人一杆进洞过。

小叔会教他们打牌和桌球，但从不亲自下场跟他们比试，用沧海哥的话说，小叔不欺负小孩，所以他们都清楚关铭不会轻易出手。

但让所有西城人大跌眼镜的是，今天的关铭一改往日的作风，而是看了眼关远峻，轻飘飘地说了句："你是客，先来。"

关远峻嘴角斜了下，立马起身走去选杆。

关铭在生意场的实力摆在这儿，关远峻没法跟关铭来硬的，但是在这种竞技场上若能挫挫关铭的锐气，他心里还是很痛快的。

关远峰赶走了身后正在打台球的两个西城年轻人，让下面的人摆台。

西城这里的人牌也不玩了，纷纷回过头去围观。在关远峻走向台桌发球的时候，施念也坐直了身子探头去看，心里想的却是，关铭这身份，特别在自家小辈面前，万一要是输了球难看，他就不该应下的。

黑八，15 颗球，7 颗全彩，7 颗半色，各自将自己选的球色打进洞后，谁先将黑八打入洞算谁胜。

"砰"的一声，关远峻开了个好头，一颗半色稳稳落袋，那一头东城的人也陆续围过来，发出一声喝彩。

这下施念才总算知道关远峰为什么会提议打台球了，看关远峻那架势应该是打得不错的。

西城这里有小孩回头来看关铭的脸色，施念也不禁侧头去看他，发现他压根儿眼皮子都没抬一下，端起茶杯很是悠闲地喝着茶。见施念瞧过来，他还对她笑了笑。

施念是笑不出来了，球桌上关远峻又连续落了两个球，每一次撞击声响起施念的心就跟着提一下。此时，几乎整个三楼的人都过来了，听说跟东城二少比试的人是关铭，就连楼下的人都跑上来凑热闹，一会儿工夫，这原本挺大的场地就挤满了人。

关远峻越打越顺，旁边开始有了呼声，他神采飞扬的模样让施念皱起了眉。关铭身子往前探了探，嘴角抿出个笑："怕我输？"

施念转过头说他："你就不该跟他比的，我大不了跟他过去就是了，他又不能拿我怎么样。"

"我不乐意。"

短短四个字带着不容分说的味道撞击着施念的心弦，让她再也说不出一个字来。

此时关铭才悠悠地放下茶杯对关沧海说："去，把我的球杆取来。"

关沧海忍不住笑了下，随便打打关铭不挑杆，除非是动真格的。

果不其然，这边关沧海刚把杆取来，那边关远峻停了下来，球桌上仅剩两颗半色球，位置不太好，关远峻做了一个球路，退到一旁十分自信地对东城那边的人说："再来一杆全收进洞。"

此时，楼梯上趴着的，沙发上坐着的，边上一个挨一个站着的，全都将视线落向关铭。关铭在起身前，几不可察地对施念留下句："我不会把你输出去。"

而后他从关沧海手中接过球杆和巧克粉，漫不经心地走向台球桌。

施念终于坐不住了，关铭的话在她脑中回荡，她干脆也站了起来，紧张地盯着场中。

关沧海倒是一点都不担心的样子，他比关铭晚两年出国，两人不在一个州读书，每次放假，他都要开上好几个小时的车去找关铭玩，短假就窝在台球俱乐部，长假就集体去滑雪场疯。

他刚才还在想，东城这几个人真会撞枪眼，选什么不好选台球，不是找虐嘛，所以他直接帮关铭应下了。

显然，东城那边的人并不了解关铭，他们台球打得好都是上学那会儿一群富二代经常翘课打出来的经验。

但东城人都清楚关铭和他们不一样，家族在他很小的时候就把他当接班人培养的，他是两边关家唯一一个没靠家里关系，纯凭自己成绩进入斯坦福这样国际名校的人，这样的好学生，进了社会又忙于生意，他们不认为他台球能打得多好。

倒是关沧海见施念一脸紧张的样子，走到她旁边对她说了句：“只要关铭想做的事，没有做不好的，从小到大都这样。”

仿佛正是印证了关沧海的话，关铭一上来就打出了气势，一杆发出，两颗全色球几乎同时进洞，西城这边顿时士气高涨，周围响起了此起彼伏的赞叹声，施念也跟着热血沸腾起来。

关铭依然面无表情，不疾不徐地换了个角度，继续打第三颗球，目光一落杆即出，绿 6 快狠准地落袋，中间压根儿没有间隔多长时间。周围响起一片掌声，关远峻的脸色越发变得不大对劲起来，他虽然不是专业的，但从关铭那稳健的动作来看，也能瞧出关铭球打得不错。

本来放了狠话再来一杆他就能全部收进洞，然而关铭压根儿没有给他再来一杆的机会。关远峻眼睁睁地看着关铭陆续清掉了桌上的全色球，轻松将黑八打入洞内，胜负已定。

关铭抬眸轻飘飘地瞥了关远峻一眼，眼尾勾起冷漠的光，再次低头随手一打，关远峻仅剩的两颗花球也被他一杆收洞，彻底清场。

西城这里的小孩子们最兴奋，好多都是第一次见小叔来真格的，直接叫了起来。

刚才被关远峻推开的小男孩得意地说：“我小叔玩台球的时候，你们还没参加高考呢！”

一句话让全场哄然大笑，关铭指了指那个小男孩让他低调，小男孩挺了挺胸膛还挺骄傲的样子。

关铭似乎就是这样，高调做事，谦逊做人，让人找不出他任何错处，只能输得心服口服。

他一身黑衣黑裤站在球桌边，模样优雅，绅士中带着点冷峻不羁的劲儿，东城那边站在关远峻身边的女孩们都在对着他笑。

也不怪连关铭的姐姐都说他总把女人迷得五迷三道的，他这个样子的确是招女孩子喜欢的，从少女到熟女几乎没人能抵挡得住他融在骨髓里也难掩的锋芒。

施念手心是烫的，就连心也跟着发烫，驱散她体内寒意的不是身旁的暖气，而是这个男人浑身上下无法阻挡的光芒。

关铭放了球杆走回来，关远峻那些人只能灰头土脸地回到对面，有关铭坐镇，没有人再敢挑事。

施念依然站在沙发边望着关铭，她眼里有光，想挪开视线，但是挪不开。他吸走了她全部的目光，被西城孩子围着问东问西，耐心地回答着，眼里有笑，也在看着她。

施念被他看得一阵慌乱，干脆拿起面前的咖啡杯问旁边关铭的六侄子：“哪里能接水？”

六侄子告诉她：“茶水间在那边，你要倒水吗？我帮你倒。”

“不用，我自己去吧。”

施念怕自己在人前失态，只能趁乱赶紧遁了。

此时人都聚在台球桌那边，茶水间这里倒是空无一人，果真是西城这些公子哥的大本营，一看就是一群会享受生活的主儿，就连一个茶水间都摆满了各种名酒、零食和饮料，光高档咖啡机就有好几台，还有各种施念没见过的奢华玩意儿。

她挨个看了一圈找到净水机，弯下腰调节到合适的温度，然后按了几下出水键都没有反应。她正纳闷呢，余光忽然瞥到门口闪进个人影。她回头的刹那，手中的杯子被人夺了去。她惊了一下转过身，关铭的身子已经压了下来，一手撑在台边，一手将施念的杯子放在接水台上：“这里总有小孩会来玩，怕他们调皮乱按烫了手，要先解锁再倒水。”

他在几排触控按钮中轻易找到解锁按钮，纯净透明的液体潺潺地从机器中流出落在杯中。

施念整个人都被关铭圈在台边，骤然拉近的距离让他近在咫尺，她可以如此清晰地看见他黑亮的瞳仁，和无可挑剔的轮廓。这一刻，施念觉得思绪有些飘忽，强烈的不真实感侵袭着她的神经。

外面突然响起了脚步声，由远及近，施念紧张得一口气卡在胸口。就在这时关铭另一只手一伸直接带上了茶水间的门，“咔嗒”一声上了锁。

那极轻的门锁声仿佛同时锁住了施念的心脏，让她的呼吸越发困难，她几乎下意识地抬头看他。

关铭嘴角浮起不明的笑意对她说：“待一会儿。”

话音刚落，门外响起了敲门声，有人拧了两下把手，施念紧张得喉结轻微地滑动着，关铭的眼神不自觉被她漂亮的脖颈吸引了。她的委屈、生气、娇羞，还有此时紧张的样子在关铭眼里都是生动的，包括她现在苍白柔润的小脸。

关铭就这样肆无忌惮地看着她，不放过她任何一个细微表情，最后将视线落在她水润的唇上便移不开视线了。有种信号传递进他的大脑时，他几乎是本能地朝她凑近。

施念感觉到一股灼热的气流，她先是颤了下，而后一双眼像受惊的兔子紧紧盯着他。她不知道关铭要干吗，说实在的她现在很慌，她都没法想象在今天这个日子，在东城和西城关家人都在的场合，要是让人发现她和关铭两人锁在茶水间里独处，关家那些人会怎么想他们。

可对比她的惊慌，关铭反而很自若，垂下头在离她很近的地方停住，没有多余的动作，只是这么低头瞅着她，忽然嘴角抿出个笑，是笑关父刚才骂得不错，自己的确尽干荒唐事，早已过了年少轻狂容易冲动的年纪，偏偏还是明白人做糊涂事。

3. 不要轻易允诺人

施念哪里知道关铭在想什么，外面那人还在拧门锁，如此紧要关头，他居然还能笑得这么肆意，她这下是真信了，信他年少时叛逆过。

外面那人拧了半天没打开门，还嘀咕了一句："里面有没有人啊？这门怎么回事？"

然后似乎转身离开了。

施念一口气总算从上到下顺了过来，听见关铭对她说："别紧张，我不开门没人能进得来，说会儿话。"

净水机在杯子里的水快满了的时候自动关了，最后一滴水沿着出水口滴落在杯中，也好似滴落在施念的心尖上。她垂着视线问他："说什么？"

关铭的嗓音低磁地响在她耳里："还气我啊？"

一句话让施念抬起眸，那双杏眼里盛满了温热："我能气你什么？"

"你说呢？"

她的头扭向了一边："我不知道。"

关铭突然伸手将她的袖口往上一扯，出声问道："那颗珠子呢？"

施念瞬间转回头，睁着双眼有些震惊地盯着他。那颗珠子对施念意味着什么，这个世界上只有当年送她珠子的那个男孩心里清楚，关远峥手上有一模一样的，所以在看见他的第一眼施念就认定了他。

可此时此刻这个问题出自关铭口中，那些模糊的、不确定的、不敢想的窗户纸瞬间被面前的男人捅破了。

他不仅捅破了她的猜测，也捅破了她生他气的事实。

空气在那一刻停止了流动，他们就那样望着彼此。

最终，施念吐出两个字："扔了。"

有那么一刹那，她看见关铭漆黑的瞳孔微动了一下，偏偏这个时候外面又响起了声音，只不过这次是关沧海的声音。隔着一扇门，他也没敲，直接贴着门说道："咳，在里面？"

关铭目光锁着施念，沉着嗓子"嗯"了一声回答了外面的人。

"在干吗啊？沧沥说门锁着，我赶紧过来看看。"

"在烧水。"关铭回。

茶水间的净水机是可以自动调节水温的，根本不需要烧，这种明显睁眼说瞎话的借口关铭也是脸不红心不跳地说了。

果不其然，门外的关沧海沉默了两秒，也不点破，丢下句："那你快点，我就在门口。”

显然门外的人已经知道里面什么情况了，关沧海不敢走远，帮关铭看着点过来的人。

而里面，关铭再次垂下视线，这次他半弯下腰，迁就着施念的身高，几乎与她平视，牢牢看着她。施念的目光再也避无可避，听见他声音磁沉地说：“我也是头次接触这个行业的项目，很多东西不熟不代表能任东城人拿捏，东城那边仗着两家人的关系，觉得我抹不开脸不会计较，但我这人不喜欢做不平等的买卖。”

“这件事没有你出现我也势在必得，只是换了种方法，不过这种方法的结果是我成了罪人。”

“说到底，我得罪那边总比你得罪要好，明白吗？”

施念怔怔地回望着他，整个大脑嗡嗡作响。她不知道，在今天之前她真的不知道关铭的心思，她认为关铭利用了她，但万万没想到他同时也在保全她。

他不止一次问过她跟东城闹翻的后果，也不止一次暗示她没有十足的把握，就不要做破釜沉舟的事，但她根本听不进去，一心想摆脱现在虚伪的生活，一分一秒都无法忍受。

所以关铭说唯独这件事他不能答应，他到底不能亲手推动让她成为众矢之的，他说过哪怕她握着东城的命脉他都不能答应。

最后的结果，她安然无恙地回到东城，没人拿她问责，但他成了恶人。今天中午的饭局，所有人都在针对他，讨伐他，他一声不吭照单全收。

施念的心绪不停涌动着，一种无法言喻的酸楚溢出心田。

她渐渐垂下眸没了声音，关铭继续对她说道：“那边的人不是傻子，你泄露消息给我最终都会查到你身上来。”

“我要是答应你，你跟我就说不清楚了，我一个大男人怎么都行，你以后的路要怎么走？被人指指点点？那还怎么做回普通人？”

“就是以后……”

他停顿了一下，而后嘴边扯起个难以看透的弧度，一闪而过继而说道：“就是以后我们俩有什么牵连，也不能因为这种事情被人诟病，我得给你留个清白的后路。”

“我思来想去，觉得这是最好的办法。说实话，没有你，最后东城那边想让我点头签字还是得答应这些条款，时间问题罢了。”

“但是这些时间不能用你的前程来交换，我情愿用我的名声，这样也好，让东城人知道我不是什么善类，他们以后再想动歪心思也会掂量一二。”

“听我一句，你信我吗？”

施念望进关铭的眼底，她的心在颤抖，因为他口中的“前程”，因为那些她不敢去想的“以后”。

关铭见她目光闪烁不定，低下头静默了一瞬。

窗外天际苍茫，没有阳光也看不见蓝天，厚重的云层压在屋顶，好似还有一场大雪即将到来。

静谧的空间里，他们再次四目相对时，关铭沉下声对施念说：“这次的事情我不会让你吃亏，给我三个月时间，我给你个说法。”

“以后没本事做到的事情就不要轻易允诺人，你这是伤人伤己。”这是施念刚刚亲耳听见关铭教育小辈的话，所以现在他在对她承诺吗？

施念的睫毛微微颤动着，有什么东西清晰地撞击着她的心门，硬生生地在逼仄的前路撞出了一束光亮，光亮的尽头是那个住在她脑海里很久的身影。从前她看不清，即使梦过无数次都看不清他的样子，如今，梦中人和眼前人渐渐重叠，她眼眶温热，心口的情绪满到就快要溢出来。

她虽然考虑到，事情一旦暴露，东城人不能拿关铭怎么样，但对她却可以像捏死一只蚂蚁一样简单。可她完全就是抱着玉石俱焚的心态去赌，关铭却在用一切办法争取到双赢的局面。

的确，只有这样，才能让她全身而退的同时，他也能顺利拿到牵制东城的筹码，无论对关铭，还是对她来说都是最天衣无缝的方法了。

他用了最快的速度达成合作，相应地，也就得到了主动权。就像关沧海所说，关铭做事不会遵循什么君子之道，可他心里有本明账，他会在权衡各方利弊后精准地选择最有利的路径。

但这个事他没法事先跟她讲，那时候她对他根本不了解，他上来就对她说我请你上船是来做人质的，换作任何人都难以接受。

如果昨天施念对他还有怨，此时听完关铭一席话后，她突然明白了，就那么一瞬间的工夫全都明白了。

再看向关铭的时候，施念的身体微微战栗着，面前男人缜密的思维让她感到一种前所未有的颤动。

此时，他冒着外面一室关家人在场的风险，依然耐着性子跟她将事情说清楚，让她消气，她还如何怨他？

施念明白，她都明白的，他要顾全很多事，很多人，他和东城的生意才刚刚起步，他能在眼下这样的情况下承诺三个月后给她个说法，要顶着两边多大的压力，她无法想象，他没有责任管她的，但他还是管了。在船上的时候，他对她再特殊，可从未轻易许诺过什么，现在关铭能说出这句话，施念知道他绝非是随口说的。

她此时一个字都说不出来，她怕一出声，自己难掩的情绪就会全部崩掉。

关铭终于直起身子退后了一步，望着施念要哭不哭的样子，声音带着几丝温和的调侃："你这样，待会儿出去沧海会以为我欺负你了。"

施念立马背过身子揉了揉双眼，将情绪调整过来，而后转过身带着些鼻音对他说："我们该回去了。"

关铭没动，就这样看着她。

施念被他看得有些局促，转身去开门锁。就在她的手刚碰到门锁时，关铭突然扯住她的手腕，毫无征兆地将她抵在门上。

施念惊慌失措地抬起视线："你……"

关铭的食指飞快地压在她唇上对施念摇了摇头，施念顿时噤声，神经紧绷。

下一秒，门外就响起了丁玲的声音："沧海少爷，请问你有没有看见我家关太啊？"

关沧海声音懒散随意地回："哦，刚看见了。"

施念呼吸越发急促，紧张地攥紧拳头，听见关沧海下一句话是："问我洗手间在哪儿，你去那头找找吧。"

"好，谢谢啊。"

在门外人交谈的时候，关铭的手指没有从施念唇瓣上移开，他温热的指腹覆盖在她柔软的唇上。施念胸口的心悸被无限放大，望着他灼热的目光，脑袋发晕，手腕被他握在掌心，人是软的。

丁玲走了，关铭的食指轻轻摩挲划过她的唇，最终收了手。

施念眼里有水汽，那脸色柔润绯红的样子让关铭呼吸加重。

关沧海这下敲了门，催促道："差不多赶紧出来了啊，人都找来了。"

施念仓皇地抽回手，几乎同时关铭收紧了力道，不仅没给她顺利抽走，反而提起她的手腕仔细瞧了瞧。那处常年戴着褐色玳瑁珠的皮肤有些细微的印记，不是很明显，但关铭能看得出来。

施念完全慌了，不知道他到底要干吗，偏偏他扯着她不松手，他的指节微烫，烙着她手腕的肌肤，对她说："戴了那么久，你也舍得说丢就丢了，找不回来了怎么办？"

施念几乎脱口而出："不会。"

关铭笑了，松开了她，回身将水杯递给她后为她拉开了门。

门外，关沧海已经等不及了，里面的人要是再不出来他真要撬门了。

施念先迈了出去，看见关沧海时目光有些闪躲，低下头轻飘飘地说了声："谢谢。"然后匆忙离开了。

随后关铭才慢条斯理地走了出来，关沧海斜着眼瞧他，忍不住说道："你还真是……"

关铭目光转向关沧海，关沧海压低声音说：“够胡来的。”

关铭淡淡地牵了下嘴角：“我自己当年招惹的事，不能不给她个交代。”

“你想怎么给？”

“给她一个未来。”

那次祭祖的行程结束后，施念再次回到东城的关家，自那天以后她每天都会默默数着日子，算着离三个月约定的期限还有多久。

她也会经常思考关铭会用什么办法帮她摆脱困境。有时候她又会陷入担忧中，怕关铭因为她得罪两边的长辈，上次把她接上船已经惹得他爸不高兴了，要是这次再为了她出面，他的家人应该会动怒的。可转念又想，关铭做事目的性很强，又向来滴水不漏，也许，他可以找到两全的办法。

施念卧室的阳台可以看见东城别墅的大门，那段时间，她几乎对什么事情都提不起兴趣，时常就趴在阳台边对着厚重的关家院门发呆，幻想着某个风和日丽的早晨，那个体贴入微的男人突然出现在楼下对着她笑。

然而日子一天天过去，她那惴惴不安的心情便越来越重。

临近春节，关家这边家大人多，上上下下越来越忙。听说往常家里从大年三十到正月十五上门拜访的人会络绎不绝，所以用人们也都忙碌起来，下午的时候就连丁玲偶尔都会被叫去帮忙。

就这样一直到了年前的时候，关家人突然安排施念去医院看望她妈。

施念之前提过很多次，但是关远峥的死太突然，外界猜测纷纷，那些媒体记者顾及关家的威望，虽然不会直接蹲守在关家大门前，但施念出行必然会有风险的，因此她能去医院的次数屈指可数。每次都是她反复提出，关家考量过后，安排妥当出行路线才允许她去。

这次却是唯独一次关家人主动让施念去医院，路上的时候施念就有种强烈的不安，但让她没想到的是，这一去便是见妈妈的最后一面。

那天，天空是灰蒙蒙的，都城下了入冬以来的第二场大雪。有那么一瞬间，她感觉外面飘下的不是雪花，而是坍塌散落的天空碎片，一片又一片地压在她的胸口，让她无法喘息。

也就是在那几天里，施念得知了一个消息，彻底压垮了她苦苦支撑了一年的信念。

三个月前医院就下过一次病危通知，那时候本来她的妈妈有一次手术的机会，但是无法联系上家属，在东城那边的授意下采取了保守治疗，这一拖就再也无法手术了。

三个月前，东城在准备慈善宴，在准备把施念当噱头包装出去，那是东城今年最重要的一场活动，关系到后续基金会设立的问题。

病危通知发过去，没有一个人告诉她，为了不影响活动进程，这么重要的决定，所有人都瞒着她。

施念彻底爆发了，她去质问公婆，逼问他们凭什么瞒着她，有什么权利瞒着她。

她眼里布满血丝，一年来的屈辱、压抑、隐忍在妈妈弥留之际全部像汹涌的狂浪奔腾而出。当那些乖顺、听话的外衣被她一层层剥去后，婆婆给了她一个耳光，轻蔑地对她说："不要不知好歹。"

那一刻施念才彻彻底底清楚，从头到尾她就是东城关家的一个工具。

关远峥身体的情况，他忽远忽近的态度，甚至就连他的死因全都蒙上一层她无法窥见的秘密。而东城对她的重视，公婆当初对她的热情，为的就是让她嫁进来掩盖那个不为人知的秘密。

所以他们不允许她有情感，不允许她反抗，不允许她对所有人说不，她的婚姻从一开始就充斥着谎言、欺骗。

在施念被人拖走的时候，眼里有什么东西在一点点枯竭。她渐渐攥起拳头，指甲陷进肉里，心里只剩一个强烈的信念，该结束了，所有的一切。

在为妈妈换上寿衣时，施念强忍着泪水和颤抖的双手，脑中反复浮现那年大雪，她和妈妈从那个南方的小城坐了十几个小时的火车来到这里。

她时常在想，如果这十几年里妈妈没有这么拼，也许不会熬到油尽灯枯。她不知道妈妈在闭眼的那一刻有没有后悔过，后悔这一生为了一口气忙碌了大半辈子，后悔亲手把她送进东城关家。

可她后悔，她后悔自己的听话，后悔自己的乖顺。如果当年她哪怕有一次叛逆，对妈妈的安排说"不"，也许她们母女不会到临分别时依然满怀遗憾。

最终，施念的妈妈没有熬过这个年，在年里的缘故，她的后事办得很简单，东城单独安排了一处地方为施念妈妈设了灵堂。

头一天来的人很多，除了施念原来的一些大学同学，更多的是关家那些亲戚派过来吊丧慰问的，有些人施念见过，但脸对不上人，绝大多数施念看都没看过，只是顾及她现在的身份，东城才出面，体体面面地帮她把事情办了。

夜里守灵堂的时候，除了外面东城安排的几个人，只有丁玲陪着施念。

一整晚，丁玲都看见施念蜷坐在地上放的软垫上，不停摩挲着手腕上的那颗褐色玳瑁珠，面前火盆快灭的时候，她会扔几张纸钱进去。丁玲让她睡会儿，她也不肯，好几次看向她手上戴着的那颗珠子。丁玲想起从前在关远峥手腕上也看过一串，丁玲不知道这其中的意义，猜想施念是不是想起了关远峥。

可她并不知道，这颗玳瑁珠是用绳结编织了一圈穿着的，在这颗珠子的下面，那些复杂的绳结中藏了一枚很小的储存卡。这是施念用自己一年来在关家的低眉顺眼换来的东西，在刚结婚不久当她发现这场婚姻不对劲后就开始准备了，为的就是有一天这个东西可以换自己一条出路。

本来几个月前，她准备拿这个东西和关铭做场交易，可是最终关铭没有答应她。

她知道自己手上握着的这张牌是一张险牌，用得好可以彻底摆脱东城，用不好也会让自己死无葬生之地。

以东城的势力，想要她消失的办法太多了，她要考虑妈妈的治疗，所以一直不敢轻举妄动。

然而所有的谨慎、观望、等待，在妈妈离开人世的那一刻全都变得不重要了。

她不会在这两天动手，明天过后，她会亲自看着妈妈入土为安，然后将这段不堪的婚姻放在媒体大众前，亲手撕开那虚伪的童话，再离开东城。

如果那些人敢拦她一步，她就将这枚小小的储存卡交出去，她做好了同归于尽的打算，她在这个世上已经没有亲人了，她没什么好怕的了。

她不知道如果真走到那一步，这个东西能让她吃几年牢饭，但她清楚这个东西肯定能让东城关家受到重创，这就够了。

第二天中午的时候，丁玲告诉施念下午西城关家那边的人会过来一趟，施念并没有感到讶异，碍于她还是东城关家的长孙媳，这边有事那边自然会有人到场。

不过，她清楚以关铭的身份他是不会出面的，那边顶多安排一个无足轻重的小辈过来走个过场。

只是让她没想到的是，傍晚前过来的人会是关沧海。他先是给施念妈妈上了香，烧了两张纸钱，又深深鞠了一躬，而后走到施念面前，施念穿着孝服对他还了一礼。

关沧海眼里沉着晦暗不明的光，对她说：“出去说几句话，方便吗？”

丁玲他们都在给关沧海带过来的手下端水喝，大约这时候都会对家属说几句节哀，也就没怎么注意他们。

施念不知道关沧海要对她说什么，日落西山后就不能吊唁了，也不会再有其他人来，她猜测关沧海应该是特地踩着这个点过来的。

她没有出声，亲自端了一杯茶给关沧海，关沧海喝了两口便放下了。

施念对丁玲说："你在这儿，我去送送人。"

丁玲没有怀疑，留下来收拾灵堂，施念便亲自将关沧海送了出去。

沿着石阶步道走向停车场，关沧海带来的人落在后面，离他们有一段距离，施念回头看了眼，然后便低头盯着脚下石阶缝隙里顽强的枯草，沉默着。

关沧海走在她身边忽然问了句："听说你和那边闹翻了？"

施念微微怔了下，那天她大闹的事情，除了大房的人，就连东城关家其他亲戚都不知道。这种事公婆当然也不会让外面人知道，可关沧海是怎么清楚的？

忽而，她想到了成斌，那个一米九的大块头，看来关铭他们在东城关家这里的确是有人的，就连这种关起门来处理的事情他们都能掌握。思及此，施念感觉心口发潮，大家族之间的弯弯绕果真比她想象中要复杂得多。

她本以为关沧海会对她说什么，但后面他便没再说话了，两人就这样无声地走着，一直到快出了石阶步道，关沧海才停下脚步，步道的对面停了一辆黑色宾利。

一瞬间，施念的心脏突兀地跳动着，一种强烈的感应冲击着她。她抬头去看关沧海，关沧海对她点了下头："他来了。"

短短三个字让施念眼眶莹润，她低下头隐藏住眼里的情绪，一颗心像攀越山峰，坠入谷底，来回摇荡。

她没想过能再见关铭，太阳就要落山了，明天再升起来的时候，她已经看不到前路了。

如果原来她和关铭之间隔着山渠、沟壑，那么明天以后她会彻底消失在他的世界中，成为他口中的众矢之的，他们会向着两个相反的方向背道而驰。

可是他终究还是来了，在日落之前，在黎明未至，就在那辆车里，离她几步之遥。

关沧海对施念说："去见一面吧，有些话他不让我告诉你，但我想着你们见一面也不容易，还是事先知会你一声。"

施念的目光牢牢地望着街对面的车子，关沧海眉峰微微拧了下，对她说："他两天前才动过一场手术，不放心你，今天是执意要过来看看你。我知道最近你身上的事多，怕你对他说出什么重话，他身体吃不消的。"

施念的血液瞬间凝结了，眸光颤抖："他怎么了？"

"别担心，不是什么大手术，微创而已，之前在船上的时候就不舒服了，硬撑着非要把最近的事安排完，前两天疼得实在吃不消了才肯去医院。"

施念想到在船上的那个早晨，他半倚在餐吧的沙发上，她问他怎么了，他一直笑着对她说没事。她以为他只是受了凉，却根本不知道他身体不舒服。

关沧海率先走下台阶对她说："过去吧，他一直等着你。"

施念跟在关沧海身后走到那辆车前，关沧海为她拉开后座车门。施念抬眸的瞬间看见了坐在里面的关铭，他穿着暗格纹的大衣，衣着整洁干净，头发也打理得一丝不苟。如果不是上车前关沧海告诉她关铭才经历过一场手术，她根本看不出来有任何异样。

她的眼神落在他脸上，人却没动。关铭侧过头，深邃的目光似幽潭一样望不到底，他朝她伸出手，依然那么绅士周到。

这次施念没有闪躲，将手交给了他。

关沧海替他们关上车门后，人坐到了副驾驶，还顺便落下了车窗。要是东城关家的人找来，只会看见他坐在车里，不会有人看见关铭。

施念坐进车中后，关铭握着她的手便没有再松开过。她低头看着自己的膝盖，闻到了他身上淡淡的清香，像是沐浴过后的味道。

她很想说他一句，刚手术完就碰水，身体不想要了吗？

可她又很清楚，关铭为了来见她一面，洗掉了身上的味道，是不想让她知道他刚做了手术的事，所以她也只能装作什么都不知。

施念垂着脑袋，没有看他，手被他攥入掌心。他将她握着的拳头，一根手指一根手指地掰开，轻轻地揉捏着。她的手很软，他垂目仔细瞧着她掌心的纹路，明明清晰干净的线条，顺顺遂遂的人生，路不该这么难走。

他渐渐蹙起眉，指腹轻柔地按压在她的掌心，又缓缓摩挲着，好似替她抚平那些本不该有的岔子。

施念原本藏在袖子里的绳子露了出来，关铭手指轻轻一勾，那颗褐色玳瑁珠子滑出她的袖口，关铭握着她的指节微微收紧。

施念撇开头看向窗外，她不敢用力扯回手，她怕他使力拽住她伤口会疼，才手术完两天就跑出来，果真是够胡来的，怪不得西城关家的长辈们说起他就头疼。

如果不是上车前她得知关铭才做完手术这件事，她保不齐是会对他说重话的，明天以后自己的处境会怎样她也不知道，但她不想让关铭蹚这浑水。不管以后她是上刀山还是下火海，注定跟他没有缘分，出了东城关家的大门，她也不可能进得了西城关家的门，又何必再有牵连。

只是现在知道他是在这样的情况下来看她，她一句重话都说不出口。

此时手被他这样摩挲着，那清晰的温度她无法忽视，她的手很冰，可他的手却很暖，他将自己的温度传给了她，不多会儿，她的手心也微微发烫。他甚至一句安慰的话都没有说，那被他摩挲的酥麻感渐渐缓和了她内心的苦楚，有那么一瞬间，她竟然觉得这个世界上还有支撑着她的人。

另一边，关铭清楚现在这个场合，这个日子，拉着施念的手不放太不合规矩，但眼下他放不下。从施念出现在他视线中的那一刻，他看见她憔悴的面庞，眼里的光亮全部熄灭，他就知道他不能放开她，他这一松手，也许她就会彻底陷进泥里，他不能让这种事情发生。

关沧海见两人老不说话，不禁拿余光去瞄后视镜，看见关铭握着丫头的手又是瞧，又是捏，就是不开口，难免为他们感到着急，坐直身子干咳了声：“抓紧时间。”

施念轻轻地眨了下眼，听见关铭对她说：“别做傻事。”

这是他对她说的第一句话，却让施念悚然一惊。她万万没想到关铭一开口就戳中了她的打算，她转回头直愣愣地看着他。他的目光落在她掌心，拇指轻柔地来回划着：“不管什么情况下，都别做傻事。”他似乎不放心，又重复了一遍。

施念的眼眶瞬间温热了，有泪含在眸中，闪着暗暗的幽光。

关铭声音有些哑，在车里响起：“本来我已经安排好了医院，打算年后找个理由先将你妈安顿过去，还是迟了一步，这事……我对不住你。”

那一刹，泪水溢出施念的眼眶滴落下来，关铭突然收紧了手，将她握在掌心，猝不及防地问她：“帕森斯还想去吗？”

施念猛地颤了下，怔怔地看着他。

那些尘封的记忆像老旧的电影在她眼前浮过。

“这所学校离旧金山远吗？”

“帕森斯，在纽约州，不近。”

“这里出来的学生是不是很会设计衣服啊？”

“它是全美第一的设计院，小丫头，想来读书啊？”

“我先上完高中，如果以后有机会的话。”

……

他记得，她曾经说过的话，他还记得。

泪水模糊了她的视线，她就这样望着他，眨眼之间，泪水悉数滑落，声音哽咽到了极致：“我还能去吗？”

关铭抬起手，抚上她的脸颊替她擦去泪，他的目光藏着一抹珍视，声音轻缓地对她说：“语言你没问题，推荐信我来解决，你妈这边的事结束后，回去加紧准备作品集，到时候申请专业需要用到。至于东城关家那边……”

关铭降低了语调，几乎是用半哄的语气对她说：“东城关家那边我会亲自出面，只不过这中间可能会有些麻烦，我会让沧海配合演出戏，这件事我相信东城也不会外传，所以对你没什么影响。等你出国后，这件事慢慢也就淡了，笙哥只能送你到这儿，后面的路你得加把劲自己去走了。”

施念抿着唇已经泣不成声，关铭不忍看她这个样子，关沧海也撇过眼不再看他们。

关铭将她的手放回了她的膝盖上，又沉重地按了下，从旁边抽了几张纸巾递给她，半开玩笑地说：“把眼泪擦擦，别让沧海看笑话。”

关沧海就当没听见，努力做个称职的工具人。

施念将脸埋在纸巾里，关沧海的眼神瞥见了赶来的东城关家的人，转头对施念和关铭说：“差不多了，走吧。”

施念猛然抬起头再去看关铭，他脸色有些苍白地靠在椅背上对她笑了笑：“去吧。”

施念喉间哽着很多话从没对他说过，她想告诉他，那年回国后自己等了他好几个暑假，可所有的话在溢出来时只能卡在喉间，最后转为一句：“你要保重，笙哥。”

关铭收起了笑容，深深地看着她对关沧海说：“你去送送她。”

施念最后和关铭对视了一眼，匆匆离开了车子，关沧海也拉开副驾驶的车门。丁玲已经看到施念了，便也没有继续向前。

重新走回石阶时，施念停下脚步对关沧海说：“不要送了，你快把他带回医院。”

关沧海点点头：“那你回去吧，听关铭的话，不要再跟那边闹了，对你没好处。他出面的话，你的事应该是没问题的，安心等着。”

说完，关沧海带着人就准备走了。

施念看着他的背影，突然又叫了声：“沧海哥。”

关沧海回过头看着她，她郑重地说：“照顾好他。”

“放心。”

4. 能别回来就别回来

那天，关铭的出现及时拉了施念一把，一念之差，她最终没有选择那条最冒险的路。

后事办完，施念再次回到东城关家。上次大吵过后，东城关家的人对她比之前更加冷淡，她也很少再出房门，所有的时间都用来准备作品集。她准备得很认真，尽可能在绘画和时装设计上面多做展示，这些是她比较拿手的。她平时就有作画的习惯，丁玲也并没有感到奇怪。

没过多久，她便感觉丁玲时常看着她发呆，好几次欲言又止。

施念没有兄弟姐妹，她妈妈这次办后事丁玲一直陪着她。虽然丁玲心向着主家，但她和施念年龄相仿，又朝夕相处了将近一年的时间，如果抛去她必须忠心的那部分来说，很多时候她是同情施念的。

有次，丁玲实在是忍不住，对施念说："我知道你和大少爷的婚姻……其实不太算数，你又年轻，就是以后想再找个人但也不能是关家人，说出去不好听，两边关家人都不会同意的，别耽误了自己。"

施念当时心就一紧，她抬起头直直地盯着丁玲，半晌，才问一句："你要说什么？"

丁玲心一横提醒她："我告诉你吧，沧海少爷那边都承认了，昨天大太太找我去问话，我又不好骗她，也只能承认你们私下见过几次。"

施念完完全全地愣住了："你说关沧海承认了？承认什么了？"

"还能什么？我听说他前阵子深更半夜跑去那边大房家里，让那边大太太出面帮他跟你牵线，具体闹成什么样我也不清楚。就是昨天大太太问我话时提了一嘴，说是跟走火入魔一样，现在人都被那边少东家关起来了，不让他胡来。"

施念大脑嗡的一声，丁玲还在喋喋不休地说着："沧海少爷虽说如今也参与家族生意，在那边能说些话，但他的出身摆在那儿，在西城关家掀不起什么风浪的，真闹得难看了，那边长辈肯定要出手的，所以你千万要和他保持距离……"

后面丁玲再劝施念的话，施念一句也听不进去了，她不知道关铭要做什么，为什么会让关沧海放出这种话。

可这个疑问并没有困扰施念太久，因为第二天一早家里就来了客人。

施念听见动静的时候，正好在阳台作画，她的长发松松地绾在脑后，偏了下头，看见院门打开，两辆车笔直地驶了进来停在草坪上，管家亲自迎了出去，拉开一辆车的后座，然后她看见关铭走了下来，他穿着藏青色面料挺括的呢子大衣，垂挂着一条灰色围巾，雅致挺拔。

他立在车边，似乎像有感应一样，略微抬头对上了施念的目光，朝她牵起个不易察觉的笑意。晨曦的光晕落在他的头顶，照亮了他清晰分明的轮廓，在过去很多天里存在于脑海中的幻象突然出现时，施念觉得一切都变得不太真实，关铭真的来了，亲自带人来到东城。

后面的车子上，吴法他们也陆续下来，手上拎了很多大礼，颇为隆重的感觉。

关铭收回视线带着人进了屋，几乎同时，丁玲敲响了房门，对施念说："西城那边来人了。"

施念回了声："知道了。"

丁玲一走，她放下画笔，突然紧张得不知所措。关铭就在楼下，这次过来必定是为了她的事，可施念不知道他会怎么和东城谈，公婆又会作何反应。

关铭这次的确是带着厚礼来的，说起来是为了关沧海的事情。

他被请进门后，施念的公婆亲自接待了他。

一杯茶后，关铭开门见山地对施念的公婆说明来意，沧海虽然比他小一辈，但从小到大当亲兄弟处，现在沧海在西城那边的位置很重要，肩上担着贸易口子。他虽然暂时限制了沧海的动作，但不可能一直压得住，眼下人在近前，不确定因素太多，真要闹出什么事，两边都不会好过，除非把其中一人送走，彻底断了沧海的念想，这也是他此次前来的另一重目的。

并且他也直截了当地说，这次的事情小关太没有错处，是沧海执迷不悟，西城关家为了表示歉意，可以为小关太安排好出去后的生活，不会让东城关家为难。

施念的公婆对视了一眼，两人心里都有数，关铭很少亲自登门为家里人的私事出面，既然今天来了，自然是作为长房少东家的身份而来，代表的也是西城关家的态度。

这件事纵使是关沧海不对，西城关家当然还是会想方设法保住自己的人，就是要动也是动施念。

半个多小时后，丁玲又跑上来，一进施念房门就反手关上门对她说："不好了，那边少东家过来找我们谈判，希望把你送走。这明明就是他们那边的少爷惹出的事，怎么不送他们的人走，偏偏要动你？"

当施念听到这番话后，一颗心悬到嗓子眼，就像放在火炉上来回煎烤，紧张不安，却也抑制不住那股激动，浑身都热了起来。

她终于明白了那天在车中关铭话里的意思，他说会让关沧海配合演出戏，还说这件事东城这边不会外传。现在她才突然领悟过来是什么事，要说关沧海爱慕她这件事，东城关家的确是不好瞎传的，这关系到家族声誉，公婆势必会压下来，所以他才有把握对她说不会对她造成什么影响。

与此同时关铭也有了正大光明的由头出面和东城商谈送她出国的事，东城关家这边势必会认为关铭是为关沧海出面，那么这一切都变得顺理成章了。怪不得就连那天分别，关铭都特地叮嘱让关沧海送送她。这样一来，东城关家的人亲眼所见关沧海对她比较殷勤，正好坐实了这件事，所有东西串联在一起做得天衣无缝，这招声东击西的方法正好能让她金蝉脱壳。

施念整颗心脏都在发烫，可她无法在丁玲面前表现出自己激动的情绪，只能佯装着急地问："我公婆怎么说？"

丁玲告诉她："暂时没有答应，他们还在聊，我不好一直待在楼下，只能上来了。"

施念在房间里来回踱步，显得十分焦急。等待结果的过程漫长且煎熬，直到楼下有了声音，施念赶忙跑到阳台伸头张望，公公亲自将关铭送了出来，从两人交谈的神情来看，似乎谈得还不错，脸上都挂着笑意。

她想到关铭才动完手术半个月，从面上看不出来他恢复得到底怎么样，气色来看倒是和以前无二样，奈何现在这个处境，她没法问他一句，一直到他上车，都没有再抬头看她一眼。

当天晚上，东城关家的人就告诉了施念这个消息，打算安排她出国。

施念不知道关铭最终是用什么办法说服东城的，但是从那天开始丁玲就着手帮她准备出国的手续了。

很多时候，想到自己即将离开关家，远赴他国留学，施念始终感觉像在做梦，所有事情快到让她觉得不真实，体内那些枯竭的东西渐渐鲜活了起来，她对未来开始慢慢有了幻想。

一开始丁玲还挺担心这个决定对施念来说会不会是种打击，可在做出国准备的时候，连丁玲都能感觉出来施念整个人的精神面貌都不一样了，她在准备作品时的热情和执着仿若变了一个人，就是偶尔发呆时脸上都是有神采的。

在手续办好的第三天，施念的行程终于确定下来，她没有准备多少衣服，只带了几件换洗的，那些清一色的黑、白、灰都见鬼去吧，她一件都不想带走。唯一带上的是关铭送她的那副面具，这大概是她浑身上下最值钱的家当了。

公婆没有送施念，施念甚至在想，她离开后他们会不会也松口气？

上次闹成那样，他们对她便爱搭不理，既然她已经表明态度不想再继续做他们手中的棋子，留下她也是个隐患。

最后只有丁玲一个人将她送出关家大门。这个相处了一年，横竖连个朋友都算不上的姑娘在临分别时，将手中的行李交给施念，斟酌再三还是对她开了口："既然出去了，可以的话尽量想办法留在那边，反正你在国内也没什么亲人了，能别回来就别回来了。"

施念接过行李，她清楚丁玲这是在暗示她，只要人在国内，关家考虑到外界影响，还是会干预她的生活，但关家的手伸不到那么远，她留在那里可以重新开始自己想要的生活。

施念和丁玲从来没有掏心掏肺过，她对丁玲有防备，而丁玲碍于自己的主家，很多事情明明清楚也不能对施念透露半个字。

但在临分别之际丁玲能如此提点她，已经仁至义尽了。

施念鼻子酸了下，对丁玲点点头："再见。"

丁玲面色沉重，站在原地目送施念离开这扇厚重的院门。

出了高墙耸立的关家大门，门口停着送施念的车子，成斌从驾驶座下来接过她的行李放入后备厢，而后为她拉开后座车门。

施念坐了进去，没有其他人了，车上只有一个开车的成斌。关家大门的围墙边上，悬铃木的枝丫伸了出来，微风轻拂，几片枯叶飘摇下坠，孤孤零零的。

她不禁想到大婚那天的场景，十里红装，万盏灯火，长长的街停满了关家接亲的队伍，一眼望不到头，她被众人簇拥着风光接进东城关家大门。

如今离开时，只有丁玲一个人孤孤单单地站在门口目送她，难免凄凉。

施念终究红了眼眶，为了这一年似梦般的生活，为了终于离开这座巨大的牢笼，为了即将踏上的征途。

她抬手拭去眼角的泪，收回视线望着前方未知的道路，深吸一口气对成斌说："走吧。"

人生不能重来，但可以拐弯，她即将迎接新的岔路，这一次，她不会再让任何人主宰自己的人生。

车子开出去后，施念靠在椅背上看着这座熟悉而又陌生的城市。她在这里读书生活了十五年，却始终觉得自己不属于这里，每一天身体里都像上着一根发条，不敢松懈，也不能松懈。多少个梦里，她时常会回到小时候，那个小小的江南水乡，无忧无虑的日子。

那时爸爸还在，经常把她扛在肩头带她去买小糖人，带她去划小船。她最喜欢看岸边垂柳如丝的样子，妈妈抱着她给她唱《柳姑娘》，爸爸拿照相机帮她们拍照。

那个年代，人们物质生活普遍不高，在小城里，人人都羡慕她爸爸能开上一辆小汽车，风里来雨里去接送她和妈妈。她总是穿着时髦的小裙子，梳着漂亮的小辫子，她还记得爸爸最喜欢喊她"我的宝贝公主"。

小小的她如何也不会想到，那个整天把自己捧在手心的人突然有一天会离开这个世界，留下一个烂摊子。爸爸在家中排行老大，下有弟妹要养，在世时负担一大家子，离开后那些人却因为房子闹得不可开交。小地方重男轻女，妈妈娘家人冷言冷语，说她如果生个儿子不会落得这个下场。施念的妈妈是个硬脾气的人，自此没有接受娘家半分资助，带着年仅八岁的施念北上。

后来她的生活中只有妈妈了，现在妈妈也离开了她，她对这座城已经毫无留恋了。

不知不觉，成斌将车子从绕城高速拐了下去，施念才回过神来，看路牌似乎不是去往机场的方向，她刚准备问问成斌，车速便慢了下来往路边靠去。与此同时，施念看见路边还停了一辆车，吴法正立在车旁等着他们。

当施念看见吴法的那一瞬，心跳陡然加快。成斌停下车后，施念拉开车门下了车看着他。

吴法走了过来对她说："你的机票改签了时间，关老板想在你临走前见你一面，让我来接你。"

成斌已经打开后备厢将施念的行李拿了下来交给吴法。果然，施念猜得没错，成斌是关铭的人，所以那个东南门放行根本就是关铭交代好的。到现在她才发现，自己原先很多的担忧都在关铭的掌控之中。她低下头淡淡地勾了下嘴角，说起来她是要去和关铭道声别的，认识他到现在，似乎都是他在为自己着想，如今，他给了她一次重生的机会，她还没有好好对他说声谢谢。

施念上了车后，吴法带着她一路进入北省境内。路上，施念想了很久，她总觉得自己公婆不会那么轻易答应关铭放她走，从那天丁玲在旁听到的交谈内容来看，公婆一开始的确是没有表态的，以她对东城关家人的了解，毕竟她和关沧海并没有进一步的发展，现在只是关沧海那边单方面闹出这个事，他们不会为了一个西城关家少爷的名声而做出什么让步，这其中应该有她不知道的隐情。

施念思考再三，还是忍不住问吴法："上次笙哥来东城谈我出国的事情，听说他们一开始是不同意的，所以笙哥到底用了什么方法让他们点头的？"

吴法紧抿着唇际，似乎用余光瞥了施念一眼，对她说："这件事关老板既然已经解决了，就没必要再纠结了。"

"怎么能没必要纠结呢？我就要走了，以后再见面都不知道什么时候了，走之前我总要弄清楚的。"

吴法依然没说话，施念有些着急地说："我知道笙哥可能不会告诉我，可是这么大的人情，我不能装作不知道，你能跟我说实话吗？

我不会去问笙哥，但我想走得明明白白。”

吴法扶着方向盘沉默了一会儿，才对她说道：“关老板这次回来跟东城达成合作，也同时选择了另一个合作伙伴，他本想等项目进展到第二阶段的时候，用来分散自己的资金风险，到时候东城那边势必会得到消息向他提出交涉，关老板就可以借机提你的事。”

“但中间隔着个春节，时间上本来就很紧，加上你妈这边的事比较突然，关老板怕你等不了那么久，所以临时改变了主意。”

“那天去东城之所以谈得这么顺利，是因为他主动提出这次的合同作废，签回第一份协议。”

施念怔怔地僵在那儿，吴法的话仿若一座沉重的大山压在她心头，压得她半晌喘不上气。

她想过关铭可能会做出一些妥协，也许会答应东城关家提出的一些条件，可她万万没想到，他在去往日本的路途中和东城斗智斗勇，反复交涉，为了这事还被他父亲责罚，好不容易争取来的主动权，因为她全部放弃了。

他亲口对她说过“我这人不喜欢做不平等的买卖”，可还是为了她接受了这桩不平等的交易。

怪不得那天公公送关铭走的时候满脸笑容，这是卖了她换来的生意，所以东城关家的人才会眼睛不眨一下就同意把她送走。毕竟留着她后患无穷，送走她可以争取到这么大的利益。

施念瞥向窗外，心绪繁杂。她不知道自己如何能承受这么大的恩情，她很怕自己踏出国门后会没法报答关铭的这份恩情，那她怎么能走得心安理得？

两个多小时后，车子进入沧市，最后直接开进了一处景区。施念透过窗户看见街道两旁都是江南街景的设计，车子停下后，她随吴法步行至景区内部。若不是她清楚自己身在北方，她差点以为穿越到了江南古镇，弄堂幽幽深深，白墙青瓦，流水拱桥，自成一幅水墨画。

只不过这里似乎还没有对外开放，石板路两旁的铺子门都是关着的，也没有游客，难免有种凄凄清清，梦回江南的错觉。

一直跟着吴法后面穿过拱桥才看见了些人，站在河道边上，不过看样子也是这里的工作人员，见到吴法倒是非常客气，一口一个吴哥。

施念这才看见一段石阶下到河里，水中摇曳着一艘乌篷船，好多人站在岸边对着乌篷船里的人笑着说话。吴法对下面喊了声：“关老板，人到了。”

有人探出身子走了出来。正午的阳光跃在关铭的身上，他穿着一身黑白相间的休闲装，整个人精神奕奕，瞧见施念后对她露出个笑：“下来。”

他刚说完，原本站在石阶和岸边的男人们齐齐为她让了道。

施念本以为会直接去机场，身上还裹着一件羽绒服，围着条黑色的围巾把自己包裹得和熊一样，听见关铭的话走了下去，到岸边的时候，关铭高大的身影站在船尾朝她伸出手：“上船来。”

旁边还有男人向关铭汇报工作，对他说道：“招商部那边的会议推迟到下午四点，您看能来得及吗？”

关铭一边将施念拉上船一边对那个中年男人说：“看吧，我尽量，来不及你们先开始。”

施念踏上船时，小船更加晃荡了。她下意识去拽关铭的袖子，他低头笑了下把她让到里面护着她，抬头对那些站在岸边的人交代着：“我去兜一圈，你们先忙别的。”

岸边人逐渐散了，此时施念回过头才看见一个戴着斗篷的老者坐在船头划船。关铭回过身对她说：“整治这条河道花了我不少心思，原来可不是这个样子的，我第一次来这里就是条臭水沟，我对我团队的经理说想扩宽做成杨秀泾港那样的航道，你知道他们什么反应？”

说着，他把她拉坐下来。施念睁着一双杏眼望着他，他眉眼舒展，嘴角微微上扬，连他周身的阳光都温柔了。他对她说：“那些人个个捏着鼻子喊这工程浩大，得先把里面的粪掏光了。”

施念也跟着笑了起来，眼神瞥向身下的河水，清澈见底。她不禁将手伸向水面，透明的水流从她的指缝中溜走。她不知道把一条臭水沟变成今天这条干净的河流需要多长时间，可就如关沧海所说，只要他想干的事情，没有做不好的。

关铭提醒她：“还在二月，水凉。”

施念将手收了回来，关铭问她：“冷吗？冷就进去坐。”

施念摇摇头：“不冷，坐外面挺好。”

关铭指着远处的商铺：“现在还在走招商流程，那条街主要做美食，后面是酒吧街，这边一排是民宿，速度快的话今年暑期就可以对外开放了。为了这事我还让底下人特地去研究江南美食，外面很多景区的食物既贵又假，现在国内老百姓生活条件好了，不差那几个钱，关键要吃到食材真、口味好的东西，这个在招商方面得下功夫，前期需要投入一些精力，可惜你赶不上开业了，不然到时候可以尝尝看地不地道？”

“没关系，以后还有机会，等我把这里做起来后，你再回来尝尝味道。”

关铭就坐在施念对面，双手随意地搭在船边看着她。施念眼里有不太明显的湿润，面上却是挂着笑回望着他，安静地听他说。

听着听着，周围的景象让人越来越恍惚，仿若回到了家乡，自己还是很小的时候，爸爸也是这样坐在她对面跟她说着沿途的园林里都有哪些古迹，会教她背古诗词，告诉她哪里的屋子是几几年建造的，原先是做什么的。

湛蓝的天空映在水里，偶有白云飘过，这些都成了关铭身后的布景，这样惬意轻松的日子像是回到了从前。

关铭问她："有什么好的建议，提提看。"

施念目光移向两岸，凝视了一会儿对关铭说："总感觉岸两边光秃秃的，可以种些垂柳，不需要太密集，在不影响船上人视线的地方种一些，垂在水边的话应该还挺有感觉的。"

施念凭借儿时对家乡的记忆对关铭说着，他嘴角抿出了笑意："到底是在水乡住过的。"

施念抬头望了他一眼："笙哥。"

"嗯？"关铭应了一声。

"你……调查过我吗？"她其实一直挺想问问的，她从来没对关铭说过自己小时候的家。

这下关铭彻底笑了，笑意一直在眼底悠荡，然后回答她："有次去参加了一场婚礼，老感觉新娘面熟，我总要查查怎么回事。"

施念突然就不说话了，低着头看着身边划过的水流，心绪翻腾不止。也就是在她刚结婚时，关铭应该就知道她是谁了，所以那天慈善宴，当她拿着画去找他，他对她的身份已经了如指掌。她向关铭介绍自己时，以为看见他的笑是错觉，现在想来可能他当时真的觉得自己在他面前畏畏缩缩的样子有点好笑吧。

施念越想脸就越红，窘迫得甚至都不敢抬头看面前的男人了。

关铭倒是适时岔开话题，缓解了尴尬，问她："路上过来饿了吧？"

"还不觉得。"

"不觉得也得填饱肚子，我先带你去吃点东西，然后跟我去一个地方。"

"好。"

施念没有问要去哪儿，也不想问，今天他带她去哪儿，她都会跟着他。

两人下了乌篷船，施念才发现他们沿着水道已经出了景区，外面是一条老旧的巷子，有修鞋的路边摊，还有烤红薯的炉子和一些小商小贩。附近似乎有个中学，此时不少穿着校服的男孩女孩结伴穿梭在巷子里，有男孩哄闹往施念撞来，关铭突然伸手拦了一下，将施念让到了里道。

她望着那些初中生，想到第一次见到他自己也差不多是这个年纪。

关铭回过头来看施念，对她说："这附近没什么像样的饭店，将就一下怎么样？"

施念对他笑："你都不在意，我更随便了。"

关铭当真带着她走进一间面店，店铺面积不大，只放了五张桌子，关铭找了个干净的角落，把施念让进去，自己坐在过道，老板让他们看看吃什么。

墙上挂着个红色的价目表，关铭扫了一眼后对施念说："今天我们不吃面，吃饺子，送行的饺子迎客的面，吉利，这算是给你送行了。吃了饺子馅就有肚囊了，一个人出门在外，肚子里不能不装心眼。"

从前除了妈妈，没有人会像家人这样嘱咐她。施念低着头努力不让泪流出来，点了点头："听你的。"

老板足足上了两大盘饺子，有白菜猪肉馅的、牛肉馅的、三鲜馅的，都是店里卖得比较好的口味。

店铺虽然不起眼，饺子味道却很好，刚刚在乌篷船上施念还说不饿，饺子真上来才感觉肚子是空的。饺子个头不算大，她三种味道都尝了，关铭问她喜欢哪种，她说还是白菜猪肉馅的好吃，以前妈妈不忙的时候包的也是白菜猪肉馅的，她吃惯了。

于是关铭把所有白菜猪肉馅的饺子都挑了出来，放在她面前的盘子里。

三种口味都是混合放在一起的，施念也不知道关铭是怎么能认出白菜馅的，不过的确他给她挑的都是她喜欢的。

店里不时有客人来，周围环境嘈杂，他们没有再交谈，不知道是因为饺子对胃口，还是想到关铭说送人吃饺子能讨个吉利，或是这是临行前她和他的最后一顿饭，施念吃得的确要比往常多。她总想着，多吃一个饺子，就能多和关铭待一会儿，哪怕什么话都不说，余光瞥着关铭坐在身边，心里都是满足的。

在这个不起眼的面店里，他眉梢都染上了烟火气，比往常更加真实。他身边没手下跟着，和她坐在这个小方桌上对着两盘饺子，他不是那个高高在上的西城关家的少东家，她也不是深宅大院里的东城关家的长孙媳，这一刻，他们就像两个普普通通的过路者，享受着午后片刻的安宁，这样在常人看来再平淡不过的时光，对他们来说却是弥足珍贵。

她想，即使以后她离开了，她也不会忘记此时此刻的笙哥。

从面店出来，关铭对施念说："我们走着过去吧，不算太远，不过也要走将近二十分钟，就当消消食。"

施念走在他身边，声音轻快："我都可以。"

“不问我去哪儿啊？”

“去了就知道了。”

关铭笑：“也不怕我把你卖了。”

施念侧过头去看他，目光坚定且明亮：“不怕。”

关铭的笑渐渐淡了，转过头看了她一眼，眸中藏着幽深的百转千回，却没再说话。

两人就这样沿着老旧的街道往前走，人烟越来越稀少，前方是一大片厂房，等走近了施念才看见门口写着福康华制衣厂。她有些诧异地问关铭：“我们要去这里吗？”

“怎么了？”

施念睁着一双大眼有些难以置信地问：“这里……不会也是你的产业吧？”

关铭笑了：“名字是土了点，多少有些20世纪的味道，才收购下来没多久，我还没想好改成什么，你有什么好的建议？”

施念正儿八经地想了想，大脑一片空白，问他：“你怎么想起来收购服装厂的？”

关铭双手抄在兜里，门口已经有人看见他，跑了出来。他们还没到近前，电动厂门就打开了，保安室的人赶紧通知了厂长。

关铭随口对施念说：“有个朋友的舅舅资金周转不过来，我算是帮忙把工厂盘下来给他救急。来，我带你参观参观。”

厂长还在午休，接到电话第一时间就带着厂领导们浩浩荡荡地开着车匆匆赶来，那阵仗颇有点迎接土皇帝的味道，着实让施念吃惊了一番。

关铭皱了皱眉对郑厂长说：“我就随便看看，不用这么多人跟着。”

郑厂长的心是悬着的，以为关铭搞突击检查，可看看又不像，他就带了一个人，连车都没开。厂长请他们上车时，关铭是让身边的姑娘先上的，看样子也不像是助理的关系。

郑厂长只好让那些人都散了，亲自陪着关铭往厂房那里开去。

施念看着窗外，园区规划挺大的，厂房不止一个，看规模这个制衣厂并不小。她转头问关铭：“你是暂时接盘，还是打算接手经营？”

关铭倒是坐在一边，半开玩笑地回道：“总得找点正经事，不能以后让小孩认为他爸尽做些上不了台面的生意。”

施念知道他是在说笑，虽然前些年他主要的精力的确放在那些声色场所，大概也是因为来钱快，而现在光施念清楚的，除了休闲度假类的项目，还有和东城的快消行业，哪一个不是正经生意。

只是他提到孩子，难免让她心有所动。他是喜欢孩子的，只是，不知道以后那个为他生孩子的女人会是谁。

施念撇开视线看向不远处正在靠近的厂房。

车子停下了，关铭对郑厂长说：“不用陪着，你忙你的吧。”

郑厂长连连应下，关铭便带着施念走入操作车间。这是施念第一次参观车间内部，从她进去听见机器运作声音的那一刻起，体内就像有什么东西被这机器的声音牵动着，入眼的有一排排高速运转的平缝机，还有四线五线包缝机，再到后面是裁床，她没有同时看到过这么多台设备，双眼突然就亮了起来。

关铭见她按捺不住的样子，对她说：“走近点看看，没事。”

施念早已迫不及待，走到一个工人身旁，弯下腰仔细看着她操作，怕打扰她轻声问道：“这台是圆头锁眼机吗？”

女工停下了动作回过头，猛然看见一个漂亮的姑娘问她话，有些愣神地点了下头：“这排都是，平头的在那边。”

女工刚说完看见她身后立着的关铭，车间里很少出现这样气质不凡的男人，看样子就像领导。果不其然，她目光瞧见远处的车间主任和她对了个口型，告诉她：“大老总。”

女工反应很快，问施念：“你想试试吗？”

施念有些紧张：“我可以吗？”

“没事的，我教你一下。”

女工带着施念走了一遍操作流程，然后把位置让给她。施念回头看了眼关铭，他笑着对她点了下头。

施念便学着女工的样子扣孔眼，送料，抬压脚缝料每一步都很谨慎仔细。女工只给她演示了一遍还怕她上不了手，准备在旁边提醒她，结果发现根本不用提醒，施念只看上一会儿已经能够掌握这台机器的操作方法了。她对面料走线都很熟悉，这些机器的使用方法她早就倒背如流了，只是真正实践的机会太少了。

旁边几个女工也好奇地看过来说道：“小姐姐你上手真快，我那时跟着师父学了半个月呢。”

施念笑了下，不好意思继续打扰她们工作，试了下就把位置让回给那位女工了。

继续跟着关铭往后走，他双手背在身后对她说：“之前做过？”

“没有，我原来攒钱买过一台缝纫机，和这些是没法比的。”

再往后走是裁床，还有那种大型抽湿烫台，施念眼尖，看到一个熟悉的标志，快速几步走过去有些惊讶地说：“你们还做他家的东西啊？”

关铭告诉她：“这个工厂的主要业务都是些代加工，前些年市场山寨泛滥，有一部分订单就是做的这个，这几年版权意识起来了，为了降低风险那部分单子不做了，后面还有两条生产线，现在也关了。”

“我接手前已经流失了一大批订单，现在你看到的这些听说已经缩减了将近一半的生产规模，跟这个工厂巅峰时期不能比。”

“那现在盈利怎么样？”

“勉强维持，利润微薄。”

他们站在抽湿烫台边看了一会儿，操作工是个看上去年纪很小的男孩，弱不经风的样子。关铭问了他一句：“成年了没？”

男孩有些腼腆地说：“满十八岁了，不然也来不了。”

关铭笑了笑：“好好干。”

男孩不知道面前站着的人就是一把手，还问道：“大哥过来找人啊？”

关铭不动声色地顺着他的话说：“嗯，找人。”

男孩再怎么也不会想到这是他和大老总最近距离的一次接触。

关铭说完就转身对施念说：“这里味道大，我们出去逛逛。”

施念跟随他从偏门出去，他随口道：“我像他这么大的时候已经出国了，我出国早，十几年前的事了，这十年来国家变化大，那会儿国内智能手机还没普及，根本没法想象4G、5G是什么东西，移动支付更是天方夜谭，国家自主研发的复兴号没问世，去远地方很多人还在挤绿皮火车。我刚去国外时很多欧美同学对我们国家的印象就是脏乱差，甚至以为我们绝大多数人还住在平房、瓦房里，有次在汉堡店碰上个美国大哥，他说吃完东西晚上去桑拿房，还让我也去感受一下我们国家没有的东西。我跟他说你应该去中国北方走走，不出一条街桑拿房能逛到吐，他说我们中国人就爱说大话。”

“这种事我刚过去头两年的时候常发生，有时候被这些人气得想揍人，你跟他们说了也没用，他们相信西方媒体报道下的中国。就像你跟他们谈中国的发展，他们跟你谈中国的人权，在我们面前不知道哪儿来的优越感，虽然可能你翻遍他全身一百美金都找不出来。”

“后来国内飞速发展，在国内的人可能感觉不明显，我们在外面闯的人却很有感触，互联网起来后，那几年间突然多出很多社交平台，能明显感觉出变化的是，那些外国人看到我问的不再是北京、上海，还有人向我打听泸沽湖、敦煌壁画。”

“这是文化输出的一个开端，越来越多人开始了解我们。我记得印象很深的是，我有一个来自威斯康星州的同学有天传了个深圳的宣传短片给我，很吃惊地问我原来你们中国已经这么多高楼了，听说你们都是直接拿手机付钱的，感觉你们生活在未来。”

“我告诉他，你应该多出来走走。”

关铭一口气对施念说了很多，他第一次在施念面前提起自己的留学经历。她即将踏上他曾经走过的道路，听到这些往事给她感触很深。她表情凝重，内心却是火热的，起码她在这个时期远赴他国是幸运的，好像关铭告诉她这些，也是潜移默化给了她底气，来自身边这个男人，更是来自背靠的国家。

出了厂房后，施念问关铭："你这边后面有什么打算？还会转手吗？”

她知道关铭不会浪费时间在看不到利益的生意上，虽然暂时帮朋友接了过来，但不可能一直是这副半死不活的状态。

关铭和她并肩漫步在园区里，说道：“找些路子搞点订单过来养活这个厂倒也不是什么难事，只不过这种以仿制或者代加工为主营业务，多少有些受制于人，大部分利润是掌握在合作伙伴手里，我们是最下游的低廉劳动力。”

“你知道我做生意不喜欢太被动，如果想改变经营策略，从技术、设备、管理层面提升是一条路，这方面我会找姜琨商量。”

“还有就是自主开发能力，不过绝大多数这种厂都不具备研发设计、生产销售服务这样有效的一体化产业，这是大工程，不是一朝一夕能做成的事。”

“国内版权意识起步比较晚，这个行业如果版权意识起不来，对原创设计来说更是雪上加霜，有些天赋的人没勇气冒险，要吃饭没办法，自己辛辛苦苦做出来的东西推不出去还不如搞盗版来得强，这样恶性循环本身就压制了国内市场的产品开发能力，所以这不是一件容易的事。

“总有个过程，说不定过个几年市场规则会更加完善，到时候对你们这些专业的学生来说是有好处的。”

“过去我们国家经济发展很大一部分靠廉价劳动力和廉价资源，你看，这十年发展这么快，这些优势也就慢慢削弱了，必须要寻找新的发展方向，很多行业都是这样，包括这行。”

在施念没与关铭相遇以前，她只知道自己喜欢服装设计，热爱这个行业，如果以后有机会想试着往这条路走走看。可她从来没有想过自己进入这个行业后的目标是什么、价值是什么、能改变什么，更没有想过这条道最终的归宿应该在哪儿。这是施念第一次思考这个问题，思考自己的未来。

关铭脚步慢了下来，对她说：“对了，上次在日本遭遇地震，我跟你说过以后会补偿你。”

“你补偿得够多了，能让我安然无恙地离开那里，还能圆了我从前的梦，我已经欠了你天大的人情了。”

关铭笑了笑，摇摇头：“一件事归一件事，这个人情你记着，以后有能力还我，但上次那件事，我承诺过就得兑现。”

说罢，他停下步子。下午的斜阳镀在他的轮廓上，让他的五官看上去半明半暗更加立体，他的身后是依次排开整洁宽敞的厂房，像排兵布阵的战士唯他马首是瞻。关铭就这样望着她，问道：“这个补偿怎么样？”

有风拂过施念的脸颊，她感觉到自己每一个毛孔都在微微张开，那种紧张且不确定让她的脸泛起了淡淡的红晕。

“你是指？”她试探地问出口。

“我也没有信心能把这个厂做到理想化的状态，但我会试试看。你学成后，倘若觉得那边发展好不想回来，告诉我一声，我换个大礼给你。如果有回国的打算，这里是我为你留的一条后路。”

斜阳洒进他的眼里，又落进施念的眸中，她忍了一路的泪终于涌了上来，又拼命抑制住：“不用，真的不用，筌哥……”

关铭瞧见车间里有人往外张望，蹙了下眉，朝她走近几步，挡住她的身影，低头对她说：“不光是为了你，也是为了我自己，如果工厂真按照我设想的模式做起来，我需要优秀的设计师伙伴。这个在国内名不见经传的小厂子想请到帕森斯毕业的优秀设计师助阵不容易，也算是提前为自己物色人才了。”

“不过主要还是看你自己的意思，我不可能把精力全部放在这里，如果后期你没有回国的打算，上轨道后我会将这里转出去，也能卖个好价钱，对我来说没有任何损失。所以，你也不用有什么心理负担，依照本心就好。”

远处接他们的车子已经开了过来，施念侧头看了眼，低头将眼泪憋了回去，再次抬起头时，她对关铭说：“百夫长，百夫长制衣厂怎么样？你刚才问我的名字。”

关铭微扬了下眉梢：“这是古代军官的一种称呼，为什么叫这个？”

空气无声地在他们之间流动，施念眼眸清明地望着他，良久，开了口：“我现在能不说吗？如果以后有机会，我是说我们以后见面的时候我再告诉你。”

关铭深深地看着她眼里如磐石般坚毅的眸光，回道：“好，就叫百夫长制衣厂。”

车子开到他们不远处停下，施念看见开车的是吴法，只不过他没下车打扰他们交谈。

施念心一横，说道：“笙哥，我能问你件事吗？”

关铭见她正经的模样，笑了。

“说说看。”

施念喉结微微滚动，开了口：“我上次听关沧海说，从船上回去后你爸借机跟你谈了个条件，是生意上的事吗？”

关铭将右手放进裤兜里，目光深了几分：“不是。”

“那……我能知道是什么事吗？”

关铭眼里的幽光深不见底，似藏着很沉的东西，他说：“老头子让我听从家里安排，一年内成家。”

风吹草动，万物皆寂，时间在施念面前静止了，她还站在原地，望着他，心一点点，一点点沉了下去。一年内，她可能连亲自到场送声祝福都赶不上了。

两秒过后，她脸上浮起笑容，点点头，喃喃地说：“挺好的，挺好，你在家里的身份举足轻重，是该考虑人生大事了，我……提前祝福你。”

她知道自己此时也许笑的样子比哭还别扭，于是赶紧转过身故作轻松地对他说：“我们回去吧，你不是还要开会吗？”

上了车后，吴法驱车离开这里，关铭和施念坐在后排，两人中间隔着一段距离，她望着窗外，他望着倒车镜中的她，两人都没再说话。

好几次，施念眼眶泛泪，都硬生生地憋了回去。

车子开回景区门口，吴法先将关铭送回去，然后直接送施念去机场。

可停下车后关铭却并没有动，抬头对吴法说：“你去抽根烟，我跟小念说几句话。”

施念的手不自觉攥着衣角，这是关铭第一次在外人面前叫她“小念”，她不知道他要对她说什么。施念坐在原位，一颗心七上八下，眼神一直垂着，不敢去看身边人。

直到吴法下车后，关铭弯腰打开车子的储物格，从里面拿出了一部手机递给施念。

施念望着他，有些怔怔地接过手机。

关铭对她说：“打开看看喜不喜欢？”

在施念接过手机的刹那，她的手就在颤抖，跟着关铭在船上的那段时间她从来没有使用过手机，虽然关铭没问过她，但他应该是清楚原因的。

而如今，放在她面前的不单单是一部手机，而是她打开这个世界大门的钥匙，象征着她重获自由的开端。

她双手按在手机盒上，眼里氤氲着水汽，来回徘徊，浓烈的情绪堵在心口，无法言喻。

关铭从口袋里拿出一张黑色的卡压在手机盒上，施念猛然抬起头话还没说，关铭抢在她开口拒绝前对她说："这钱你拿着，不要跟我客气，我当年出国留学，老头子为了让我成人断了我两年粮，穷的时候也到处打工，看人脸色，睡过大街、台球室，但我是大老爷们，糙点也没多大事。你不一样，你是姑娘，出门在外要懂得保护自己，那边有的区治安不好，晚上尽量不要一个人出门。"

"艺术院的人品位都不会差，我接触过几个那边的人，这次临时把你安排过去他们也帮了些小忙，说起来是我送过去的人，别给我丢了面子，该买的名牌不要手软。那个圈子里的人都敏感，想要混下去得让外面知道你有些东西，别人才不会上来就看轻了你，任何环境，人际关系都很重要，该花钱的地方不要替我省钱。"

说到这里，他用开玩笑的语气"嗬"了一声："我不差这点钱，你把路子闯出来，以后有的是赚钱的机会。"

施念憋了一路的眼泪终于像决了堤般从眼眶里涌了出来，她声音哽咽地说："你已经帮了我够多了，这些人情我以后该怎么还你？"

关铭没有看她，而是将目光瞥向窗外很远的地方："要想生意做得大，懂挣钱，也要会花钱。我既然肯在你身上花钱，说明我看好你的潜力，去了就好好学，别想着还我人情的事，真想还，别忘了我这个人就行。"

施念低着头，眼泪不停滴落。关铭落下车窗看见了关沧海，他站在远处对关铭指了指手表。

关铭转头看了施念一眼，终还是开了口："时间紧，就不留你吃晚饭了，去机场的路上要是看到好点的饭店，让吴法带你去，走了。"

他说完便打开车门下了车，对吴法招了招手，交代了两句便朝关沧海走去。

直到这时坐在车里的施念才突然反应过来，她拉开车门朝关铭追了上去，着急地唤着他："笙哥。"

关铭停下脚步回头看她，她一边朝他跑，一边拆掉手中的包装盒。等跑到他近前时，她拿出手机开了机喘息着，双眼灼热地盯着他："号码，你的号码。"

关铭见她急切的样子，眼睛都急红了，嘴角弯了下，低头拿出手机。

很快，施念手中拿着的新手机响了，她抬头望着他，眼眶湿润。

关铭抬起手，手掌落在她脑后，她的身体被他掌心的力道带向他，有那么一瞬间，施念感觉他要拥她入怀，可他最终还是收住了力道，克制地揉了揉她的脑袋对她说："不要哭着走，笑一个。"

施念抬起双手抹掉眼泪，再次抬起头时连鼻头都是通红的。她从脖子上取下围巾，踮起脚将围巾绕在关铭的脖子上，声音颤抖着对他说：

“以前一到冬天我妈总是提醒我脖子不要露在外面，容易灌进风要着凉的。笙哥，你要保重身体。”

说完，她退后了一步，迎着光仰起头对他露出了笑，轻声说：“再见了。”

话音落下，她转身大步走向车子，和来时一样，急切的步伐，没有再停留，直到车子开走后也没再回头。

夕阳在施念身后缓缓下落，黑暗即将吞噬大地，她向着东方奔腾不息，那里是朝阳初升的地方，她不知道黑夜有多漫长，可她已经找到指引她的明灯。

她在转身的刹那已然明白关铭今天带她过来的目的，他让她看到了未来的道路，清晰明确地展现在她眼前。

他曾手无寸铁地征战沙场，他走过的路不想让她重蹈覆辙，他在她出征前亲手为她穿上了铠甲，为她准备了兵器，让她挺直脊梁踏出国门。

她背后有日益壮大的祖国，有迫切变革的行业，有关铭留给她的后路，她不是孤单一人，她终加入时代大军，带着无法撼动的决心，纵使前路暗礁险滩，荆棘纵横，也无法阻挡她的脚步。

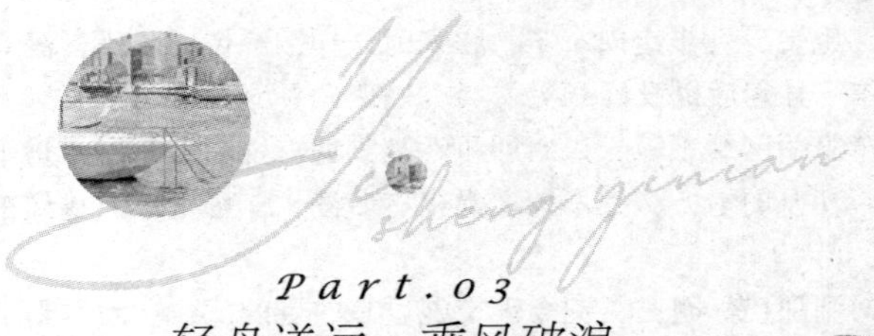

Part.03
轻舟送远，乘风破浪

1. 相遇往事

施念没有选择在路上吃晚饭，一直到了机场才找了个地方坐下来，关铭交代过吴法要把施念送进去后再回来。

所以吴法陪着施念等待航班，闲聊的时候，吴法提起：“你以前去美国的时候是怎么和关老板认识的？”

施念有些诧异地问：“他和你提过吗？”

“没有，之前关老板让我打听过你，在你嫁到西城那边之后，所以知道些，但他没具体说过。”

施念笑了笑：“想知道吗？”

吴法喝了口咖啡望着她。

反正闲着也是闲着，施念便对他说起了那些早已翻页的往事。

那一年她还小，学校选出每个班级中英语能力较强的二十人组成夏令营队伍前往美国，每个人要交六万块钱的费用，很多同学拿到通知单后，第二天就把费用交上了，而她一直将通知单收在书包里不敢拿给妈妈。那几天，她每天都听见同学议论夏令营的课程多丰富，还可以去沙滩、去迪士尼家族博物馆、参观金门大桥，她只是默默地听着，始终不敢插话。

直到所有同学都陆续交完钱，老师将她喊到办公室，问她有没有告诉家长。她垂着视线不说话，老师当着她的面拨通了妈妈的电话，她就站在办公室，听见班主任对妈妈说：“孩子口语能力不错，难得有这样的机会能去外面锻炼要把握，这个机会不是每年都有，况且也是在几百个孩子中选出来比较优异的孩子才能参加。如果不是特别困难，建议给孩子报名。”

施念不知道妈妈在电话里怎么和老师说的，只是晚上回家后，妈妈问她要了通知单。那天夕阳将天际染成了大片的红色，透过厨房的窗户洒在白色的通知单上，她偷偷去看妈妈的表情，却无意中看见妈妈额前垂下的几根白发。印象中还在江南老家时，妈妈偶尔会用淘米水洗头，那一头长发又黑又粗，从背后看去像瀑布一样垂顺。爸爸过世后，妈妈剪掉了长发，而那个傍晚是施念第一次发现妈妈不知道什么时候长了白发。

妈妈借着夕阳的光线看完了通知单上的内容，问施念：“为什么不告诉我？”

施念抿着唇，眼里有委屈，有倔强，有难受，在妈妈没进翻译社的那几年她们生活很困难，光每年她的学费已经是很重的负担，她不敢和妈妈提夏令营的事。

妈妈从旁边拿了一支黑笔在回执单上签了字，对她说：“钱我会想办法，明天上午把回执单交给夏老师，下午我去学校交钱。”

第二天下午，施念一直等啊等啊，直到打了放学铃妈妈才匆匆赶到学校，将一个崭新的牛皮纸封交给了老师。

她不知道妈妈是如何在一天内筹集到这些钱，妈妈从未对她说过，后来她跟随另外十九名同学一同去往为期三周的夏令营。

这次夏令营几乎掏光了妈妈所有的积蓄，在反复确认过去不需要自费后，妈妈只给她带了两百美金备用，所以她计算着每一分钱，不敢乱花。

无论同学们去品尝工匠冰激凌，还是巧克力松露，她都得表现得不太感兴趣。可是半大的小女孩，谁不想尝尝国外的冰激凌的味道，她只能说肚子疼独自一人走开等他们吃完。

同学们去礼品店给家人挑选礼物，她只给妈妈买过一对耳钉，她还清楚地记得是三十九美元，不是用妈妈给她的钱，而是自己存的零花钱。

学生公寓提供的晚餐不太好吃，在吃到第五天的时候，就有孩子吵着要吃中餐，还把越洋电话打回了国。那些条件阔绰的家庭不忍心委屈孩子，让老师领他们去中餐厅吃饭，费用可以另加。

老师和当地一家华人开的餐厅谈好了价格，晚餐那顿领着孩子去吃，每餐人均五十美金，想去的孩子可以去，不想去也可以留在学生公寓。

让施念没想到的是，除了她以外的十九个孩子全去了，她一个人待在学生公寓，面对那顿难以下咽的玉米面包卷。她决定前往两条街以外买一个汉堡，计算着应该能在十美金以内搞定。

她穿好凉鞋，背上小包就出了学生公寓。距离比她想象中要远，天色渐暗，路上的招牌都亮了起来，很多路标和白天看时似乎有些对不上了。她找了半个小时才找到那家汉堡店，点餐的时候也小心翼翼的，算着最划算的套餐。

在店里吃完后，终于感觉到了饱腹，可当她往回走的时候遇到一个醉汉，那个男人先是站在街边瞅着她，当时时间不算晚，街上有人，加上她还是有些安全意识，甚至连小路都没走。可她高估了那里的治安环境，纵使她已经加快了步子，那个醉汉还是过来抢她的小包。当下事情发生的时候，她第一反应就是里面有妈妈给她的两百美金，半大点的孩子怕钱被抢回去会挨骂，压根儿没有考虑到死死拽着包对她来说有多危险。

醉汉本想抢完包走人，见小女孩死拽着不放，上去就扯她手臂把她往巷子里拖，一道人影极快地朝他们冲来，从醉汉身后快速掠过，往另一条巷子跑去，她急得对着那道背影嘶吼着："救命。"

那原本跑出好远的背影突然停了下来，回头望了眼。那一眼施念认出他是亚洲人的长相，她疯狂地挣扎着对他大喊："帮我，帮我。"

她听见那人似乎低骂了声，迅速掉转身体又冲了回来上去给了醉汉一拳，扯过她的包往她脖子上一挂。与此同时，她余光看见一群人朝这里跑来，她甚至没有反应过来发生了什么，手腕已经被这个年轻男人攥住，耳边响起一声："快跑。"

她的身体被他扯着向前冲，风从耳畔掠过，她被他拖拽着几乎是本能地往前跑，听见身后的咒骂声和脚步声越逼越近，直到有人拽住了她的T恤，"刺啦"一声，T恤被人从身后撕扯开，前面扯着她跑的人终于停下步子。

他皱眉回头看了眼，这么片刻的工夫，身后的人已经全部围了上来。她被这个年轻男人拉到了身后，他转头的刹那，她看清了他的眸子，星眉朗目，黑亮有力，他对她说："小丫头，看看你干的好事，我被包围了。"

那一刻，她听见他的声音才知道他也是中国人。她望着围上来的三个外国男人，害怕得不停发抖，抱着身体发颤地问："怎么办？"

"打过架吗？"

"没有。"

"看过人打架吗？"

"也没有。"

在那个节骨眼上，男人居然笑了下，施念完全不知道他为什么还能笑得出来。

他把她往后推了推对她说："你衣服破了，这个样子出去也不安全，你站在边上等着，要是待会儿我打赢了，送你出去；要是我被他们打趴下了，你往左一直跑，能不能跑得出去就自求多福了。”

说完，他上去就一脚直踹一个白人的腹部。

施念完全被这场景吓傻了，她不停后退，拔腿就跑了。

……

吴法将车子开走后，关铭上了关沧海的车。他手术过后有一段时间没抽烟了，难得烟瘾犯了，打开窗户点燃一根，眉宇紧锁，看着后视镜。

关沧海干脆方向盘一打，将车子停在长长的河道边，夕阳倒映在水里，染成一片红色。

关沧海也落下车窗点燃烟，看着水中的波光，开了口：“说说看，你和施念怎么认识的？”

关铭将烟放在嘴边，没多久吐出丝丝烟雾，人也跟着笑了起来。

认识丫头的时候是他最穷的时候，都忘了因为什么鸡毛蒜皮的事情跟老头子吵了一架，被老头子断了粮，自己也是脾气硬，不肯跟家里服软。

那段时间除了读书就到处兼职赚钱，打工钱来得慢，不够支撑日常开销，他就搞歪门邪道的钱，晚上跑去人家赌场混，有时候带大老板赌钱，要是替人家赚到钱就能分到不少小费。

但这东西有输有赢，那天他运气就不大好，一念之差害得人家输了不少钱，去洗手间的时候看见那老板对手下做了个手势，要动他。他反应快，当时就从赌场溜了，本来都已经快脱身了，结果跑到巷口看见个醉汉扯着一个小女孩的包，他压根儿没想管，却听见一句熟悉的中文——“救命”。

他大脑发热停住了脚步，人是救下来了，可自己也被追上了。他对那个女孩交代，要是待会儿看情况他打不过那些人她再跑。

他这边一脚刚蹬上去，余光就看见那女孩真跑了，他当时就低骂自己一句“多管闲事”，要是不管这丫头也不至于被这群人追上。

他虽然先发制人直接踹废了一个，但其余两个老外对付起来并不轻松。就在他和那两人厮打在一起时，那个先被他踹了一脚的男人跌跌爬爬地从地上站起来，绕到他的身后就扬起拳头。

他怎么也没想到，已经跑掉的女孩在这个时候又跑了回来，跳起来就替他硬生生地挨了这一拳，弱不禁风的小身板直接砸在他的背上，把他吓一跳。等他再回过头的时候，看见小小的身躯举起一根棒球棍就朝那人挥去。

她力道并不大，老外被她砸得毫无反应，他握着她的手臂上去又是一下，老外当场倒地，速度太快，身后两人根本没看清第二下是他拉着她的手砸的，以为这身材矮小的小女孩把他们一米八几的大兄弟打趴下了，两人顿时面面相觑。

他一手拉着她，一手举着棒球棍指着那两人，半残的月亮徐徐上升，他们俩一高一矮，一身狼狈，宛如修罗。

突然他朝着两个外国人露出一抹诡异的笑，用一句他们能听懂的英语对小女孩说："是时候展示真正的中国功夫了。"

小女孩明显愣了下，声音跟蚊子哼哼似的对他说："我不会。"

他脱口而出："广播体操。"

小女孩很快反应过来，开始踢腿甩手，而后马步一扎，太极拳的架势就摆了起来。两个外国人条件反射地同时退后一步，一脸茫然地盯着她。

关铭憋着笑拍了拍她的肩对她说："走。"

转过身的刹那，他感觉出小女孩整个人都在抖，他扯着她的手腕用唇语对她说："不能跑，得慢慢走，他们现在看你就像在看《功夫熊猫》。"

然后，他们俩真的就这样大摇大摆地走掉了，那两个老外也没再追上来。

吴法抱着胸，难得硬朗的脸上露出一丝笑意："看来关老板没瞎说，他说他在国外闯的那几年就差坑蒙拐骗了。"

施念回道："他后来还真把我拐回家了。"

两人一直走出那条街，施念的身体已经完全直不起来了。他绕到她身后看见她整个背乌紫一片，她嘴里还记挂着："棒球棍是借的。"

他看见远处街区那群在玩滑板的少年，直接几步跑了过去将棒球棍还给人家，然后从身上拿了五十美金给那个男孩，拿起对方扔在一边的格子衬衫走向施念，先是将她裹了起来，再直接把她背到了背上。

夜晚的异国他乡，陌生的街道，他背着她穿梭在那些金发碧眼的老外之间，对她说："忍忍，快到医院了。"

施念紧紧搂着他的脖子，疼得嘴唇发抖。

那边看病需要预约，医生也都下班了，他只能硬撑着将她背去唐人街附近一家中国人开的诊所。一系列检查下来，肌骨倒是没有损伤，瘀青是真的很严重，医生开了药，她很着急地问怎么才能快点消肿，她很怕在回国前没法好被妈妈知道，妈妈好不容易才凑齐钱将她送来，被妈妈看到她这副样子，她不知道怎么面对妈妈。

那个上了年纪的医生把药交到送她来的这个年轻男人手中，告诉他在瘀青边缘按摩的手法，促进淋巴功能加速消瘀。

交钱的时候要四百八十美金，施念没想到那里的检查费加治疗费用那么贵，她对这个年轻男人说：“哥哥，我身上有两百美元，你可以再借我点吗？我回去就还你。”

年轻男人蹲下身，有些抱歉地对她说：“你在这里等我，我去找钱。”

那时，施念才知道他身上也没有钱，她一双晶亮的眼睛望着他，快要哭了出来。男人站起身大步朝诊所外走去，她捏着单子探着头看他，她很怕他不回来了，就这样把她一个人丢在这里。

似乎是感觉到她的目光，男人回了下头对她喊道：“不会扔下你的。”

施念看见那个高大的身影淹没在夜色中，等待的过程忐忑万分，不敢看工作人员的眼睛，不知道该怎么办，背又疼。

她已经记不得那晚自己到底等了多久，可他真的回来了，带着钱回来的。她看见他 T 恤都汗湿了，头发粘在额头上，他帮她把费用缴了，然后走回她身边问她住在哪儿。

施念只能记得街道的名字，告诉他自己是来参加夏令营的，和同学一起来的。

年轻男人对她说：“你这样回去被你同学看见了，他们会不会认为……”

他没说下去，可施念已然清楚，她的 T 恤全都被撕烂了，虽然是在追跑中被撕烂的，但同学们会怎么想，她不能确定。她没遇到过这种事，一下子就慌了神。

年轻男人沉思了片刻，建议道：“这么晚了，我找不到女孩的衣服给你。这样，如果你相信我，先跟我回去，我正好要找个地方帮你上药，外面也不方便。等明天早晨我联系个姐姐带套衣服给你，再把你送回去，你先跟你同学和老师说一声，你姐姐在这里上学，你今天会住在你姐姐公寓。”

施念拧着眉一脸担忧的模样，面前的年轻男人挠了挠头，讪讪地笑了：“我这是不是在教你撒谎啊？”

施念低下头，一颗心忐忑不安。年轻男人却突然开始翻口袋，施念不知道他在干吗。半晌，他摸出一张大学的 ID 卡塞进施念手中：“这个放你那儿，等你明天安全离开后再还给我。”

ID 卡能查到他的个人信息，大概怕她不放心，他将这个给了她，然后背起她离开了诊所。

一路上，施念双手抱着他的脖子，紧紧攥着那张 ID 卡。

年轻男人把她带回了自己的公寓，轻手轻脚地把她直接背进房间。关上房门后，他把施念放在椅子上，施念这才左右看了看。房间不大，十平方米左右，有一张写字台、一个简易衣柜，还有一张床。

她又看向那个年轻男人，他正在弯腰铺床，她出声问他：“你叫什么？”

“叫哥。”他回过身把她抱上床，让她趴着。

他又对她叮嘱道：“我待会儿帮你上药，你要疼就咬着枕头，千万别叫。我和两个室友合租的，要是被他们知道我带个未成年少女回来过夜，哥的一世英名就被你毁了。”

施念看看紧闭的房门，又看看他，重重地点点头。

年轻男人笑了下，对她说：“那是你自己脱衣服，还是需要我帮你？”

施念怔了下，当即就脸红到了耳根。年轻男人干咳了一声背过身去：“上药，别多想。”

施念说：“我自己来。”

她用被子把自己裹住，把衬衫脱了，又把撕坏的T恤脱了扔在地上，里面只有一个小裹胸，对他说：“好了。”

年轻男人回过头看见她把自己藏在被子里，他拿过药拆开，拉开被角的时候，听见她突然冷不丁地说：“哥哥，你不要对别人说。”

“说什么？”

“说……你看过我这个样子。”

“我对谁说？”

施念将脸埋在枕头里。

关沧海有些不可思议地问：“你说你把未成年的施念带回公寓了？也只有你能干得出来。”

关铭抽完最后一口烟，叹了声：“当时我真没多想，就考虑到她衣冠不整的样子，我把她送回去了，到时候人家老师拽着我问怎么回事，我有口也说不清，麻烦。”

“所以呢？你倒图省事，直接把人家姑娘带回去了，药怎么上？你就把人看光了？”

关铭没有对关沧海提起细节，那时候他手碰到她小裹胸的时候，小女孩身体都在发颤，虽然裹胸有点碍事，但他也没再好意思让她脱掉。

他也是第一次干这事，没什么杂念。丫头那时太稚嫩了，他一想到其他方面，就感觉自己在造孽。

他按照医生交代的手法帮她按了一会儿，等和她说“好了”的时候，发现她睡着了。

他替她盖好被子，出去泡了碗泡面，刚回到房间将泡面放在桌子上，便听见她说：“我闻到了。”

他回过头的时候，诧异地发现她不知道什么时候醒了，身体躲在被窝里，就露了个头出来，那眼神的意思再明显不过了。

关铭只好找件他的T恤扔给她，然后把他仅有的一碗泡面让给了这个素不相识的小姑娘。

总之她吃面，他喝汤。

至于那晚是怎么睡的，他打了地铺，一晚上没睡好，她后背疼，睡着后一翻身就像小猫一样哼哼唧唧的，吵得他睡不着。

第二天他喊了个朋友的对象把小女孩送回去，临走时，她把那张ID卡还给了他，问他上药怎么办。

关铭问清了她所住的地址，和她约好时间，每天傍晚接她过来上药。

那段时间他身上是真没钱，支付医药费的钱还是他临时借的，为了省钱，每天接她去公寓的时候就徒步走回去。他倒没什么，小丫头总喊走不动，一开始他还挺没耐心的，要不是看在她替自己挨了一拳的分上，他是不想管这破事的。

后来小丫头一喊背疼，他就没脾气了，她说不走就真不走了，坐在路边可怜巴巴地求他："休息会儿，就一会儿，我肚子还是饿的呢。"

她从小包里掏出硬邦邦的面包，还要分他一半。她走得额上都冒了汗，烈日照在她脸上，他心软了，移了一步替她遮住阳光，嘴上却故意吓她："小丫头，幸亏我是个好人，要不然把你卖到唐人街去。"

她噎了一下，吓得小脸都白了。他笑着把她背到背上，她把那半个硬邦邦的面包塞进他嘴里。

后来每次接送她，他都很自觉地背过身让她跳上来，去公寓有条道靠近花街，有个40度的大斜坡，有次小丫头趴在他肩膀上想睡觉，他故意吓她，带着她从坡上往下冲，她被吓得睡意全无，整条街都能听见她的尖叫声。

还有一次帮她擦药的时候，她突然对他说了句："哥哥，你上中学的时候班上有人谈恋爱吗？"

关铭饶有兴致地问她："干吗？"

她说："我们班有。"

"那你呢？"

他不过随口逗她一句，她脸红了半天对他说："没有，你是……是第一个看到我这样的人。"

当时关铭硬是愣了半天，不知道该接什么话，他都不知道自己看到了什么，看到她的半个背吗？

他打趣地问："怎么，你想让我负责啊？"

她又把脸埋在枕头里不说话了，他玩笑道："等你先长大吧，小孩。"

那几天他们的晚饭基本上是在途经的汉堡店解决，要么就是回到关铭的公寓吃泡面，吃完按照医生的交代帮丫头按摩完再送她回去。

有次丫头问他："为什么不能去医院让医生处理？"

关铭反问她："你知道在这里去趟医院要多少钱吗？"

丫头沉默了，后来不知道是不是觉得不好意思，总对他说："哥哥，我有两百美金，可以请你吃顿好的。"

他忍不住问她："你为什么每天晚上都不和同学去吃饭。"

她声音很小地说："因为我只有两百美金……"

他听完莫名感觉很心酸，当时心里就有个想法，丫头走前得带她吃顿好的。

后来几天，他把丫头送回去，夜里去酒吧找了份兼职，赚的钱请丫头吃了顿大餐。餐厅的位置在山上，正好可以欣赏旧金山的日落。

他还依稀记得丫头指着那轮巨大的夕阳对他说："你看，落日像不像咸鸭蛋黄？"然后又压低声音问他，"哥哥，你发财了？"

他对她说："其实哥不差钱。"

丫头点点头："哥哥不差钱，只是爱好吃泡面。"

他笑了。

吴法倒是想起什么，对施念说道："是有这个事，我之前听关老板提起过他学生时期有段时间很穷，本来花钱大手大脚惯了，一下子缩紧开支，苦不堪言，后来好像还是他妈不忍心。"

施念如今回忆，真想象不到那时候穿着牛仔裤，跟人合租在出租屋里吃泡面的大哥哥家里有"矿"。

其实那个医生说的方法挺有用的，一个星期后瘀青就明显消了。她记得最后几天的时候，有次他送她回来，路上看到有人拿着手工冰激凌，她回头多看了眼，他问她："来这里尝过吗？"

她摇摇头，他让她等等。她在学生公寓门口等着他，她不知道他跑了几条街，回来的时候他举着一个小圆盒对她说："快吃，要化了。"

他们坐在公寓门口，她小口小口地吃着，满足地对他笑："这么一大份是不是很贵？"

他欲言又止，又颇为无奈地对她说："傻瓜，等哥以后回国了请你吃好的。"

"不要，你还是多留些钱给自己吧，少吃点泡面。"

他笑了，不再说话。

临走的那天，她等了他一天，以为他不会来了。快上大巴的时候，她终于看见了他的身影，她扔下行李朝他飞奔过去，问他："你回国会来找我吗？"

他笑着问她："去哪儿找你？"

关沧海手中的一根烟也灭掉了。夕阳的余晖坠在天边，他望着那处问关铭："所以你没再找过施念吗？"

关铭顺着关沧海的目光投向很远的天际，无奈地牵了下嘴角："她临走时告诉过我她的学校和名字，让我如果回国去他们学校找她，说要把医药费还我。"

那天，丫头身后的夕阳也像这般，即将隐入大地。大巴就要开了，她红着眼睛问他："万一我长高了，变了模样，你以后回来认不得我了怎么办？"

他摸了摸身上，什么东西都没带。他不想让丫头哭着走，当时就想着小姑娘难得来一趟夏令营，遇到这个事已经够倒霉的了，还得哭着走算是怎么回事，最后摸到了手上的那串玳瑁珠，顺手取了下来套在她手上对她说："我认得这个，你收好了。"

她问他："这个很贵吗？"

关铭看她准备取下的动作，大概是想着如果很贵就不收了，可她突然又止住了动作对他说："那行，我先替你收着，等你回来找我，我再还给你。"

那是她临走前对他说的最后一句话。

珠子的确不便宜，他有个兄弟叫沈致，那人不爱好女人，不爱好玩乐，唯一爱盘些古董玉器，家里也是做这方面生意的。

刚来美国，他经常陪这个兄弟去唐人街逛古玩店，有次跑到一个店里，店主在跟两个老外介绍那串玳瑁鳞片花纹的手串珠子，说这十三鳞是清末的老珠子，当年由造办处流到国外的。

本来他没什么兴趣的，听到这儿心里难免有些不舒服。清末的时候国家在什么样的情况下流失了那么多奇珍异宝，这是每个中华儿女心中无法抹去的伤痛，鸦片战争，火烧圆明园再到八国联军，无论这些东西是掠夺来的，还是有人趁着动乱刻意流出去的，既然今天被他碰上了，他便不会再让这个物件落入外国人手中。

他当即对老板说要了这串玳瑁，老板拿出另一串告诉他，不单卖，要卖就卖一对。

沈致接过东西帮他过了眼，对他说："东西的确是十三鳞，年头也是有些年头了，至于是不是出自内务府就不好说了。"

东西并不便宜，那会儿关铭的经济来源还没被封，虽说沈致已经暗示他来头有可能是老板吹嘘的，但他还是眼睛不眨就拿下了，对沈致说："万一是老祖宗的东西，我把它带回国也算功德一件。"

沈致笑了笑，由着他买下了那对玳瑁手串，这便是玳瑁珠的由来。

至于他当年回国后到底有没有去找过施念，这件事也只有关铭自己知道了。

第二年的暑假，他一边要准备考研项目，一边利用家族给他的一笔钱在国外跟人合开了个小公司，再回国已经是两年后的事了。

那时西城关家很多生意都在走下坡路，他回国后毅然决然地搞起了餐饮娱乐产业，不顾家族里那些老一辈人的反对，顶着压力非要自己在外面搞这些入不了他们眼的项目。那两年对他而言到处都是风言风语，说他在外面几年书白读了，回来尽做些荒废无度的事。

可他赚到了钱，趁着那时候势头好一连谈下了好几笔生意。家族里那些老家伙只能捏着鼻子不吱声，还指望他能往回投入资金，不敢得罪他。

他回国签下第一笔生意的那年，意气风发，浑身上下都透着畅快感，就想找人庆祝，请人吃饭热闹一下，可似乎身边人都不缺他这顿饭。

他想到了那个丫头，他说过回来请她吃好的，遇见她的那时候没钱，后来有钱了竟然最想请她吃顿饭，似乎只有那个丫头会因为他的大餐兴奋得手舞足蹈，而那一刻他希望有个这样的人能跟他一起分享这份喜悦。

时间过去太久，丫头那年临走时提了下自己的名字，关铭已经没什么印象了，只大概记得是什么双语学校，他把都城的所有外国语学校搜了出来，凭着记忆找出了那个他有些印象的名字。

车子开过去后，他下车靠在车门边，等了大约半个小时，陆续有学生放了学，他足足在那所学校门口站了三个小时，从五点一直等到七点，没有看见记忆中的小身影。

后来他才可笑地想起来，丫头那年出国时才初中，回去以后就毕业了，所以也就不在那所学校了，算算时间她都上高三了，这个年纪的女孩一年一个样子，就是她现在站在面前，他也不一定能把她认出来。

他在那所学校门口抽最后一根烟时，好笑地想着找到又怎么样，还能当真收了她的医药费？一个丫头片子而已，他连她名字都记不得了，她也可能早就把他忘了，他将烟嘴扔进垃圾桶，转身离开。

那是唯一一次他试图去找她，再后来生意上的事越来越忙，一个人当几个人用，那段记忆早已慢慢淡忘了，不曾想起，如果不是那场突如其来的婚礼。

关沧海忽然想起施念手上的那颗珠子，好似记起什么：“施念的那颗珠子我怎么感觉这么眼熟啊，你是不是还送给过谁？”

关铭落下眼睫，声音低沉：“关远峥。”

关沧海突然就想了起来，记忆里前两年有次和关远峥见面。关远峥也是个喜欢这些玩意儿的人，见到关铭手上的玳瑁珠子问了问来历，来了兴趣想收。关铭当时有意打通东城关家这条路，不过一串珠子，也就当场取下赠予了关远峥，这便是事情的开端。

施念站起身，拿起羽绒外套，在安检口和吴法道别。转身时她的心情很复杂，有沉重的部分，也有期待的部分，很难说哪部分比重更大，可她不能回头。

整个登机的过程，施念脑子很乱，也许是因为和吴法提到那些陈旧往事，深埋在心里的情感才越发浓烈，本以为那些懵懂的、羞涩的、向往的情愫早已随着时间淡去，可当她踏上飞机的那一刻才知道，那份情意一直就在那里，原封不动地保存着。

她忽然感觉自己像是做了一场很长的梦，而直到飞机从中国大地离开的刹那，她的梦醒了。

她看见了这场梦的开端，在妈妈的安排下参加那场很正式的见面，她以为早已忘记了那个哥哥的长相，可当她第一次看见关远峥时，她想有些人也许就是命定的缘分。他坐在她身边，温文尔雅，面带笑意，好几次她偷偷看他，许多疑问徘徊在心口，直到她无意间看见他手上的那串玳瑁珠。

第二次见面她提起八年前加州一面之缘的事，他只是静静地听着，默认了那次相遇。

她激动得沉浸在彼此的缘分当中，根本就没有意识到关远峥的沉默只是想隐瞒自己的病情，更加没有意识到这个世界上会有长得那么像的两个人。

妈妈的身体越来越差，手术风险太大，她一直拖着不愿进医院，一来费用高昂，二来她希望把施念先嫁出去，安顿好女儿的人生。

婚约的事情是妈妈和关家人谈的，面对如此优秀的家庭，近乎完美的丈夫，刚从大学毕业的施念没有任何拒绝的理由。

第三次见面时，关远峥向施念求婚，她答应了，谁也不曾想到这童话般灰姑娘的故事会是一场噩梦。

漫长的飞行过程中，施念合着眼半回忆半做梦似的想起那些过往。当飞机降落，她走出纽瓦克机场的那一刻，看着暮色下的城市，那些前尘往事仿佛已经是上辈子的事了，她的人生终于以另一种形式开启了。

2. 乘风破浪的时光

来机场接施念的棕发美女叫 Alexis，是关铭一个老同学的妹妹，帕森斯毕业的学姐，她这么介绍道。也许有了关铭这层关系在里面，施念虽然是第一次和 Alexis 见面，却莫名有种亲切感。

在开车回去的路上，Alexis 对施念说她上学时期就在 MJ 实习了，所以后来毕业就直接过去了，现在在 MJ 担任助理设计师。

对于施念这种刚踏出国门，半个脚还没入圈的人来说，身边坐着一个 MJ 的大神简直就是无比膜拜的心情。她们一路聊得很愉快，Alexis 带她去学校办了手续。

在踏进帕森斯大门的那一刻，施念感觉特不真实，很难想象 Tom Ford，Reed Krakoff 这些设计界的大拿曾经也像她现在一样，作为一个普通学子在这里度过几年的光阴，就连她脚下走过的每寸土地都变得意义非凡起来。

由于施念报到比较晚了，位置好的宿舍都被申请完了。Alexis 帮她看了下，剩下的宿舍离学校非常远，价格要将近两万美金。后来 Alexis 建议不如去外面合租，费用比较划算，而且到学校也方便，他们那儿还空了两间房，她可以找房东帮施念租一间。

要不是 Alexis 的帮忙，初来乍到的施念不可能那么快适应当地的生活，她很快和 Alexis 成了朋友。

刚去的头几个月，施念经常会发信息给关铭，看到什么了，上了什么课，有哪个同学比较有意思，老师布置了什么课题，自己画的稿子，吃了什么难吃的东西都会拍张照和他分享。那时的施念是孤独的，一个人刚去国外，没有朋友，没有亲人，没有可以说话的人。Alexis 工作很忙，一周见不到人都是常有的事。合租的还有个新加坡人，叫顾央，人比较慢热，施念刚去的时候和她不熟，所以关铭似乎成了她唯一可以说说话的人。

可她知道关铭很忙，她不好总是打扰他，所以每次她发信息给他都要算着日子，比如隔个三天，或者五天，还要算好时差，在他可能午休，或者傍晚后发给他。

关铭不一定会立即回她信息，可他总会回的，哪怕是晚点。他的信息通常都是一些推送，推送给她纽约当地一些不错的餐厅，让她可以喊同学一起去尝尝，或者告诉她一些可玩性较强的景点。施念这才知道关铭对纽约也很熟悉，总之关铭推给她的地方，她都会抽空去打卡，感觉和他跨越时空坐在同一个地方，吃着同样的餐点，好像他就在身边。

当然，更多的时候，关铭会叮嘱她一些细枝末节的小事，吃饭、休息、注意安全，几乎每次联系，关铭就会说一次，不厌其烦。可施念喜欢听他说这些，总感觉这个世界上，在很远的地方还有个人关心着自己。

大概在施念过去的半年后，这样的联系慢慢开始减少了。一来是施念的课业变得无比繁忙，大量的课题需要完成，有时候连吃饭睡觉都忽略了，更多的时候是和同学待在一起做项目，渐渐有了自己的生活圈子；二来她也在逐渐适应戒掉依赖关铭的日子。

算着时间，一年的期限不多了，如果他家里有安排，也许关铭现在就已经开始接触他的结婚对象了。施念总觉得不管他以后的婚姻是什么样的形式，商业联姻抑或真情实感，总之她这样经常发信息给一个即将结婚的男人，真的不太妥。所以她再次压制住那股无处安放的情感，将之重新深埋在心底，封存了起来。

可有时候，她又会非常害怕，害怕像这样慢慢联系少了，某一天会突然在网络上，或者什么报刊上看到关铭结婚的消息，以他如今的社会地位，要是真结婚大概动静不会小的，即使他不说，她应该也总能知道。

只是想到那个就连一颦一笑都能让人心醉的男人就要成为别人的丈夫，施念难免会有种万虫嗜骨的疼痛感。

有一段时间，她产生了一种很强的执念，努力拼凑周围一切可能和他有关的牵连。

例如有一次和 Alexis 闲聊，她说她出生在威斯康星州，施念立马就想到了关铭曾对她说过的那个威斯康星州的同学。

然后她又联想到 Alexis 的哥哥就是关铭的同学，可能就是传深圳宣传片给关铭的那位，然后她能想好久，近乎神经质地联想与关铭相关的所有可能。

思念是件很可怕的事，它能吞噬一个人的思维，但也是件很神奇的事。每当施念觉得做课题苦不堪言的时候，她都会想想关铭，想想他是花了多大的代价才把自己送来这儿，她只有不断铸造自己的羽翼，才能接得住这份恩情。

帕森斯的学习生活和施念想象中截然不同，那种设计院里整天跟走时装秀一样光鲜亮丽的场景并不存在，学校里每个人都很忙碌，几乎每个点去教室，里面永远都是人满为患。有时候课题下来连着熬两个通宵都是常有的事，特别上核心课程的时候，连续六七个小时不停画设计图，缝纫更是家常便饭，几乎所有人都是痛苦的，但也是激情四射的。

令施念印象很深刻的是，入学一段时间后，有次导师要求他们针对这段时间所学的内容出一份主题式的设计手稿册，风格不限，但要求两天内提交，不能低于二十张设计稿。

所有同学都蒙了，大家齐齐叫苦连天，授课导师却很淡然地说："聪明的人已经开始构思了，其余的人还在抱怨。"

这句话一出所有人都进入"战斗"状态，整整两天时间，不眠不休，虽然大家都觉得这个作业布置得太不合理，但几乎所有人都硬着头皮完成了，虽然绝大多数质量并不高。

对于这次变态的任务，导师对他们说，真正进入行业后，他们遭受的压力会更大，各方的质疑，时间的缩紧，费用的考量，要想成为一名真正的设计师，这项作业只是入门。

那次体验给施念留下深刻的印象，她几乎从小到大在学业上都没有太费劲，这是她唯一可以称得上自信的地方。可真正到了这里才感觉到，她过去的那些求学经验顶多只能是一块基石，想要进入这行，她无论从心理到专业上都需要很大的跨度。

而且因为她本科的专业与服装设计无关，面对很多在这方面已经有了基础的同学，她要付出的代价更大，有些东西老师课上提一下很多同学已经清楚了，可她课后需要做大量功课去了解老师课上提到的知识点。况且这些本来已经有些基础的同学也很拼，施念便更不敢松懈了。

好在她有两个都是设计专业的室友，她能向她们借到一些有用的书籍，也能及时从她们那里获取一些行业动态、信息，甚至专业知识。

要说她最大的优势是，她听力还行，起码不同口音老师的授课她基本都能听懂，不太能听清的，也能猜出个大概。这对很多国际生来说是最大的障碍，班上有两个亚洲同学，来了几个月听有些课依然是蒙的。

头一年的求学生涯虽然很枯燥，没时间去参加什么聚会，人和机器一样连轴转，但很充实，感觉每一天睁开眼都是有目标有动力的。

真正让施念脱颖而出的是在第一个学年快结束的时候，大约在圣诞前的一段时间，纽约突然下了场大雪，帕森斯停了电，学校一下子就炸开了锅，设计作业没法弄，很多人跑到外面，干脆去举办聚会或者去酒吧放松了。

施念就开着手机照明通宵缝衣服，手机没电了就跑出去问人家借手电，手都缝肿了。她一边哭一边缝，那次以后她眼睛就有些熬坏了。可最终她的那份作业被导师看中了，在后来的会议中和圈内人提到了施念的作业，没多久 EL 品牌方找到她，希望她能出一个系列。

这件事对施念来说简直是喜从天降，那是她第一次学会运用设计语言，并且试图摸索用国际化的设计语言来描绘东方情怀。

圣诞节前夕，纽约街上的很多商铺商场都关了门，大街上开始逐渐冷清，许多人回到家中和家人共度这一年一度的节日，他们这些留学生也有很多人聚在某处庆祝平安夜的到来。

只有施念依然投入系列作品的设计中，平安夜那天 Alexis 拖她去参加朋友举办的聚会，她是真的累到不行了，感觉头碰到枕头就得倒，眼睛都睁不开了，身体状态实在不允许她出门。

Alexis 她们走后，她睡了个昏天黑地，一整个平安夜都是在睡梦中度过的。第二天早上醒来的时候，房门口放着一个大彩盒，Alexis 对她说："圣诞老人给你送礼物了，你再不起来东西就被我们拿走了。"

施念看着那个巨大的箱子，实在猜不出来里面到底是什么。她几步走过去，用刀划开了箱子，当看到外包装的时候就开始心跳加速，拆开后果然是一台全自动的电脑平缝机。

施念兴奋地转过身去问 Alexis："这是谁送的？送给我的吗？"

Alexis 点点头："是送给你的，我帮你签收的，不过寄件人的名字我认不得。这下好了，放假你也不用愁了，可以在家练机器，你的圣诞老人还真是懂你。"

施念的确高兴坏了。不过这台机器不便宜，她急切地寻找送货单，当看到寄件人那里写着一个"笙"字时，她的脑袋里像瞬间涌进无数的小气泡，然后全部炸开，嗡嗡作响。

她迅速跑回房间，把门关上紧紧攥着那张送货单，面颊涨得通红。她有两个多月没有联系他了，她觉得自己应该发条信息给他，告诉他东西收到了，怎么也该说声谢谢。

她拿出手机编辑了好几条信息，都很客套。可她总觉得不应该那么客套，这份礼物对现在的她来说就像一场及时雨，不是简单的"谢谢"可以表达她此时的心情。

她算了算时差，现在应该是国内晚上十一点多，有可能笙哥还没有睡觉，她纠结了好一会儿，一个电话拨了过去。

听筒里的嘟声并没有响多久就被接通了，旋即，关铭低磁的嗓音出现在她耳畔："早安，小念儿。"

这是距离上次在国内分别后两人第一次通电话，当关铭的声音从听筒传进施念耳膜里的时候，她拿着手机呆愣地站在房中，周围的一切都开始变得极其不真实，一颗心狂跳不止，甚至忘了说话。

关铭在电话里笑了，似乎心情不错，还调侃了一句："你这是打错电话拨到我这儿了？"

施念忙解释道："不是，不是的，我就是打给你的……笙哥。"

"嗯，我听着。"

"你睡觉了吗？"

"还在外面。"

施念听见他那里很安静，没有其他声音。

他又说了句："在车上，回去的路上了，昨晚平安夜怎么过的？"

"呃……睡过的。"

电话里传来关铭的笑声，清朗舒缓，听得施念脸红心跳，不停在房间里来回踱步。

她对他说：“我打电话给你，是想和你说一声，东西我收到了，没其他事，就是想对你说声谢谢。”

“跟笙哥还客气？”

突如其来地，两人都沉默了，手机依然保持通话中，施念似乎还能感受到他的呼吸，她停下脚步仔细听着他那边的声音，很怕他说：“没事挂了吧。”

可他并没有说话，半晌，还是关铭先开了口：“还顺利吗？”

施念栽倒在床上闭着眼，脸上却是含着笑意：“顺利，都挺好，学校这边也挺好的。哦对了，EL 的品牌方上次看到我的作业了，希望我能出一个系列给他们看看。我这段时间就在准备这件事，也不知道他们能不能看中。”

关铭对她说：“好事，多些锻炼的机会，好好把握。不过该放松的时候就放松，今天过节，去和朋友同学玩玩，别把自己搞得太累了。”

施念“嗯”了一声，停顿了一下，又问他：“那……你还好吗？”其实她很想问问他婚约的事情怎么样了，可是她问不出口，总觉得有些事情问得太刻意了，反而打破了两人的关系。

关铭语气轻松地说：“一直是老样子。”

“少喝点酒。”

不知道怎的她总想到他应酬很多的样子，便脱口而出。关铭笑了，没再说话。

电话并没有通几分钟，最后他们互道了一句圣诞快乐便挂了电话。可对施念来说能听见他的声音，简单地聊一会儿，短短几分钟已经让她一整天都很亢奋了。

她听从关铭的建议，打算圣诞节好好打扮一下跟 Alexis 她们出去参加聚会。

晚上的时候 Alexis 开车带她们去一个朋友家，圈子里面的一个小范围聚会，但人还挺多的，她们刚到就喝起了香槟。在 Alexis 的引荐下，施念认识了一些圈内的朋友。

玩了一会儿后，又来了两拨人，施念那会儿也喝了点酒，正在和一个刚认识的金发姑娘聊明年品牌展销会的事，突然有个人从身后拍了她一下。当她回过头的刹那，面前的男人有些激动，甚至难以置信地说：“一定是你对不对？我找了你好久了。”

施念转过身真真切切地把面前的男人从头打量到脚，有些混血的长相，挺白净俊朗的，但她真的不认识。

她对他礼貌地笑了下："你可能认错人了。"

男人还有些着急地问她："去年十一月份，皇洲号上，去日本福冈的，你在不在上面？"

施念愣了下："你是？"

男人立马放下香槟，用手遮住了鼻子以下半张脸笑着问她："记得了吗？"

施念瞬间恍然大悟笑了起来："夜礼服假面先生。"

"我是靳博楠，现在能告诉我你的名字了吗？"

她放下香槟正式和他握了握手："施念。"

去年去日本的船上两人在舞会上有过一面之缘，只是那会儿他们都戴着面具，匆匆一遇，便像人生中的插曲，并没有在施念心中留下什么印象。

可她没想到后来靳博楠竟然满船找过她，还想办法弄到了那艘船上的部分人员名单，并没有找到名字中有"念"字的乘客。

这些事情都是施念所不知道的，想当初她是跟着吴法混上船的，压根儿就没有什么手续，也难怪他找不到她。

所以今晚，当靳博楠一踏入这里看见施念的身影时，那似曾相识的感觉就始终萦绕着他。他也是在旁边确认了好久，才终于鼓足勇气上来问她的。

没想到缘分竟然这么奇妙，要不是施念今天临时改变主意跟 Alexis 过来，他们即使在同一座城市也不一定能碰上。

一整晚，靳博楠的视线都没有从施念身上移开过，挺绅士地陪伴在她左右，临走时还提出要送她。施念说和朋友一起来的，婉拒了。靳博楠还是留了她的号码，告诉她，他家就在纽约，如果她有什么需要帮助的，或者任何时候都可以找他，施念跟他客气地道了别。

结果一上车，施念就被 Alexis 和顾央调侃了，说那位帅哥的眼睛就差长在她身上了。她笑，他也跟着笑，这是看喜欢的人的眼神没错了，外形又出众，可以交往看看。

施念让她们别乱说，她没想过恋爱的事，而且也没时间想，和靳博楠单纯就是挺有缘的，仅此而已。

可自从那晚相遇后，靳博楠的身影就时不时出现在施念的生活中，有时候在学校附近不经意间偶遇，有时候朋友一起小聚，也会看见他在。

起初施念并没多想，但遇见次数多了，她难免也知道这些相遇或许并不是巧合。只是靳博楠始终没有表明心迹，她也装作不知道，有些热情能回避尽量回避，她想靳博楠也能看出来她并没有进一步发展的打算。

好在他是个有分寸的人，在试探过后没有得到施念的回应，便退回到朋友应有的度上面。

靳博楠也会经常给施念一些建议，例如建议她可以多参加些活动和聚会，这样可以结识很多圈内人士，拓宽自己的社交圈，这可以在关键时候起到作用。

施念听进去了，因为她想起关铭也对她说过同样的话，他说任何环境，人际关系都很重要。

所以哪怕后来施念再忙，也会挤出时间去参加一些聚会，或者去一些服装展示会做做交流。也是在那段时间她听从了关铭的话，买了一些名牌应付场合，认识的人越来越多，眼界越来越宽，整个人有种脱胎换骨的感觉，从思维到眼界都在潜移默化改变着，打散重组。

临近春节前后，施念特别忙，一来快到系列手稿提交的日期了，二来她故意让自己忙碌起来忽略那个对中国人来说特殊的节日。

而自从圣诞节那天以后，她也没再和关铭联系过，只是过节时会互相传个消息，发简短的祝福，可就是这几个字的祝福，施念有时候会看上好久，反反复复舍不得删。她留着和关铭所有的聊天记录，有时候一个人待着的时候会翻出来看。

特别是刚到这里和他发的短信，现在回过头去看才发现自己那时话可真多，能打上百字乱七八糟的废话，而真正想象自己站在关铭面前，她想她怎么也不会把这些对闺密才会说的无聊话去烦他，可又觉得这是她唯一拥有的关于和他之间的珍贵记录了。

有一次她收拾屋子的时候，把那副面具拿了出来，被那个新加坡室友顾央看见了。顾央问施念要了去想好好看看，施念把面具拿给她，她还回来的时候问施念知不知道这副面具的价值。

施念没有找这方面的人专门鉴定过，难得遇上懂的，便也来了兴趣，询问顾央是不是能看出什么门道。

顾央告诉施念，首先这副面具是纯金打造的，也就是单从材料上来说就值不错的价格；其次这副面具采用了很高超的细金工艺，这门传统手艺在过去是专门打造皇家饰品的，有“三分手艺，七分家伙”的说法，流传至今很多细金工艺的艺术品都被列入文物了。

如果施念的这副面具是当代的艺术品，那么如此精细的镶嵌工艺只可能出自大师之手，换言之，其价值已经不单单是本身的材料这么简单了，这副面具的价值是无可估量的。

施念接过面具的时候人是蒙的，当初在船上，吴法把面具交到她手中时，她就觉得这副面具太过精致了，和所有人戴的似乎都不一样，但真不知道它如此珍贵。

怪不得她下船后，关铭会特地让吴法亲手把这个锦盒交给她。

她从东城离开时，这副面具便一直随身带着，想留个纪念，只是当得知这副面具的珍贵之处后，她心头更是蒙上了一层说不清道不明的情愫。

晚些时候 Alexis 回来听顾央提起施念的那副面具也很感兴趣，敲响了她的房门，想看看这件艺术品。

施念把面具拿给 Alexis 的时候，她很夸张地赞叹道“Amazing”。

她拿手机拍了照，研究了很久，然后问施念是谁送给她的。

施念没有隐瞒，告诉 Alexis 是关铭。

Alexis 似乎有些吃惊，问她上次那个圣诞礼物是否也是关铭送的。

施念点点头。

Alexis 小心翼翼地将面具放入锦盒内，突然很直接地问施念：“你爱他对吗？”

施念从没被人这么直白地问过，当场就愣了下，眼神躲开。

Alexis 笑了：“这没什么不好意思的。我见过关铭一次，说实话，他是我遇见过的最有魅力的亚洲男人。听我哥说他在学校时就是风云人物，很多女孩喜欢他，你对他动心也很正常。”

施念无法告诉 Alexis，她和关铭之间不是谁对谁动心这么简单，他们中间横着太多无法跨越的问题。如果他的身份不是西城关家的少东家，她或许可以奋不顾身，但现在她如果奋不顾身对他来说只会是困扰和阻碍，所以她无法将自己内心的这份情感告诉任何一个人。

随后 Alexis 又对施念说了件事，她听说靳博楠的背景很不一般，母亲是非常出色的外交官，父亲是中国人，但很小就移民美国了，是一名很优秀的企业家，手握当地最大的零售供应链，在法国还有好几个酒庄，有自己的红酒生意，同时他父亲在这里的华人圈的影响力也很大。

而靳博楠本身毕业于剑桥很牛的金融专业，去年回到华尔街，未来应该也是前途无量。

Alexis 本来以为施念会很激动，却发现告诉她这些后，她依然无动于衷。

施念的内心的确是毫无波澜的，她经历过那些豪门贵族，这些所谓的财富和权力便不再能够打动她。如果以后自己能将前尘往事全部抛却，考虑找个伴共度余生，她也不会再找这样的家庭，情愿找个普普通通的人，平平淡淡地过一生，这是她的真实想法。

年后 EL 和施念敲定了设计稿，施念赚到了人生中第一笔报酬，自已亲手挣来的，她激动得无以复加，拿到钱后最先想到的就是得用这笔钱给关铭买个礼物。从来都是他送她东西，这次她赚到钱了得给他回个礼。

可思来想去，他似乎什么都不缺。给关铭买名牌总觉得太俗气，而关铭会穿戴的名牌也不是她能买得起的，她实在想不出什么合适的，便暂时将这笔钱存了起来，想着以后遇上合适的再送他。

第二个学年开始后，施念逐渐被同学和导师所熟知，她和 EL 合作这件事的确为她带来了一些名气，更多的是踏入第二学年后，绝大多数同学都开始变得不修边幅，睡觉吃饭的时间都很紧张，便逐渐懒得化妆打扮，T 恤牛仔短裤怎么随意怎么来。

所以在这样的环境下，大家渐渐注意到了这个来自东方的女人。

她无论在什么样的情况下，总是穿着得体精致，可是乍一看她的着装并不华贵夸张，总是很简单的搭配，可小到耳钉和纽扣的款式都是和谐的，加上她长了一张柔润精巧的脸蛋，气质很快脱颖而出。

并不是她比别人爱打扮，只是她相对而言更加勤快些，无论是对自己还是对学业。那时候身边有些同学为了节省时间会在当地找服装厂，偷偷把设计稿发过去让别人做样品，可她一直坚持自己动手，纵使有时候真的累得连胳膊都抬不起来，不过那种痛并快乐着的感觉让她享受。周围的同学都是来自世界各个地方的优秀设计师，很多导师也是知名品牌的首席设计官，她所能吸收到的行业规则和经验，还有那些顶尖品牌的一手材料，是她从未体验过的新鲜感。

她打从心里感激关铭能给她一次这样的学习机会，为了喜好奋斗，为了理想拼搏，她必须要经历这个艰难的过程才能将自己打磨成一名真正合格的设计师。

刚开始的一年半的确过得比较苦，她的好运在第二个学年的下半学期等到了。

施念终于用一份份作品换来了一次独一无二的实习机会，Alexis 甚至比施念还要早知道这个消息。当她告诉施念 Klein 的助理在圈子里打听施念的时候，施念几乎觉得根本不可能。

可当施念真的收到 RCM 的实习邀请时，她才知道这是真的，而且对方已经找到她的导师做过直鉴。导师告诉施念，这是非常难得的机会，被 Klein 的人看中，加入 RCM 已经奠定了她未来的道路，这是一个很高的起点。

施念不敢错过这次弥足珍贵的机会，做了充足的准备去报到。

她想象着能在 Klein 这样的设计大拿身边工作的样子，光想想就觉得梦幻，但梦和现实的差距还是挺大的。

她刚过去的头两个月，连Klein的面都没见过，而所谓的设计师助理的职位，并不是Klein的助理，过去以后才知道，Klein下面有很多助理设计师，而她只是那些助理设计师的助理，和真正的殿堂级设计大师还差了很多个台阶。

和她同时去实习的人都是或多或少在行业内有些名气，或者得过什么奖项，受到认可的，她在还没有什么知名度的时候，就能进入Klein的团队工作，在别人看来已经身披光环，因此她很珍惜这次机会。

在适应一段时间后，他们就要直接上手出设计图了。真正投入工作中，施念才知道学校里的导师对他们的魔鬼式训练真的是有用的。

起码她不会突然难以适应那么高强度的工作压力，好在有过一些经验了。

和施念一起成为Cecil手下的是个西班牙女孩，性格开朗，创作上和施念的风格差异也很大，那位西班牙姑娘设计的东西奔放活泼有趣，而施念的设计风格偏内敛一些，则更专注细节的把控，各有优势。

两人既是同事关系，也是潜在的竞争对手，谁都想自己的作品能够先被采用，她们都很清楚一旦作品能被选中就有面对市场的机会，这对任何一个设计师来说都是质的飞跃。

那个西班牙姑娘本身在圈子里已经闯了一两年，经验和对市场的把控力上要比施念丰富一些，所以在经过几个月的磨砺后，她的一个系列设计作品被Cecil看中，但最终呈现的效果是在她原有作品上进行了部分改动，设计师署名却并没有她，而是Cecil。

西班牙姑娘觉得这对她来说是一种耻辱，她无法忍受这种行为，找到Cecil大吵，最后闹得不欢而散。她选择离开RCM回国自己创立品牌，她觉得她的才能不能成为别人的垫脚石，她在临走时对施念这样说的。

在她离开没多久，她们的那位上司Cecil便找到施念，问施念对这件事有什么看法。

施念几乎没有思考，便很直接地告诉她："我是来实习的，所以眼下最看重的是实践和学习的机会。"

Cecil对她露出了颇有意味的笑容。

那之后施念的很多设计作品都被Cecil直接拿去修改再发布，当然发布时的署名依然不会出现施念的名字。

施念并没有因为这种事不痛快，她其实很清楚，任何行业都存在一定的规则，在自己没有出头前必须得适应并接受这种规则，只有当自己真正强大时，才有资格做规则的制定者。这是关铭当初对姜琨说过的话，她觉得对她来说同样受用。

有的人会被行业里的潜规则压垮淘汰，而有的人却能适应这种规则迎难而上，西班牙姑娘的确有着过人的才能，但她属于前者，而施念却恰恰相反，属于后者。

每次 Cecil 修改过的稿子施念都会回去一点点研究整理，渐渐地，她开始摸索到一些门道，她设计出的东西在某些方面有些生硬，民族符号太过明显，虽然有着很强烈的个人风格，但对于市场来说确实是硬伤，而每次 Cecil 会用更国际化的审美标准来完善她的设计稿。

让施念不得不心服口服的是，同样的底稿，经 Cecil 之手的成品在市场上激起的水花肯定要比出自她手的东西强。这是她在 Cecil 身上学到的经验，她开始迅速调整自己的设计语言，去观察、学习、研究，用更容易让大众接受的方式来诠释她的个人风格和魅力。

到后来 Cecil 能改动的地方越来越少，几个月后施念和 Cecil 共同完成的一个系列出现在展销会上，从成绩来看居然卖得还不错。

在庆功宴上施念兴奋地喝了酒，虽然设计师署名中依然没有她，但她内心却收获到巨大的成就感，这份成就感是无法替代的。

施念和其他人一道去恭贺 Cecil 时，Cecil 把她单独拉到一边，对着她举杯说道："念，你是个很有天赋的孩子，也是我带过的助理中最上进的一个，我遇见过很多有天赋的人，但不是每个人都能做到像你这么努力。我正式邀请你进入 RCM，成为一名真正的设计师。"

那天，纽约进入了冬天，气温骤降，很多人套上了呢子大衣，施念却感觉四肢百骸都在沸腾，整个人都燃烧起来。

她答应 Cecil 二月份自己的课程全部结束后会给出答复。

以 Alexis 的话来说，她用了很短的时间完成了别人可能两年、三年才走完的路，可以一毕业就进入 RCM 从正式的设计工作开始做起。RCM 和很多国际一线的大品牌都有长期的合作关系，未来等有了代表作，也就意味着有了进入这些大品牌担任首席设计的门票，只要她继续这样勤勤恳恳地走下去，她是能够看到那座梦想中的殿堂的。

这对施念来说有着无比巨大的动力，可同时研究生期间的课程要结束了，这关系到她未来的发展规划问题，所以她没有立马答复。她如果答应也就意味着她可能未来几年都会留在这里，她总觉得到时候应该问问关铭的意思。

第二年的圣诞节关铭依然给她寄了份礼物，很特别的礼物，一顶帽子，可当包装拆开后，一屋子三个姑娘都疯了。

一顶 Peyton 的手工帽，帽子样式虽然简洁，却深受明星贵族的喜爱。一顶最普通的帽子也要十万美金以上，在上流社会拥有一顶 Peyton 亲手所做的帽子更像是身份的象征。

而施念得到的这顶帽子是当年最火的一顶手工帽，全球独一份，出自 Peyton 大师之手，登上过不少时尚杂志。

更让施念吃惊的是，就连这顶帽子的头围都和她的刚刚好，好像就是为了她定做一般。

她拍了张帽子的照片发给关铭，附带一条信息：贫穷限制了我的想象。

很快她又发了一条过去：筀哥，你不要再送我这么贵重的东西了，我一个人在外面，怕被强盗盯上。

晚些时候关铭回复她：别人在这个日子都能收到家里人的礼物，你不能没有。圣诞快乐，小念儿。

施念在收到这条信息的时候，躲在被窝里大哭了一场，真的就是那种压抑在心里很久很久的情感突然一下子全部宣泄出来的感觉。那时候施念才终于知道关铭为什么会在圣诞节这天送她东西。

他知道她在国内没亲人了，所以也不会回国，可待在国外，这种节日往往是最难熬的，全美放假，看着别人举家团圆，互送礼物。她纵使再怎么和朋友一起度过，内心难免孤独想家，关铭给她的这份礼物的意义早已超过了礼物本身的价值。

那时她已经意识到关铭对她来说不仅仅是一个崇拜或者爱慕的对象，他是她的家人，在这个世界上唯一可以称得上家人的存在。

她仰慕他，欣赏他，也的确对他有着很深刻的感情，可男人和女人之间不一定非要是那种关系不可，与其头破血流去撞那堵墙，倒不如就站在墙外远远地望着，起码心里知道有个人，就在那儿，还能惦记着彼此，这就足够了。

如果未来关铭需要她，她也可以成为他的伙伴、战友，以另一种方式做他的左膀右臂，这也未尝不可。

这样想着她的情绪才慢慢平复，心里会稍微踏实一些，刚来头一年那种急切的感觉也逐渐得到缓解，人更加能沉得住气在这里学习生活了。

可让她没想到的是，二月份按照中国那边来算，还在春节里，她却遇见了一个老熟人，关沧海。

当关沧海来找她的时候，她半天都没反应过来会在这个地方这个时候突然碰见他。虽说她和关沧海不能算得上多熟悉，可因为有关铭这层关系在，再次看见他，她总感觉特别亲切。

她还震惊了好半天问他："你怎么来美国了？"

关沧海笑着说："这里有你的学校也有我母校啊，我当年是在 LA 的 USC，很多老朋友现在都在纽约这边工作，我前天就到了，今天是关铭叫我来接你的。”

施念更加震惊了：“他……他也来了吗？”

“他要从 Shingletown 那边赶过来，大约傍晚前能到纽约，让我先来接你。”

打从施念听闻关铭傍晚会到纽约后，灵魂就在打飘，几乎机械化地问：“那我们去哪儿？”

“去东部一个朋友的别墅，不算远。你可以准备下，我们开过去大概两三个小时。”

“好，那……那你等我一下，我……”她摸了摸自己的头发，又低头看了看身上的大衣对关沧海说，“我去换个衣服。”

关沧海见她这副不知所措的样子，笑着对她说：“不急，你慢慢换，让关铭先到等我们也行。”

3. 南望轻舟顾相盼

施念没有让关沧海等太久，一会儿就收拾好随他一起前往东部的郊区。上了车后，她问关沧海：“过去的有哪些人啊？”

关沧海告诉她：“都是我们在这里的一些老朋友。本来去年就说好聚聚了，拖到今年，准备在 LA 碰面，关铭正好今天要到纽约来转机，又是他生日，免得他再跑一趟，所以大家干脆在这里碰头。想到你也在纽约，他就让我把你也接去聚聚了。”

施念突然怔了一下：“你说今天是笙哥生日啊？”

关沧海笑道：“是啊，老男人一枚了。”

施念忽然沉默下来，几秒钟后，她直起身子对关沧海说：“绕一下吧，去唐人街，我得给他准备个礼物。”

关沧海无所谓地说：“不用，也就是找个理由大家聚聚，他不收礼，你跟他客气什么？”

“他收不收是他的事，但我得送。难得能碰上，又是他生日，我不能空着手。”

关沧海拗不过施念，转了方向盘往唐人街开去。商场里的名牌有钱谁都能买到，她就想挑一件独一无二的礼物。施念当真是一家店一家店地认真仔细地找，总觉得看上眼的东西就是差了那么点，衬不上关铭。

好在最后找到了一家专门做苏扇的店铺，她心头一热问老板扇面可不可以自己写。

老板很少见到会提这样要求的顾客，好在他自己就可以制作，所以拿了扇面给施念选。她选了最上乘的宣纸，老板为她准备了笔墨，关沧海饶有兴致地在旁看着。

施念提笔的时候突然大脑一片空白，不知道该画些什么。她闭上眼想象着关铭的样子，他摄人心魄的轮廓突然出现在她脑海。她想到了分别那天，他带她泛舟河上的惬意，不禁露出了微笑。

睁开眼的刹那，她落笔描绘出一幅小舟浮于河上的画面，船头站有一位衣袂翩翩的古代男子，手上拿着一种流传于江南的汉族的古老吹奏乐器，叫“笙”。

远处的天寥寥几笔，泛着淡淡的橙黄色，很难说到底是夕阳西落，还是朝阳初升，妙就妙在似乎怎么看都可以成立，不过在于观画的人所处的心境罢了。

除了店里的老板和关沧海，陆续有不少路人驻足围观，连连赞叹。

施念几乎把自己前半生所学的所有情感、画工都用在了这幅扇面上，最后题了一排小字——

一曲笙歌诉乡念，南望轻舟顾相盼。

乍一看是一句带有思乡之情的小诗，可她想笙哥能看懂。

扇子的另一面，她用毛笔题了十个苍劲有力的大字——

宁为百夫长，胜作一书生。

这是她答应关铭下一次见面告诉他“百夫长”名字的由来，她都写在这幅扇面上了。

然后她将扇面小心翼翼地交给老板风干加工。

老板看她这字连连问她是不是书法家。

施念笑着对他说：“我是名设计师，来自中国的服装设计师。”

老板很惊讶地说：“你应该把这些画弄到衣服上去。”

施念陷入了短暂的沉思。

后来选扇骨的时候，施念在木料中选择了带有龙鳞纹的小叶紫檀，帝王之木。选好这一切后，她觉得总算买了一样能衬得上关铭的礼物了。

当然她选的扇骨价格很贵，她几乎拿出了所有积蓄，还有实习期的一些工资。

弄好一切上路的时候天都快黑了，关沧海一路将车子开往东郊。路上施念始终抱着那个包装精美的盒子，一颗心七上八下的，关沧海还让她睡一会儿，可她想到待会儿就要见到关铭了，睡意全无。

她试探地问过关沧海：“笙哥他……他结婚了吗？”

关沧海先是微微愣了下，而后意味深长地看了她一眼：“你待会儿见到他自己问他。”

这句话反而搞得施念心神不宁的。

车子开进整洁的街道，然后停在了一栋别墅门口。别墅的草坪修剪得很整齐，院子里很多人在烧烤，很热闹也很随意的气氛。他们刚进去，就有人对关沧海招手问他：“你不是说下午到吗？怎么这么晚？”

“有点事耽误了，关铭到了吗？”

“刚到，在里面了。”

施念在听说关铭已经到了后，那种紧张或许还有些期待的心情把她弄得特别局促，其实她已经很久没有这种感觉了，陌生却又熟悉的心悸。

关沧海回头对她说：“那我们进去吧。”

施念点点头，跟随他进去室内时，客厅也是乱哄哄的，到处都是人，放着音乐喝着酒。她扫了一圈便在人群中看见了那个许久未见的身影。

也许是刚到的缘故，关铭身上还有些风尘仆仆的感觉，此时坐在靠里的沙发上，刚接过别人给他泡的茶，眼带笑意地和老友说着话，头发似乎打理过，比从前更短了些，整个人看上去却是精神的，甚至给施念的感觉比从前还要年轻些。

在施念看见他的下一秒，关铭也转过视线，彼此的目光隔着凌乱的大厅遥遥相望，就那么一瞬间，两人看着对方都笑了。

关铭放下茶杯站起身对施念招手，让她过去。关沧海和施念穿过几人走到关铭面前，短短十几步对施念来说却仿若走过了千山万水。

来到他面前时，关铭对她张开双臂，一切都很自然，像老友重逢后的喜悦，却突然让施念有些不知所措。她还抱着礼品盒，手都不知往哪儿放。

关沧海适时伸出手接过东西，这样，她得以空出手去抱关铭。

她真的没想过有一天，能在这么多人面前，不用戴面具，不用伪装自己，也不用刻意躲着谁，堂堂正正地和他拥抱。

她和他中间还有一步的距离，所以她也只是探过上半身，抱得并不结实，可身体落入关铭怀里的那一刻，他收了手臂放在她背后轻轻拍了拍将她带进怀中。

两人甚至一句话都没有说，他熟悉的气息扑面而来，高大的身影好似完全将她笼罩。地震那次他将她抱起时情况太混乱，后来回想只觉得他的胸膛很结实，她躲在他怀里好似就能驱散那些恐惧，可现在是真真切切感受到他的怀抱，让才从室外进来的她瞬间感觉到被温暖包围着，当即就红了眼眶。

“瘦了。”关铭的声音落在施念耳畔，然后放开她，手却依然搭在她的肩膀上，似还想好好端详她一番。

她扬起头，杏眼莹润，脸上有笑。

旁边有人凑上来问关铭：“这位美女是谁？没见过嘛？”

施念怕关铭为难，抢在他前面开了口：“他一个远房妹妹。”

她想着说妹妹总比朋友听上去要更亲切一些的。

关铭没说话，只是深邃的眼神似有若无地落在她脸上。

关沧海将盒子交还给施念，对关铭说：“你这个远房妹妹为了给你送生日礼物可下了血本了，还拖着我弄到这么晚，不然早到了。”

关铭垂眸将视线落在包装盒上，施念对他露出个笑，把盒子递给他：“生日快乐，笙哥。”

关铭接过盒子，招呼她：“随便坐，我让人给你弄点喝的。”

“不麻烦。”施念客气了一下，在关铭另一边的沙发空位上落座。

关铭坐下后打开包装盒，拿出那把折扇。他将盒子放在一边，单手一开扇，施念就笑了。果然和她想象中一样，他拿着折扇的动作潇洒自如，那轻摇折扇的模样透着肆意的风流劲儿，施念不禁想到要是放在古代，他这副模样怕是真要公子醉时香满车了。

关铭仔细端详着那幅画，抬眸看见施念对着他笑，他眼里也流露出些许温度：“你画的？”

施念点点头：“前几年你不是让我下次再用心画幅给你嘛，今天虽然时间有限，但我是真用心的。”

关铭嘴角泛起笑意，目光落在那排小字时，施念脸颊微红。

那小诗是她临时加上去的，里面有他和她的名字，也有两人分别时的意境，在那艘梦回江南的轻舟上，而“顾相盼”更有些互相牵挂的意思。关铭在看到那排小字时，笑意染上眉梢，他那副样子，莫名让施念心悸撩动。

说来她出国都这么长时间了，见过形形色色的人，也参加过大大小小很多聚会，不乏对她有所暗示的男人，或者五官轮廓都很帅的老外，但真的没有人能让她如此悸动过。她想，也许只有关铭有这种本事，勾人的本事。她不禁又笑了起来，干脆起身帮外面的人端烧烤进来。

关铭翻过扇子看见了那苍劲有力的十个大字，目光落在上面良久。旁边有朋友也凑过来看，夸赞道：“你这个妹妹字写得可以啊，给我也写一幅怎么样？”

关铭收了折扇落下两个字：“不妥。”

朋友都清楚关老板不是小气的人，不过在这件事上关铭还真没松口。

都是兄弟间的聚会，有的带了女朋友或者老婆，想吃就吃，想玩就玩，没什么讲究。施念虽然不认识他们，但也很快融入进来，大家知道她是关铭的人，对她也很友善。不多久，施念端了第二趟回来了，放了一盘在关铭面前。

关铭叫住她："别忙了，过来歇歇。"

关沧海阴阳怪气地在旁说："是啊，你笙哥难得见你一次，多让他看看，他明天早上还要赶飞机。"

施念心里咯噔了一下，没想到他的行程如此匆忙。

她当真没乱跑了，老老实实地坐在关铭旁边的沙发上，递一串烤肉给他，又想到什么问道："你才下飞机，吃这些会不会胃不舒服？"

"不要紧。"关铭接过。

而另一边，有人给施念上了一个高脚杯，当她看到杯中熟悉的淡绿色液体时就有些疑惑。她看了眼关铭，然后端起酒杯喝了一口。果不其然，似曾相识的味道瞬间充盈着她的味蕾，是那种散发着青苹果淡淡果香的甜酒。

她其实是有些激动的，真的没想到时隔两年多，在异国他乡的郊区还能喝上一口这种熟悉的甜酒，整个人都愉悦起来。

她举着酒杯望向关铭："枯木逢春酒？"

关铭笑了笑对不远处招了下手，外面进来个男人。关铭对施念说："我来给你介绍下，姜志杰，曾经是一名高级调酒师。你要是喜欢这款酒，我让志杰把步骤抄给你，你有空可以自己琢磨看看。"

施念在记忆中搜寻了一遍，突然想起来这人是当初领着她下船的男人，关铭的一个手下，看着像打手的模样，居然原来是一名调酒师，她和这位调酒师互相认识了一下。

关沧海在旁插了一句："志杰兄弟早就金盆洗手多年了，也就你非要逼人家露一手。"

施念不知道姜志杰身上发生过什么，为什么会从一名调酒师成为关铭的手下，但能看出他很敬重关铭，关铭嘱托他的事，他不会拒绝。

施念看向关铭，他顺手拿了一串刚烤好的鸡翅递给施念，施念也开吃起来。

后来大家都坐了进来，七嘴八舌开始聊天。有人问起关沧海："去年你不就说要过来吗？"

"过不来，家里不让。"

"怎么回事？"

"怕我在这儿搞异国恋耽误家里生意。"

一屋子人都笑了起来，就当关沧海在说笑，施念却差点噎到，忽然想起来关沧海说的很有可能是真的。她刚到纽约，那个风口浪尖上关沧海再跑过来，关家那边肯定盯得紧，怕关沧海对她执迷不悟，为了大局着想关铭应该也不会让他来。

怪不得，她以为去年二月份关铭会过来滑雪，还想着能不能见上一面，结果他也没有来。

关沧海不禁扫了眼施念，发现她表情僵了下，当即就笑了起来。关铭不动声色地瞪了他一眼，他收敛了笑意不逗对面的姑娘了。

老朋友聚会哪怕什么事都不干，坐在一起聊天时间也过得很快。关铭倒是很少出声，基本上就坐在旁边听着大家闲聊，偶尔话题绕到他身上时会说个一两句，不过目光倒是总会停留在施念身上。

本来以为接施念过来她会不太自在，毕竟都是一屋子陌生人，后来他才发现自己多虑了。这两年在外面的学习生活到底还是对她有着不小的影响，其实从上次圣诞节他收到施念的短信时就感觉出来了，丫头会跟他开起玩笑了，不再那么谨小慎微。

今天一看，她的确变化很大，脸上的笑容变多了，不像原来总是拧着眉，性格也开朗了不少，整个人更加富有生气，和人交谈时眼睛里都是光，穿着打扮上也更加精致了。头发上那个羽毛形状的钻石小发夹在灯光下特别闪耀，好几次关铭都不自觉瞥去视线。

偶尔施念回过头撞上关铭的目光，会情不自禁对他笑一下。可能她以前笑得少的缘故，他竟然都没有注意到她唇下有个很浅的小酒窝，不太明显，但笑起来的时候会感觉她的面容很甜美。

当关铭的那些朋友听说施念在 RCM 工作时，纷纷问她要了名片，说以后如果需要定制衣服时找她。施念也只当大家客套，笑着应下。

后来一帮男的聊起上学时打的游戏都一头劲，虽然现在都是三十多的年纪，各自在不同的领域都成为佼佼者，可心里到底还留着些青春热血的情怀，于是说干就干。二楼有个放映厅，里面有游戏设备可以投影放大，大家都可以围观，于是所有人都移步到了二楼观战。

大家都说他们中间关铭游戏打得最精通，而且那会儿他肯砸钱，一身装备啥都不干，往外面一站就能让人闻风丧胆。

但关铭今天赶路真的有些乏了，推托手感不好，在后面看看。

于是他坐在了最后一排，施念坐在前面。她要比这些人小不少岁，他们玩的游戏她没玩过，纯粹就是凑热闹，灯关掉后，放映厅很暗，只有前面大屏幕上投放着战况。

施念围观了一会儿，回头去看关铭时，发现他手撑着脑袋，半合了眼，似乎有些疲惫的样子。

她几步走到最后一排，看见他手边的茶杯都空了。她拿起茶杯轻手轻脚地离开，替他倒满了热水又端了回来放在他身边，刚准备走，她的手腕被扯住。

她回头，关铭瞥了眼身边：“陪我待一会儿。”

关铭松了手，施念又重新转过身在关铭身边坐下。沙发都是那种能坐两个人的，有些像电影院里的情侣沙发，两人坐在一起挨得很近。

施念这才突然想起什么，一个劲地去看关铭的手，奈何关铭的手轻握着，后排光线实在太暗，根本看不清他无名指上到底有没有戒指。

很快，关铭发现了她的打量，笑着问她：“我手上有什么？”

施念抬起头目光与他的对上，黑暗中两人的视线无声地交汇着，他眼里有笑，施念觉得他知道自己在看什么，故意这样问。

她干脆直接说出口：“看笙哥是不是已婚了。”

关铭将手掌摊开，把左手递给她。

关铭的手就在施念眼前，她垂眸看见上面什么都没有，没有那枚象征着他已婚的戒指，她似乎是松了口气。

关铭留心着她表情的变化，然后笑了，收回手对她说：“晚上在这儿住下，我给你安排间房，明天睡醒了再回去。”

施念问他：“那你呢？”

“我明早还要赶路，去趟柏林，有些技术问题要过去做交流，这次时间比较紧，也只能叫沧海送你回去了。”

施念点点头，然后便没再说话了，想到他第二天还要去德国，那么远，去了德国应该也不会回来了。这一分别又不知道什么时候才能见，这让施念的情绪又跌落下来。

正好这时候有个关铭的老朋友从楼下上来，过来拍着他问道：“现在你和卓菲还有联系吗？听说你为了她到现在单身不娶啊？还有人说你后来的女人都是照着卓菲的样子找的，真的假的啊？”

关铭斜了他一眼：“喝多了就去楼上睡觉。”

那朋友摆摆手：“不说了不说了，卓菲八成也在等你，你们啊，唉……”然后这人就走到前面围观战况去了。

施念撇过头垂下视线，虽然坐的地方很暗，但她还是下意识躲开了目光。其实她能猜到的，这些都是关铭的老朋友，自然都参与过他的过去，那个名字既然能这么轻易地从姜琨口中说出，也难免会出现在这些老友口中。

关铭突然抬手碰了下她的发夹，她回过神来问了句：“怎么了？”

“发夹歪了，过来，我给你重新夹一下。”

施念没多想，把头歪过去。关铭两只手臂抬了起来，她的额头离他的锁骨很近，他的呼吸就落在她的发上，好似只要她微微抬头就能碰上他的下颌。关铭慢条斯理地将发夹取下，又似乎在找角度给她重新夹上，虽然没有多余的触碰，可她好似就在他怀里。两人离得很近，衣服擦着衣服，空气中全是暧昧的味道，可谁也没有打破这样的气氛，就放任这个动作无限延长了很久。

直到再也无法延长下去，关铭放下手对她说："你觉得我这个人怎么样？"

问题太突然，几乎没有给施念思考的时间，她就脱口而出："好。"

见到关铭笑了，她也笑了："我是说你是个有大仁大义的人。"

"很多人不这么认为，特别在对待女人方面，也许大多数人会认为我不主动，不拒绝，不负责，你怎么看？"

这个问题的敏感程度已经足以让施念心跳加快，她不知道关铭为什么好好地提到女人方面的问题，只能硬着头皮回答他："关于笙哥感情方面的事情我也不太清楚，不好评判。"

她故意把话题从自己身上绕开，不想直面这个问题。

关铭却弯了眼角："那我来告诉你，在这之前我从来没有把男女感情当作一件纯粹的事情看待，也许和家里对我的定位有关。卓菲的家里是做外贸生意的，在海外市场有些实力，而我们家在国内市场根基比较稳。大学快毕业那年，我们都急需资源和发展，也都急于证明自己，所以我和她之间也算是达成了某种程度上的共识。"

"如果能一直维持这种共识，也许我和她能走到最后，会成为不错的搭档，只可惜最后道不同不相为谋。"

"她毕竟是个姑娘，从小被人捧惯了，拆伙的时候为了给她留些面子，所以对外说起来好像我为情所困，成了被抛弃的那一个。"

施念望向关铭，眨了下眼，不知道他为什么要对自己说起他的感情经历，可似乎这样听来，她心里那股堵在胸口的情绪慢慢消散了。

关铭接着说道："我刚回国做的什么生意你清楚吗？"

施念点点头："听说过一些。"

"那你应该知道我一开始接触的都是什么人，要是在外面装得一副清高自洁的样子，谁能跟我耍得开？至于男女感情这方面，我也就动过那么一次心思想找个不纯粹的合伙人，后来发现在外面应付那些明争暗斗的事情，回到家还要继续心防着心，累，所以再也没动这个心思，以至于到现在还是个光棍。"

关铭越说到后面，施念心脏跳动的频率越发加快。这个问题其实施念当初在船上就问过他，为什么不婚，他当时只是一语带过地回答她没有必要。

而今天是关铭第一次如此直白地告诉她原因，他要的是一段纯粹的感情，一个纯粹的女人。

施念已经不是小姑娘了，有些话她能听出意思，关铭怕她多想，所以才特地费口舌跟她说了这些。两人在这个时候，说这些话本身就有着一些说不清的情愫在里面。

但是关铭突然停了声音，端起茶喝了一口，似乎在等她说话。她不知道怎么接，这样剖白的交代，要是换作别人，她就指星星指月亮假装没听见了，可这个人是笙哥，她没法再闪躲。

所以她直接告诉他："其实你不说这些，我也不会那样想你的，不管别人怎么说你，我只会相信我看到的你。"

关铭笑了，放下茶杯说："我知道你不会那样想，但该说的还是要说，不然你皱着一张小脸跟受了多大委屈似的。"

施念有些诧异地转头看他，瞬间就红了脸，所以……他费了半天口舌就是为了哄她不生气吗？为什么她刚才都撇过头了，他还能注意到她的表情？

后来关铭一个兄弟被虐得挺惨，非要拉他过去组队报血仇，他们就没机会再说话了。

这是施念初次结识关铭以前的兄弟们，绝大多数都是家境殷实，或者自身发展很厉害的成功人士，不过在这种私人聚会上大家还是很随意，没人端着架子。

晚些时候，这个别墅的女主人告诉施念她的房间在哪儿，人虽然挺多的，但她分到了一间单独的客房，宽敞明亮。

她简单冲洗完躺在床上，已经半夜了，但她依然毫无睡意，想到关铭此时此刻和她在一个屋檐下，这两年来的所有思念都化为了亢奋，人就越来越清醒。

又想到几个小时后两人又要分别了，这种感觉就像有人对她抓心挠肺般难受。后半夜她干脆不睡了，套了外套走下楼。

让施念讶异的是，一楼客厅灯虽然是关着的，但是壁炉旁却闪着火光，几个人围着壁炉坐着闲聊。

听见动静他们偏了下头，施念看见关铭和关沧海都在，出声问道："你们怎么都没睡啊？"然后又看向关铭，"你不是明早还要赶飞机吗？怎么也不睡？"

关铭探过身子把软垫扯了过来放在身边给她坐，说道："睡不着。"

施念几步走过去盘腿坐了下来，小声说了他一句："你也不怕来回奔波身体吃不消。"

关铭扬了下眉梢，向着她歪了下身子：“你在质疑我的体力？”

想到关沧海下午还说他是老男人一枚，施念不禁笑弯了眼。

关铭又问她：“你怎么也不睡跑下来了？”

施念侧头望向他：“和你一样，睡不着。”

对面的关沧海“啧啧”了两声：“你们这耳朵咬的，说什么悄悄话不能让我们听啊？”

关铭这时候看关沧海的确有些碍眼了，转头问施念：“想喝点什么？”

“随便，有什么喝什么。”

关铭起身对她说：“Esmeralda 的咖啡这里没有，我去给你弄点现磨的。”说完又回了下头去瞧她，“不来帮忙？”

施念才后知后觉地站起身跟了上去。

他们走后，几个朋友不禁面面相觑，然后同时看向关沧海问道：“她到底是不是他的妹妹啊？”

关沧海笑得颇有深意：“你们就当是妹妹咯。”

磨咖啡不过是个借口，关铭就是觉得外面人多，找个地方和施念说上几句话。

而施念也正好想找关铭说说工作上的事情，晚上一直没机会说，现在再不说后面又没机会碰上了。

进了厨房后，关铭找来咖啡豆放入咖啡机中研磨，转过身看见施念靠在他对面的吧台边，目光对上的时候，又望着彼此笑了。

施念也觉得挺神奇的，不知道为什么这次见面，关铭的目光只要落在她身上，她总是忍不住想笑，其实她自己也感觉莫名其妙，但是控制不住。

她低下头，耳畔的长发落了下来。傍晚她进屋的时候一直绾着头发看不出来，现在关铭才发现她头发长了，烫过了，披下来时微卷的大波浪，很有设计感的米色粗针织开衫，脖子上戴着小巧的吊饰，坠在精巧的锁骨上，多了些女人的韵味。

他安静地看了一会儿，开口道：“你……”

“我……”

没承想两人同时开了口，这样的巧合让他们又笑了起来。关铭摆了个请的手势，让施念先说。

施念拉了下开衫将自己裹紧看向关铭：“你先说吧。”

关铭靠在身后的吧台旁，施念无法忽略他笔直的大长腿，目光略微下沉，听见他说：“你想做《从军行》里的百夫长？”

施念垂着视线说：“你当年送我走的时候，跟我说了很多话，我脑中就总是出现那个书生，我的心情应该和他是一样的，面对很多事情觉得自己无能为力，亲眼见到那些伪善，亲身经历那些阴暗，心中有很多不平，所以我想成为百夫长，驰骋沙场，无论是为了自己的人生目标，还是为了更远大的理想。”

“我没对你说，是因为怕自己做不到，还没踏出国门就对你说大话，被你笑话，总想……出去以后真能学出来再告诉你。”

关铭双手撑在身后的台面上，目光意味深长地落在她身上，半晌，说道：“嗯……小念儿想带兵打仗，我来猜猜看敌人是谁呢……”

施念猛然抬眸牢牢地注视着他，一张脸突然变得严肃起来。这个世界上她最该信任的人就剩关铭了，可要真说敌人，面前的男人和她的敌人也有着千丝万缕的联系。

她没有说出那重意思，奈何关铭太睿智了，她不过提了一句驰骋沙场，他便能猜到她心中真正的痛，什么东西驱使着她不断向前再向前。

气氛一时间变得紧张起来，施念突然不知道该怎么面对这样的局面，从关铭的表情上根本判断不出他的情绪。

关铭看出施念有些警惕地观察着他，突然笑着问她：“你刚才想对我说什么？”

施念回了神，对他说：“RCM 那边向我发出了正式的邀请，我还没有答复。”

“为什么不答复？”

施念心情复杂地垂下眸：“你当初送我出来说了很多行业现状和你生意上的规划，我一个人虽然能力很小，但总觉得学成后在这里为外国人卖命，不如回去帮你。”

“想听听我的意见？”

施念点了下头，她的想法是，只要关铭的生意需要她，她会毫不犹豫立马回国，所以她需要一个答案。

等待的过程中厨房很安静，只有咖啡机发出的轻微响声。咖啡研磨好后，关铭拿了两个杯子，屋子里顿时飘荡着咖啡的香气，他端着两个咖啡杯对她说：“这里凉，我们找个暖和的地方说话。”

施念点点头，从他手上接过一杯热咖啡，出去的时候才发现，原本坐在壁炉边的几个男人都上楼睡觉去了。于是他们走回壁炉边，施念依然选了那个软垫窝着，关铭坐在她身边的躺椅上，又给她拿了个靠枕垫在背后对她说：“躺着舒服。”

施念听从关铭的建议躺了下来，所以他们几乎是一高一低并排躺在一起，白色的吊顶有火光的阴影跳跃着。

在这个遥远的国度，偏僻的郊区，身边却是熟悉的人，这种踏实的感觉忽然让施念漂泊的心找到了暂时的落脚点，仿佛人怎么样窝着都是安逸舒适的。

他们各自喝了几口咖啡后，关铭才将咖啡杯放在一边对施念说起：“辛亥革命在武昌爆发后，孙中山先生成立兴中会，当时根本没有什么人响应他，也只有邓萌南和孙眉这些华侨支持他。先生为了推翻清朝政府，六次赴美，九次访日，下南洋，去欧洲，整个辛亥革命海外侨胞起到了巨大的支撑作用，从而才能推动后来的社会变革。”

“我想告诉你的是，人在哪边不重要，重要的是清楚自己真正想干的事是什么。只有弄清楚这点，才能知道自己在哪里才能发挥出最大的价值，或者说对你自身发展是最有利的，关于这一点，我无法帮你做选择，你应该很清楚哪条路对你来说更合适。”

施念捧着咖啡杯安静地听他说话，内心却是触动的。她的确是考虑到报答关铭送她来学习的恩情，这份恩情她看得格外重要，说是再生父母也不为过。

然而关铭却并没有考虑自己生意上的事，而是站在她的角度，从她自身的发展给了她一些指引，这是让施念颇有感触的地方。

关铭见她不说话，又开了口：“要带兵打仗不能不懂兵法，我教给你两条兵法，不过其中一条现在你暂时还用不到，我先告诉你另外一条。”

“‘困敌之势，不以战，损刚益柔’，指挥战争的人需要掌握主动权，而主动权怎么才能握在自己手中？那就需要你好好思考怎样才能在调动敌人的同时，又不被敌人所调动。”

壁炉里的火越烧越旺，火苗光怪陆离地跳跃着，照进施念的瞳孔里。她能够清晰地感受到细微流动的空气钻进她的身体，让她毛孔微张，有种从心底生出的震撼。

她本以为被关铭识破自己心里装着对东城关家的怨恨，他会介意的。毕竟他现在和东城关家是合作关系，况且再怎么说，那也是和他同姓的本家。可她万万没有想到，就在今晚，关铭不仅为她指明了未来的道路，还手把手教她该怎么下这盘棋才能有胜算。

冷静下来想，她在这个时间节点回国，势单力薄，如果闹出什么大动静，东城关家估计会直接出手干预。

可如果她继续留在这边，她的一切行为对东城关家构成不了影响，他们也不会过多关注她。

那么才能有关铭口中的不被敌人所调动的条件。

一番谈话下来，原本萦绕在施念心头的困惑，瞬间就消失了。

她喝了口咖啡，呼出一口热气，歪着头对他情不自禁地笑。

关铭也侧眸看她："笑什么？"

"笑笙哥是个智者，总能在我迷茫的时候三言两语给我解了惑。"

关铭扬了扬眉梢说："智者不入爱河，愚者甘堕红尘，笙哥是愚者。"

他说这话的时候倚在躺椅上，微黄的火光映上他的轮廓，忽明忽暗，那慵懒迷人的模样世上无二。

施念望进他眼底，瞳孔轻轻颤抖着。关铭适时收回视线起身对她说："我去找点能盖的东西来，总感觉你穿得太单薄。"

走了几步后，他又突然回过身来，单手抄在西裤口袋中望着她，笑问道："你晚上还准备睡吗？"

施念抬起头，眼里都是晶亮的光，毫无睡意地望着他："那你呢？"

他脸上依然挂着笑："没一会儿我就要走了，不如陪我待到天亮？"

施念脸上也扬起笑："好。"

于是关铭找来一条大毯子，走回来的时候，施念刚准备起身，他对她说："你躺着别动，我来。"

他走到她面前蹲下身，把毯子铺开然后将她整个人都裹了起来。

他浓密的睫毛被火光染成金色，仿佛眨眼之间就有关不住的流光溢彩从他眼中溢出。施念就躺在软垫上，大概除了很小的时候，自己被妈妈这样照顾过，没人待她如此仔细了。

关铭帮她掖毯子的时候瞥见了她的小脚，套着干净的白色毛绒袜。他不禁笑了起来，似乎每次看见她的脚都会觉得可爱。

施念敏感地察觉到他的目光，缩了缩脚。关铭饶有兴致地瞥了她一眼，人长大了，周围环境也变复杂了，倒是在他面前脸皮还是这么薄。

关铭确认她整个人都藏在毯子下后才直起身，把躺椅放矮，调整到和她差不多的高度，自己才躺回椅子上，拿起毯子另一端盖在身上。

从他躺下来的那一刻起，施念始终不敢侧头瞧他。虽然他们一人靠在躺椅上，一人窝在软垫上，可同盖一条大毯子，好似躺在一起般，这样的感觉撞击着她心底最柔软的部分。

那晚，他们就这样并排躺着有一搭没一搭地聊着天，从关铭原来在美国上学的经历聊到施念这两年的学习生活。

施念虽然没有细说实习期发生的一些事情，关铭还是留意到了她话中的一些细节，特地问了她一句："你想不想发布属于自己的作品？"

这句话的确让施念的所有思维都清醒过来，她转头看他，眼里有光。

关铭拿出手机翻出一个号码对她说："我把这个人推给你，是百夫长的品牌负责人，这个部门成立时间不长，也还在摸索阶段，你可以试着和他们合作看看。如果可以的话，以你在这里得天独厚的优势，应该可以给他们提供一些专业指导。”

施念兴奋得说不出话来，几乎下意识问出口：“可以吗？”

关铭笑了：“有什么不可以的？大胆去做，就当练练手。”

这次和关铭的见面对施念来说就是一场雪中送炭，关铭为她解决了好几个目前困扰着她的难题。事实上，她和关铭见面的次数加起来也十分有限，可几乎每次见到关铭，他都能影响着她人生道路上重要的转折点。

4. 崭露头角

聊到天蒙蒙亮的时候，施念虽然有些困了，可内心却是愉悦舒坦的。无论前路还有多长，起码她已经知道努力的方向了，那么一切都变得动力十足。

关铭起身说去烧壶茶提提神，等他回来的时候看见施念已经窝在软垫上睡着了。

施念就记得那晚她最后问关铭的话是：“笙哥，你明年还会来滑雪的吧？”

她不记得关铭是怎么回答她的了，好像他什么话也没说，就看着她笑来着，笑容醉人，让她忘了继续追问下去，后来就迷迷糊糊地睡着了。

等她一觉醒来时已经是中午了，她人是躺在客房的床上，被子盖得好好的。

她再冲下楼的时候，关沧海告诉她，关铭走了，早上将她抱回房安顿好他就离开了。

她失魂落魄地拿出手机，发现关铭早上离开时给她发过一条信息：你头上的发夹我拿走了，下次见面还你。

那次和关铭见面后施念便给了 Cecil 答复，以助理设计师的身份正式加入 RCM，开始了在纽约的职业生涯。

在 Klein 的手下中，资格老些的设计师都有自己的团队，而施念刚进去单枪匹马的，很多事情必须亲力亲为，面料性能、风格、色泽包括价格的考量，设计版型，和打版组沟通，跟工艺师反复调整设计效果，研究市场定位、品牌调查、写报告等所有事情都得自己上。就连下了班回到公寓依然得收集各类流行资讯和发布会主流信息，再整理记录，人不比在学校轻松。

好在这样也有好处，她能够迅速对整个产业链有了摸底。她联系上关铭推给她的那个人，叫杜焕。自从认识杜焕后，他们经常会做交流和沟通，杜焕在这行摸爬滚打了十余年，本身经验非常丰富，但缺少国际视野，这点恰恰是在国门外的施念所能接触到的，她会把自己亲身经历的一些操作流程和管理经验分享给杜焕。他们俩像一把双刃剑，弥补对方的不足。

后来在杜焕的邀请下，施念会不时参加百夫长品牌内部的远程会议，久而久之也就和百夫长的这些核心骨干相互熟悉了。他们虽然没有亲眼见过施念，但每次开会都会叫她一声施老师。在团队中的这些年轻人眼里，也许施念和他们差不多大，但她毕业于帕森斯，又在 RCM 担任设计师，本身的经历就让他们钦佩，加上开会时只要她开口，所能提供的信息总是很有价值，提的建议通常也很精准，因此施念在这些年轻人眼里就是大神般的存在。

真正对施念的职业生涯有所影响的是她在加入 RCM 的第五个月发生了一件大事。在 Cecil 的建议下，施念参加了 CFDA 大赛，Cecil 告诉她这个奖项是全球新人设计师崭露头角的机会，如果获奖可以得到非常优质的资源。

施念听从了 Cecil 的建议。在创作参赛作品的过程中，她脑海里总会浮现那次在东郊别墅关铭对她说过的话，的确，在哪边并不重要，重要的是，心中的那股信念永不倒。

只有真正站在国际时尚的高度，才能知道怎么将民族文化诠释得让所有人看懂。

面料上她选择了传统的丝绸，轻盈如羽，运用自己的绘画功底，将设计出的国画案样进行手工刺绣，再加上贴身的剪裁，飘逸的流苏，动静结合，将女性的妩媚、优雅和东方的神秘感体现得淋漓尽致。

这个作品让施念在众多参赛者中脱颖而出，那强烈的个人风格，完美细腻的工艺使她成为那届讨论度最高的新人设计师。

RCM 为施念专门举办了一场庆功宴，那晚她是主角。Klein 亲自到场祝贺她，这个外表温柔，作品风格却很强烈的姑娘给 Klein 留下了很深刻的印象。他问起施念的创意，其实灵感来源很简单，就是那天苏扇店老板不经意的一句话。

后来她想起关铭曾经在船上对她提起过的福图尼，他还说人生所有的弯路、经历、包括沉淀都是值得的，这些东西会变成独一无二的财富，跟随她一辈子。

直到这一天施念才真正体会到这句话有多么宝贵，从前日复一日地作画、练书法，厌烦过，迷茫过，现在她如此坚定，过去经历过的一切，无论好的还是坏的，这些东西都是她人生中的一部分，陪伴她，也成就她。

自从在 CFDA 中被人注意到后，施念的生活的确发生了天翻地覆的变化，突然从四面八方涌来很多邀请，她的社交活动很快变得繁忙起来，而后她被调到了 Klein 身边。在 RCM 里，那些原本并不会正眼瞧她的前辈，也因为这个转变对她逐渐热情起来。

没多久，施念便得到了 Klein 的信任，他越发觉得这个来自东方的姑娘不仅做事认真，在为人处世上也总给人一种如沐春风的感觉，并不会因为自己的才华过人而锋芒毕露。

所以 Klein 会经常带她出席各类场合。渐渐地，施念结识了不少圈中的大拿，过去可能只存在于传说中，如今也能在同一个场合喝喝香槟聊聊天，就像突然打入了另一个世界。

一开始她还有些没底气，但到后来参加这些场合多了，便越发游刃有余。

与此同时，也是在那段时间靳博楠在华尔街正式成立了自己的金融公司，为此他还举办了一场非常豪华的晚宴。

当然，也特地邀请了施念和她的两个室友。这几年里他和几个合租的姑娘都像朋友相处，大家偶尔会约着吃个饭，或者互相帮帮小忙一起运动之类的。得知靳博楠要成立公司自己做老板了，她们都挺替他感到高兴的。

可真正到了靳博楠的晚宴，让她们意外的是，到场的人不仅仅是华尔街的精英们，还有只能在电视上看见的政客，甚至很多有头有脸的企业家。

本来施念对靳博楠的社交圈还感到微微震惊，后来在 Alexis 提醒下，施念才注意到靳博楠的父母也来了，所以这些人际关系应该是他父母为他提前铺下的路。

可让施念万万没想到的是，当靳博楠的妈妈，那位气质斐然的白人外交官看见她到场后，不仅直接走向她，亲切地叫她“念”，还和她拥抱了对她说总算见到她了，这弄得施念有些蒙。

后来靳妈妈便直接拉着施念，带她去见了不少朋友，很多都是来自不同国家的名流。

靳妈妈的热情让施念一时间无法招架，碍于这个场合，施念也不好推拒。

从交谈中施念才发现靳妈妈对自己竟然十分了解，她对别人都以“知名设计师”来介绍施念，而施念不经意间流露的语言天赋让靳妈妈感到意外，关于施念会多国语言这件事她事先并不清楚。

当施念游刃有余地和那些法国、意大利客人交谈时，身为外交官的靳妈妈仿若发现了一块瑰宝，再看施念时，是越看越喜欢。

那天的情况很混乱，施念也不知道为什么自己只是去了一个社交场合，就莫名其妙认识了靳博楠的父母，而且对方对自己的热情和友善让她感到受宠若惊。

和关远峥父母初识那会儿时刻意营造的客气不同，她能感觉出来靳博楠父母是真的对她很热情。从她一出现在晚宴，他的家人们就对她过分关注，就连他的两个妹妹都时不时过来找话和她讲。

她好几次用眼神询问靳博楠到底怎么回事，他却只是笑，就是不正面回应她。

一直到了宴会接近尾声时，靳博楠邀请施念去后场，施念也想找他问问清楚搞什么。

两人来到后场的一个会客厅内，施念还没开口，便眼睁睁地看着靳博楠从口袋里拿出了一个小盒子，单膝下跪对她说："我知道的，我知道你为什么总是回避我，为什么总是单着一个人，我都了解，关于你的过去，也许你曾经经历过一段不幸的婚姻，但这并不能代表什么。今天借这个场合让你见见我的家人，是想告诉你，我和我的家人都不会在意你的曾经。也许这些放在国内，对一些家庭来说会是障碍，但在这里，在我的家里，这些都不是问题，我的父母完全不会因为这件事对你有任何看法，我也一样，我只想给你幸福。念念，嫁给我好吗？"

当施念看见那枚璀璨的钻戒时，内心触动是很大的，不是因为这场求婚，而是那种被人接纳的感觉。

在过去的很长一段时间里，她活得并不自信，无论她和关远峥有没有夫妻之实，但她是个有过婚姻的女人，所以当别人问起她的感情经历时，很多时候她都会刻意回避自己那段不堪的过去。

她没想过在这时找个男朋友，或者老公。如果未来有一天，关铭向家族妥协了，她亲眼看见关铭结婚了，有了自己的家庭，她也许会放下心中的执念，但绝对不是现在。

只是她依然很感激靳博楠和他的家人能在知道她过去的情况下，依然用最大的热情面对她。

她也很感激靳博楠不是在外面，或者当着他家人的面向她求婚，否则在今天这个对他如此重要的日子来说，拒绝他这件事，她觉得做出来真的挺难看的。

施念垂眸沉默了一会儿，然后走到靳博楠面前，同样蹲下身对他笑了下，然后抬手轻轻合上了戒指盒。那一瞬，她看见了靳博楠眼中巨大的失落。

她第一次当着人的面拒绝这种事，也有些于心不忍，总觉得应该说些什么缓和一下两人之间尴尬的气氛。可思来想去她只是对他说了句：

“别等我，千万别等我，去找个更好的女孩。”

那是施念和靳博楠认识两年以来，他第一次在她面前表明自己的心迹，施念也没想到他会这么直接，居然会在这个日子向她求婚。

她本以为已经和他说清楚了，靳博楠那么优秀，不会再为了她折损自己的骄傲。

可让施念没料到的是，自从靳博楠把话对她说开后，便对她展开了热烈的追求。

他会一大早等在施念的公寓楼下，只为了给她送顿早餐，也会特地在傍晚赶来，带着一大束鲜花，他会很直接地告诉施念和她的朋友们，他有多爱她，仿佛全世界都感受到了他的爱意，可是施念依然在逃避。

她对他说，她心里装着人，太满了，满到无法再容纳第二个人。可是靳博楠并不相信，施念来纽约这么长时间，身边一直没有出现过什么男性，这点他很清楚，况且她之前的丈夫已经不在人世了，他并不觉得这是个理由，于是也问过施念那个住在她心底的男人到底是谁。

施念无法告诉靳博楠是谁，除了 Alexis 是自己猜到的，事实上她无法告诉任何一个人。

纽约和国内虽然隔着十万八千里，可有些圈子毕竟是能触碰到的，她不可能把这件事说出去影响关铭的前程和名声，也只能埋在心底。

这样一来，靳博楠更加认为她所说的心里装着人不过是拒绝的借口，事实上根本没有那个人。

一个月后，施念病了一场，不是什么大病，感冒引起了发烧而已，只是这边看病很麻烦，这种病她也懒得去医院，在家里进行了物理降温后，就那么躺着，头昏沉沉的。

过来的这几年里，她也生过两次小病，都是仗着年轻硬扛，熬一熬也就好了，只是人在生病中难免会变得比较脆弱和敏感。

靳博楠听说施念发烧后就赶来了，Alexis 为他开了门。那一整晚施念都极其不舒服，烧得浑身都疼，眉头皱了便没松开过，整个人发冷想裹被子。

在中国人的传统思想中，发烧了要焐，焐出了汗就好了。可靳博楠知道她这样体内的热气散不掉，人会更难受，他不停地把被子往下拽，过会儿施念又裹到了身上，他只有一遍遍帮她拉下来，再用毛巾为她擦拭额上和手心的汗，为她降温。

快到早晨的时候，施念的高烧转为低烧，意识稍微清楚些后，她看见靠在她床边守了她一整晚的靳博楠突然有点想哭。人的心到底是肉做的，有那么一瞬间，她对未来产生了一种迷茫感，她不知道自己一意孤行这样坚持下去会不会有结果，也不知道以后还有没有机会再回到那片她熟悉的大地，她似乎……把自己逼到了一条死胡同里。

后来Alexis喊靳博楠出去吃点早餐，他出了房间后，Alexis就进来了。

从Alexis口中施念听说，昨晚靳博楠得知她病了请假在家，丢下工作赶过来了。

Alexis悄声对施念说，靳博楠的公司如今刚起步，能在事情那么多的情况下，第一时间过来守着她，还照顾了她一整晚，加上和他认识这么长时间，他的人品有目共睹，就不说靳博楠本身的家世背景，单从他对她的这份心来看，作为朋友，Alexis不希望她错过这么好的男人。

施念只是安静地听着，她都懂，道理她都懂的，可是她已经见过最美的风景了，在遥远的雪山之巅，她的每一步都是为了更靠近心中那个最美的地方，又如何会贪恋沿途的风景呢？

一会儿后，靳博楠再次走进来，坐在施念床边的地毯上。他对她说了很多话，说起他的家人自从见过她后就总是提起她，他的妈妈很喜欢她，一直想邀请她到家中做拿手的派给她尝尝。他的妹妹说她长得像神秘的东方公主，希望他把施念带回家，她们想和她一起喝下午茶拍美美的照片。

他还说起了他们的未来，如果施念打算长期留在纽约，要是不想在RCM待着，他们可以为她安排进入顶级的一线品牌，或者如果她想，他们也会帮助她开创属于她自己的独立品牌，她会在纽约的时尚圈拥有自己的一席之地，他们全家都会无条件支持她。

如果她以后想回中国，他的爸爸在国内也有些产业，他可以陪她一起去中国生活，或者两边来回住，这些都不是问题。

施念将脸埋在被子里，泪水无声地滑落着，靳博楠不仅给了她一片天，还让她在这片蓝天上涂上任意的色彩。

如果从自身发展的大局考虑，这是任何一个理性的女人都无法拒绝的诱惑，特别是她刚在圈子里崭露头角，在如此关键的上升期，别说嫁给靳博楠，就是暂时和他保持恋人关系，她便能轻易打入那个光鲜的纽约上流圈，从而获得源源不断的资源和名气。

可从情感角度来说，她怎么可能放下对她有着再造之恩的男人，怎么和关铭开这个口，告诉他自己在纽约交往了一个男友？

她说不出口，更做不到。

那天，靳博楠临走时对施念说，他这几年会将重心放在事业上，不会接触其他女孩，如果她改变主意，只要她回头，他就在那儿。

其实施念很清楚，如果要考虑自己现在的处境，靳博楠从各方面来说都是最适合的人选，他的关系网可以帮她在纽约立足，他的背景也足以让她彻彻底底摆脱过去的牵扯，哪怕即使她真的想回国发展，有靳博楠家族的支持，东城关家的人动不了她半根汗毛。这无疑是一棵现成的大树，抱了这棵树，她可以少走很多弯路，这是一条摆在她面前的捷径。

可是她不甘心，她不甘心向命运妥协，不甘心用婚姻作为自己征战沙场的盾牌。

她在生病期间，得知了一件事。这次她获奖后，有不少当地时尚圈的名媛在打听她出过的东西，于是年初她发布的一个系列意外走入大众视野，甚至就连她上学期间和 EL 合作过的产品也被扒了出来。

时尚圈的潮流风向总是变化很快，有一个亮点被人注意到，就会开始产生越来越多的受众和追捧者。

在施念病好没多久，RCM 借着这股势头，又发布了她的另一个春夏系列，投放市场后很快溅起了浪花。

那段时间，各种应接不暇的新鲜人事充斥着施念的生活，她和关铭暂时失去了联系。也是在那段时间，施念陆陆续续知道了一些来自国内的消息。

第一条消息是国内某企业近年来不断在工业设备、技术上投入巨大研发资金，通过引进和自主研发，利用长达六年多的时间发展成为国内快消产业链的上游巨头，掌握最新的核心技术，并建立了一整套完整的供需链，引领着新一轮的技术变革，而这个企业的牵头人正是关泰集团董事长的小儿子，关笙铭。

这个消息施念是在国外财经新闻里的行业快讯看到的，通篇报道几乎都在夸赞这位年轻企业家的魄力和远见。看到这条消息纯属偶然，可她立马联想到消息都传到了国外，在国内应该早已不是新闻了。

她当即打开电脑登录国内网站去搜索和这件事有关的所有信息，当铺天盖地的消息映入施念眼中时，她的血液都沸腾起来。

她依然记得自己离开那年，外界对关铭的评价，投机主义者、唯利是图的商人，就连那些关家人背地里都对他的生意嗤之以鼻。

可她知道这些所谓的上不了台的生意都是一种途径，她当年不过只是凭着直觉，凭着对关铭的了解隐隐约约感觉到，他需要钱，需要很多钱去做更大的事业。直到这一天，隔着千山万水坐在电脑面前，看着眼前一篇篇报道对他的肯定和正面评价，她才知道关铭这些年来所有的忍辱负重和卧薪尝胆，只是为了自己真正在做的事业。他可以韬光养晦，可以受人轻视，只因他清楚自己的路在哪儿，没人能动摇他心中的信念。

施念的内心受到巨大的触动，她对这个男人的钦佩和仰望已经超越了情感，他就像是她生命中的一座灯塔，他在那儿，她的内心就能万丈光芒。

在那不久，她还知道了第二条关于关铭的消息，是从关铭在纽约的老朋友圈子中听来的，听说他前不久正式成了西城关家的继承人，下半年便会全面接手家族企业。

知道这件事的时候，施念的心情是复杂的，她本该打个电话祝贺关铭，可她很清楚，他一旦成为那个手握权柄的继承人，所有光环都会围绕着他，他会成为整个关家最前途无量的男人，他的一举一动都代表着整个家族的利益，她无法成为他人生中的污点，他们的距离只能越来越远，她不知道该用什么样的心情去打这通电话。

好在也根本没有时间让她去考虑这件事，随着九月上旬纽约时装周的到来，她几乎得不眠不休地准备时装周期间的所有工作。

Alexis 也一样，施念已经连续四五天没见到她人了。八月下旬的时候陆续有成千上万的专业买手，还有来自世界各地的时尚媒体、名媛、明星和殿堂级设计师齐聚一堂，社交活动无形中也多了起来。

这算是真正意义上施念以设计师的身份参与时装周的秀场工作。

时装周开幕前的几天，施念和 Alexis 匆匆碰了一面。她从 Alexis 那边听说 Peyton 在开幕式前一天会从意大利过来，到时候他的身影有可能会出现在当天的活动中。

虽然她们经常会面对很多知名度比自己高的设计师，但对 Peyton 这样的殿堂级大师仍然心怀敬意，并且 Peyton 每年通常只会待在米兰那边的时装周，今年居然来了纽约，整个圈子里的人都想瞻仰大师风采，特别是像施念这样的新人。

Alexis 还提醒施念，记得戴上那顶帽子，向 Peyton 致敬。所以开幕式当天，施念特地穿了一套自己设计剪裁的雾蓝色秋冬款套装，配上那顶简洁大气的小礼帽。

可让她根本没料到的是，晚上在一个圈内设计师的聚会上，她的帽子被 Peyton 本人注意到了，老先生特地从三楼的贵宾区下来走向施念。

施念正在和几个设计师朋友交谈，当许多镜头的闪光灯对准她的时候，她压根儿不知道发生了什么事。就连 Peyton 跟她打招呼的时候，她当下都没反应过来这老头是谁。

但在旁边此起彼伏的声音中，施念很快回过神，不可置信地朝 Peyton 伸出手。

两人初次见面，Peyton 没有传闻中那么高冷，反而主动和施念拥抱了一下，对她说："去年年初我打算在 Valpolicella 购置一座十六世纪的古堡改成自己的私展，在那之前我碰上了一位朋友，他托我替他设计顶帽子，代价是将那座古堡买下赠予我。"

"后来我时常在想，到底是怎样一位姑娘让我的那位朋友不惜用一座古堡换我一顶帽子。"

"今天我总算见到你了。"

Peyton 对施念说的是意大利语，周围很多美国人都没有听懂，可施念却怔在原地。她的脑中忽然就出现那年和关铭分别时的场景，那个夕阳半落的傍晚，关铭抬起手，手掌落在她的脑后，掌心的力道将她带向他。那时她以为他会拥她入怀，可最终他还是收住了力道，也是那时他记住了她的尺寸，所以才有了这顶为她量身定做的手工帽。

施念瞬间热泪盈眶。

这已经不仅仅是一顶简单的帽子，直到这一刻，施念才清楚，笙哥已经把他所能给她的最好的全都给了她，哪怕小到一顶帽子。

他所有的克制、隐忍也同她一样，只是不想耽误她，毁了她，让她困于流言之中，所以情愿亲手为她装上翅膀，让她飞去更高的地方，给她想要的自由。

那一幕，她望着 Peyton 热泪盈眶的一幕被媒体拍了下来，第二天登上了各大时尚话题的头条。

施念从来没想过自己某一天会以这种方式出圈，戏剧性的是，突然之间，全世界的人都在打听她的来头，就连遥远的米兰圈子都炸开了锅。

一个拥有那款火遍时尚圈独一无二 Peyton 定制帽的姑娘，光这个噱头就足以吊起所有人的好奇心。

而这件事带来的连锁效应是，几天后施念的作品在秀场上得到了各方的高度关注。紧接着，她那个精致的绡纱系列便成功走入所有人的视野中，大胆的画风和丰富的元素很快为她带来了更大的话题。当她的作品被铺天盖地地报道时，当她的电话被同行打爆时，她感觉这一切就像在做梦。

几乎是同时施念之前的得奖作品被翻了出来，短短几天时间，她的名字就被米兰甚至法国那边的时尚圈所知晓，她无疑成了整个纽约时装周讨论度最高的新锐设计师。

那几天施念听到的最多的话就是"你火了"，起初她对"火"这个字根本没有什么概念，当她陆续收到各大品牌抛来的橄榄枝时，才知道她也许迎来了人生中最重要的转折点。

时装周接近尾声时，施念收到了各方的邀请，一连参加了好几场庆功宴，最后一天是 VG 总编的庆功宴。这位总编是纽约时尚圈最有影响力的人物之一，她的庆功宴也是规格最高的，宴会上除了圈子内的知名设计师，不乏很多巨星名流。

施念那天穿了一件露背的正红色礼服，衣服是她自己设计的，款式偏修身。她和 Alexis 同去的路上就接到了靳博楠的电话，问她是不是要去 VG 那边，他人已经在那儿了，有几个朋友特别想认识她，他们在内场等她。

施念她们到得不算迟，但已经有很多人在场了。这个庆功宴有点像是名酒品鉴会，各种琳琅满目的酒品摆得像展览一样，她才刚到就被靳博楠请了过去。

当施念还是个没什么名气的设计师时，想走进纽约顶级社交圈不是件容易的事，可往往就是那么一个契机，这些圈子便会对她敞开大门。这几天她俨然已经成了各大社交场合的新宠儿，很多从前对她不太了解的人，都想借由这个机会结识这位才华横溢的新晋华人设计师。

就在施念接过红酒和靳博楠介绍的新朋友们举杯时，她隐隐约约听见从她的侧后方传来一句京腔。

在这种场合突然听见这个腔调不免让施念感觉莫名的亲切，她不禁回头看了眼，便看见一个戴着眼镜的中国男人从她身后路过，在对另一边的人说道："那种酒就别拿给关总见笑了，他什么好东西没品过，来喝这瓶，DRC 出来的。"

施念心脏一紧，整个人突然就有点恍惚，关总，应该不会是关铭，他才正式成为继承人，准备接手家族企业，忙得根本抽不开身，怎么可能此时此刻出现在纽约的社交场合，况且如果他来纽约应该会联系她的。

施念这样想着，人还是不自觉往另一边看去，奈何中间隔着一根柱子，又站了不少人，身影晃来晃去的看不真切。

施念干脆退了一步半倾了下身子，猛然就看到了那道熟悉的身影，穿着深蓝色熨烫妥帖的高档手工西装，站在友人中间，气质优雅清贵，手中是一杯红酒，脸上挂着惬意的神情。

在施念看见关铭的两秒后，他偏过了视线，目光定了一瞬，眼里逐渐浮起笑意朝她隔空举起酒杯。

施念几乎以为自己产生了幻觉，隔着攒动的人影就那么望着他。关铭收回手，嘴角牵起笑意，慢条斯理地将酒杯拿到唇边品了一口，友人问他酒怎么样，他回了一句。

再转过视线时，施念也被身边刚认识的朋友邀请到品牌方那里合照了。

Alexis 过来找她哥的时候看见关铭也有些意外，互相问了声好，关铭的视线便似有若无地落向聚光灯闪烁的背景板那儿。

施念被一群名媛拉到站台上，身上的礼服带有中式旗袍的剪裁元素，玲珑的曲线一览无遗，然而设计上却融合了更加大胆的元素，背后性感的蝴蝶骨在灯光的照耀下白皙精致。

她们把施念让到了中间，施念转过身的刹那，整个人透着内敛的大气，一件简单的礼服把她的静与动烘托得淋漓尽致，她就这样站在那些人之中，内心沉淀的气场丝毫不逊色于这些纽约上东区的名媛，反而因为她特殊的东方韵味，让她的气质更加突出一些。

关铭记得几年前带施念上船时，也是面对那样一条红裙，她连看都不敢看一眼，如今的她远赴异国，把自己的过去打散重组，从前那个畏首畏尾、小心翼翼的女孩被她一点点丢弃，早已蜕变成一个自信强大的女人。

关铭眼中有她，面上含着淡淡的笑意。

施念暂时脱不开身，虽然游刃有余地和这些人打着交道，目光却不时瞥向关铭那边。

Alexis 的哥哥也顺着关铭的视线看过去，对他说："那个中国姑娘就是你前几年送过来读书的吧？听说今年她风头正盛，最近各大名场面都在邀请她，怎么，过来了没打声招呼？"

关铭只是拿着红酒杯轻轻地晃了晃："不急。"

Alexis 在旁笑道："我们念现在的确是时尚圈的新宠儿，有才华为人低调，很多人都在猜测她的背景和来历，毕竟她拥有一顶世界上独一无二的帽子。"

Alexis 在说这话时，故意去看关铭。关铭依然面上无波，若不是她知道这顶帽子是关铭送的，在他脸上根本找不到任何破绽。这是一个心思藏得很深的男人，Alexis 这样想着。

合照结束了，漂亮的姑娘们陆续从台上优雅地走下来。关铭抬起视线，在施念走下台时，靳博楠很自然地扶了她一下，而后俯身在她身边笑着说了句什么，她对他点点头也露出了笑意。旁边有人让他们站在一起拍张照，靳博楠拉了一下施念的手臂，几乎同时施念转头朝关铭的方向看了过来。

便是在这时，关铭开了口："那个男人是谁？"

这话问出口的时候，施念已经被拉到靳博楠身边，两人对着镜头，闪光灯不停。

Alexis 对他说："华尔街新贵靳博楠，英文名 William Rothschild，没错，应该就是那个 Rothschild 家族的后人。"

Alexis 的哥哥回头瞧了眼，突然冒出了一句中文："金童玉女。"

Alexis 倒是对哥哥笑道："你说准了，William 前段时间向念求婚了，我不相信哪个姑娘能在如此热烈的追求下坚持太久，我看好他们。"

关铭看着杯中的红色液体，酒杯在他手中轻微晃动着，红酒中间形成了微小的漩涡，越来越深。

施念和靳博楠的朋友们打了声招呼总算得以脱身，转过身去找寻关铭的身影时，他坐在另一边的沙发上和朋友闲聊，眼神却不经意间瞥向她。

在关铭看向她的那一瞬，施念脸上出现了笑意。关铭也和面前的友人招呼了一声，便缓缓起身，绅士地扣上西装扣朝服务生扬了下手。场边有服务生举着托盘朝他走来，他拿了两杯香槟，在施念走到他身前时，递给她一杯。

施念接过香槟笑望着他："来了也不说一声？"

"不在行程之中，昨天临时改签了航班绕到这里转机，本来是想告诉你的，但怕你忙，知道我来了安排不过来，干脆就没说，本想今天结束再来向你道贺。"

说完，他在她的高脚杯上碰了一下："恭喜。"

施念的瞳孔瞬间收缩，有些微微吃惊地问："你这是特地过来见我一面的吗？"

关铭只是眼带笑意地盯着她，没有否认。他的眼神很深邃，仿若藏着无垠的星辰，就那么一下子让施念的心跳加速了。她本以为还要等一年才能见到他，所以刚才猛然在这个场合看见他，她都有些不敢相信。

施念拿起香槟刚准备喝，又突然抬起杯子反过来往他杯上碰了一下。

随着"叮"的一声清脆的碰杯声，施念对关铭开了口："要说恭喜，应该是我对你说声恭喜，恭喜你成为接班人。"

她说完便偏头喝了一口香槟，喝得比较急，似乎想掩饰内心真正的情绪。

他们站在场中，周围不时有人来回走动，施念放下酒杯时，身后一位男士差点碰到她，关铭适时伸手揽了下她的腰对她说："我们到场边待会儿，这里人多。"

施念点点头，可在走向场边的时候，关铭的手并没有放下来，一直轻搭在她的腰间，明明只是一个不经意间的动作，却拉近了彼此的距离，施念不得不把身体靠向他。

这是关铭第一次在人前这样揽着她，也许是在国外，在这个相对宽松的环境下，其实这并没有什么，相熟的朋友间也会这样，只是这个人是关铭，所以她才会格外敏感。

她本以为两人走到角落后，他会松开她的，像以往很多次一样，点到即止，礼貌且克制。

然而这一次，他没有放开她，即使到了人少的地方，他的手依然扶在她腰间，在那薄薄的布料之上，这样一来，两人相对站着，气氛瞬间就变得暧昧不清起来。

施念半垂着眸问他："这次会留多久？"

关铭的声音舒缓低磁："晚点的航班，如果不嫌累的话，送送我怎么样？"

施念瞬间抬眸望着他："这么赶？"

他朝她露出笑意，眸光深如幽潭，声音轻得只有她能听见："舍不得我走啊？"

短短六个字像无形的暖流攻进她的心房，戳入她心脏最柔软的地方。

太不对了，今天两人之间的气氛太不对了，一次次在危险边缘试探，似乎已经超过了那条高压线，让施念的心剧烈颤动着。

她清楚关铭是个有分寸的人，纵使之前两人之间的气氛再好，他也不会有任何逾越。可今天，在这样的场合，在旁边还有很多人的情况下，他故意挑起的暧昧，让她紧张的同时还有些惊讶。

她没法回这个话，说舍得是假的，可说不舍得又把两人的关系推向更尴尬的境地，干脆就偏着头对他笑。

她黑色的瞳仁里闪着光，里面映出了他。关铭低眸盯着近在咫尺的小脸，搭在她腰间的手突然往上移了一寸。她心里暗暗惊了一下，她穿的是露背装，这短短的一寸距离恰好让关铭的掌心落在她的皮肤上，完完全全没了那层布料的阻隔。

她再去看他时，他的轮廓在柔和的光线下变得越来越不真实，听见他对自己说："时间是有些赶，但是没办法，接下来的行程是之前就定好的，这次临时过来也得让不少人白白等我两天，不太好再让人继续等下去，连顿饭都不能陪你吃，你不会生我气吧？"

生气？施念根本就没注意关铭在说什么，她的所有注意力都集中在后背温热的手掌间，他的拇指缓慢地在她腰上的位置轻轻摩挲着，那指尖的温度灼烧着她的肌肤，让她整个人都心猿意马起来。

明明是那么通透、那么克制的男人，此时却做着最看似不经意的撩拨，就像拿钝刀磨着施念的心脏。她脸颊攀上不明的红晕，垂着睫毛喊了声："笙哥……"

话说出来嗓音带着点娇嗔，软得她自己都有些被吓到，关铭倒是假装糊涂地"嗯"了一声。

太暧昧了，两人之间就连流动的空气都是暧昧的，偏偏周围全是人，使这种暧昧中又掺杂着点刺激感，面对其他人施念并不会有这种感觉，可面前的男人是关铭，他的每个动作对她来说都是致命的吸引力，她的身体在关铭的手掌间一步都挪不了，血液仿佛都是凝固的。

当然，两人之间这种特殊的氛围也被另一边的靳博楠注意到了。他先是去找 Alexis 问了问关铭的身份，而后同 Alexis 还有她哥哥一起向施念和关铭走去。

在三人来到他们面前时，关铭倒是终于不动声色地松开了施念，转过身的时候目光落在靳博楠身上。

对方也坦荡地打量着关铭，向关铭伸出手自我介绍道："你好，我是靳博楠，施念的朋友，听说你曾资助过她，特地过来和你认识一下。"

关铭目光微微一撇，停顿了几秒，漫不经心地握住他，对他说："感谢你对小念的照顾。"

只有短短九个字，关铭便收回手，没有其他言语。

中华语言博大精深，Alexis 和她哥哥不懂中文，可靳博楠却听出这句话中那种亲近和宣示主权的味道。

他有些疑惑地把目光落向施念，想起她曾说过她心里住着一个男人，再看向关铭时，他的表情变得微妙起来，但良好的教养让他面上依然礼貌客气。

关铭倒是一副自若的模样建议道："都站在这里不如去那边坐坐吧。"

几人都没有意见，找了一处人少的地方落座。三面环形的沙发，Alexis 和她哥哥很自然地坐下，关铭坐在一边，靳博楠招呼施念坐在他旁边。

其实之前朋友聚会如果碰上靳博楠，他对施念向来都是这么热情的，平时施念倒还没觉得有什么，只是这次当着关铭的面，哪哪都别扭。

特别是她在靳博楠身边坐下后，关铭抬起视线似笑非笑地看她时，她莫名就有种早恋被家长抓包的心虚感。可转念一想她为什么要心虚呢？不知道，就是被关铭这样眼神不明地看着，整个人如坐针毡，身下跟有刺一样，于是她想了个办法。

没一会儿，施念起身对他们说去趟洗手间，等她再回来的时候自然而然地在关铭身边落座，无形中化解了自己的尴尬。

关铭侧头盯着施念看了眼，施念接收到他的目光也去看他，而后她脸上浮起笑意，眼里有光。喜欢一个人的样子是骗不了人的，就连 Alexis 和她相处这么久，都从没见她这副样子，好似整个人都变得柔和起来。

关铭嘴角也勾起一抹不易察觉的弧度。

他们几人开了一瓶红酒，施念又和 Alexis 的哥哥认识了一下。除了关铭，他们几个都在这里发展，难免有些圈子是共通的。几人聊天的时候，关铭绝大多数只是安静地听着，尽管他不说话光是坐在那儿，身上的气场便让人无法忽视，那是一种久经商场的沉稳和老练。

好几次靳博楠都不禁侧眸去观察关铭，关铭转过视线对上他的眼神时，目光中的锐利和锋芒让靳博楠感到了一种震慑。靳博楠到底也接触过不少人物，自然清楚只有本身实力雄厚又内心强大的人才能锤炼出这种处之泰然的气场。

不多会儿，关铭认识的那几个朋友又来找他，特地给他送来了另一杯红酒，说是比刚才让他品鉴的那款口感还要好，关铭便起身跟他们说了几句话。

再坐下来的时候，他把手中那杯价值不菲的红酒放在了施念面前，对她说："你喝这个。"然后拿走了她面前次一些的红酒自己喝了起来。

施念的杯子是她刚才喝过的，关铭这个举动虽然无意，但看者却有心。

Alexis 暗自和哥哥交换了一个眼神，然后试图说些其他轻松的话题，想模糊焦点。奈何靳博楠的眼神总是盯着关铭手中施念的杯子，连 Alexis 都能感觉出来一种火药味。

好在没一会儿关铭就要赶往机场了，无法久留，施念主动提出送送他，也及时缓解了这尴尬的气氛。

出了庆功宴，施念在礼服外面套了一件很薄的小坎肩，这才看见吴法也来了。上次关铭来纽约，身边带的人是姜志杰，施念已经好久没见到吴法了，如今他整个人似乎又魁梧了一圈，站在那些老外中都是一副不太好惹的模样，倒是见到施念亲切地露出一排大白牙。

施念本以为关铭这次只带了吴法，一直到了机场她才发现后面还有两辆车，车上陆续下来六七个商务人士，竟然都是关铭带来的人。

进去前，他把西装脱了扔给吴法，对他交代道："你让他们先过安检，我和小念说会儿话再进去。"

这下施念才知道他所谓的临时转机过来，是带着一大帮人耽误了两天的行程。

刚才还觉得他来去匆匆，行程太赶，现在终于明白这么短的时间都是在所有人劳师动众的情况下挤出来的，能见这一面已经很不容易了。就那么一瞬间，施念鼻尖酸涩。

关铭带施念走入机场，本想找个环境好点的咖啡店，但想着时间不多了，咖啡店又全是人，这来回折腾也说不上几句话，干脆直接将她带到一处人少的角落。他的背后是巨大的玻璃墙，纽约的夜景落在他身后。他四下看了看，没有能坐的椅子，又回过头来问施念："冷不冷？"

"还好。"

他对她说："没地方坐了。"

她回："那就站一会儿吧。"

两人之间突然沉默了一瞬，施念先开了口，问他："你真的就是来跟我道声贺的吗？带着这么多人？"

关铭立在她面前，墨黑的眼珠子里倒映着她的脸庞，对她说："在里昂出差，法国的一个工业城市，你能体会到吗？在那种地方突然听见有人谈论你，我就想必须得来见你一面，想亲眼看看小念儿风光的样子。"

施念有些讶异："这次我在时装周的事你是不是都知道了？"

关铭话中有笑："略有耳闻。"

她抿唇弯了嘴角："要说这次我能被人注意到都是你的功劳。"

"我？怎么说？"

"那顶帽子，我本来想戴着向 Peyton 致敬，却碰上了他本人，他还特地找我说话了。结果这几天见到我的人，开得最多的玩笑就是，我是不是像摩纳哥王妃那样，也是哪边的王妃来着。"

关铭声音清朗地笑了起来，低声问她："那你的王是谁？"

空气忽然安静下来，一句话又让施念局促起来。她偷瞄了他一眼，侧过头眼睛弯了起来："我的王是天上的。"

这句话曾经出现在关家祭祖那天的家宴上，他们问关铭喜欢什么样的女孩，他回"我喜欢天上的"，看得着要不得，今天施念用了同样一句话回答他，她不知道他记不记得那句话了。

说完，她在余光中果然看见他在笑。

紧接着，他对她说："但是这不能算是我的功劳，只能算是一个很好的契机，不是每个契机都能被人抓住，你用作品证明了自己，这是属于你的成果。"

可施念却正儿八经地说："Peyton 都告诉我了，你竟然用一座古堡换了他一顶帽子。笙哥，你钱多得已经用不掉了吗？你看过谁头上顶着座古堡的？"

她说这话的时候昂起了脖子，身上的红色礼服像燃烧的火焰映进关铭眼中，比起以前的她更加成熟了，多了些性感和妩媚的味道。

似乎从他第一次见施念，她就是这样，明明穿戴都是极简的东西，偏偏给人感觉精巧别致，就连耳垂上的小耳钉都是那么恰到好处。她的审美一直不错，她天生为设计而生。

关铭故作无奈地说："没办法，想送礼的姑娘本身就是搞设计的，所处的圈子接触的又都是些高层次的人，品位和眼光当然不一般，想要讨她欢心，总要花点心思。"

夜晚的机场，有些清冷。很远的地方有人窝在长椅上睡觉，而这个角落无人打扰，施念能听见自己的心跳打在耳膜上，朦朦胧胧。

关铭没有给她退缩的时间，朝她走近了一步，身影完完全全将她笼罩，低下头轻缓地问她："那个人向你求婚了？"

她猛然抬头，他再次问道："为什么不答应？"

她眸光闪烁，他呼吸烙在她的眼前，又问了一遍："告诉我，为什么？"

他循循善诱，她不敢踏出那一步，对他说："我暂时还不想……"

眼前一黑，脑后有只大手握住她，将她的身体完全带进他怀里。嘴唇被触碰上时，施念一阵眩晕，下意识拽住了他腰侧的衬衫布料。他轻轻吮了下她的唇便直接撬开探了进去，勾住她小巧的舌尖，纠缠着她。

施念完全忘了自己在哪儿，忘了刚才两人说了什么，也忘了周围可能随时会有人过来。他灼热的呼吸，温柔却彻底的亲吻让她头皮发麻，她的身体被一阵阵的酥麻感侵袭着，第一次和人接吻，在这样的环境下，这样深情的一个吻，施念完完全全蒙了，只感觉膝盖有些发软，站不住。关铭的手落下，横在她的腰间，几乎将她整个人揉进怀中，她身体的重量完全依附着他。

良久，他松开她。施念微微喘息着，鼻尖通红，眼里有水光，整张脸绯红一片，周围的一切都不太真实，像虚幻的场景。

只听见关铭压着嗓子几近温柔地对她说："那我呢？有幸做你的王吗？"

有什么力量狠狠撞入施念的心脏，让她内心某处瞬间软得一塌糊涂。就像历尽冰山险川，明明离心中渴望的人还有很远的距离，可这时他却朝自己伸出手，她哽咽着，说不出话，怕一出声自己会哭出来。

关铭见她红了眼，将她的脑袋按进怀里对她说："不哭，听话，我今天是有些鲁莽了，你不用急着回答，别想着还我人情抹不开面子这些。我知道你现在身边有些条件不错的追求者，不为难你，回去好好考虑。如果觉得我还说得过去，愿意给我个机会，我等你的答复。如果有更合适的选择，我也不会怪你，但你得告诉我一声，让我有个心理准备，别突然就和别人好了。"他顿了下，垂下眸声音低柔地说，"笙哥受不住。"

施念鼻子一酸埋在关铭胸口就哭了起来，关铭顺着她的头发，哄道："是我不好，又把你弄哭了，上次拿了你的发夹说见面还你，又没带在身上，下次一并补偿给你。"

关铭抬头看了一眼，拍了拍她的后背，说道："吴法都不好意思过来了。"

施念身子僵了一下，在关铭怀里侧过头去，果然看见吴法站在自动贩卖机前抬头假装看星星。

她赶忙从关铭怀中出来，退后了一步，整张脸哭得通红的。关铭抬手一边帮她整理乱掉的头发，一边对她说："刚才那个司机还在停车场等你，待会儿不要叫车了。我交代过了，他会送你回去。忙完这阵子好好休息一下，自己一个人在这里要注意身体，我会尽快再来见你。无论你的答案是什么，不要先告诉我，下次见了面说。"

施念清楚跟关铭在一起意味着什么，也清楚一旦和他在一起，以后将会面对什么，这不是一件容易的事，所以关铭让她好好考虑，不急着答复。

施念垂着脑袋将眼泪抹掉，关铭对吴法扬了扬下巴，吴法朝他们走来。

关铭原本塞在西裤里的衬衫，在刚才接吻的时候被施念攥得凌乱褶皱，都跑了出来，他向来整洁妥帖，吴法很少看见他这样，不禁多看了眼。

此时施念也发现关铭的衬衫被她弄乱了，她伸手想替他整理，可手刚碰到他腰上，又停了下来。要让她把衬衫重新塞进他的西裤中，光想想她就脸红心跳的。关铭干脆直接将衬衫拉了出来，无所谓地说："好了。"

吴法在旁提醒他："老板，时间差不多了。"

关铭垂眸再次看向施念，她脸颊柔润，漂亮的眼睛里只有他，气息都是甜的，像樱桃的清香。

他喉咙紧了一下，似乎并没有亲够，但时间不允许，环境也不允许，更怕把她吓到。既然说了给她时间，关铭只能克制住这股冲动，抬手捏了下她的脸蛋，笑着说："走了。"

5. 告诉我，你的答案

那晚在机场发生的事，在后来的很长一段时间里对施念来说都特别不真实。

她无法相信关铭从千里之外赶来只为了见她一面，和她要一个约定。他亲吻了她，并且提出要和她交往，在那天以前，这种事情她想都不敢想。

虽然她心里有他，如果要考虑交往对象的话，关铭对她来说是最渴望的人选。但是，她很清楚他们之间横着的东西太多了，她根本无法想象他们如何像普通情侣那样相处。

不说后面要走的路，要面对的外界影响，就单说他们俩之间这距离，隔着一个太平洋，她眼下在这里刚闯出点名气，之前所有的努力都在等这么一天，她不可能放弃这里的一切选择在这个时候回国。而关铭的大多数生意又在国内，还即将接手家族企业，他是个有担当的男人，不可能丢下自己肩上的责任为了儿女情长跟她私奔。

他们俩各自都有需要去经营的角色，各自的处境，各自的发展，他们已经不是十八岁的年纪，空有爱情就可以奋不顾身的，要考虑的现实问题太多，这些问题随便拿一个出来放在他们中间都是致命的。

她想，这也是关铭始终没有提这件事的原因。可现在他突然提了，她不可能再去回避，只是她实在想不出，他们俩这个恋爱到底应该怎么谈，更想象不出和关铭恋爱会是什么样子。

有时候晚上，她光想想就羞得把自己埋进被子里，说来她早已不是大学毕业的小姑娘了，如今也有种奔三的危机感，心态上发生了很大的变化。

唯独在想到关铭时，她的内心还和个小姑娘一样，会不知所措，会意乱情迷。她想关铭就是她的劫吧，既然人生中注定要有这场劫，不如顺其自然，什么也不去想，等下次见面的时候也许一切都有了答案。

这样想着，很快施念又把所有精力投入到工作中。

由于时装周的热度，施念的名字也逐渐被圈内人所熟知，那段时间对施念来说是人生中机会最多的时刻。

Peyton 在看完她的秀后，临走时给她打过一个电话，对她说如果有意向去米兰发展，可以联系他。

而巴黎那边的圈子，也有不少耳熟能详的大牌对她敞开门，这些机会对施念来说，或者对任何一个设计师来说都有着巨大的诱惑，随便把握一个，也许不出多久就能摇身一变，成为众人仰望的顶尖设计师。

所以外界都在观望施念的选择，很多人认为她在 RCM 只是一个小小的设计师，她必定会选择更大的舞台，多数人都认为她会辞去 RCM 的工作前往巴黎那座艺术之都，这才是最明智的道路。

但所有人都猜错了，时装周结束后施念依然回到了 RCM，像以往一样勤勤恳恳地工作。Klein 都做好了施念会去找他的准备，但是她并没有，还是最早去公司，几乎最晚走，该做的工作没有落下一样，甚至她的输出能力到了惊人的地步，没人能想象这个中国女孩脑子里到底装了多少设计灵感。

所以在那之后，RCM 为她安排了两位助理，后来又陆陆续续给了她几个人。施念有了自己的团队后，可以节省下更多时间专注于设计稿和对整个产业链的研究工作。

设计本身是她立足的根本，而关于未来，她有更大的野心，所以必须要不断去学习研究。

在这过程中，她和国内百夫长那边联系得更加密切了，在大家的共同努力下，百夫长逐渐形成了一套适应国情，又结合国际行业趋势的发展管理体系。

施念每天的生活说丰富也丰富，毕竟身处时尚圈，大小聚会不断，有时候接高定，还能接触不少巨星，但说枯燥其实也挺枯燥的，所有人际圈几乎都是为了工作服务，回到家再参与百夫长的远程会议。

这几年最直观的影响就是她身体上的变化，体寒加重了。她从小体质就偏寒，以前妈妈还在时，无论冬天还是夏天都不让她喝凉水，不让光着脚在地板上走，洗完澡如果不立马上床睡觉必须套上袜子。

后来出了国，外国人可没那么多讲究，去外面吃饭，大冬天的也往水里加冰块。一开始施念还注意过，后来工作忙，也就入乡随俗了，但每个月那么几天肚子疼起来真是闹心。

还有就是视力越来越差，原来还不用佩戴眼镜，近来感觉这视力已经有些影响生活了，所以她不得不抽空去配了一副眼镜，工作的时候就架着黑框眼镜，整个人看上去严肃不少，特别是参加会议不笑的时候，会给人一种无形的压迫感。

有一次她忙完工作凌晨一点参加了百夫长的会议，国内正好是下午刚上班的时间，本来她一边在电脑这头听着会议内容，一边做着记录，突然视频里的总监停止了汇报，然后所有人都站了起来。她抬起头莫名其妙地盯着视频，不知道发生了什么。

杜焕亲自将位置让了出来，旁边有人对视频里的她说了句："施老师稍等，关总来了。"

自从听见"关总来了"这四个字，施念的眼睛就没移开过镜头，一直到关铭的身影出现在镜头里，看见他在首席的那个位置落座，看见他拉了下西装，看见他从容地抬起头，再看见他对着镜头中的她露出了一抹似乎只有他们俩才能读懂的笑意。

施念拿起一旁的水杯，用喝水这个动作掩饰关不住的笑，听见他说："在附近考察临时想起来过来看看，打扰你们开会了，继续。"

后来整个会议过程，关铭几乎没有参与，只是一直坐在那儿盯着视频看，偶尔装模作样低头瞄一眼材料。

但施念清楚，他的生意太多了，百夫长的经营战略他或许清楚，但是他们开会中的这些细枝末节的东西他肯定是没时间关注的。

所以她充分怀疑，他突然跑过来参加这个会议，醉翁之意不在酒。

因此她本来在阐述一些专业性东西的时候，目光突然对上他，好几次自己没绷住差点笑场了，还得硬摆出一副很专业的样子。

大概关铭能看出来施念的不自在，所有人都在看 PPT 的时候，他一个人对着视频中的她笑，弄得她也只能低着头假装扶额露出笑意。

总之那天的会议，所有人因为关铭的突然到来都变得十分紧张和严肃，倒是平时一丝不苟的施老师，那天的笑容变多了，让很多觉得她有些距离感的同事一时间不大适应。

那次会议结束时，纽约的时间已经是凌晨两点半了，关视频前所有人都在对施念说“施老师再见或者下次见”，只有关铭落了句“早点睡”。

施念笑着关了视频，距离上次分别已经两个多月了，纽约又迎来了冬天，在这里她最怕过的就是冬天，特别圣诞前后，如果再来场大雪，总感觉自己孤孤零零的。

可让施念没想到的是，在那次会议后的第二周，她会如此猝不及防地听到一则让她无法置信的消息，关铭要订婚了，而他的订婚对象是东辉集团长房的千金。

她已经忘了自己那天通过视频从百夫长的同事那儿听来这则消息时的反应，也忘了是怎么完成的这场会议，更忘了自己彻夜未眠，反反复复拿起手机又放下，到底经历了多少次的挣扎。

东辉集团就是东城关家的产业，从前长房只有关远峥一个孩子，如今平白无故多出了一个千金，施念想破脑袋也只能想到公公替外面的女人养了几年的女孩，那人叫宁穗岁，施念只在关远峥的葬礼上见过她一次。

那个女孩浑身上下都透着股野蛮生长的味道，就连眼神里都带着股叛逆的狠劲儿。她记得关远峥的妈妈很厌恶宁穗岁，到了连一眼都不想瞧见的地步。

她不知道这几年东城那边到底发生了什么，能动摇关远峥的母亲当初如此决绝的态度，居然把一个流着不是关家血脉的养女弄进家，还让宁穗岁以东城关家长女的身份嫁给关铭。

这对施念来说不仅仅是一则难以置信的消息，更是一个沉重的打击。

在得知这个消息后的整整一天时间，施念都在浑浑噩噩中度过的，她想过打电话给关铭问问清楚到底怎么回事。

可好几次拿起手机，她始终没有拨出去。关铭事先没有对她提起过这件事，那么说明这个消息能放出来绝对不是他的意思，如果他真的清楚这个婚约，以关铭的为人，不可能还在两个多月前提出要和她在一起。

所以只有一种可能，他或许也不知情。如果是这样，国内那边现在应该乱套了，他需要处理这件事，或许不单单只是这件事，这个时候她再打电话去质问他，也是给他平添麻烦。况且，她拿什么立场质问他？

她只是凭着对关铭的信任，对他的了解，相信他会给她一个解释。

所以，到后来施念也没有打这个电话。

在起初的几个小时，她整个人就是乱，虽然之前做过无数次假设，假设有一天突然在报刊上看见关铭结婚的消息，自己会怎样？

但真到了这一天，之前的种种设想全部推翻了，内心反复绞痛，思维停滞了，忘记了饥饿和劳累，突然一下子再也看不见前路了，不知道自己继续这样拼下去，彼岸在哪儿？

晚饭吃了一点她就没胃口了，无法静下心来工作，躺在床上小腹也在痛，身体和心灵的双重折磨让她在短短一天的时间内仿若跌入谷底。

在纽约生活的这几年，最难挨的日子她从来都没有喊过一声苦，可在那个寂静无人的夜里，她突然觉得日子好苦，她很怕她的灯塔熄灭了，她会在大海上漂泊无依，没有尽头。

夜里纽约下了雪，到凌晨雪越下越大，好几次施念逼迫自己闭眼睡觉，睡着了就不会去想以后了。可闭上眼，她满脑子是关铭的样子，耳边都是他的声音，他低柔地对她说："那我呢？有幸做你的王吗？"

然后施念整个人变得越来越恍惚，甚至觉得那天在机场发生的一切，像是一场从没有存在过的梦。

就这样熬到了早晨，顾央上周回新加坡了，Alexis 一早为施念留了早餐，她今年提前放假和哥哥赶回威斯康星州过圣诞，临走时让施念今天要是有空帮她去取下包裹。

空荡的出租屋只剩下施念一个人，她本想爬起来把家里打扫一遍，纵使一个人也得收拾得干干净净的，可整个大脑昏昏沉沉，眼睛也是肿的，做什么事都提不起劲。

她干脆换了身衣服，刚走到公寓楼下，一阵冷风吹得她打了个哆嗦。街道上堆积了厚厚的雪，行人踩在上面发出"咯吱咯吱"的声响。

施念裹着外套走了两条街，取了 Alexis 的包裹往回走。箱子不算重，但包装很大，她双手抱着箱子穿过街道原路返回，在快走到公寓楼下时，远远看见一道颀长的黑色身影，就那样立在一片苍茫的雪地里。

望见关铭的那一瞬，施念觉得一定是自己一夜未睡产生了幻觉，可当那道身影突然转过来大步朝她走来时，她突然清醒过来。

朝阳在他身后缓缓升起，那耀眼的光辉洒在雪地里折射在他的身上，他逆着光，当身影越来越靠近时，关铭的轮廓在施念眼中逐渐清晰起来。

他的身旁没有跟着人，也没有带行李，就像凭空冒出来一样。一直到他停在施念面前，她望着他轻蹙的眉峰和深邃的双眸，依然有种强烈的不真实感。

关铭伸手接过了她抱着的箱子，对她说："来得匆忙没看天气，不知道纽约下了雪，也没穿厚衣服来，能请我上去坐坐吗？"

施念依然怔怔地望着他。

关铭这下笑了，低头抽出一只手轻轻弹了下她的鼻子："傻了？"

直到冰冷的鼻尖感受到他的温度，施念才回过神来，昨天刚得知他即将订婚的消息，不过二十四个小时，他就出现在她的面前。

光在空中的时间就要那么长，这样算来，他相当于消息刚被放出来就赶往机场了。她以为关铭现在肯定在国内忙得不可开交，可怎么也无法想象他居然丢下那摊子事直接飞来了纽约。

她声音几近哽咽地问：“你就这么飞过来了？”

关铭的眼神很深，没有从施念脸上移开过，声音透着一夜未眠过后的喑哑：“嗯，必须得来一趟，需要站在这里说吗？”

施念这才领着他回公寓，在路过洗衣房的时候还好巧不巧碰上了房东大婶。这位胖胖的美国女人有些八卦地探出头来和施念打了声招呼，问道：“男朋友吗？”

施念有些局促，瞄了眼关铭。关铭回身和房东大婶道了声好，替她回道：“还在追求中。”

房东大婶眼里闪着暧昧的光，笑说：“祝你成功，帅小伙。”

“谢谢，我会努力。”关铭还很绅士地朝房东大婶点了点头。

施念赶紧把他拽进电梯，生怕他和房东大婶继续聊下去还不知道要胡言乱语什么。

电梯门关上后，空气突然静止了。施念低头看脚上的靴子，沾了些雪有些湿了，刚才外面雪太深，不知道有没有浸到靴子里，脚冷得已经感觉不出来了。

关铭在旁问了句：“现在还早，上去会不会打扰你室友？”

施念顺着他的话回道：“不会，她们都回家过圣诞了。”

她只是在陈述一件事实，可是话说完后她才意识到，家里没人，他们俩得独处，电梯里的气氛突然变得有些微妙，好在也是这个时候停了。

说来很多年前关铭也带她回过他当时在旧金山的公寓，没想到时隔十几年后，她会同样带他回纽约的公寓，就突然有种很奇妙的感觉。

这是关铭第一次来她在纽约住的地方，不算大，但毕竟是女孩住的，很温馨。他站在客厅稍微打量了一下，问道：“哪间房是你的？”

施念指了下：“那间，我室友的房间应该锁了，我的你随便看，我去烧点水。”

关铭大概想看看她住的环境，施念烧水的时候，他便走进她的房间。

她的两个室友没有喝热水的习惯，施念平时也图省事，喝瓶装水，但是关铭来了，又在冰天雪地里站了好一会儿，她还是想替他烧点热水，泡杯茶给他暖暖身子。

在等水开的时候，施念的脑袋晕晕乎乎的，就那种从天堂到地狱又猛然被拽回人间的感觉，关铭的意外出现到现在依然让她有些恍惚。

就在她恍神的时候，倒是突然想起自己的内衣还挂在房间的衣架上没有收。她一个箭步冲了出去跑进房，关铭正站在窗边打电话，不知道在说什么，表情挺严肃的，捏着眉心很疲惫的样子。

听见身后的动静，他转过头一边讲电话，一边看她。那件黑色蕾丝镶边的内衣就在他左手边的衣架上挂着，离他仅仅一步之遥。那件内衣是顾央设计的，的确过于性感了，但是因为穿着舒服，所以施念还挺喜欢的，反正是穿在里面没人看，但显然现在这个情况，施念要在关铭的注视下去收它简直是尴尬至极。

关铭见她急匆匆地走进来，用眼神询问她怎么了。她只能对他摇摇头表示没事，让他继续。

于是关铭侧过身专注于那通电话，施念则在房间里一会儿摸摸这个，一会儿弄弄那个，状似随意地整理稿子，然后慢慢挪到衣架边上，余光看见关铭并没有注意她，便迅速从衣架上把内衣拿了下来，一鼓作气地塞进衣柜里。等她再回头时却看见关铭唇边含着笑意掠着她，就那么一瞬间，她敢肯定自己的小动作一定没有逃过他的眼睛。

虽然内心窘迫，但她也只能假装淡定，转身后红着脸狼狈地逃出了房间。

她在烧水泡茶的时候，关铭的手机一直响个不停，这里刚挂那边电话又进来了。施念可以想象他丢下国内一摊子事突然跑来纽约，那边大概已经乱了，所以她没有催他，就在客厅默默等他处理完。

好几次关铭回头去看她，后来干脆挂了电话，走回来的时候直接关了手机扔在一边。

施念扫了眼，问他：“这时候关机别人怎么找你？”

关铭拿过她手中的茶杯喝了一大口，放回原位回道：“管不了了，天塌下来让沧海先顶着，我有更重要的事。”

施念假装听不懂他的话，又要去拿水壶给他添茶。关铭却突然拦了下她的手腕，握着她的手臂将她整个人都转向他，她避无可避地垂着脑袋不去看他。关铭弯下腰迁就着她的高度，声音突然就落在了她的面前，带着无法阻挡的电流：“让你受委屈了。”

短短一句话，听得施念眼睛发酸，要说委屈的确是委屈的，她委屈得寝食难安。可从他出现在这里的那一刻起，她已经顾不得什么委屈不委屈了，再坏的消息都抵不上他飞越一万多公里出现在她眼前来得震撼。

只是他这句话一说出口，施念就莫名想哭，翻腾的情绪无法抑制地从胸口溢了出来。

关铭低头看了眼她的脚，对她说：“袜子湿了，寒从脚起，先去换下来，我慢慢和你说。”

施念走进房间换了双干净的袜子，然后窝在木摇椅上望着关铭。关铭拽了把椅子放在她面前，对她开门见山地说道：“这件事算是东城那边和我爸商量过后决定的，几年前我把你带上船之后，就和老头子坦白了我想做的事。这件事风险很大，事情的出发点虽然是好的，不过一个成熟的产业链，每个环节都有很多人参与其中，很多公司靠这个吃饭，我虽然想带来一些新的东西，但老的模式必将被取代。这也就意味着整个行业会面临一场新的变革，甚至重新洗牌，淘汰掉一部分，优化另一部分，这本身就是件容易遭人嫉恨的事。”

“可是我不做，别人也不做，大家故步自封，技术领域怎么往前迈大步子？”

“老头子不同意我的决定，他认为我不该做这个领头羊，怕我以后树大招风，会惹来不小的麻烦，也怕会连累家里。他是西城关家的决策者，不得不为整个家族以后的发展考虑。”

听到这儿施念大体能明白，现在国内的确存在很多这样的问题，特别在一些制度体系比较老的产业。一想到变革，首先就是电子信息化，或者先进技术推行后会取代很多岗位，节省的那些环节势必会被市场淘汰，这种转型难免会动到很多人的蛋糕，所以推行起来困难重重，关父的考虑不无道理。

关铭接着对施念说：“商量过后，老头子希望我能娶个同样背景雄厚的女人做保障，这样一来，即使我真的一意孤行想去做这件事，也会最大程度降低风险。我只有和他玩迂回战术，暂时答应他的条件，才能不断了家里的路子，这也是你出国前问我的那个问题。”

“之所以没有把话跟你说死，是因为我当时有几个不确定，一来是不确定这件事到底能不能做成，会不会真被老头子说准碍着一部分人的道了，被人连根拔起。要真是那样，好不容易才把你送出去，不能让你蹚这浑水。”

“二来我也不确定你出来后会不会遇上更好的人，不想再回去了，或者干脆在外面成家定居，这些都是未知的因素，所以我不能提前捆住你，不然送你出国还有什么意义。”

施念眼眶湿润，轻声问他：“那你现在怎么又改变主意了？”

关铭嘴角突然漾开了笑意，他的这个表情对施念来说是致命的，她撇开头不去看他。他出声问她：“脚冷吗？给你焐焐。”

施念还没回答，关铭便捉住了她两只脚握在掌心：“冻得跟冰块一样，正好现在心里头燥得慌，给我降降温。”

他的手很暖，温度从脚底传到了心底，施念的脸上瞬间染上一片绯色，没有哪个男人把她这样捧在掌心过，这种亲昵让她无所适从起来。

但是很快关铭又说回了正题：“所以之后的一两年里我就和老头子打太极，反正我到处跑，他能逮着我说教的机会不多。后来事情渐渐有了起色，家里那些老一辈对我的看法也有了些改观，有时候会帮我在他面前说几句好话，老头子也就没再盯这件事了。”

“不过东城那边，我的确让他们不痛快了，你知道我送你出来时和那边达成了一项协议吗？”

“我知道，你把合同签回去了。”

对于施念知道这件事，关铭并没有感到讶异，她心思细腻，应该能猜到这点，否则他没法这么容易把她弄出来。

关铭轻轻地为她捏着脚，目光也停留在这双小脚上，从前光能看，如今踏踏实实地握在掌心里，越发觉得可爱。他垂眸说道：“是，我做了很大的让步，这件事导致在后来的几年里我吃了不少亏。但是你知道，我在生意上面不是个喜欢吃亏的人，所以当我把事情做起来后，也算间接整了他们一下。”

施念听到这里，坐直了身子问道：“你怎么整他们了？”

“你应该清楚东城那边这些年来做的一直是快消品的中下游链，下游是成品，中游就是生产包装。我虽然一直和他们合作下游的产业，但在他们不知道的情况下将上游产业开拓了起来，什么是上游，就是他们生产包装所需要的设备、技术全掌握在我们手中。

“那么举个例子，我们所出的自动化灌装旋盖生产线，光这个东西就可以提高三倍的生产力，节省 40% 的人力成本，这就是技术所带来的变革。

“因此他们需要向我们购买设备，要我们提供技术帮助他们搭建全新的生产线，但这当中又会牵扯到价格和授权的问题，东城认为我肯定会考虑双方的合作率先授权给他们。

“说实话，几年前，如果没有这个事，我是这么打算的，先把上游做起来，然后利用东城在中下游的影响力将技术输出给他们，形成完整的产业链，达到共赢的局面。

“但是他们这几年让我不痛快了，我也没法让他们痛快。在同等的招投标中，我没有给东城开后门，最后另一个合作商赢得了授权。

“这个结局也算公平公正，毕竟我们的人都是经过实地考察和项目交流确定另一方的确是个不错的合作伙伴。但东城人认为我摆了他们一道，开始对我小动作不断。

“听过微笑曲线理论吗？”

施念摇了摇头，关铭跟她耐心地解释：“我们把行业看作一个微笑，左右两端分别是研发和销售，中间是生产制造，那么现在的局面我和东城分别站在两个对立的顶端，我所处的位置虽然利润丰厚，能够掌握核心技术和设备，但他们握着大量的市场资源，这是一种互相牵制的关系。”

“为了这件事，老头子找我聊过，希望我主动打破这个僵局，要我怎么打破？为了一个人情将现在的供应链推翻？那不现实，我当初既然没有考虑这个人情，现在更不会。”

“所以为了抑制事态发展，东城和老头子私下达成统一，两家联姻，为了稳住我手上的资源，他们不惜找来个养女以东城关家千金的身份塞给我，认为我不可能公开打我爸的脸，特别是在我即将接手家族企业这个当口，料准了我不敢轻举妄动，所以直接将这件事公布了出去。”

“那你回过家了吗？”施念问道。

关铭抬起头望着她：“没有，怕你胡思乱想，一个人心里难受，就先过来了。事情我会处理，但只能先顾最重要的。”

施念侧过头掩住眼里的泪光，关铭替她按了好一会儿脚，本来一夜未睡，疲惫的身体渐渐放松暖和起来。

施念咕哝地说：“你怎么还会给人按摩？”

关铭笑了起来：“别往外说，我也就对你这样。”

施念微微眨了下眼，胸口翻腾的情绪已经再也无法抑制住，就这么从眼里流露出来，深深地望着他。

关铭向她倾过身子，悬在她的上方，开了口：“我没正儿八经追过人，以前……也不需要去追谁，所以在这方面没什么经验，就想着这事不能让你误会了，得赶紧过来一趟。万一你生起气来转身跟别人跑了，你让我一个人怎么办？说起来那人条件不错，要比我年轻个好几岁，我是有点危机感的。”

施念第一次从关铭口中听到他提起自己的年纪，有些诧异地转过头看他，却发现他虽然嘴里说着有危机感，眼里却全是笑意。

他就悬在她头顶，灼热的呼吸落在她的鼻尖，弄得她浑身都酥酥麻麻的。她抬手去推他，他的身体不仅纹丝不动，反而又压低了一些，单手撑在椅背上，鼻尖就快要碰到她，目光幽深，仿若沉着迷人的旋涡，将她吸进去，嗓音低沉地响起：“上次那件事，你考虑得怎么样了？”

施念完全有理由怀疑关铭分明就在色诱她，在如此近的距离，如此醉人的眼眸中，如此撩人的气息下，他没有给她任何拒绝的空间。

可她还是故意说道：“我要是不同意呢？”

关铭没有丝毫退让，反而笑意更深了些，抬手拨弄着她耳边的碎发，手指停在她的耳郭上，来回划弄着：“我都这把年纪了，你忍心看我一直打光棍？”

他指腹的温度烫着她。施念的耳朵很敏感，被他这样一弄，身体顿时软了下来，嘴里却还是说道：“我看你好得很，手指头都不用勾，只要眼神瞟一下，一群姑娘送上门。”

关铭被她小女人的气话弄笑了，手划落到她的下巴，挑了起来，气息撩人地说道：“想打探我的生活作风问题啊？”

施念拼命扭头，挣脱了他的手掌，还倔了一句：“不是。”

关铭俯下身，突然大手穿过她的后背将她整个人提了起来抱入怀中，声音落在她耳畔，低柔地告诉她：“没有，从把你带上船那时候起，我身边就没有女人了，总想着丫头气性大，心里有什么也不说出来，我要和哪个姑娘不清不楚的，你躲起来哭鼻子我都不知道。”

施念的眸色都润了，含着水光抗议道：“胡说，我哪有气性大了？那时候我和你又不熟。”

“嗯，不熟，那我带个女伴出去应酬，你还要追着我问。”

“我没有……”

说到后面，施念的声音有些心虚地小了下去，好像那次在船上她以为他喝醉了，替他泡茶时是拐弯抹角打听了那位白雪来着，当时关铭还耐着性子跟她解释了一大堆，总之现在回想起来他那些话的确都在极力撇清关系。她当时到底稚嫩，以为关铭在教她道理，竟然没察觉出他是故意说那些话让她舒心的，现在才体会到，心底深处像沁了温热的暖流，溢满心田。

关铭发现施念出神了，干脆轻咬了下她的耳朵让她回神。

施念轻呼一声身体颤了下，关铭的咬便成了吻。

他的声音有些沙哑：“我待你和别人不同，身边的位置也始终为你留着，我这几年还没完全稳定下来，你跟着我多少是要受点委屈的，本想等能给你安定的生活再跟你坦白，但我的小念儿如今这么优秀，总被别人惦记着，那就恐怕等不了了。”

缓了缓，他的语气沙哑中透着难以抵抗的诱惑：“告诉我，你的答案。”

施念眼里氤氲着水汽，两人之间的暧昧早已超过了警戒线，他的吻从耳郭移到她的脖颈，施念没有从他怀中逃走已经是给了他答案。

可关铭似乎想要她亲口答应他，所以继续追问道：“回答我。”

施念的呼吸凌乱起来，他的吻还在不断下移，每一次呼吸都在厮磨着她，那敏感的温度灼着她的皮肤，已经到了无法逃避的地步。施念声音颤抖地“嗯”了一声，是在回答他，也透着如水般的柔情。

关铭当即停止了动作，抬起头找到她的唇。施念的呼吸瞬间被他夺走，大脑像是缺了氧。比起上一次接吻，这次更加浓烈，他们俩的重量都在这张木摇椅上，封闭的环境，暧昧的姿势，和不断加深的热吻。施念从心底深处感受到一种奇异的感觉，她无法缓解这种感觉，整个脑袋越来越眩晕。

她从来无法想象只是简单的接吻而已，面前的男人可以做到这么淋漓尽致，不断挑逗着她，勾着她内心最原始的欲望，不给她一点退缩的余地。

施念在他怀中轻轻发颤，她不知道他们到底吻了多久，想来是很久的，她紧紧攥着他的衣服眼睛都红了，直到她所有氧气被他夺走，摇椅都晃了起来后，他才放开她。

她只感觉嘴唇胀胀的，连舌头都是麻的，眼含水汽地望着他。

关铭从未见过施念如此柔软的一面，他喉咙紧了下，刚才摇椅晃动的频率已经让他差点失控，现在看见她动情迷蒙的模样，他被自己此时此刻无法克制的生理反应气笑了，多少年没有过这种冲动，这才刚见上面，就差点控制不住想要她。

关铭转过身看了眼桌上的冷面包，背着身子问她："早饭没吃吗？"

施念这才慌乱地拨弄了下头发，看了下时间，都快中午了。她问："你是不是也没吃？那我看看冰箱里有什么能做的。"

"不麻烦。"关铭回，他缓缓扣上外套蹲下身望着她略显憔悴的样子，低声问，"昨晚是不是没睡好？"

施念没有隐瞒："睡不着。"

关铭探过身子心疼地吻了下她的额："你去里面躺会儿，我出去买吃的。"

"可是外面雪大，不好走。"

关铭抿唇无奈地浅笑："没事，正好出去降降火。"

关铭出去买东西的时候，施念实在是没有心思睡觉，整个人处于一种特梦幻的亢奋中，连身体都热了起来。

于是本来提不起劲干的事，趁着关铭出去，她干脆将家里都收拾了一遍，几十分钟后门响了，她以为关铭回来了，跑去开门，可当门打开后，门口站着的人却是靳博楠，让她有些微微讶异。

靳博楠先是不动声色地打量了她一番，开口问出的第一句话便是："你还好吗？"

施念有些愣，不知道他什么意思："我怎么了？"

靳博楠面色有些凝重，刚开口说道："我听说……"

"叮"的一声，身后的电梯门又开了。关铭提着两个大袋子走出电梯，当看到站在门口的靳博楠时，身形也微微顿了下，但只是转瞬即逝，神情便已经恢复如常。

倒是靳博楠看见关铭出现在这里有些吃惊，还问出了一句：“你怎么在这儿？”

关铭似笑非笑地勾了下嘴角，将手上的袋子自然而然地递给施念，对他说：“来看小念吗？进来坐坐。”

他的邀请中透着股轻松自在的味道，仿佛靳博楠才是那个临时造访的客人，而他不是，这让靳博楠的面色变了变。

施念转身看了他们一眼招呼道：“都进来吧，站在门口干吗？”

关铭进屋后带上门，对施念说：“怕饿到你，没敢走远，只买到比萨和意面。”

施念打开包装盒对他说：“这就行了，我们吃不完的。”

关铭的肩膀上落了雪，他将外套脱掉挂在一边，去帮施念的忙，顺带问了靳博楠一句：“吃了吗？没吃一起。”

靳博楠面色有些僵硬，硬邦邦地回了句：“不用了。”

施念打开意面包装盖的时候，手上沾了点酱汁。关铭朝她笑了下，捉住她的手，抽了张纸巾帮她擦干净。他做得很自然，可施念一时间还有些无法适应两人刚刚确立的关系，况且还有外人在，她多少有些不自在的，缩了下手，他便松开了她。

靳博楠看在眼里，目光中浮上了一层难以隐忍的怒火，直接对施念说道：“方便单独和你说几句话吗？”

施念看了眼关铭，关铭没吱声，也没看他们，施念只有对关铭说：“笙哥，那你先吃。”

然后瞥了眼厨房，她可没有胆量在关铭的眼皮子底下把别的男人带进自己的房间，还是选择去厨房说话比较稳妥。

进了厨房后，靳博楠随手拉上门，便急切地问：“他怎么来了？”

“早上到的，你是……听说了什么吗？”

靳博楠有些难以理解地说：“刚才听华人圈子里的朋友提到这事我就立马赶过来找你了，照这么说你也知道了？那你还和他纠缠在一起干什么？他是有婚约的人，念念，你别被他骗了。”

施念低着头说：“不会，笙哥的为人我很清楚。”

靳博楠这一听，为她感到着急，便劝道：“我接下来说的话不是为了我自己，就当是认识这么久的朋友，我也不得不提醒你一句，你人在纽约，他在中国，他真想做点什么对你瞒天过海，你压根儿拿他没办法。况且，我也打听过他的发家史，并没有多光彩，他那种饱谙世故，进退自如的人你能应付得了？”

施念皱起眉回道："如果你这趟来是想和我说这些，大可不必。"

靳博楠被施念的态度弄得有些不痛快，他干脆一股脑地说了出来："那你想过他可能娶你吗？他的家庭可能同意让你进门吗？你跟着他有未来吗？"

施念猛然抬头，瞳孔都在颤抖。靳博楠一针见血地道出了她心中最大的痛，她喉咙哽着，说不出一句话来。

靳博楠朝她走近了一步对她说："理智点，念念，你可以不选择我，但我不想看你深陷泥潭。"

施念退后了一步，终究和他拉开距离，对他说："谢谢你特地为这事跑一趟，我知道自己在做什么。"

她的冷静让靳博楠震惊，他们再走出去的时候，桌上的东西没有动，关铭依然沉静地坐在原位，有一下没一下地转动着手中的手机。

靳博楠对他说："关先生来得匆忙，酒店我替你安排吧？"

关铭这才抬眼淡淡地睨了他一下，回道："不用麻烦。"

靳博楠的语气听似客气，眼里却没有丝毫笑意："不麻烦，念念一个女孩住，你晚上待这儿也不方便，我来安排。"

施念咬着唇走到一边，连她都能感觉出来，两人一来一回这客套话中掺杂着的火药味。

倒是这时关铭往椅背上一靠，颇为从容地应对道："难得来一趟，当然得多陪陪女朋友，住外面算是什么事？"

一句轻飘飘的话让靳博楠愣在当场："你们？"

施念顿时尴尬得要用手上的叉子挖出个白金汉宫了。

她没想到关铭会这么直接地告诉靳博楠他们现在的关系。

气氛僵持片刻后，靳博楠自知自己再说下去也没有道理了，没多会儿就离开了。

把靳博楠送到门口，施念关上门回过身望着关铭，关铭看着一桌子的东西对她说："冷了。"

"我去热。"

施念刚拿起盒子，关铭起身从她身后抱住她，然后接过她手中的盒子对她说："不怪我亲手把你的桃花斩了吧？"

施念好笑地说："那你还以为我有一脚踏两船的本事吗？"

"那得看看别人有没有这个本事动我的女人了。"说着，他把她按回椅子上，"你坐着等，我去热。"

吃饭的时候关铭很沉默，一直没有开口。这间公寓不大，即使刚才靳博楠拉了厨房的门，可施念依然怀疑他们刚才的对话被关铭听见了。

她试探地说：“刚才靳博楠来就是问下我的事，没其他意思。”

关铭放下叉子，用纸巾擦了擦嘴角，抬起头看着她：“那你呢？会认为我是个骗子吗？没给你任何承诺，就要你跟着我。”

施念只回了他三个字：“我信你。”

其实她也知道刚才靳博楠说的那些问题都是客观存在的，可她的人生啊，前面二十多年一直循规蹈矩地活着，唯独这件事她愿意去冒险，为了他。

关铭听见她的回答露出了笑意。

吃完后，关铭不给她收拾，非要她去休息。

说起来他也一夜未睡，在飞机上十几个小时肯定也是不舒服的，来到她住的地方还要忙前忙后，怕是他在自己家，这些事都不会动一下手的，施念有些过意不去，但是关铭提醒她：“注意自己的身份。”

“什么身份？”

“我女友的身份，我为你做这些不是应该的吗？”

一句话堵得施念无话可说，心里像被灌了蜜，后来关铭反而打趣她：“你小时候使唤我没这么不好意思吧？”

施念顿时憋红了脸，他不说施念压根儿就不会提了，那时候的确各种耍懒要他背着，以前小不觉得，现在回想起来其实学生宿舍离他租的公寓好远，她那时候在长身体，有些肉肉的，反正是不轻的，她都不知道那会儿的关铭一天两趟是怎么能坚持把她背来背去的。

虽然关铭让她去旁边歇着，但她还是围着他问道：“笙哥，你这次来待多久，不会又要凌晨就往回赶吧？”

关铭笑着说：“你当我是飞行机器？”

“那……”施念很想知道他会留到什么时候。

关铭告诉她：“最迟明天晚上，只能这样了。”

其实施念算了算时间，他飞趟纽约，一来一回路上就得耽误两天时间，又在这里逗留两天，国内出了那么大的事，他平白无故消失四天其实已经很夸张了，再久留怕是要掀翻天了。

只是想到他明天晚上就要离开，施念难免会有些舍不得。她以前从来不觉得自己是个黏人的女人，可今天她才突然感受到什么是恋爱的滋味。

收拾完后，施念对关铭说：“你要么去我床上躺会儿吧，反正下午也没什么事。”

关铭这一趟来得匆忙，舟车劳顿，奔波了这么久，身上难免沾染尘埃，躺在丫头的床上，他不想把她床单弄脏了，于是提出：“能先冲个澡吗？”

施念这才发现他是真的就这样来的，什么都没有带。

她为他准备了新的洗漱用品。

浴室里响起水声的时候，施念就一直在纠结一个问题，她这里没有男人的衣服，他洗完澡穿什么？

本来找了一条毯子出来，想着要么先给他裹个毯子，但是站在浴室门口犹豫了半天又不知道该不该敲门，里面的男人是那个始终让她觉得遥不可及的存在，从前只可远观，止步于礼，现在人就在她的浴室洗澡，就好像那个遥遥相望的人突然落了地，一门之隔，让她脸红心跳。

好在关铭洗澡很快，不一会儿浴室门打开，然后他就这样冷不丁地出现在她眼前，只穿了一条内裤。

施念下意识的反应是背过身去，惊呼了一声："你怎么没穿衣服？"

关铭笑了："你看过谁穿着衬衫西裤睡觉的？"

施念没有看他，将手上的浴巾递给他，对他说："那你先去休息，我帮你把衣服拿下去洗，不然你明天没得穿。"

然后她便慌乱地抱着衣服逃走了。

在楼下洗衣房等待的过程中，施念的脑海里一直浮现刚才匆匆一眼看到关铭的样子。以前他们在船上的时候也算是同住过吧，但关铭在她面前向来周周整整，不知道是不是确定了关系，关铭便不再避讳那些，想到他流畅的线条和结实的身材，她脸颊始终是烫着的。

衣服洗好后，施念上了楼，本以为关铭睡了，她还特地轻手轻脚地将他的衣服挂了起来。

却听见身后的人在叫她："念儿。"

她回过头的时候看见他躺在床上看着她，那慵懒随性的姿态，还有露在外面的臂膀形成了巨大的视觉冲击力。

她从前只是觉得关铭长得好，穿衣有型，今天才知道他脱衣更有样。

他往里面挪了挪，对她说："别忙了，上来躺会儿。"

施念觉得自己大概魔怔了，他的一句话就已经让她心尖开始发颤了。

可想到在跟自己说话的人是她的男友，她就没有任何招架之力了，一切都变得顺其自然起来。

她刚躺下，关铭就掀开被子将她裹住，顺手把她捞进怀里。

他上半身没有穿衣服，施念直接靠在他的胸膛上，他的气息铺天盖地地包围着她。在国外这么长时间，从来没有一刻像现在这么暖和，她整颗心都安定下来，仿佛只要在他怀中，什么烦恼、担忧全都瞬间抛却脑后，内心前所未有的温暖。

施念问他："你怎么没睡？"

他的气息很温柔，好整以暇道："想睡，又睡不安稳，干脆不睡了。

你呢？要我哄着睡吗？”

“我又不是小孩。”

关铭绕着她的头发优哉游哉地说：“以前帮你揉背的时候，你每次准能睡得像小猪。”

他提起以前的窘事，施念捶了他一下，力道和棉花一样，被他捉住了手放在自己的腰上。她便避无可避地碰到他腰间的皮肤，硬的，有种很诱人的紧绷感，虽然他刚才还拿自己的年纪说事，但这紧实度却一点也没有年龄感。

6. 牵好了，千万别松手

施念干这行经常接触男模，身材好的男人见得不少，但工作中这些男人在她眼中就是工具人，她不会有多余的想法，有时候碰上喜欢调情的小男生，也会刻意说些暧昧不清的话去逗她，但她一般都会自动屏蔽，也不会害羞什么的。可不知道为什么，面对关铭的时候就完全不行，他的一个眼神，一个动作对她来说都是无法抗拒的。

她也毫无睡意，虽然身体感觉轻飘飘的，但精神就是亢奋。她出声问他：“那你以前帮我上药的时候有什么想法？”

关铭笑了起来：“我能有什么想法？你那时候还没发育好吧？”

虽然话题是施念挑起来的，但她没想到关铭会回答得如此直白。

不过他又补充道：“哦，是有些想法，每次都觉得你的小裹胸特别碍事，想脱了。”

施念睁着一双杏眼：“那你还说没有想法？”

关铭挑了下眼：“这算什么想法？如此纯洁地想让药膏涂抹均匀，顶多也只能说我是个认真且负责任的好医生。”

施念被他的巧舌弄得哑口无言，拿眼睛瞪着他。

关铭被她瞅得笑意渐浓，干脆翻了个身将她抱在身下，眼神醉人地对她说：“好吧，我承认，有过一丝邪念，毕竟当年血气方刚，但我也没对你做出什么过分的举动，还算规矩吧？”

施念还没说话，他紧接着又补充道：“现在就没法规矩了。”

说完他又去吻她，就觉得她的唇香甜柔软，透着果香的味道，眼睛乌黑的，动情的时候特别亮，总像含着水汽。也许是因为施念本就是古典柔润的长相，稍微温存一下，微红的脸颊总会呈现出一种柔弱娇媚之感，容易激起男人的占有欲。

刚才是在外面，在椅子上，两人都穿着衣服的，而现在环境发生了变化，那种微妙的气息，和互相之间难以抗拒的吸引力很快就弥漫开来，她感觉到关铭的手沿着她的腰线往上停在最柔软的地方，位置太敏感了。

仿佛在她心里播撒下细小的蚂蚁，啃噬着她的神经，就是施念再迟钝也知道他想干吗。

她呢喃地软声道："笙哥……我……今天不方便。"

她不是不愿意，也不想扫他的兴，但实际情况的确有些不凑巧。

关铭的动作没有再进一步，笑了下将脸埋进她的颈间，呼吸略沉，声音喑哑地说："折磨人。"

施念感觉到了他身体的反应，不知道该怎么是好，声音轻颤地说了声："对不起。"

关铭顿了下，翻身从她身上下来，侧过身子手肘撑着脑袋瞅着她："没什么对不起的，这样也好，我自己身上一堆破事还没解决，就这么要了你对你是不负责任，不急，等以后……"

他没再说下去，施念却已然明白他的意思，他在为她的处境着想。她将脸埋在他怀里抱着他，那时她心里只有一个想法，哪怕全世界都不看好他们，哪怕前面等着他们的是刀山火海，这条路她也走定了。

可她却并不知道，她这个投怀送抱的举动并不能对关铭现在的状态起到任何缓解的作用，反而让他更加燥热。

没多久施念在关铭怀中眯了一会儿，关铭就这样给她枕着胳膊，另一只手打开手机，调了静音，通过短信和一封封邮件开始部署国内的事。

快到傍晚的时候，施念感觉关铭下了床，她迷迷糊糊地翻了个身坐起来愣了会儿神，然后听见大门开了又关的声音。她以为关铭出去了，对着外面喊了声："笙哥。"

关铭很快走了进来，他已经穿上了洗干净的衣服，问道："把你吵醒了？"

她摇摇头："就没睡沉。"

关铭其实能感觉出来，她在他怀里的时候，睫毛不时扫过他的胸膛，痒痒的，只是大概身体累，一直窝着没动，这下是真的起来了。

她问道："你开门了吗？谁啊？"

他对她说："让人送了晚餐过来，总不能让你一直吃比萨。起来了正好，吃饭。"

施念把被子裹在身上，感觉有些冷，还想焐一会儿，每次一到冬天总是这样，身子寒怕冷，会间接性地成为下床困难户。

关铭见她缩成一团，又开始耍懒了，嘴角挑起了笑意："别下来了，我端进来。"

然后他在外面找了张折叠桌搬了进来。施念窝在床上看着他来回走动的身影，突然觉得家里有个男人是件很幸福的事。

他又把菜一个个打开，施念才发现关铭居然点了一堆她无比怀念的淮扬菜，而且无论从包装还是菜的卖相来看都让人食欲大开。

她有些惊讶地问："你哪里点的？这里能点到吗？"

"恐怕不能，找朋友打听的一家私房菜，我等会儿把联系方式给你，以后想吃了就让老板给你送来。"

"老板亲自送吗？是不是要另外加钱？"

关铭盯着她笑："不要你给钱。"

"不要给钱？餐馆是你开的吗？"

关铭夹了几道菜放在碗里，回答她："倒还真不是我开的，不过如果你喜欢，也可以变成我开的。"

"关先生，你是土匪吗？"

关铭坐在床边，将一口冰糖糯米藕喂到她面前："你要是喜欢土匪，我也可以勉强当个土匪。"

施念咬了一口糯米藕，甜甜的味道直达心里，她的眼睛弯成了月牙状。

刚伸出手准备接过碗，关铭对她说："别伸出来，放进被窝里，你这身体啊，以后要多注意，好不容易才焐热。"

施念这才想起来，刚才躺在一起的时候，关铭的确一直在帮她捂手捂脚，她脸颊攀上红晕。

关铭又夹了块糖醋里脊让她尝尝。

就那么一瞬间，施念的视线突然就模糊了。

这么久了，她习惯一个人去面对风风雨雨，再苦再难的日子熬一熬就过去了，直到这一刻才知道身边有个人是什么滋味。在外面她不是个软弱爱哭的人，可她的脆弱全都给了他。

关铭见她泪眼婆娑的样子，放下碗将她抱了过来，轻哄道："怎么喂个饭又把你喂哭了？"

她吴侬软语地说："每次生病的时候都想发信息给你，又觉得真发给你诉苦了，自己在你面前就变得矫情了。有时候想看看你，手机里没有你的照片，我就去网上找，好不容易找到一张什么企业家协会的大合照，里面有你，但你没有看镜头，我就总在想，你为什么照相不看镜头呢？"

关铭还是第一次听见施念这种带着埋怨、娇嗔的语态，他其实一直很喜欢听她说话，不经意间会冒出那种江南口音，软软的，有种撒娇的语气。他双手将她收紧，笑着蹭了蹭她的脸颊："傻丫头，问我要不就行了。"

"不行，那像什么样？难道让我对你说，笙哥，给我张你的照片吧，我好对着你将你幻想成我的男朋友吗？"

关铭这下彻底笑出声，清朗的笑声充斥着整个房间。他把她连同被子都捞到了腿上放着，她靠在他胸口问：“我要真那样说了，你怎么办？”

关铭眼里染上星火浮动的神采，回答她：“我可能会认为你被盗号了。”

施念破涕为笑，听见他说：“你要是真对我那么说了，我不管在哪儿都要来看看你，看你受了什么刺激？顺便让你看着我本人幻想。”

施念之前随 Klein 去巴黎出差的时候，看到街头那种法式长吻，恨不得身体长在一起的情侣特别不能理解，她还对 Klein 说中国人在情感的表达上比较含蓄。

现在当自己真的陷入热恋中才知道，如胶似漆这件事不分国界，在这之前，她根本没法想象自己会窝在关铭怀里吃饭，感觉生活自理能力倒退了二十年。

要是被妈妈看到肯定要说她太没规矩，可笙哥给她这样没规矩，这份宠爱对她来说是这个世界上最独一无二的。

吃完饭后，关铭又从外面拿了一袋山核桃，施念感觉他像在变魔术，问他哪里来的。

他说刚才那个中国老板送给他的，然后他就拽了把椅子坐在折叠桌前剥山核桃。核桃很小，并不好剥，施念看着都费劲，更别说动手了。

她真的没想过有一天，自己能和关铭这样安静地待着，没有人来烦他们，也没有电话打扰，在异国他乡宁静的夜晚，窗外冰天雪地，屋内安逸温暖。

关铭一个手握庞大生意链，在很多产业都可以呼风唤雨的人物，此时此刻屈着长腿专心致志地剥山核桃。施念看着莫名想笑，如果给他的生意伙伴看见养尊处优的关老板这副样子，肯定要大跌眼镜的，但他的这一面只有自己能看见，这种幸福感油然而生。

那次机场分别后，她是真的没法想象和他恋爱到底会是什么样子的，他那么忙，心中装着的都是大事，要和她谈这些风花雪月，儿女情长的东西，她想象不出来会是什么画面。然而现在这个画面就在她眼前，她是真的信了关沧海那句话，只要他想做的事，没有做不好的。

施念抱着膝盖看了关铭一会儿，对他说起：“你的那个订婚对象，我见过。”

关铭抬眸掠了她一眼，又继续低头剥山核桃。

施念接着说道：“不过就见过一次。关远峥葬礼的时候，要不是旁边人拦着，我感觉她都要冲到墓碑上了。我当时看她哭成那样都蒙了，自己都忘哭了，你说关远峥他爸去见那个女人的时候还都带着关远峥吗？”

关铭依然没有说话，施念歪了下头问他：“你就不好奇吗？”

这下关铭才不疾不徐地开了口反问她：“我该好奇吗？”

“那这件事要怎么办？”

关铭将剥好的一把山核桃仁递给她，淡然地回道：“我不想，没人能绑架我的意愿，只是要考虑到老头子那层关系，不能说我刚从他手上把家里生意接过来就和他翻脸，道义上说不过去，也总得考虑点外面的影响。”

“想彻底断了老头子的念想，就得让他明白，和东城之间把生意还有情面裹在一起不是明智之举，我后面也会逐步把生意从东城撤出来，但这需要时间去安排。”

说到这里，关铭抬头望着施念：“就是你这里，我放心不下。”

施念将小核桃扔进嘴里笑着说：“有什么放心不下的，我之前还做好你跟别人结婚生娃的准备了，现在的情况比之前设想的已经好多了，起码我把笙哥的心给留下了。”

关铭嘴角扬了起来：“你会觉得跟在我身边不安定吗？”

“安定这种事不能光靠你一个人努力，我也会努力。”

“你也会努力？”关铭笑着重复了一遍。

施念却正经地点点头：“你想，我要是女版比尔·盖茨，我们之间的这些世俗之见还是个事吗？”

关铭悠闲地将双手撑在脑后靠在身后的衣柜上，笑意很深。

施念被他那样盯着，只感觉从心底流出暖意，仿佛窗外的冰天雪地跟她再无关系。

他们这样聊了一会儿天，施念的手机响了。百夫长的晨会要开始了，纽约是晚上，国内正好是早晨，每个月靠近月底的这个晨会都会做市场分析，所以施念不会缺席。

她接到通知说会议即将开始时，匆忙从床上跳了下去，打开衣柜找了件正儿八经的风衣套在外面，将扣子扣周整后，坐在房间里的办公桌前，打开电脑，将视频调整好。

做这些准备的时候一气呵成，仿佛刚才还是那个赖床的小姑娘，一下子就切换成了成熟的职业人。

关铭不作声，就靠在一边饶有兴致地看着她，嘴角挂着笑。

直到施念坐安稳后，他才站起身几步走到她身后看了看她准备的资料。

施念本来没察觉有什么，不经意地抬头，看见视频中出现关铭的身影吓了一跳，赶忙就回身去推他："你……你待会儿千万别入镜啊。"

关铭双手抱胸，一副从容不迫的姿态："我为什么不能入镜？"

"他们要看到你怎么办？"

他回得理直气壮："又不是不认识。"

施念被他弄急了，站起身拖着他就把他拉到床上待着，对他说："就是因为他们都认识你，你突然大晚上的出现在我房间里，你这是想让我们今天的会议泡汤吗？你知道他们平时都怎么看你的吗？"

关铭挑着眼，神态自若中透着股漫不经心的味道："怎么看我？"

施念本想在脑中搜索个合适的词汇，结果就脱口而出："可能看你像看伏地魔吧。"

关铭的第一反应居然是摸了摸自己的鼻子，回了句："我这鼻子从小就长得挺好，他们什么眼神？"

"不是说外形。"

关铭漆黑的眸子盛着不太正经的笑意，施念这才知道他又故意逗她来着，干脆不理他了，又回身坐回电脑前。视频接通的时候，她还不放心地回头看了眼关铭，见他靠在床头刷手机，才放心地进入会议中。

施念工作起来很认真，她有记笔记的好习惯，从上学时就养成的。她工作的时候会戴上那副黑框眼镜，很专注严肃的样子。

一开始，她还时不时回头，记挂着关铭，不过他似乎也在手机上处理东西，并没有注意她那边，她便把心思全部放在会议中了。过了几十分钟后，她总感觉有人在碰她的椅子。

她提着心脏回头去看关铭，他倚在床边肆意地对她笑，长腿是伸在床下的，正好可以碰到她的椅脚，人是那副清贵慵懒的模样，做的事却活像上学时好学生想专心听讲，偏偏坏学生要不停来撩拨的意思。

可施念一想不对啊，这是他自己的公司，她给他做免费顾问，他还要来捣乱吗？

她干脆把椅子往前挪了挪让他碰不到。

过了一会儿，一个纸团突然掠过施念的耳边砸到了电脑屏幕上，不仅她吓了一跳，就连视频那头与会的人也吓了一跳。

还有人出声问道："施老师，什么东西？"

施念那是话不能说，头不能回，只能佯装淡定地对视频里的众同事回："没什么，镜头的问题。"

然后，她默默捡起掉在键盘上的纸团，打开后看到上面写了三个字：想喝水。

施念这才终于知道关铭为什么总是干扰她了，要喝水得到外面去倒，可是就得路过她身后，必然就会出现在镜头里，她又不给他过来，他只有小动作不断。

她低头在纸上写了几个字：等一会儿。

然后把字条扔回床上，她突然就有种上课传字条还怕被老师发现的感觉，一个劲地想笑。

结果会议快结束的时候，施念在整理今天的会议纪要，突然面前的视频里就发出一阵骚动声。她抬头刚想看看什么情况，然后余光就看见某人从她身后飘了过去。

他们没看见关铭的脸，临关视频的时候，有个小女生还八卦地问了句："施老师，你男朋友是外国人吗？"

施念尴尬地笑了笑，回："中国人。"然后和他们说了声再见，切断视频。

椅子一转，那位罪魁祸首正拿着水杯靠在房门上似笑非笑地睨着她。

施念充分怀疑他根本就是故意的。

她好气又好笑地说："关老板，这可是你自己的企业。"

关铭非常正经地走进房间，将水杯放下又躺回了床上，看向她说道："我这个人向来公私分明，哪怕是自己的生意也不能打扰我和女朋友花前月下。"

施念笑着将专门记录百夫长会议的本子合了起来，刚准备放回去，突然想起来什么，对他说："你想听听明年的品牌计划吗？"

关铭倚在床头，虽然衬衫已经有些凌乱了，人依然是那副矜贵的模样，拍了拍身边笑望着她："上床说。"

这三个字把施念准备和他说的计划搅得一团乱，整个大脑瞬间就空白了。

这个男人可以把"绅士"二字诠释得淋漓尽致，可他要是不绅士起来，也可以随时变成个男妖精。就比如现在，兴致上来时那扇形的眼皮总给人感觉像含着桃花，瞧着人的时候会让人心头发紧。

见她不动，关铭朝她伸出手："下面冷，被子给你焐热了。"

施念这下总算知道，和个比自己阅历丰富很多的男人恋爱是什么感觉了，他能把她心甘情愿地骗上床，还无法招架。

她干脆合了本子躺在床上。

时间不早了，他们关了灯，两人这样并排躺着，施念和关铭说话的时候，侧头去看他的轮廓，说着说着声音就停了。她发现在黑暗中看，他的鼻梁真的很高，怪不得总觉得他的五官立体，这么细细观察他的确生得好看。

夜已深，他们都不再说话，本该睡觉的时候，可这样并排躺着谁也没有合眼，施念是怕这最后一段的相处时光，一合眼就过去了。

没多会儿，关铭的声音落在枕边：“继续啊，说说你的规划，我听着。”

施念把她接下来的计划告诉了他，她不知道关铭是不是真的在听，因为她感觉到他侧过了身子，感觉到他的手指落在了她的肚子上轻轻滑着，感觉到他黑亮的眼睛散发着摄人心魄的光泽，呼吸越来越热，慢慢凑近她。

施念才说了两句突然就止了话，声音软了几分：“你这样我怎么说？”

关铭微抬眼眸，呼吸覆盖上来：“我怎么样了？”

他抬手碰了碰她的黑框眼镜问道：“眼睛怎么也熬坏了？”

施念这才想起来忘了摘下眼镜，看来真的被他弄得六神无主了。她刚想抬手,关铭已经替她拿了下来,有些心疼地对她说:“别太苦着自己。”

施念的心彻底在他怀中融化成水，眼眸闪烁地望着他。他低头封住了她的唇，轻轻吮着，然后将她抱了起来压向自己，唇齿间的纠缠不停交织着，仿佛彼此之间都有股很浓烈的情绪无处发泄。他身上似冷杉又似雪松的味道让施念的大脑昏沉，她仿佛溺死在他的气息中，像中了蛊毒，眼睛蒙眬得都有些睁不开。

他太会接吻了，时而激烈时而温柔，弄得施念的心脏也随着他几经起起伏伏。

他的手顺着衣摆握住了她的侧腰，她被他弄得很痒，心里更痒，还是那种根本不知道该怎么办的感觉。

然而就在这时关铭突然悬在她上方望着她，即使房间关了灯，施念依然可以清楚地感受到他眼中浓烈的欲望。

他声音有些嘶哑柔情地对她说：“让我看看你。”

施念含着下巴闭上眼，关铭缓缓解开了她的扣子。

月光透过窗帘的缝隙溜了进来，洒在她白嫩的身前，那幅画面太具有冲击力，根本无法让人只停留在视觉享受上。

他的抚触和亲吻让她控制不住地战栗，他终究忍不住在她身上留下一道道吻痕，低柔地说：“我到底还是个大俗人，嘴上说着等事情处理完再和你进一步，不然对你不好，行动上却做不到。明天就要走了，我总想在你身上留下点什么，会怪我吗？”

施念被他弄得已经连话都说不出来了，从来没有过这种感觉，身体像被人放在火炉上煎烤，灵魂是飘着的，大脑也是晕乎的，只依着本能攀着他的肩膀回应着他，被他完完全全主导着。

那晚发生的事情对于施念来说是混乱的，她只知道最后关铭握着她的手纾解了自己。她没有碰过哪个男人，这是第一次，如此真真切切地感受到，整张脸一直到结束都是烫的。

下半夜的时候她被关铭抱在怀里，渐渐意识朦胧，终于睡着了。

施念第二天早早就起床了，怕睡过了就连最后几个小时相处的时间都浪费了。

她做了丰富的早餐，烤了火腿吐司，做了鸡蛋培根卷，用玉米粒、金枪鱼和小番茄、蔬菜弄了沙拉，还熬上了小米粥，煮了热腾腾的咖啡。

其实平时她一个人生活，很少会下厨，在吃上面怎么方便怎么来。偶尔室友都在家的时候，她会露一手，给她们尝尝中国菜，但机会也是很少的。

不过关铭难得来一趟，她想着不能让他总吃外面的东西，就亲自下厨为他弄点吃的。说来这还是她第一次为男朋友弄吃的，切小番茄的时候，想到昨晚的画面，脸颊和番茄一样泛着透亮的红润。

本想做好后再去喊关铭起床，他却早已闻到了香气起来了。她将弄好的鸡蛋培根卷摆了个漂亮的造型。关铭走进厨房从她身后抱着她，他的呼吸落在她的耳边，痒痒的，对她说："早啊，我的小念儿。"

他不是第一次这样叫她，可今天的这个称呼却透着难以言喻的亲昵。

关铭帮她把东西端到外面放着，两人面对面坐着，关铭看着一桌子精致的早餐，嘴角不禁浮起笑意："看来我以后有福了，讨了个贤惠的老婆。"

施念被他说得一大早就羞涩起来："什么老……婆……"

虽然昨晚两人没有发生什么实质性的关系，但那样亲密的接触已经够她害羞一整天的了，本来这样相对坐着还能假装不去想昨晚发生的事，偏偏关铭有意无意地拿话语挑逗她。施念一会儿脸色发红，一会儿眼神闪躲，看得关铭倒是心情颇好。她知道他是故意的，在调情这方面，她没见过有哪个男人像他手段这么高明，总能撩人于无形。

但他往往也会点到即止，不会弄得她不自在，适时转移话题问她："今天想干吗？要不要出去……约个会？"

施念神情微顿。约会，当这个词突然从关铭口中说出来时，她一时间都有点反应不过来。两天前关铭对她来说还是那个触碰不到的男人，今天他就在她面前，提出要和她约会，事情的发展的确有些光速。

关铭见施念发愣，笑了起来："怎么这副表情？以前约会都做什么？"

施念低头搅动着杯中的咖啡："我没有。"

她本想说自己没和谁约过会，可想到倒是和关远峥单独出来过两次，不知道算不算约会，于是又补充了一句："就……吃饭。"

关铭挑起眉梢，玩味道："就吃饭？"然后便起身套上外套对她笑，

“大好青春浪费在吃饭上了。准备准备，带你去约会。”

他的一句话让施念的心情变得无比美丽，她换了漂亮的羊绒大衣，蹬上长靴，将长发披在肩上，温柔动人。

和关铭走到楼下的时候，巧的是又碰上了那位房东大婶，只不过今天关铭是攥着施念的手，两人并排挨着，关系明显比昨天亲密许多。房东大婶在远处对关铭伸出大拇指，关铭朝她颔首回以微笑。

施念赶紧把他拉出了公寓，关铭知道她脸皮薄，由着她拉着自己。

出了公寓，施念问他：“我们去哪儿？”

“有在上午去过影院吗？”

施念摇摇头：“没有，来这里后一场电影也没看过。”

关铭抬手替她理了理被风吹乱的发丝：“真是个刻苦的孩子，走吧，看场电影去。”

去了最近的影院，上午大雪压根儿没什么人，整个放映厅除了他们，还有两个人，坐在最后一排。

倒没赶上什么美国大片，播的是一部有些文艺复兴时期味道的意大利电影。其实具体是什么电影施念并不在乎，就是感觉能和关铭这样坐着，像普通情侣一样看部电影，如此惬意的时光对她来说是弥足珍贵的，起码在国内恐怕他们没法做到这么自如地约会。

她问他：“你以前在这里上学的时候也会经常看电影吗？”

关铭侧了下身子，告诉她：“经常看，基本上不会错过任何一部大片，有一两年都是看上午场，便宜。”

“就是你吃泡面的那段时间吗？”

关铭笑着将她搂了过来：“让你见到我最落魄的时候了，我那么穷还能被你记住，不容易。”

“可是你当时还带我去吃了大餐，我还记得吃了一道菜是巧克力做的，我好像还能记得那个味道。”

“想吃？”

施念歪着头：“但是我们在纽约。”

关铭捉住施念的手慢慢摩挲着，施念发现他没在看屏幕，而是低着头目光落在她的手上，她问他：“在想什么？”

他如实地告诉她：“在想反正没人，把你抱到腿上会不会太过分？”

施念下意识地回过头去，然后……她看见了惊人的一幕，那两个人已经亲到一起去了。

在帕森斯读过书的她，对这种事情已经司空见惯了，但是这个环境，还是和关铭坐在一起，气氛瞬间就暧昧起来。

她转回视线的时候发现关铭也朝那边瞄了眼，紧接着她感觉到腰上一紧，她整个人都被关铭捞到了腿上，他的呼吸烫着她："比起他们，我们应该不算过分。"

其实施念有些害怕的，她很怕在暗处有监控，于是将脸埋在关铭颈窝里问他："笙哥，我能下去了吗？"

"再抱一会儿。"

"嗯……"

所以整场电影施念只看了十分钟，然后整个人便躲在关铭怀里。他不时低头去找她的唇，施念被他吻得身子软得动不了。

后来他拉开了她的羊绒大衣，她羞得完全将身体背对着大屏幕双手攀着他，紧张得不敢乱动。

其实有大衣挡着，环境又这么暗，即使旁边坐着人也看不清关铭的动作，可施念就是感觉整个人都在发虚，她二十几年来从没有做过这么刺激的事，在今天以前，她都不敢想自己会和男朋友在公共场合亲密。

她是保守内敛的，可关铭和她截然不同，他大胆纵情，仿佛所有事情都能被他主导着，包括她。

施念知道这才是真正的他，那个彬彬有礼、雅人深致的外表下，是肆意桀骜的他。

她微喘着在他耳边求饶道："怕有人看……"

关铭听见她声音都发颤了，终于规矩了一些拍了拍她的身子对她说："我们走吧，再这么下去，这就不是来看电影了，是考验我的定力来了。"

于是一场电影播到一半他们就出来了，当然施念是红着脸出来的，她说要去下洗手间，其实就是想去照照镜子，打理一下自己。

等她出去的时候，关铭买了包烟站在雪地里等她。她其实能见到关铭抽烟的次数并不多，第一次还是在慈善晚宴上，她递了条子给他，他趁着点烟把条子烧了。

那时候她就觉得这个男人抽烟的姿势真的绝了，单单那样漫不经心地叼着一根烟，却有种顾盼生辉的风华。

而他现在突然点燃一根烟，施念大概能猜到因为什么，她有些窘迫地朝他走去，关铭将烟灭掉了。

外面冷飕飕的风吹在身上到底是冷的，她为了美美地约个会，还是要了风度没有要温度。关铭见她缩成一团，将手臂一弯。她心里顿时升起一股暖意，几步上前挽着他。他们走在银装素裹的曼哈顿街头，不少商铺都布置上圣诞的装饰，整个街道洋溢着过节的气氛。

这是施念来纽约几年来第一次在圣诞前夕有人陪着，再看到这些漂亮的圣诞树和彩袜时，心里不再是落寞和孤单，仿佛被什么填得满满的。

离开街道，关铭带她去了中央公园。今天是周末，人很多，滑冰场好多人都在玩，还有大人带着小孩，场边放着那首老歌 *Can't Help Falling in Love*（《坠入爱河》）。

Wise men say,only fools rush in.
智者说，只有愚者才沉溺爱情。
But I can' t help falling in love with you.
但与你坠入爱河，是我情不自禁。
Shall I stay, would it be as in.
若这是桩罪，我是否该就此止步？
For I can' t help falling in love with you.
因为我情不自禁爱上了你。
Like the river flows,
就像那流动的江河，
Surely to the sea.
必定会汇入大海。
Darling so it goes.
亲爱的，顺其自然吧。
……

施念听着歌词，突然觉得每一句话都唱出了他们现在的心境。她转身望着关铭，她眼里是笑，是面前男人的身影，是她的整个世界。

关铭也望着她笑，在《魔法奇缘》中童话公主闯入现实世界爱上纽约律师的地方；在《蜘蛛侠》中 Peter Parker 和 Mary Jane 弓桥相会的地方；在《曼哈顿姑娘》中男女主角共同漫步的地方。

施念从前不知道浪漫是什么，可那么一瞬间，当她听着耳边的歌曲，回眸和关铭相望的瞬间，她觉得这是她此生最浪漫的时刻，和心里一直住着的人，在这个出现在无数电影中的场景相视而笑，雪花翻飞，万籁俱寂。

关铭问她："想去里面玩玩吗？"

施念对他说："可是我不太会玩。"

他对她勾唇浅笑："那你还真是个幸运的姑娘，能找到如此会滑冰的男友。"这句话他是用纯正的美式腔调对她说的，每个眼神都透着令人难以抵抗的魅力。

施念咯咯地笑了起来问他："你有多久没玩了？还行吗？"

关铭故意皱起眉，却笑着训道："待会儿让你看看我行不行？"

关铭买了票，租了滑冰鞋。他对施念说让她先换上鞋进去，他去买个东西很快就回来。

施念不知道他要买什么，换上鞋后，小心翼翼地扶着场边，也不敢到处走动，只能四处张望等待关铭。

大约十分钟后，她只感觉一道人影掠到了她身后。她转过身的时候，头顶落下了一顶毛茸茸的遮耳帽，暖和得将她的脑袋和耳朵全都包了起来。她问他："你去买帽子了？"

关铭牵住她的双手把她往场中拉，对她说："我看其他小孩都戴着这种帽子，看着挺暖和的。"

施念往周围一看，果真那些小孩都戴着和她一样的帽子。她笑得杏眼弯成了月牙，整个人都在发光。

关铭面对面牵着她的手教她怎么迈脚，怎么往前。

施念想到上次去日本滑雪的经历，特别怕摔，所以很不放心地对关铭说："你牵好了，千万别松手啊！"

关铭回道："不松。"

施念还是有些怀疑地说："小时候爸爸也教过我，那时候他也是这样保证的，后来还是偷偷松了手。"

关铭告诉她："你爸想让你快点成长，我不是你爸，我是你男人，知道区别在哪儿吗？"

施念闪着双眼望着他，听见他说："伴侣是要互相扶持的，所以我不会松开你。"

就一句话，让施念整个人都放松下来，她信他，无条件地信任他。

不过就是周围老有小屁孩笑话她，特别有个屁股很大的小胖子对她挑衅道："比赛啊？比不比？一根热狗。"

施念真是被他夸张的嘲笑气到了，却看见关铭对他竖起两根手指："两根。"

施念吃惊地转回头盯着他，听见小胖子说："成交。"

比赛一共三圈，还需要在这么多人中间穿梭，看谁先到终点。小胖子又叫来两个参赛选手，一个钢牙妹，还有个麻子脸小伙儿，顶多上初中。

施念苦着脸说："还要比吗？我给他们一人买根热狗直接交人头算了。"

关铭却说："不行，这根热狗我吃定了。"

说完，他攥着她的双手把她带到起点。

施念听见关铭和那几个小孩商量，大意是他带着她比赛，反正他们刚才也没说不准，只要她先到就算赢。

小男孩问他怎么带着她比赛，他回小胖子牵着她，倒溜。

施念觉得关铭疯了，场中这么多人，除非他脑袋后面长了双眼睛才能倒着比赛。

那些小孩一听倒是很自信地答应了。

关铭又转回身对施念正儿八经地说："关系到两根热狗，你不许退缩，把手交给我，想不想体验下什么叫速度与激情？"

施念还没问出口什么速度与激情，身旁一声口哨响起，她突然就被关铭拽着向前。

当风不断刮在她脸上，身体猛然快速滑行在冰面上时，她的肾上腺素在瞬间攀升到极致。关铭的速度越来越快，拉着她穿梭在人群中，好几次看见他都要撞到人了，他仿佛真的像脑后长了一双眼睛似的，她就这样眼睁睁地看着他几次擦着人而过，吓得她不得不朝他大喊："不玩了，能不能不玩了？"

关铭瞅着她笑，在攒动的人影中，在微凉的清风里，在光滑的冰面上，对她说："害怕就闭上眼，我不会让你跌倒，但是咱们不能输。"

这句话突然打到了施念的心底，她被关铭牢牢地牵着，他不让她退缩，就像他们共同要经历的未来一样。

有那么一瞬，施念的细胞都雀跃起来，整个世界对于施念来说变得万籁俱寂，滑冰场那些攒动的人影全都消失了，她眼中只有他，也只能看见他。她闭上了眼，把自己交给了他，在这样急速的滑行中，对方还是逆行向前，没有绝对的信任她不可能闭上双眼，可就是那一刻，她完完全全信了面前的男人。

两圈过后，关铭甩了那群小子半圈，但是他们追得很紧。滑到入口处时，突然拥进来一大批人，施念只感觉关铭突然掉转了方向，她的身体猝不及防往一边倒去，在快要摔下去时一只大手突然横在她的腰间。她睁开眼，天空在她头顶旋转，在那么危险的情况下，她甚至都不知道关铭到底是怎么带着她在冰面转了一圈把她稳稳抱入怀中，耳边是几个小女孩的惊呼声，另一边小胖子超过了他们。

关铭没有给她调整的时间，拉着她直接就朝终点冲了过去。小胖子到底心理素质差了点，刚超过去就不停地往后看他们。关铭嘴角一挑，快速追上小胖子，在小胖子再一次回头时，他突然身形一拐就朝小胖子撞去，施念和小胖子几乎同时叫了一声。结果趁着小胖子减速的当口儿，关铭顺势修正方向超越小胖子直接掠过终点。

小胖子气鼓鼓地弯着腰喘气，后面两个小伙伴也陆续追上来了。关铭将施念送到场边的时候，她还非常吃惊地说："喂，你刚才算不算耍赖？"

关铭一脸无辜地回："耍什么赖？有哪条规则说比赛途中不能变换方向吗？"

施念愣愣地看着他，他刚才的确没有撞到那小孩，要真说起来顶多算心理干扰。

可施念到底觉得心虚，还问了句："你就不怕人家小孩来找你说理？"

他俯身轻捏了下她冻红的鼻子，笑着说："这叫战术。我要真想对他动点小动作，他连两圈都滑不完。"

他把施念一揽，睨着那堆小孩对她说："你别看他们年龄小，但他们不会来找我理论，他们清楚这种比赛，赢了就是本事，输了没有任何借口。街头运动本来就没有规则，哥以前跟人打街头篮球那才叫痞，回旋镖、恐吓对手、衣服藏球这都是最基本的技术动作。"

施念虽然来美国也好几年了，但是她没有接触过街头运动。听关铭说起这些时，她突然就在他身上找到了他十几年前的影子。那时的他，一件 T 恤，一条牛仔裤，浑身上下掏不出两百美金，可偏偏整个人透着张扬无畏的潇洒。

她侧头望着他，眼里的光像盛满了星辰一样璀璨，脸上也不禁漾起温柔的笑意。

果不其然，那个小胖子没有找他们理论，买了两根热狗回来递给他们，还一副垂头丧气的模样。关铭从身上摸出一百美金递给他："帮我个忙行吗？买两杯饮料，剩下的当你的跑腿费。"

小胖子立马又打起了精神："没问题。"

两根热狗加两杯饮料也要不了一百美金，小胖子还从关铭这儿赚了跑腿费。

施念不禁问他："你忙活半天的意义何在？"

关铭捉住她的手搓了搓对她说："我不占小孩便宜，意义在于讨女朋友欢心，这个答案你满意吗？"

施念撇过头，笑弯了眼。

他们吃了热狗，又喝了饮料，看了场街头表演，还到圣诞集市逛了逛。下午的时候关铭带施念去了 Serendipity 3 餐厅，这家传说中只接待有钱人的餐厅，《每日邮报》报道过，这里拥有全球最贵的三明治和汉堡，曾经单个汉堡售价要将近两千美金。

不过还没进去施念就被门口那壮观的队伍吓退了，她拽了下关铭问他："我们确定要排队吗？"

关铭对她比了个"嘘"的手势，然后拉着她的手走到另一边。不一会儿，一个服务生出来接待了他们，直接将他们领到了二楼的角落。虽然里面人依然很多，许多人冲着碧昂斯最爱的三明治和《缘分天注定》这部电影来打卡的，好在他们拥有了一处只属于他们的小天地。

关铭让施念尝尝这里的冷冻热巧克力，入口后施念望着他差点感动得两眼放光。她记得这个味道，很多年前在旧金山吃的就是这个味道，虽然让她说是说不出来，可味蕾连着记忆，仿佛突然就开启了那段懵懂的回忆。

她没想到上午看电影的时候随口说了一句，关铭真能在纽约给她找到几乎一样味道的巧克力。

她挪了挪凳子往关铭身边靠去，撑着下巴认真地对他说："笙哥，你不能这样，真的，这样你走了以后我一个人会过不下去的。"

关铭捏了下她的下巴，深邃的眼眸含着光望进她的眼里："那就跟我走。"

有那么两秒，施念感觉自己的心脏溺进了他的瞳孔里，她差点就头脑发热答应了他，哪怕天涯海角，刀山火海，她都想跟他走。可最终理智战胜了这股无法抑制的冲动，她只是收回下巴笑了笑。

这是一整天下来他们唯一一次提起两人的未来，只是似乎都在试探，又不约而同绕过了这个话题。

傍晚的时候他们从中央公园出来，有车来接他们，施念才发现吴法坐在副驾驶座，想来他是和关铭一起来的，只不过这两天没有出现打扰他们。

施念送关铭去机场，下车时关铭松开施念的手一小会儿，她的手又变凉了。这次他们找了一处地方坐了下来，关铭攥过她的手摇了摇头握在掌心替她搓揉着，突然提起："我以前给你的那张卡，你看过里面的钱吗？"

"之前曾看过。"

那是她出国读书前关铭塞给她的，刚来纽约的时候她的确看过，里面有一百万美金，她在头两年的时候动过里面的钱。她不知道关铭当初和东城关家是怎么谈的，总之她从东城离开后，那边就没有再和她联系过，她出国相关的费用似乎都是关铭承担的。

那时候她要打入一些交际圈，学费、材料费也很贵，租房、生活都需要用钱，所以后来她发现隔一段时间卡里就会打入一笔钱，总之一直没有空过，始终维持那个数。

关铭对她说道："你应该有一段时间没看过了吧？"

施念的确有半年没看过那张卡了，第二年下半年时她开始实习，慢慢有了些赚钱渠道后，她会把挣的钱再存进去，包括后来工作后挣了钱也一直这样。她当时就是想，如果以后关铭在国内成了家，或者他们的生活不再有交集，她得把这笔钱填上后将卡还给他，不能欠着他这么大的人情。

所以半年前在卡上的钱填上后，她就没再看过。

关铭拍了拍她的手背对她说："回去后你抽空看看，你接下来的那些筹划需要用到钱，以后不要再跟我客气了，我给你的，你就拿着，要学会利用手边能碰到的一切资源，让自己的步子迈得更大，更何况我不是外人，你在走的也不是你自己的路，是我们共同的路。如果能用钱来缩短我们之间的距离，那就尽管用。"

施念低着头，不远处是即将办理托运的乘客们，嘈杂的交谈声，不时还有行李箱滚轮划过地面的响声交织在一起。

可身边男人独一无二的声音却落在她的心间，昨晚那么意乱情迷的时刻，她以为他根本没有在听她说话，可到这一刻她才知道他听进去了。关于她要做的事，她接下来的规划他全听进去了，不仅听进去了，还给了她最大的支持。

施念心尖发酸，反手拉住他。关铭抬起她的手放在唇边吻了又吻，对她说："我走后，国内的新闻你就别看了，别人传什么消息也别听。我刚接手家里生意，有些老的合作商不一定对我忠心，我现在处境不算太好，内忧外患的，保不准会有些人趁乱搞事情。我们隔得远，那些消息你真假难辨，理了也闹心。"

施念抬头望着他，眼里写满了担忧。关铭在生意场上向来应对自如，能对她说出这些话，她心里隐隐有种感觉，关铭此次回国恐怕面对的局势不会那么简单。西城关家生意盘子那么大，其中各方势力肯定会想在关铭接手之际蠢蠢欲动，现在和东城关家那边又在僵持中，加上他自己做了这么多年生意，外面或多或少会有些人暗中对他虎视眈眈，施念光想想就头大了。

她忧心地问出口："可是让我不去理会那些消息，我连你过得好不好都不知道了。"

关铭笑着将她搂到怀里，声音前所未有的柔情："听我的，最多一年，我把我们以后的路铺好。"

施念红着眼睛点点头。

送关铭进安检的时候，施念站在外面看着他的背影。从前只在电视中见过这种场景，恋人之间跨越大洋彼岸的不舍，总觉得这种事多少是有些矫情的，可真落在自己身上才知道，分别时的那一刻，真的连眼睛都舍不得眨，想记住他的背影，他的轮廓，他所有的样子。

关铭似乎察觉到施念迫切的眼神，忽然停下脚步回过身，遥遥相望的那一刻施念特别想哭。刚才他们在休息区说了那么多话，好几次她鼻尖泛酸都忍住了，可就是在关铭回过身时，她瞬间热泪盈眶。

他伸开手臂对她招了招："过来。"

施念抬手抹掉眼泪就朝关铭跑了过去，一头栽进他怀里。关铭将她整个人都抱了起来揉进胸膛，然后直接绕过还在排队的人群，将她拉到柱子后面低头捧起她的脸吻了上去。她感觉五脏六腑都被他激烈的吻调动着，起起伏伏。

他温热的唇舌仿佛将她整个灵魂都占有着，她闭上眼攀着他的肩膀，眼角的泪滑落下来，感觉到他突然松开了自己，发丝间有什么落下。她迷蒙地望着他，听见他对自己说："过几天就是圣诞了，这是今年的圣诞礼物，我走了。"

他嘴上说着要走了，可又忍不住将施念拉进怀里吻了又吻。他们像无数热恋情侣一样难舍难分，只是这件事发生在关铭自己身上，让他多少有些意外，他走前用拇指轻触了下她柔软的唇对她说："没哪个女人有本事让我这样惦记着，真要命。"

他笑了下，将外套衣领立了起来，转身没入人群中。

关铭走后，施念站在原地愣了很久都没有挪动过。她唇上还残留着他的温度，仿佛人还是在他怀中，可那道身影却真真切切地消失了。

半晌过后，她才后知后觉地摸了摸头发，摸到一枚发夹。她将发夹取了下来，是那次在东郊别墅，关铭临走前从她头上拿走的。

施念想到刚才关铭对她说，这是她今年的圣诞礼物。既然这样，她总觉得似乎有些蹊跷的。

她揉了揉眼睛，将发夹拿到灯光下仔细观察着，乍一看的确和她原来的发夹没有任何区别。可她突然留意到一个很小的细节，她原来那个发夹在靠近反面的边角处，有一颗很小的莫桑钻在镶嵌的时候是有些歪的，而现在这颗却是正的。

于是她观察了一下切工，莫桑石特有的双折射消失了，火彩也完全不一样。她立马拿出手机给关铭发了一条信息：不要告诉我你把发夹上的莫桑石全部换成真钻了？

关铭很快回了信息：我的女孩得拥有最好的东西。

施念一手拿着沉甸甸的发夹，一手拿着手机，因为突然知道手上这枚发夹的价值，人是蒙的。

手机响了，关铭又发来一条：求婚不都是要拿钻石吗，我现在一身事，暂时还没有那个资格跟你求婚，你看这么多钻石能先把你定下来吗？

施念呆呆地盯着短信，哭得一塌糊涂。信息输入了好几次，断断续续，还没发出去，关铭又发来了一张照片，是他坐在VIP候机室的沙发上拍的，面前是一杯咖啡。他坐得笔直，脸上含着淡淡的笑容看着镜头，附加一条信息：这张还可以吧？

施念脸上还挂着泪，突然就笑了出来，她都能想象关铭让吴法帮他拍照时的画面。她把照片放大，看见关铭眼里的温柔，仿佛只是在看着她。

施念：照片收下了，今天忘了合照 [哭唧唧 .jpg]。

关铭回了信息：下次。要登机了。

施念：一路平安，笙哥。

在那几年里，施念总感觉“下次”这两个字是支撑着她不断前行的动力，每次和关铭分别，她都如此期待着他口中的“下次”。

她不知道他们之间还有多少个“下次”，可她清楚每一个“下次”都是她迈向他的阶梯。就如关铭临走时所说，她要学会利用手边能遇到的一切资源，让自己的步子迈得更大，让“下次”变成“这次”。

在关铭走后的一段时间里，施念的确听说了一些关于他的传言，似乎都不太好，有说他名下大量资金转移到境外，也有说他利用在海外的基金会洗钱，一开始只是一些流言蜚语。

本来关铭做生意还算低调，但是接手关泰集团后，他成了这个利益集团有史以来最年轻的接班人，又是西城关家如今的掌权人，一时间各路焦点纷纷落在他身上。

所谓高处不胜寒，没多久那些流言蜚语就变成了新闻，说是有人统计他近年来在海外市场的投资已经高达千亿资金，吸着国人的血到海外发展事业。

甭管他之前有过多少积极正面的影响，一旦这种事情发酵起来，绝大多数老百姓最先想到的就是吃人血馒头的资本家，甚至还有人说他赚够钱了就会携款跑路。

施念看到这些言论气得一天都吃不下饭。她太了解关铭了，哪怕别人说他人品不好，说他是个无赖，说他做的事情统统上不了台面，他都不会动怒。

可说他吃着人血馒头，说他赚着国人的钱到海外潇洒，这些言论会像一把把血淋淋的刀子插入他的心脏。

当年在船上，关铭对她说的每一个字她都能记得，他亲口对她说过：“外面人都说我是个唯利是图的投机者，我承认，但前提是，我是个中国人。”

他会因为日本人辱华的一句话就大打出手，会因为国内转型的黄金二十年，放弃在海外前途无量的发展，用他生命中最宝贵的八年时间顶着所有人的轻视曲解，一意孤行踏上那条先驱的道路，用大量资金和精力将技术引进，投入新型研发。

他完全可以继续赚他的快钱，他知道怎么才能赚到更多的钱，他已经很有钱了，为什么还要用这么多的钱，花这么大的精力去做这件事？

因为他始终知道自己的根在哪儿，他一直在用自己的力量去改变着什么，哪怕四面八方的脏水往他身上泼。

当施念看见那条新闻下无数的谩骂时，她气得浑身发抖，却无能为力。

在这些流言蜚语传出来没多久，她就听说关铭和宁穗岁将在同年的五月份完成订婚。

纵使关铭走前告诉过她，什么新闻都别信，什么流言都别管，但真当听见这个消息时，她还是无法淡定。那段时间，她只能逼着自己不去登录国内网站，不去看国内的社交媒体，将所有的心思一股脑地全部投入工作中。

在很长一段时间里，施念都是靠着这股信念，靠着她对关铭的信任，才能坦然面对国内发生的一切。

到后来，她听了关铭的话，在那之后她彻彻底底屏蔽掉了关于国内的所有消息，仿佛突然就将那个遥远的东方国度隔离在另外一个世界。只有这样她才能不去打扰关铭，才能继续专心走脚下的路。

年后施念的生活发生了不小的变化，从身边的人来说，顾央回新加坡后就没有再过来了。她打电话告诉施念，这次回去后爸爸身体检查出了些问题，父母年龄都大了，她想留在他们身边。

而 Alexis 也终于决定和她的青梅竹马回威斯康星州结婚了，她男友等了她很多年，只是她始终放不下纽约这里的工作，这次是下定决心离开 MJ。施念问她回去后有什么打算，她说结婚后可能会先要个孩子，但是以后可不想成为家庭主妇，还是想干这行，顺其自然吧。

所以本来三个女孩的出租屋一下子就空了，只剩下施念一个。

而靳博楠自从圣诞前夕来找过施念后，也慢慢淡出了施念的生活，有很长时间都没再联系过。

第二年的春天是施念在 RCM 的高光时刻，她无论从全年的出款能力还有市场反响来看，都有了质的飞跃。

在有一次施念和一位她很熟悉的打版师聊天时，那人夸赞道：“你现在对 RCM 的品牌界定越来越清晰了，任何一个老板都会欣赏你这种可以创造巨大利润的设计师。”

这句话让施念失眠了一整晚，第二天她便做了一个有史以来人生中最重大的决定。

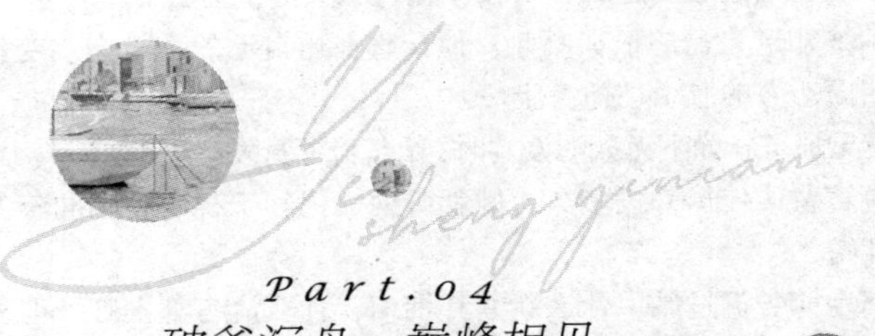

Part.04
破釜沉舟，巅峰相见

1. 重要的决定

当初施念在时装周大放异彩，所有人都看好她，觉得她会选择更大的舞台时，她让外界大跌眼镜，继续留在了 RCM。

而这次，她也几乎是在所有人都认为她会成为 RCM 专属设计师，荣升成为 Klein 手下最年轻的领导者时，她却选择了退出 RCM。

和当年那个西班牙女孩的离开不同，施念用了最温和的方式告诉了 Klein 她离开的原因，只有六个字——“我爱我的民族。”

Klein 不仅从心底理解了她，还给了她最大的祝福。

在 RCM 的这些年，施念无疑从一个极具个人色彩的设计师变成了一个更会迎合品牌受众的商业设计师，这个过程中她学会了如何判断市场走向，了解销售体系和经济结构，捕捉受众的喜好。

但同时 RCM 也遏制了她的发挥，她必须考虑到品牌定位，所有的设计都是在品牌自身的风格下完成的。

当那个打版师对她说，她的品牌界定越来越清晰时，她清楚，自己骨子里真正想做的东西却在一点点流失。

所以，到了离开的时候了。

Klein 和 Cecil 是整个 RCM 最了解施念的人，这个中国姑娘温柔的外表下有着一颗坚毅执着的内心，她的早期作品还能看到不少民族化的东西，她总是坚持加上属于自己民族的元素，可后来面对出品的压力，不得不一遍遍地修改成符合品牌风格的样子，再到最后她已经完全可以驾驭这种商业设计风格。

她在 RCM 越成功，越不断扼杀了她原本的灵气，抑制了她更大的发挥空间。这对任何一个有情怀，有气节的设计师来说都是极其痛苦的。

Klein 清楚这个中国姑娘迟早会飞去她渴望的蓝天，只是没想到她会在事业上升的关键节点选择离开。

施念的确去银行查了关铭留给她的那张卡上的金额，那天她就站在 ATM 机前看着里面的数字发愣，她不知道关铭的身家到底有多少，但这个数字足以让她非常奢侈地度过一生了。

她把卡从 ATM 机取出来的时候，转身站在 35 街的十字路口，看着川流不息的街道，深吸一口气告诉自己，这不是一笔巨款，这是关铭留给她的一座桥梁，一座可以通往他身边的桥梁。

在施念离开 RCM 的第二个月，她就在纽约创立了属于自己的品牌——Centurion（百夫长）。

她退掉了那个她住了将近四年的出租屋，搬到了上东区第五大道的富人圈，在那里成立了自己的工作室，并在曼哈顿开设了第一家 Centurion 旗舰店，用来展示她最新的一些设计作品，接待高定的顾客。

并且在品牌成立的当月，在上东区举办了极其盛大且奢华的晚宴，到场的都是纽约时尚圈的红人。Klein 亲自为她站台，许多名流慕名参加，自然也吸引来不少上流圈子的精英。

Peyton 大师远在意大利为她寄来了一幅亲手所画的油画恭喜她，并表示以后有机会希望能和她合作的意愿。

这幅油画被她展示在宴会场，让许多前来的宾客唏嘘赞叹。

施念自从在东郊的别墅认识了关铭的那些故友，之后在一些场合碰见总会聊上几句。他的那些故友都是些在各个领域的佼佼者，不乏规模很大的公司老总，或者家里有矿的富人。

这次她在上东区弄出这么大的动静，关铭的那些故友听说后，纷纷前来捧场。

靳博楠没有前来，但他送给了施念一份开业大礼，一张订单，足以让工作室忙活整整一个月的大订单。

靳博楠的母亲倒是在其中一天抽空前来坐了一小会儿，她的出现给施念的宴会增添了不少分量。

或许有些人在之前听过施念的名字，大多印象都是那个才华横溢的新锐设计师，可没人知道这个年轻的中国姑娘拥有如此雄厚的财力，和复杂庞大的关系网，可以在这个寸土寸金的地方连开三天聚会，奢靡至极，来的人一拨比一拨身份尊贵和奇特，甚至还有好莱坞的顶级明星亲自到场。

其实关于那位大咖的出现，施念也很蒙，大约就是碰巧来纽约，跟着朋友过来玩。但在外人眼里，看待宴会主人的眼神便多了重敬慕。

联想到之前总有人拿摩纳哥王妃开她玩笑，这玩笑开的人多了，自然而然就给她的背景镀上了一层神秘的色彩。

有传言她结过婚，前夫在亚洲财力了得，富甲一方；有传言说她是著名的外交官 Katherine Rothschild 女士钦点的准儿媳人选；也有人说她背后有着神秘的财阀，实力深不可测。

当然对于这些传言，施念从不正面回应，一来是她无法将真实情况告诉任何一个人；二来她知道怎么能吊起人们对她的好奇心，她需要这样的好奇心来做接下来的事。

一时间，这位年轻漂亮富有还有些神秘的东方女人摇身一变，成了纽约上流圈子的焦点，落在她身上的话题源源不断。她在时尚圈混了这么几年，很多事看得清楚，资本家的世界没有人的概念，只有阶层，身边人的阶层越高，这些人眼里的你才会越被神化。

施念在很短的时间里成了名副其实的社交女王，大家都在谈论她的私人聚会上都出现了哪些了不得的人物。上流阶层往往就是这么现实，当你风光无限时，所有人都想向你靠拢。

纽约曼哈顿，女人们的战争地，当那些拿着铂金包去幼儿园接孩子的贵妇们都想结识她时，那么很多事情都开始变得尽在掌控中了。

而这些都是金钱所带来的捷径，关铭让她迈大步子走，如果能用钱来缩短他们之间的距离，那就尽管用。这一次，她没有跟他客气。

施念在极短的时间里积累了很高的话题和热度，也打开了自己的名气。当她脖子上的一条丝巾都能成为话题被人讨论时，她知道时机差不多了，便一口气发布了她和国内百夫长团队筹备了一年多的作品，“战甲”系列。

这个系列的作品用西式的剪裁融合东方元素，线条和滚边的图案都不经意透出民族符号。

她运用了大漠变幻莫测的灵感，将沙丘的巨龙状、塔型、羽毛状结合朦胧的美感，让人惊艳。

这无疑成了近两年市场上最新鲜的一股血液，但同时她的大胆也让很多同行为她捏了一把冷汗，任何创新都需要经历市场考验的过程。

施念似乎已经把风险考虑进去，她之前投入的大量社交资金在这个时候发挥了重要的作用。当那些名媛贵妇挤满了 Centurion 的店面时，风尚标已经在潜移默化地向她倾斜。

相对很多华人设计师而言，施念更加懂得国际时尚圈的游戏规则，这几年的沉淀反复被否定，再回炉重造的过程让她可以炉火纯青地运用国际时尚语言去描绘民族文化。

她以一场叫“征战”的时装秀，夺得当年十佳设计师之首和优秀设计师等多个奖项。

这个系列在市场上溅起的水花比她的预期还要大。很多人的印象中，中国女性传统内秀，而“战甲”的发布会，施念选用了一部分中国模特。

当那些黑发红唇的中国姑娘出现在T台上时，飒爽的英姿，和眼神里流出的自信像大漠中以一持万的女将军，瞬间折服了看秀的观众。

也是这组作品真正让很多本土文化了解到当代中国女性的独立洒脱，而不再是“女为悦己者容”，更多的是活出自己的风采，独立而不谄媚。

VG的主编对施念这样评价道：“你无法在同一件作品上看到女性的霸气和优雅，张扬的奔放和细腻的情感，但这个来自东方的设计师做到了。”

该系列分为两种不同的风格，分别在欧美市场和国内市场同步推出，但两边市场的款式截然不同。

所以很多当地人希望拿到国内的版型，只能托人在中国往回代购，在很多国内人都不熟知这个品牌的时候，西方市场已经开始蠢蠢欲动。

有人跟施念建议，可以将国内的款式也上在欧美这边，但被施念一口否决了。

半年后，国内市场渐渐反应过来，也许是老外打听和回购的次数多了，逐渐有人开始注意到这个品牌。当然国内百夫长品牌方也通过互联网推了一把，一时间很多大V和时尚博主都开始关注Centurion，甚至用上了“国人之光”。

下半年Centurion意外地推出“南”系列，运用了江南的唯美和柔情再次惊艳了一番追崇者们。施念对面料的把控到了极致的地步，那轻盈的坠感和缥缈的透纱描绘出女性最浪漫的一面，这场发布秀彻底展现了中国设计之美，让中国时尚有了自己的话语权。

仿佛她多年来的不断沉淀都在等待这么一刻，很多人都想知道这个设计师的身体里到底还有多少奇妙的灵感。

这个系列逐渐打开了国内市场，百夫长是少有的从国外红回国内的本土品牌。此时，施念在很多人眼里已经不再是当年那个幸运的灰姑娘，大家慢慢淡忘了她的那段过去，那段被人津津乐道的婚姻，而现在认识的只是这几年浑身都在发着光的国际顶尖设计师施念。

在同年八月中旬的时候，施念从华人圈的朋友那听说靳博楠的爸爸生意上遇到了些问题，工厂那边出了大事情。他之所以在华人圈很有威望，主要是因为他每年都提供给当地华人大量的就业机会，这意味着可能很多在纽约跟着他爸爸的华人将面临失业的问题。

所以华人圈的朋友都在祈祷他能渡过这次难关。

施念听说后联系了关铭，一番沟通下来，关铭关停了百夫长的一整个生产车间，连续一周所有人不眠不休临时更改生产线，加班加点将纽约那边需要的货品赶了出来，挺了靳父一把。

那之后施念和靳博楠的父亲见了一面，是靳博楠父亲让司机开车来到她的工作室楼下给她带来几箱顶级红酒。两人聊了几句，临走时靳父对施念说："出来这么多年，有时候想想关键时刻还是咱们中国人可靠，无论我儿子和你有没有缘分，我们这个朋友都交定了，以后有用得到的地方，尽管开口。"

春去秋来，施念从前在很多小众的朋友聚会上都总能碰到靳博楠，可当一个人真想避着你的时候，即使再盛大的社交场合都碰不上一面。

施念这一整年当真就没有巧遇过靳博楠，可在年底"南"系列的庆功宴上，靳博楠一身正装出现她的私人聚会上，他的到来让施念很意外。

可真当见面的那一刻，从前那些尴尬和别扭似乎也都消散了，施念主动给了他一个拥抱，两人之间的前尘往事随着这个拥抱也都冰释前嫌了，真正回归到朋友的位置。

靳博楠感谢施念在他父亲困难的时候伸出了手，施念突然想到了一句话，笑着对他说："我只做我认为对的事。"

靳博楠点点头，斟酌再三对她说道："我听说这次的事关老板帮了不少忙，以后有机会当面谢谢他吧。我也是最近才听说他出事了，你要放宽心，据说国内有一部分企业家在联名帮他说话，也许事情很快会有起色。"

周围笑声不止，远处香槟摇晃下木塞"砰"地弹出好远，欢呼四起，音乐热烈，可施念的心脏却在瞬间沉入谷底，她僵硬地问："你说什么？你说关铭出事了？"

靳博楠也有些诧异："你不知道？我以为……我知道有一阵子了，但是这件事有些难以启齿，所以也就一直没问你。"

瞬间，那些旖旎的灯光，嘈杂的人群，喧嚣的欢闹全都消失了，施念的脑袋嗡嗡作响，一把握住靳博楠的袖子："告诉我，发生了什么？"

整整一年的时间，施念彻底屏蔽了国内的消息，也很少登录国内社交媒体。她如今的圈子能和那边的交集并不多，唯独百夫长，也只停留在工作层面，关铭的生活她没有刻意打听过，她不知道他这一年来发生了什么，她只是专注于脚下的路，眼前的事业，等待着他们的一年之约。

可当她从靳博楠这猛然听说，关铭在二月份的时候就遭遇了一场官司，被抓后深陷丑闻风波，手中众多生意链遭到重创，目前仍然没有从这场官司中解脱出来。当时关泰集团股市下跌将近十个百分点，时至今日他本人身家缩水八十多亿。

而这个对他产生灾难性影响的，是一起性侵官司，虽然是私人事件，但对于像他这样位高权重的人来说几乎是毁灭性的打击。

所以纵使在靳博楠前阵子偶然听说这件事后，他也不知道该如何向施念开口询问，无论在国内还是国外，这种丑闻都是极为不光彩的事。

怪不得就连她前段时间见到关铭的老友们，他们都没有一个人提起这件事。

好在关铭如今的处境并没有到墙倒众人推的地步，还有一小部分企业家出面为他说话，甚至为他的人品做担保。但毕竟人言可畏，这部分力量对于官司的走向和他目前的处境起到的作用微乎其微。

施念在听说这件事后，不是气愤，不是难过，不是无法理解，是完完全全地不相信。如果今天靳博楠告诉她，关铭投资失败了，或者生意亏损被人告了，或是做了什么铤而走险的买卖或许她还能信个一二。可要说到这件事，她如何也无法相信，这完全违背了关铭的为人，也不像是他会做的事，如果他是个会用下半身思考事情的男人，那么他根本不可能走到今天。

可纵使施念再如何相信他，也不代表其他人也会这么认为，一个三十几岁的成熟男人，身边常年没有公开的伴侣，一路以来风流韵事的传闻不断，纵使发生了这样的丑闻，也许会有人认为他一时行差踏错，或者被人阴了，但绝对不会有人认为他是清白的。

施念当即就给关铭去了电话，但意外地发现他的手机根本无法接通。那时她才意识到事情的严重性，关铭有一阵子没有联系她了。

而这段时间她太忙碌，每天加班加点，对接工厂，选料，应付大大小小的场合。之前国内的消息太混乱，她压根儿就没有去理会那些真真假假的消息。

直到这一刻才恍过神来，关铭不会轻易关机，不会轻易让她联系不上。

施念丢下庆功宴，穿着长长的银色礼服奔回第五大道，月光镀在她华丽的拖尾上，她踩着高跟鞋急得双眼通红，拿着手机不停搜寻这大半年来国内那边和这件事有关的所有新闻。

她看见了事情被爆出来的日期，在二月十日左右，她记得情人节的前两天她问过关铭，今年会不会来滑雪，他还在电话里笑着告诉她："今年恐怕去不了了，得把事业拼出来娶老婆。"

情人节那天，关铭给她发消息，让她到时代广场去找一个戴着格子帽的小男孩。她满怀期待地抵达那里，找到了那个小男孩，拿到了线索卡片，一路上通过卡片上的提示到了很多商家，神奇的是每到一处她都能收到一份精美的礼物，一整晚她就像开盲盒一样，惊喜不断。她不知道关铭人在国内是如何为她安排的这一切，可那个情人节她一点都没有感到孤单，过得充实且幸福。

最后她满载而归地站在时代广场的广告牌下，看见了那四个巨大无比的中国字“一笙一念”。

这时，关铭的电话打来，他的声音就落在她耳畔，对她说：“这是我们在一起的第一个情人节，我不能陪在你身边，以后每个情人节我争取都不缺席。”

二月份，施念无法想象那是在关铭刚遭遇官司风波时为她准备的这一切，几通电话里他只字未提自己出了事。

在搜索中施念注意到一条新闻，七月份的时候关泰集团正式对外宣布由关笙钧接替关笙铭在集团内部的所有职务。

等同于西城关家卸掉了关铭接班人的身份，改由他的哥哥。

而恰恰是那时候施念联系过他，和他说了靳博楠父亲的事，他二话不说帮她协调安排国内的生产线，那时他依然没有告诉她自己的处境。

一句话，甚至一个字都没有对她提起。

她不敢想关铭是顶着多大的压力，遭受多少舆论的油煎火烤，而他在经历这一切的时候，她不在他身边。

施念冲回家，拖出行李箱，连夜将行李收拾好，订好回国的机票，熬到早晨，赶去工作室将接下来的进程一一安排好。

做好这一切后她直接奔赴机场，这是她迈出国门多年后第一次踏上归国的道路。她从前有过很多设想，想象着自己再一次回国是出于什么样的目的，会有着什么样的心境。

可她如何也没有料到自己会在这样的情况下，如此突然地回到那片熟悉的大地，只为那个扎根在她心底的男人。

当年出国时施念几乎没有带走任何东西，这次匆匆回国她依然没有带什么，仅有一个随身的行李箱。

飞机降落在首都机场时是中午，天空中飘起了蒙蒙细雨，她一件黑色呢子大衣，简单利落，踏出机场的那一刻，细小的雨滴落在她的肩膀上、发丝上、睫毛上，她身体里有什么沉睡已久的记忆渐渐苏醒了。

她打了个车直奔墓地，回来的第一件事她去看了看妈妈。和她走时一样，那张照片安详宁静，墓地打扫得很干净。她将鲜花放在妈妈照片旁，本想对妈妈说说这几年在国外的生活。可真回到这个地方，看着妈妈微笑的样子，她泪眼婆娑，说不出一个字来，好似过往的几年像一场电影，不真实，却也让她彻头彻尾活了过来。如果妈妈能看到，她想，妈妈会乐意见到现在的她。

她翻出关沧海的电话，是从关铭在纽约的老友那儿要来的。

电话拨通后，施念告诉他，她回国了，在墓地。

半个小时后，一辆黑色轿车驶了进来，司机将车停下后，关沧海打了把伞朝施念走来，停在她身后。他将伞遮在施念的头顶看着照片对她说："年中的时候，他来看过你妈妈。"

施念转头凝望着关沧海，眸中的光闪烁不定。关沧海侧身提起她的行李对她说："走吧，他在等你。"

施念最后看了眼妈妈的样子，转身跟关沧海上了车。窗外的细雨打在玻璃上，墓地一片肃穆。车子缓缓驶出这里开上街道，施念望着窗外朦胧不清的桐树，声音有些干涩地问："他现在情况怎么样？"

车内很寂静，司机施念不认识，想来是关沧海的人。他沉默了良久，似在考虑怎么开这个口，而后他反问了一句："这件事，你怎么看？怨他吗？"

施念转头盯着他："怨他我会跨越一万多公里回来找他？告诉我实话，他现在的处境。"

关沧海就这样望着她，内心深受触动。他这段时间一直跟在关铭身边，亲眼看见关铭出事后，多少人退避三舍，甚至落井下石，在这个世态炎凉的社会仿佛这才是绝大多数人生存的常态。

可就是有这么一个傻姑娘跨越大洋彼岸只是为了得知他的安危，甚至不顾他是否真的背叛了她。

那一瞬关沧海似乎有些了解，为什么关铭对这个丫头的感情会如此特殊。

他告诉她："你回来得不巧，现在关铭的处境不大理想，家里的生意基本上被架空了，他自己的生意也出了些问题，虽然还不至于到众叛亲离的地步，但很多人也在借机打压他。"

"他现在在哪儿？在家吗？"

关沧海苦笑了下："这段时间都住在酒店。"

施念皱眉望向他，他斟酌了下，解释道："每天要见的人太多，而且身份复杂，在家里不方便，容易被人盯上，酒店安全些。"

车子越靠近市区，施念心脏越发收紧，那些担忧和顾虑都被即将见面的紧张所替代了。

再熟悉的恋人分开一段时间都是陌生的，更何况他们距离上一次见面已经过去将近一年的时间，去年圣诞前夕相处的点点滴滴她如今回想起来已经是很久远的事了。

短短一年的时间，他们的生活都发生了天翻地覆的变化，如今在这个时候相见，施念也不知道该用什么样的心情去面对他。

车子在酒店门口停下，是市中心的一家很高端的五星级酒店。临下车前，关沧海犹豫再三从车子的储物格里拿出一个新的口罩递给她："特殊时期，保险起见，待会儿进去盯着的眼睛多，正好这两天关铭身体不大舒服，要是有人问起来，我会说你是他的私人医生，你只管跟着我，不要说话就行。"

如果说刚才施念还天真地认为关铭住在酒店是方便处理事情，那么现在饶是她再后知后觉也察觉出目前情势的严峻。

她的行李留在了车上，戴上口罩挡住口鼻跟随关沧海走入大厅。

从他们刚进入旋转门起，施念就能感觉到大厅中有很多目光落在他们身上，她垂着眸没有到处乱看。

进入电梯后，关沧海并没有找她交谈，仿佛从下了车后他整个人就比较警觉。施念也始终低着头，感觉到电梯在不断攀升，最后在较高的楼层停了下来。电梯门打开的刹那，施念看见那么多穿着西装的安保人员吓了一跳。

其中一个男人喊了声："沧海少爷，这位是？"

关沧海单手抄兜，气定神闲地说："你家小叔今早有些低烧，喊个医生来瞧瞧。"

那人点点头对施念摆了个"请"的手势，关沧海淡淡地掠了她一眼让她跟上。

在回来之前施念就设想过关铭现在的处境可能会不大好，也许会被很多人盯着，但万万没想到他这像是被软禁一样，长长的走廊几乎隔个两三米就会站着一个人，每个人的眼神里都藏着戒备，让施念的心越来越沉。

最后，他们停在一处套房门口，施念望着面前厚重的门突然心跳加快。

关沧海敲了两下，不多会儿，房门发出细微的声响，被人从里面远程打开了。

关沧海推开门先把施念让了进去，施念双手放在大衣口袋中，踏入房间的那一刻，她愣了片刻，入眼的是一处开放式会客厅，视野一下子被打开，宽敞到离谱，弧形环绕的吧台，各类珍品酒饮，高档柔软的地毯，整个套间干净得一尘不染，空气中都散发着淡淡的清香，巨大的落地玻璃外是一个独立的阳台，隐约还能看见外面配有私人泳池。

刚刚一路走来她脑中还浮现出“软禁”这个词，可自从踏入这间总统套房后，这里奢华享受的环境顿时让她产生了强烈的反差。

关沧海见施念愣在门口，将门关上后对她说：“进去啊，愣着干吗？”

施念跟随关沧海往里走，这时她听见了脚步声从里面传来，越来越清晰，她的心脏跳动的频率也随着脚步的靠近不断加快。

里面的窗帘似乎是拉着的，关铭从暗处走来，身上穿着面料高档的深蓝色浴袍，趿着黑色羊皮拖鞋，头发半干，走到自然光下后施念才看清他的五官，整个人看上去似乎比施念去年见到时要清瘦一些，倒凸显出轮廓更加清晰英隽，好在人依然是精神的，身上那股清贵之气纵使在这样的处境下仍然让他看上去体面从容，不禁让施念松了口气。

关铭的眼神始终落在施念仅露出的双眼上，似乎在辨认口罩下的人是不是他的女孩。

直到他站定，望着她，脸上浮现出让施念熟悉的笑容，对着她道：“回来了？”

关铭的声音真真切切响在施念耳里时，她当即红了眼眶。关铭看在眼里，顾虑到关沧海还在，起了话头缓和气氛：“你回来了怎么不提前说一声？你电话打过来的时候我正好在见个人，那人半个钟头前才从我这离开，想着洗个澡，清清爽爽地见你，这不，你就来了，我衣服还没来得及换，不介意吧？”

说着，他让施念随便坐。施念顺势揉了下眼睛说道：“我有打电话给你，你电话打不通，我又不知道你到底怎么样了，心一急就回来了。”

关铭在她对面的沙发落座，缓缓跷起腿倚在沙发靠背上望着她，眼里都是笑意：“口罩摘下了吧，让我看看你。”

施念低头拿掉口罩，抬头望向他的时候，他的笑意更浓了：“越来越漂亮了。”

施念瞥了眼关沧海，脸颊微微泛红。关沧海倒是很自觉地坐在另一边，全当没听见，打了电话让管家送壶茶过来。

关沧海对施念说：“最近有人把关铭的私人电话泄露了出去，这阵子全是莫名其妙的骚扰电话，他那个号就没用了。”

关铭接过关沧海的话对施念说：“是我不好，让你担心了，又怕你突然知道我换号起了疑，本想过阵子再告诉你。”

关沧海有些微愣，对于关铭和施念如今的关系他只是猜测，关铭并没有对他说过什么，只知道上次传出婚讯时关铭消失了几天，问关铭和施念发展到哪步了，关铭也没有明确说过。

在关沧海的印象中，关铭做事向来不需要跟谁解释，这是第一次听见他对一个女人说话如此迁就对方。

关沧海不动声色地观察着两人，看见施念一双杏眼水润润的，要哭不哭的样子问道：“过阵子你打算怎么告诉我？就告诉我你换号码了？然后你官司的事，生意上的事都不打算对我说了是吗？”

关沧海原本滑着手机的拇指微顿，挑起眼瞧向关铭。这还是他和关铭相处这么多年以来，头次有女人敢这么理直气壮地质问关铭。

关沧海都愣住了，然而关铭不仅没有生气，反而垂着眸无奈地笑，温柔了一室暖光。

施念又瞥了眼关沧海，考虑到还有其他人在，她不能不顾及关铭的面子，没再继续追问下去。

门响了，关沧海起身走到门口将茶端了进来，给施念倒了一杯，把管家送的热牛奶放在关铭面前对他说：“茶你最近就别喝了，我给你叫了杯牛奶。”

施念到底还是牵挂着关铭，不禁皱起眉问了句：“你身体怎么了？”

关铭挑了下眉梢，回道：“我身体好得很，怎么这么问？”

施念望了眼他面前的牛奶，有些怀疑的表情。

关铭见她这副样子，半开玩笑道：“不信啊？”

说着他双手一伸，搭在沙发靠背上：“欢迎来验身。”那兴致颇好的模样倒显出几丝风流气来。

关沧海也端起茶笑了起来，施念眸光一瞥对着关沧海问道：“你不是说他最近不舒服吗？”

关沧海笑着回：“他最近晚上老喊睡不着，有点神经衰弱，这茶能让中枢神经兴奋，我怕他喝了失眠加剧。”

就这样三言两语闲聊了一会儿，刚见面时僵着的气氛稍微缓和了一些。

施念端起茶喝了一口，茶很浓，偏苦。她皱了下眉端着茶杯，低头看着杯中的茶水说道：“能聊聊官司的事吗？”

屋内突然安静下来，施念没有勇气去看关铭，她来时问过自己，倘若关铭真中了别人的圈套，碰了那个姑娘被告了，自己该拿什么样的心态去面对他。

其实她是不知道的，来的这一路都是迷茫的，但真坐在关铭面前时，她心里突然有了答案。

抛除面前的男人是她男友的身份，更大一部分他是她的家人，没有关铭，她不可能走到今天，她的人生都是因为他有了色彩，他是她在这个世上唯一牵挂的人了，无论什么原因，她不希望他出事，就这么简单。

最先打破沉寂的是关铭本人，他声音低缓地说：“这件事是我疏忽大意了，在生意上千算万算，没算到别人会在生活作风上给我来一刀。我现在虽然谈不上身败名裂，但这名声是不大好了，你……”

他突然停了下来，硕大的会客厅因为他的声音戛然而止又变得寂静无比，仿佛一根针落在地上都能清晰地听见。

关铭似乎反复斟酌了很久，半晌才接着说道：“你要是现在有什么其他打算……”

“砰”的一声，施念将手中的茶杯扔在茶几上打断了关铭的话。茶水溅了出来，她转头看向关沧海开门见山地问道:“官司到底怎么回事？”

关沧海瞥了眼关铭，关铭面色晦暗不明地点了下头。

关沧海将事情的来龙去脉告诉了施念，那个女孩叫方培念，年初的时候突然爆料某知名企业家曾将她囚禁在船上长达十天，去年十二月份还在纽约某公寓再次对她实施强奸。消息一经爆出就受到了广泛热议，女孩声称对方势力强大不敢报案，在得到多方关注后她突然在二月份的时候将矛头直指关铭，并一举将他告上法庭。

一开始这件事关铭交由手下去处理，也不认为对方会闹出多大的水花来，的确事情在年初的时候都在掌控中，但四五月份的时候这个叫方培念的女孩陆续提交了两组照片，分别是在船上时和在纽约公寓的照片。

施念提出想看看照片，关沧海在找照片的时候，关铭起身说去阳台抽根烟，他拿了烟盒坐到了外面。

关沧海将照片翻给施念看，在船上的照片施念戴着口罩，根本无从判断长相，而纽约公寓楼下的照片是侧面和背影，看样子像是监控中调取的画面，并不清晰。

如果说刚才她还有疑问，猜测或许关铭是中了别人的圈套，被人玩了仙人跳，然而看到这两组照片后，她瞬间恍然大悟。

她对关沧海说：“能给我看看那个方培念的照片吗？”

关沧海深深地看了她一眼，微蹙了下眉，低头在手机中找到那个姑娘的一张正面照，将手机递给施念。施念在看见那个女孩的长相时，心中翻江倒海。她不知道那些人是从哪里找来一个和她身形长相都如此接近的姑娘，甚至为了制造巧合，这个姑娘早在去年十月份就入住了她所在的纽约第35街的公寓。

那么说明，制造这一切巧合的人有可能在很早就清楚她和关铭的关系。

当初她被关铭请上船，关于她的真实身份只有两边关家的大房知道，可两边的长辈并不清楚之后她和关铭私下还有联系。

虽然施念明白这个世上就没有不透风的墙，他们的事迟早会被人知道，只是如果用这种方式被人知道，无疑对他们来说是最糟糕的情况。

施念眉宇紧锁，问道：“官司进展到哪一步了？”

关沧海告诉她：“对方拿不出任何直接证据，本来案情对我们很有利，但你细细观察就会发现，对方的目的根本不在于打赢这场官司，而是为了拖垮关铭。他们隔一阵子就拿出些模棱两可的证据，例如这些照片，例如当初在船上亲眼看见你戴口罩跟着关铭的一些人证。”

施念诧异道：“还有人证？”

关沧海冷笑了一声：“不要低估金钱的力量，那时的确有些人知道你叫小念，看见你出现在关铭身边过，但没有人见到你真正的样子，说起来也不算提供伪证。你看，连这个方培念的名字都是有蹊跷的，所以这个官司很难打。”

关铭灭了烟再次走了进来，关沧海和施念突然停止了交谈。他重新坐回施念对面，看了眼她面前的茶杯，突然开口问道：“嫌茶苦吗？”

施念垂着视线没有说话，关铭将那杯茶端走，把自己面前未动的牛奶放在了她面前：“总不能让我的女人跟着我吃苦。”

施念赫然抬起视线望着他，眼里复杂的光交汇着，听见他说：“其实并不是大事，这个官司再拖个半年一年的，对方打不下来也就算了。”

“算了？你就是这样想的？让他们这样拖着你？然后等事情淡了？”

“目前来说这是最好的打算。”

黑云密布，压在城市的上空，暖气从通风口安静地流入房间内，施念的目光微微低垂下来。

良久过后，她低着头用不大但足以让关铭听见的声音对他一字一句地说道：“让我出面吧。”

窗外光线彻底暗了下来，屋内暖气停止流动，整个大厅像笼罩在一片静谧的潭水深处。

没有人再说话，施念缓缓抬起眼睫定定地望着关铭：“只有我站出来做证，你才能是清白的。”

她的这句话重重地落在关铭心上，也让关沧海大为震撼。她和关铭的身份本来就很敏感，她现在好不容易闯出自己的一片天，刚刚有了属于自己的社会地位，任何人都不会在这个时候放弃手中拥有的一切名和利。

偏偏她不远万里从纽约跑回来，甘愿为了关铭蹚入这浑水，不顾自己多年奋斗而来的名声，只为还他一个清白。

他们都很清楚，施念一旦站出来，以她从前的身份和关铭这段关系，肯定会让所有人相信。毕竟不到迫不得已，没有人会公开另一件看似禁忌的关系来洗刷这段丑闻。

可同时这对施念现在的事业来说也将具有非常大的风险，她这么做无疑是在牺牲自己保全关铭。

关沧海笼起眉，关铭的指节一下又一下地敲打在膝盖上。

半晌，关铭笑了，笑得彻底，声音舒缓地说了句："傻丫头。"

施念鼻尖酸涩，心在颤抖，手脚冰冷。关铭看向她，说道："这是一局死棋，无论怎么走，都是进退两难。"

"乍一看，我只要把你接回国，那么事情就很好澄清了，偏偏这一步是我最难走的。"

"你想过对方手上既然握着照片，为什么早不拿出来晚不拿出来，偏偏在四五月份的时候抖出来吗？"

"因为那个时间点对你来说至关重要，如果把你逼回来，势必会对你的事业造成不小的影响，对方料准我不可能在那个时候把你卷进这件事中。"

"如果我把你拖下水，我们的事情就必须得用这种方式昭告天下了。你作为侄媳的身份跟我在船上共处一室十余天，这个消息传出去也不见得比我现在的情况好到哪里，况且，还会坏你的名声。"

"不是我不把事情告诉你，是既然事情在我身上已经产生了不小的影响，那么就没必要把你也拖下水，你懂我的意思吗？"

"更何况，你目前在你所处的领域也算是有一定影响力的人。你看，背后的人同时在下两盘棋，不仅想弄我，还想逼你站出来，你的品牌刚被大众熟知，根基还不稳，这时候走出来，正中了他们下怀。"

"我们两个人，牺牲一个人的名声就够了，你还要在你的圈子立足，不能被卷进这件事中。"

关铭在说这些话的时候，施念始终低着头。一直到他声音停了，她才渐渐抬起头，眼中闪着水光，声音沙哑地问："所以我只能永远被你藏在身后，不能见光了是吗？"

关铭的神情微怔，面色逐渐有了变化，那从容的神态在看见施念泛红的眼睛时，终于有了细微的破碎。他瞥向关沧海，说："你饿了吧？"

关沧海莫名其妙地说："不饿啊，还没到饭点。"

"嗯，既然饿了就下楼吃点东西，你杵在这儿亮得慌。"

关沧海莫名其妙地站起身，没明白过来关铭话中的意思，待他往门口走了几步才突然反应过来，猛然回头说道："嫌我碍事当电灯泡就直说，什么亮得慌。对了，我提醒你一下，谢律师两个小时后到。"

关铭转头对他说："两个小时恐怕不够，再往后推两个小时。"

关沧海随口说道："你要干什么两个小时还不够？"话说出口他就有点后悔了。他一甩手又说，"我跟外面人说给你找了个私人医生，什么私人医生给你看个病要看四个小时？别人要问起来我怎么说？"

关铭倚在沙发靠背上斜睨着他："那是你的事。"

"行吧行吧，最多四个小时，你看着点时间。"说完，关沧海离开套间，顺便替他们关上了门。

2. 因为你是我的人了

关沧海走后，关铭收回视线落在施念身上，不动声色地打量了她一番，目光停留在她的发丝上开口道："来的路上淋了雨？"

"淋了一点。"她回。

"把外套脱了吧，里面暖和，在我这儿别拘束。"

"不脱。"施念撇过头不去看他。

关铭笑了起来："横竖也算是个有些身份的人了，在外面也这样使小性子？"

她转过头瞪着眼："怎么可能？"

关铭眼里漾起一抹深意："那就是只跟我使小性子了？"

施念不说话，脸颊有些泛红，不知道是气的，还是被他逗的，有些内双的杏眼充盈着水汽，青葱欲滴，仿若初春如脂如玉的桃花瓣酿的酒般醉人。哪怕她一句话都不用说，就能看得关铭心头发热。

他放下交叠的双腿，起身朝她走来，纵容地笑道："好，我来服侍公主殿下更衣。"

然后他果真走到施念面前，将她从沙发上拉了起来。

那么一瞬间两人的距离骤然拉近，他身上沐浴过后的幽香笼罩而来，施念的睫毛颤了一下。

关铭低垂着眉眼，手指落在她的双排扣大衣上，对她说："你刚才也听见沧海的话，就给我们四个小时相处的时间，难不成你想都用在置气上？那回头见不到面，你别偷偷哭鼻子。"

施念咬着唇撇过头，关铭见她那副隐忍的小女人模样，笑了下耐着性子哄道："我大哥比我大二十岁，他小的时候，爸年轻，忙事业没什么空管教他，等我出生的时候，老头子都五十岁了，也不知道是不是想弥补年轻时的缺失，总是成天到晚盯着我。"

"别人的爸爸可能带着儿子玩玩遥控赛车，到跑马场骑骑马，他从小就教我'凡人之所以贵于禽兽者，以有礼也''以大度兼容，则万物兼济'这些。所以我有时候说话做事总会先把'礼'和'度'放在前面，有点像惯性思维，本质却没那么规矩。老头子总说我，话说得比谁都漂亮，做出来的事都是反着来的，从小就给我定性，叛逆、不服管教。”

“就像刚才我准备对你说，你要是有其他打算不妨说给我听听，但你要真跟我说你打算跟哪个纽约小子走了，我大概会找到那小子把他头拧下来。”

说着他已经将施念的大衣解开了，她语气中透着一丝委屈：“那你刚才还说那种话来气我。”

关铭只是低着头笑，顺势绕到她身后将她大衣脱了对她说：“不是想把你藏起来，我有个这么漂亮能干的女朋友，巴不得带你出去给别人瞧瞧。毕竟那话怎么说来着，‘国人之光’是吧？”

施念抬手捶了他一下：“你在笑我吗？”

关铭站着不动，任由她发小脾气，还心情颇好地说：“我这是转述外界对你的评价，小念儿如今也能让我为你骄傲了。”又对她说，“我去房间把你的外套挂起来。”

他朝卧室走了几步，回过头来邀请道：“要来参观一下吗？这地方还不错，考虑到要住上一段时间，特地让沧海给我找了个舒服的地方，我带你看看？”

施念几步走向他。

不得不承认的是，在享乐上面，关铭还是很有一套的，纵使身陷囹圄，生活品质倒是半点都没有降低。

施念跟在关铭后面才发现里面有个单独的会议室，会议室出去还有个私人平台式花园，完全可以举办一个可容纳四五十人的小型聚会，甚至可以俯瞰整个都城的景色，奢华至极。

再往里走是这间总统套房的主卧，室内空间设计得大气而华贵，仿古欧式的名贵木制家具结合现代艺术理念，很有格调，中间是一张北欧风格的四柱床，大到离谱，灯带隐藏在四柱床边缘，看上去还挺浪漫的。

她不禁说了句：“这床……有点大。”

关铭唇边抿出了个笑：“知道我为什么总会失眠了吧？”

他说完还意味深长地盯着她看了眼。

本来施念只是单纯地评价一下对这张床的直观感受，可关铭话中的意思不得不让她胡思乱想起来。

她回身看他去了衣帽间，便也跟了进去，发现这衣帽间简直就是个宝藏库，在外面完全看不出来，走进来却别有洞天。想来这总统套房一晚上的价格不会便宜，还准备了这么大的衣帽间，像是给人长住的感觉，偏偏还真有像关铭这样烧钱的主过来长住，施念看见这里居然挂了不少套熨烫妥帖的西装、衬衫、大衣。

她不禁惊讶道：“你这是做好在这儿长期战斗的准备了？”

关铭将她的大衣挂在他的衣服旁边，转身对她说：“不管外面人怎么看我，我自己还是得收拾得像个样子，你说对吧？”

施念无法反驳，她恰恰就是欣赏关铭这点，无论在何种境遇都能泰然处之的姿态。

关铭对她说：“来，给你看个东西。”

施念朝他走了过去，关铭指着墙上一个按钮对她说：“按按看。”

施念好奇道：“什么嘛？”

当按钮被施念按下后，衣帽间的光线猝不及防地暗了，她立马回过身问道：“这是关灯按钮……”那个“嘛”字还没说出口，人已经被关铭拉到怀里。他的手臂将她缠紧，她的呼吸瞬间就屏住了，听见他在黑暗中沉着嗓子对她说：“抱会儿。”

施念心跳的频率突然就被他打乱了，他又低下头找到她的小脸问她：“想我吗？”

那些强忍、故作坚强和委屈在瞬间如排山倒海的奔流冲垮堤坝，她一下子就哽咽了，软着嗓音“嗯”了一声，唇已然被他捉住，他的气息铺天盖地地朝她席卷而来，她只感觉整个人都颤得厉害，那熟悉却又陌生的感觉攻进了她的心房，一阵阵酥麻感漫过背脊，唇舌被他有些激烈地吮着。

到后来她整个人都被他压到首饰台上，施念渐渐适应了变暗的光线，看见他头顶漫天的繁星闪着淡淡的紫色光晕，他仿若置身浩瀚的星河拥吻着她。施念眼角有泪，是那种心终于踏实了的感受。

在国外的时候，纵使自己站在再高的领奖台上，纵使被那些名流众星拱月地围着，纵使走向人生中最高光的时刻，她的心总是飘飘荡荡的，只有在他怀里的时候，施念才感觉肩上的担子突然全都卸了下来，可以心安理得地变回没有伪装的自己。

关铭摸到首饰台上的玻璃有些冰冷，转而又将她拽了起来，回身将灯调回正常的状态。

周围环境骤亮，施念看见关铭的浴袍领口揉得有些凌乱，露出诱人的胸膛，一下子就变得有些不知所措起来，眼神都不知道该落在哪儿了。

只能回身假装打量衣帽间的布置随口说起：“这里的灯光设计挺精巧的，我记得之前在那艘游轮的房间里也有类似的设计是吧？”

关铭拉了下浴袍说道：“那次就想这样做了。”

施念以为自己听错了，猛然回头的时候，他倚在衣柜上，眼里的光摄人心魄。

施念张了张嘴，十分惊讶地说：“我们那时候好像刚见面。”

关铭却理所当然地回道：“对一个女人有感觉和什么时候见面有什么关系？况且那种环境下孤男寡女的，你那样看着我，哪个男人吃得消。”

“我怎么看你了？”

关铭瞅着她笑了笑，眼里都是好看的光彩，对她说：“走，带你去看看这里最厉害的东西。”

能让关铭像献宝一样跟她展示的东西，施念很少见到，不禁也好奇到底是什么宝贝。

于是她跟随关铭离开了衣帽间，之后又走回卧室，只不过关铭带着她往卧室另一端走去，绕过一面装饰墙，入眼的是宽敞明亮的浴室。

关铭微抬下巴示意她看窗边的浴缸，施念有些诧异地问：“厉害的东西就是那个？”

“走近看看。”

施念还没靠近，关铭在她身后按了下电动窗帘，窗外的视野在她眼前被打开，那震撼的俯视感撞击着心灵，有种立于云端的错觉，而这个浴缸安置在楼层边缘，仿佛身下就是万丈深渊。

关铭走到施念身边对她说：“特别之处在于这是整个都城位置最高的浴缸，没有比在这里泡澡能看到的景色更美了。另外这款浴缸人躺进去内部可以发光，还设有按摩系统，浴缸上的自带电视也是可伸缩调节的。”

关铭在介绍浴缸功能的时候，施念当真弯下腰研究起来，为了验证自动发光功能，她还把手伸进去试了下。

关铭说道：“这样没用，人得躺下去。”说到这里，他顿了下，看向她，半笑着问，“要不要试试？”

施念立马直起了身子：“啊？你让我在这儿泡澡？”

她的反应有些过大，关铭转过头轻咳一声缓解了尴尬，直接放了水对她状似随意地说道：“正好坐了十几个小时飞机也累了，不急，你好好放松一下，我给你叫点吃的。”

所以直到关铭离开浴室，施念脱了衣服躺进浴缸人都是蒙的，不知道自己怎么就莫名其妙被他骗来洗澡了，还一点都不违和的样子，仿佛一切都是顺其自然，真是神奇了。她深刻地怀疑，关铭要是想骗哪个小姑娘，恐怕没人能逃过他的手掌心。

她望着这个会发光的神奇浴缸，身体一动还会变换色彩，又伸头看了眼外面，心脏陡然提了下，想着要是恐高的人躺在这里应该挺可怕的。

然后她便打开按摩系统，闭上眼舒舒服服地享受着。可享受到一半，她猛然睁开眼，不对，行李还在楼下，她没有衣服换。

施念在浴缸里待了很久，她在想浴室里应该会有新浴袍，她要不要到处找一下，还是再把衣服套回去？

就在她纠结之际，关铭的脚步声又由远及近，对着她问了句：“你不会睡着了吧？”

施念缩着身子回道：“没有。”很快又喊了他，“笙哥，我行李在楼下的车上，你这有多余的浴袍吗？”

一室安静，外面没有传来任何声音，施念又试探地叫了声：“笙哥？”

关铭这才回道：“得找找，你手边有浴巾吧？”

“有的。”

“嗯，那你先裹着浴巾上床，我进去帮你找。”

施念从浴缸走了出来，拿起宽大的白色浴巾从身前绕了一道，虽然肩膀都露在外面，但该遮的都遮住了。

她赤着脚踩在柔软的地毯上，一路从浴室走到外面，才发现关铭替她拉上了窗帘，宽敞的卧室忽然变得封闭起来，就连光线都柔和了。

关铭正立在复古的酒架前，单手拿着瓶红酒，倒酒的姿势优雅养眼。在施念走出来时，他微转了下手腕收了力道，将红酒瓶放在一边，转眸肆意地瞧着她。

施念虽然裹着浴巾，但是总感觉在他的眼神下，自己完完全全暴露在他面前，便几步跑到床边掀开被子钻了进去。

关铭见她那副局促的样子，不禁玩味地勾了下嘴角，端着两杯红酒走到床边，递给她一杯说道：“暖暖身子。”

施念将手臂从被子里伸出来接过红酒，轻微晃了下对着他提醒道：“浴袍。”

关铭点了点头：“知道了。”

他嘴上说着知道了，人却是没有动，不但没有动反而在床边坐了下来，拿起另一杯红酒往施念的酒杯上轻轻碰了下对她说：“等会儿帮你找，现在不想动。”

施念便没有催他了，端起红酒浅尝了一口。她仰起头的时候，红酒顺着她的喉咙缓缓滑下，喉间滚动，和锁骨连成了诱人的线条，关铭的目光沉了几分。

他喝了一口将杯子放在一边，捉住她的手，而后摊开她的掌心把玩着她的手指，问道：“纽约那边的工作都安排好了？”

“走得急，临时交代了一下。”

“急着回去吗？”

说急肯定是急的，毕竟那边一大摊子事，不过施念权衡了一下，说道：“等你这边事情稳定了。”

关铭的眉梢攀上一丝笑意，这时施念才发现手被他握在掌心，他的力道时轻时重，撩拨得她心头痒痒的，两人之间暧昧的气息不断攀升。

施念端起红酒又喝了一大口，撇开了视线，忽然想起在纽约公寓相处的那晚，脸色越发滚烫。

她这方面经验几乎为零，在情事上完全是被关铭主导着，现在是真真切切地感受到，他什么都没干，光这样捏着她的手指都有本事让她浑身发烫。

关铭却像故意挑逗她似的，问道：“你在想什么，脸这么红？”

施念猛地缩回手，否认道：“没什么，什么都没想。”

关铭也不点破，她清了清嗓子一本正经地问道：“外面那么多人，都是谁的人？”

“你指楼上的还是楼下的？”

“就……外面走廊站着的那些。”说这话时，她突然想到这间房的外面站的全是人，刚才心里浮现的悸动消失得无影无踪，反而有些紧张起来。

关铭告诉她：“门口那些有一部分是老头子的人，至于楼下的人就杂了。”

施念想起刚才一路跟着关沧海上来，的确感觉被不少人盯着。她端起红酒又喝了口，胃才暖了点，手上的红酒便被关铭夺了过去放在一边。

他探身过来，浓烈的男性气息带着明显的攻掠性向她笼罩而来，施念禁不住往下滑，他干脆伸手扣住她的腰，将她整个人捞了上来，顺着她光洁的脖颈儿吻了下去。

能明显感觉到身下人在颤抖，关铭放缓了节奏，双唇移到她嘴角，再封住，舌与她纠缠在一起。

拉扯间他的浴袍松了，施念眼前的他每一处都散发着十足的诱惑，没有夸张的肌肉，肌理分明线条优美，一切都那么恰如其分。

他的手落在她的腰间来回摩挲，似在确认什么，后来干脆哑着嗓子问了句：“没穿吧？”

这种问题已经让施念不知道该怎么回答了，好在关铭也没等她回答，直接手滑了进去亲自确认。施念条件反射地蜷缩起身子，将脸埋进他的胸膛，他的呼吸烙着她：“今天方便吗？”

她眼里全是水光，人也是软的，明明没有喝几口红酒已经微醺了，轻轻点了下头。

关铭拿掉了浴巾，当记忆中美好的轮廓再次呈现在他眼前时，一切便变得一发不可收拾了。

过程并不顺利，施念太紧张了，几度喊疼，折磨得他像被钝刀子割肉一样难受，也弄得施念快疯了，她问他能不能停。

他只能耐下性子细致地吻着她，安抚她，哄道："听话……听话……"

动作是没有停下来，也根本停不下来，为了分散她的注意力，天花乱坠地哄她，他自己说了什么都不过脑子的，满眼都是她柔润的样子，像烟雾缭绕的睡莲，被人窥探到盛放的甜美，不含半点杂质，脆弱到近乎让人心疼，却又忍不住索要更多柔情。

关铭也没想到第一次和施念发生这种事会把她弄哭了，结束的时候看着她含着泪的模样就想笑，但到底还是心疼的。毕竟人是自己惹哭的，他低下头去吻干她的泪水，声音倒是放柔了许多："怎么还哭了？搞得我欺负了你一样。"

她嗓子涩涩地说："你就欺负我了，让你慢点的。"

他无奈地笑："慢不下来，真慢不下来，你就当我欺负你一回吧，被囚在这地方，过着苦行僧的日子，难得你来了，这上了膛的枪就收不住了。"

施念咬着唇不跟他争论，住着豪华总统套房，应有尽有的苦行僧，话都被他说尽了。

关铭见她的情绪终于被安抚下来，才直起身子，本想好好看看她，可目光扫到床单上时，神情微滞。他迅速调节了床头灯，当四周灯带骤然亮起后，那刺眼的殷红猛然映入他的眼帘。

他缓缓抬起头，张了张嘴，顿了片刻，呼吸有些沉重地问："你是……第一次？"

施念脸颊绯红地望着他，眼里含着水汽，没有否认。他紧接着又开了口："之前你为什么不告诉我？"

施念垂着长长的睫毛："怎么说？莫名其妙跟你说我没跟男人发生过关系吗？那不是很奇怪？"

关铭的眉宇渐渐皱了起来，神情变得有些难测，沉寂地注视着她。

施念和关远峥的婚姻并没有存在多长时间，关铭清楚她可能在这方面经历较少，所以刚才事情发生的时候，虽然她很青涩，但他也只当她太久没有过，并没有想到这个层面。

可此时此刻当他猛然得知施念之前还是个清清白白的姑娘时，突然无数的信息涌进他的大脑，让他的神情看上去凝重无比。

施念伸手碰了他一下："笙哥。"

关铭这才回过神来，他一言不发地走进浴室，把之前的水放掉，又给施念放上了新的热水，走回来用浴巾把她裹上，带进浴室放入浴缸中，对她说：“先让身体缓缓。”

施念不知道他怎么了，似乎自从得知她还是第一次后，他就有点不大对劲。

关铭将施念安置妥当后就出去了。施念并没有泡多长时间，她简单清洗了一下，然后套上关铭离开时为她找出来的新浴袍穿在身上。

再次走出浴室时，发现房间空荡荡的，关铭并不在，她又赤着脚走去外面找他，最后在会议室外的私人平台看到了他的身影。

今天室外温度并不高，还下了雨，他就套了件单薄的睡袍，手里拿着烟坐在藤椅上，眉宇紧锁的样子。

施念朝他走了过去，拉开门的刹那，室外的冷风呼啦啦地灌了进来，吹得她一哆嗦。关铭立即察觉到动静，回头看见施念的时候，灭了烟大步走回来将她拉回屋内，把门合上对她说：“叫我声就行了，别冻着。”说完看见施念还赤着脚，干脆将她打横抱了起来说了她一句，“本来就体寒，平时不注意以后要留病根的。”

施念勾着他的脖子，笑着说：“我妈也对我这么说过。”

关铭低头看着她清澈的眼，不禁又拧了眉。

施念见他这个表情心里慌慌的，试探地问：“笙哥，你……是不是不高兴？”

这下关铭倒是笑了出来：“不高兴什么？不高兴我的念儿把自己完完整整地给了我？”

“那你为什么板着脸？”

关铭没有把她抱回刚才那间卧室，而是直接将她带入另一间宽敞的卧室，把她放在床上后，用被子包裹住她，单膝蹲在床边认真地问道：“远峥为什么没碰你？”

施念垂下视线告诉他：“说是……他身体不好，不宜那个……”

“呵。”关铭一声冷哼。

“我的确是很不高兴，据我所知东城那边原本还计划利用你的声誉搞基金会，如果你当真是远峥的遗孀，这事姑且不谈。

“但既然远峥没碰过你，东城那边还打算这么搞来捆绑你，这就不是人干的事了。我要是没把你接出来，东城那边就准备这么把你给耽误了？”

关铭的话每一个字都戳到了施念的心脏深处，让她回想起那段噩梦般的日子，她想过挣扎、逃跑，甚至通过互联网偷偷传递出去一些消息，搞到最后她所有能和外界联系的途径全部被切断。她没法跟任何一个人提起那段屈辱不堪的过去，提起她的第一任丈夫连她的手指头都没有碰过。

而今天，在关铭面前，过去所受的种种委屈全都涌了上来，泪水模糊了她的视线。关铭将她拥进怀中，轻抚着她的背对她说：“是远峥那小子没福气，以后有笙哥疼你。”

关铭之所以在发现床单上的印记时脸色大变，是因为他突然意识到施念和关远峥之间连正式的夫妻都算不上，如果当初没有把她弄出来，一个年纪轻轻的丫头就得沦为商业利益的牺牲品，被埋藏在那个深宅大门里守活寡，这对任何一个女人来说都是极其残忍的事情。

得知自己的女孩曾经被人这样欺骗愚弄，关铭自然是不痛快的。

在他对施念说“以后有笙哥疼你”的时候，施念特别想哭，无法抑制的情感盘踞在心口冲泻而出。去了纽约后虽然她开始了全新的生活，也认识了很多新的朋友，可对于自己的那段过去她始终埋在心里，不敢对任何一个人提起。

然而这根刺毕竟是她人生的一部分啊，就像她前进道路中的一块污点，每每想起来心里就像堵着一块巨石，压抑着。

直到这一刻，她将这个秘密分享给自己在这个世上最信任的人，就好像心口的巨石突然有人替她分担了重量，整个人都有种如释重负的感觉。

关铭见施念情绪波动，干脆躺了上去，把施念结结实实地抱在怀里，低声轻语道：“刚才真的是不知道你没经历过这种事，不会给你留下什么阴影吧？”

施念泪是止住了，睫毛沾着水汽，咕哝着说：“在纽约的圈子里，有时候在一起聊天，她们的尺度会很大，我以为这种事会很享受的……”

关铭笑了起来，笑完又有点懊恼地低头吻了吻她的额，对她说：“下次一定温柔，让你好好体会。”

他对她说过很多“下次”，唯独现在这个“下次”让她心跳加速，不敢拿眼睛去瞧他。想到刚才过程中关铭醉人的眼神，她几乎溺死在他的眸中，她以为自己已经见过他最迷人的样子了，直到现在才知道，他情之所至时的模样是最蚀骨销魂的。

她甚至有了种荒诞的想法，如果那个方培念真的和关铭相处过，大概是怎么也不会把他告上法庭的，他这样的男人，温柔体贴，细致入微，样貌没得挑，有学识有内涵却并不古板，甚至比很多男人都懂情趣，如果他想让一个女人跟他，根本就不需要强迫，多的是让人心甘情愿的法子。

她突然想起什么，对他说：“床单脏了，我去收拾一下。”

关铭抱着她不让她动：“不用你收拾。”

他顺带把被子一拉将她露在外面的肩膀也盖上了，声音中带着难掩的宠溺：“以后跟着我，只管享福，脏活累活都不准干了。”

施念忽然感觉心口灌满了蜜，似要溢出来般，没有人这么宠过她，就是以前父母在时，也不会这么惯着她的。

施念垂下睫毛声音很轻地说：“我能问你个问题吗？”

关铭掌心不断下移，心不在焉地“嗯”了一声。

“你当时查到我就是以前跟你在巷子里打架的女孩时，你是什么心情？”

她其实一直很想问问他，问问当年她离开加州回国后，他是不是把她给忘了。

可等了半天，关铭都没出声，手倒是没停下。施念毕竟刚经人事，身体很敏感，招架不住他，轻嘤了一声：“笙哥……”

她抬头去看他的时候，他眼里含着笑意，眸中的光慵懒却烫人，似故意吊着她，慢吞吞地说：“心情啊？你觉得我应该有什么样的心情？”

施念低下头说：“不知道，你当初八成是把我当小孩了。”

“要是当初就知道我以后会对个小孩动情，那回国第一件事就是把这里翻过来先找到你再说。”

顿了下，他又接道：“说实话有些意外，没想过再次见到你，小丫头片子居然都嫁人了。不管是有意还是无意吧，知道你的身份后，我会去留意你，远峥走的时候，想找个机会去看看你，后来想想不太合适，就算了。”

“所以在慈善宴上我拿着画去包间找你的时候，你就知道我是谁了，是吗？”

“你说呢？”

关铭眼里有笑意，和那晚她初次在包间见他时一样。

施念感觉心里很乱，以前不觉得，现在和关铭的关系更近了一步，总觉得当初被他看见自己穿着婚纱嫁给别人有些羞愧。

关铭却把她的下巴抬了起来，气息很近地对她说：“本来对你之前的事就没有任何想法，我对你动心思的时候又不是不知道你的过去，更何况现在才弄清楚乌龙一场，只能庆幸几年前把这场错误纠正了过来。你看，你本来就该是我的人，跟我说说看，当初你想嫁的人是不是我？”

被关铭一语道破，施念更加窘迫，只是下巴被他捉住，眼神也躲不了，脸上臊得慌。

她小声说了句：“以前在旧金山你把 ID 卡给我的那晚，我就匆匆看了一眼，只记得你好像姓 Guan，我……其实和关远峥核实过那件事，他没否认，我就以为，以为是不是过去时间太长了，他记不清楚了……”

关铭又冷“呵”了一声，狠狠咬了下她的唇：“我记性好得很，连你腰窝左上方有颗痣都能记得，远峥的事我会查查看。”

听到关铭这样说，施念会有种感觉，本来孤零零地飘着，突然就有个人为她做主了。以前在东城关家她也想方设法打听过关远峥的死因，总觉得这背后有什么她不知道的隐情。

但上上下下瞒得滴水不漏，她无论正面问，侧面套话，都问不出个所以然来，可关铭说会插手这件事，卡在她心头多年的大石仿佛终于找到了突破口。

可想到他现在的处境也不大好，她不禁抬头问了句：“我听说现在西城那边是你大哥掌家了，是吗？”

关铭寡淡地点了下头。

“那官司的事有可能是你大哥弄的吗？”

关铭漫不经心地说：“我大哥这个人吧，虽然有时候急功近利，但还不至于出手把亲弟弟逼上绝路，况且老头子还健在，他没那个胆子。”

关铭自然是了解他大哥的，他能这样说，施念便放下心来。

她拧着眉毛问：“你知道是什么人操控的吗？”

关铭的拇指摩挲着她光洁的肩膀，盯着她瞧了一会儿，眼神颇具意味地说：“之前只是猜测，不过现在，我倒是有七八成把握了，还要查查看。”

“现在？”施念有些诧异地问，“你是指才有把握的吗？”

“嗯。”

“为什么？”

关铭笑着说：“因为你是我的人了。”

施念无法把这件事和坑害关铭的元凶联系在一起，她猜不透关铭的心思，虽说他现在的境遇不大好，可总觉得他并不太着急，反而有种稳坐钓鱼台的感觉，还能抱着她花前月下。

她忧心忡忡地问：“笙哥，接下来你有什么打算？”

“怎么这么问？”

“就是觉得你不会这么让人骑在头上，能和我说说吗？”

关铭倒是玩味道：“就这么相信我？”

“是了解你，知道你不会吃哑巴亏。”

关铭若有所思地说：“那女的刚跳出来的时候，的确是件计划外的事，虽然事情不是什么好事，但凡事都要看两面性。我接手家里生意后势必要逐步洗牌，碍着一部分人赚钱就肯定会出现异心，加上我在外面做了这么多年生意，或多或少会挡着一些人的道，被人记恨。”

“所以我之前跟你说内忧外患，猜到我今年不会太平，坏就坏在那些人在暗，我在明，想搞清楚哪些人有坏心不太容易，正好借由这个事，让牛鬼蛇神都出来遛遛，我倒要看看外面到底有多少人想踩着我的头往上爬。”

“那家里的生意你就这么让给你大哥了，还有外面的生意，我听沧海说也出了事？”

关铭倒是不疾不徐地告诉她：“大哥那边我也算有意让他尝尝上位的滋味，不然整天搞得像我抢了他的位置一样，对我不痛快。不如把他推到那个位置上，给他感受感受，知道什么叫工欲善其事，必先利其器，有些东西能碰，有些东西他拿不起。”

“我听说他最近就一个头两个大，整天往爸那儿跑，再这样下去不出半年，老头子肯定要被他磨急了。”

“这期间我正好可以观察看看哪些人不能为我所用。至于外面的生意，我去年就把姜琨喊回来了，抛头露面的事情都是他在干，本质上有没有我该转的照样转。”

说完，他突然笑了起来，拍了拍施念的脑袋：“哦对了，的确也出了件事，我搞了一批欧洲纯血马回来，结果染上马瘟，亏了几千万，马商现在跑路了，我还在派人到处找那混账东西。”

施念有些讶异地眨了下眼：“就这事？”

“不然呢？你以为什么事？”

他的笑容中透着让施念安心的从容，对她说：“再给我一段时间，我把一些事情处理干净了，在这之前你是我的软肋，我不能把你交出去。”

“我这边说麻烦，的确也有些麻烦，但还不至于像外面传得那么严重。官司的事现在暂时没空理会，只想趁着这段时间先把生意上的路子理顺了。你也看到了，外面很多人在盯着我，舍不得把你送走，但要是把你留下，估计晚上老头子就得亲自登门看看我到底藏了什么人在屋里，到时候你就得提前见见你未来公公了。”

“你别吓我。”说着，施念从关铭怀中挣脱出来就想起床。

关铭一把将她重新扯回怀里：“不急，别急着走，再陪我一会儿，沧海应该能应付。”

关铭将她重新塞进被子里，出去把让人送的行李拿了进来，问道：“要我给你穿吗？”

“我有手。”

“在我这儿可以没有。”

然后他不由分说地拿着衣服坐到她身后让她伸胳膊，把打底衫和毛衣给她套上，温热的气息落在她耳畔，对她说：“本来想着时间应该够两次，你还真是给了我一个大惊喜，这下我舍不得碰你了，但怎么说也不能让你空着肚子走，得把你喂饱了，待会儿我们吃个饭。”

施念红着脸颊点了点头。

关铭让人送了不少高档料理进来，吃饭的时候，关铭几乎没让她动过手，当真是把她宠上了天。

施念之前和关铭相处的时候，他也总是照顾着她，可今天似乎多了些不一样的感觉。她对他说自己在纽约社交圈的故事时，关铭也不动筷子，就坐在她对面含笑盯着她，眼里都是宠溺的暖意。

直到关沧海的追命夺魂 call 打了过来，提醒他们时间差不多了，他现在要上来了。

关铭挂了电话，笑容终于敛了下去，看向施念：“过来再给我抱抱。”

施念绕到他面前，他手横在她腰上将她拽到腿上，摩挲着她柔润的手对她说：“我在沧市有栋房子，没人知道，让吴法把你带到那儿先安顿下来，那里离百夫长就二十分钟车程。你这段时间可以多去那里转转，之前是在线上和那边沟通，正好趁这个机会面对面熟悉一下，那边人对你也不陌生了，现在都认你说的话，你也算是回了娘家。”

“你在纽约合作的工厂说到底也是人家的，现在品牌做起来了，你得有个自己的工厂来做事，我这几年也算花了点精力帮你把那边运营上轨道了，现在也该到交给你的时候了。”

施念有些愣怔：“你要把那么大的厂交给我打理？不怕我给你败光了？”

关铭笑着又把她往怀里带了带：“这些年你在美国那边应该也合作过不少厂了，工厂是为你品牌服务的，要想做大，自己的厂利润品质更好控制，一步步来，我在你后面，怕什么。”

施念抱着他的肩膀，将脸埋在他的颈窝里，半晌才呢喃了一句：“你知道我逃不出你的手掌心的对不对？你很多年前就把我未来十年的路铺好了，我怎么跑，怎么飞最后还是栽在你怀里。”

关铭拍着她的后背清朗悦耳地笑着。

关沧海开门进来的时候看见的就是这么一幕，施念坐在关铭的腿上，关铭抱着她眼里都是笑意。

他顿时就感觉自己的瓦数快爆了，明明刚才已经打过电话给他们说自己上来了，他以为两人再怎么也会避嫌，所以这次连门都没敲，直接输入密码就进来了，谁承想到看到这一幕。

他立马把门带上，背过身干咳了一声。

施念赶紧从关铭身上站起来，有些尴尬地对关沧海说：“等下，我拿行李。”

然后她便匆匆进去客房了。她离开后，关沧海一脸不怀好意地笑瞅着关铭，关铭当没看见他的表情，倒是一派自若的模样。

关沧海走到他面前问了句："怎么说？马上让吴法送施念过去？"

关铭的手指慢条斯理地敲打了两下沙发："你以前不是这样叫她的。"

"谁？施念啊？"

关铭不置可否："从前在船上你怎么称呼她的？"

关沧海莫名其妙地说："小关太啊，怎么了？不是你对她有意思后我就改口了吗？免得你听得不舒服。"

"改回来。"

"啊？"关沧海蒙了一下。

关铭漫不经心地挑起眼皮，说："不是东城的，是我们西城的。"

关沧海神色隐晦地问："你们，咳……"

还没问下去施念就出来了，他只能双手一背当什么事都不知道。

关铭站起身接过她手中的行李递给关沧海，揉了揉她的脑袋俯身在她耳边落了句："我会抽空去看你。"

3. 接你回家

抵达沧市的时候天已经黑了，街道上霓虹闪烁，给施念一种特别慢节奏的感觉，仿若一下子就从纽约那个繁忙的大都市来到一个中国北方小城，看着路上熟悉的超市门头，火锅店热闹的烟火气，陌生感会突然消失，对于在国外飘了那么久的人来说油然而生一种归家感。

车子驶入一条安静整洁的街道，右边隔一段距离会有栋精致漂亮的小洋房，左边是一片很大的人工湖，月光洒在湖面上闪着点点星光，很安逸的一个地方。

最后车子停在一栋灰白相间的洋房前，施念下车抬头望去。房子有三层，吴法告诉她前几年的时候关铭在这儿买的，因为这里有项目，之前经常需要过来，所以干脆就挑了处环境还不错的地方，他如果到沧市这边偶尔会过来住。

施念想到之前在纽约和百夫长的员工开会的时候，的确在视频中见过关铭的身影。想到他曾在这里住过，施念会有种回到家的感觉。

晚些时候她收拾好行李，才发现两个小时前微信里有一条好友申请，申请信息也十分言简意赅：是我。

如果平时她一定认为是骗子故意套近乎的套路不会加的，可今天冥冥之中她通过了那条申请，微信名是：Malte。

施念还特地点开对方的微信朋友圈看了看，没有什么内容，基本上都是一些行业动态，或者技术交流分享的帖子，倒是一直拉到底下，施念看到一条，发的是一张写着“笙”毛笔字的照片，配文“入眼”，时间是将近两年前发的。

她去国外后，由于生活圈子改变了，用的社交软件也都是那边通用的，和关铭联系会用 Skype，所以至今微信里的好友都很少。

她刚看到那条动态，对方就发了消息过来：到了吗？

她窝在一楼落地窗边的软榻上，调整了舒服的姿势回复他：到了，这里真安静，适合养老。

Malte 发来：就是地方有些小了，等过阵子事情告一段落，把你接回家来住。

施念盯着“接回家”三个字反复看了许久，心里热热的。

她回复：还小吗？我觉得已经很大了，起码打扫起来就很头疼。

Malte：阿姨安排好了，今晚不去打扰你，明天一早会去给你做早餐。

紧接着，他又发来一条：还疼吗？

施念捧着手机屈起膝盖将脸埋在手臂间，又抬手碰了碰脸，烫烫的。

半晌，她才回道：好多了。

Malte：这几天不要乱跑，多休息，哪里不舒服告诉我。

施念盯着手机，眼里含着水一般的柔情：我不是泥做的。

那边没了声音，施念仰着头把手机举到面前等了半天他都没有回复，就在她准备放弃等待锁手机时，突然跳出来一条语音：“接了个电话，你在干吗？”

当关铭的声音突然响起时，本来空荡荡的客厅就连灯光都暖了起来，施念坐直了身子，对着手机说道：“没干吗，才收拾完东西，你呢？在干吗？”

“在想你。”

这条语音施念反复点开听了三遍，最后又倒在软榻上。她就是觉得神奇，大风大浪也经历过，在外飘了这么多年了，却还是能被关铭一句简单的话弄得心跳加快。怪不得 Alexis 总是说她，找个男人谈场恋爱吧，不然心脏都不会跳动了。

这下她是真真切切感受到心脏疯狂跳动的滋味了。

她调整好声音，回过去：“我看了下，这里有四间卧室，我住哪间？”

关铭很快回过来，很明确地告诉她：“二楼右手边第一间。”

施念笑道：“为什么？有什么讲究吗？”

“你不睡在我房间还想睡哪儿？”

他的嗓音低醇好听，仿佛就在身边，不过告诉她房间在哪儿，却听得施念心里头软软的，打字回复他：知道了。

那晚她睡在关铭睡过的大床上，虽然床单被褥都是干净的，但她总能感觉到这间房里仿佛存有关铭的气息，睡觉前她又听了两遍那条“在想你”的语音，实在太撩人了，大半夜听得她面红耳赤的，只有退出来再翻到他的微信朋友圈。其实也没啥内容可看，可她就是想看看他，看看他发的东西。

再次停留在那个“笙”字的时候，施念点开大图仔细瞧了瞧，突然瞳孔颤了下，发现这个字是她写的，曾经送他那把扇子上的字，大概是关铭用手机照了下来。

这个意外的发现让施念整个人都泡在糖罐子里，有种跨越时空的甜蜜感。

她是个认床的人，来到陌生环境不容易睡着，可奇怪的是这晚她却睡得很踏实。

施念来到沧市后果真如关铭所说，脏活累活都不准她干了，家里安排了两个阿姨过来，平时照料她生活起居，打扫、做饭，包括洗衣服。关铭把最信任的手下安排到了施念身边，所有出行都有吴法接送，还特地给她配了一辆全新的迈巴赫。

说实话，一开始施念还有些不适应，毕竟在纽约一个人生活那么久习惯了，但后来她逐渐开始忙碌起来，才发现关铭的这些安排还是很有必要的，不然她没那么多时间打理家里。

虽然关铭让她先歇个几天，但她依然忍不住第二天就去了百夫长。她实在太想去看看了，和那边的同事“云相处”几年时间都没有见过面，那满心期待的感觉让她多一天也等不了。

她参观了百夫长国内品牌事业部，比她想象中还要气派恢弘，完全就是个大品牌商的样子。和杜焕碰面也有点像网友见面的感觉，其实私下已经非常熟悉了，但确实是第一次见，也挺神奇，不过聊了几句后，那种熟悉感很快就找了回来。

杜焕说下面人听说她来了已经炸开了锅，完全没心思干活了，非让她给大家做个演讲。

施念临时决定过来看看，什么也没准备，问他演讲什么。

杜焕说随便，哪怕讲讲那边时尚圈的事对他们来说都是新鲜的。施念倒也没拒绝，笑着说那就和大家随便聊聊吧。

对于施念本人的到来，整个百夫长上上下下都是无比激动的，毕竟能亲眼见到品牌的开创者，这个在国际上都有立足之地的顶尖设计师，对很多人来说就跟打了鸡血一样。

演讲在大会议厅进行，本来施念以为只是一个小规模的演讲，至多二三十人吧，结果整个大厅乌泱泱地坐了百来号人，连行政财务其他不相干的职能部门的工作人员全跑来了。

她用眼神瞧了瞧杜焕，杜焕解释道：“你刚来，公司里面都传开了，大家都好奇。”

施念没再说什么，倒是落落大方地走到众人面前，站定后，先是对大家笑了下，会议厅顿时鸦雀无声，一个笑容瞬间吸引了所有人的目光。在自己熟悉的领域她向来是有底气的，那种从身体里迸发出的沉淀会让她看上去特有魅力。

而后她才从容地自我介绍道：“我是 Stella，施念，百夫长海外品牌事业部 Centurion 的负责人，也是百夫长的设计总监。”

她顿了下，底下突然掌声雷动，大家的热情倒是给了施念一个很大的惊喜，她突然想起昨天关铭对她说的话，回到了娘家，这一刻她还真有了这种感觉。

整个演讲过程，她没有准备，全程脱稿，从国际行业势态讲到 Centurion 在海外的发展进程，内容新颖生动，她带来的都是平常他们接触不到的新鲜事物，就连那些内勤工作人员都听得津津有味，完全就像在听一部海外征战史，有种热血的味道。

而施念本人只是穿着剪裁明了利落的格子大衣，里面一件黑色高领针织衫配上卡其色微阔腿裤，整个人看上去简洁中透着质感，底下坐着百来号人眼睛就没从她身上移开过。

结束了演讲，好多人跑过来要和施念合照，被杜焕挡走了，说下次还有机会，要请施念去工厂那头转转。

结果人还没到工厂，在路上的时候关铭的信息就来了：演讲很精彩，就是人不听话。

她的确没有听他话多休息几天，于是回复了一排嬉皮笑脸的表情。

虽然对着关铭，她嘴上说着也不怕工厂交给她败光了，但实际上施念很上心，从到这里的第一天起就投入到工作中，开始了解运营模式和生产流程。

关铭和杜焕交代过，虽然杜焕不知道施念和关铭的这层关系，但俨然已经在全力配合她开展工作。不过对外，大家眼里的施念是个厉害的设计师，而非经营者，所以她在绝大多数人眼中有些神秘，对她有些崇拜，但并不会害怕她。

在那里住了几天，周末的时候沧市突然下了场雨，施念窝在洋房里，回来以后她就没碰设计稿了，在这个幽静的湖畔待了一周，突然有了些灵感，把自己关在房间里待了一整天。

到晚上的时候，关铭发了条语音过来：“听说你忙得饭都不吃了？没人叫得动你。”

施念磨蹭了半天才去看手机，赶紧回了一条语音：“马上。”

结果关铭的电话直接打过来了，他那边有点嘈杂，倒是能听出他的声音里含着几分松散，对她说：“去吃饭，电话别挂，我听着。”

施念这下是真没法糊弄了，拿着手机下楼去。阿姨将饭菜又热了一遍，看见她总算肯吃饭才放下心来。

她的手机就放在餐桌上，按了免提，问关铭：“你在外面吗？”

关铭“嗯”了一声。

施念听见旁边还有女人的声音，不禁多问了句：“在哪儿？”

关铭声音里透着笑意：“查岗啊？”

施念不说话了，他倒是回得直白：“在我以前的一个场子里，招待几个老大哥。”

关铭虽然没有直说，但施念也猜到会是什么场合，她拨弄着碗里的饭“哦”了一声。

电话里突然安静下来，刚才那些歌声，男人和女人说话的声音都消失了，听见关铭对她说：“现在走了。”

施念看了下时间，还挺早的，有些诧异地问：“这么早就走了？”

关铭倒是回得惬意：“嗯，把人安顿好让他们玩，我待久了有个小丫头要不高兴了。”

施念还狡辩了句：“我不是那么小气的人，男人谈生意都会去那种地方，我知道的。”

关铭笑了起来：“哟，稀奇，那我回去了？”

这下施念不说话了，本来还没什么太大波动，被他这一来一回弄得心里七上八下的，嘴里还说着气话：“那你回去吧，反正挂了电话，你回去了我也不知道。”

电话那头沉默了一会儿，施念停止了动作，听着关铭的呼吸声，犹豫着是不是惹得关铭不高兴了？却听见他说：“这样吧，电话就别挂了，你什么时候想知道我在干吗，随时拿起手机听听我这儿的动静。”

“开什么玩笑？”

“没跟你开玩笑，也让我听听你的动静。”

然后他们当真就没挂电话，施念吃饭的时候就有一搭没一搭地跟他说上几句话。

吃完饭回房她又忙了会儿工作，然后洗澡，敷面膜，又上网处理了一会儿纽约的工作，总之手机一直外放着。她隔几十分钟突然想起来了，会对着手机喊句：“笙哥？”

那边都会回一句：“在。”

就这样一直到了晚上，施念忙完了上床，把手机放在枕边，对他说：“还在吗？”

关铭的声音从那头传来：“在听着。”

“我准备睡觉了，你呢？”

“才洗完澡，沧海这会儿跑来找我，还带了家里两个弟弟过来，他们想玩会儿牌，我可能会晚点睡。”

“那要挂了吗？”

“不用，陪着你睡。”

施念把头埋进被子里，忍不住笑了起来，又翻了个身把被子裹在身上对他说：“那我睡了，晚安。”

话虽这么说着，但她还在留意关铭那儿的动静。关铭对她说过晚安没多久，施念听见了关沧海的声音，还有其他陌生男人在说话，应该就是刚才关铭口中的弟弟。

她听了一会儿，眼皮子打架就睡着了。

第二天调了闹钟，周一早晨第一次参加百夫长的例会，打算早早起床准备一下。

刚拿起手机准备看时间，一眼扫见退到后台的通话，惊得她瞬间就清醒了，条件反射地叫了声：“笙哥？”

没想到的是，那边居然回答了她：“醒了？”

施念一下子坐了起来：“你这是没睡还是才醒？”

关铭的声音里透着一丝慵懒：“猜猜看。”

“我真猜不出来，不过听你那儿的声音怎么感觉你在外面啊？这么早出门吗？”

“嗯，你呢？早上干吗？”

“去百夫长参加例会。”

“把手机充好电，电话别挂，我旁听一下你开会。”

“监督我吗？”

“算是吧，看看你工作认不认真。”

于是早上施念和百夫长的人开会的时候，手机一直放在手边，中途休息杜焕他们几个高层聊了会儿天，不知道怎么聊到了关铭的那场官司，杜焕还开了句玩笑：“像我们这种见过关总的人是想象不出来他能干这种事，就是平时关总太低调了不怎么露面，人家也不知道他长什么样。我那天听行政的小姑娘说，就应该把关总的照片打在公屏，让外界评评理谁欺负了谁。”

施念不禁扶额扫了眼手边放着的手机，默默为这群人捏把冷汗。不知道他们得知自己讨论老总的八卦恰好被本尊听见是什么感受，她也不敢出声，也没参与他们聊天。

下半场会议进行到尾声的时候，杜焕被助理急匆匆地叫走了，不知道发生了什么事。

直到会议结束，施念第一个走出会议室，拿起手机就对着电话那边的人说了声："还在吗？"

半天没声音，施念刚准备把手机拿到眼前看看，听见听筒里传来一句："不要忙了，我不喝你那儿的茶，搞杯咖啡过来。"

声音是关铭的声音，但并不是在对她说话，她又喊了声："笙哥？"

这下关铭才对她说道："开完会了？"

"才结束，你刚才不会一直在听我们开会吧？"

他回："听了一会儿。"

正好施念路过杜焕的办公室，看见杜焕出来对助理交代道："不要茶，赶紧去泡杯咖啡，是，咖啡，不要速溶的。"

施念叫了杜焕一声："杜总。"

杜焕转过身，脸上还是那副刚才从会议室离开时匆忙的表情，她不禁问了句："什么事？"

一道声音从办公室里传来："可能是我突然过来没打招呼惊到我们杜总了。"

施念把手机拿远了些，怔了下，有些不可置信地大步朝办公室门口走去，直接绕过杜焕往里伸头一瞧。

当看见坐在老板椅上一派悠闲的关铭，和立在旁边翻看面料色卡的关沧海时，她整个人差点'石化'了，手机还拿在手上，话直接问出口："你怎么来了？"

关铭随手挂断电话盯着施念笑，关沧海抬头看见终于等到人了，发了句牢骚："别提了，昨晚我们几个玩牌玩到凌晨三点，准备撤了，这人非得拉着大家陪他继续，好不容易挨到早晨，直接拖着我过来了。"

关沧海在说这话的时候，关铭的眼神似有若无地落在施念身上，仔细瞧着她。施念脸颊发烫，杜焕还杵在她身后，一脸状况外的样子。

关沧海掠了眼杜焕，放下手中的色卡，朝外面走去，拍了拍杜焕说道："杜总啊，带我参观参观你们厂啊，我还没去过。"

杜焕赔着笑："那关总这边？"

"让你们施总监招待一下嘛。"

杜焕看了眼施念，横竖已经不知道该怎么安排了。施念对他点点头，他又看向关铭，关铭抬了下手指示意他去忙吧，杜焕才放下心来。

他们走后，施念踏入办公室，随手带上了门，一边走向关铭，一边问道："你这是突击检查吗？"

待到她走到近前，关铭扯住她的手腕将她一把拉坐到腿上："下半夜听见你翻身的动静，心里燥得慌，就想来见见你。"

施念瞧了眼外面，门没锁，她怕待会儿小姑娘送咖啡过来，人是绷着的，没敢把重量全部压在他身上，嘴里问道："那你怎么不回小楼啊？直接杀到这里来了，吓我一跳。"

关铭感觉到她有些紧张，扳过她的身子对她说："等不到晚上了，最近总熬夜吧？白头发都长出来了。"

施念下意识地摸了摸头发："真的吗？我都没发现。"

关铭对她说："头低下来，我看看。"

施念终于卸掉了身上绷着的力道，把脑袋低了下来。关铭顺势蹭着她的唇，一点点亲吻着，眼里都是笑意："逗你的。"

施念明知道被耍了，却一点反抗的力气都没有，腰被他握着，身体被他禁锢着。他由浅入深地吻着她，一点点地厮磨着她的心脏，体会到一种分别过后一触即发的情感。

他们之前分隔两国那么长时间都没有这样过，不知道现在是不是关系近了，这次才分开一周，却有种很久没见的感觉。

施念今天戴了个很小巧别致的耳环，关铭一开始还不停拨弄着她的耳环，后来手就没那么规矩了。施念被他弄得呼吸微喘，对他说："不行，不能在这里，还在工作呢，被人看见麻烦。"

可她发现关铭却根本没有这重担心，他兴致上来时向来是肆意大胆的，她的衣服被他揉乱了，僵硬的身子也软了下来，伏在他肩膀上问他："你一晚上没睡不困吗？"

关铭帮她把衣服整理好，眼里尽是含蓄而性感的诱惑，折射出晦暗醉人的光，对她说："困啊，我都陪你开了这么久的会了，现在该你陪我回去睡觉了吧？"

大白天的让她跟关铭回去睡觉，怎么都有种消极怠工的感觉，可关铭对她说："本来今天要飞上海的，车子临时变道绕了过来，老头子还不知道，待不了多久，傍晚的飞机，还是得去上海。到了那边可能也歇不了，你忍心看我这么累着？"

施念到底心软了，磨不过他，答应跟他回去。

两人刚走到办公室门口，那个小助理端着咖啡过来了，见大老总要离开的样子，她有点不知所措，说了句："关总，您的咖啡……"抬头瞥了眼关铭，脸立马红了，低下头去。

关铭淡淡地掠了下，虽然这会儿他没心思喝了，不过别人忙活了半天，他还是象征性地接过咖啡喝了口才放下，对她说：“辛苦了。”

小助理连忙回道：“不辛苦，不辛苦。”愣是一下没敢抬头再看他。

关铭便带着施念走了，从楼上进到电梯，关铭始终挺规矩，双手放在大衣口袋中，不让施念为难，不过一上了车便捉住了她的手握在掌心，拇指有一下没一下地摩挲着她白嫩的手背。

吴法开车送他们回去的路上，施念打趣了关铭一句：“我觉得你挺厉害的。”

关铭挑眉“哦”了一声，凑过身子故意压低声音，气息撩人地问了句：“哪方面厉害？”

施念偷瞄了眼吴法，手上掐了关铭一下，关铭眉眼舒展地笑了起来。吴法倒是目不斜视，他其实清楚关铭最近压力很大，来自外界的，还有家里面的，在施念没回来前，他笑容很少，大多也是应付场合，现在倒是发自肺腑的愉悦。

施念解释道：“我觉得你厉害，是你从来不对下面人说重话，也没见你发过火什么的，而且感觉你对待他们都挺随和。就像刚才那个助理，你还能照顾到人家的感受，那为什么他们还那么怕你？”

关铭认真思考了一下这个问题，回答她：“可能因为我比较有钱吧。”

吴法当即弯起嘴角，施念倒是睁大眼睛：“这有什么必然的联系吗？”

关铭半开着玩笑，道：“有钱能使鬼推磨，虽然俗气，但这东西往往能改变人的命运，你说那么多人的命运在我手上握着，他们能不怕吗？”

施念知道关铭这会儿心情好，他心情好的时候跟她总不正经说话。

其实老总都握着员工的经济命脉，但并不是所有员工都能对老总有敬畏之心，只能说明关铭身上有独特的人格魅力，不需要对手下严厉就能让人不自觉地想臣服于他。

这是她在学习管理之道时悟出来的，这点她很佩服关铭。

车子开回小楼，阿姨还在打扫院子，见到他们突然回来，有些意外。关铭朝吴法伸了下手，吴法从外套内抽了两个红包出来。

关铭给一个阿姨递了一个，温和地说：“这段时间麻烦你们照顾小念了，今天放天假吧，晚上再过来。”

施念在关铭身边待久了，会越发觉得他是一本读不完的书，特别是在待人处事上总能跟他学到很多。

看似一个不经意的动作，却能把人心收得妥妥的，也许这就是他能在外面这么吃得开的原因。

两个阿姨欢天喜地地走了。关铭把施念拉回家，吴法很自觉地开着车离开，虽然施念也不知道他要去哪儿溜达。

回到家后，关铭脱了大衣，里面是面料高档的暗色条纹针织衫。施念没敢给他泡茶了，等会儿他要休息的，怕越喝越精神，就给他泡了杯热的蜂蜜柚子水。

她将蜂蜜水放到他面前对他说：“你喝两口再上去睡。”突然想到他刚才说他爸不知道他过来，又忧心地问了句，“你爸现在盯你盯得紧吗？”

提起这件事，关铭倒是神情寡淡了几分：“他啊，自从我闹出上次那个官司的事，说我败坏家风，这段时间就盯着我私生活，人岁数大了，又退休在家，总想找点事干干，他要是觉得这样心里舒坦就让他盯着吧。”

关铭如今的根基，即使离开西城关家也完全足以自立门户了。所以施念从他的话中感觉到，他其实在用另一种方法尽孝道，大概也只是为了让他年迈的父亲能安心些。

施念不禁问道：“但是官司的事对你或多或少还是有影响的吧，你让我别理国内的新闻，说是不理但我也听了不少，说你什么资产转移，还听说这次官司的事让你身价缩水几十亿啊？到底是不是真的？”

关铭端起施念为他泡的蜂蜜水，喝了口笑道：“你说要是我哪天成了个穷光蛋，你有什么想法？”

施念故意瞪着他：“我能有什么想法，把你踹了去找个年轻帅哥吗？”

关铭倒是优哉游哉地说：“年轻帅哥不见得比我厉害。”

施念已经不能直视“厉害”这个词了。

私下没人的时候，关铭总喜欢逗施念，施念没跟哪个异性正儿八经单独相处过，这方面的经历是张白纸，一逗脸就红，看得关铭总觉得有趣。但他又会点到即止，告诉她：“就算在国内的生意全部死了，我在海外的生意也能把你养得……那什么摩纳哥王妃是吧？尽量照着那个标准养。”

他又说起：“传闻也不假，我这些年在外面的确做了不少项目，不过挣的钱很大一部分都用来国内事业的投资了，研发费用是大头，这是个无底洞，前些年钱都砸进去了，这两年有些成果后才慢慢开始盈利，我要真把资金转移出去，你认为我现在还能这么太平地坐在这里跟你聊天？早趁着这次危机被一锅端了，上面的人又不是傻子。”

“这些流言你不用去理会，我们的技术设备刚投产没两年，市场验证需要个过程，时间会还我一个清白。”

可道理是这么个道理，施念心里就是不舒坦，不愿意听到别人说关铭半句不好。

关铭一口气喝完杯中的蜂蜜水，笑道：“看你这气鼓鼓的样子，这是不是就叫护夫心切？”

说着，他站起身，将杯子洗干净放在一边，回过身的时候，施念正好靠在桌边。他走过去，压在她面前，手穿过她身后单手将她提了上去坐着，人又逼近了一分，迫使施念打开膝盖。

他就这样站在她双膝之间挨着她，眼神里是烫人的温度，什么话都没再说，这样的距离就够折磨人的了。平时他倒挺有耐心跟她说说外边的事，这会儿是真没什么耐心了，将她带向自己。施念被他吻得有些呼吸困难，从桌子缠绵到沙发，后来关铭干脆直接抱着她往楼上走。

这一次他似乎不太着急，循序渐进，做足了前戏，施念从来不知道原来这种事情可以这么花样百出。

他就像神奇的魔法师，可以控制她所有感官，让她灵魂越来越飘忽，眼里都是迷蒙的光，心脏仿佛已经不再属于自己，只听见他在她耳边问她：“想吗？”

她眼睛像要滴出水来，有些无助，又有些求救地望着他。她还没有太多经历，按道理不会有那么大的反应，可关铭就是有本事在她心上放一把大火，让她整个人都燃烧起来。

可真正开始时他却出奇地有耐心，慢慢引导着她，就像在教个小朋友干坏事，照顾到她的感受，反复试探观察着她的反应，从浅滩到狂浪，带着她领略新的波澜壮阔。

情到浓时，关铭对她说：“这次过去要待一阵子，不舍得把你一个人丢在这儿，跟我走好不好？”

他的眼神像黎明破晓时的轻纱，笼着她，让她的灵魂溺在他的瞳孔中，她差点就要依了他，后来还是找回了点理智，问他：“你确定要带着我到处跑？”

关铭只是看着她笑，是笑自己贪恋她的温柔乡，竟然有种冲冠一怒为红颜的感觉。

施念读懂了他的表情，知道他刚才在说那句话的时候有多冲动。这是她认识关铭这么多年来，他第一次不顾后果地说一句话，为了她，所以她也在笑。

其实他们都清楚，她不可能跟他走，他们现在的处境不允许，她也不可能放下身上的担子做他身后的影子。

从关铭把她送出国门的那一刻起，她注定不会成为任何人的影子。所以这样的话对他们来说只能是温存中的情话。

这一次过程很漫长，房间拉着窗帘，他们相拥着彼此，有种不知今夕是何夕的错觉，只有无休止地缠绵。

虽然当初那个白雪没有真正意义上跟过关铭，但她有句话说得很对，关铭很会照顾人，能跟他的确是福气。

施念看过关铭很多面，有优雅的、绅士的、睿智的、沉稳的，但只有在床上的他才是最真实的，他可以同时把温柔和疯狂演绎到极致。

尽管施念一点都不困，最后还是被折腾得精疲力竭在他怀中睡着了。等她醒来的时候，关铭已经踏上了去机场的道路。

临上飞机前，他给施念发了条消息：要登机了。

施念回道：我还在床上。

半晌，关铭发了一条语音过来："刚才怎么样？"

一句话便轻易让那些画面再次涌入施念的脑中，她浑身都是烫的，实在不好意思回答这个问题，很含蓄地回复了一个害羞的表情包。

那段时间施念总会想，自己被关铭藏在这里也挺好，小城节奏慢，生活舒适，又能做自己真正热爱的事业，而对于关铭的家人，那些关家人，她心里始终是抗拒的。她不愿见到任何一个关家人，无论是东城还是西城的，可她又无法回避关铭也姓关的事实，所以她总是想，也许这样对他们来说是最好的状态了。

关铭不在她身边的时候，她偶尔会去那个江南如画的景区溜达溜达。如今景区已经开发得很成熟了，每天都有大量的旅行团还有自驾游的人过来玩，景区无论白天还是晚上总是很热闹。

第一次去的时候她还买了门票，和关铭说的时候，他笑她去自己家哪有给钱的道理，第二次再去，也不知道检票的是如何认识她的，不仅给她退了票，还给了她一张通行卡。

她最喜欢去小吃街，想到那年关铭还在乌篷船上对她说以后做起来让她回来尝尝味道。她总会有种很恍惚的感觉，仿佛这几年的光阴在眼前一眨就过去了。

那些刚去国外读书时的寂寞和辛苦，后来的忙碌和劳累，再到打入那个光鲜亮丽的时尚圈，走入顶尖的那堆人中间，站上高台获得荣誉，突然就像一场梦，自己最终又回到了这个小城里，坐着乌篷船，吃着江南小吃。

而她，如今和关铭在一起了，在她离开的那一年是想都不敢想的事情。

4. 速战速决

关铭这次离开时，对施念说可能要去一个多月，有些事情不想再拖了，打算速战速决，所以这次过去会有几个大动作。

在他离开的这段时间，施念的生活中倒是出现了一个小插曲。她梳理百夫长供应商信息的时候，和其中一个面料厂的负责人见过一面。

一个很年轻的小老板，叫冯禹诚，人长得倒是挺精神，开着保时捷卡宴，竟然是施念的高中同学。两人第一次见面时，双方都很惊讶，说起来高中毕业都有十年了，施念和过去那些同学一直没有联系过。

那天施念是跟着厂里领导和冯禹诚见的面，他以为施念在百夫长是做设计的，后来每次来都会找施念玩会儿。他上学的时候成绩差，看施念这种优等生只能默默仰望，很少敢跟她说话，现在都长大了，没了少年时期的青涩，相处起来更自然了些。

听冯禹诚说起，施念才知道，原来的高中同学每年都会聚聚，不少人想找她但都找不到。冯禹诚还当着施念的面给她的高中同桌打了电话，电话一接通那种曾经熟悉的感觉全回来了。

当天晚上几个在沧市的老同学就说要出来约饭，施念也喝了不少酒，难得见到多年未联系的老同学，大家玩得都很尽兴。

之后冯禹诚还想单独请施念吃饭，施念直接说请他吧，然后把人带到了公共食堂，这样委婉的避嫌让冯禹诚也很无奈。

冯禹诚的父亲以前就和百夫长的前厂子合作多年，到了他接手基本上厂里的老人都认识他，有次他的人去厂里送货，他也跑去了，有人问他怎么认识施念的，他随口说了句施念是他儿时的女神。

结果这句话在工厂那边暗暗传了出来，虽然没有传到施念耳中，但吴法经常在下面走动倒是听到了些流言蜚语。

之后吴法碰到过冯禹诚一次，拦住他，让他不要到处胡说八道。冯禹诚不认识吴法，以为他是施念的爱慕者，差点动手打他。

那次的事的确闹得有点不愉快，冯禹诚回去思来想去好几天，怕施念知道后对他有什么看法，干脆决定去找施念谈谈。

他开着车等在百夫长的大楼外面，一边等施念下班，一边酝酿着要对她说的话。结果就看见施念出来后上了吴法的车，还是辆价格不菲的迈巴赫，让冯禹诚十分诧异，他愣愣地看着车子开走，二话不说就跟了上去。

施念这天加班到晚上，在公司吃了饭才回去，路上打了几个电话，一直到车子停下已经九点多了。看见小楼里亮着灯，她愣了下。门口停了两辆车，还没推开门就听见男人的谈笑声，她赶忙走了进去。似乎是听见动静，客厅里坐着的三个人几乎同时抬起视线朝她看来。

关沧海和姜琨都在，而关铭的毛领外套搭在肩上，人坐在沙发里，手上拿着杯酒，有些意兴阑珊的模样。

关铭之前对施念说这次过去最快要一个半月才能回来，可这才二十多天，施念不免感到意外，盯着他问道："怎么突然回来了？也没说一声？"

姜琨放下酒杯，站起身朝施念笑道："我们一群人中就数师哥做事计划性最强，能让他打破计划临时改变行程的也只有施小姐。"

关沧海"嗯哼"一声清了清嗓子，姜琨立马改口："说错了，是嫂子。"

施念放下电脑包，笑着朝他伸手："好久不见。"

姜琨感慨道："是好久了，有五年多了吧，嫂子现在也是功成名就了。"

"功成名就算不上，找到自己喜欢做的事倒是真的。"

两人打了番招呼，施念转眸看向关铭。他跷着脚，眼里的光深邃幽淡，让人分辨不出他是在笑还是根本没有表情。

从施念进来起关铭就没有出声，他不说话坐在一边的时候浑身上下都透出一种难以高攀的气场。施念每次见到这样的关铭，总觉得他的心思难以揣测。

她几步朝他走去，喊了他一声："笙哥。"

关铭让了让身边的位置给施念，施念坐下后问他们："吃了没？没吃我给你们弄几个菜？"

关沧海回道："特地在路上就吃了，你笙哥让我们别麻烦你。"

以前在国外，和关铭距离远，虽说确定了关系，但施念觉得和她一个人的时候，生活上并没有发生太大的改变，现在回了国才真切地感受到被人照顾的滋味，心头暖暖的。施念侧眸去看关铭，他们开了瓶威士忌，关铭此时拿起酒杯淡淡地喝了口酒，流畅的下颌线和微微滚动的喉结特别性感，看得施念心口热热的，到底是想他的。

关沧海对关铭说："秦主席昨天给了我消息，那边现在放弃行业协会里的关系，打算到国外找找出路。"

关铭淡淡地"嗯"了一声："给他们找。"

几人在说话的时候，施念默默地把手穿过关铭的手臂放在他腿上。关铭没有看她，但握住了她的手，大概觉得凉，于是放下酒杯，将她的双手握在掌心替她揉搓着。

虽然有外人在，他们没怎么说话，可这细小的动作依然让施念眼里溢满暖意。

可就在这个时候，她的手机突然响了，在几人的交谈声中尤为突兀。

施念拿出手机看了眼来电人，一直在和关沧海说话的关铭终于回过视线，掠了她一眼："不接吗？"

施念将手臂抽了出来，一边站起身，一边接通了冯禹诚的电话。当听说冯禹诚就在她家门口的时候，她下意识地走到落地窗边朝院子外面瞧了瞧，此时关铭他们交谈的声音也停了下来。

施念对着电话里说道："你怎么找来这儿的？"

"有什么事不能电话里说吗？"

对方说了句什么，施念回头扫了眼，关沧海和姜琨都在看着她，只有关铭半垂着视线拿起面前的酒杯，面色寡淡。

施念对冯禹诚回绝道："现在不太方便，有事改天再说吧。"

话音刚落，一直垂着视线的关铭开了口："既然有朋友特地来找你，见一面吧。"

施念抬眸看向关铭，关铭的神情稀松平常，转头对立在门边的吴法说："把人请进来。"

吴法面无表情地走了出去打开院门，对着站在车边的冯禹诚冷冷地说了句："进来。"

冯禹诚倒也没打退堂鼓，势必今天想弄清楚施念和吴法的关系。可当他走进小楼，看见客厅还坐着三个衣着不凡的男人时，他的确有些诧异。

施念不尴不尬地对他们介绍道："这位是我高中同学冯禹诚，百夫长的面料供应商。"

冯禹诚有些抱歉地对施念说："不好意思啊，不知道你还有客人在。"

关沧海慢悠悠地接了句："不用不好意思，比起你，我们应该算不上客人。"

冯禹诚虽然听出关沧海话中的戏谑，不过他到底也做了好几年生意，在外跟人打交道识人还是会的，坐着的三个男人一看这架势就不像是普通人家出身。

他也不想让施念为难，主动走上前递了名片，最先递给的是姜琨，姜琨没吱声单手接过放在面前。他又递给关沧海，关沧海倒是朝他意味深长地笑了下，抬起两根手指夹了过来瞅了眼。

冯禹诚走向关铭的时候，总感觉这个肩上披着外套的男人虽然一眼都没瞧他，却周身萦绕着一种很强烈的压迫感。他将名片递到关铭面前，关铭没伸手，气氛一时间变得有些凝结，施念在旁边注意到后也很尴尬，正当她准备说点什么化解的时候，关铭抬了抬下巴，示意冯禹诚放着就行。

冯禹诚放下名片回身朝施念走去对她说："我就跟你说两句话，出去十分钟，方便吗？"

就在这时关铭突然起了身，施念的目光也跟随着他。冯禹诚顺着施念的视线看向那个气场不凡的男人。

这栋洋房的一楼左边有间客房，平时没什么人住，关铭正是直接走进那间房，门没关，随手虚掩着。

施念敏感地察觉出什么，对冯禹诚说：“我现在真没空，改天再说吧。”说完，她便直接朝那间客房走去。

冯禹诚杵在客厅眼睁睁地看着施念走进那间房，关上了房门。

她进入房间的时候，关铭坐在客房的阳台上，点燃了一根烟背对着她。在她关上门的刹那，他的声音响了起来：“就是这个男的跟吴法闹得不愉快？”

施念快步走到关铭面前，有些诧异地问道：“和吴法闹得不愉快？什么事？”

关铭漫不经心地吞云吐雾，丝丝烟雾飘到施念面前，她瞥过头去小声嘀咕了一句：“我只知道你心里不痛快的时候就喜欢抽烟。”

关铭夹着烟缓缓抬眸盯着施念，施念被他盯得脸上火辣辣的，干脆侧过身去，听见关铭声音低沉地说：“去把事情处理干净了。”

施念的心狠狠颤了下，虽然她不知道冯禹诚和吴法之间到底发生了什么，但她不傻，关铭点过她之后，她便意识到了，更意识到关铭应该早就知道这件事了，没有直接插手也算保全她的面子，给她空间自己解决，她没有理由再让他不痛快。

施念转身走出房间，冯禹诚还杵在客厅。施念先是扫了眼吴法，面色难看地对冯禹诚说：“我送你出去。”

冯禹诚跟在施念身后往外走，刚走出小楼施念就站定对他说：“我不知道你怎么找来这里的，但请你下次不要再过来了。我男朋友经常在外面，他难得回来一趟，看见别的男人大晚上跑来找我，不合适。”

冯禹诚有些惊讶：“那个玩健身的不是你男朋友？”

施念微蹙了下眉：“吴法吗？当然不是，另外他不是玩健身的。”

冯禹诚还想说什么，施念抢在他前面开了口：“我很在意我男朋友，不希望他误会什么。”

“什么时候开始的？我是说你和你男朋友。”

施念迎着月光，忽然笑了下：“十五岁吧。”

冯禹诚怔怔地看着她，她脸上出现了在外人面前难得流露出的温柔：“我十五岁时就对他动心了，暗恋了好多年才终于能走到一起，我很珍惜这段关系。”

冯禹诚愣了半晌，突然释然地笑了，摸了摸头：“挺好挺好，那祝福你了。”

施念和他道了别，转身进院子的时候，吴法正好出来往外走，她问了句：“你干吗去？”

吴法很平常地回了句："挪车子。"说完，他走出院子。

冯禹诚刚发动了车，看见吴法朝他走来，降下了车窗。

关铭嘴上说着让施念自己去处理这件事，但还是让吴法给冯禹诚递了名片。

当吴法离开后，冯禹诚借着车里的灯光看着名片上"关笙铭"三个大字时，后背出了一层冷汗，后怕地想着，他刚才差点就把家里两代人的事业亲手断送了。

施念走回屋中时，关铭已经从房间出来了，不过此时客厅的气氛明显不大一样了。几人没再说话，关沧海刷着手机，姜琨不停往酒杯里加冰块，而关铭半倚在沙发上，沉着脸，五官都是冷的。

以前他这样对别人，施念看见心里都会毛毛的，这下知道他是因为自己，更觉得浑身难受，心尖都在发颤。

关沧海此时倒是锁了手机，突然站起身对关铭说："不早了，我带姜琨去景区里面找个地方住下，明天中午过来差不多吧？"

关铭应了声，关沧海和姜琨就离开了。他们在时倒还好，这突然一走，硕大的客厅就剩下施念和关铭了，气氛瞬间有些冷。

施念朝他走去叫了他一声："笙哥，要不要上楼泡个澡？我给你放水。"

关铭没说话，站起身往楼上走去，施念跟在他身后。

进了屋后，关铭坐在椅子上随手翻着她的设计样稿，施念则走进浴室替他放水。等放水的过程中，她不时伸头望望坐在外面的他。

认识这么久，关铭没对她冷过脸，她到现在才回过味来，关铭临时改变行程恐怕也是事出有因，偏偏这么巧晚上让他撞见冯禹诚登门来找她，她越想一颗心越跳动不安。

她喊了声："笙哥，水放好了。"

关铭放下她的设计稿，走入浴室，单手解着纽扣。施念准备从浴室退出来，关铭的身子往门口一挡，直接伸手带上了门，也堵住了她的去路。

她抬眸望着他，他停下了手上的动作，对她说："你来。"

施念今天是真不敢惹关铭了，依了他替他解着扣子，碰到他皮带的时候，她的手颤了下，脸颊早已红得像透出水来。

她低垂着眉眼说："冯禹诚之前没对我说过什么过分的话，要是他表现出来我肯定会拒绝的，但是人家没说有那个意思，我也不好反过来对他说什么。他也就约过我单独吃饭，主要有同学这层关系，又是供应商，总不能做得太绝，我就……请他吃了食堂。"

感觉到头顶炙热的气息，施念抬头偷瞄了一眼关铭，发现关铭的目光锁在她脸上，像滚烫的沸水反复冲洗着她。她声音软了几分，吴侬娇语道：“我和他说清楚了，刚才都挑明说了，你能……别这样了吗？”

她撒娇起来会有细微的南方口音，关铭没法招架她这种声音，将她一把捞了起来对她说：“不是办法。”

施念“嗯”了一声：“什么不是办法？”

关铭脱掉了她的毛衣对她说：“走了个张三，还会来李四，我们这样下去不是办法。”

施念突然感觉特委屈，刚才提心吊胆的，明明没有做什么出格的事，就是怕他不高兴，现在才发觉他担忧的问题根本不是这个。

她靠在他怀里任由他摆弄，嘀咕道：“你不是为这个事生气吗？”

关铭嘴角终于露出一丝玩味的笑意：“生什么气？我对自己这点信心还是有的。”转而又说，“只是觉得把你藏起来也不是个办法，金子会发光就会被人惦记，这种事有了开头就杜绝不了，我得想想解决办法。”

说完，施念已经被他抱进浴缸，水花四溅，浪潮翻滚，她一共就有过三次经验，关铭却带她领略了三次截然不同的刺激与狂浪。

再次将她抱出浴室的时候已经是半夜了，她小脸涨得通红，关铭给她喂了点水，到底还是觉得她有点不经折腾，笑着打趣道：“还要再练练，凡事都讲究熟能生巧。”

施念拿被子遮住半张脸回道：“只有笙哥能把这么不正经的话讲得一本正经。”

“这是在教你本事。”

“什么本事？勾引男人的本事吗？”

关铭挑了挑眉梢：“把男人换成笙哥。”

施念在心里过了一遍，话被他一改就变成了“勾引笙哥的本事”，她弯眼笑。

关铭下了床，给自己泡了杯茶。施念说他：“怎么又喝茶了？不是说影响睡眠吗？”

“影响就影响吧，今晚不睡问题也不大。”

施念能感觉出来关铭这次回来似乎整个人的状态都不一样了，她问他：“你去上海的事情处理得还顺利吗？”

关铭笑得意味深长：“在黄浦江网到了一条大鱼。”

施念知道他又在跟她说笑，虽然不知道他口中的大鱼是指什么，但也能感觉出来他似乎事情处理得挺顺利的，不禁跟着舒心起来，翻了个身趴到床边望着他：“那不睡你想干吗？”

关铭若有所思地瞧了她一眼，低头喝茶。

等喝完茶，话题也换了，他说：“我那天看了一篇报道，有人专门分析了 Centurion 的营销策略，你当初是怎么想到的？”

施念告诉他：“其实是国内代购盛行给我的灵感，上学那会儿身边就有些华人同学会兼职搞代购，特别一到什么大牌出新款，或者打折季，基本就疯了。”

“我当时提出了两个观点，第一个是关于品牌效应，我们有什么品牌能让欧美人疯狂的？起码在服装行业，除了那金字塔顶端的小部分人出的新品能走入他们的视野中，没有市场会因为我们哪个品牌出了什么系列而兴奋。”

“第二个观点，购买力，只要那边人想，多的是渠道购买那些一线大牌当季的东西，他们不需要劳神费力地找人代购，当一样东西变得唾手可得时就没那么稀罕了。”

所以施念前期花了非常大的代价在造势和铺垫上，她吊起了整个市场的好奇心，却在投放时，意外地在国内发布了另一个版本的产品，这就迫使很多品牌追崇者不得不绞尽脑汁去收集国内的款型。

她利用自己在国外的影响力开展了饥渴式营销，又利用饥渴式营销所带来的话题热度反冲击了一波国内市场，这正是抓住了许多国人盲目崇拜欧美流行趋势的心理，在很短的时间内打开了国内市场。

她这样环环相扣的营销模式后来被很多行业拿来探讨，当然外界对她的评价也褒贬不一。

有人说施念的成功无法复制，因为她是利用自身在欧美时尚圈的沉淀作为踏脚石，这是一个前提，没有这些积累和知名度，不可能造就后来在市场上的影响力，所以外界说她是个步步为营、深谋远虑的女人。

也有一部分人说她愚弄了国内市场，用极短的时间在海外市场刮起一阵旋风，再让这阵旋风从国外吹到国内。

说到外面的评价，一开始施念还会去关注，特别是国内的一些报道。不过后来有些文章对她太过曲解，她看着生气也就没再看了，只是对关铭说：“不管别人讲我处心积虑也好，别有用心也罢，这只是一种让品牌快速被市场熟知的途径。在我看来这种途径只是帮助大众更加迅速地认识我们，缩短了我们的拓展进程而已，而一个品牌能不能长远地立足，并不能完全依赖这些营销手段或者噱头，而是要用产品说话，借用笙哥一句话，时间能证明百夫长的实力。”

关铭盯着她不禁笑了起来，到底还是年轻，虽然做事一腔热血，但面对外面的批评还是满心满眼的不服气。

他干脆茶也不喝了，上了床将她抱到身上，耐着性子对她说：“任何一件事让你尝到了甜头的同时，你就得必须做好被别人抨击的准备，为什么？因为别人没有尝到这个甜头，但这能代表什么？代表你就不成功了吗？恰恰相反，正是因为你成功了，所以才会引起别人的注意，如果你今天没有干成这件事，你觉得谁会花这个口舌来讨论你？我相信你在做这个决定前做了大量的功课，才能将市场定位拿捏得如此准确，说起来我的小念儿越来越像个成熟的商人了。”

施念弯了弯眼角：“认识你这么多年，学到了点皮毛。”

“你记得当年你出国时我对你说的话吗？我说想要摆脱最下游的廉价劳动力，就得改变经营策略，改进技术、设备、管理是一条路，还有就是自主开发能力，没有这个能力，就是技术设备完善了还是只能沦为一个比较先进的代加工厂。而这个能力唯独是我没有的，但是你有，我的小念儿有这个能力。”

关铭说这句话的时候眸子很深，带着些许骄傲。施念感觉眼眶突然就热了，关铭没有对她说过这些，没有这么正儿八经评价过她的事业，他对她的肯定比外面再多的夸赞都有力量。

她回身抱着他，趴到他胸前吻着他对他说：“我从前总觉得你给了我太多，我不知道怎么才能回报你的恩情，我想我现在知道了……”

这是施念第一次在关铭面前主动，虽然生涩，但对于关铭来说却是新鲜有趣的，看着她羞涩笨拙的样子，只为了讨他欢心，他心情颇好，就是怕她累着，后来还是反客为主了。

这一次一直折腾到夜里三点多，时间是真有些晚了，施念问他：“要不要睡觉？”

关铭绕着她的发丝，气息撩着她：“是不早了，没几个小时天都亮了。”

施念浑身酸酸的，翻了个身背对着他：“是啊。”

关铭又将她捞进怀里，在她耳边低语了一句：“干脆做到天亮吧。”

施念本来还有些迷糊的精神顿时清醒了，她立马转了个身，在黑暗中望着他：“你不累吗？”

关铭嘴角浮出些许笑意：“这身体还行。”

可施念突然想到什么，惊得坐了起来，关铭见她这反应开了床头灯问道：“怎么了？”

施念脸色微变，问道：“你有做安全措施吗？”

关铭眉眼舒展开来，以为发生了什么大事呢，随口回了句：“没有。”

施念的表情越来越僵硬，关铭干脆伸手将她扯进怀里，柔声哄道：“笙哥都这个年纪了。”

说完，他顿了顿，似乎在思考用什么方式说这句话，半晌后，他捉住她的手放在唇边吻了又吻对她说：“为我生个孩子怎么样？”

月落星沉，施念懒懒地倚在卧榻间，耳边是关铭温柔的情话，这一切在某个瞬间让施念觉得有些恍惚。

多年前也是在这个地方，她第一次来沧市，关铭接她去看工厂，那时他对她说："总得做点正经事，不能以后让小孩认为他爸尽干些不能摆上台面的生意。"

那会儿施念就在想，以后不知道哪个女人能为他生孩子。那时的她怎么也不会想到几年后，在同样的地方，他会这样仔细地吻着她，哄她给他生个孩子。

她见过关铭和孩子相处的样子，他那么喜欢小孩，在西城老宅时，小孩都喜欢围着他转。小侄女闹脾气，他就把侄女抱到腿上，一抱就能抱很久，逗她开心，侄子青春期懵懵懂懂遇到情感问题，他也能耐着性子慢慢引导。

很多次，施念都在想如果关铭有了自己的孩子会是什么样，一定会疼到骨子里的。

可这么多年，纵使家里催得再紧，纵使早年间他那些风流韵事的传闻不断，他始终没为自己留个后。

虽说关铭这个岁数的男人正当年，也早到成家立业的年纪了，就连施念也已经褪去稚嫩，不是小姑娘了，她想为他生个孩子，生个属于他们的孩子，不过这件事她只能想想，如果说现在他们还可以毫无顾忌地在一起，可一旦有了孩子，那么所有事情将会变得更加复杂。

好在很快困意来袭，施念的脑袋越来越迷糊，便暂时将这个问题丢到了一边进入梦乡。

她睡着后，关铭倒是一直没睡，抱着她，让她枕着胳膊，怕她睡不安稳，也没忍心抽走，到了天快亮的时候才眯了一小会儿。

早上施念是惊醒的，心里装着事睡不沉，知道关沧海和姜琨中午要过来，怕睡过了，匆匆起来后发现关铭并不在房间。她收拾完下楼后，关铭已经穿戴整齐，此时正坐在客厅，家里飘荡着咖啡香气，是Esmeralda 咖啡，她已经能通过气味辨别出来。

关铭抬眸看向她，对她牵起个笑容："早。"

施念感觉身体还是酸酸的，昨晚的确有些疯狂了，见到关铭还感觉脸颊发烫。他放下手边的咖啡对她招手，她走过去，他习惯性地将她捞到腿上，吻了吻她优美的脖颈对她说："给你留了咖啡，热的，先去吃早饭。"

她点点头，刚准备离开时，关铭的手机响了，他看了眼是关沧海打来的，随手接通后，电话里突然传来急切的声音："起来没？"

关铭“嗯”了一声。

关沧海匆忙地告诉他：“你爸现在带人往你那儿赶了，估计还有半个小时就到了。另外东城关家的人也过去了，我和姜琨马上到。”

施念就坐在关铭的腿上，客厅静谧，她可以清晰地听见关沧海说的每一个字，脑袋一嗡，瞳孔收缩。

关铭的眼神沉了几分，对关沧海说：“知道了。”

他挂了电话，施念条件反射想从他身上起来，被他的手扣得死死的。

她一颗心越发七上八下，就快跳出喉咙，她绝对不想以这种方式，在这样的情况下见关远峥的父母。她以为她逃到了国外，有了全新的生活，改头换面后就可以完全摆脱过去的阴影，可到了这一刻她才知道，那片阴影一直笼罩着她，只要东城关家的人出现在她的生活中，她就根本不可能忘记那段屈辱。她不想看见东城关家的人，一点都不想，更何况关铭的父亲也在赶来的路上。

关铭能感觉出施念浑身都紧绷了起来，捉住她的手，反复摩挲着她的手背，似在安抚她，对她说：“不急，沧海不是说了还有半个小时吗？你先去把早饭吃了，别空着肚子。”

施念已经完全顾不上早饭的事，眼眸震颤地望着他：“我们怎么办？”

关铭这个时候居然还能笑出来，沉稳笃定地对她说：“昨天我还在想，我们这样下去不是办法，这不，办法就来了。我就没想过瞒着家里人，被他们知道也是迟早的事，这个时候，不早不晚刚刚好，别怕，我来应付。”

施念摇着头，不停退缩：“我回国这么多天，东城关家的人不可能不清楚，在这个时候突然杀过来，不会有好事。他们是冲着我来的，你爸在场，我不能闹得太难看，他会怎么想我？”

这是施念最担心的事，她如今已经离开东城关家，不需要靠东城关家的半分资助，也和那边早已没有牵连。如果关铭的父亲不在，纵使撕破脸，施念也绝对不会忍让半步。可关父来了，他和东城关家关系亲厚，此次亲自前来多半是为了东城关家，也许会逼她离开关铭，她会成为两家人中间的一根刺，所有人都想拔掉她，可她如果想和关铭走得长远，就不能得罪关父。

她不知道该怎么办，这突如其来的事情让她无比慌乱。

关铭对阿姨说：“把粥端来。”

他没让施念下去，就让她坐在他腿上看着她吃了一碗粥。期间施念的意识一直在神游，各种惨烈的场面都在脑中过了一遍，紧紧皱着眉。

粥是什么味道，甜的还是咸的她一点都不知道，怎么吃完的也不知道。直到碗空了关铭才把碗拿走放到一边，然后捧起她的脸，对她说：“待会儿上楼去，不管楼下发生什么事，你都不要下来。”

施念的心口像被无形的大石压着，有些喘不上气地望着他：“如果东城关家的人就是冲着我来的，我躲也没用。”

关铭垂下眸对她说：“既然他们能找到这里，必然清楚你人就在这儿。不是让你躲，只是这件事你不宜出面，有我在，即使他们明知道你就在楼上，也不敢硬闯。”

正说着，门口停下几辆车，连一向冷淡的吴法，此时都大步走了进来，有些严峻地说：“关董到了。”

关铭点点头，拍了拍施念：“去吧，上楼去，听话。”

施念没再停留，忧心忡忡地踏上楼梯直奔房间，走到阳台观察着门口的情况，发现竟然陆续来了七八辆车将小楼围得严严实实。

她看见了关铭年迈的父亲，拄着拐杖被人搀扶着，身边站了不少人，关沧海也跟随在他左右。在他上楼梯的时候，关沧海扶在了他另一边，姜琨跟在后面，面色也不大好，除此之外，关铭的妈妈和其他家人都没有来。

关铭的父亲刚到没几分钟，东城关家的人就全部赶到了。施念从阳台看见，关远峥的父母居然全都来了，她的心瞬间沉了下去。

半晌，楼下一直没有什么动静。施念等得心焦，干脆走出房间来到楼梯口，那里正好可以看见一楼客厅的情况，刚停下就听见关父说道：“把她喊下来，当面说。”

客厅里坐着站着的全是人，一下子空间就满了，而关铭就坐在中间的沙发上，父亲的右手边，他的对面是关远峥的父母。

虽然人很多，客厅却出奇地安静，只能听见关铭不紧不慢地回了句：“要说什么当着我的面就行。”

“咚”的一声，关父手中的拐杖重重地砸在地板上，发出一声闷响，像狠狠地敲在施念的心脏上。关铭连眼皮都没抬一下，对吴法说：“给爸泡杯茶去去火。”

吴法点头离开，关父瞪了关铭一眼，压着脾气说道：“今天我们本家的亲人也来了，你跟人家女儿是有婚约的，这事怎么说？”

关铭抬头看向东城关家的人，气定神闲地开了口：“要说起这事，从一开始就不是我的意思，原本5月份的订婚宴，因为我出了事，东城那边不了了之，怎么还反过来问我这事怎么说？”

关远峥的父亲这时说了话：“不是不了了之，事情都要讲究轻重缓急，你那时候一堆事缠身，还怎么来谈这婚事？”

关铭直接回道：“照你这话的意思，我出事的时候避之不及，现在我暂时渡过难关了，你们又跑来找我谈婚事。古人云患难夫妻见真情。

你们这个女儿我还真是要不起，别说患难了，没落井下石就不错了。”

“你说什么胡话？”关铭的父亲听不过去，说了他一句。

一直在旁听着的关远峥的母亲此时插了一句嘴：“不管你和穗岁的婚事怎么说，你都不应该跟远峥的遗孀在一起，这算什么事？你们西城的人不要面子，我们东城的人还要里子呢。现在事情还没传开，以后要是传开了，外面人怎么议论我们两家人，你要一意孤行，那个女人只能沦为祸水。”

关远峥的母亲说这话的时候有些激动，关铭的父亲只能开口缓和道：“你和宁穗岁的婚事我们可以找个时间再谈，但这事没有商量的余地，把那个女人送走。东城的人也在，今天我把话给你放在这儿，你大哥能力有限，这阵风头过后西城还是指望你当家，不要因为个女人耽误前途。”

施念的睫毛颤了下，却听见关铭紧接着跟了句：“爸从小教我海岳尚可倾，口诺终不移，我又怎么可能轻易负了一个姑娘，这事我恐怕不能答应你。”

有什么力量很清晰地撞进施念的心窝，让她眼眶温热，整个客厅鸦雀无声，所有人都屏息凝神。

“混账！”关铭的父亲一声暴喝。

关远峥的父亲拍了拍他，让他不要生气，转而对关铭说道：“今天我们来是看在你面子上，看在你爸的面子上，我们坐下来跟你好好谈这件事。也是想把有些话说在前面，按理说你跟哪个女人好是你的事，我们犯不着管你，但这件事的确会关系到我们东城的声誉。如果你真的不肯松口，我们也只能对她动手了。”

关铭端起冷掉的咖啡一口喝掉，往边上的茶几上一扔，目光锐利：“我看看谁敢动她。”

“远峥是你侄子，那个女人是你侄媳。”关远峥的母亲掷地有声地说道。

关铭往沙发上一靠，定定地瞧着对面，那讥讽的意味在眼底蔓延：“侄媳？我不知道你们怎么能理直气壮地拿这件事跑到我面前来说的？”

“小念跟我的时候清清白白，到底是为了掩盖什么丑事慌忙娶她回去，你们心里清楚，还需要我当着家父的面掀你们老底吗？”

施念身形一顿，脑袋仿佛被人敲了一棒，嗡嗡作响。

关远峥的母亲听到这句话，脸色突然变了，张口说道：“那个女人跟你说了什么？”

关铭淡漠地盯着她：“你认为她能跟我说什么？”

他话音刚落，关远峥的母亲站起身朝着楼梯走去，咬着后牙槽说道：

“那好，我当面问问她。”

施念猛地退后一步，关远峥的母亲已经踏上楼梯，喊了声：“别躲了，你给我出来。”

施念攥着拳头，过去的一幕幕突然像汹涌的潮水卷进她的脑中：妈妈垂危时，她质问他们为什么不告诉她，换来的是关远峥母亲的一巴掌。从小到大妈妈对她再严厉也没有动过她一下，那是她第一次受到如此大的羞辱，她所谓的婆婆就那样居高临下地站在她面前让她不要不知好歹。

她以为那会儿是她人生中最耻辱的时刻，可这个当年给了她一巴掌的女人此时再次咄咄逼人地朝她逼近，她没有动，就站在二楼的楼梯口，眼睁睁地看着对方踏上楼梯，看见对方穿着名贵的大衣气势汹汹地盯着她。

可就在这时，原本坐在一楼的关铭突然开了口：“走，再往上走，你再敢踏一步，明天所有人都会知道你儿子当年是死在谁的床上。”

瞬间，整个大厅寂静无声。关远峥的母亲突然停住脚步，仅仅几步之遥，她距离施念也就几个台阶。曾经她可以把这个女孩玩弄于股掌间，今天偏偏是脚下几个台阶的距离，她却再也迈不过去，眼里似能滴出血来死死盯着站在楼梯上面的施念。

关父终于发话了：“老三。”

关远峥的父亲眼神一瞥，示意手下的人全部撤到外面。客厅突然就空了，除了坐着的几人，就只有关沧海和姜琨留了下来。

施念逆着光站在楼梯口，她没有躲，也没有离开。关铭的话对她来说太震撼，可面对关远峥的母亲，这个她曾经的婆婆，她没有再退缩，就那样居高临下地瞧着对方，眼神冰冷得找不到一丝温度。

气氛突然僵持住，关铭的父亲见下面人都退了出去，才再次开口对着自家儿子问道：“怎么回事？”

关铭神情寡淡地说：“我也想知道怎么回事。东城找了个养女塞给我也就算了，偏偏这个养女跟已故的东城长孙不清不楚，人死了还一往情深，为了破坏这桩婚事，不惜联合我的对家制造一桩莫须有的官司想让我的生意四面楚歌，这么优秀的未婚妻我实在是无福消受。”

关铭的父亲搭在拐杖上的手不禁摩挲起来，关远峥的父亲脸色大变：“你说你官司的事和穗岁有关？”

关铭挑起眼掠了他一眼：“你不妨自己回去问问，要是想要证据，我也可以给你们提供一些。说起祸水吧，你们家的那点破事到底因谁而起，自己掂量掂量，别跑到我面前指着我的人说祸水，这话我只说一遍。”

关远峥的父亲脸上逐渐浮现怒意，眼下却根本不能发作，如果真如关铭所说，对方的官司跟宁穗岁有关的话，那今天跑这一趟的立场就根本站不住脚了。

他对还站在楼梯上的关远峥的母亲使了个眼色，关远峥的母亲在临转身之际，对施念动了动嘴，丢下句只有她能听见的话：“我会让你身败名裂。”

施念冰冷地注视着关远峥的母亲，像巍峨不动的冰川，锋利坚硬，却在对方转身之际，她眼里慢慢出现了裂缝，整个人瞬间被仇恨吞噬，握紧双拳指甲陷进肉里。

在关远峥的母亲下楼后，东城关家的人就先行离开了。这一次，关铭的父亲没有起身送他们。在人都走后，客厅再次安静下来，关铭的父亲坐在客厅中央，虽然已到了耄耋之年，但经年累月执掌大企业大家族的气场尚在，他出声说道：“你们都出去。”

姜琨和吴法往外走，关父瞥了眼立在关铭身后的关沧海：“沧海啊，你也出去。”

关沧海不放心地看了关铭一眼，关铭低着头没作声。

等人全都走光后，大厅里只剩下他们父子，还有楼上提着一颗心看着这一切的施念。

在关沧海关上门的刹那，关父端起手边装满滚烫茶水的杯子，慢慢掀了盖子扔在一边，反手就朝关铭砸了过去。

施念眼睁睁地看着这一幕，急得眼睛当即就红了。可关铭没有躲，就坐在他爸右手边，硬生生接了这杯滚烫的茶水。

他穿得单薄，就着了一件衬衫，水杯砸在他胸前，染湿了一片，茶叶飞溅得到处都是。他低头将空掉的茶杯捡了起来放回茶几上，然后默不作声地掸着身上的茶叶，没吭一声。

关父这下动了怒，对他说道：“你的另一半以后在家里什么分量你应该清楚，我绝对不可能让那个女人进我们家的门！”

关铭自始至终低垂着视线整理身上的茶叶，淡定从容地回道：“除了她，我哪个女人都不想要。”

施念的身体顺着墙滑了下去，捂着嘴眼泪无声地滑落着。

关父从沙发上站起身，缓缓往楼梯的方向走去，声音浑厚地说：“你要想想你说这句话的代价，我完全可以把手上的东西全都留给你大哥和大姐，不给你半个子儿。”

“那您就不给吧。”

关父的脚步停在楼梯下面，侧头骂道：“你个不孝子。”

关铭垂着脑袋，沉声开了口：“您总说我不孝，仔细算算看，从小到大我到底做了什么不孝的事？您说我们家里世代从商，过去有钱但是社会地位不高，让我们一定要注重内在修养。您嫌大哥读书不用功，家里没个名牌大学出来的，我放弃进省队的机会考进斯坦福。”

“您说现在国际形势不一样了，不能只把目光放在国内，要想办法拓宽海外市场，贸易那块也要抓起来，我开始在那边跟人合伙做生意，摸路子，想留在国外发展，你们说我不孝。”

“毕业后，公司慢慢有了点苗头，刚上轨道，您说大哥投资失败，家里情况不好，让我回去，我二话没说回了国。”

“回家一看那情况，债主都要找上门了，我能怎么办？硬着头皮出去闯，舰着脸问老同学借钱做生意，冒着风险什么来钱快做什么，把大哥亏损的钱挣回来，把债务填上。”

“你们怎么说我？说我一个名牌大学毕业的整天不务正业，说我不孝。”

“您说男人在外面做事要有气节，我们关家往上几代都是体面人家，不能让别人提到我们就想到些不干不净的生意，我筹划转型，您说我在钢丝绳上走路，怕我树大招风连累整个家族，说我不孝。”

关铭慢慢从沙发上站起身，他高大的身影笼罩下一片阴影，隐忍着情绪：“如今我赚到钱了，也有了自己的正经生意，我只不过……只不过要了个自己想要的女人，您还是说我不孝。爸，我孝顺您一辈子了，这件事上，我没法尽孝。”

施念的脸埋在双手间，眼泪顺着指缝滴落，泣不成声。

关父回身扬起手中的拐杖就狠狠对着关铭的背砸了下去，降龙木应声而断，落在地上成了两截，关铭身子重重地沉了一下。

施念惊叫一声冲下楼梯，关父就这样看着泪眼婆娑的姑娘冲到关铭面前扶着关铭，眼里全是泪，整个人颤抖地盯着他。他没被哪个晚辈这样幽怨地盯过，刚朝前走一步，施念警惕地用身体护着关铭。关铭没有回头，只是伸手将施念拉到了怀里。

关父便没再向前，胸口起伏不定，瞪着双眼看了他们几秒，转身朝大门走去。

关父离开后，施念赶紧扶着关铭说：“先进房间，我看看。”

她将关铭扶到一楼的客房里，见她含着泪水，关铭反过来宽慰她：“没多大事。”

施念不听他的，直接上手解开了他的衬衫纽扣，当看见胸口的皮肤被烫成大片红色时，她的指尖不停发颤，眼泪唰地就滴落下来。

关铭捉住她的手对她说：“不疼，去拿烫伤药过来，我记得在客厅的木柜子下面有个药箱，去找找看。”

施念转身跑出去，找药的时候整个人都在发抖，弄出好大的动静。关铭顺着门缝瞧见她蹲在地上的身影，暗自叹了一声。

施念找到药箱又匆匆跑上楼给他拿了干净的衬衫，帮他换上衬衫后，便低着头默不作声地翻找烫伤药。她越急越找不到，最后他提醒她：“绿色的那管。”

涂抹药的时候，关铭就这样双手撑在床上，人没躺下去，低眸瞅着施念。施念始终垂着脑袋，眼泪不停地顺着脸颊滑落，又怕滴到药膏上，反复拿袖子擦拭，看得关铭的心揪了起来，呼吸很沉地对她说：“跟着我受委屈了吧？”

她只是一个劲地摇头，手上的动作很仔细，又怕弄疼他，注意着力道。

这时候大门有了动静，有人回来了。关铭听见声响抬手将衬衫的扣子重新扣周整，将施念拉了过来，抬手为她拭去泪痕对她说：“沧海和姜琨回来了，在这儿躺着不像样，把眼泪擦干我们出去。”

施念依言整理了一下面容，将他扶了起来，但走出房间后关铭便松开了她，又从容自若地在沙发上坐了下来。

纵使他刚刚受了那么大的苦，此时身上还带着伤，但在兄弟面前，他依然是那副沉稳淡然的模样，看不出一丝破绽，施念发现他始终没有将背靠在沙发上。她默不作声地将刚才关父砸的茶渍收拾干净，关沧海瞥了眼狼藉的地面，问关铭：“你爸没对你怎么样吧？”

关铭淡淡地回道：“没有。”

施念的睫毛微微颤抖着，低着头将沙发擦了一遍，听见姜琨说：“这次东城的人算是被我们搞得狗急跳墙了吧？老两口以为把你爸拖来压你，你就会妥协，没想到条件还没开始谈，先被自家的丑闻绊住脚了，我看他们走时那表情都想笑。”

施念抬起视线看向姜琨，忽然有些没明白过来他话中的意思。

姜琨见施念这副表情，向她解释道：“这两年东城的生意一直被师哥打压得厉害，技术和策略都无法突破，一直处在微利润的状态。这次师哥去上海直接对他们的源头供应商动了手，这对他们来说是致命一击，原本一直处在这种微利的状态下，还能拖个两三年才会影响企业生存，师哥看在两家人的关系上一直给他们留口气。不过……”

他扫了眼关铭，继而对施念说：“不过师哥现在出了手，东城也坐不住了，所以他们这次过来，看上去是冲着你来的，实际上是拿你和师哥的关系作为说辞，想跟师哥谈判。”

施念愣了一下，望向关铭。关铭接收到她的目光，抬眸的时候脸上虽然没有什么表情，但那从容的眼神让她感到一种莫大的心安。

关沧海发现施念情绪低落，安慰了她几句：“他们说你的话，你也别往心里去，听过就算了。他们那样说无非是想威胁关铭，让关铭他爸给他施压，好把话转到生意上来。”

“至于那个宁穗岁，那边人本来就不待见她，只不过东城的生意受到影响后，迫不得已想找个人和关铭联姻来稳住东城的发展，想法倒是不错，但那个女人绝对不是善茬，不甘愿受他们摆布，背着他们整了关铭一下，利用关铭的势力冲击东城的生意，反而让他们吃了个哑巴亏。”

“所以刚才关铭把话撂出去后，他们连生意的事提都没提就灰头土脸地走了。”

说罢，他转而看向关铭：“我刚才送你爸走的时候把事情跟他说了一下，他听着没吱声，估计这后面，东城的那烂摊子他也懒得搭理了。”

关铭点了下头，转而看见施念站在那儿发愣。他伸出手臂攥住了她的手，冰凉一片，还微微发颤，他蹙了下眉。

关沧海见此说道：“那今天要么再留一天，明天走？”

施念这下回过神来，抬头看向关沧海：“不走，他多留几天。”

姜琨也愣了下，问关铭：“师哥？怎么说？”

关铭垂着眸无奈地牵了牵嘴角：“你嫂子发话了，还能怎么说？”

关沧海和姜琨对视一眼，意味不明地笑了起来，倒是很有默契地说还有事先离开了。

他们刚走，施念就把关铭扯了起来对他说：“给我看看你的背。”

她又去脱关铭的衬衫，关铭让了下说道：“别看了。”

施念咬着唇，抬起眸盯着他，眼神倔强，一副要发火的模样。

关铭只有任由施念脱了衬衫，当施念看到他背后令人触目惊心的伤时，整个人倒抽一口凉气。

关铭从药箱里翻找出一瓶药塞给她说：“给我涂上这个就行。”

然后他很自觉地趴了下去，又说道：“这个药的成分和以前在旧金山那个老中医给你开的药差不多，你要还记得我当年给你涂抹的手法，可以照着那个手法试试看。”

施念低着头拧开瓶子，听见他接着说：“我猜你是记不得了，每次我给你涂药你都能睡着，你说你怎么就那么困呢？心真大，就敢那么睡了。”

施念将药倒在掌心搓热，她怎么可能不记得，每次他给她上药的时候，封闭的空间只有他们两人，她总能感觉到他温热的呼吸落在她的背上。那时她太小了，羞于面对，只能假装睡觉来掩饰尴尬。所以当她的手开始替他上药时，关铭就笑了，突然明白过来丫头多年前的那种小女孩情怯。

他对她说："老头子年轻时练过，别看他架势挺凶，他有数的，不会伤到我筋骨，也就给我留些皮外伤罢了。"

"我小时候皮，谁的话都不听，爬高上低，他一抽藤条我就老实了。今天顶撞他大概是把他气到了，给他撒个气，过几天他气消了也就没事了。"

他说这些话显然是想让施念宽心，但施念依然安静得出奇。

关铭察觉出她的反常，不再绕着弯子分散她的注意力，而是直接把话题切了回来，对她说："远峥的事我也是刚查到的，你从都城到沧市以后我就安排人手查这件事了，事情的结果让我对东城那边很不痛快，本来这次见你没打算给你添堵。"

"我想知道。"施念突然声音很低地说，"我想听你亲口告诉我。"

关铭沉默了一瞬，终究将事情的原委告诉了她："远峥之前处了个女朋友，两人在一场四驱车活动上认识的，远峥过去看项目展示，女孩是主办方请的赛车手。那天活动结束，主办方请远峥下场交流，女孩问他想不想溜一圈，大概也就是那次女孩给远峥留下了很深的印象。"

"远峥的心脏不好，先天性的，家里多少人整天围着他照料，从来也不让他做什么剧烈运动，久而久之，人活得就有些清冷，可能碰见个这么洒脱的姑娘，也是互相吸引吧。"

"两人的感情发展了两年后，远峥把她带回家，也就是从那时候开始东城那边就不太平了。"

"远峥他爸怎么也没料到，自己情人的女儿会被儿子当女朋友带给他见面，他和女孩妈妈的事也就瞒不下去了。要是远峥真和那个女孩成了，和情人以后难不成还当亲家？"

"东城那边为了掩盖这个丑闻，打算赶紧给远峥娶个女人进门，但他们也怕东窗事发后对方娘家闹事，所以压根儿就没想过找个门当户对的，选目标的时候就想找个没什么背景，自身又说得过去的姑娘。"

"东城的一个阿姨经常去医院为远峥拿药，认识了你妈，交谈中知道了你。没有人为你做主，你妈身体也不好，自身条件却很优异，完全可以为他们所用，所以后来你就被他们盯上了。"

"远峥表面上配合家里的安排，背地里和宁穗岁并没有断，从地上转为地下。"

"他死的那天是凌晨，在宁穗岁家中，真正的死因是剧烈运动引起的心脏骤停，送到医院的时候已经抢救无效了。"

施念的手突然僵住，整个人仿若瞬间跌入冰窟。这么多年过去了，她还能清楚地记得那晚发生的所有事，夜深人静的时候东城关家突然灯火通明，屋里响起来来回回的脚步声，她不知道发生了什么大事，睡梦中被惊醒，冲出房间每个人看见她都很防备，没人告诉她怎么了。

关远峥的父母匆匆被车子接走，所有用人面色凝重，她就那样忧心忡忡地熬到了天亮，才被告知关远峥去世了。

没人理会她的震惊和恐惧，她就像被整个世界遗弃在黑暗的角落，无人问津。

在那之后，她的生活彻底陷入了泥沼，越挣扎就陷得越深，后来的一切都像老旧的电影，麻木模糊地进行着，那是她人生中最灰暗的时刻。而到今天她才知道，从一开始她的存在就是为了掩盖那肮脏不堪的真相，她用自己的名声和最宝贵的时光替东城关家埋葬了那段不为人知的过去。

关铭感觉到施念的手停了下来，他侧头去看她，她一双瞳孔都在紧缩，眸光一点点，一点点变得越来越狠。她声音压得很低，却异常坚定地对关铭说：“我要回纽约。”

关铭有些诧异地翻了个身坐起来：“你说什么？”

施念眼神毫不动摇地盯着他：“我说我要回纽约，你把东城在国内的路堵死了，他们不是还打算在国外找出路吗？”

她停顿了下，身体中渐渐酝酿出一股强大的力量，充盈着她的骨血，声音透出前所未有的坚决：“那我就去堵死他们在外面的路，我一定要去，你知道关远峥的母亲刚才对我说了什么吗？她要让我身败名裂，她见不得我好，我曾经像条狗一样被她打，被她的人从她面前抬出去。即使东城没落了，她也绝不想让我好过，我不能给他们留一线生机。给他们翻身的机会，就是给我自己留后患，笙哥，你让我去……”

仿佛这么多年来所受的委屈在这一刻终于彻底爆发，像一把无形的大火将她燃烧，她说到最后激动得肩膀止不住地颤抖。

关铭把她拉进怀里，不停地顺着她的背安抚道：“我知道，我都知道。去吧，你想做什么就放手去做，我不拦着你。”

“前些年我告诉过你，带兵打仗不能不懂兵法，我那会儿对你说还有一条兵法你暂时用不到，今天我可以告诉你。”

“‘百战百胜，非善之善者也；不战而屈人之兵，善之善者也。’”

“最上乘的攻打方法不是逼死对手，那样对于已经处于劣势的敌人来说，反而会招致他们拼死一搏，对你没有好处。”

“最高明的打法是斩断敌方所有的外部渠道，让他们以为自己还有活路，殊不知已经被四方孤立，这个过程能不断消耗他们的士气，在一次次受挫中人心必然会涣散，再趁着敌方一盘散沙的时候直接收网，不战而胜。”

"当对方完全降服后，是圆是扁就是你的一句话了。"

施念含着半干的泪水望着关铭，内心受到极大的震撼，在关铭的点拨下前路豁然开朗，浑身每个细胞都在叫嚣，迫不及待地投入那场无声的硝烟中。

关铭在小楼养了几天，磨不过施念的念叨，为了让她安心，还配合她去医院拍了片子，看到结果后她才放心地订了返回纽约的机票。

临走的那天早晨，关铭亲自送她到都城国际机场，走时依然是个简单的行李箱。那天施念穿了一件白色的连身裙，柔软的羊绒织成的，黑顺的头发落在肩上，看上去特别温柔。

她办完手续站在安检口回身望着他，两人什么话都没说，就这样遥遥望着，忽然都不禁笑了起来。

关铭背着光，驼色的毛呢上衣衬得他身骨挺正，他轮廓清晰俊朗，面上依然是那副浅笑的模样，只是眼睛有些泛红，出口问她："这次什么时候回来？"

分别那么多次，施念没有见过这样的关铭，一瞬间她想起关铭的话，他说他不再年轻了，那有些无奈的声音仿佛还响在耳畔。

她忽然心软得不忍再离开他，就那样看着他红了眼眶，声音哽咽地说："你开庭的时候，我一定回来。"

5. 西城要有喜事了

一大早关铭家前院就门庭若市，姜琨带人忙忙碌碌的，还领着两个造型师跑到关铭面前，对他说："你要不弄个发型，上点妆稍微收拾一下，毕竟今天从门口到法院这一路全是记者，怎么说也算是你在外人眼中翻身的大日子。"

关铭披着睡袍，趿着拖鞋，淡淡地睨了他一眼："没看见我在用早餐？"说完扫了眼那两个杵在一边的造型师。

姜琨对他们挥了下手示意人先出去。

仿佛今天这个日子所有人都为他紧张而忙碌，唯独他依然淡然自若的模样，倒是突然想起什么，抬头问了姜琨一句："小念的飞机几点落地？去接她的人有没有安排妥当？让人先在机场等着，看到航班落地信息，记得去买杯热乎的咖啡接机。她在飞机上肯定睡不好，怎么就不能早几天回来，这么折腾。"

姜琨难得听见关铭发牢骚，也很新奇，兀自笑道："她才结束米兰的工作，赶不回来，不是和你说了嘛，这还是中途转机才能赶到今天落地，嫂子能早回来肯定也想早见到你啊。"

关铭脸上的表情终于缓和了一些，姜琨神秘一笑说道："不过，嫂子寄回来的东西倒是昨天就到了，她跟我交代了，这是她送给你的开庭大礼，让我一定要今早拿给你。"

关铭眼眸微抬："什么东西？"

姜琨回身扫了眼吴法，吴法点点头，出去将西装袋提了进来，黑色的袋子上绣有白色"Centurion"的字样。

关铭缓缓站起身，姜琨在旁说道："这是嫂子亲手为你做的西装，她说今天要让你体体面面地出现在大众面前。"

关铭立在西装袋前，伸手碰了下那手绣的"Centurion"，拉开拉链，里面是一套很高级的藏青色正装，精致华贵的戗驳领，胸袋优雅妥帖。翻开西服，关铭发现内衬手绣了一个行书的"笙"字，一丝笑意从他眼底漾开。

姜琨调侃道："现在需要造型师了吗？"

关铭清了下嗓子说道："妆就随意点，发型弄下吧。"

说来 Centurion 的男装设计师并不是施念，这是他的小念儿特地为他亲手做的战袍，他到底想让整体形象衬得上这身高档的手工西装。

这次开庭在外界影响很大，引来社会各界的高度关注，有一部分是关铭刻意为之的，拖了一年的时间足以让他渡过了生意上的缓冲期，该到了把丢掉的名声捡回来的时候了，这也是西城关家老一辈众望所归的事情。他即将正式坐上掌家人的位置，他需要还自己，还家族声誉一个清白。

所以今天这场官司本身对他来说并不重要，重要的是通过这场官司扩大他的影响力，重塑威望。

今天外界多少双眼睛在盯着他，从关铭踏出家门坐上车子的那刻起，他便看见车窗外蹲守的记者一路尾随，有人跑来问他需不需要更换路线？

关铭气定神闲地拉了下挺括的西装："不用，今天这身新衣服不错。"

手下没听明白他的意思，他转而笑道："曝曝光。"

路上关铭接到关沧海的电话，听到他说："你妈非要去法院旁听，我跟她说了没事，她不放心。"

关铭捏了捏眉心："让她去吧，帮我照顾好她。"

挂了电话，关铭刚下车，法院门口早已围满了记者，不过他身边人手众多，那些记者近不了他的身。关铭侧头瞧了眼，对手下说道："搬些水和吃的来给这些记者朋友，干活不容易。"

不远处有记者听见愣了下，立马对着关铭喊道："关总，听说您很重视这次开庭，是有十足的把握可以取得胜利吗？"

关铭本来已经在众人的簇拥下往法院里走，听见这句话突然顿了下脚步。他一顿，他周围的人全都跟着他停了下来。

关铭从容地转过身，对那个记者笑了下招了招手。那小记者有些受宠若惊，左右望了望，连忙把麦递了上去。关铭长臂一伸，穿过身前几个安保人员接过他递的麦说道："我的确很重视这次开庭，原因很简单，得给以后的孩子留个好印象。"

现场一片哗然，吃惊过后大家都笑开了，没人想到他会这么回答，紧张的气氛突然松弛下来，谁也没料到这个生意场上杀伐果决的男人，还有如此幽默的一面，倒是不经意间赢得了众多记者的好感。

也就是在这时，另一边也停了两辆车，巧的是下来的正是原告方。这算是关铭真正意义上第一次见到那个叫方培念的女孩，他也不禁朝那处投去视线。

姜琨在他身旁低语道："果真和嫂子有几分像。"

关铭眼里浮上一层冷意："西施蹙眉惹人怜，再怎么像也是东施效颦遭人嫌罢了。"

此时方培念也注意到法院门口的动静，抬头看向那边的一瞬间，关铭立于人群之中，那清贵难攀的气场让她一眼就注意到了。

不知道是关铭的眼神太过锐利，致使方培念有些心虚，还是被他本人的外貌气质震慑到，方培念在走上台阶的时候，身形晃了一下，倒是营造出一种楚楚可怜的感觉。

姜琨冷呵了一声："没有模仿到精髓，嫂子虽然看上去温柔，但温柔不等于柔弱，这姑娘完美地诠释了一个低血糖患者应有的症状。"

话虽如此，但姜琨心里清楚关铭之所以把这个女孩留到今天，是需要她出庭为他洗刷这场闹剧所带来的负面影响。

果不其然，关铭并没有在意她的出现，嘴角牵起个没什么温度的弧度，朝她微微颔首转身大步没入法院大门。

他为人处世总会习惯性地把"礼"和"度"放在前面，但这并不代表他认可眼前的人或事，只是揉进他骨髓里的教养。

方培念却因为他的这一举动而盯着他多看了几眼，以至于开庭前她总是不自觉去瞄关铭。纵使坐在被告席上，关铭依然神情自若，甚至能够从容面对每个走到他身前跟他说话的人。从客观上来讲，他的行为举止、礼貌教养，每一个神态动作都不像是个嫌疑人，但事已至此，方培念既然被架到这个座位上，只能拿出底气硬着头皮打这场官司。

关铭抬了下手，吴法低下身子，他问了句："谢律师在干吗？"

“谢律师到了，马上会为你进行第一场辩护，但据他所说后面应该就用不上他了。”

关铭挑了眉梢望向吴法，吴法还卖了个关子说：“谢律师为你找了个金牌辩护。”

关铭默不作声地弯了下嘴角。

前半场，对方律师几次举证，谢律师都从容应对着，方培念始终表现出一副受害者的姿态，甚至在原告陈述的时候她还一度哽咽中止发言。

关铭冷静地坐在她对面，眼里含着淡淡的讥诮观赏着她的表演。

有好几次方培念余光瞥见关铭的眼神时，心里都有些发毛。

对方律师呈上了几张关键性的照片，也正是这几张关铭露脸的照片对本次案件产生了不太好的影响，然而就在这个关键时刻谢律师申请让证人出庭。

当一个身穿照片中的人穿着的同款驼色大衣，戴着同样的黑色口罩，踏着同样的踝靴的女人出现在法庭时，场内所有人的目光都瞬间落在她身上。

女人身材匀称修长，一头黑色长发披在肩上，众人几乎都不自觉地去看那张原告提供的照片。

施念走入证人席，目光落在关铭身上，看着他缓缓摘掉了遮挡住面容的口罩，露出她柔润精致的五官，旁听席里顿时发出了一阵议论声。

施念对关铭扬起久违的笑容，关铭在看到她的那一刻眉宇终于舒展开来，笑意攀上眉梢，什么话都没有，但那相视的眼神已经明明白白告诉所有人他们的关系。

这是方培念第一次看见那个有些高不可攀的男人露出笑意，满眼的温柔给了另一个女人，而那个女人，正是照片中的人。

施念站定后，缓缓扫视四周，将目光似有若无地落在方培念身上。对方什么表情都没有，甚至柔润的轮廓线条不禁给人一种温柔恬静的感觉，可偏偏方培念却感觉对方的目光里似有无数细小的冰晶朝她扎了过来。

如果施念不出现，这场戏她还可以演下去；可在施念露面的那一刻起，她的心理防线已经全面崩盘。她眼睁睁看着施念转身面向陪审团和法官，昂起修长的脖颈，不卑不亢地说道：“原告方所提供的照片，里面的女人正是我本人，当年关笙铭先生并没有强迫我登船，也没有把我囚禁在船上，我们以朋友的身份相处了一周多的时间。相反，其间关笙铭先生一直很照顾我，甚至在福冈发生地震时，不惜冒着生命危险将我救出温泉屋，又谈何强迫我做任何事情？”

“既然原告方之前请到的证人反复强调，说在行程中见过我在关笙铭先生的身边，那对福冈地震发生的事情一定也很有印象，不知道为什么原告方一直对外宣称关笙铭先生将其囚禁在船上，却自始至终没有提到跟随关笙铭先生下船前往滑雪场一事。”

“到底是想模糊大众的视线，还是压根儿就不知道我曾经和关笙铭先生有过这段经历呢？”

施念转而看向方培念，方培念脸色煞白，低着头看不清表情。施念盯着她不疾不徐道：“至于纽约……”

她稍作停顿，转而看了眼关铭，关铭对她点点头。她笑了下，便再也没有顾忌，掷地有声地说道：“至于纽约第35街的公寓，那是我住了将近四年的地方，原告口中纽约案件发生的日期，正是我和关笙铭先生确定关系的那天。”

整个旁听席瞬间哗然一片，法官不得不出声让大家安静。

施念深吸一口气，面对众人，淡定地说：“正如我刚才所讲，为了确定我们的关系，关笙铭先生飞越一万五千多公里，从中国到美国，从首都到纽约，第35街的公寓是见证我们爱情的地方，是他排除万难只为了见我一面的地方，我绝对不会让任何人侮辱他，也不会让任何人践踏属于我们的纪念日。”

旁听席安静得出奇，所有人都在消化这劲爆的消息，也就在这时，又相继上来了两个证人，一个是当年跟着秦主席一起和他们吃过一顿饭的莎莎，她见过施念没有戴口罩的样子，自然能够证实她的身份。

第二个是遭遇地震时施念曾经帮助的那个奶奶和她孙子，当老太太被请上来后，谢律师请她说出当年事情的经过。

老太太说道：“那时候儿子和媳妇带我和小孙子去日本玩，小孙子发烧了没去成滑雪场，我就带他留在度假村。后来突然地震了，我就抱着小孙子跟着大伙一起逃到空地上，我不会说日文，到处拜托人帮忙找孩子爸妈，当时的确有位中国姑娘帮我和日本人沟通，还找了工作人员，但是那位姑娘的脸被围巾挡着。”

这时法官提问：“也就是你并不能确定当事人的容貌？”

老太太点点头，当庭的气氛瞬间僵持下来。

便是在这时施念忽然转向方培念，用一串流利的日语对她说了一段话，关铭垂眸笑了起来，语毕对着她问道：“你能回答我吗？”

方培念脸色大变，她并不知道施念在日本时有过这段经历，也不清楚施念的日语说得如此流利，等于间接证实了老太太的口供。在她脸色白掉的瞬间，底下一片哗然。

这两个人都是施念耗时几个月为这场官司找来的人证。

而接下来施念为关铭带来了最后一位人证，正是不远万里被施念邀请回国的靳博楠，他是唯一一个亲眼见到关铭在施念公寓里的人，也成了推翻纽约强奸案最有力的人证。

以上三个证人完美印证了施念的陈述，所有时间点、事情脉络，包括航班信息全部吻合。

庭审到了这一阶段，一场场反转看得人瞠目结舌，那个自导自演了一年的“受害者”突然就成了个彻头彻尾的骗子，这场官司从施念现身后就以绝对压倒性的胜利撕破了对方虚伪的嘴脸。

方培念一出法庭就被团团围住了，铺天盖地的谩骂接踵而至。

而另一边所有人都下场祝贺关铭，施念远远地望着他笑，他朝她伸手。大家自觉地让开道，关铭将她拉到身边的时候，不禁望了眼旁听席，施念顺着他的目光看见关沧海身边的那位老妇人。

施念没有想到关铭的母亲今天会来，这会儿才突然反应过来她刚才在法庭上滔滔不绝地说着她和关铭的关系，有些尴尬地对关铭的母亲点了点头。出乎她意料的是，关铭的母亲对她笑了笑，什么话也没说，然后在关沧海的搀扶下离开了法庭。

关铭朝靳博楠伸出手：“感谢你跑一趟，替我向你父亲问好。”

靳博楠笑道：“我爸一直说想见见你，不知道你今年有没有赴美的行程，如果有空可以安排一下？”

关铭眉梢微扬：“必须有空。”又说，“我先让人送你离开，我们歇一会儿再走，这会儿外面人多。”

“理解。”靳博楠便在关铭手下的护送下先行离开了。

关铭将施念拉出法庭，找了处没人的地方。她的手被他攥着，一直走到一处柱子后关铭才停下脚步，握住她的肩膀、眉眼里都是笑意：“给我好好看看。”

施念乖乖地站着不动，突然就想起那年在肯尼迪机场，他们也是这样背着人群站在角落，他眼神炙热，对她说：“那我呢？有幸做你的王吗？”

她突然有些动容，这次分别，比每一次都来得难受，她渐渐感觉已经无法再离开他了，有些情感早已连着肉，一分割就会疼。

关铭上下打量了她一番，不满道：“瘦了，没好好吃饭。”

施念笑了起来：“这都能看出来？”继而又说道，“怎么想起来提起靳博楠他爸的？”

关铭意味深长地说：“来说说看，你是怎么联合他爸在外面干大事的？”

说着，他的手不自觉地掐住她的腰把她往怀里带。

施念被他弄得痒痒的，笑道：“他爸毕竟在这行有二十多年的沉淀了，所以一回去我就找到了他。之前那件事他也算欠我个人情，这次几乎没有考虑就答应帮我联系了。”

“在靳伯伯的引荐下，我相继接触了不少厂商，东城关家现在的生意规模和靳伯伯无法比，而且他主要就做海外市场，加上他们家族本身的政治背景，和东城关家目前的财务风险，我想不会有人捡了芝麻丢了西瓜，稍微接触一下，那些厂商都明白了，所以相继停止了和东城关家的谈判。”

“这是你教我的断其外部联盟，靳伯伯出面，东城关家那边即便四处碰壁也绝对不会想到我身上来，我想这是最稳妥的做法了。”

“哦？”关铭明明听出了点意思，却故意装糊涂问，“怎么说？”

施念抬起双手勾住他的脖子笑道：“笙哥这是想逗我说好听话，好，我说给你听，因为我不能把事情放到台面上来做，让你面对家族里的人面子上过不去，也得为自己以后留点余地。”

关铭的笑意更深了几分：“什么余地？”

施念脸颊发烫，踮起脚埋在他的颈窝对他说：“西城关太太的余地。”

关铭单手横在她的腰间将她整个人都提了起来，笑道：“知道了，小念儿想嫁人了。”

“没有，没有没有……”

两人的笑声飘荡在法院二楼空荡的角落，弄得只敢远远守着他们的吴法一行人又尴尬又想笑，一群五大三粗的大老爷们儿不禁也跟着笑了起来，互相递了个眼神。

恐怕，西城关家要有喜事了。

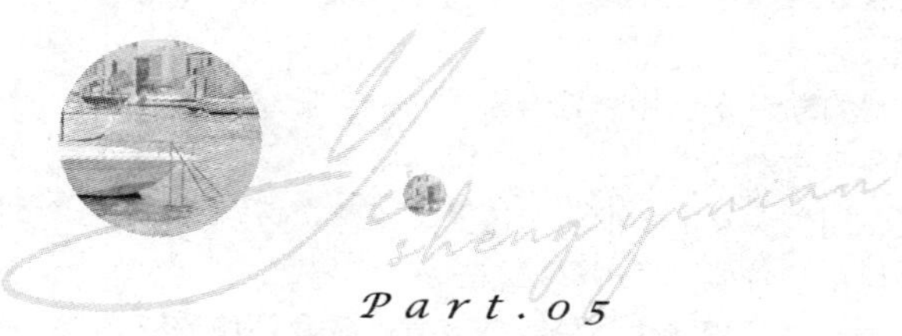

Part.05 枯木逢春，一笙一念

1. 等我回来

这场耗时一年的官司正式落下了帷幕，下午安排了场很盛大的记者见面会，由姜琨全权主持。

而出了法院刚坐上车，施念便脱了大衣递给关铭对他说：“热。”

关铭含着笑意接过大衣放在腿上瞧着她。她穿着奶白色的手工套裙，纵使在时尚圈待了这么久，她的穿着依然是偏保守的，有些浪漫的复古格调，却和她的长相尤为贴合，似乎她永远知道什么才最适合自己。可关铭见过她的另一面，在那个沧市的小楼里，她像小野猫一样挑逗他，那是只有他才见过的样子。

施念发现他嘴角含笑地看着自己，也偏过头去看他：“笑什么？”

“笑你刚才站在法庭上那护夫心切的样子，嗯，很动人。你跟我说说，有想过接下来怎么办吗？”

施念撇头看向窗外，眼睛弯了起来：“没想过。”

“没想过？”

她回过头望着他：“因为有人会替我想好，我们马上去哪儿？”

“回家。”关铭答得干脆，施念却在想，关铭口中的家到底是哪里？

她上次回来，他正处在风口浪尖上，人住在酒店，她没有去过他家，这算是关铭第一次把她带回家，多少是有些好奇的。

可真正到了地方，施念才体会到，关铭就是关铭，能在这寸土寸金的四九城内住在如此雅人深致的地方，要论享受生活，关铭若是排第二，没人能排在他前面。正如他当年所说，一个成功的商人能赚钱，也要懂得如何花钱，就例如眼前的这栋别墅，结合现在的房价，施念是无法估计的。

他们刚下车的时候正好下了点小雨，周围竹翠环绕，烟雨朦胧的，颇有种竹湖落雁之感。

她走得很慢，细细打量院落，中式四合院的布局，影壁浮雕，脚下是青石台阶，设计得颇具古韵魅力。

关铭见她走得慢，回过头停下脚步："这里你还喜欢吗？"

施念隔着几步的距离望着他："不喜欢怎么办？"

关铭点点头，笑道："是嫌这里布局有些老气？我在西城还有几处房产，你可以抽空挑一处喜欢的，在十八洞那里有个紧邻高尔夫球场的，是欧洲古典的设计风格。你体寒，那里正好有温泉，要是你喜欢我们也可以搬去那里，就是稍微有些远，不过没关系，那边空气不错。"

施念睁大眼睛笑了起来，关铭眉梢一挑："原来你在套我家底。"

她背着双手越过他往里走："需要套吗？你已经坦白了。"

施念踏上台阶，门口是干净柔软的绒毯，关铭为她拿了拖鞋。施念发现居然是一双女士拖鞋，她顿了下，问道："你带其他女人回来过吗？"

关铭盯着拖鞋瞧了眼，意味深长地说："不知道哪个女人这么巧也穿 35 码的鞋，名字也叫 Stella。"

施念这才发现拖鞋是全新的，正合她的脚，鞋上绣有小小的"Stella"。她顿时为自己的小肚鸡肠感到一丝丝羞愧，她追上关铭拉了下他的袖子，看到他将她的大衣挂了起来。

就在她准备往里面走的时候，身体被关铭从后拽住，后背贴上他的胸膛。他将她拥进怀中，在她耳边告诉她："没带女人回来过，我会给你一段干净的婚姻。"

施念耳根发烫，从他怀中挣扎走开："谁说要嫁给你了。"

关铭在她身后笑："知道了。"

她回过头不解地望着他："知道什么了？"

他只是笑着对她说："你先好好休息几天，然后我告诉你知道什么了。"

整整三天关铭也没少折腾施念，说是让她好好休息几天的，她也绝大多数是躺着的，但人是真没怎么休息。

关铭太懂情趣，他是温柔的，亦是狂野的，他可以花样百出，也可以仔细缱绻，他可以照顾到她所有的感受，让她在很短的时间里对他上瘾。

这对施念来说是一件可怕的事，她从来不知道自己居然这么轻易地对一个男人上瘾，他的味道、他的眼神、他的触碰都让她着迷。

纵使外面早已因为他们俩公开了关系而风起云涌，处在风暴眼的他们却窝在这闹中取静的地方屏蔽了一切消息，用身体诉说着对彼此的思念。

直到第四天的时候，关沧海不得不亲自登门，对关铭说一些人在老宅足足等了他两天了，今天连灵山那边的舅姥爷都为了他的事亲自赶来了。

关铭头疼地抚了抚额，施念面色凝重地望着他，他侧头去看她，对她说："没办法了，都是长辈，必须回去一趟。"

施念站起身，为他准备了一套体面的衣服，亲自为他熨烫妥帖。她心事重重地耷拉着眼睫，关铭从她身后搂着她，哄道："中午得顾着舅姥爷他们，晚上争取回来陪你吃饭。"

施念不放心地将外套给他穿上，特地嘱咐道："不要为了我和家里人闹矛盾，不行就先应付着，慢慢来。老一辈人思想传统，可能一时没法接受我们俩在一起，这是场持久战，急不来的。"

关铭将她的脑袋按进怀里，气息灼热地对她说："等我回来。"

关铭换好衣服走进衣帽间，选了款表壳为青铜材质的腕表，橄榄绿的表盘和棕色小牛皮的表带，有些复古的味道。临走时，他的脚步在摆放珍藏物件的柜子前停留了一瞬，然后打开柜门拿出那把折扇收进衣服里出了门。

西城关家各房各家都有自己的住处，自从关铭的爷爷去世后一直没有正儿八经的关家人住在老宅里面。

家族开枝散叶，人口众多，祖宅设有祠堂，有各房各支的专属休息室，所以西城关家无论家里大事小事，三节，祭祖也都会回到这里聚一聚。

平时老宅没有接待人的时候会有专人打理，这么多年依然保有西城关家祖宅当年的面貌。

今天这个日子，不过节不办事，然而老宅门口却停满了轿车，院落里站了关家各脉所带的手下，大多都互不认识，在今天这个不尴不尬的场合里，相对拘谨地对视着。

直到关铭带人踏入祖宅大院，所有人才不约而同地转过身看向他，齐齐颔首称了一声："关小爷。"

关铭驻足和他们笑道："过去酒肉朋友的叫法放在今天就不妥了，里面当真是有爷爷辈的在，改改称呼。"

所有人面面相觑，显然一时间都不知道该怎么叫他。关铭侧头对吴法说："要是他们身上有指示不能去侧楼休息，也好歹搬几张桌子出来给人安排上茶水和点心，这么多人跟罚站似的像什么样。"

果然关铭一到便颇有些西城家主的架势，几句话便把院中杵着的人安排妥当。等他步入老宅，一入正厅便看见里面坐了足足几十号人，和他差不多辈分的都只能坐在外围，中间坐的是几位上了岁数的关家长辈。

关铭不动声色地扫了一圈，发现不仅灵山的舅姥爷一脉来了不少人，就连外地的叔公都亲自赶来了，这阵仗差不多抵得上家里办大事了。

至于这些长辈为什么会劳师动众前来，关铭心里有数，面上却依然挂着和煦的笑意和几个上了年纪的爷爷辈的亲戚相继打了招呼。

关铭的父亲今天没来，前几天关铭的官司刚结束就前往承德疗养去了，留下家里这摊子事交给关铭自己去处理，他也懒得再问津，眼不见心不烦。

所以今天关父不在，以关铭如今在西城的地位，自然是直接在人群正中落座。

关铭在他这一辈人中，无论资历、阅历，还是手中握的势力都是最出类拔萃的那一个，加上他做人处事向来让人找不到错处，如果不是个人问题，他作为家主之位的人选几乎是挑不出任何毛病的。偏偏他从年轻时起，个人作风问题总是让西城关家老一辈的人十分头疼，本以为等人成熟了，再大一大会收收心找个门当户对的，没承想他反其道而行之，让众人大跌眼镜，直接把东城关家曾经的长孙媳要了过来，这乖张的行径简直是让老一辈人气得要犯高血压。

几位长辈都是七八十岁的年纪，可以说是看着关铭长大的，说起他来也没收着，开门见山道："老三啊，你说你现在也老大不小的了，做这事也得顾及家里这么多老人和小辈，都是在外面闯的人，这事说出去不好听。"

关铭清了清嗓子，老宅的下人立马给他上了杯热茶，他接过后偏头说了声："谢谢。"转而吹了吹茶杯中漂浮的茶叶，低着头问，"哪里不好听？"

叔公哑着嗓子说他："就不说外面人怎么说咱们，你一旦坐实了这件事，从自己家里面来讲等于和东城那边决裂了，这以后啊，还能和和气气地走动吗？"

关铭点了点头，喝口茶，将茶杯放在一边回道："这四九城内姓关的人家多了去了，往上多数个几代可能都有点沾亲带故的联系。我们之所以一直和东城那边走动，也不过是因为他们和我们在这地头上都是有些实力的家族，要真说到什么血亲感情，别说我这辈了，叔公您这辈和那边都没什么关系了。我总不能为了在乎外人的感受断送我一辈子的幸福，没有这个理。"

关铭的话看似在讲道理，但是句句绵中带刚。叔公的儿子坐在他身后，此时听不下去了，直接说道："虽然你找老婆也不见得要看生辰八字，但她刚进西城关家就克死了丈夫，你要掂量掂量啊。"

他虽然看似在开玩笑，但等于变着法子在众多西城人面前将施念的过去揭了开来。

所有人都沉默着没出声，关铭的面子没有丝毫挂不住，缓缓从身上摸出那把折扇，握着扇柄敲打在右手掌心间，开口道：“命数这东西也要讲究个五行互补，正好，小时候算命的就说我命硬，就差个克我的。”

他显然也是用玩笑的语气，但话中的意思明明白白。

叔公的儿子要长关铭一辈，说起他来也没客气：“你是家里的接班人，她到底是个寡妇。”

“我没死，哪儿来的寡妇。”

关铭说罢一挥扇柄，摇扇浅笑，眸光却毫无温度。原本还有些嘈杂声，随着关铭的这句话落下，整个老宅瞬间寂静无声，甚至一些同辈看见他这副绵里藏针的表情都有些噤若寒蝉。

由于气氛突然静了下来，众人不自觉将视线落向唯一还在摇晃的物件上，也就是那把折扇。

关铭摇得极慢，足以让身边的长辈们看清扇面上的内容，当那句“一曲笙歌诉乡念，南望轻舟顾相盼”落入众人眼中时，所有人脸色都变了变。

这种儿女情长的事情关铭向来不会搬到家里这些男人面前来，说他们的感情多深厚，经历了时间的考验，挣扎和徘徊才下定决心走到一起未免太矫情。

所以他只是状似不经意地打开这把折扇，上面的小字足以明明白白告诉所有人他和施念的感情并非一朝一夕，也不是在场的谁能轻易撼动的。

倒是几个坐得近的长辈被扇中画所吸引，不免多看了几眼，叹这小姑娘才情过人的同时，又不得不想到她这令人尴尬的身份。

关铭率先打破了沉寂，不疾不徐地说道：“人呢，是我主动追求的。当然，施小姐身上有我非常欣赏的地方，她一个白手起家的女人能把百夫长做到今天如此大的品牌影响力不容易，你们也能看到，这个品牌的上升势头在未来几年潜力巨大，去年年度报告显示，公司全年实现营业收入八个多亿，净利润也达到了一个亿，这还不包括海外事业部那边。试问在场各位家中和施小姐差不多年纪的姑娘有谁能把企业做到这么成功？”

“更何况施小姐长期在海外发展，在国际市场上有一定的人脉，据我所知，她去年已经和高洁公司谈下战略部署，未来的五年里将会从研发、技术、品牌等各方面进行深入合作，正式成为高洁公司在亚洲区域的代理人。明年年初她会负责整合亚洲市场上手中现有的资源，正式进军快消行业。”

“高洁公司是欧美日用消费品界的巨头品牌之一，它的市值和在全球的利润排名在座的都能查得到，那么接下来施小姐在亚洲地区将会有着怎样的影响力，我想也不需要我明说了。”

“我现在的生意处于供应链上游，高洁公司对我来说是很值得期待的合作伙伴。”

“东城关家那边在生意上一直原地踏步，这几年甚至后退迹象明显，随着后期我这里几个合作商的市场份额不断扩大，加上高洁本身的战略计划，未来市场肯定会被更有能力的企业分割，这是迟早的事情。”

“那么现在的问题是，我是为了顾及一个日益衰退的家族，而放弃我钟爱的女人和大好的合作前景，还是干脆以后省了那面子上的走动，让自己和家里人的日子过得更加舒坦呢？”

“首先，在感情方面，我还算是个从一而终的人；其次，我是个商人。”

话音一落，关铭手腕翻转，“宁为百夫长，胜作一书生”十个刚劲有力的草书当即呈现在众人面前吸引了所有人的目光。

关铭含着很深的笑意说：“百夫长这个品牌是六年前施小姐所赋予的，这幅草书是四年前施小姐亲笔所写，你们也来体会一下这个姑娘的豪情壮志，她注定是要坐在我身边这个位置上的人。”

关铭简单的两句话就解释了扇面上的这十个字的来历，字随人心，心悟字魂，那汹涌澎湃的雄心壮志藏在一撇一捺之间，仿佛还原了一条铮铮血骨之路。

正厅忽然安静下来，关铭含着笑拿起手边的茶慢慢细品着。

关铭离开家后，施念始终心神不宁的，虽然关沧海刚才来的时候没当着她的面明说，但她很清楚西城那边估计因为她和关铭的关系已经炸开了锅。此次关铭回去，多半是为了她的事，这相当于家族内部一场公开的审判，对于一个有着历史底蕴又盘根错节的大家族来说，各方利益的均衡，关系的维系，人情的考量都是一个又一个难题，结果怎样，她无法预料，所以一整天始终坐立难安。

原本关铭答应她傍晚前尽量赶回来陪她一起吃晚饭，可等到快日落西山，施念都没有等到他回来，心绪更加不宁。

却在这个时候，院门突然响了，家里的一个阿姨跑出去开门，施念也赶忙从楼上下来，看见一辆奔驰和一辆宾利相继开了进来，那辆宾利却并不是关铭的车子。

很快奔驰上下来几人，有人走到宾利车面前拉开后座的车门，一个戴着优雅的浅灰色羊毛礼帽的老妇人在旁人的搀扶下缓缓走下车。

夕阳半落，染红了院角，风影流动间，施念望着突然到来的关铭的母亲，愣在原地。

她唯一一次与关铭的母亲接触是在很多年前的那次祭祖，在她的印象中关母是个很随和的老妇人，没什么太大的架子，逢人笑呵呵的，很富态。

但那时候她是东城关家的长孙媳，关母尚且能对她客客气气，而如今她让其儿子身陷舆论的旋涡之中，关母此次前来的目的，她有些摸不准，毕竟上次关铭的父亲是如何反对的画面还历历在目。

所以在陡然见到关母从车上下来的那一瞬，施念的大脑一片空白。在身边人的搀扶下关母踏上台阶，施念迎了上去，就在她快要走到最后一层台阶的时候，关母忽然将手臂从身边人的手中抽了出来，递给施念对她说："丫头，扶我一下。"

施念赶忙弯下腰搀扶着关母，关母顺势握住了她的手。夕阳的余晖斜斜地镀在她浅灰色的羊毛帽上，只是这么不经意的一个动作，施念原本悬着的心稍稍定了定。

有时候人与人之间便是这么神奇，甚至不需要任何言语，施念便能很清晰地感受到关母对她的善意，她也说不上来这种感受从何而来。

施念将关母搀扶进了家对她说："上午沧海过来后，笙哥就跟他去老宅了，这会儿还没回来。"

关母有些意外地偏了下头："你平时都这么叫老三的？"

施念有些局促地点了下头。

关母拍了拍她的手："老三对你还是特别的。"

施念将关母搀扶到客厅一角的茶桌前，老太太坐下后对跟着的人说了句："你们把带来的东西拿到厨房，顺便去看看有没有需要帮忙的，我和小念说会儿话。"

施念默不作声地准备茶具，已经把水烧了起来。旁边人离开后，她才抬起头柔柔地笑了下问道："大太太，冷吗？"

关母眼里透着慈祥的光："大太太？这么叫生分了。"

施念垂着眸，思绪纷飞，第一次见到关母时，她叫关母叫大奶奶，关母说远峥以前会叫自己大妈，可如今这个称呼显然不合适了。

关母似乎看出了施念的为难，开口说道："我有个女儿，是我家老二，性格也不知道像谁，从小就比较独立，上学那会儿就很少回来，毕了业又早早在外面做事，沾染上一些世故的风气，我一直想有个蕙质兰心的闺女。"

"前些年第一次在老宅见到你，我就在想我家老三怎么就没这个福气，给我找个这么让人舒心的女孩子回来。"

施念拿着茶壶的手顿了一下，抬起眼睫望向关母，对她笑了下："您喝庐山云雾吗？这是海拔一千米以上的山上云雾，我和笙哥平时喜欢喝这种。”

关母点点头：“都可以。”

施念再次垂下眼帘为关母泡茶，关母观察着施念的神色，原本以为施念会开口问她些什么，现在才发现这个姑娘很能沉得住气，温壶的手法行云流水，一点也没有因为她带有暗示的话而乱了阵脚，动作看上去让人赏心悦目。

施念很快将第一杯茶放在关母的面前，关母一边品着茶水，一边将目光停留在她脖颈的丝巾上。一条紫色郁金香的绣花丝巾被施念系成了一朵别致灵动的花斜在颈项左侧，别有韵味。

关母默默欣赏了一番，说道：“这条丝巾真漂亮，主要还是你手巧，到底是做设计的，这丝巾到了你手上就活了。”

施念虽然被夸了，但这夸赞让她无比心虚，会戴上这条丝巾是因为身上有关铭留下的印记，他在做那件事的时候向来很疯，有时候过程中她都是迷糊的，什么时候他在自己身上烙下印子她都不知道，早上起来看见有些明显，才拿丝巾遮挡了一下。

没想到会被关母注意到，她难免觉得有些害臊，不自然地碰了下丝巾，开始泡第二杯茶。

关母对她说道：“以前外边人总说我家老三风流成性，你别听那些人胡说八道，我自己的儿子我还能不清楚吗？”

“我四十二岁生的老三，三个孩子中唯独老三是我亲自带在身边的，他呀，岁数最小，但是鬼点子最多，从小就聪明，大了后在外面比他哥哥姐姐处事都要沉稳周到。”

施念笑道：“我知道，刚和笙哥接触的时候对他还不了解，那时就觉得他不是传闻中的样子，他的眼界和格局都不一般，我一直在想是什么造就了他这样的人格魅力，今天知道了，因为他是您亲手带大的。”

关母望着施念，脸上浮起笑容。施念双手将茶给她奉上，望着她的眼睛说：“不是恭维的话，笙哥跟我说过您当年生他时吃了很多苦，所以觉得特别不容易。”

关母接过茶喝了一口，放下后说道：“我这个小儿子吧，别看他在外面待人彬彬有礼的，他的个性我这个做妈的最了解，有时候看着像是对人笑，其实这笑里多少有些淡漠，特别年轻的时候心高气傲，真正能入他眼的人并不多，更别说小姑娘了，他长这么大也没带过哪个小姑娘回家给我们瞧过。”

“所以那时候在老宅家宴上，他特地将你爱吃的菜转到你面前，我就知道老三对你有心思。”

施念十分意外，现在回想起那天的情形还是有些心惊的，在两家长辈的眼皮子底下，关铭几次行为大胆，但她自认为已经掩饰得很好了，还把他转过来的菜给转走了，没承想这样都没有逃过关母的眼睛。

她有些尴尬地说：“我们那时候没有……”

“我知道，你放心，整个桌上也就我看出来了。毕竟是自己的儿子，那点心思能瞒得过别人，瞒不过我这个做妈的眼睛。

“我那时候根本就没想过你们俩能成，很多客观因素横在你们面前，想想也难，暗暗敲打过老三我就没放在心上了。

“没想到后来老三会为了你搞出沧海那出戏，沧海跑到我面前闹得我头疼，我心里都清楚怎么回事，沧海哪有那胆子到我面前胡闹，背后都是老三出谋划策，他想干那金蝉脱壳的事。

“我后来想想你一个小姑娘待在那地方也可怜，本来这婚事是怎么回事我心里有数，所以也就顺水推舟装了一次傻。”

施念听到这一切万分惊讶，睁着双眼看着关铭的母亲，忽然感觉心口热热的，仿佛瞬间被什么填满。她重新沏了一杯茶站起身弯腰将茶奉上，对面前心存慈爱的关母说道：“今天我才知道这件事，真的没想到当年的事情您都是知情的，要是没有您在暗中帮助，我不可能有另一条出路，我得正式跟您道声谢。”

关母在接第三杯茶的时候，并没有急着喝，而是抬起头望着施念：“跟我说谢谢有些见外了，你奉了三杯茶给我，还不知道该怎么叫我吗？”

施念心跳突然加速，脸有些发烫，心里有股暖流就要冲了出来，却始终有些不敢相信。

关母喝下施念这杯茶后，从放在一边的随身包里掏出了一个红包和一个精致的礼盒推到了施念面前对她说道：“这是我的一点见面礼，来得仓促没有准备周全，就算是我给你带的一点小礼物。等老三手上的事忙完了，把你正式领回家你再改口也行。”

施念低头看着面前的东西，像有什么卡在喉咙里，眼眶逐渐热了起来，仿佛自己走过了千山万水终于来到了西城关家大门前，回首这一路，无数的冷落、轻视、诋毁像坚硬的壳一层又一层包裹着她的心脏，让她的内心越来越坚实，直到今天坐在关母的面前，关母向她伸出手。

施念眼含水汽将手交给关母，关母搀扶着施念的手站起身对她说：“老三恐怕是赶不回来了，他舅姥爷家的几个儿子非拖着他喝个痛快不可，你要不嫌弃，要不我这个老太婆陪你吃顿饭？”

施念受宠若惊道：“怎么会嫌弃呢？我给您露一手吧。”

其实施念下厨的机会并不多，特别在国内，关铭基本会把她的生活安排得妥妥帖帖的，但是今天她心情大好，就是特想下厨做顿饭给关母尝尝。她怕老人家肠胃不好，特地做得比较清淡，还煲了个汤。

虽然用餐时就她和关母两个人，菜样却很丰富。她们就像普通母女一样闲聊，关母会跟她说起关铭小时候调皮的糗事，听得施念无比新奇。

再次和关铭相遇他早已是个成熟稳重的男人，如果不是关母告诉她，她还真难想象关铭小时候干的那些讨打的事，两人说着笑着。

施念很久没这样单独和长辈一起吃顿家常饭聊聊天了，这种氛围让她想起了曾经和妈妈相处的时光，也是她们两个人，吃完饭聊一会儿，久违的感觉让她莫名感动。

关母临走前叮嘱道："老三前阵子问我身子寒吃什么补好，我给你带了不少上好的人参，已经交代下去了，你要记得用，平时饮食上要注意，吃性平的肉和水果。咱们女人啊，一定要注重保养，工作再忙也得少熬夜。"

施念听着关母一句句的叮嘱，突然有种想哭的冲动，但是旁边下人都在，她不能失态，忽然想起什么，对关母说："您等我一下。"

施念匆忙跑上楼，拿了一条新的丝巾下来，走到关母面前对她说："这上面的绣案是丽格海棠，东西不是很值钱，但是我自己绣的，绝对可以保证独一无二，希望您能喜欢。"

关母笑道："出自我们大设计师的手还能不值钱？这都是限量版的了，我得好好珍藏，帮我系个跟你一样的结吧。"

施念将这条绣工精致的丝巾从盒子里拿了出来，亲手替关母系上，然后将她搀扶上车。

关母对施念说："进去吧，外面凉，下次见面教我这个结怎么系。"

"一定。"

末了，她双手攥在一起，有些忐忑地叫了声："路上慢点，妈。"

柔和的灯光下，关母脸上浮现出了笑容，将手从窗户伸了出去握住施念："下次来家里尝尝妈做的菜。"

微风轻拂，草木清芬，一切都是刚刚好的模样，施念终于忍不住热泪盈眶。

关铭回来的时候已经很晚了，傍晚给施念发过一条消息：身在关营心系卿。

只可惜当时施念正在和关母吃着饭，聊天聊得完全忘了看手机。关母走后，施念心情颇好地处理了一会儿工作，累了就在沙发上躺了一会儿。

关铭回来的时候，看见的便是想了一天的女人抱着绒毯窝在沙发上的样子，暖暖的光笼着她，那幅和谐的画面让他放轻了步子，对着刚迎出来的阿姨摆了个噤声的手势，又对她挥了挥手示意她可以下班了。阿姨也放轻了动作，笑着解开围裙，轻手轻脚地离开了。

关铭走到施念面前，没有叫醒她，就这样给自己倒了一杯水靠在桌边安静地端详了一会儿。这么多年四处奔波，没承想到有一天回到家，会有个小女人这样等在家中，这种感觉让关铭嘴角不自觉浮起笑意。

大概是戴着丝巾睡有些难受，施念在迷糊中扯了扯颈子上的丝巾，柔软的丝巾松松垮垮地搭在她脖颈间，正好露出那暧昧的痕迹，像熟透的樱桃，让她整个人看上去诱人可口。关铭喉结微动，咽了咽口水，依然觉得有些燥热，他干脆扯掉了衬衫前襟的扣子。

虽然他动作轻缓，但依然惊动了沙发上的人儿。施念终于眯起眼睛，似乎有些不确定眼前站着的人是关铭，又抬手揉了揉。关铭看着她那副懒困迷糊的模样，抿唇笑了起来。

施念这才逐渐清醒过来，缓缓坐起身睡眼蒙眬地盯着他："你回来了？"

关铭放下水杯，几步走了过去将她整个人都抱进怀里，在她唇上亲了又亲。他身上的酒气便也笼罩而来，却并不难闻，混合着他特有的冷杉味，反而有些醉人。

施念低喃着："你喝了多少酒？"

关铭似乎心情不错，从她的唇亲到脖子，声音喑哑："很多。"

施念知道他酒量好，能从他口中说出"很多"看来是真的喝了不少了。

她有些埋怨的小语气："喝那么多酒不去休息吗？还在这儿闹我。"

关铭眉眼微抬观察了一下她的表情，将她手捉到唇边亲了亲："生气了？"

施念靠在他怀中，身体被他环着，软软的，嘀咕了一句："生什么气？"

"说好尽量赶回来陪你吃晚饭，结果食言了，想让我怎么道歉？"

关铭哄人的本事向来是一流的，就是施念真为了这事跟他生气，他这样把她抱在怀里轻声哄着，谁还能生得起气来呢？

施念昂了昂脖子，眉眼间的困顿消失得无影无踪，有些神采奕奕地说："我没有生你气，晚饭有人陪我吃了。"

关铭挑起眉梢望着她："家里来人了？"

施念憋着笑意，眼里都是晶亮的光，像洒满了璀璨的星河，关铭好笑地说："一顿饭把你高兴成这样，看来这人来头不小，告诉我，是谁这么好心特地过来陪我的小念儿。"

施念环着他的脖子，在他耳边轻声说道："妈妈。"

关铭神情微顿："我妈来过了？"

施念皮肤轻薄，情绪一起伏，脸颊总是透着红光，像被初升的暖阳照着，整个人充满朝气地对他点了点头。

关铭弯起嘴角，抬手将她的碎发撩到耳后，顺势轻捏着她的耳垂，问道："说说看，你们都聊了什么？"

"聊了你。"

施念把和关母的聊天内容大致告诉了他。

关铭一边玩着她的耳垂，一边耐心地听她描述着傍晚的场景。在关母面前施念尚且表现出得体大方的一面。可单独面对关铭时，她窝在他怀里对他撒着娇："一开始我真被吓了一跳，怕她来找我兴师问罪了。"

关铭一直没有出声，只是沉静地听着。半晌，施念发现他不说话，抬头瞧了他一眼问道："你在想什么？"

关铭收敛起表情，低眸望着她："我在想我妈不会在这个时候平白无故跑来一趟，还在你面前说了我一整晚的好话，这事不寻常。"

施念怔住了，她一直沉浸在突如其来的喜悦之中，真的没感觉到什么不寻常的地方，可显然关铭是了解他妈的，既然他觉得不寻常，那么肯定有他的道理。

关铭见施念一脸疑惑地望着他，不明所以地笑了下说道："那年在日本向你承诺过会教你滑雪，一直也没这个机会，趁现在外面天下大乱，不如我们放个长假，我带你去蒙大拿州教你滑雪怎么样？"

施念更加蒙了："这么突然的吗？"

关铭彻底笑开了，耐心地跟她解释道："我妈这趟过来，如果我没猜错的话，是想给你打剂强心针。今天我回去，当着家里老一辈人的面公开了我们的关系，接下来可能会有不少人想来拜访你，不管这拜访的用意是什么，但肯定都是挺闹心的事。"

"你一个人独立惯了，突然让你面对整个家族里的人，分寸该拿捏几分，人情该怎么处都是头疼的事，我妈应该是担心这些亲戚中有人会不给你好脸色，或者故意做出什么让你难堪的举动，所以先给你点底气，让你心里稳一稳。"

施念有些吃惊，没想到关母特地过来还有这重用意，现在听关铭分析才觉得有几分道理。怪不得就连临走时，关母还不放心地左一句叮嘱右一句交代，原来是怕她后面在应付家里这么多复杂关系的时候不堪重负，所以先让她吃颗定心丸，可谓是用心良苦。

关铭眉梢染上了几许温柔，低声对她说："你看，我妈肯定是怕你受气，一气之下跑回美国不要我了，所以在你面前说了我那么多好话，先把你的心给留住，让你再气也能记着我的好。"

施念一想，的确是这么个理，还真有可能是担心她在西城受了气发泄到关铭身上，恍然大悟道：“果真是亲妈。”

关铭俯身亲吻着她的耳郭对她说：“也是你的。”

施念被他吻得酥酥麻麻的，小声抗议道：“我们应该……稍微节制一些。”

“节制？你让我过了几个月吃斋念佛的日子还让我节制？小念儿，做人要有良心。”

施念不知道自己只是让他注意身体，怎么就变成自己没有良心了？话到了他嘴里，没有道理也能让他说出几分道理来，她说不过他，干脆任由他的大手不规矩地游走，问道：“可是这和滑雪有什么关系？”

关铭虽然没有醉，脸上却有酒过三巡的风流劲，挑着眼对她说：“不想让那些人来烦你，所以打算带你逍遥快活去。”

施念的声音有些夸张起来，扬了几个声调：“关笙铭先生，有你这么不讲理的吗？你难道带我浪迹天涯，一辈子不去面对那些人了吗？”

关铭的衬衫领口松松的，有些性感，笑得肆意不羁：“是不讲理了，就是不乐意看到有人跑到你面前指手画脚，我说过，你跟着我是享福的，外面那些糟心事不需要你应付。”

施念挣扎着从他身上起来，依然觉得外面天下大乱，他带着她在这里过了三天与世隔绝的日子已经够夸张的了，现在还要直接带她出去度假，多少感觉有些疯狂。

关铭见她一脸正经的模样，直起身子说道：“给他们一段时间消化我们俩的关系，不急。”

“那我们什么时候走？”

“明天。”

2. 说走就走的旅程

施念从来没有体验过一场说走就走的旅程，准确来说，虽然她这些年去过很多地方，但都是以工作为目的。

这算是除了那次意外的航行后，第一次毫无计划地奔赴某地，而且是连衣服都没带的那种。

路上的时候施念才知道姜琨此次也和他们一起前往美国，他们斯坦福的老同学会陆续赶往蒙大拿州相聚。

比起前些年施念在纽约郊区认识的那些关铭的老友，这次去蒙大拿州的人应该算是真正意义上关铭在大学时期关系最要好的一帮朋友，他们如今都在各个国家忙碌着，隔个几年会约定个地方聚一次。

关铭趁这个机会把施念带着，还有一重打算是想给她介绍一些人脉，把他一些雷打不动的人脉介绍给施念认识。

所以这算是施念第一次以关铭女友的身份去见他的朋友们，之前只是他们两个人相处，而现在他正式将她邀请进他的生活，认识他处了好多年的兄弟们，于施念而言，这样的温暖润物细无声地流淌进她的心底，让她真正地感觉到从此自己不再是一个人了。

却苦了姜琨，飞机上和他们的座位离得不远，本想着无聊还能说说话，结果发现根本没有他说话的份。

姜琨不知道他们到底说了什么，只知道这一路上施念被关铭逗得笑个不停。

这样一来搞得姜琨也睡不安稳了，所以飞机降落在西雅图后，关铭说打算带施念在华盛顿州玩几天，两人邀请姜琨同游时，姜琨果断拒绝了，说要先去蒙大拿州做下安排，在那边等他们，然后就直接转机走了，拒绝了这碗“狗粮”。

姜琨到了后就把地址发给他们。没有住在滑雪场附近的度假屋，由于他们人多度假屋不够住，一群人干脆包了山顶的豪宅，五户挨着，携家带口可以住几十人。

结果等关铭带施念赶到辛格镇的时候，这些人白天全都出行了，关铭干脆也没联系姜琨，免得他们知道自己来了再急忙赶回来，便带着施念先安顿了进去。

豪宅设施还挺齐全，后院有一方天然温泉，施念前两天在旅途中受了凉，关铭建议她正好可以泡一泡温泉驱驱身体里的寒气，待会儿晚上吃东西就有胃口了。

这会儿别墅里没人，施念收拾好衣服，裹着浴袍来到后院，将浴袍放在旁边的石块上走入温泉池中，身子没了下去，又用毛巾盖住身前，暖暖的水温特舒服，让她想起了上次在福冈。

关铭在房间里冲完澡下楼来看她，翠竹环绕间，那柔软的身段隐没在袅袅烟雾之中，泛着莹白的色泽，似真似幻，美如画。

关铭几步走过去，施念的睫毛上沾了水汽，就连鼻子上也都是水珠，巴掌大的鹅蛋脸倒是透出诱人的红晕，看得关铭目光灼热。

他故意弯下腰去拉她身前的毛巾：“看看。”

施念紧紧拽住：“不给看。”

关铭没有松手，笑着说：“那你可拽好了。”

施念赶忙将毛巾裹在身上护着，关铭拽住毛巾一角，往后一拉，连同她整个人都拉到了面前落入他的手中。

毛巾漂浮在水面，身后人还是得了逞，施念软倒在他臂弯间，他的手已经开始不规矩起来，她嗔道：“在外面呢，你就要流氓了。”

关铭亲吻着她柔滑的肩膀对她说：“君子色而不淫，风流而不下流，就算下流，也只对你。”

施念如今在他的调教下已经很敏感了，稍微被他撩拨几下已经呼吸紊乱，却在这时听见有人说话：“应该没出去吧，刚到肯定在哪儿休息，到后面找找。”

说着，脚步声已经逼近。

施念心里一惊，关铭反应很快，扯过漂在水面的毛巾就将她该挡的地方遮住了。几乎就在同时，姜琨和一个短发女人沿着边院走了出来。

虽然该遮的部位被关铭及时挡了起来，可施念线条优美的双腿和肩膀以上雪藕般的肌肤全都露在外面，当来人猛然看见如此谪仙般的美人出水芙蓉的一面时全都怔住了。

关铭回头瞪了姜琨一眼，姜琨立马转过身丢下句：“我先去前面。”说完一步都没敢停留。

倒是那个短发女人，穿着一身干练的滑雪服，站着没动，目光笔直地盯着他们。

关铭将石头上的浴袍扯了过来，用身子替施念挡着，将她捞出水面裹了起来，直接将人打横抱起转身朝屋内走去，没有再回头看一眼。

施念冷得躲在关铭怀里，顺着他的肩膀望向站在后院一角的女人。那个女人也在看着她，四目相对间，落花流水，新竹已成林。

回到房间后，关铭将施念放在柔软干净的欧式大床上。房间很暖和，他拿掉了浴袍开始吻她，施念却心不在焉地将双手攀在他的脖子上，声音很轻地问：“是她吗？”

那是一种女人的直觉，哪怕不需要说话，也不需要别人介绍，可当施念看见对方的眼神时，已经感觉出来对方的身份，对方眼里有他。

关铭抬起头去找施念的唇，轻轻咬下说道：“专心。”然后又细密地吻着她。

施念推了他一下：“不要，他们不是都回来了吗？”

关铭握住她两只手放在枕边：“不急这一会儿，先给你去火要紧。”

她咕哝着：“我没火气。”

“我有。”

于是前院已经支起了烤炉准备开始烧烤，楼下吵吵嚷嚷，他们的房间里却拉着厚重的窗帘，白天像晚上一样纵情，关铭温柔地待施念，让她一次次陷入沉沦。

泡完汤本就有些困乏，加上被关铭折腾了好一番，施念累得睁不开眼，关铭将她扯进怀里叫她安心睡会儿。

施念闭着眼，声音瓮瓮地说："我们应该先下楼和大家打声招呼。"

关铭宽慰她："他们能理解我这个大龄未婚男青年的生活。"

而后施念便体力不支睡着了，关铭等她完全睡沉了后才起身换了一身衣服下楼。

住在旁边几户的人陆续回来了，都聚在这边，大家张罗着烧烤，弄烤炉的，准备食物的，找酒的，楼下热闹得全是人。

姜琨正好在客厅打电话联系不远处的酒吧，让人鲜榨几桶生啤送过来，说要找找上学时的感觉，还得要喝啤酒。

见到关铭下楼来，他匆匆交代几句挂了电话，走到关铭面前，望了眼楼上，说道："嫂子没下来啊？"

"她这两天受了凉不舒服，让她休息会儿。"

姜琨点点头又瞥了眼外面，压低声音道："我不知道卓菲师姐这趟会过来，听说她昨天晚上到的，睡在胡姐她们那边。我也是今天上午才见到人，还没来得及告诉你。"

关铭只是淡淡地"哦"了一声。姜琨有些摸不清他们过去的事，加上施念也在，多少有些担心，问了句："会不会感觉不自在？"

关铭脚步停顿，睨了姜琨一眼："为什么会不自在？"

姜琨愣了下，有些失笑，他应该知道，在关铭的世界里只存在两种人，自己人和外人，关铭在自己人面前当然不会不自在，而一旦被关铭归类为外人，那对方的存在对关铭更加不会有丝毫影响，倒是他自己多虑了。

关铭刚走出屋子，老同学纷纷站起来喊他，还有人暧昧地问他怎么这么晚才下来。关铭脸上挂着和煦的笑解释道女朋友身体不舒服，陪了一会儿。

几个和卓菲有些交情的女同学不禁看了卓菲一眼，卓菲坐在长桌一边对关铭笑了下，仿若刚才在后院发生的插曲根本不存在，两人这是刚见上面，关铭也礼貌地对她点了下头。

大家招呼关铭过来坐。从前关铭和卓菲都在的场合，哪怕那时候两人没有确定关系，大家还是会很有默契地给他们让出挨着的座位。

所以还是有人习惯性地将卓菲身边的位置空了出来，旁边有人让关铭坐，关铭瞥了眼并没有走过去，而是绕到另一头的空位兀自落座，和几个兄弟喝起了酒。

施念睡了一个多小时，醒来的时候已经过了中午，关铭不在身边，她待在房间犹豫现在要不要下去。

于她来说，楼下都是关铭处了十几年的老同学，他们早已熟悉彼此，也都参与了他的过去，特别是他学生时期的前女友也来了。虽然施念不认识卓菲，可从前从姜琨的只言片语中大概也能了解到，他们那段过去不管各自怀揣着怎样的目的，起码也算是轰动一时的。

她担心现在下去会让大家变得尴尬，打破他们老友相聚的气氛，所以她在房间磨叽半天也始终没有下楼去打扰他们。

倒是一会儿过后，关铭给施念发了条信息：醒了就下来吃东西，我在院子。

施念收到这条信息后，那踌躇了半天的顾虑烟消云散了，她既然都来了，不可能不见人的。

她翻出行李找了一套颇为精致的套装换上，又穿了双牛皮靴，刚准备拉开门出去，忽然又觉得自己这样太过刻意，说着不在乎，可真碰上面了，心里到底还是在乎的。

她脱下套装换了件休闲大衣便下了楼，还没走到院中就听见外面杯酒言欢的笑声。

她几步走了出去，远远看见关铭套着羊绒大衣，倚在靠背上和身边友人说着话，眉眼里都是舒坦的笑意。那是他只有和相熟的人在一起才会流露出的神情。

她又匆匆扫视了一圈，看见卓菲和关铭之间隔了几个位置，他说话的时候，卓菲喝着酒看着他，脸上也是笑意。

施念放慢了脚步，陆续有人发现了她，不少人看了过来。渐渐地，原本热闹的交谈声也停了下来，大家都转过头打量她。这些人本就是精英群体，光往那儿一坐，散发的气场足以让人退避三舍了。这下如此多双眼睛同时注视着施念，饶是她平时再淡定，此刻也变得不淡定了。

她温婉地对众人笑了下看向关铭，眼里都是求救的信号。关铭抿着唇笑，起身对她伸出手朝众人介绍道："施念，身份你们都知道了，还在努力把这重身份更近一步，你们别把我的人给吓着。"

大家都笑了起来，突然僵下来的气氛逐渐化解了，关铭身边的一个兄弟主动站起来给施念让了座位。

关铭把她拉到身边对大家说："路上没把人照顾好，让她生病跟我跑了一路，上午赶到这儿就先让她休息了。"

看似一句不经意的话，却无形中替施念解释了缺席的原因，把罪责全揽到他自己身上来，让别人很难对施念的晚出现有任何想法。

关铭从左依次给施念介绍，他的老同学中有很大一部分都在海外发展，这次过来基本都是携家带口的，伴侣也都来自各个不同的国家，或留学时认识的，或后来工作中交往的。

关铭每介绍一位，施念便客气地和对方交流几句。为了尊重对方的伴侣，施念用他们的语言和对方交流，她各种语言切换自如，让人惊讶的是有位同学的夫人是塞浦路斯人，施念居然可以用土耳其语简单地和她沟通。

原本还挺陌生的场合，在关铭耐心地介绍下，施念逐渐和大家熟络起来。

她身上的衣服是莫兰迪色系的搭配，随意舒适，不会给人很强的攻击性，却又显出一种高级的时尚感，加上她妆容清淡，上午才泡了汤气色好了很多，脸上浮现些许滋润过后的红晕，给人感觉温柔中透着清纯，很容易让人产生好感。

到底做了这么多年的设计师，她懂得怎么运用外在的形象拉近人与人之间的距离。

介绍到卓菲的时候，关铭没有跳过她，依然像介绍其他人一样告诉施念：“卓菲，在华尔街做投行。”

然而桌子底下，他将施念的手攥在了掌心，紧紧地握住。

施念知道关铭在意自己的感受，碍于情面不可能跳过卓菲不介绍，又怕她会介意。

施念任由他握着，纵使内心有着细微的变化，面上依然挂着笑意，没想到卓菲抢先开了口：“久仰大名，我和 William 是老朋友了，之前听他提起过你，只是没想到你是关铭的……”她笑了下没再接着说下去。

纽约的圈子就那么大，同在华尔街做事，卓菲和靳博楠认识，施念并没有感到讶异，客气了句：“回纽约了有机会到我那儿坐坐。”

卓菲也客套地应下这句邀请。

施念似有若无地用余光去瞄关铭，发现他右手有一下没一下地捏着她的手指，左臂搭在她椅子的靠背上，好整以暇地掠着她，嘴角还挂着若隐若现的笑意。

施念突然觉得自己刚才白担心了，虽然环境是陌生的，人也都不认识，但是有关铭在，再难应付的场面也能让她舒适地待着。

那位来自塞浦路斯的女人知道施念还没吃饭，给她端来了沙拉，另一边关铭的一个兄弟问她身体怎么样了，需不需要预约医生来瞧瞧。

施念告诉他自己已经退了烧，就是有些乏力，没有大碍。他们的热情倒是超乎了施念的想象，她一开始还有些担心自己会显得格格不入，后来才发现在他们面前，自己年纪偏小，他们都挺照顾她的。

只不过她来晚了，烧烤已经结束了，关铭担心她吃冷的会不舒服，起身站了起来说道：“我去给你弄点热的过来。”

旁边人都有些诧异地瞧着他自己跑去烤炉边，弯腰点着炭料。

换作以前，这些事情关铭是从来不会亲自动手的，大学那会儿，他活得不羁洒脱，身边多的是围着他转的人，就是最落魄的时候，他在外面依然是潇洒的，何曾为了照顾一个小姑娘弄得一手灰，看得老同学们不禁觉得好笑，有同学扯着嗓子调侃他："因果好轮回，苍天饶过谁？"

姜琨翻译给那些来自国外的同学的伴侣什么意思，所有人都笑了。

关铭也不恼，依然自若地弄着烤炉，用美式腔调回道："身边有个疼爱你的人，哭才有点意思。"

话是出自玛格丽特·米切尔笔下，他引用而来意思再明显不过，有个想疼爱的人，做什么都是有意思的。

卓菲低下头端起面前的啤酒，坐在另一边卓菲要好的姐们儿对着关铭喊了句："多烤一份啊，菲姐刚才也没吃。"

施念没说话，脸上依然挂着淡笑。

卓菲瞪了那个会来事的姐们儿一眼，那姐们儿不再说话了。

关铭倒是从容不迫地将东西烤好，看了眼姜琨。姜琨立马会意，站起身说道："我来给卓菲师姐服务，你们还有谁想要的，赶紧的啊。"

关铭便端着烤好的东西走回施念身边。卓菲大概觉得不太好意思，将面前一盘焦糖果干往右边推了一下，正好推到关铭不远处。

从前上学时关铭每次泡在图书馆都会随身带一把这种果干，无聊乏味的时候就扔个到嘴里。卓菲曾问过他为什么总是随身带着这种果干，他回得很干脆："没有为什么，就是喜欢。"

关铭显然也注意到了，他眼皮垂了一下，但施念发现他自始至终没有碰那个盘子里的东西，而是转过头对她说："注意烫。"

施念有些心不在焉，的确被烫了一下，下意识地去拿手边的饮料。关铭直接夺过她的杯子放在自己面前："冷的给我喝，我去给你换杯热水。"

说着刚起身离开两步，放在桌子上的手机突然振动了起来，施念拿起手机对着他的背影喊道："笙哥，电话。"

瞬间，空气安静下来，大家都抬起头盯着她，有些难以置信自己听到的这声称呼。

在场的绝大多数人都见证了从前卓菲当着外人面叫关铭字辈时的那段过往，知道这是关铭不能触碰的雷区。

可今天，同样的称呼出现在另一个女人的口中，关铭不仅没有冷脸，反而停下脚步转身走了回来，从施念手中接过手机，自然而然地接通了电话。

晚上的时候关铭说要去准备第二天滑雪的装备，所以出去了两个小时，回来的时候施念已经洗完澡上床了，关铭没有叫她。

第二天艳阳高照，大部队一起坐缆车上山。到了山顶施念才发现这个滑雪场拥有得天独厚的景色，丰富的滑雪地形，两旁是壮观的雾凇景象，远处古朴的民居屋顶和烟囱都被厚厚的积雪覆盖上，像极了梦中天堂的模样。

美虽美，但施念有过惨痛的经历，再次来到滑雪场总有些畏手畏脚。不过关铭似乎并不急着带她滑，他一边帮她熟悉雪具，一边教她一些滑雪技巧。他告诉她从山坡冲下去的时候，雪具就是身体的一部分，必须要先熟悉自己的伙伴才能让滑雪顺利进行下去。

有别于上次吴法上来就教她滑行，关铭要有耐心很多，也的确更加专业。在他的帮助下，施念学会了如何运用手中的雪杖，怎样才能防止扭伤。关铭还亲自蹲下身检查她的雪靴，这样一来，她原本紧张的情绪在热身运动中已经缓解了很多。

有时候心里的惧怕往往来自对事物的未知性，当关铭将如何驾驭这项运动的技巧毫无保留地教给她后，施念稍稍有了些底气，起码不会像刚开始那么排斥，慢慢能在平地上走路了，就是怕失去平衡，所以姿势一直很僵硬。

其他人早都滑到山下了，只有关铭还陪着施念在山顶一点点尝试转弯，她没法像关铭那样做到漂亮的犁式转弯，只能很慢很笨重地模仿着他的样子。不过当有了个好老师后，学起来也会轻松很多，不一会儿施念已经开始尝试蹬坡了。

跟他们同行的人都去山脚下的咖啡屋喝热咖啡了，施念看见关铭的鼻子冻得通红的，对他说："你冷吗？要不你先滑下去，我坐缆车下去。"

关铭抬手拍了下她的脑袋："这是什么话？"

说着关铭拉着她的手带她面朝山坡，问她："我们在哪儿？"

施念心头忽然一热，脱口而出："雪山之巅。"

关铭告诉她："以前我每年都会来滑雪，但从来不会为哪个女人停留，今年我跟你在山顶耗了这么长时间，你让我一个人下去？"

他说这话的时候，虽然眼里有笑，但也有着让施念无法退缩的热血。他的声音像有魔力一样牵引着她，对她说："胆子大点，我会让你爱上这项运动。"

很多年前在日本的那个滑雪场，那时候的关铭正当年，鲜衣怒马时，而她只能站在另一个滑雪道远远望着他。

如今她来到了他身边，他们一同站在雪山之巅，施念望进他的眼底，知道这一路走来多么来之不易，突然不知道哪里来的勇气对他说："我跟你滑下去。"

关铭看着突然生出勇气的她，眉梢微挑。

旁边有人跟他们说，施念是新手，从这里滑下去根本就是不可能完成的任务，太危险了。

但是一个真敢带，一个真敢跟，他们俩在旁人眼里就像两个疯子，不要命的那种。

而且做出这个决定后，他们几乎就花了几秒的时间就开始往下滑，不过关铭很有经验，一直用手杆顶着她，一开始慢慢帮她找感觉，教她如何控制身体。施念学得很快，不一会儿已经敢自己滑出一小段，每次重心不稳看着快跌下来时，关铭总能接住她。

身边不时有伙伴已经滑第二次了，每次从他们身边掠过都会对施念大喊：“加油！”

关铭陪着施念慢慢滑，让她不要着急。

有他在，施念的确没有跌过，所以胆子也越玩越大。

她从一开始像个孩子一样慢慢前行，到后来渐渐胆子变大，耳边是呼呼的冷风，和关铭的声音，他对她说：“不要害怕，越恐惧越无法战胜这座山。”

她心里的那股斗志燃了起来，对关铭说想试试滑快点。

关铭看着她眼中兴奋的光，决定让她试一次，但是由于不放心，关铭一路滑在她侧前方控制着速度始终护着她，不时提醒她几句。

当速度提上来后，施念才真正感受到滑雪的乐趣，那种肾上腺素不断攀升的刺激感很快占领了所有情绪。她似乎终于体会到关铭为什么这么热爱滑雪，那种在天地之间漫天飞舞的感觉，正是她多年来一直渴望的自由。时间在这一刻是停止的，只有不断加快的心跳和释放而出的激情。

山脚下，卓菲坐在咖啡屋门口的木椅上遥望着远处坡道上的身影。姜琨从咖啡屋出来递给她一杯热腾腾的美式咖啡，坐在她旁边喝了一口问道：“不上去玩了？”

卓菲接过喝了一口，呼出热气，回道：“不去了，本来这趟过来就不是冲着滑雪的。”

姜琨也将视线落向远处，看不清楚那两人的表情，但依稀能通过滑雪服的颜色瞧见那道红色身影游刃有余地围着紫色身影转，两人滑得非常慢，从他们这个角度看像散步一样。

卓菲笑了下：“他从前说过不会为了谁在滑雪道上停留。”

姜琨也跟着笑了起来：“师哥年轻的时候真像野性难驯的狼啊！”

卓菲没有搭话，只是目光落在那两道身影上。他们各自喝了几口咖啡，半晌，卓菲才再次开了口：“这些年不少人跟我说，关铭身边的女人都是照着我的样子找的，也始终没听说他身边有什么固定的伴侣，我想也许他玩够了就会回来找我了，所以我也不急。”

姜琨拿着咖啡的手顿了一下，侧头去看卓菲，她嘴角浮起一丝自嘲的笑意：“前阵子听说他公开了一段有些荒唐的恋情，我当他出了什么事，所以这次特地过来看看他，顺便看看他身边这个女人跟我到底像不像。”

姜琨将视线转到那抹紫色身影上，问道：“现在你看到了，什么感觉？”

卓菲调侃地回：“果然还是自欺欺人，传闻不可信。”

从卓菲见到施念的第一眼起心里就已经有了判断，她和施念的长相截然不同，施念长得柔润细腻，给人一种想呵护的感觉，而她的五官更加立体，美得具有攻击性。

她淡淡道：“我以为关铭就算不照着我的样子找，身边的女人也是个强势的，起码看上去应该是比较厉害的角色，不然怎么能应付他身边那么复杂的环境。”

姜琨沉默了片刻，说道：“那年师哥处境最艰难的时候，所有人都避之不及，施念丢下自己刚发展的事业孤身一人从纽约飞回国陪在师哥身边。她不是挑不起事，是很多事师哥会替她扛着，师哥说过他的女人没必要活成铜墙铁壁的样子。”

卓菲的睫毛颤了下，一眨不眨地盯着雪坡，最后释然地笑了：“果然没有为什么，就是喜欢。”

明明零下十几度的天气，等施念一路磕磕绊绊快滑到山腰时早已大汗淋漓，关铭在不远处喊她歇一会儿。

她慢慢减速，关铭滑了过去，笑着问她：“怎么样？”

施念露在外面的双眼亮晶晶的，黑色的瞳孔里映着的除了蓝天雪地也只有面前的男人。她对他说：“很多年前在船上你问我如果离开那里想做什么，我告诉你我想做个普通人，那种走在大街上也没人能认出我的普通人。”

“我今天才发现这个答案并不准确，我真正想要的是自由，那种不被人控制，不用看人脸色，不用顾虑别人喜好，能真正做自己的感觉，对，自由。可是自由分两种，我那时候认为以我的能力尽力去做个普通人，让别人注意不到我，我就自由了。”

“可是你让我体会了真正的自由，即使在所有人的注视下，也能随心所欲地做自己，这才是自由，我好像……终于体会到了。”

关铭从滑雪板上下来走到她面前，踩在她的滑雪板上从她身后将她完完全全揽进怀里对她说：“我们离山脚还有一段路，那里有一段不太好滑，所以我让你歇一会儿。”

这一路滑下来对施念来说并不轻松，她想关铭带了她一路也不轻松，或者说可能比她还要累，但是他始终没有丢下她。就像这么多年走来的路，她累了，他为她找一处避风港让她歇；她想奔跑，他就为她铺好了跑道。

这时，关铭摘掉了头盔扔在一边，他的声音更加清晰地传到她耳中，对她说："那我再问你一个问题，有什么东西是不能分开使用的？"

施念想了想回答他："筷子？"低下头看了眼又说道，"鞋子？"然后又笑道，"太多了，比如遥控器和电视机。"

"那有什么是离开另一种东西活不了的？"

"你在考我脑筋急转弯吗？鱼离了水，鸟离了天空，花离了阳光。"

"我们从地球的哪一端过来的？"

"东半球。"

"我们现在在哪儿？"

"西半球。"

"你早上吃了什么坚果？"

"蚕豆。"

"蚕豆米有几瓣？"

"两瓣。"

施念笑了起来："你想说什么？"

关铭脚下微动，带着她缓慢地滑了起来，对她说："你看，这世上绝大多数的东西都有另一半，大到我们生活的地球，小到蚕豆。"

说完滑雪板已经在原地转了一圈，施念原本落在山脚的视线突然掉转过来，看向山坡上，就见七个人同时从山顶向下俯冲。施念似乎看见他们手上拿着什么东西，忽然朝着不同的方向滑行，手上的东西在雪地上划出粉色的印记。施念还没来得及问他们在干吗，就见那七个字母逐渐清晰起来，在她眼前展现出巨大的"Marry Me（嫁给我）"。

耳边是关铭温柔的声音："只有我到现在还没有另一半。"

他走下滑雪板来到施念面前，从滑雪服里变出一枚钻戒，他的身后是白皑皑的冰川，雪折射在他漆黑的瞳孔里，仿佛洒下无数的星辰，璀璨迷人地望着她，问道："你愿意做我的另一半吗？"

施念听见自己的心跳声打在耳膜上，跳动的频率比刚才滑雪时还要快。眼前的场景太过虚幻，巨大的惊喜已经让她停止了思考。

那七个朋友从山上滑到他们身边，围着他们在雪地里划出了一个很大的爱心将他们围在正中，笑着喊着。关铭单膝跪地，逆着光轮廓深邃，在这一望无垠的纯白色世界，在童话般的雾凇旁，在古老民居的见证下，他望着她对她说："上次带你回家，你说不要嫁给我，我告诉你我知道了，你问我知道什么，我知道了我该给你一场正式的求婚。”

“我带你走了这么远，从东半球到西半球，就是为了这件事，想着我这一生也就做这一次，得找个让你能记一辈子的地方。”

关铭说到这里时，施念已经热泪盈眶，面对如此震撼的场景，她的心一直在发颤，她想她一辈子都很难忘记这一刻，在她才经历了人生中最刺激的运动后，整个人还处在极度亢奋中，关铭突然向她求了婚。她不知道自己是在哭还是在笑，情绪完全被他调动着。

关铭拉起她的手询问她：“嫁给我，好吗？”

她泣不成声地点点头，怕他在雪地里跪久了膝盖疼赶紧将他拉起身。关铭顺势将戒指套进她的无名指，低头捧起她的脸。他们拥吻的那一瞬，周围发出了激动的欢叫声。

卓菲和姜琨的视线也被吸引过去，姜琨激动地站起身，双手举过头顶高呼了一声。

卓菲将剩下的咖啡喝光，把纸杯扔进垃圾桶内，挂着苍白的笑意说道：“事实证明再野性难驯的狼也有收心的时候，可惜我没能等到。”

她转过身去，姜琨回头喊了她一声：“师姐你去哪儿？”

卓菲淡淡地对他说：“我回去了，下午的航班，替我恭喜他。”

不知道是不是姜琨的错觉，他似乎看见了她笑眼里含着泪，只是一闪而逝，卓菲对他挥了挥手身影逐渐远去。

从山上下来时，关铭牵着施念刚踏进咖啡屋，伴随着“嘣”的一声，香槟从瓶口喷了出来，同行的伙伴全部围上来跟他们说着祝福的话。

施念就这样被关铭搂着，整个人都沉浸在幸福的喜悦中。热闹的欢笑声淹没了这个咖啡屋，有路过的游客不知道发生了什么事，也过来跟着起哄。关铭一高兴，邀请那些陌生人进来坐，今天咖啡屋所有的消费他全包了。

施念没有见过他如此畅快的样子，眉宇之间尽是神采奕奕的光辉。她望着他笑，关铭也低头看着怀中的人儿，眼里映着彼此，嘴角的弧度压不住。

在咖啡屋里大家为他们举办了一场小型求婚聚会，音乐响起，大家脱掉滑雪服闹着，跳着，就连咖啡屋的老板都抱了把吉他出来给他们伴奏。

一直玩到下午，大部队才陆续返回。关铭和施念是最后走的，咖啡屋的老板亲自为他们做了一杯海盐焦糖拿铁、一杯肉桂拿铁。据他所说这个味道全球只有他这里能喝到，他一定要给两位新人尝尝，算是为他们送上的祝福。

于是在咖啡屋恢复宁静后，关铭和施念坐在窗边，看着窗外白皑皑的雪山，喝上一口热腾腾的咖啡，暖和又舒服。

她回眸看他，他也在看着她，她问他："笑什么？"

他回："终于讨到老婆了，能不笑吗？"

他拿起咖啡杯朝她伸了过来，她把杯子往他杯子上轻轻一磕，他对她说："请多指教，我的关太。"

一抹温柔从她眼底晕开，攀上眉梢，染了整个流年。

施念攥着手腕间的那颗玳瑁珠子，良久，对关铭说道："笙哥，我爸妈不在世了，也没人为我准备什么，婚前我给你一份大礼，就算我的嫁妆了。"

关铭漆黑的瞳孔里含着一抹探究，施念却忽然岔开话题问道："我昨天喊你笙哥，你的老同学都很吃惊，后来我私下问了姜琨才知道，原来卓菲曾经也当着外人面叫过你这个字，你却因为这件事不太高兴。"

"以前随船去日本的时候，沧海跟我说过，你很忌讳别人喊你的字辈，说是怕被喊老了？"

关铭挑起了眉梢："沧海是这么跟你说的？"

施念笑了起来："我就觉得他是胡扯的，对吗？"

关铭松开施念，施念歪着脑袋问道："为什么不让别人叫这个字？"

关铭低眸看了她几秒，嘴角微弯："这并不是什么好故事。"

"我想知道。"

关铭将咖啡放在一边，对她说起一段儿时往事。那时候他大约三岁多，经常会梦游，医生说是白天玩得太兴奋，一到半夜就到处乱走。很长一段时间家里用人夜里轮流守着他，这种症状一直持续到四岁多，有次夜里他连续梦游了两次，第二次快天亮了，因为用人疏忽照顾，他不慎从阳台跳了下去。

施念倒抽一口凉气，关铭笑着攥住她的手："别怕，我现在还好好的，那时候摔断了腿，好在年龄小恢复也快，之后梦游症状莫名其妙就好了。"

五岁多的时候他被家里大人带去牧场玩，有头牛突然发疯一样朝他撞来，他受了点皮外伤，那头牛被当场宰了。

六岁多时他在家门口骑自行车，据跟着他的用人说，他就跟撞了邪一样一路骑得飞快，眼看前面就是池塘，怎么喊他都不停，直直地骑了下去。用人不会水急得差点投池，然后他自己又游了上来，人没事，大冬天的被冻得不轻，回家后第二天就发了水痘。

关母迷信，非说他命不好，那次事情过后花了大价钱托人请了位大师回来，那人说问题出在他的名字上，这个"笙"字与他相克，在他命里自带凶相，得把中间这个"笙"字拿掉才能破了命格。但这个字是按家族里辈分来排的，关父说关母胡闹，为了这件事当时两人还发生了不小的争执。

最后那大师想了折中的办法，让他身边的人都叫他关铭，平时不要提他的“笙”字，久而久之可以化解这个字带给他的煞气，起码能保他平安，等成年后这种影响就会削弱了。

关母询问是否所有人都不能叫这个字，那人说他日后的伴侣，五行互补，纳音相生，反而可以叫这个字，此生也只能有一人叫他这个称呼。

那件事过后，关家除了关母没有人当一回事，都觉得太玄乎。可关母心系小儿子的安危，又觉得关铭自小就不顺，屡次犯险，为了保险起见，从此不准大家叫那个“笙”字。

后来不知道是真应了那人的话，还是只是巧合而已，关铭小学以后一直顺风顺水，没再遇到过什么让人胆战心惊的事，于是关母便更加坚信那所谓的大师的话。

这么多年来，身边人似乎也都习惯叫他关铭了，那个“笙”字便成了他的禁忌，家里人知道情况的没人会冒犯他，外面人不知道情况的也只当他就叫关铭。

而从前卓菲也是无意间从关沧海口中知道了这件事，之所以会当着外人的面叫出这个字，无非是想试试自己在关铭心中的分量，所以有了上次的前车之鉴，在日本时关沧海便没有将实情告诉施念。

如果她那时就知道这件事，便会明白当下关铭对她的心意，再次回想起地震后临时落脚的屋子，昏黄的日式竹编灯下，他让她叫他“笙哥”时，微弯的眼角藏着无尽的幽深。隔了这么多年，她才领悟到这一句称呼承载着多重的分量。

她倚偎进他的怀里，问道：“为什么那时候你就认定是我？”

关铭的声音低浅温柔：“在熊本接到沧海往回赶的路上，我担心还会有余震，脑子里都是你受惊的样子，一路催手下开快点，赶回去冲进房间本想瞧你一眼，看见你睡得挺踏实就挪不动步子了。那时候我就知道，自己要在你身上栽跟头了。”

说着，他低头吻上她的发：“但我心甘情愿。”

3. 一笙只一念

一周后施念随关铭回了国，从机场开回市区的路上有些堵，好不容易通畅了，施念坐久了不太舒服，将车窗降下一半，看见街边卖糖葫芦的店，让吴法停车，转头对关铭说：“我想吃那个。”

关铭伸头看了眼，眼里浮上笑意：“什么口味的？”

“山楂，买两根带回去。算了，我自己下去看看。”

于是关铭陪她一起下车往卖糖葫芦的店走去。还没走近，施念又闻到糖炒栗子的味道，关铭顺着她的目光瞥了眼说道：“看来是饿了。”

施念对着关铭笑，关铭纵容道：“我去买。”

于是施念看着琳琅满目的糖葫芦，挑选了几个想吃的口味。店员替她包装的时候，她抬头看了眼隔壁面店那台大液晶屏电视，上面正在放着傍晚财经新闻，里面报道着：“东辉集团董事长关显峙涉嫌恶意侵占企业资产……并于几年间通过专业中介机构进行业务转移，对于该事件董事会还在调查中，关显峙有可能面临被起诉的风险……”

“您的糖葫芦好了……”

店员的话打断了施念的思绪，她拿出手机付了钱，转身之际街对面停着辆红色保时捷，一个穿着过膝长靴，留着短发有些酷的女人靠在跑车上，大冷天的嘴里叼着根雪糕面无表情地盯着那台液晶电视。眨眼之间她的目光掠向施念，落叶离了根辗转纷飞扫过地面，最终没入无尽的轮回之中，两个女人就这样隔着一条街遥遥相望。

短发女人嘴角微勾，施念摸着手腕间的玳瑁珠点了下头，那女人将雪糕棒扔进垃圾桶，戴上墨镜，跑车“轰”的一声消失在街道尽头。

施念转过身，关铭不知道什么时候已经回到她身旁，望着跑车消失的方向说起：“之前让人调查宁穗岁的时候才知道，她妈还曾威胁她爸公开他们的关系，远峥他爸怕东窗事发对她们母女做了些不太光彩的事，差点逼疯了她妈。”

“你说，这姑娘接近远峥几分真几分假？”

施念神情淡漠地回：“她和关远峥之间的真真假假除了她自己，这世上不会有第二个人知道。但有一点可以肯定的是，那边当初对她不仁，后来又想利用她当工具人谋得利益，从她通过你反将那头一军就能看出来，她恨东城关家的人。”

关铭揽着施念的肩往车子那走去。

他们再次回到都城这个风暴眼，虽说之前因为他们突然公开关系而让不少人一时间无法接受，但关铭在风头最盛的时候直接把施念带出了国，导致无论是想找麻烦的，还是想打探情况的人都无从下手。如今消息慢慢沉淀下来，关铭才正式通知西城关家各支各脉的人回老宅一聚。

而这一天，施念是以关铭的伴侣的身份正式出现在他身旁随他回家。

于施念来说，她的身份是尴尬的，上一次在西城关家老宅出现她还是关远峥的遗孀，而这一次她却站在了关铭身边。所有人都料想她应该是不自在的，关母还特地交代西城关家的一些晚辈看到施念稍微客气一些，之前那些过往大家就不要再提了。

晚辈自然不敢忤逆关母的话，奈何关父一早就没露过笑脸，他今天压根儿就不想过来，自己看中的儿子要带一个颇具争议的二婚女人回家，当着这么多亲戚的面，他的老脸都没地方搁。关母没少做工作，苦口婆心地劝他："你又不是不了解老三的脾气，他想要的人，你反对也没用，他大不了一辈子不娶我看他也是能干出这事的，你要是拆了他的台，等于拆了你自己家的台。"

所以关父今天出现并不代表他就同意了这桩婚事，完全就是给关铭留几分薄面，为了他这个位置不那么难坐。

在路上的时候，关铭攥着施念的手对她说："我家里人不算太难相处，我姐比我还清楚你在时尚圈的地位，她做娱乐产业的，时尚资源对她来说很重要，以她利益当前的处事风格，她应该很想结识你。"

"我哥不太会管我的事，手也伸不到我面前，所以面子上不会为难你。"

"我妈你见过了，她从小就偏袒我，我带回去的人，她肯定是喜欢的。"

"至于我爸……"

关铭将施念的手放在掌心捏了捏，安抚道："待会儿他要是让你感到委屈或者不痛快了，你就当没听见没看到，等回来后我给你出气。"

施念笑了起来，靠在他的肩膀上："这点心理准备都没有我还敢站在你身边吗？"

施念第一次登门，穿着体面低调，白色优雅的短款外套，衬衫束进半截裙内，踩着高跟鞋精致内敛，赏心悦目。关母瞧见她眼里的笑关不住，至于关铭的哥姐也都较为客气地和她打了招呼。

施念非常贴心地为所有人准备了礼物，为了准备东西还缠着关铭把他家里的亲戚关系问了个遍，就连那些岁数较小的女孩也打听清楚了。西城关家的千金们收到施念带给她们的礼物时都有些惊喜，毕竟是一些设计师的"私货"，市面上买不到，自然而然更想亲近这个西城关家未来的女主人。

唯独她送给关父的是一幅她亲手所写的字画，画中猛虎懒卧，幼虎个个威风凛凛，围绕着猛虎玩耍。整幅画构图温馨祥和，寓意着家和万事兴。奈何关父只瞧了一眼便放在一边，关母怕施念下不来台，赶紧叫人仔细收好了。

本来大家以为施念会不自在，但她全程挂着笑意，即使面对关父的冷落也没表现出什么不悦，依然是那副大气从容的模样。

跟关铭要好的几个弟弟怕气氛冷掉，站出来缓和气氛，关父也没买账，坐了没一会儿就和关铭的二叔上楼下棋去了，把施念晾在那儿，中饭都没下来吃。

所以吃完饭，西城关家的年轻人干脆就把施念拉到后楼，主动为关铭解围。

关铭抽不开身，得陪着几个叔叔聊聊外面的形势。

关瑾玥和关瑾澜一人挽着施念的一只手臂，施念还能依稀记得她们的名字，问道："你是瑾玥，你是瑾澜？"

关瑾玥笑道："姐你还能记得我们？"

关瑾澜立马插话道："乱叫，是婶婶，不是姐姐。"

关瑾玥吐了吐舌头。关沧沥在前面走着，回过头说她："你就是嘴快，也不用脑子想想，你要当着小叔的面喊他叔，喊婶婶姐，小叔铁定又要敲你头。"

关瑾玥不服气地说："谁叫小叔老牛吃嫩草。"

没有刚才在长辈面前那么多顾忌，一群年轻人都笑开了。

关沧涛打趣她："我录下来了啊，待会儿放给小叔看。"

关瑾玥松开施念的手臂就冲上去和关沧涛打闹成一团，施念在这样的氛围下也跟着笑弯了眼。

后楼和她那年来的时候变化挺大，似乎从里到外又重新翻修过。从前这里是关铭他们小时候的聚集地，后来他们那帮人长大了，现在这里又成了年轻一辈的俱乐部。西城关家的孩子个个都会享受生活，里面摆放了不少新鲜玩意儿，都是烧钱的东西。

一到后楼，关瑾玥就把施念拉进他们年轻一辈的家族微信群，关铭正在和长辈聊起这次扩展供应链的事，手机振动个不停，他拿出来瞄了眼。

关晋轩：这位是小爷爷的未婚妻吗？我应该叫什么？[搓手.jpg]

关沧沥：小爷爷的老婆当然是叫小奶奶，笨！

关晋轩：小奶奶好[害羞.jpg]@Stella。

关瑾玥：@Stella 这是你二十五岁的老孙子，哈哈哈！

关沧涛：刚才还有人喊姐姐@关瑾玥。

关瑾澜：[坏笑.jpg]

关沧沥：[坏笑.jpg]

关沧涛：@关瑾玥 我绝对不会告诉别人你说小叔老牛吃嫩草的。

关瑾玥：我错了……

关瑾澜：哈哈哈哈哈哈！

关沧沥：哈哈哈哈哈哈！

……

关铭挑着眉，在群里发了三个字：谁皮痒？

消息刚发出去，关沧海连发了十个红包，备注：欢迎。

他这一发，炸出不少“潜水”的西城兄弟姐妹，瞬间满屏的红包发给施念，顿时就刷了一百多个欢迎的红包，让施念受宠若惊。

关瑾玥笑着凑到施念面前说：“你可要收了，你要不收小叔第一个拿我开刀。”

施念哭笑不得：“我收不过来，得点到手软了。”

“我帮你。”

关瑾玥自告奋勇地拿过施念的手机帮她一条条点了，还非常嘚瑟地发了条语音在群里：“我替小婶婶领了，还有谁要发红包的？在线等。”

大家哄闹了好一阵子，群里总算安静下来，半天都没人出声。关铭放心不下施念，起身到后楼去看看她。

结果人还没到三楼就听见那帮熊孩子闹腾的声音都要把房顶掀了，施念坐在牌桌前，和关沧沥他们打起了麻将。关瑾玥眼尖，最先看到关铭，刚准备叫他，关铭对她做了个噤声的手势，关瑾玥把声音咽了回去。

关铭默不作声地坐在施念身后不远处看着她打牌，发现她眉头皱着，一脸认真的样子，面前的筹码输得一干二净。

关瑾玥凑到关铭面前悄声说：“小婶婶肯定是不好意思赢他们钱，一直输。”

关铭笑了起来，将凳子往前挪了挪。在施念刚准备拿起七条的时候，忽然手腕上落了一只大手轻轻一拨，她的手便落在了二筒上。她有些诧异地回过头，发现关铭不知道什么时候过来了，对她说：“打这个。”

施念听他的，打了二筒。关铭往施念身后一坐，几个晚辈牌还没打，心里已经压力巨大。论玩牌，这西城关家没人能玩得过关铭，只是他从不会和小辈来真格的，这次算是为了施念破了例。

关沧涛忍不住玩笑道：“小叔你这操作有些占我们便宜啊。”

关铭的手搭在施念的椅背上，不紧不慢地说：“那就委屈你们了，毕竟我第一次带人回家，哪有让人输钱的道理。”

这毫不避讳的偏袒让一帮小辈一边放炮一边笑。

关铭陪着施念玩了一会儿牌，关沧海从前屋匆忙赶来喊他赶紧过去，关铭掠了他一眼问道：“什么事？”

关沧海面色不大好，压低声音告诉他：“东城那边来人了。”

本来欢闹的气氛因为关沧海的这句话逐渐安静下来，施念想过东城那边最近会找过来，只是没想到会这么巧，选在关铭把她正式领回家的这一天。

关铭面上看不出任何情绪，只是转过头对施念说：“我过去一趟，你继续玩你的。”

施念却站起身，这根刺已经横在她心底太久，是时候连根拔掉了。她对关铭说：“一起去看看吧。”

关沧海劝了句：“我们去应对就行了。”

关铭望向施念，牵起她的手，说道：“想去就去，没什么见不得人的，这里是西城关家，在自己家还能由着外人胡闹？走吧。”

关沧海便没再说什么，关沧沥他们也都站起身，牌都不打了，气势汹汹地往主楼走去。

关父和关铭的几个叔叔、姑妈都从楼上下来了，此时西城老宅的正厅坐满了人，东城那边除了关远峥的母亲，几个长辈也都亲自到场，一坐下来拉了几句家常就说明了来意。

关父清楚对方过来的用意，关远峥的父亲关显峙这次出的事情不小，东城关家岌岌可危，此次过来无非是希望他们这边可以拉一把。关父不动声色地宽慰了几句，说道：“这事我听说了，现在我们家都是老三做主，外面的情况我也不是很了解，还得等他过来。”

正说话间关铭穿着挺括的深色大衣迈入屋内，施念走在他身边，他们一进来屋里的交谈就停止了，所有人都将目光停留在他们身上。施念抬眸迎上关远峥的母亲，对方在看见施念的那一刻，眼里是藏不住的冷意，施念也面无表情地回视着她。

关铭在父亲身旁落座，施念站在另一边，东城关家那边的三叔和关铭招呼了一声，关铭不咸不淡地点了下头。

今天是施念以关铭的未婚妻的身份正式登门，撞上东城人造访这种尴尬的场面，西城人脸色也都不大好看，摸不清对方是否故意挑的这个日子来找碴。

东城那边的三叔人还比较圆滑，和关铭套了几句近乎后，将来意再次说了一遍。关铭听在耳中，平淡地反问了一句：“那你们想让我怎么帮？”

东城关家的三叔说道：“这件事也是我们和一些董事会成员产生分歧，不得已才将部分业务转移出去，现在那部分业务确实已经停止运营了。”

关铭耷拉着眼皮问道：“以前你们就没有通过那部分业务获益？”

东城的人集体陷入沉默，关铭淡笑道：“你们不仅获了益，而且数额庞大，这件事现在闹得这么大，给我个理由，我为什么要帮你们？”

东城关家过来的几个男人面色都变得有些难看，关铭虽然态度还算温和，但话中的意思已经再明显不过了，此时再和他扯什么两家亲难免有些不合时宜。

没承想关远峥的母亲插了一句：“今天你们家人到得齐，我说个题外话，想当年施念还住在我们东城关家的时候，你关铭跑来我们家，跟我和远峥他爸谈把施念送出国的事，你当时是怎么说的？”

她扫了眼站在关铭旁边的关沧海，继续道：“我们也信了你，现在你把我曾经的儿媳妇领回了家，这件事，你是不是理亏？”

关父闭着眼靠在太师椅上，摩挲着手中的玉骨拐杖。关铭的脸色冷了下来，倒是一直稳坐在一边的关母此时突然出了声：“如果你们是想为了这件事来讨个说法，我也当着咱们两边关家人的面说一句。小念今天踏进我们西城的大门就是我们家的人，我听不得任何人扯着她的过去说事，谁以后再提这事，就是跟我们西城人过不去。”

施念垂着眸，话听在耳中，眼眶有些发热。东城关家那边的三叔赶紧跳出来打圆场：“我大哥现在的情况不好你们也知道，一把年纪了还得遭罪，嫂子也是心急，没人想提过去的事，过了就过了。要不是看在我们本家这么多年交情的分上，我们也不会登门。关铭啊，这事我代表东城关家跟你谈，这个资金缺口的确比较大，只要帮我们渡过难关，其他的都好说。”

关铭端坐在红木椅上，下巴微扬，睨着东城关家的人，沉声开口道：“我的女人曾经在你们那儿遭了不少罪，我当年不介入你们就打算白白耽误一个清白姑娘。我对你们伸出援手，就是对她不义，我关铭干不出这事。”

他这话撂出去砸在东城人的心间，几个长辈面面相觑，心里都清楚这过不去的坎就在施念身上。他们私下商量了一下，看向关远峥的母亲，都在劝她让一步，以大局为重。

关远峥的母亲面色难看，终是抬头望向施念，仿佛一下子满脸老态，眼里透着疲惫和不甘，声音微颤地说：“当初你进门的事，算我拉着老脸跟你赔不是。”

空气忽然安静下来，虽然所有人都能感觉出来这一声道歉心不甘情不愿，完全是情势所迫，但堂堂东城身份最高的长辈当着这么多人的面低声下气，这个台阶该不该给？如何打破目前的僵局，无人敢发话，就连关父都睁开眼去看关铭的脸色。

却在这时，一直沉默不语的施念突然出了声，平静地转头看向关铭：“笙哥，我能和她单独谈谈吗？”

关铭抬眸朝施念望去，眉宇之间微蹙了下。施念的眼神坦荡笔直，他静默了几秒，点了下头。

施念看着关远峥的母亲摆了个“请”的手势，她坐在椅子上冷冷地望着施念。东城关家的三叔侧过身对她说了句“去谈谈吧”，她才缓缓站起身。

于是原本难以打破的僵局随着施念和关远峥的母亲的离场稍稍缓和了一些，关铭不放心，对吴法使了个眼色，让他跟过去看着。

施念和关远峥母亲朝西城老宅的后院走去，过了一座小石桥是一处僻静的假山，吴法没有跟到石桥另一头，而是在离石桥不远处的地方停下脚步守着她们。

关远峥母亲回头瞧上一眼，见吴法离她们远了些，才对着施念的背影说道："这件事关铭不肯点头无非是因为你，过去的事我们有对不住你的地方，但是我儿子已经走了这么多年了，你难道还要我们老两口的命吗？"

施念停住脚步，回身望着这个曾经的婆婆，眉梢攀上淡淡的寒意："我对你的命不感兴趣，没有我的存在，关铭也不见得会帮。现在你们处在风口浪尖上，加上今年局势又动荡，你凭什么认为关铭会为了个人情在这时候将资金回笼？"

"起码没有你的存在，我们和西城关家还有得谈。"

施念轻轻地笑了下："如果没有我的存在，你们连谈的余地都没有，你还能站在这老宅后院？"

关远峥母亲眼里流露出轻蔑之色："要不是你的关系，我们两家人也不至于变成今天这样。我们东城和西城同姓关，世代交好，你找谁不好，偏偏找了关铭，你说你是不是故意攀上他这高枝，好跟我们家作对？"

施念顿了几秒，目光幽深地注视着她。

这院中一角略显萧条，有风拂过一旁的枣树，几片枯叶随风飘荡，落在施念的肩头。她收回视线漫不经心地将肩上的落叶拿了下来捏在指间，声音淡然："我要想跟你作对，刚才应该让关铭送客，而不是把你请到这里来单独和你谈谈。"

"你到底要谈什么？"

"你们想让关铭出资帮你们渡过难关，但这窟窿太大了，不是几百几千万就能填上的，就你们现在的处境，银行贷款都拿不下来，关铭又怎么可能冒这个险，所以我说即使没有我的存在，他也不可能松口。只不过因为我在这儿，这个拒绝又显得名正言顺了。"

这番话像无形的巴掌打在关远峥的母亲的脸上，让她心口火辣辣地疼。从刚才起她始终认定关铭不肯点头的原因在施念身上，直到这一刻施念撕开这残酷的现实，她目光瞬间变得有些颓然，死寂一般地盯着施念手中的那片枯叶。

施念说："你们想让关铭出手，但他不会为了别人的生意在现在这个当口拿出自己的风险储备金，除非这是他自己的生意。"

关远峥母亲忽然怔了下，抬起头望着她：“你什么意思？”

“没什么意思，我只是在给你指一条活路，把你们手上的股权转让给他，他或许可以保你们一命。”

关远峥母亲不可置信地踉跄了一下，声音凄厉地指着施念：“你让我们把企业卖了？让我们倾家荡产？”

施念低头看着手中的叶片，淡淡地说了句：“你看这叶子，离了根还能活吗？”

她抬起头，目光在关远峥的母亲脸上扫了一圈：“其实你应该清楚董事会想起诉你们，并不是真的想追究你们的法律责任，而是他们这几年日子过得不好，又没什么盼头，所以想从你们身上搞钱。”

“关铭握着这行的核心资源，他接手后，情况当然就不一样了。你们如果愿意主动放弃公司的经营权，以关铭的为人，他不会为难你们，当然这场风波也能平安度过。”

“所以我说，我在给你们指一条活路，你也可以不听我的，只是家道中落和牢狱之灾到底要怎么选的问题。”

她轻飘飘地将叶子松开，落叶随风飘落在泥地里，无论曾经如何枝繁叶茂，如今一阵风吹过，辉煌早已不在。

可关远峥的母亲到底不甘心，一辈子要强惯了，不甘心步入年迈还要承受这样的打击。关远峥的母亲按着施念的肩膀，不停地摇晃着，眼里全是狠劲：“你满意了？我现在这个样子你是不是很痛快？啊？”

施念被她晃得胸口一阵发堵，眼里却透着淡漠的悲悯：“福祸皆因果，但凡你从前给我留条能走的路，我不会结识关铭，你不对我隐瞒我妈的病情，我对你不至于情分全无，走到今天这步，你怎么就不想想你自己有多少功劳？”

施念讥诮的目光刺痛了她，活了半辈子才知道丈夫在外有个养女，儿子早逝，家业衰败，所有的不幸在此时此刻就像突然找到了宣泄口。她拼命扯着施念，痛苦地重复着：“为什么……”

施念狠狠甩开她的手，忽然感觉一阵眩晕差点栽倒。吴法赶紧大步过桥将关远峥的母亲拉开。施念捂着胸口，喘息着对她说：“还想对我动手吗？想封死你们唯一的活路，你大可放手过来。”

这句话像锋利的刀子架在关远峥母亲的脖子上，让面前这个年过半百的女人突然就卸掉了身上所有的强势，仿佛一瞬之间变成了一个苍老无力的妇人，当年盛气凌人的样子终究随着时代的变迁不复存在。

施念不想再看她一眼，对吴法说：“送她回去吧。”

说完，施念转身迈上石桥，步子越发无力，一口气卡在胸间，上不去下不来，周遭的空气越来越稀薄。

她看见关铭寻了过来，看见风吹起了他的衣角，看见他朝她大步而来，寒风萧瑟，层林尽染，她迎向他，双腿发软，就快支撑不住了。她哑着嗓子想喊他，耳朵却嗡嗡作响，那句“笙哥”终究淹没在喉咙里，天地旋转间，她失去了意识。

施念感觉自己只是晕了片刻，很短的几秒，然而当她意识再次回笼时，周围的环境已经不再是西城老宅，苍白的天花板上镶着一圈吊药水瓶架子的轨道，她觉察出自己躺着的地方应该是医院。

她侧过头去，病房的窗帘仅拉开一角，关铭双手放在西裤口袋中，背对着她立在窗前。

施念喊了他一声：“笙哥。”

他身形微动，几步走回病床边，俯身摸了摸她的额头：“你感觉怎么样？”

施念回道：“还好。”

刚想撑着身子起来，关铭却按住了她的肩膀：“好好躺着，饿吗？”

她张了张口问道：“我怎么晕倒了？”

关铭拖过一边的椅子在病床前坐了下来，停顿了几秒，说道：“你有些贫血的症状。”

施念眨了下眼，转头盯着天花板“唔”了一声，喃喃自语道：“怪不得我最近总是感觉晕晕的。”

关铭轻柔地顺了顺她额边的碎发：“不要紧，我们慢慢调理。”

施念点了点头，突然想起什么，看向他问道：“那我晕倒后，你就送我来医院了吗？没把你家里人吓着吧？东城那边怎么说？”

关铭心不在焉地回：“沧沥差点跟那边带的一个手下打起来，我家里人都很恼火。”

施念这一听，伸手握住关铭对他说：“你有叫他们别闹吗？东城人有没有找过你？”

关铭感觉到她的手一片冰凉，反手将她的手握在掌心，有些心疼地将她的手放在脸颊上焐着，说她：“躺在病床上了还操心，他们都以为你和她起了什么冲突才晕倒的，东城之前的恶行就是你给我的大礼？”

施念声音虚弱无力地说：“你从前教我没有百分百的把握，就不要做破釜沉舟的事情，为了这百分百的机会，我等了七年的时间。”

“我知道七年前将这张牌丢出去不会有任何水花，那时东城在企业内部有绝对的主导地位，不是我随便拿出个证据就可以撼动的，如今的情形却不同了，东辉集团似一盘散沙已久，他们对关显峙的领导策略怨声载道，苦于没有新的出路，我只是从侧面稍微吹了阵风，东城摇摇欲坠的威望就立不住了。这是为他们涣散的人心找了个突破口，一旦这个防线被攻破，源源不断的施压将会降临到他们头上。”

“不战而屈人之兵，善之善者也。是时候收网了，这条大鱼你还满意吗？”

关铭低头轻轻地捏着她的手指，发现这些年她的指间早已有了薄薄的茧。她从不会告诉他在帕森斯挑灯夜战时受过多少苦，也不会告诉他在RCM夜以继日地奋斗承受了多大的压力，但此时关铭摸着她的指腹，好似突然看到了她过去七年的生活。

他不停抚着她的指腹，想将这苦难全部抹去，呼吸略沉地说：“你借宁穗岁的手砍下这刀，是为了我？”

施念一开始还有些诧异，但很快就想明白了，关铭有明察秋毫的本事。那天她虽然在街边和宁穗岁匆匆对视一眼，但他已经能猜到这其中的联系了。

她和宁穗岁之间也只是各取所需，她要得到东辉集团，宁穗岁想让东城彻底没落。

她做这件事的前提是必须让自己撇清关系，因为她是关铭的人。

施念气息很弱地说：“笙哥以后是要撑起一片天的人，这条路上不能有任何污点。”

她还不知道自己的真实情况，到这个时候了还在为他考虑。关铭垂着脑袋，话听在耳中，心口温热。医生对他说的那些话，他却对她说不出口。

施念被送来医院的时候已经见了红，有流产迹象，院方说她目前的体质不一定能保住孩子，要做好长期卧床保胎的准备，也要做好最坏的打算。

从知道这个消息起，无论谁和关铭说话，他始终静默着，脸色沉得吓人。

肚子里的孩子已经一个多月了，他和施念出国的时候，小生命已经在她身体里孕育了。他却带着她出国疯了那么多天，还滑了雪，横跨太平洋一去一回几十个小时的飞机，如果他知道，他不会带着她这么折腾。

此时望着躺在病床上苍白面容的施念，他心里反复绞着，内疚得一个字都说不出来。

他的反常让施念感到一丝慌乱，她叫了他一声。关铭抬眸之际，眼眶泛红，像即将沉下去的晚霞，深沉浑厚。

施念的心尖颤了下，声音很轻地问：“我到底怎么了？”

关铭抚着她的手背，不可能一直瞒着她，嘴角扯起没有笑意的弧度对她说：“我们有孩子了。”

施念怔怔地盯着他，仿佛突然明白过来他复杂的眼神，和他看自己那种心疼的目光。她眼睫颤抖，朝他笑，他也跟着笑，她激动地抚了抚小腹，这时候细细感受才察觉出的确是有些不同的，好像刚才晕厥之前小腹感受到细微的疼痛。她担忧地问：“孩子好吗？”

关铭静静地注视着她，思索片刻，嗓音发沉地告诉她：“你现在身体有些弱，可能需要在医院休养一阵子。”说罢，又反复斟酌着用词，缓声安抚道，“什么都不用想，我会守着你们。”

莹润的泪花浮上她的眼眶，她抓着关铭的手，语无伦次地说：“我们真要有孩子了吗？太突然了。”

关铭抬手缓缓地将她眼角的泪拭去，指腹轻轻摩挲着，好似在用这种方式回答她。

关母听说施念醒了，一进病房看见她，话没说几句就激动得红了眼睛，反复叮嘱她好好静养。临走前，关母将手上的一枚祖母绿的戒指取了下来放进她的手心对她说：“赶快好起来，这个家以后还得指望你。”

直到关母离开后，施念摊开掌心看着那枚通透色满的蛋面，问关铭：“这枚戒指好像有些年头了。”

关铭拉过她的手，将戒指套上她的手指，圈口有些大。他低着头说：“要拿去让人改一改，这是我妈进门后，我奶奶给她的。”

施念心口微微发热，再看向这枚戒指时，心境已然不同。

关铭对她说：“戴上这枚戒指你就是西城关家的女主人了，我妈手上的东西也就正式过给你了。她名下应该有不少基金、股票，你以后在西城立足需要这些东西，家里人口多，经常有些大大小小的决定都要经你手的，做我老婆是不是很麻烦？”

他的话触到施念心底最柔软的部分，她妈妈走后，她四处漂泊，东城从来就不是她的家。她待在关铭身边，可他的家人始终是她心里最担忧的障碍。

现如今，她还没有过门，他们已经将象征着西城女主人地位的东西交到她手中，那种被接纳的感受让她真正有了家的归属感。

之后的一个多月里，施念都是在医院里保胎。关铭为她找了三个看护，轮流二十四小时守着她。吃饭、去洗手间、洗澡，一刻也没大意，她突然就成了重点保护对象，每天都像大熊猫一样被人看着。

好在大多数情况下，关铭都会陪着她，他在的时候会让看护去隔壁休息，她的生活起居全都落在了他肩上，一个向来养尊处优的男人，为了照顾她，凡事亲力亲为。

她住院期间，西城关家来了不少人，除了关瑾玥这些女孩经常过来陪她聊聊天，解解闷，还有不少长辈也来看望过她。关铭没有将施念怀孕的消息透露出去，现在她的情况还不稳定，他不想给施念带来什么外界的压力。不过那些长辈听说施念在老宅晕倒后，顾及关铭的面子还是过来探望了她。

当这些长辈看见施念手上戴的那枚象征着身份的戒指后，都很意外，只能将原本的偏见和看法收了起来，对她嘘寒问暖。

施念当然能感觉出来这些人停留在她手指间的眼神，这才体会到关母为什么那天会把戒指留给她，也许关母已经能预料到后面会有不少人来看她，那么这枚戒指无形中就成了她的护身符，替她挡去了所有麻烦，她对关母便多了份感激。

东城那边也派人过来慰问，不过关铭连病房大门都没让他们进，直接在隔壁休息室和他们谈了一会儿。至于具体谈了什么，关铭没说，施念也没问。他不让她操心外面的事，她便安心地养胎。

关父虽然始终没有去医院看过施念，但每次关母从医院回去，他总要状似不经意地问一句：“丫头怎么样了？”

还有一次他问关母：“你说，那丫头会不会不太想见我？”

关母毫不留情地说他：“现在想去医院瞧瞧了？小念上门的时候你什么态度？我要是你就别跑过去给丫头添堵，昨天听说吃进去的东西都吐了，老三这段时间憔悴不少。本来她那样我看着都心疼，你再去万一又说了不中听的话，你这是要你儿子命啊。”

关父叹了声气，对她说：“你不是信那些神神道道的东西吗？这几天让品妍陪你去寺庙里面请炷高香给丫头保保平安。”

关母瞧他那别扭的模样，说了他一句：“要你说，我肯定是要去的。”

也许是关母日夜祈福，也许是关铭悉心照料，也许是施念心里那股坚定的意志，她肚子里的小家伙暂时脱离了危险。施念能出院了，可怀孕让她身体变得非常虚弱，加上她常年体寒，身体条件并不好，这意味着即使回了家，整个孕期也都不能掉以轻心。

再次踏出医院大门时，已经春暖花开了。街边的苍兰散发着令人回味的幽香，施念露出笑意嗅了嗅，心情突然变得很好，人都精神了一些，对关铭小声地撒着娇：“我感觉自己从冬天躺到了春天，能不能别这么快回家嘛？”

关铭让吴法先回去，他自己开车带施念慢悠悠地在街道转了转。在病房里关了这么久，施念有种放风的感觉，不禁对关铭抱怨道：“其实偶尔这样出来还是可以的吧？我可不想后面几个月一直躺在床上，得躺出病来的。”

没开一会儿又堵车了，关铭无奈地说：“偶尔出来堵车可不是什么明智之举。”

施念本以为关铭是带她透透气，可车子最后停在了民政局门口。施念有些诧异地侧头望着他，关铭单手搭在方向盘上，斜阳镀上他的眉梢，他笑着说：“碰巧开到了这里，那就进去坐坐吧？”

施念也笑了起来：“我们什么都没带，里面的人可能不会接待我们。”

关铭打开储物格，拿出东西在她眼前晃了晃：“碰巧带了。”

施念撇过头，笑弯了眼：“真会碰巧，这位关先生。”

“赏脸吗？这位关太太。”

施念在三十岁这一年嫁给了关铭，当然这一切并不是碰巧，关铭没有知会任何人，接施念出院后就将她变为自己的合法妻子。

他也只是在回去的路上给二老去了个电话，告诉了他们这件事。

家里几个阿姨昨天就把家里里里外外打扫了，一早关母就忙前忙后地安排施念住的房间，大到床垫厚度是否合适，小到拖鞋防不防滑都过问了一遍。她如今这个年纪早已不下厨了，但是小儿媳妇第一次来她家，她还是系上围裙到厨房亲自忙活了几个菜。

关父原本在院中逗鸟，听见关母讲电话，走进屋中问了句：“她不是一早出院吗？怎么还没到？”

关母挂了电话，面上掩不住的喜悦：“两人去领了证，你家老三终于有媳妇了。”

关父杵着拐杖，面上看不出什么情绪。关母也摸不准老三这先斩后奏是不是又让自家老头不痛快了。就在她转身准备进厨房时，却听见关父淡淡地对她说了句：“丫头上次送的那幅画让人拿出来挂上。”说完他便再次走入院中。

关母回过头来，笑看着他的背影摇了摇头。

这是施念第一次来到关铭父母的住处，在郊区的别墅内，离西城关家的老宅不算远，虽然没有老宅那么大，但老两口住着倒也挺宽敞。前院种满了花草，这个季节百花齐放，倒有种世外桃源的安逸感。

她没想到关铭的哥嫂带着孩子们，还有他姐和姐夫一家都在关铭父母这边等着他们回来。一到家，关铭的小侄子就跑过来奶声奶气地喊：“叔叔。”

然后就扯着他不放，要关铭陪他耍剑，看那样子，关铭应该不止一次陪这小家伙玩过。他的小侄女如今都长成十几岁的姑娘了，不再会往关铭身上爬，可和他还是很亲，笑着喊他。关铭一边和侄子侄女说着话，一边将施念护在身后，将他皮得要命的小侄子拎起来对他说：“你婶婶肚子里有你弟弟，也有可能是个妹妹，你老实点，要是碰着你婶婶，我要打你屁股的。”

小侄子一听这话，立马规矩起来，睁着一双黑漆漆的大眼睛躲在关铭后面好奇地盯着施念的肚子。

一家人都有自己的生意，平时忙，一年也不见得能像这样聚在一起几次。施念发现关铭在自己家人面前，会卸掉那些让人难以拿捏的气场，整个人都会变得温和很多。

吃饭的时候，大家都挺照顾施念的，关铭的姐姐给她带了不少孕期要用的东西，让人搬了足足两大箱过来，他嫂子也拉着施念跟她说着育儿经。

关父虽然一直没怎么和施念说话，但也和和气气地坐在桌上吃了一顿饭。

施念抬头便能看见自己画的那幅象征着家和万事兴的画挂在墙上，关母顺着她的目光看了眼，说道：“你爸刚才叫人挂上去的，他前几天还拿放大镜观赏了半天，夸你的墨法气韵生动，小小年纪就有大师风范了。”

这幅画藏着施念想向关父表达的情感，她希望关父能放下芥蒂，希望她的出现不会影响家里的和谐，她怀着美好的愿景画了这幅画，把她心里所想的传达给关铭的父亲，关父读懂了，所以当时只扫了一眼就合上了，施念便知道他依然不愿意接受她的身份，只是那天去之前她答应过关铭不会放在心上，所以纵使关父当着那么多人的面冷落了她，她依然强撑着笑，不让关铭为难。

可没想到今天回来，这幅画被挂了起来，还挂在这么显眼的地方，施念有些动容地望向关父，思忖良久，还是开口慎重地说了句：“谢谢爸。”

饭桌突然安静下来，大家都清楚这三个字的分量，能让一个耄耋之年的老人放下一辈子根深蒂固的观念不太容易，但最终关父还是在这场家宴上松了口，给了施念一个台阶下。

他收起严厉的神色，较为缓和地回了句：“多吃点，听说你还贫血，也不知道老三平时怎么照顾的你。”

那话里话外的意思搞得好像关铭虐待了她，虽然话听上去像是指责关铭，不过关铭一点都不恼，反而笑了起来，拿起施念的碗替她盛着热汤，对她说：“听到爸说的没？多吃点，不然我的罪过就大了。”

关母让施念就在这里住下来，他们还能照顾她，把她一个人放在关铭那大房子里他们不放心。

关铭这段时间的确需要把积压的事情处理完，商量过后，让施念暂时住在二老这里，他在外面也能安心些。

施念听从他们的安排，关母说如果施念还缺什么，随时跟她说。其实施念什么都不缺了，本来现在的身体就不宜外出，家里的东西关母准备得已经很周全了，关铭的姐姐和嫂子又送来这么多东西，她实在没有需求了，能被这么多人关心着，对她来说已经感到莫大的幸福。

她是个容易知足的姑娘，也许是常年一个人漂泊在外，别人真心待她，她都会记在心里，加倍还回去。

所以住在关铭父母家的这段时间，她闲来无事会替关母设计衣服，还亲自动手缝制小坎肩，开春早晚凉的时候给关母披上。

关母对施念的生活照料也是无微不至的，每天都要亲自看着补品熬制，按时让人端给施念，热了冷了饿了，仿佛她都能注意到，施念总算知道关铭为什么会这么细致周到了，因为他有这样一位善解人意的母亲。

有时候施念也会陪关父写写字，聊聊天，她和关父能聊国际形势、经营策略，也能聊字画鉴赏、品茶悟道。很少有年轻姑娘像她这样性子静，能耐得住，关父渐渐体会到儿子为何唯独对这个丫头情有独钟，和她相处起来的确让人舒心。

虽然关父不会把很多事情放在嘴上，但他的一些举动还是能让施念感觉出他对自己的态度在慢慢发生变化。

有一次关铭出差，她夜里突然难受，吐得厉害，怕打扰到二老，所以憋着泪趴在浴室，后来关母带着阿姨进来才将她扶回了床上。

第二天才听说，是关父先听见了动静，急得在门口徘徊，跑上跑下把家里人都惊动了起来。后半夜关父一直睡不踏实，起来好几次听听外面的动静。

这些牵挂施念都能感受到，虽然关父从来不会说什么。

肚子里的孩子满三个月的时候，施念和关铭举行了婚礼，婚礼规模非常盛大，西城并没有因为她是二婚而降低了任何标准，反而所有规格都按照最高的来。

不过因为她身体情况比较特殊，所以整个婚礼筹备过程基本上都是关家人在操办，虽然他们会征求她的意见，但其实她也根本提不出什么建议，关家请的都是知名团队设计安排整个婚礼过程，当然是体面周到的。

唯独婚纱和礼服是施念亲手设计的，那是她还在纽约上学时画的设计稿，当时她并没有和关铭在一起，对于以后的婚姻生活也没抱多大希望，只是在设计那份作品的时候，她不自觉代入了关铭的身形和样子。没承想到这么多年过去了，她真嫁给了梦想中的男人。

那年，枯木逢了春，花开到荼蘼，破浪终归来，巅峰相携手，一笙只一念。

Extra episode

言礼 & 言卿

西城关家历来人丁兴旺，亲戚众多，各房各户开枝散叶，常年喜事不断，但没有一件喜事抵得上关言礼的出生。

这个孩子注定含着金汤匙来到这个世上，刚出生就受到了高度关注，一来关铭人到中年才有了后代，外界都传他是不婚主义，如今肯成家安定下来，在关家人的眼里实属不易；二来这个孩子是西城关家掌家人的长子，他的出生决定了他将来会成为西城关家的接班人。

但要说小言礼刚出生那会儿，还真不怎么遭关铭待见，虽然他是喜欢孩子的，但是施念在生言礼时遭了不小的罪，几乎是在鬼门关走了一遭。关铭怎么说也是大风大浪里滚过的男人，却因为得知施念在手术过程中情况不好，人守在待产室外面签字时手指一度僵硬到无法下笔。

所以手术结束后，关铭便来到施念身边，在她没有完全脱离危险期的那几天，关铭一眼都没有去看孩子。明明是西城关家嫡长子的身份，却因为妈妈自身情况不好，爸爸无心顾及他，导致这个小可怜刚来到世上就孤零零地被丢在婴儿房，由护士和保姆照顾，只有爷爷、奶奶和姑妈来看看他。

直到几天后施念情况好转，才催促关铭去陪陪孩子。关铭到底不放心她，施念握着他的手虚弱地对他说：“这是我用命博来的孩子，我们的孩子。”

消沉了几天的关铭才像突然清醒过来似的，第一次去婴儿室看小家伙。小言礼没有许多孩子刚出生时的褶皱，饱满的小鼻子，一双眼睛虽然看不清东西，却好似已经能感知光亮似的乱转。关铭在婴儿房坐了半个钟头，小家伙一声不吭。保姆说她没见过这么听话的孩子，吃饱了就睡，睡醒了就自己玩一会儿，不哭不闹。护士来查看的时候也告诉关铭，相比其他婴儿房的宝宝，小言礼真的很好带了。昨天隔壁一个小孩哭了一整夜，妈妈刀口还疼着一夜没睡，可闹心了。

兴许是听到别人夸赞儿子，关铭眼里终于流露出几许作为父亲的悦色，于是决定将小言礼抱到施念身边，让她也瞧瞧。

意外的是，母子像连着心一样，出生几天都很安静的小言礼，一回到施念身边，小手碰到妈妈后就开始大哭，还哭得抽抽的，好似这几天受了多大的委屈见到妈妈后向她诉苦般。

关铭怕小家伙吵到施念，只有再次抱起来轻声哄着。

施念躺在床上看着他宽大的臂弯间的小家伙逐渐安静，那温馨的画面让她嘴角泛起满足的笑意。她以前就总在想，关铭那么喜欢小孩，要是有自己的孩子会是什么画面。

然而今天她终于看见了，他的温柔、耐心、仔细全融化在墨黑的瞳孔里，她感受到了前所未有的幸福。

出院后，施念身体依然很虚弱，虽然她自己感觉基本恢复到从前的状态，但在关铭的重视下，关家上下对她都格外照顾，从起居到饮食无微不至。

至于带孩子方面，由于小言礼满月后体重就开始飙升，加上从小好动，被人抱着也不老实，所以一般情况下为了施念的身体康复，关铭不怎么让她抱孩子。

三个月前言礼还小，什么都不懂，保姆尚能照料着，随着月份越来越大，孩子开始认人，关铭抱得多了，言礼自然而然会黏着他。

有时候关铭需要处理工作，实在没办法的时候只能一手抱着言礼，一手拿着手机讲电话。保姆怕孩子打扰关铭，多次想从关铭手上接过孩子，可他到底对言礼还是有些纵容的，会浅笑摇头让保姆休息，他来带。

久而久之，小言礼便养成了一个有别于其他孩子的怪癖，喜欢在关铭跟人谈工作或者谈生意的时候窝在爸爸臂弯里睡觉，那些枯燥的商业经成了他的催眠曲。

关铭小的时候，父亲也经常亲自教导他，但教导不等于会带他，大多时候他和父亲并不亲近，更不可能像一般小孩那样爬到父亲的肩头撒娇，这在关铭小的时候是绝对不会出现的事情，甚至他摔了跤，疼得要掉眼泪，都会被父亲训斥，让他把泪憋回去。

大概是因为自己的童年经历，关铭在对待言礼的时候反而极有耐心，尽管他生意上的事很繁忙，但依然会抽一整个下午陪言礼拼积木，也会把儿子带在身边去开会，开完会带着儿子去找施念，就像一个普普通通的爸爸，甚至要比很多爸爸更加宠这个儿子。

在这种宽松的成长氛围下，小言礼成功长成了一匹脱缰的野马，爬高上低，精力旺盛，调皮得让人头疼。每次施念训言礼说得凶了，关铭总是笑着替言礼解围，例如：

“小孩子皮点怕什么，别扼杀了孩子的天性。”

“你跟小孩生什么气，你气坏身体他该玩还不是去玩了。”

“来，我看看儿子怎么把你气到了，我替他受罚，罚一栋观海别墅怎么样？夏天我们正好可以去度假。”

于是言礼上幼儿园之前，关铭陆陆续续转给施念不少资产，每次都以为儿子开脱为由，哄得施念拿他们父子一点办法都没有。

本以为上了幼儿园后，小言礼终于可以收收心了，没承想到关铭经常出差前，派人去幼儿园给言礼请假把小家伙带去外地玩，有时候当天去当天回，施念根本就不知道，还是有次去接言礼的时候，幼儿园老师反映最近请假次数挺多，幼儿园要排练六一儿童节的节目，最好不要再请假了。

施念回家问关铭怎么回事，关铭让小言礼自己去玩具房玩。然后气定神闲地坐在沙发上笑看着兴师问罪的施念。她是真有点恼火了，立在关铭面前说：“你整天带着他到处疯，他以后都没心思上学了，就知道玩。”

关铭温润地笑道：“会玩也是门学问。”

“那你就没想过，他学习成绩差怎么办？以后喝西北风去？”

关铭依然好脾气地挂着笑：“不至于，我的儿子再不济也不至于喝西北风。”

施念双手叉着腰，柔润的脸蛋板得严肃：“是，不至于喝西北风，变成纨绔子弟，就知道吃喝玩乐啃老，然后败光你的家产，还不给你养老。”

关铭忽然朗声笑了起来：“那他小子也要有本事败光我的家产。”

施念不可理喻道：“这时候你还有心情炫富吗？”

关铭抬手将施念拽到腿上，手搭在她的腰间，安抚似的摩挲着：“我们俩都不是坐吃山空的人，儿子有眼睛，有思想，从小在我们身边，想长歪也要有这个环境，你太焦虑了。”

“退一万步讲，即使他以后不是学习的料，也会有其他可以走的路，为什么一定要按照某种既定的样子去培养他呢？”

施念沉默了。事实上，关铭总是能三言两语抚平她焦躁不安的情绪，和他生活在一起的好处就是，根本就吵不起架。纵使施念为了某件事真的到了发火的地步，关铭也总是静静地看着她撒气，然后几句话哄得她妥妥帖帖的。

不过家族聚会时，施念偶尔还是会和熟悉的家人聊起关铭太溺爱这个儿子。关沧海就总调侃关铭老来得子，聊起这个宝贝儿子嘴都合不拢。

话虽如此，小言礼的这些哥哥、叔伯一个比一个疼他，嘴上说着关铭太宠孩子，真见到小言礼谁都要上去逗逗他，从小各类礼物更是不断。自从玩具房堆满后，关铭干脆直接把家里三楼一整层改造成了儿子的玩具天下，每次小言礼邀请幼儿园的同学来家里玩，大家一迈入三楼都有种叹为观止的感觉。

当然，施念还是抱着美好的愿景，认为儿子上了小学后懂事了，也许就不会那么皮了，毕竟繁忙的课业总会占据他大量玩乐的时间。

事实证明，她太低估这个小子了，小言礼刚入小学一个月不到就因为和三年级的大哥哥打架被请家长了。

施念简直不敢想象，言礼怎么会去招惹三年级的男孩？她立马把这件事告诉了关铭，关铭只是很沉静地听着，对她说："不是大事，我去处理。"

然后关铭就让司机把车子开去了言礼所在的小学，还没到办公室门口，就看见小言礼背着双手站在墙边，校服衣领歪歪斜斜的，白色球鞋也变成了黑色，手臂挂了彩，不过被校医处理过了，一脸倔强的模样。

反观他身边那位三年级的哥哥，满眼通红，眼泪鼻涕乱七八糟地糊在脸上，身上也有好几处皮外伤。关铭扫了眼，将小言礼单独喊到一边询问了一番，而后拐进办公室。

他刚开完会赶过来，身上穿着妥帖的黑色衬衫，笔直的长腿沉稳地迈入办公室，那令人无法忽视的气场让办公室里的所有老师都不禁停下手中的工作抬头朝他看去。

他有条不紊地询问道："我是言礼的爸爸，请问谁是赵老师？"

赵老师是个三十岁不到的女老师，虽说没有和关铭接触过，但只简单几句交流，关铭的容貌和谈吐还有那看似温润却摄人的气场便让她有些局促。没聊几句，三年级的班主任便带着另一个家长找来了。

那个家长是个凶悍的主儿，一进一年级教师办公室就指着关铭说他家儿子先打了人，并问关铭要说法。

关铭只是坐在椅子上不动声色地等着他说完，而后偏了下头，问赵老师："言礼以前打过其他小朋友吗？"

赵老师摇了摇头："没有，平时他和班上男孩也就是哄闹，小孩子不会真下手多重的。"

关铭撇了下嘴，转回头看向那位家长："学校这么多同学，为什么偏偏打了你家儿子？"

那位家长激动地说："我怎么知道？"

关铭点了点头："既然你不知道，那就等等答案。"

所有人面面相觑，不过两分钟，言礼就领着一个三年级的小女生站在办公室门口喊："报告。"

小女生红着眼睛把袖子卷起，早晨排队时她被那个三年级男孩拧的好几个印子还清晰可见，就连旁边几个围观的老师都倒抽一口凉气。

而后又通知了这个女生的家长来学校，女生哭着说那个男孩不止一次欺负她了，还把她的橡皮全部扯断，说要是她敢告诉家长和老师，就烧光她头发。

于是小言礼从打人者变成了见义勇为的，这件事的焦点成功转移到那两个三年级小朋友的矛盾上了。

至于他一个刚上一年级的小朋友是怎么能管到人家三年级的，这件事让施念觉得很匪夷所思，关键是回到家后还看见关铭一脸慈爱地摸着他的头，夸道："没给三年级的打趴下，不错。"

本以为这件事过了也就算了，但是接下来但凡班上有点风吹草动，总有关言礼的份儿，甚至多次因为忘了写作业被老师点名批评，在施念眼里，自己的儿子俨然成了问题儿童。

所以关言礼刚上小学那会儿，施念一度焦虑到怀疑人生，都不知道自己到底生了个什么孩子，她从小成绩优异，听话刻苦，然而儿子样样都不沾边。

就在她准备接受儿子可能不是学习这块料的时候，偏偏言礼次次考试都能名列前茅，她都不知道一个作业都经常忘写，整天在学校闯祸的学生是怎么考出这成绩的。

问他，小言礼的回答永远是："运气好。"

但是一直到后来的学习生涯中，他的运气一直就没掉过链子。这又让从小就刻苦勤奋的施念开始怀疑人生，关铭每次见她拿着儿子的卷子认真查看的模样，都觉得好笑。

有次施念实在忍不住了，拿着言礼满分的数学试卷抬头问关铭："你小时候也这样吗？平时不好好学？考试才发挥？"

关铭谦逊地笑了笑，拿起手边的茶杯缓缓喝了一口，道："你怎么知道言礼平时没有好好学？也许他只是学得快些，足以腾出时间去干其他他认为有价值的事。”

什么有价值的事？玩吗？

有时候施念真的很佩服关铭的心态，对于儿子的成长他总是有种不急不躁，任其发挥的底气。

言礼的名字是关父取的，有言念君子，彬彬有礼的寓意在里面，希望他这个宝贝孙子能够知礼节、性子定，不要像他爸爸一样做事乖张，随心所欲。

偏偏言礼的性格和他的名字完全是背道而驰的，所以虽然施念没有见过关铭少年时期桀骜不驯，张扬不羁的模样，倒是在后来的岁月里从儿子身上体会到了。就连关沧海他们都说言礼活脱脱就是关铭小时候的样子，皮得让大人直抓头，但关键时候却总能让人找不到任何责罚他的错处，令人又爱又恨。

就这样提心吊胆地陪着言礼升到四年级的时候，施念意外怀孕了。这件事让他们都始料未及，虽然是喜事，但也怕施念的身体承受不住第二个孩子的到来，于是这个孩子的去留问题成了她和关铭最大的纠结。

可也许是生完言礼后，关家上下对施念照料得细致入微，那些年关铭连一口冷水都没给她碰过，再冷的天里，只要夜里施念想喝水，都是关铭下床帮她倒好以防她着了凉。她体寒，关铭没少花心思找来各种珍贵食材给她补身体，一日三餐都有人悉心安排，加上关母和关铭的姐姐、嫂子也经常送补品过来，久而久之，施念的气色越来越红润。

再去医院检查的时候，医生告诉他们，她的身体条件完全可以生下二胎。关铭到底怕施念再遭罪，让施念好好想想，但施念却坚决想生下这个小生命。因为自从得知自己怀孕后，她明显感觉到小言礼老实多了，在家走路不再风风火火用跑的，也不会玩具满地扔了，甚至还会轻手轻脚地帮着家里用人收拾东西，说怕绊着妈妈，这小家伙的转变让施念更加期待新生命的到来。

幸好，生老二的时候，施念没有遭多大的罪，生产很顺利，是个漂亮的女儿，取名关言卿，卿本佳人，妙不可言。

神奇的是，妹妹出生后，小魔王关言礼好像一夜之间长成了个小男子汉，他会在妹妹夜里哭闹的时候爬起来跑去她的婴儿房拿玩具逗她，也会尝试在沙发上抱着妹妹安静地喂她奶喝。在女儿没出生前，施念完全无法想象儿子会有这么安静耐心的一面。

而关铭对这个迟来的女儿更是宠上了天，他还特地换了个更大的住处，甚至亲自参与设计装潢，将他近郊的一套几乎全新的别墅推了重新建。施念再怎么也不会想到，一向稳重自持的丈夫会因为女儿的到来，将新家建成了城堡式的尖屋顶，从外观看去那哥特式的建筑风格多少有些童话色彩。

所有来过关铭新家的人难免都会笑他是个女儿奴，女儿连动画片还不会看呢，就已经给她造了一座城堡，以后这姑娘谁能娶得起？

关铭对于友人们的调侃向来照单全收，他年过四十，上天赐给了他一个宝贝女儿，让他得以儿女双全凑成一个“好”字，这份喜悦他从不掩饰。

新家的门前有一块很大的草坪，在搬过来不久后，言礼说想养条狗，关沧海便给他弄了只血统纯正的黑色大丹犬。小狗刚来的时候才一个月大，走路都歪歪斜斜的，整天围着妹妹转，言卿睡觉，它也睡觉；言卿到处爬的时候，它就充当肉垫；在言卿快要撞到墙时，它摇着尾巴堵在前面。大家给它取了个名叫“护卫”。

半个月后，关铭抱回了一只挪威森林猫，是友人家的猫刚生的小崽子，对比“护卫”整天上蹿下跳，这只猫要安静许多，每天找个能晒到太阳的地方随意一趴，还总喜欢挡着道，别人要从它身上跨过去它都不起身让道的，活脱脱一副地主的模样，所以取名“地主”。因为家里多的这两位家庭成员，大房子更加热闹起来。

小言卿周岁的时候，他们拍了第一张全家福。那天上午阳光和煦，照片里的关铭穿着深蓝色的针织衫，干净的白色衬衫衣领整洁地翻了出来，儒雅精神。

施念身上是雾蓝色的缎面衣裙，勾勒出恬静的模样，她依偎着关铭。小言礼穿着浅蓝的小衬衫系着领结站在他们身前，头发精心打理过，短短地立在头顶，初具小帅哥的轮廓。

小言卿穿着粉蓝色的蕾丝小裙子坐在柔软的草地上，她的左边趴着懒洋洋的“地主”，柔软的长毛被风轻轻地吹着，像只慵懒的小狮子；右边是长得比小言卿还要高大的“护卫”，黑色的短毛平滑光亮，四肢健壮，肌肉丰满有力，看上去凶悍中透着王者的霸气，它紧紧挨着小言卿，像个尽忠职守的保镖。

快门按下的那一瞬，有风拂过，两片树叶被风吹起，不经意间入了镜，你追我赶，轻扬飘舞，小言礼弯下腰抱住妹妹，小言卿在被哥哥抱住的一刻咯咯地笑了起来。原本四仰八叉躺着的“地主”听见言卿的笑声，转回头看向快门，“护卫”也在同时伸出舌头嘴角咧开。

施念的裙摆像海浪一般波动，扫过关铭的裤腿，他眼里流露出无尽的温柔，紧紧攥住了她的手，直到永远。

安全行车 快乐驾驶

ANQUAN XINGCHE KUAILE JIASHI

李　刚　主　编
陈祁章　向　伟　副主编

京A·MXXXX

人民交通出版社股份有限公司
China Communications Press Co.,Ltd.

内 容 提 要

本书从购车、驾驶、使用、维修实际出发，采用一问一答一图的形式，讲授知识，传授经验，以深入浅出的方式，简明扼要的文字，生动活泼的插图进行了表述，力求通俗易懂，便于阅读。

全书分为车辆购置与登记常识、道路交通行车规则、安全行车基本常识、安全驾驶基本要领、各类路况的安全驾驶、特殊天气下的安全驾驶、自驾游安全驾驶、车辆维护与修理、应急处置及事故处理、道路交通事故全责图解共10个部分。希望人们通过阅读这本书，从中系统地学习到家庭汽车购置及使用的相关知识，增强安全意识，掌握安全行车的基本技能和方法，了解应急处置和事故处理的常用措施，为日后用好车、驾好车打下坚实的基础。

本书读者为家庭汽车的购置和使用者。

图书在版编目（CIP）数据

安全行车　快乐驾驶 / 李刚主编 . —北京 : 人民交通出版社股份有限公司 , 2016.6

ISBN 978 -7 -114 -13009 -0

Ⅰ. ①安…　Ⅱ. ①李…　Ⅲ. ①汽车驾驶—安全技术　Ⅳ. ① U471.15

中国版本图书馆 CIP 数据核字（2016）第 103389 号

书　　名：安全行车　快乐驾驶
著 作 者：李　刚
责任编辑：智景安
出版发行：人民交通出版社股份有限公司
地　　址：（100011）北京市朝阳区安定门外外馆斜街3号
网　　址：http://www.ccpress.com.cn
销售电话：（010）59757973
总 经 销：人民交通出版社股份有限公司发行部
经　　销：各地新华书店
印　　刷：中国电影出版社印刷厂
开　　本：787 × 980　1/16
印　　张：8.25
字　　数：140千
版　　次：2016年6月　第1版
印　　次：2016年6月　第1次印刷
书　　号：ISBN 978-7-114-13009 -0
定　　价：40.00元